Trilogía de la Fundación

Isaac Asimov, escritor estadounidense de origen ruso, nació en Petrovich en 1920 y falleció en 1992. Doctor en ciencias por la Universidad de Columbia, fue también catedrático de bioquímica y doctor en filosofía, así como autor de notables libros de divulgación científica y de numerosas novelas de ciencia ficción que le dieron fama internacional. Sus obras más conocidas son, entre otras, *Yo, robot*, la Trilogía de la Fundación –*Fundación, Fundación e imperio* y *Segunda fundación*–, *Némesis, Introducción a la ciencia, Los robots del amanecer, Los propios dioses, El cinturón de Venus, Las amenazas de nuestro mundo, Sueños de robot, Viaje alucinante* y *Viaje alucinante II, Vida y tiempo* y *El código genético*.

Biblioteca

ISAAC ASIMOV

Trilogía de la Fundación

Traducción de
Pilar Giralt

DEBOLS!LLO

Papel certificado por el Forest Stewardship Council®

MIXTO
Papel procedente de
fuentes responsables
FSC® C117695

Penguin
Random House
Grupo Editorial

Título original: *Foundation. Foundation and Empire. Second Foundation*
Traducciones publicadas por acuerdo con Doubleday,
un sello de The Knopf Doubleday Publishing Group, división de Random House, Inc.

Novena edición: marzo de 2015
Decimoquinta reimpresión: octubre de 2021

Printed in Spain – Impreso en España

ISBN: 978-84-9908-320-9
Depósito legal: B-5.617-2012

Compuesto en Zero pre impresión, S. L.

Impreso en Black Print CPI Ibérica
Sant Andreu de la Barca (Barcelona)

P 8 8 3 2 0 B

EL CICLO DE TRÁNTOR

En 1966, en la XXIV Convención Mundial de Ciencia Ficción, celebrada en Cleveland, se otorgó el premio Hugo[1] a la mejor «serie de novelas» del género a la *Trilogía de la Fundación* de Isaac Asimov, de la que *Fundación* constituye la primera parte.

El citado premio se estableció por primera vez aquel año, y no galardonaba, como los demás Hugos, únicamente el mejor trabajo del año en su categoría (la «serie de novelas» no es un fenómeno tan frecuente para poder establecer un premio anual en esta categoría), sino la mejor serie de CF hasta entonces escrita.

Y de lo que no hay duda es de que se trata de una de las obras más ambiciosas del género en cuanto a planteamiento y amplitud. Asimov toma como punto de partida de su narración-especulación el comienzo de la decadencia –en un remotísimo futuro– de un colosal imperio galáctico que

---

1. Premios concedidos anualmente en las convenciones mundiales de CF, por votación de los asistentes, en las diversas categorías del género (relato, novela, revista especializada, etc.). Reciben su nombre en honor de Hugo Gernsback, pionero del género y creador del término «ciencia ficción».

abarca a toda la humanidad, diseminada por millones de mundos. La capital de este superestado cósmico es Trántor, un planeta íntegramente destinado a las tareas administrativas, totalmente dependiente de los suministros exteriores… y por ello extremadamente vulnerable…

Un psicólogo y matemático genial prevé el derrumbamiento del Imperio y el subsiguiente caos, y decide emplear la ciencia psicohistórica (una especie de psicología de masas matemáticamente estructurada) para reducir al mínimo el inevitable período de barbarie que antecederá a la consolidación de un Segundo Imperio.

Para ello establece dos Fundaciones, una en cada extremo de la Galaxia, con el fin de preservar el saber humano.

A partir de aquí, se irán sucediendo diversas épocas –cuyo advenimiento vendrá marcado por otras tantas crisis– previstas por la psicohistoria, en las que cambiarán las cabezas visibles del poder y las formas de ejercerlo, pero en las que la Primera Fundación (de la segunda no tendremos noticias hasta la última parte de la trilogía) irá expandiendo y afianzando cada vez más su influencia sobre la Galaxia.

Inspirándose directamente –como él mismo ha reconocido– en la historia de nuestro pasado, Asimov bosqueja los procesos sociopolíticos de su futuro hipotético, el paso de una forma de gobierno basada en la religión a una plutocracia más explícita, o, si se prefiere, del supersticioso Medioevo al Renacimiento, con sus príncipes de mercaderes.

Así, en esta primera parte asistimos a las «crisis de crecimiento» de la Primera Fundación, hasta que extiende sus dominios hacia el mismo centro de la Galaxia…, donde, inevitablemente, tropezará con los restos del antiguo Imperio, desmembrado y en continua decadencia, pero aun así fortísimo.

Este colosal encuentro cósmico dará lugar a la segunda parte de la trilogía, *Fundación e Imperio*, donde la súbita aparición de un factor imprevisible amenaza con desbaratar el gigantesco y meticuloso plan de los psicohistoriadores.

Pues dicho elemento perturbador es un mutante, un individuo dotado de extraordinarios poderes mentales y que la psicohistoria no puede integrar en sus cálculos, ya que se trata de un individuo aislado y esta ciencia sólo puede operar sobre la base de grandes masas humanas (del mismo modo que la teoría cinética de los gases puede predecir el comportamiento global de millones de moléculas, pero no el de una molécula determinada).

Entonces entrará en escena la *Segunda Fundación*, dando paso a la tercera y última parte de la serie...

Pero no anticipemos los acontecimientos, pues uno de los mayores alicientes de la trilogía es su tratamiento poco menos que detectivesco... Un absorbente relato de intriga montado a una escala gigantesca, tanto espacial como temporal.

Cada una de las cinco partes que componen *Fundación*, así como las que integran los otros dos títulos de la trilogía, consituyen un relato autónomo (de hecho, inicialmente fueron publicados en revistas como relatos sueltos), aunque obviamente relacionado con los demás, como las partes de un texto de historia.

Del mismo modo, cada una de las tres partes de la trilogía constituye un todo en sí mismo, aunque una comprensión completa exige la lectura de toda la obra, y, a ser posible, en el orden indicado.

Por último, por si algún lector se pregunta por qué esta introducción se titula «El ciclo de Trántor» y no, por ejemplo, «La trilogía de la Fundación», les aclararé que eso es algo que entenderán perfectamente... en cuanto concluya la serie.

CARLO FRABETTI

FUNDACIÓN

PRIMERA PARTE

LOS PSICOHISTORIADORES

1

HARI SELDON – ...*Nació el año 11988 de la Era Galáctica; falleció en 12069. Las fechas suelen expresarse en términos de la Era Fundacional en curso, como –79 del año 1 E. F. Nacido en el seno de una familia de clase media en Helicón, sector de Arturo (donde su padre, según una leyenda de dudosa autenticidad, fue cultivador de tabaco en las plantas hidropónicas del planeta), pronto demostró una sorprendente capacidad para las matemáticas. Las anécdotas sobre su inteligencia son innumerables, y algunas contradictorias. Se dice que a la edad de dos años...*

...Indudablemente sus contribuciones más importantes pertenecen al campo de la psicohistoria. Seldon conoció la especialidad como poco más que un conjunto de vagos axiomas; la dejó convertida en una profunda ciencia estadística...

...La más autorizada fuente de información sobre su vida es la biografía escrita por Gaal Dornick, que, en su juventud, conoció a Seldon dos años antes de la muerte del gran matemático. El relato del encuentro...

Enciclopedia Galáctica[1]

1.   Todas las referencias a la Enciclopedia Galáctica aquí reproducidas proceden de la 116.ª edición publicada en 1020 E. F. por la compañía editora de la Enciclopedia Galáctica, Términus, con autorización de los editores.

Se llamaba Gaal Dornick y no era más que un campesino que nunca había visto Trántor. Es decir, no realmente. Lo *había* visto muchas veces en el hipervídeo, y ocasionalmente en enormes noticieros tridimensionales que informaban sobre una coronación imperial o la apertura de un consejo galáctico. A pesar de haber vivido siempre en el mundo de Synnax, que giraba alrededor de una estrella al borde del Cúmulo Azul, no estaba desconectado de la civilización. En aquel tiempo, ningún lugar de la Galaxia lo estaba.

Por aquel entonces, había cerca de veinticinco millones de planetas habitados en la Galaxia, y absolutamente todos eran leales al imperio, con sede en Trántor. Fueron los últimos cincuenta años en que pudo decirse tal cosa.

Para Gaal, aquel viaje era el punto culminante de su juventud y de su vida estudiantil. Ya había salido al espacio con anterioridad, de modo que el viaje, en sí mismo, no significaba gran cosa para él. En realidad, hasta entonces, sólo había ido al único satélite de Synnax para obtener unos datos sobre la mecánica de los desplazamientos meteóricos que necesitaba para una disertación; pero los viajes espaciales eran exactamente iguales tanto si se recorría medio millón de kilómetros como la misma cantidad de años luz.

Se había preparado un poco para el salto a través del hiperespacio, un fenómeno que no se experimentaba en simples viajes interplanetarios. El salto seguía siendo, y probablemente lo sería siempre, el único método práctico para viajar a las estrellas. Los viajes a través del espacio ordinario no podían realizarse a una velocidad superior a la de la luz ordinaria (un conocimiento científico que formaba parte de las pocas cosas serias desde el olvidado amanecer de la historia humana), y esto hubiera significado años de viaje para llegar incluso al sistema habitado más cercano. A través del hiperespacio, esa inimaginable región que no era ni espacio ni tiempo, ni materia ni energía, ni algo ni nada, se podía atravesar la Galaxia en toda su longitud en el intervalo comprendido entre dos instantes de tiempo.

Gaal había esperado el primero de estos saltos con el temor contraído en la boca del estómago, y no resultó ser más que una insignificante sacudida, una conmoción interna sin importancia que cesó un instante antes de que pudiera darse cuenta de haberla sentido. Eso fue todo.

Y después de eso, sólo quedó la nave, grande y brillante; la fría producción de 12.000 años de progreso imperial; y él mismo, con su doctorado de matemáticas recién obtenido y una invitación del gran Hari Seldon para ir a Trántor y unirse al vasto y algo misterioso Proyecto Seldon.

Lo que Gaal aguardaba después de la decepción del salto era contemplar Trántor por primera vez. No dejaba de entrar en el mirador. Las láminas de acero se enrollaban en determinados momentos y él siempre estaba allí, contemplando el frío brillo de las estrellas, admirando el increíble enjambre nebuloso de un racimo de estrellas, como una conglomeración gigante de luciérnagas sorprendidas en pleno vuelo y detenidas para siempre. En cierta ocasión vio «el frío humo de color blanco azulado de una nebulosa a cinco años luz de la nave, que se extendía sobre la ventanilla como una mancha de leche distante, llenaba la habitación de un matiz helado, y desaparecía de la vista dos horas después, tras un nuevo salto.

La primera visión del sol de Trántor fue la de una mota dura y blanca, perdida completamente en una miríada de otras iguales, y sólo reconocible porque estaba señalada en la guía de la nave. Las estrellas eran numerosas allí, en el centro de la Galaxia. Pero a cada salto, su brillo se incrementaba, haciendo que el resto se apagara, se enrareciera y empalideciera.

Un oficial se acercó diciendo:

—El mirador estará cerrado durante el resto del viaje. Prepárense para aterrizar.

Gaal le siguió, y agarró la manga del uniforme blanco con el distintivo de la nave espacial y el sol del imperio.

Preguntó:

—¿No podrían dejarme? Me gustaría ver Trántor.

El oficial sonrió y Gaal se sonrojó ligeramente. Se le ocurrió pensar que hablaba como un provinciano.

El oficial dijo:

—Aterrizaremos en Trántor mañana por la mañana.

—Me refería a que quiero verlo desde el espacio.

—Oh, lo siento, muchacho. Si esto fuera una nave de recreo no habría inconveniente, pero estamos bajando en picado, de cara al sol. Seguramente no te gustaría quedarte ciego, quemado y afectado por la radiación todo al mismo tiempo, ¿verdad?

Gaal se alejó de él.

El oficial siguió hablando:

—De todos modos, Trántor no sería más que una mancha gris, muchacho. ¿Por qué no haces un viaje espacial turístico cuando llegues a Trántor? Son baratos.

Gaal miró hacia atrás.

—Muchísimas gracias.

Era infantil sentirse decepcionado; pero el infantilismo afecta casi con la misma facilidad a un hombre que a un niño, y Gaal tenía un nudo en la garganta. Nunca había visto Trántor extendido ante él en toda su magnitud, tan grande como la vida, y no había creído tener que aguardar aún más.

2

La nave aterrizó en medio de numerosos ruidos. Hubo el lejano silbido de la atmósfera hendida, que se deslizaba a lo largo del metal de la nave. Hubo el monótono zumbido de los acondicionadores que luchaban contra el calor de la fricción, y el rugido más amortiguado de los motores que aminoraban la velocidad. Hubo el sonido humano de hombres y mujeres que se amontonaban en las salas de desembarco y el crujido de grúas que levantaban el equipaje, el correo y el cargamento hasta el gran eje de la nave, desde donde, más tarde, serían trasladados a las plataformas de descarga.

Gaal experimentó una ligera sacudida indicadora de que la nave había dejado de moverse con independencia propia. La gravedad de la nave hacía horas que daba paso a la gravedad planetaria. Miles de pasajeros habían estado pacientemente sentados en las salas de desembarco, que se balanceaban con suavidad a impulsos de campos de fuerza para acomodar su orientación a la dirección cambiante de las fuerzas gravitacionales. Ahora descendían lentamente por las rampas que les llevarían a las grandes y abiertas compuertas.

El equipaje de Gaal era mínimo. Permaneció junto al mostrador, mientras lo examinaban rápida y expertamente, y lo ordenaban de nuevo. Su visado fue inspeccionado y sellado. Él no prestó atención a nada.

¡Aquello era Trántor! El aire parecía un poco más denso y la gravedad algo mayor que en su planeta de Synnax, pero ya se acostumbraría. Se preguntó si llegaría a habituarse a la inmensidad.

El edificio de desembarco era enorme. El techo se perdía en las alturas. Gaal pensó que las nubes casi podían formarse debajo de su inmensidad. No vio ninguna pared; sólo hombres y mostradores y el suelo convergente que desaparecía a lo lejos.

El hombre del mostrador habló de nuevo. Parecía molesto. Dijo:

—Siga adelante, Dornick.

Tuvo que abrir el visado y volver a mirarlo, para acordarse del nombre.

Gaal preguntó:

—¿Dónde... dónde...?

El hombre del mostrador señaló con el pulgar.

—Los taxis a la derecha y la tercera a la izquierda.

Gaal avanzó, y vio los brillantes rizos de aire suspendidos en la nada, que decían: TAXIS A TODAS DIRECCIONES.

Una figura surgió del anonimato y se detuvo frente al mostrador cuando Gaal se iba. El hombre del mostrador alzó la mirada y asintió brevemente. La figura asintió a su vez y siguió al recién llegado.

Llegó a tiempo de oír el destino de Gaal.

Gaal se encontró pegado a una barandilla.

Un pequeño letrero decía: SUPERVISOR. El hombre a quien se refería el letrero no levantó la vista. Dijo:

—¿Adónde?

Gaal no estaba seguro, pero incluso unos segundos de vacilación significarían una cola de varios hombres detrás de él.

El supervisor levantó la mirada.

—¿Adónde?

Los ahorros de Gaal eran escasos, pero sólo sería una noche y después tendría un empleo. Trató de aparentar indiferencia.

—A un buen hotel, por favor.

El supervisor no se impresionó.

—Todos son buenos. Nómbreme uno.

Gaal dijo, desesperado:

—El que esté más cerca, por favor.

El supervisor apretó un botón. Una delgada línea de luz se formó en el suelo, retorciéndose entre otras que brillaban y se apagaban, en diferentes colores e intensidades. Gaal se encontró con un billete en las manos. Brillaba débilmente.

El supervisor dijo:

—Uno con doce.

Gaal rebuscó unas monedas. Dijo:

—¿Por dónde he de ir?

—Siga la luz. El billete no dejará de brillar mientras vaya en la dirección correcta.

Gaal levantó la vista y empezó a andar. Había centenares de personas que se deslizaban por el vasto suelo, siguiendo su camino individual, esforzándose en los puntos de intersección para llegar a sus respectivos destinos.

Su propio camino se terminó. Un hombre con un deslumbrante uniforme azul y amarillo, hecho de plastrotextil a prueba de manchas, se hizo cargo de sus dos bolsas.

—Línea directa al Luxor —dijo.

El hombre que seguía a Gaal lo oyó. También oyó que

Gaal decía: «Estupendo», y le vio entrar en el vehículo de proa achatada.

El taxi se elevó en línea recta. Gaal miró por la ventanilla curvada y transparente, maravillado ante la sensación de volar dentro de una estructura cerrada y asiéndose instintivamente al respaldo del asiento del conductor. La inmensidad se contrajo y las personas se convirtieron en hormigas distribuidas caprichosamente. El panorama se redujo aún más y empezó a deslizarse hacia atrás.

Enfrente había una pared. Empezaba a gran altura y se alzaba hasta perderse de vista. Estaba llena de agujeros, como bocas de túneles. El taxi de Gaal se dirigió a uno y entró en él. Por un momento, Gaal se preguntó cómo podría su conductor escoger uno en particular entre tantos otros.

Ahora sólo había oscuridad, sin otra cosa que la intermitencia de las señales luminosas de colores para atenuar la penumbra. El aire vibraba con un ruido de velocidad.

Entonces Gaal fue lanzado hacia adelante por la disminución de velocidad y el taxi salió del túnel y descendió una vez más a nivel del suelo.

–El hotel Luxor –dijo el conductor, innecesariamente.

Ayudó a Gaal a bajar el equipaje, aceptó una propina de un décimo de crédito con naturalidad, recogió a un pasajero que le esperaba, y volvió a elevarse.

Hasta entonces, desde el momento de desembarcar, no había divisado el cielo.

3

TRÁNTOR – ...Al comienzo del decimotercer milenio, esta tendencia alcanzó su punto culminante. Como centro del Gobierno imperial durante ininterrumpidos centenares de generaciones, y localizado, como estaba, en las regiones centrales de la Galaxia, entre los mundos más densamente poblados e industrialmente avanzados del sis-

tema, no pudo dejar de ser el grupo humano más denso y rico que la raza había visto jamás.

Su urbanización, en progreso continuo, había alcanzado el punto máximo. Toda la superficie de Trántor, 1.200 millones de kilómetros cuadrados de extensión, era una sola ciudad. La población, en su punto máximo, sobrepasaba los cuarenta mil millones. Esta enorme población se dedicaba casi enteramente a las necesidades administrativas del imperio, y eran pocos para las complicaciones de dicha tarea. (Debe recordarse que la imposibilidad de una administración adecuada del imperio galáctico bajo la poca inspirada dirección de los últimos emperadores fue un considerable factor en la Caída.) Diariamente, flotas de decenas de miles de naves llevaban el producto de veinte mundos agrícolas a las mesas de Trántor...

Su dependencia de los mundos exteriores en cuanto a alimentos, y, en realidad, todas las necesidades de la vida, hicieron a Trántor cada vez más vulnerable a la conquista por el bloqueo. Durante el último milenio del imperio, las numerosas y hasta monótonas revueltas hicieron conscientes de ello a un emperador tras otro, y la política imperial se convirtió en poco más que la protección de la delicada yugular de Trántor...

Enciclopedia Galáctica

Gaal no estaba seguro de que el sol brillara ni, por lo tanto, de si era de día o de noche. Le daba vergüenza preguntarlo. Todo el planeta parecía vivir bajo metal. La comida que acababa de ingerir había sido calificada de almuerzo, pero había muchos planetas que se regían por una escala temporal que no tomaba en cuenta la alternancia quizá inconveniente del día y la noche. Las velocidades de rotación planetarias diferían, y él no sabía cuál era la de Trántor.

Al principio, había seguido ansiosamente las indicaciones hacia el «Solárium», no encontrando más que una cámara para tomar el sol bajo radiaciones artificiales. No permaneció allí más que un momento, y después volvió al vestíbulo principal del Luxor.

Se dirigió hacia el conserje.

–¿Dónde puedo comprar un billete para un viaje turístico planetario?

–Aquí mismo.

–¿A qué hora empieza?

–Acaba de perderlo. Mañana habrá otro. Compre el billete ahora y le reservaremos una plaza.

Oh. Al día siguiente ya sería demasiado tarde. Al día siguiente tenía que estar en la universidad. Preguntó:

–¿No hay una torre de observación… o algo parecido? Quiero decir, al aire libre.

–¡Naturalmente! Puedo venderle un billete, si quiere. Será mejor que compruebe si llueve o no. –Cerró un contacto a la altura del hombro y leyó las letras que aparecieron en una pantalla esmerilada. Gaal las leyó con él.

El conserje dijo:

–Buen tiempo. Ahora que lo pienso, me parece que estamos en la estación seca. –Añadió, locuazmente–: Yo no me preocupo del exterior. La última vez que salí al aire libre fue hace tres años. Lo ves una vez, sabes cómo es y eso es todo. Aquí tiene su billete. Hay un ascensor especial en la parte posterior. Tiene un letrero que dice: «A la torre». Tómelo.

El ascensor era uno de los que funcionaban por repulsión gravitatoria. Gaal entró y otros se amontonaron detrás de él. El ascensorista cerró un contacto. Por un momento, Gaal se sintió suspendido en el espacio cuando la gravedad llegó a cero, y después recobró algo de su peso a medida que el ascensor aceleraba hacia arriba. Siguió un repentino descenso de la velocidad y sus pies se alzaron del suelo. Dejó escapar un grito contra su voluntad.

El ascensorista le dijo:

–Ponga los pies debajo de la barandilla. ¿No ve el letrero?

Los otros lo habían hecho así. Le miraban sonriendo mientras él trataba frenética y vanamente de descender por la pared. Sus zapatos se apretaban contra la parte superior de las barandillas de cromo que se extendían por el suelo en hileras paralelas separadas ligeramente entre sí. Al entrar se había fijado en ellas y las había ignorado.

Entonces alguien alzó una mano y le estiró hacia abajo.

Logró articular las gracias al tiempo que el ascensor se detenía.

Salió a una terraza abierta bañada por un brillo blanco que le hirió la vista. El hombre que le había ayudado en el ascensor estaba inmediatamente detrás de él. Dijo, con amabilidad:

–Hay muchos asientos.

Gaal cerró la boca –la tenía abierta– y dijo:

–Así parece. –Se dirigió automáticamente hacia ellos y entonces se detuvo.

Dijo:

–Si no le importa, me quedaré un momento junto a la barandilla. Quiero… quiero mirar un poco.

El hombre le hizo una seña de asentimiento, con afabilidad, y Gaal se apoyó sobre la barandilla, que le llegaba a la altura del hombro, y se sumió en el panorama.

No pudo ver el suelo. Estaba perdido en las complejidades cada vez mayores de las estructuras hechas por el hombre. No pudo ver otro horizonte más que el del metal contra el cielo, que se extendía en la lejanía con un color gris casi uniforme, y comprendió que así era en toda la superficie del planeta. Apenas se podía ver ningún movimiento –unas cuantas naves de placer se recortaban contra el cielo–, aparte del activo tráfico de los miles de millones de hombres que se movían bajo la piel metálica del mundo.

No se podía ver ningún espacio verde; nada de verde, nada de tierra, ninguna otra vida más que la humana. En alguna parte de aquel mundo, pensó vagamente, estaría el palacio del emperador enclavado en medio de ciento cincuenta kilómetros de tierra natural, llena de árboles verdes y adornada de flores. Era un pequeño islote en un océano de acero, pero no se veía desde donde él estaba. Debía de hallarse a quince mil kilómetros de distancia. No lo sabía.

¡No podía esperar demasiado a hacer aquel viaje turístico!

Suspiró haciendo ruido; y se dio realmente cuenta de que al fin estaba en Trántor; en el planeta que era el centro de toda la Galaxia y el núcleo de la raza humana. No vio ninguna de sus debilidades. No vio aterrizar ninguna nave de comida. No estaba enterado de la yugular que conectaba con delicadeza a los cuarenta mil millones de Trántor con el resto de la Galaxia. Sólo era consciente de la extrema proeza del hombre; la conquista completa y casi desdeñosamente final de un mundo.

Se retiró de la barandilla con los ojos llenos de asombro. Su amigo del ascensor le indicaba un asiento junto al suyo y Gaal lo ocupó.

El hombre sonrió.

–Me llamo Jerril. ¿Es la primera vez que visita Trántor?

–Sí, señor Jerril.

–Eso me había parecido. Jerril es mi nombre de pila. Trántor le gustará si tiene un temperamento poético. Sin embargo, los trantorianos nunca suben aquí. No les gusta; les pone nerviosos.

–¡Nerviosos! Por cierto, yo me llamo Gaal. ¿Por qué los pone nerviosos? Es formidable.

–Es cuestión de opiniones, Gaal. Si has nacido en un cubículo y crecido en un pasillo, y trabajado en una celda, y pasado tus vacaciones en una habitación solar llena de gente, es lógico que la salida al aire libre y el panorama del cielo por encima de tu cabeza te ponga nervioso. Obligan a los niños a subir aquí una vez al año, desde que cumplen los cinco. No sé si les hace algún bien. En realidad, no disfrutan mucho de ello y las primeras veces gritan como histéricos. Tendrían que empezar en cuanto aprenden a andar y venir aquí una vez por semana.

Prosiguió:

–Claro que, en realidad, no importa. ¿Y si nunca en su vida salen al exterior? Son felices ahí abajo y administran el imperio. ¿A qué altura cree que estamos?

–¿A mil quinientos metros? –Se preguntó si habría sido un ingenuo.

Debió serlo, pues Jerril se echó a reír. Dijo:

–No. Sólo a ciento cincuenta.

–¿Qué? Pero el ascensor tardó unos...

–Lo sé. Pero ha empleado la mayor parte del tiempo en llegar al nivel del suelo. Trántor está excavado a más de dos mil metros de profundidad. Es como un iceberg. Nueve décimas partes están ocultas. Incluso se extiende por terreno suboceánico, al borde de la playa. De hecho, estamos tan abajo que podemos hacer uso de la diferencia de temperatura entre el nivel del suelo y un par de kilómetros más abajo para abastecernos de toda la energía que necesitamos. ¿Lo sabía?

–No. Pensaba que utilizaban generadores atómicos.

–Lo hacíamos, pero esto es más barato.

–Me lo imagino.

–¿Qué le parece? –Por un momento, la afabilidad del hombre se transformó en astucia. Parecía casi ladino.

Gaal titubeó.

–Formidable –repitió.

–¿Está aquí de vacaciones? ¿De viaje? ¿De visita a los lugares de interés?

–No exactamente. Por lo menos, siempre había deseado venir a Trántor, pero mi razón principal para este viaje es hacerme cargo de un empleo.

–¿De verdad?

Gaal se vio obligado a dar más explicaciones.

–Un empleo en el proyecto del doctor Seldon, en la Universidad de Trántor.

–¿Cuervo Seldon?

–No, no. Yo me refiero a Hari Seldon; el psicohistoriador Seldon. No conozco a ningún Cuervo Seldon.

–Hari es el que yo quiero decir. Le llaman Cuervo. Es una especie de jerga, ¿sabe? No deja de predecir el desastre.

–¿De verdad? –Gaal estaba literalmente asombrado.

–Seguramente, usted debe saberlo. –Jerril no sonreía–. Ha venido para trabajar con él, ¿no?

–Bueno, sí, soy matemático. ¿Por qué predice el desastre? ¿Qué clase de desastre?

–Y a usted, ¿qué le parece?

–No tengo ni la menor idea. He leído los documentos publicados por el doctor Seldon y su grupo. Versan sobre teoría matemática.

–Los que publican, sí.

Gaal se sintió molesto. Dijo:

–Bien, vuelvo a mi cuarto. He estado encantado de conocerle.

Jerril alzó la mano indiferentemente en señal de despedida.

Gaal encontró a un hombre aguardándole en su habitación. Por un momento, la sorpresa le impidió pronunciar el inevitable: «¿Qué hace usted aquí?» que acudió a sus labios.

El hombre se levantó. Era viejo y casi calvo y cojeaba ligeramente, pero tenía los ojos penetrantes y azules.

–Soy Hari Seldon –dijo un instante antes de que el perplejo cerebro de Gaal recordara su rostro por las muchas veces que lo había visto en fotografías.

4

PSICOHISTORIA–... *Gaal Dornick, utilizando conceptos no matemáticos, ha definido la psicohistoria como la rama de las matemáticas que trata sobre las reacciones de conglomeraciones humanas ante determinados estímulos sociales y económicos...*

Implícita en todas estas definiciones está la suposición de que el número de humanos es suficientemente grande

para un tratamiento estadístico válido. El tamaño necesa-
rio de tal número puede ser determinado por el primer teo-
rema de Seldon, que... Otra suposición necesaria es que el
conjunto humano debe desconocer el análisis psicohistórico
a fin de que su reacción sea verdaderamente casual...

La base de toda psicohistoria válida reside en el desa-
rrollo de las funciones Seldon, que exponen propiedades
congruentes a las de tales fuerzas sociales y económicas
como...

Enciclopedia Galáctica

–Buenas tardes, señor –dijo Gaal–. Yo... yo...

–Usted no creía que fuéramos a vernos antes de mañana, ¿verdad? Normalmente, así hubiera tenido que ser. La
cuestión es que, si vamos a utilizar sus servicios, hemos de
actuar con rapidez. Cada vez es más difícil obtener ayuda.

–No le comprendo, señor.

–Ha estado hablando con un hombre en la torre de observación, ¿verdad?

–Sí. Su nombre de pila es Jerril. No sé nada más de él.

–Su nombre no significa nada. Es agente de la Comisión de Seguridad Pública. Le ha seguido desde el puerto
espacial.

–Pero ¿por qué? No comprendo nada.

–¿Le ha dicho el hombre de la torre algo sobre mí?

Gaal vaciló.

–Se refirió a usted como a Cuervo Seldon.

–¿Le ha dicho por qué?

–Ha dicho que predice el desastre.

–Así es. ¿Qué le parece Trántor?

Al parecer todo el mundo quería conocer su opinión
sobre Trántor. Gaal fue incapaz de responder con otra palabra:

–Glorioso.

–Lo dice sin pensar. ¿Qué hay de la psicohistoria?

–No se me ha ocurrido aplicarla al problema.

–Al poco tiempo de trabajar conmigo, jovencito, aprenderá a aplicar la psicohistoria a todos los problemas como algo rutinario. Observe. –Seldon extrajo su calculadora de la bolsa del cinturón. La gente decía que la guardaba debajo de la almohada para usarla en momentos de debilidad. Su superficie gris y brillante estaba ligeramente desgastada por el uso. Los ágiles dedos de Seldon, ahora manchados por la edad, juguetearon a lo largo del duro plástico que la bordeaba. Unas cifras rojas surgieron del gris.

Dijo:

–Esto representa el estado del imperio en el momento actual.

Aguardó.

Finalmente, Gaal dijo:

–Supongo que esto no es una representación completa.

–No, no es completa –dijo Seldon–. Me alegro de ver que no acepta mi palabra ciegamente. Sin embargo, es una aproximación que servirá para demostrar el problema. ¿Está de acuerdo con esto?

–Sujeto a mi posterior verificación de la derivación de la función, sí. –Gaal evitaba cuidadosamente una posible trampa.

–Bien. Añada a esto la conocida probabilidad del asesinato imperial, revuelta virreinal, la reaparición contemporánea de períodos de depresión económica, la disminución de las exploraciones planetarias, el…

Siguió hablando. A cada punto mencionado, aparecían nuevas cifras, y se unían a las funciones básicas que aumentaban y cambiaban.

Gaal no le interrumpió más que una vez.

–No comprendo la validez de esta transformación de conjunto.

Seldon la repitió más lentamente.

Gaal dijo:

–Pero esto se hace por medio de una socio-operación prohibida.

–Bien. Es usted rápido, pero no lo bastante. No está

prohibida en esta conexión. Déjeme hacerlo por expansiones.

El procedimiento fue mucho más largo, y, una vez terminado, Gaal dijo, humildemente:

—Sí, ahora lo comprendo.

Al fin, Seldon se detuvo.

—Esto es Trántor dentro de cinco siglos. ¿Cómo lo interpreta usted? ¿Eh? —Ladeó la cabeza y aguardó.

Gaal dijo, con incredulidad:

—¡Una destrucción total! Pero…, pero esto es imposible. Trántor nunca ha sido…

Seldon se hallaba dominado por la intensa excitación de un hombre que sólo ha envejecido de cuerpo.

—Vamos, vamos. Ha visto cómo hemos obtenido el resultado. Tradúzcalo a palabras. Olvide el simbolismo por un momento.

Gaal dijo:

—A medida que Trántor se especializa más, es más vulnerable, menos capaz de defenderse a sí mismo. Además, a medida que se convierte cada vez más en el centro administrativo del imperio, su precio aumenta. A medida que la sucesión imperial se hace más incierta, y los feudos pertenecientes a grandes familias más agresivos, la responsabilidad social desaparece.

—Es suficiente. ¿Y qué hay de la probabilidad numérica de una destrucción total dentro de cinco siglos?

—No lo sé.

—Seguramente podrá realizar una diferenciación de campo.

Gaal se sintió presionado. No le fue ofrecida la calculadora. Se hallaba a unos centímetros de sus ojos. Calculó furiosamente y la frente se le perló de sudor.

—¿Cerca de un 85 %?

—No está mal —indicó Seldon, echando hacia afuera el labio inferior—, pero no es exacto. La cifra actual es el 92,5 %.

—¿Así que le llaman Cuervo Seldon? Nunca había leído tal cosa en los periódicos —dijo Gaal.

—Claro que no. Es algo impublicable. ¿Supone que el

imperio expondría su debilidad de esta manera? Esto no es más que una demostración muy sencilla de la psicohistoria. Lo que ocurre es que nuestros resultados se han filtrado entre la aristocracia.

—Mala cosa.

—No necesariamente. Todo está previsto.

—Pero ¿es ésta la razón de que me investiguen?

—Sí. Están investigando todo lo que concierne a mi proyecto.

—¿Se encuentra usted en peligro, señor?

—Oh, sí. Existe la probabilidad de un 1,7 % de que me ejecuten, aunque esto no detendría el proyecto. También hemos previsto esta eventualidad. Bueno, no importa. Supongo que mañana se reunirá conmigo en la universidad, ¿no es así?

—En efecto —repuso Gaal.

5

COMISIÓN DE SEGURIDAD PÚBLICA – …*La camarilla aristocrática subió al poder después del asesinato de Cleón I, último de los Entum. En general, formaron un núcleo de orden durante los siglos de inestabilidad e incertidumbre del imperio. Habitualmente, bajo el control de las grandes familias de los Chen y los Divart, degeneró eventualmente en un instrumento ciego para mantener el statu quo… No fueron completamente apartados del poder en el estado hasta la coronación del último emperador totalitario, Cleón II. El primer presidente de la Comisión…*

…En cierto modo, el principio de la decadencia de la Comisión puede situarse en el proceso de Hari Seldon dos años antes del comienzo de la Era Fundacional. Este proceso está descrito en la biografía de Hari Seldon escrita por Gaal Dornick…

Enciclopedia Galáctica

Gaal no acudió a su cita. A la mañana siguiente un zumbido amortiguado le despertó. Contestó, y la voz del conserje, tan apagada, cortés y modesta como debía ser, le informó que estaba detenido bajo las órdenes de la Comisión de Seguridad Pública.

Gaal se precipitó hacia la puerta y descubrió que ya no estaba abierta. No podía hacer otra cosa más que vestirse y esperar.

Fueron a buscarle y le llevaron a otro lugar, pero seguía estando detenido. Le hicieron preguntas con la mayor educación. Todo era muy civilizado. Él explicó que pertenecía a la provincia de Synnax; que había asistido a esta y aquella escuela y obtenido un diploma de doctor en matemáticas en tal y tal fecha. Había solicitado un puesto entre el personal del doctor Seldon y le habían aceptado. Dio estos detalles una y otra vez; y ellos volvieron a la pregunta de su unión al Proyecto Seldon una y otra vez. Cómo se había enterado de él; cuáles serían sus deberes; qué instrucciones secretas había recibido; de qué se trataba.

Contestó que no lo sabía. No tenía instrucciones secretas. Era un erudito y un matemático. La política no le interesaba.

Y finalmente el amable inquisidor le preguntó:

–¿Cuándo tendrá lugar la destrucción de Trántor?

Gaal titubeó.

–Yo no sé calcularlo.

–¿Y otros?

–¿Cómo podría hablar por otra persona? –Se sintió acalorado; demasiado acalorado.

El inquisidor preguntó:

–¿Le ha hablado alguien de dicha destrucción; ha establecido una fecha? –Y como el joven vacilara, continuó–: Le han seguido, doctor. Estábamos en el aeropuerto cuando usted llegó; en la torre de observación cuando esperaba la hora de la cita; y, naturalmente, pudimos oír su conversación con el doctor Seldon.

Gaal repuso:

–Pues ya conocen su opinión sobre la materia.

–Es posible. Pero nos gustaría que usted nos la dijera.

–Opina que Trántor será destruido dentro de cinco siglos.

–¿Lo ha demostrado –uh– matemáticamente?

–Sí, lo ha hecho… insolentemente.

–Usted mantiene que –uh– las matemáticas son válidas, ¿verdad?

–Si el doctor Seldon lo sostiene, es que lo son.

–En ese caso, volveremos.

–Espere. Tengo derecho a un abogado. Reclamo mis derechos como ciudadano imperial.

–Los tendrá.

Y los tuvo.

El hombre que entró era muy alto, un hombre cuyo rostro parecía estar hecho de rayas verticales y tan delgado que uno se preguntaba si habría espacio en él para una sonrisa.

Gaal alzó la vista. Estaba desaliñado y cansado. Habían ocurrido muchas cosas, a pesar de no hacer más de treinta horas que se hallaba en Trántor.

El hombre dijo:

–Soy Lors Avakim. El doctor Seldon me ha elegido para representarle.

–¿De verdad? Bueno, entonces, escuche. Solicito una apelación instantánea al emperador. Me retienen sin ninguna causa. Soy inocente de todo. De *todo*. –Extendió las manos, con las palmas hacia abajo–. Tiene que conseguir una audiencia con el emperador, inmediatamente.

Avakim vaciaba con cuidado sobre el suelo el contenido de una cartera plana. Si Gaal no hubiera estado tan excitado, habría reconocido unas formas legales Cellomet, delgadas como el metal y adhesivas, adaptadas para la inserción dentro del reducido tamaño de una cápsula personal. También habría reconocido una grabadora de bolsillo.

Avakim, sin prestar atención al acceso de cólera de Gaal, finalmente levantó la vista. Dijo:

—Naturalmente, la Comisión grabará nuestra conversación. Va contra la ley, pero lo harán, de todos modos.

Gaal apretó los dientes.

—Sin embargo —y Avakim se sentó deliberadamente—, la grabadora que tengo sobre la mesa, que es una grabadora completamente normal y también hace su función, tiene la propiedad adicional de suprimir toda transmisión. Es algo que no averiguarán enseguida.

—Así que puedo hablar.

—Naturalmente.

—Pues quiero una audiencia con el emperador.

Avakim sonrió con frialdad, y quedó demostrado que, después de todo, había espacio suficiente en su delgado rostro. Se le arrugaron las mejillas para dejar el espacio. Dijo:

—Es usted de provincias.

—No por eso dejo de ser ciudadano imperial. Lo soy tanto como usted o cualquiera de esa Comisión de Seguridad Pública.

—Sin duda; sin duda. A lo que me refiero es que, como provinciano, no comprende la vida de Trántor tal como es. El emperador no concede audiencias.

—¿A qué otra persona se puede recurrir? ¿Hay algún otro procedimiento?

—Ninguno. No hay recurso posible en un sentido práctico. Legalmente, puede apelar al emperador pero no obtendrá ninguna audiencia. Hoy el emperador no es el emperador de una dinastía Entum, ya lo sabe. Me temo que Trántor esté en manos de las familias aristocráticas miembros de las cuales componen la Comisión de Seguridad Pública. Éste es un desarrollo que la psicohistoria ha predicho muy bien.

Gaal dijo:

—¿De verdad? En este caso, si el doctor Seldon puede predecir la historia de Trántor con quinientos años de adelanto…

–Puede predecirla con mil quinientos años de adelanto...

–Digamos con diez mil quinientos. ¿Por qué no pudo predecir ayer los acontecimientos de esta mañana y advertirme? No, lo siento. –Gaal se sentó y apoyó la cabeza sobre una palma sudorosa–. Comprendo muy bien que la psicohistoria es una ciencia estadística y no puede predecir el futuro de un solo hombre con exactitud. Comprenderá que esté trastornado.

–Pero se equivoca. El doctor Seldon sabía que usted sería arrestado esta mañana.

–¿Qué?

–Es desagradable, pero cierto. La Comisión se ha mostrado cada vez más hostil hacia sus actividades. Se ha interferido con los nuevos miembros que se unían al grupo de un modo alarmante. Las gráficas demostraban que, para nuestros propósitos, era mejor provocar un clímax. La Comisión actuaba con demasiada lentitud, así que el doctor Seldon fue a verle ayer con la intención de forzarles a actuar. Por ninguna otra razón.

Gaal contuvo el aliento.

–Me ofende que...

–Por favor. Es necesario. No le escogieron por ninguna razón personal. Debe comprender que los planes del doctor Seldon, que han sido realizados con las matemáticas desarrolladas de más de dieciocho años, incluyen todas las eventualidades con probabilidades importantes. Ésta es una de ellas. Me han enviado aquí con el único propósito de asegurarle que no debe tener miedo. Todo acabará bien; es casi seguro respecto al proyecto; y razonablemente probable respecto a usted.

–¿Cuáles son las cifras? –inquirió Gaal.

–Para el proyecto, más del 99,9 %.

–¿Y para mí?

–Me han dicho que la probabilidad es del 77,2 %.

–Entonces tengo más de una probabilidad entre cinco de que me sentencien a prisión o a muerte.

–Esta última posibilidad está por debajo del uno por ciento.

–¿Lo cree así? Los cálculos sobre un solo hombre no significan nada. Diga al doctor Seldon que venga a verme.

–Desgraciadamente, no puedo. El doctor Seldon también ha sido arrestado.

La puerta se abrió de pronto antes de que Gaal pudiera hacer otra cosa que articular el principio de un grito. Entró un guardia, se acercó a la mesa, cogió la grabadora, la miró por todos lados y se la metió en el bolsillo.

Avakim dijo sosegadamente:

–Necesito ese aparato.

–Ya le daremos otro, abogado, uno que no provoque un campo estático.

–En este caso, mi entrevista ha concluido.

Gaal contempló cómo salía de la habitación y se encontró solo.

6

El proceso (Gaal suponía que aquello lo era, aunque legalmente tenía pocas similitudes con las elaboradas técnicas sobre las que Gaal había leído) no duró mucho. Estaba en su tercer día. Sin embargo, Gaal ya no podía recordar su comienzo.

A él no le habían molestado mucho. La artillería pesada había caído sobre el propio doctor Seldon. Sin embargo, Hari Seldon continuaba imperturbable. Para Gaal, era el único centro de estabilidad que quedaba en el mundo.

Los espectadores eran pocos y todos habían sido extraídos de entre los barones del imperio. La prensa y el público estaban excluidos, y era dudoso que el público en general supiera siquiera que se llevaba a cabo un juicio contra Seldon. La atmósfera era de oculta hostilidad hacia los acusados.

Cinco miembros de la Comisión de Seguridad Pública estaban sentados detrás de la mesa. Llevaban uniformes de color escarlata y oro y los brillantes birretes de plástico que eran el distintivo de su función judicial. En el centro estaba el presidente de la Comisión, Linge Chen. Gaal nunca había visto un señor tan importante y le miraba con fascinación. Chen, a lo largo de un proceso, raramente pronunciaba una sola palabra. Demostraba que hablar mucho estaba por debajo de su dignidad.

El abogado de la Comisión consultó sus notas y el interrogatorio prosiguió, con Seldon aún en el estrado.

P. Veamos, doctor Seldon. ¿Cuántos hombres componen en este momento el proyecto que usted dirige?

R. Cincuenta matemáticos.

P. ¿Incluyendo al doctor Gaal Dornick?

R. El doctor Dornick es el que hace cincuenta y uno.

P. Oh, ¡así que tenemos cincuenta y uno! Haga memoria, doctor Seldon. ¿No habrá cincuenta y dos o cincuenta y tres? ¿O quizá incluso más?

R. El doctor Dornick aún no se ha incorporado formalmente a mi organización. Cuando lo haga, el número de miembros será de cincuenta y uno. Ahora es de cincuenta, como ya he dicho.

P. ¿No serán unos cien mil?

R. ¿Matemáticos? No.

P. No he dicho que fueran matemáticos. ¿Son cien mil en total?

R. En total, su cifra es posible que sea correcta.

P. *¿Es posible?* Yo digo que es así. Digo que los hombres de su proyecto son noventa y ocho mil quinientos setenta y dos.

R. Me parece que está contando a mujeres y niños.

P. *(Alzando la voz.)* Noventa y ocho mil quinientos setenta y dos individuos es lo que pretendía decir. No hay necesidad de subterfugios.

R. Acepto las cifras.

P. *(Consultando sus notas.)* Olvidémonos de esto por el momento, pues, y dediquémonos a otra cuestión que ya hemos discutido exhaustivamente. ¿Quiere repetirnos, doctor Seldon, sus ideas respecto al futuro de Trántor?

R. He dicho, y lo repito, que Trántor quedará convertido en ruinas dentro de cinco siglos.

P. ¿No considera que su declaración es desleal?

R. No, señor. La verdad científica está más allá de toda lealtad y deslealtad.

P. ¿Está seguro de que su declaración representa la verdad científica?

R. Lo estoy.

P. ¿En qué se basa?

R. En las matemáticas de la psicohistoria.

P. ¿Puede demostrar que estas matemáticas son válidas?

R. Sólo a otro matemático.

P. *(Con una sonrisa)*. Así pues, eso significa que su verdad es de una naturaleza tan esotérica que un hombre normal y corriente no puede comprenderla. A mí me parece que la verdad tendría que ser mucho más clara, menos misteriosa, más abierta a la mente.

R. No presenta ninguna dificultad para según qué mentes. Las leyes físicas de transferencia de energía, que conocemos como termodinámica, han sido claras y diáfanas durante toda la historia del hombre desde edades míticas; sin embargo, debe de haber gente que, en la actualidad, no sería capaz de dibujar un motor. También puede ocurrirle a gente de gran inteligencia. Dudo que los doctos comisionados...

En este punto, uno de los comisionados se inclinó hacia el abogado. No se oyeron sus palabras, pero el silbido de su voz reveló una cierta aspereza. El abogado se sonrojó e interrumpió a Seldon.

P. No estamos aquí para oír discursos, doctor Seldon. Supongamos que ya ha dado por demostrada su teoría. Permítame que señale la posibilidad de que sus predicciones de desastre estén destinadas a socavar la confianza pública en el Gobierno imperial por razones que sólo usted conoce.

R. No es así.

P. Supongamos que usted declara que el período anterior a la así llamada ruina de Trántor estará lleno de desórdenes de diversos tipos...

R. Es correcto.

P. Y que mediante esa mera predicción, usted espera provocarlos, y tener un ejército de cien mil hombres disponible.

R. En primer lugar, está usted equivocado. Y si no lo estuviera, una investigación le demostraría que en mi equipo no hay más de diez mil hombres en edad militar, y ninguno de ellos tiene experiencia en armas.

P. ¿Actúa como agente de otro?

R. No estoy a sueldo de nadie, señor abogado.

P. ¿Es usted completamente desinteresado? ¿Está sirviendo a la ciencia?

R. Sí.

P. Veamos cómo. ¿Puede cambiarse el futuro, doctor Seldon?

R. Evidentemente. Esta sala puede explotar dentro de pocas horas, o no. Si lo hiciera, el futuro cambiaría indudablemente en ciertos aspectos ínfimos.

P. Esto son evasivas, doctor Seldon. ¿Puede cambiarse toda la historia de la raza humana?

R. Sí.

P. ¿Fácilmente?

R. No. Con gran dificultad.

P. ¿Por qué?

R. La tendencia psicohistórica de un planeta lleno de gente implica una gran inercia. Para cambiarla debe encontrarse con algo que posea una inercia similar. O ha de intervenir muchísima gente o, si el número de personas es relativamente pequeño, se necesita un tiempo enorme para el cambio. ¿Lo comprende?

P. Creo que sí. Trántor no necesita sucumbir, si un

gran número de personas deciden actuar de modo que no ocurra así.

R. Eso es.

P. ¿Unas cien mil personas?

R. No, señor. Eso es muy poco.

P. ¿Está seguro?

R. Considere que Trántor tiene una población de más de cuarenta mil millones. Considere también que la tendencia que nos lleva a la ruina no pertenece únicamente a Trántor, sino a todo el imperio y éste contiene cerca de mil billones de seres humanos.

P. Comprendo. Entonces quizá cien mil personas puedan cambiar la tendencia, si ellos y sus descendientes trabajan durante quinientos años.

R. Me temo que no. Quinientos años es muy poco tiempo.

P. ¡Ah! En ese caso, doctor Seldon, sus declaraciones no estaban encaminadas a esta deducción. Ha reunido a cien mil personas en los confines de su proyecto. Son insuficientes para cambiar la historia de Trántor en quinientos años. En otras palabras, no pueden evitar la destrucción de Trántor hagan lo que hagan.

R. Desgraciadamente, tiene usted razón.

P. Y, por otro lado, sus cien mil personas no persiguen ningún fin ilegal.

R. Exacto.

P. *(Lentamente y con satisfacción.)* En ese caso, doctor Seldon... Preste atención, señor, porque queremos una respuesta clara. ¿Para qué servirán sus cien mil personas?

La voz del abogado se hizo estridente. Había tendido la trampa; logró arrinconar a Seldon; apartarle de cualquier posibilidad de respuesta.

Hubo un creciente zumbido de conversaciones en las líneas de los nobles que constituían la audiencia e incluso invadió la fila de comisionados. Se inclinaron unos hacia otros con sus uniformes de escarlata y oro; sólo el presidente permaneció impasible.

Hari Seldon no se alteró. Esperó a que cesaran los murmullos.

R. Para reducir al mínimo los efectos de esa destrucción.

P. ¿A qué se refiere exactamente con esto?

R. La explicación es muy sencilla. La próxima destrucción de Trántor no es un suceso aislado del esquema del desarrollo humano. Será el punto culminante de un intrincado drama que empezó hace siglos y acelera continuamente su velocidad. Me refiero, caballeros, a la continua decadencia del imperio galáctico.

El zumbido se convirtió ahora en un sordo rugido. El abogado, ignorado, gritaba:

–Está declarando abiertamente que... –y se interrumpió porque los gritos de «traición» que lanzaba el auditorio demostraban que se había llegado al punto deseado sin ningún martillazo.

Lentamente, el presidente de la Comisión levantó el mazo y lo dejó caer. El sonido fue similar al de un melodioso gong. Cuando el eco cesó, el parloteo de los espectadores también lo hizo. El abogado respiró profundamente.

P. *(Teatralmente.)* ¿Se da cuenta, doctor Seldon, de que está hablando de un imperio que existe desde hace doce mil años, a pesar de todas las vicisitudes de las generaciones, y que está respaldado por los buenos deseos y el amor de mil billones de seres humanos?

R. Estoy tan al corriente de la situación actual como de la pasada historia del imperio. Aunque no pretendo ser descortés, creo que la conozco mejor que cualquier otra persona de esta habitación.

P. ¿Y predice su ruina?

R. Es una predicción hecha por las matemáticas. No hago ningún juicio moral. Personalmente, lamento la perspectiva. Aunque se admitiera que el imperio no es conveniente (cosa que yo no hago), el estado de anarquía que seguiría a su caída sería aún peor. Es ese estado de anarquía lo que mi proyecto pretende combatir. Sin embargo, la caída del imperio, caballeros, es algo monumental y no puede combatirse fácilmente. Está dictada por una burocracia en aumento, una recesión de la iniciativa, una congelación de las castas, un estancamiento de la curiosidad... y muchos factores más. Como ya he dicho, hace siglos que se prepara y es algo demasiado grandioso para detenerlo.

P. ¿No es algo evidente para todo el mundo que el imperio es tan fuerte como siempre?

R. La apariencia de fuerza no es más que una ilusión. Parece tener que durar siempre. No obstante, señor abogado, el tronco de árbol podrido, hasta el mismo momento en que la tormenta lo parte en dos, tiene toda la apariencia de sólido que ha tenido siempre. Ahora la tormenta se cierne sobre las ramas del imperio. Escuche con los oídos de la psicohistoria, y oirá el crujido.

P. (Con inseguridad.) No estamos aquí, doctor Seldon, para escu...

R. (Firmemente.) El imperio desaparecerá y con él todos sus valores positivos. Los conocimientos acumulados decaerán y el orden que ha impuesto se desvanecerá. Las guerras interestelares serán interminables; el comercio interestelar decaerá; la población disminuirá; los mundos perderán el contacto con el núcleo de la Galaxia. Esto es lo que sucederá.

P. (Una vocecita en medio de un vasto silencio.) ¿Para siempre?

R. La psicohistoria, que puede predecir la caída, puede hacer declaraciones respecto a las oscuras edades que resultarán. El imperio, caballeros, tal como se acaba de decir, ha durado doce mil años. Las oscuras edades que vendrán no durarán doce, sino *treinta* mil años. Sobrevendrá un segundo imperio, pero entre él y nuestra civilización habrá mil generaciones de humanidad doliente. Esto es lo que debemos combatir.

P. *(Recuperándose un poco.)* Se contradice a sí mismo. Antes ha dicho que no podía evitar la destrucción de Trántor; y por lo tanto, su Caída; la *así llamada* Caída del Imperio.

R. No estoy diciendo que podamos evitar la Caída. Pero aún no es demasiado tarde para acortar el interregno que seguirá. Es posible, caballeros, reducir la duración de anarquía a un solo milenio, si mi grupo recibe autorización para actuar ahora. Nos encontramos en un delicado momento de la historia. La enorme y arrolladora masa de los acontecimientos puede ser desviada ligeramente, sólo ligeramente. Puede no ser mucho, pero puede ser suficiente para evitar veintinueve mil años de miseria de la historia humana.

P. ¿Cómo se propone hacerlo?

R. Salvando los conocimientos de la raza. La suma del saber humano está por encima de cualquier hombre; de cualquier número de hombres. Con la destrucción de nuestra estructura social, la ciencia se romperá en millones de trozos. Los individuos no conocerán más que facetas sumamente diminutas de lo que hay que saber. Serán inútiles e ineficaces por sí mismos. La ciencia, al no tener sentido, no se transmitirá. Estará perdida a través de las generaciones. *Pero*, si ahora preparamos un sumario gigantesco de *todos* los conocimientos, nunca se perderán. Las generaciones futuras se basarán en ellos, y no tendrán que volver a descubrirlo por sí mismas. Un milenio hará el trabajo de treinta mil años.

P. Todo esto…

R. Todo mi proyecto; mis treinta mil hombres con sus esposas e hijos, se dedican a la preparación de una *Enciclopedia Galáctica*. No la terminarán durante su vida. Yo ni siquiera viviré para ver cómo la empiezan. Pero cuando Trántor caiga, estará concluida y habrá ejemplares en todas las bibliotecas importantes de la Galaxia.

El presidente alzó el mazo y lo dejó caer. Hari Seldon abandonó el estrado y ocupó silenciosamente su lugar al lado de Gaal.

Sonrió y dijo:

—¿Le ha gustado el espectáculo?

—Usted lo ha estropeado. Pero ¿qué ocurrirá ahora?

—Aplazarán el juicio y tratarán de llegar a un acuerdo particular conmigo.

—¿Cómo lo sabe?

Seldon repuso:

—Si he de serle sincero, no lo sé. Depende del presidente. Le he estudiado durante años enteros. He intentado analizar sus obras, pero usted ya sabe lo arriesgado que es introducir los caprichos de un individuo en las ecuaciones psicohistóricas. Sin embargo, tengo esperanzas.

7

Avakim se aproximó, hizo una inclinación de cabeza a Gaal y cuchicheó algo al oído de Seldon. Sonó el grito de aplazamiento, y los guardias los separaron. Gaal fue conducido fuera de la sala.

Las audiencias del día siguiente fueron completamente distintas. Hari Seldon y Gaal Dornick estuvieron solos con la Comisión. Estaban sentados juntos ante una mesa, con escasa separación entre los cinco jueces y los dos acusados. Incluso les ofrecieron cigarrillos de una caja de plástico iridiscente que recordaba a un caudal de agua corriente. No era más que una ilusión óptica, y los dedos notaban una superficie dura y seca.

Seldon aceptó uno; Gaal rehusó.

Seldon dijo:

—Mi abogado no está presente.

Un comisionado replicó:

—Esto ya no es un juicio, doctor Seldon. Estamos aquí para hablar de la seguridad del Estado.

Linge Chen dijo: «Yo hablaré», y los demás comisionados se retreparon en sus asientos, dispuestos a escuchar. Se formó el silencio alrededor de Chen en espera de sus palabras.

Gaal contuvo el aliento. Chen, enjuto y duro, menos viejo de lo que aparentaba, era el verdadero emperador de toda la Galaxia. El niño que sostentaba el título sólo era un símbolo fabricado por Chen, y no el primero.

Chen dijo:

—Doctor Seldon, usted altera la paz del reino del emperador. Ninguno de los mil billones de seres que ahora viven entre todas las estrellas de la Galaxia vivirán dentro de un siglo. ¿Por qué, pues, vamos a preocuparnos por sucesos que ocurrirán dentro de cinco siglos?

—Yo no viviré más de media década —dijo Seldon—, y, sin embargo, es algo que me preocupa tremendamente. Llámelo idealismo. Llámelo una identificación de mí mismo con esa generalización mística a la que nos referimos por el término de «hombre».

—No deseo tomarme la molestia de entender el misticismo. ¿Puede decirme por qué no puedo desembarazarme de usted y de un incómodo e innecesario futuro a cinco siglos vista que yo nunca veré ejecutándole esta noche?

—Hace una semana —dijo ligeramente Seldon—, podría haberlo hecho y quizá habría tenido una probabilidad entre diez de continuar usted mismo con vida hasta el final del año. Ahora, la probabilidad entre diez no llega a una entre diez mil.

Se oyeron respiraciones sonoras y movimientos intranquilos entre la concurrencia. Gaal sintió que sus cortos cabellos le pinchaban la nuca. Los párpados de Chen bajaron un poco.

—¿Cómo es eso? —inquirió.

—La caída de Trántor —dijo Seldon— no puede ser detenida por ningún esfuerzo concebible. No obstante, puede precipitarse fácilmente. El relato de mi juicio interrumpido se extenderá por toda la Galaxia. La frustración de mis planes para aligerar el desastre convencerá a la gente de que el futuro no les deparará nada bueno. Ya ahora recuerdan la vida de sus abuelos con envidia. Verán que las revoluciones políticas y los estancamientos comerciales aumentarán. La Galaxia será regida por la idea de que lo único que tendrá importancia será lo que un hombre pueda conseguir por sí mismo y en aquel mismo momento. Los hombres ambiciosos no esperarán y los poco escrupulosos no se quedarán atrás. Por medio de sus acciones precipitarán la decadencia de los mundos. Hágame ejecutar y Trántor no caerá dentro de cinco siglos, sino dentro de cincuenta años, y usted, usted mismo, dentro de un solo año.

Chen dijo:

–Éstas son palabras para asustar a los niños, pero su muerte no es lo único que nos proporcionaría una satisfacción.

Alzó la delgada mano que descansaba en unos documentos, de modo que sólo dos dedos tocaban ligeramente la hoja superior.

–Dígame –urgió–, ¿se dedicaría única y exclusivamente a preparar esa enciclopedia de la que nos ha hablado?

–Así es.

–¿Y tiene que hacerlo en Trántor?

–Trántor, señor, posee la Biblioteca Imperial, así como las eruditas fuentes de la Universidad de Trántor.

–Pero si usted estuviera en algún otro sitio, digamos en un planeta donde la prisa y distracciones de una metrópoli no interfirieran con las reflexiones eruditas, donde sus hombres pudieran dedicarse enteramente y por completo a su trabajo, ¿no sería una gran ventaja?

–Es posible que nos reportara ventajas de poca importancia.

–Pues este mundo ya ha sido escogido. Podrá trabajar, doctor, a su gusto y con sus cien mil hombres a su alrededor. La Galaxia sabrá que está usted trabajando y luchando contra la Caída. Incluso les diremos que impedirá la Caída. –Sonrió–. Como yo no creo en tantas cosas, no es difícil para mí no creer tampoco en la Caída, así que estoy enteramente convencido de que diré la verdad al pueblo. Y mientras tanto, doctor, usted no perturbará Trántor y no habrá ninguna alteración de la paz del emperador.

»La alternativa es la muerte para usted y para todos sus seguidores. No tomaré en cuenta sus anteriores amenazas. Tiene cinco minutos a partir de este momento para escoger entre la muerte y el exilio.

—¿Cuál es el mundo elegido, señor? —preguntó Seldon.

—Me parece que se llama Términus —dijo Chen. Negligentemente, dio la vuelta a los documentos que tenía sobre la mesa para que Seldon los viera—. No está habitado, pero es habitable, y puede ser adaptado a las necesidades de los sabios. Está un poco aislado...

Seldon le interrumpió.

—Está en el extremo de la Galaxia, señor.

—Como ya le he dicho, está un poco aislado. Es muy apropiado para sus necesidades de recogimiento. Vamos, le quedan dos minutos.

Seldon dijo:

—Necesitaremos tiempo para disponer el viaje. Hay veinte mil familias implicadas.

—Les daremos tiempo.

Seldon reflexionó un momento, y el último minuto empezó a cumplirse. Dijo:

—Acepto el exilio.

A Gaal le latió el corazón con fuerza al oír estas palabras. Principalmente, se sintió invadido por una tremenda alegría al pensar que habían escapado de la muerte. Pero dentro de este gran alivio hubo un espacio para lamentar que Seldon hubiera sido vencido.

8

Durante largo rato, guardaron silencio en el taxi que les conducía, a través de cientos de kilómetros de túneles como gusanos, hacia la universidad. Y después Gaal se removió inquieto en su asiento. Dijo:

–¿Era verdad lo que ha dicho al comisionado? ¿Su ejecución habría precipitado realmente la Caída?

Seldon contestó:

–Nunca miento sobre descubrimientos psicohistóricos. En este caso tampoco me hubiera servido de nada. Chen sabía que estaba diciendo la verdad. Es un político muy astuto, y los políticos, por la misma naturaleza de su trabajo, deben poseer un instinto especial para las verdades de la psicohistoria.

–Así pues, necesitaba que usted aceptara el exilio –dijo Gaal, pero Seldon no contestó.

Cuando llegaron al terreno de la universidad, los músculos de Gaal entraron en acción por sí mismos; o mejor dicho, en inacción. Casi tuvieron que arrastrarle fuera del taxi.

Toda la universidad era un derroche de luz. Gaal casi había olvidado que el sol existía. No era que la universidad estuviera al aire libre. Sus edificios estaban cubiertos por una monstruosa cúpula de una especie de vidrio. Estaba polarizado, de modo que Gaal podía mirar directamente hacia la rutilante estrella del cielo. Sin embargo, su luz no era amortiguada y arrancaba destellos de los edificios de metal hasta donde la vista podía alcanzar.

Las estructuras de la universidad no eran del duro acero gris del resto de Trántor. Eran más plateadas. El brillo metálico tenía un color casi marfileño.

Seldon dijo:

–Al parecer hay soldados.

–¿Qué? –Gaal dirigió los ojos al prosaico suelo y vio un centinela enfrente suyo.

Se detuvieron frente a él, y un capitán de hablar suave apareció por una puerta cercana.

–¿El doctor Seldon? –preguntó.

–Sí.

–Le estábamos esperando. Usted y sus hombres estarán bajo ley marcial de ahora en adelante. Las instrucciones que he recibido son de informarle que le han sido concedidos seis meses para hacer todos los preparativos de su viaje a Términus.

—¡Seis meses! —empezó Gaal, pero los dedos de Seldon se posaron en su hombro con una ligera presión.

—Éstas son mis instrucciones —repitió el capitán.

Se alejó, y Gaal se volvió hacia Seldon.

—Pero ¿qué podemos hacer en seis meses? Esto no es más que un crimen un poco más lento.

—Calma. Calma. Lleguemos a mi despacho.

No era un despacho grande, pero sí a prueba de espías y muy difícil de detectar. Las grabadoras tendidas sobre él no recibían ni un silencio sospechoso ni un estático aún más sospechoso. Recibían una conversación construida al azar con una gran variedad de frases inocuas en diversos tonos y voces.

—Ahora —dijo Seldon, poniéndose cómodo—, seis meses serán suficientes.

—No veo cómo.

—Porque, muchacho, en un plan como el nuestro, las acciones de los demás están adaptadas para satisfacer nuestras necesidades. Aún no le he dicho que la composición temperamental de Chen ha estado sujeta a un escrutinio mayor que la de cualquier otro hombre de la historia. No dejamos que el juicio se celebrara hasta que el momento y las circunstancias fueran idóneos para lograr una sentencia de nuestro gusto.

—Pero ¿han podido arreglárselas para…?

—¿…Para que nos exilien a Términus? ¿Por qué no? —Puso un dedo en cierto lugar de su mesa de despacho y una pequeña sección de la pared que había a su espalda se deslizó hacia un lado. Sólo sus dedos podían hacerlo, puesto que sólo sus huellas digitales podían activar el lector que había debajo. Dentro encontrará varios microfilmes —dijo Seldon—. Saque el marcado con la letra T.

Gaal así lo hizo y aguardó a que Seldon lo colocara en el proyector y alargara al joven un par de oculares. Gaal se los ajustó, y contempló el desarrollo de la película.

–Pero, entonces… –empezó a decir.

–¿Qué es lo que le asombra? –preguntó Seldon.

–¿Han estado preparándose para la marcha desde hace dos años?

–Dos años y medio. Naturalmente, no podíamos estar seguros de que escogerían Términus, pero confiamos en que lo hicieran y actuamos sobre esta suposición…

–Pero ¿por qué, doctor Seldon? Si usted es el que ha dispuesto el exilio, ¿por qué? ¿Es que ya no se podían controlar los acontecimientos aquí en Trántor?

–Bueno, existen varias razones. Al trabajar en Términus tendremos el apoyo imperial sin provocar temores que pondrían en peligro la seguridad del imperio.

Gaal dijo:

–Pero usted ha provocado estos temores sólo para obligarlos a exiliarle. Sigo sin comprenderle.

–Veinte mil familias no se trasladarían al extremo de la Galaxia por su propia voluntad, ¿no cree?

–Pero ¿por qué deben ir a la fuerza? –Gaal hizo una pausa–. ¿Puedo saberlo?

Seldon dijo:

–Todavía no. Por el momento ya es suficiente que sepa que se establecerá un refugio científico en Términus. Y otro será establecido al otro extremo de la Galaxia, por ejemplo –y sonrió–, al Extremo de las Estrellas. Y en cuanto al resto, yo moriré pronto, y usted verá más que yo. No, no. Ahórreme su sorpresa y buenos deseos. Mis médicos me han dicho que no viviré más de uno o dos años. Pero entonces ya habré realizado todo lo que me había propuesto en la vida y, ¿puede uno morir en mejores circunstancias?

–¿Y después de su muerte, señor?

–Bueno, tendré sucesores…, quizá incluso usted mismo. Y estos sucesores podrán aplicar el último toque del plan e instigar la revuelta de Anacreonte en el momento oportuno y de la mejor manera. A partir de entonces, los acontecimientos se desarrollarán por sí solos.

—No le entiendo.

—Ya me entenderá. —El arrugado rostro de Seldon reflejó una gran paz y cansancio, casi al mismo tiempo—. La mayoría se irá a Términus, pero algunos se quedarán. Será fácil de arreglar. Pero yo —y concluyó en un susurro, de modo que Gaal apenas pudo oírle— estoy acabado.

SEGUNDA PARTE

LOS ENCICLOPEDISTAS

1

TÉRMINUS – ...*Su situación (consultar el mapa) era muy extraña para el papel que estaba llamado a desempeñar en la historia galáctica, pero, al mismo tiempo, tal como muchos escritores no se han cansado de repetir, inevitable. Localizado en el mismo borde de la espiral galáctica, un único planeta de un sol aislado, pobre en recursos y muy insignificante en valor económico, nunca fue colonizado durante los cinco siglos después de su descubrimiento, hasta el aterrizaje de los enciclopedistas...*

Fue inevitable que a medida que una nueva generación crecía, Términus se convirtiera en algo más que una pertenencia de los psicohistoriadores de Trántor. Con la revuelta anacreóntica y la subida al poder de Salvor Hardin, primero de la gran línea de...

Enciclopedia Galáctica

Lewis Pirenne se hallaba muy ocupado frente a su mesa del despacho, en la única esquina bien iluminada de la habitación. Tenía que coordinar el trabajo. Tenía que organizar el esfuerzo. Tenía que atar todos los cabos.

Cincuenta años; cincuenta años para establecerse y

convertir la Fundación Número Uno de la Enciclopedia en una unidad de trabajo organizada. Cincuenta años para reunir el material de base. Cincuenta años de preparación.

Lo habían hecho. Al cabo de otros cinco años se publicaría el primer volumen de la obra más monumental que la Galaxia había concebido nunca. Y después, con intervalos de diez años –regularmente, como un mecanismo de relojería–, volumen tras volumen. Y con ellos habría suplementos, artículos especiales sobre sucesos de interés general, hasta que...

Pirenne se movió con desasosiego cuando el zumbido amortiguado que procedía de su mesa sonó obstinadamente. Había estado a punto de olvidarse de la cita. Tocó el interruptor de la puerta y por el abstraído rabillo del ojo vio cómo se abría y entraba la corpulenta figura de Salvor Hardin. Pirenne no levantó la vista.

Hardin sonrió para sí. Tenía prisa, pero no era tan tonto como para ofenderse por el altivo tratamiento que Pirenne concedía a cualquier cosa o persona que interrumpiera su trabajo. Se desplomó en la silla del otro lado de la mesa y esperó.

El punzón de Pirenne hacía un ligerísimo ruido al correr sobre el papel. Aparte de esto, ningún movimiento y ningún sonido. Y entonces Hardin extrajo una moneda de dos créditos del bolsillo de su chaqueta. La lanzó hacia arriba y su superficie de acero inoxidable reflejó destellos de luz al rodar por los aires. La cogió y volvió a lanzarla, mirando perezosamente los centelleantes reflejos. El acero inoxidable constituía un buen medio de intercambio en un planeta donde todo el metal tenía que importarse.

Pirenne alzó la vista y parpadeó.

–¡Deje de hacer eso! –exclamó con irritación.

–¿Eh?

–Deje de tirar esa infernal moneda al aire. Ya es suficiente.

–Oh. –Hardin volvió a meter el disco de metal en el bolsillo–. Dígame cuándo acabará, ¿quiere? Le prometo estar de vuelta en el consejo municipal antes de que la asamblea someta a votación el proyecto del nuevo acueducto.

Pirenne suspiró y se separó de la mesa.

—Ya he acabado, pero espero que no me moleste con los problemas municipales. Cuídese usted mismo de eso, por favor. La Enciclopedia requiere todo mi tiempo.

—¿Se ha enterado de la noticia? —interrogó Hardin, flemáticamente.

—¿Qué noticia?

—La noticia que ha recibido hace dos horas el receptor de onda ultrasónica de la Ciudad de Términus. El gobernador real de la Prefectura de Anacreonte ha asumido el título de rey.

—¿Bien? ¿Y qué?

—Significa —repuso Hardin— que estamos incomunicados con las regiones internas del imperio. Ya lo esperábamos, pero eso no nos facilita las cosas. Anacreonte está justo en medio de lo que era nuestra última ruta comercial a Santanni, Trántor e incluso Vega. ¿De dónde importaremos el metal? No hemos logrado obtener ningún embarque de acero o aluminio durante seis meses, y ahora ya no podremos obtener ninguno, excepto por gracia del rey de Anacreonte…

Pirenne le interrumpió con impaciencia.

—Pues consígalos a través de él.

—¿Podemos? Escuche, Pirenne, según la carta que establece esta Fundación, la Junta de síndicos del Comité de la Enciclopedia tiene plenos poderes administrativos. Yo, como alcalde de Ciudad de Térmius, tengo tanto poder como para sonarme y quizá estornudar si usted refrenda una orden dándome el permiso. Esto corresponde a la Junta y a usted. Se lo pido en nombre de la ciudad, cuya prosperidad depende del comercio ininterrumpido con la Galaxia; le pido que convoque una reunión urgente…

—¡Basta! Una campaña dialéctica estaría fuera de lugar. Ahora bien, Hardin, la Junta de síndicos no ha prohibido el establecimiento de un gobierno municipal en Términus. Creemos que es necesario a causa del aumento de población desde que se creó la Fundación hace cincuenta años, y a causa del número cada vez mayor de personas que está implicado en los asuntos de la Enciclopedia. *Pero* esto no significa que el primer y *único* fin de la Fundación ya no sea publicar la Enciclopedia de todo el saber humano. Somos una institución científica apoyada por el Estado, Hardin. No podemos, no debemos interferir en la política local.

–¡Política local! Por el dedo gordo del pie izquierdo del emperador, Pirenne, esto es cuestión de vida o muerte. El planeta, Términus, no puede mantener por sí mismo una civilización mecanizada. Carece de metal. Usted lo sabe. No tiene ni pizca de hierro, cobre o aluminio en las rocas de la superficie, y muy poco de cualquier otra cosa. ¿Qué cree que ocurrirá con la Enciclopedia si ese maldito rey de Anacreonte nos aprieta las clavijas?

–¿A *nosotros*? ¿Olvida acaso que estamos bajo el control directo del mismo emperador? No formamos parte de la Prefectura de Anacreonte o de cualquier otro. ¡Recuérdelo! Formamos parte del dominio personal del emperador, y nadie nos ha tocado. El imperio puede protegerse a sí mismo.

–Entonces, ¿por qué no ha evitado que el gobernador real de Anacreonte se rebelara? Y no sólo se trata de Anacreonte. Por lo menos, veinte de las prefecturas más apartadas de la Galaxia, en realidad toda la Periferia, han empezado a tomar riendas a su manera. Tengo que decirle que no estoy muy seguro del imperio y su capacidad para protegernos.

–¡Palabrería! Gobernadores reales, reyes…, ¿qué diferencia hay? El imperio está saturado de políticos y hombres que tiran de uno y otro lado. Los gobernadores se han rebelado, y, por esta razón, los emperadores han sido depuestos, o asesinados antes de ello. Pero ¿qué tiene que ver con el imperio en sí mismo? Olvídelo, Hardin. No nos concierne. Somos los primeros y los últimos… científicos. Y nuestra única preocupación es la Enciclopedia. Oh, sí, casi lo había olvidado. ¡Hardin!

–¿Sí?

–¡Haga algo con este periódico suyo! –La voz de Pirenne era colérica.

–¿El *Diario* de la Ciudad de Términus? No es mío, es de propiedad privada. ¿Qué ha hecho?

–Lleva semanas recomendando que el quincuagésimo aniversario del establecimiento de la Fundación se celebre con vacaciones públicas y celebraciones completamente impropias.

–¿Y por qué no? El reloj de radio abrirá la Primera Bóveda dentro de tres meses. Yo diría que es una gran ocasión, ¿usted no?

–No para exhibiciones tontas, Hardin. La Primera Bóveda y su apertura sólo concierne a la Junta de síndicos. Se comunicará algo importante al pueblo. Es mi última palabra y usted me hará el favor de publicarlo.

–Lo siento, Pirenne, pero la Carta Municipal garantiza cierta cuestión menor conocida como libertad de prensa.

–Es posible. Pero la Junta de síndicos no. Soy el representante del emperador y tengo plenos poderes.

La expresión de Hardin fue la de un hombre que cuenta mentalmente hasta diez.

–Respecto a su cargo como representante del emperador, tengo una última noticia que darle –dijo en tono sombrío.

–¿Sobre Anacreonte? –Pirenne frunció los labios. Se sentía molesto.

–Sí. Recibiremos la visita de un enviado especial de Anacreonte, dentro de dos semanas.

–¿Un enviado? ¿Nosotros? ¿De Anacreonte? –Pirenne refunfuñó–: ¿Para qué?

Hardin se puso en pie y acercó la silla a la mesa.

–Dejaré que lo adivine usted mismo.

Y se fue…, muy ceremoniosamente.

Anselm ilustre Rodric −«ilustre» significaba nobleza de sangre−, subprefecto de Pluema y enviado extraordinario de su Alteza de Anacreonte −más media docena de otros títulos− fue recibido por Salvor Hardin en el espaciopuerto con todos los imponentes rituales de una ocasión oficial.

Con una sonrisa forzada y una ligera inclinación, el subprefecto sacó su pistola de la funda y la presentó a Hardin por la culata. Hardin devolvió el cumplido con una pistola específicamente prestada para la ocasión. Así se estableció la amistad y buena voluntad, y si Hardin notó alguna protuberancia en el hombro del ilustre Rodric, prudentemente no dijo nada.

El coche que los recibió −precedido, flanqueado y seguido por la debida nube de funcionarios menores− se dirigió a una marcha lenta y ceremoniosa hacia la plaza de la Enciclopedia, aclamado en el camino por una multitud debidamente entusiasta.

El subprefecto Anselm recibió las aclamaciones con la complaciente indiferencia de un soldado y un noble.

−¿Y esta ciudad es todo su mundo? −preguntó.

Hardin alzó la voz para hacerse oír por encima del clamor.

−Constituimos un mundo joven, eminencia. En nuestra corta historia, muy pocos miembros de la alta nobleza han visitado nuestro pobre planeta. De ahí nuestro entusiasmo.

La «alta nobleza» no captó la ironía.

Dijo pensativamente:

−Fundada hace cincuenta años. ¡Hummm! Aquí tiene grandes extensiones de terreno sin explotar, alcalde. ¿Nunca ha pensado dividirlo en estados?

−Aún no hay necesidad. Estamos extremadamente centralizados; tenemos que estarlo, por la Enciclopedia. Algún día, quizá, cuando nuestra población haya aumentado…

−¡Un mundo extraño! ¿No tienen campesinos?

Hardin pensó que no se requería demasiada perspicacia para adivinar que su eminencia se estaba abandonando a un sondeo bastante torpe. Repuso casualmente:

–No…, no tenemos, y tampoco nobleza.

El ilustre Rodric alzó las cejas.

–¿Y su líder, el hombre con quien debo entrevistarme?

–¿Se refiere al doctor Pirenne? ¡Sí! Es el presidente de la Junta de síndicos… y un representante personal del emperador.

–¿*Doctor*? ¿No tiene ningún otro título? ¿Un *científico*? ¿Y está por encima de la autoridad civil?

–Sí, desde luego que sí –repuso Hardin, amistosamente–. Todos somos científicos, más o menos. Al fin y al cabo, no somos tanto un mundo como una fundación científica… bajo el control directo del emperador.

Hubo un ligero énfasis en la última frase que pareció desconcertar al subprefecto. Permaneció pensativamente silencioso durante el resto del lento trayecto hacia la plaza de la Enciclopedia.

Si Hardin se aburrió durante la tarde y noche que siguieron, por lo menos tuvo la satisfacción de observar que Pirenne y el ilustre Rodric –que al momento de conocerse habían intercambiado mutuas protestas de estima y consideración– detestaban muchísimo más su compañía.

El ilustre Rodric había asistido con mirada vidriosa al discurso de Pirenne durante la «visita de inspección» del edificio de la Enciclopedia. Con sonrisa educada y ausente, había escuchado el parloteo de este último a medida que recorrían los vastos almacenes de películas de consulta y las numerosas salas de proyección.

Sólo después de haber bajado nivel tras nivel y visitado los departamentos de redacción, edición, publicación y filmación, hizo la primera declaración comprensible.

–Todo esto es muy interesante –dijo–, pero parece una ocupación muy extraña para personas mayores. ¿Para qué sirve?

Hardin observó que Pirenne no encontró una respuesta adecuada, aunque la expresión de su rostro fue de lo más elocuente.

La cena de aquella noche no fue más que un reflejo de los sucesos de la tarde, pues el ilustre Rodric monopolizó la conversación al describir —con toda clase de detalles técnicos y con increíble celo— sus propias hazañas como cabeza de batallón durante la reciente guerra entre Anacreonte y el vecino y recién proclamado reino de Smyrno.

Los detalles del relato del subprefecto no concluyeron hasta después de la cena, y, uno por uno, los oficiales menores habían ido desapareciendo. El último retazo de triunfal descripción sobre las naves destrozadas llegó cuando hubo acompañado a Pirenne y Hardin a un balcón y se relajó con el cálido aire de la noche estival.

—Y ahora —dijo, con pesada jovialidad—, hablemos de cuestiones serias.

—Por supuesto —murmuró Hardin, encendiendo un largo cigarro de tabaco de Vega (ya no quedaban muchos, pensó), y columpiándose sobre las dos patas traseras de la silla.

La Galaxia poblaba el cielo a gran altura, y su forma de lente nebulosa se extendía perezosamente a lo largo del horizonte. En comparación con ella, las escasas estrellas de aquel extremo del universo eran insignificantes destellos.

—Claro que —dijo el subprefecto— todas las conversaciones formales…, la firma de documentos y todos esos aburridos tecnicismos… tendrán lugar ante la… ¿Cómo llaman ustedes a su consejo?

—Junta de síndicos —replicó Pirenne, fríamente.

—¡Vaya nombre! De todos modos, eso será mañana. Sin embargo, ahora podemos aclarar algunos puntos de hombre a hombre, ¿eh?

—Y esto significa… —apremió Hardin.

—Sólo esto. Ha habido ciertos cambios en esta parte de la Periferia y el estado de su planeta es un poco incierto. Sería muy conveniente que llegásemos a un acuerdo sobre la situación. Por cierto, alcalde, ¿tiene otro de esos cigarros?

Hardin se sobresaltó y le alargó uno de mala gana.

Anselm ilustre Rodric lo olfateó y emitió un suspiro de placer.

—¡Tabaco de Vega! ¿Dónde lo consiguen?

—No hace mucho que recibimos un embarque. Ya casi se ha terminado. El Espacio sabe cuándo nos enviarán más... si es que nos lo envían.

Pirenne frunció el ceño. No fumaba, y, por esta razón, detestaba el olor.

—A ver si lo he comprendido, eminencia. ¿Su misión es puramente clarificadora?

El ilustre Rodric asintió a través del humo de sus primeras bocanadas.

—En ese caso, es demasiado pronto. La situación con respecto a la Fundación Número Uno de la Enciclopedia es la misma de siempre.

—¡Ah! ¿Y cuál es la misma de siempre?

—Ésta: una institución científica apoyada por el Estado y parte del dominio personal de su augusta majestad el emperador.

El subprefecto no se dejó impresionar. Hizo algunos anillos de humo.

—Es una teoría muy bonita, doctor Pirenne. Me imagino que tiene usted cartas con el sello Imperial; pero ¿cuál es la situación actual? ¿A qué distancia están de Smyrno? No les separan más de cincuenta parsecs de la capital de Smyrno, ya lo sabe. ¿Y qué hay de Konom y Daribow?

Pirenne dijo:

—No tenemos nada que ver con ninguna prefectura. Como parte del dominio del emperador...

—No son prefecturas —recordó ilustre Rodric—; ahora son reinos.

—Pues reinos. No tenemos nada que ver con ellos. Como institución científica...

—¡Al diablo la ciencia! —exclamó el otro, añadiendo un juramento militar que ionizó la atmósfera—. ¿Qué diablos tiene eso que ver con el hecho de que, en cualquier momento, presenciaremos la conquista de Términus por Smyrno?

–¿Y el emperador? ¿Se cruzará de brazos?

El ilustre Rodric se calmó y dijo:

–Vamos a ver, doctor Pirenne, usted respeta la propiedad del emperador y también Anacreonte lo hace, pero es posible que Smyrno no. Recuerde, acabamos de firmar un tratado con el emperador, presentaré una copia de él a esa Junta suya mañana, que nos responsabiliza de mantener el orden dentro de las fronteras de la antigua Prefectura de Anacreonte en beneficio del emperador. Nuestro deber está claro, ¿no cree?

–Ciertamente. Pero Términus no forma parte de la Prefectura de Anacreonte.

–Y Smyrno…

–Tampoco forma parte de la Prefectura de Smyrno. No forma parte de ninguna prefectura.

–¿Y Smyrno lo sabe?

–No me importa que lo sepa o no.

–A *nosotros* sí. Acabamos de terminar una guerra con ellos y todavía tienen dos sistemas estelares que son nuestros. Términus ocupa un lugar extremadamente estratégico, entre las dos naciones.

Hardin se sentía cansado. Intervino:

–¿Cuál es su proposición, eminencia?

El subprefecto pareció dispuesto a abandonar las evasivas en favor de declaraciones más directas. Dijo vivamente:

–Parece evidente que, puesto que Términus no puede defenderse, Anacreonte debe ocuparse de ello por su propio bien. Comprenderán que no deseamos interferir con la administración interna…

–Uh-huh –gruñó Hardin secamente.

–…Pero creemos que sería lo mejor para todos los implicados que Anacreonte estableciera su base militar en el planeta.

–¿Y eso es todo lo que quieren, una base militar en algún sitio del vasto territorio sin ocupar, y nada más que eso?

–Bueno, naturalmente está la cuestión de sustentar a las fuerzas protectoras.

La silla de Hardin cayó sobre sus cuatro patas, y sus hombros se inclinaron hasta casi rozar las rodillas.

–Ahora estamos llegando a la esencia del problema. Traduzcamos sus palabras. Términus será un protectorado y pagará tributo.

–Nada de tributo; impuestos. Nosotros les protegemos; ustedes pagan por ello.

Pirenne dejó caer la mano sobre la silla con repentina violencia.

–Déjeme hablar, Hardin. Eminencia, no me importan una oxidada moneda de medio crédito Anacreonte, Smyrno, o toda su política local y sus mezquinas guerras. Le digo que esto es una institución libre de impuestos apoyada por el Estado.

–¿Apoyada por el Estado? Pero *nosotros* somos el Estado, doctor Pirenne, y no les apoyamos.

Pirenne se levantó airadamente.

–Eminencia, soy el representante directo de...

–...De su augusta majestad el emperador –coreó burlonamente Anselm ilustre Rodric–. Y yo soy el representante directo del rey de Anacreonte. Anacreonte está muchísimo más cerca, doctor Pirenne.

–Volvamos a los negocios –apremió Hardin–. ¿Cómo aceptaría los llamados impuestos, eminencia? ¿Los aceptaría en especie: trigo, patatas, verduras, ganado?

El subprefecto pareció sorprendido.

–¿Qué diablos...? ¿Para qué íbamos a necesitar todo eso? Tenemos grandes excedentes. Oro, claro está. Cromo o vanadio serían incluso mejor, incidentalmente, si los tienen en cantidad.

Hardin se echó a reír.

–¡En cantidad! Ni siquiera tenemos hierro en cantidad. ¡Oro! Tenga, eche una mirada a nuestra moneda. –Lanzó una moneda al enviado.

El ilustre Rodric la sopesó y miró fijamente.

–¿Qué es? ¿Acero?

–En efecto.

–No lo comprendo.

–Términus carece prácticamente de metales. Los importamos todos. Por consiguiente, no tenemos oro ni nada con que pagar a menos que quiera unos cuantos miles de toneladas de patatas.

–Pues… mercancías manufacturadas.

–¿Sin metal? ¿De qué quiere que hagamos las máquinas?

Hubo una pausa y Pirenne volvió a la carga:

–Toda esta discusión está muy lejos del problema. Términus no es un planeta, sino una fundación científica que prepara una gran enciclopedia. Por el Espacio, hombre, ¿es que no tiene ningún respeto por la ciencia?

–Las enciclopedias no ganan guerras. –El ilustre Rodric arrugó el entrecejo–. Un mundo completamente improductivo, pues… y prácticamente sin ocupar. Bueno, pueden pagar con tierra.

–¿Qué quiere decir? –preguntó Pirenne.

–Este mundo está casi deshabitado y la tierra desocupada probablemente sea fértil. Si ocurre lo que debe ocurrir, y ustedes cooperan, quizá pudiéramos lograr que no perdieran nada. Pueden concederse títulos y otorgarse estados. Supongo que me comprenden.

–¡Gracias! –dijo Pirenne con aire despectivo.

Y entonces Hardin preguntó ingeniosamente:

–¿No podría Anacreonte abastecernos de plutonio para nuestra planta de energía atómica? No nos queda más que el suministro de unos cuantos años.

Pirenne se quedó sin aliento y durante unos minutos reinó un silencio de muerte. Cuando el ilustre Rodric habló, lo hizo en una voz completamente distinta de la que había empleado hasta entonces:

–¿Tienen energía atómica?

–Ciertamente. ¿Qué hay de insólito en ello? La energía atómica existe desde hace más de cincuenta mil años. ¿Por qué no íbamos a tenerla? El único problema es obtener plutonio.

–Sí…, sí. –El enviado hizo una pausa y añadió desasosegadamente–: Bien, caballeros, proseguiremos nuestra charla mañana. Me disculparán…

Pirenne le siguió con la mirada y murmuró entre dientes:

–¡Insufrible asno! Ése…

Hardin le interrumpió:

–Nada de eso. No es más que el producto del medio en que vive. No entiende gran cosa aparte de «Yo tengo un arma y tú no».

Pirenne se echó sobre él con exasperación.

–¿Qué demonios se ha propuesto usted al hablar de bases militares y tributos? ¿Se ha vuelto loco?

–No. No he hecho más que darle cuerda y dejarle hablar. Observará que ha terminado por revelar las verdaderas intenciones de Anacreonte, es decir, el fraccionamiento de Términus en pequeños estados. Naturalmente, no voy a permitir que eso ocurra.

–No va a permitirlo. No lo hará. ¿Y quién es usted? ¿Y puedo preguntarle qué se proponía al revelar la existencia de nuestra planta de energía atómica? Es precisamente lo que puede convertirnos en un objetivo militar.

–Sí –sonrió Hardin–. Un objetivo militar del que hay que mantenerse apartado. ¿No es obvio el motivo que he tenido para sacar el tema? Ha confirmado una poderosa sospecha que ya tenía.

–¿Cuál?

–Que Anacreonte ya no tiene una economía de energía atómica. Si la tuviera, nuestro amigo se hubiera dado cuenta inmediatamente de que el plutonio, excepto en la tradición antigua, no se utiliza en plantas de energía. Y de esto se deduce que el resto de la Periferia tampoco tiene energía atómica. Indudablemente Smyrno no tiene, o Anacreonte no hubiera ganado la mayor parte de las batallas en la reciente guerra. Interesante, ¿no cree?

–¡Bah! –Pirenne salió con expresión enfurecida, y Hardin sonrió amablemente.

Tiró su cigarro y miró hacia la extendida Galaxia.

–Han vuelto al petróleo y al carbón, ¿verdad? –murmuró, y el resto de sus pensamientos los guardó para sí.

3

Cuando Hardin negó ser propietario del *Diario*, quizá fuera técnicamente sincero, pero nada más. Hardin había sido el alma inspiradora de la campaña para incorporar Términus a una municipalidad autónoma. Había sido elegido su primer alcalde y por eso no era sorprendente que, aunque el periódico no iba a su nombre, cerca de un sesenta por ciento estuviera controlado por él mediante formas más tortuosas.

Había muchas maneras.

Por consiguiente, cuando Hardin empezó a sugerir a Pirenne que debían permitirle asistir a las reuniones de la Junta de síndicos, no fue ninguna coincidencia que el *Diario* empezara una campaña similar. Y se celebró la primera reunión masiva en la historia de la Fundación, solicitando una representación de la Ciudad en el gobierno «nacional».

Y, eventualmente, Pirenne capituló de mala gana.

Hardin, sentado al extremo de la mesa, especuló ociosamente sobre la razón de que los científicos físicos fueran unos administradores tan pobres. Podía ser únicamente porque estaban demasiado acostumbrados al hecho inflexible y muy poco a la gente manejable.

En cualquier caso, tenía a Tomaz Sutt y a Jord Fara a su izquierda; a Lundin Crast y Yate Fulham a su derecha; y Pirenne, en persona, presidía. Los conocía a todos, como era natural, pero daba la impresión de que se habían revestido de un poco de pomposidad extraordinaria para la ocasión.

Hardin se adormeció durante las formalidades iniciales y después se reanimó cuando Pirenne dio unos sorbos del vaso de agua que tenía frente a sí, a modo de preparación, y dijo:

—Tengo el gran placer de informar a la Junta de que, desde nuestra última reunión, he recibido la noticia de que lord Dorwin, canciller del imperio, llegará a Términus dentro de dos semanas. Puede darse por sentado que nuestras relaciones con Anacreonte serán suavizadas a nuestra completa satisfacción en cuanto el emperador sea informado de la situación.

Sonrió y se dirigió a Hardin desde el otro extremo de la mesa.

—Se ha facilitado la información correspondiente al *Diario*.

Hardin se rió disimuladamente. Parecía evidente que el deseo de Pirenne de revelar estos informes frente a él había sido la única razón de que le admitiera en el sancta-sanctórum.

Dijo tranquilamente:

—Prescindiendo de las expresiones vagas, ¿qué espera que haga lord Dorwin?

Tomaz Sutt replicó. Tenía la mala costumbre de dirigirse a uno en tercera persona siempre que se sentía importante.

—Está clarísimo —observó— que el alcalde Hardin es un cínico profesional. No puede dejar de comprender que el emperador no permitirá en modo alguno que se infrinjan sus derechos personales.

—¿Por qué? ¿Qué haría en caso de que así sucediera?

Hubo un pequeño revuelo. Pirenne dijo:

—Está diciendo tonterías —y como si se le acabara de ocurrir—: y, además, hace declaraciones que pueden considerarse traidoras.

—¿Debo considerar esto como una respuesta?

—¡Sí! Si no tiene nada más que decir…

—No saque conclusiones con tanta precipitación. Me gustaría hacer una pregunta. Aparte de este golpe de diplomacia, que puede o no puede demostrar nada, ¿se ha hecho algo concreto para enfrentarnos a la amenaza de Anacreonte?

Yate Fulham se llevó la mano a su feroz bigote pelirrojo.

—Usted lo considera una amenaza, ¿verdad?

—¿Usted no?

—No —dijo con indulgencia—. El emperador…

—¡Gran Espacio! —Hardin se sentía molesto—. ¿Qué es esto? Cada dos por tres alguien menciona al «emperador» o al «imperio» como si fueran palabras mágicas. El emperador está a cincuenta mil parsecs de distancia, y dudo que le importemos un comino. Y si no fuera así, ¿qué puede hacer él? Lo que había en estas regiones de la flota imperial ahora está en manos de los cuatro reinos, y Anacreonte tiene su parte. Escuchen, hemos de luchar con armas, no con palabras.

»Presten atención. Hasta ahora hemos tenido dos meses de gracia, principalmente porque hemos dado la idea a Anacreonte de que tenemos armas atómicas. Bueno, todos sabemos que esto es una mentira piadosa. Tenemos energía atómica, pero sólo para usos comerciales, y además muy poca. Lo averiguarán pronto, y si ustedes creen que les gustará haber sido burlados, están muy equivocados.

—Mi querido amigo…

—Espere; no he terminado. —Hardin se acaloraba. Le gustaba aquello—. Está muy bien reclamar la intervención de cancilleres en todo esto, pero sería mucho mejor reclamar unas cuantas armas de sitio adaptadas para contener unas preciosas bombas atómicas. Hemos perdido dos meses, caballeros, y es posible que no tengamos otros dos meses que perder. ¿Qué proponen hacer?

Lundin Crast, arrugando airadamente la nariz, dijo:

—Si lo que propone es la militarización de la Fundación, no quiero ni oír hablar de ello. Marcaría nuestra entrada declarada en el campo de la política. Nosotros, señor alcalde, constituimos una fundación científica y nada más.

Sutt añadió:

—No se da cuenta de que construir armamento significaría retirar hombres, hombres útiles, de la Enciclopedia. Eso no se puede hacer, pase lo que pase.

—Es la pura verdad —convino Pirenne—. La Enciclopedia está primero… siempre.

Hardin gruñó para sus adentros. La Junta parecía sufrir violentamente de la enfermedad de la Enciclopedia.

Dijo fríamente:

–¿Se le ha ocurrido alguna vez a la Junta que es posible que Términus tenga otros intereses que la Enciclopedia?

Pirenne replicó:

–No concibo, Hardin, que la Fundación pueda tener *algún* otro interés que la Enciclopedia.

–Yo no he dicho la Fundación; he dicho Términus. Me temo que no se hacen cargo de la situación. Más de un millón de personas vivimos en Términus, y no más de ciento cincuenta mil trabajan directamente en la Enciclopedia. Para el resto de nosotros, éste es nuestro *hogar.* Hemos nacido aquí. Vivimos aquí. Comparada con nuestras granjas y nuestras casas y nuestras fábricas, la Enciclopedia no significa nada. Queremos protegerlas…

Le hicieron callar.

–La Enciclopedia primero –declaró Crast–. Tenemos una misión que cumplir.

–Al infierno la misión –gritó Hardin–. Esto podía ser cierto hace cincuenta años. Ahora hay una nueva generación.

–Eso no tiene nada que ver –repuso Pirenne–. Somos científicos.

Y Hardin aprovechó la coyuntura:

–¿Lo son, realmente? Esto es una bonita alucinación, ¿no creen? Ustedes constituyen un ejemplo perfecto de todos los males de la Galaxia durante miles de años. ¿Qué clase de ciencia es permanecer aquí durante siglos enteros para clasificar el trabajo de los científicos del último milenio? ¿Han pensado alguna vez en seguir adelante con su trabajo, en extender sus conocimientos y mejorarlos? ¡No! Están muy contentos estancándose. Toda la Galaxia lo está, y lo ha estado desde el espacio sabe cuánto tiempo. Ésta es la razón de que la Periferia se agite; ésta es la razón de que las comunicaciones se corten; ésta es la razón de que guerras absurdas se eternicen; ésta es la razón de que sistemas enteros pierdan la energía atómica, y vuelvan a las bárbaras técnicas de la energía química.

»Si quieren saber mi opinión –gritó–, *¡la Galaxia va a descomponerse!*

73

Hizo una pausa y se recostó en la silla para recobrar el aliento, sin prestar atención a los dos o tres que intentaban contestarle simultáneamente.

Crast tomó la palabra:

—No sé lo que trata de obtener con sus declaraciones histéricas, señor alcalde. Ciertamente, no añade nada constructivo a la discusión. Solicito, señor presidente, que las observaciones del alcalde sean desestimadas y que se reanude la discusión en el punto que fue interrumpida.

Jord Fara se agitó por vez primera. Hasta el momento, Fara no había tomado parte ni siquiera en los momentos álgidos de la disputa. Pero ahora su voluminosa voz, tan voluminosa como su cuerpo de ciento cincuenta kilos de peso, dejó oír su tono de bajo:

—¿No hemos olvidado alguna cosa, caballeros?

—¿Qué? —preguntó Pirenne, malhumoradamente.

—Que dentro de un mes celebraremos nuestro quincuagésimo aniversario. —Fara tenía la facultad de pronunciar las mayores trivialidades con enorme profundidad.

—¿Y qué tiene que ver?

—Y en dicho aniversario —continuó plácidamente Fara—, la Bóveda de Hari Seldon será abierta. ¿Han pensado alguna vez sobre lo que puede haber en la Bóveda?

—No lo sé. Cuestiones rutinarias. Un discurso de felicitación, quizá. No creo que haya nada de importancia dentro de la Bóveda; aunque el *Diario* —y miró a Hardin, que le sonrió— intentara editar un número sobre ello. Yo puse mi veto.

—Ah —dijo Fara—, pero quizá esté usted equivocado. ¿No le llama la atención —hizo una pausa y se llevó un dedo a la redonda nariz— que la Bóveda se abra en un momento muy conveniente?

—En un momento muy inconveniente, querrá decir —murmuró Fulham—. Tenemos otras cosas de que preocuparnos.

—¿Otras cosas más importantes que un mensaje de Hari Seldon? No lo creo. —Fara estaba más pontifical que nunca, y Hardin le contempló pensativamente. ¿Adónde quería ir a parar?—. De hecho —dijo Fara, con satisfacción—, todos ustedes parecen olvidar que Seldon fue el mayor psicólogo de nuestro tiempo y el fundador de nuestra Fundación. Parece razonable suponer que utilizó su ciencia para determinar el curso probable de la historia del futuro inmediato. Si lo hizo, como parece probable, repito, es seguro que logró encontrar un medio para advertirnos del peligro y, quizá, para sugerir una solución. Como saben, la Enciclopedia era su mayor anhelo.

Prevaleció una atmósfera de pasmada duda.

Pirenne se aclaró la garganta.

–Bueno, la verdad es que no lo sé. La psicología es una gran ciencia, pero... en este momento no hay ningún psicólogo entre nosotros, me parece. Tengo la impresión de que pisamos terreno poco firme.

Fara se volvió hacia Hardin.

–¿No estudió psicología con Alurin?

Hardin contestó, medio distraído:

–Sí, pero no completé mis estudios. Me cansé de la teoría. Quería ser ingeniero psicológico, pero no disponíamos de medios, así que hice lo mejor: me metí en política. Es prácticamente lo mismo.

–Bien, ¿qué opina de la Bóveda?

Y Hardin repuso cautelosamente:

–No lo sé.

No dijo ni una palabra más durante el resto de la reunión, a pesar de que se volvió al tema del canciller del imperio.

De hecho, ni siquiera escuchó. Le habían puesto sobre una nueva pista y las cosas empezaban a encajar, aunque no totalmente. Los ángulos encajaban... uno o dos.

Y la psicología era la clave. Estaba seguro de ello.

Trataba desesperadamente de recordar la teoría psicológica que había aprendido; y por ella comprendió una cosa enseguida.

Un gran psicólogo como Seldon podía descifrar suficientemente las emociones y reacciones humanas para predecir ampliamente la marcha histórica del futuro.

Y eso significaba... ¡hummm!

4

Lord Dorwin tomaba rapé. Además, llevaba el cabello largo, rizado intrincadamente y, era obvio, que de modo artificial, a lo cual se añadían dos esponjosas patillas rubias, que acariciaba afectuosamente. Además, hablaba con frases muy precisas y no podía pronunciar las erres.

En aquel momento, Hardin no tenía tiempo de pensar en más razones en que basar la instantánea aversión que había experimentado hacia el noble canciller. Oh, sí, los elegantes gestos de una mano con que acompañaba la más ligera observación.

Pero, en cualquier caso, ahora el problema era localizarle. Había desaparecido con Pirenne hacía media hora; se había perdido de vista, evaporado.

Hardin estaba completamente seguro de que su propia ausencia durante las discusiones preliminares convendría mucho a Pirenne.

Pero Pirenne había sido visto en aquel ala y aquel piso. Era simplemente cuestión de probar en todas las puertas. A medio camino, dijo: «¡Ah!» y entró en la cámara oscura. El perfil del complicado peinado de lord Dorwin era inconfundible contra la pantalla iluminada.

Lord Dorwin alzó la vista y dijo:

—Ah, Hagdin. Nos está buscando, ¿vegdad? —le presentó su caja de rapé (demasiado recargada y de poco valor artístico, pensó Hardin), que fue educadamente rehusada, con lo cual él mismo se sirvió una pizca y sonrió con amabilidad.

Pirenne frunció el ceño y Hardin le contempló con una expresión de total indiferencia.

El único ruido que rompió el corto silencio que siguió fue el crujido de la tapa de la cajita de rapé perteneciente a lord Dorwin. Entonces se la guardó y dijo:

—Una ggan guealización esta Enciclopedia suya, Hagdin. Una vegdadega hazaña que puede equipagagse a las mejogues guealizaciones de todos los tiempos.

—La mayoría de nosotros piensa así, milord. Sin embargo, es una realización no totalmente lograda todavía.

–Pog lo poco que he visto de la eficiencia de su Fundación, no abguigo ningún temor guespecto a esta cuestión. –Y asintió a Pirenne, que respondió, encantado, inclinando la cabeza.

«Una verdadera fiesta amistosa», pensó Hardin.

–No me quejaba de la falta de eficiencia, milord, sino de exceso de eficiencia de los dirigentes de Anacreonte; aunque en otra dirección más destructiva.

–Oh, sí, Anacgueonte. –Hizo un negligente gesto con la mano–. Vengo de allí. Es un planeta de lo más bágbago. Es vegdadegamente inconcebible que los segues humanos puedan vivig aquí en la Peguifeguia. Caguecen de los guequisitos más elementales de los caballegos bien educados; hay una completa ausencia de los elementos más fundamentales paga la comodidad y conveniencia... el máximo desudo en que...

Hardin interrumpió secamente:

–Por desgracia, los anacreontianos tienen todos los requisitos elementales para la guerra y todos los elementos para la destrucción.

–De acuegdo, de acuegdo. –Lord Dorwin parecía molesto, quizá por haber sido interrumpido a mitad de la frase–. Pego ahoga no vamos a discutig asuntos de negocios, ya lo sabe. Estoy muy integuesado en este momento. Doctog Piguenne, ¿no va a enseñagme el segundo volumen? Hágalo, pog favog.

Las luces se apagaron, y durante la siguiente media hora Hardin habría podido muy bien estar en Anacreonte por toda la atención que le prestaron. El libro que aparecía en la pantalla no tenía mucho sentido para él, ni tampoco se esforzó en que lo tuviera, pero lord Dorwin se excitó muy humanamente en ciertos momentos. Hardin observó que en estos momentos de excitación el canciller pronunciaba las erres.

Cuando las luces volvieron a encenderse, lord Dorwin dijo:

–Magavilloso; guealmente magavilloso. ¿Pog casualidad no está usted integuesado en agqueología, Hagdin?

–¿Eh? –Hardin fue sacado bruscamente de una ensoñación abstracta–. No, milord, no puedo decir que lo esté. Soy psicólogo por intención inicial y político por decisión final.

–¡Ah! Sin duda son estudios muy integuesantes. Yo mismo –se sirvió una gigantesca ración de rapé– soy aficionado a la agqueología.

–¿De verdad?

–Su señoría –interrumpió Pirenne– conoce el tema a la perfección.

–Bueno, quizá sí, quizá sí –dijo complacientemente su señoría–. He hecho muchísimos tgabajos científicos. De hecho, he leído sin cesag. Conozco todas las obgas de Jagdun, Obijasi, Kgomwill... oh, todos ellos, ¿sabe?

–Los he oído nombrar, naturalmente –dijo Hardin–, pero nunca los he leído.

–Algún día lo hagá, muchacho. Le compensagá ampliamente. Considego que bien vale la pena venig hasta la Peguifeguia para veg este ejemplag de Lameth. ¿Me cgeegán si les digo que no figuga entge mis libgos? Pog ciegto, doctog Piguenne, ¿no habgá olvidado su pgomesa de guevelagme un ejemplag paga mí antes de magchagme?

–Estaré encantado de hacerlo.

–Deben sabeg que Lameth –continuó el canciller, pontíficamente– guepgesenta un nuevo y muy integuesante punto de vista paga mi anteguiog conocimiento de la «Pgegunta Oguiguen».

–¿Qué pregunta? –inquirió Hardin.

–La «Pgegunta Oguiguen». El lugag de oguiguen de las especies humanas, ya sabe. Segugamente, sabgá usted que se cgee que oguiguinaguiamente la gaza humana sólo ocupaba un sistema planetaguio.

–Sí, claro que lo sé.

–Natugalmente, nadie sabe con exactitud qué sistema es, se ha pegdido en la neblina de la antigüedad. Sin embaggo, se hacen suposiciones. Unos dicen que fue Siguio. Otros insisten en que fue Alfa Centaugo, o Sol, o 61 Cisne... todos en el sectog de Siguio, como vegá.

–¿Y qué dice Lameth?

–Bueno, se integna pog un camino completamente nuevo. Tgata de demostgag que los guestos agqueológicos del tegceg planeta del Sistema Agtuguiano guevelan que allí existió la humanidad antes de que hubiega signos de viajes espaciales.

–¿Y eso significa que fue la cuna de la humanidad?

–Quizá. He de leeglo atentamente y sopesag las pguebas antes de afigmaglo con seguguidad. Hay que compgobag la vegacidad de sus obsegvaciones.

Hardin guardó silencio durante un rato. Después dijo:

–¿Cuándo escribió Lameth este libro?

–Oh…, es posible que haga unos ochocientos años. Clago que se basó ampliamente en el pgevio estudio de Gleen.

–Entonces, ¿por qué confiar en él? ¿Por qué no ir a Arturo y estudiar los restos por sí mismo?

Lord Dorwin alzó las cejas y se apresuró a tomar un poco de rapé.

–Pego, ¿paga qué, mi queguido amigo?

–Para obtener información de primera mano, como es natural.

–Pego, ¿qué necesidad hay? Me paguece un método muy insólito y complicado. Migue, tengo todas las obgas de los antiguos maestgos, los ggandes agqueólogos del pasado. Las compagagué, equilibgagué los desacuegdos, analizagué las declagaciones conflictivas, decidigué cuál es pgobablemente la coguecta, y llegagué a una conclusión. Éste es el método científico. Pog lo menos –continuó con aires de superioridad–, tal como *yo* lo compgendo. ¡Qué insufgiblemente inútil seguía ig a Agtugo, o a Sol, pog ejemplo, y andag a tgopezones, cuando los antiguos maestgos guecoguiegon aquello con mucha más eficacia de la que ahoga podíamos espegag!

Hardin murmuró educadamente:

–Comprendo.

¡Vaya un método científico! No era extraño que la Galaxia se fuera a pique.

—Vamos, milord —dijo Pirenne—; creo que debemos regresar.

—Ah, sí. Quizá sea mejog.

Cuando salían de la habitación, Hardin dijo repentinamente:

—Milord, ¿puedo hacerle una pregunta?

Lord Dorwin sonrió dulcemente y subrayó su respuesta con un gracioso aleteo de la mano.

—Indudablemente, mi queguido amigo. Segá un placeg ayudagle. Si puedo segvigle en algo con mis pobges conocimientos de agqueología…

—No se trata exactamente de arqueología, milord.

—¿No?

—No. Se trata de lo siguiente: el año pasado recibimos aquí en Términus la noticia de que una planta de energía en el Planeta V de Gamma Andrómeda había explotado. No se nos comunicó más que el hecho escueto, sin ningún detalle. Me pregunto si usted podría explicarme lo que ocurrió.

La boca de Pirenne se contrajo.

—No sé por qué ha de molestar a su señoría con preguntas sobre un tema tan irrelevante.

—Nada de eso, doctog Piguenne —intercedió el canciller—. No tiene impogtancia. No hay ggan cosa que decig acegca de este pagticulag. La planta de eneggía explotó, y como puede suponeg, fue una vegdadega catástgofe. Me paguece que muguiegon vaguios millones de pegsonas y pog lo menos la mitad del planeta quedó gueducido a cenizas. Guealmente, el gobiegno está considegando con toda seguiedad la pgomulgación de sevegas guestgicciones sobre la utilización indiscgiminada de eneggía atómica…, aunque no es algo que pueda divulgagse, como usted compgendegá.

—Lo comprendo —dijo Hardin—. Pero ¿qué le ocurrió a la planta?

—Bueno, en guealidad —contestó lord Dorwin con indiferencia—, ¿quién sabe? Hacía algunos años que se había estgopeado y se cgee que los guecambios y el tgabajo de guepagación no fuegon de igual calidad. ¡Es *tan* difícil en los días que coguen encontgag a hombges que *guealmente* entiendan los detalles técnicos de nuestgos sistemas de eneggía! –Y se llevó un poco de rapé a la nariz.

–¿Se da cuenta –dijo Hardin– de que los reinos independientes de la Periferia han perdido su energía atómica?

–¡No me diga! No me sogpgende nada. ¡Qué planetas tan bágbagos! Oh, pego queguido amigo, no les llame independientes. No lo son, ¿sabe? Los tgatados que hemos hecho con ellos son una pgueba positiva de lo que digo. Gueconocen la sobeganía del empegadog. Tenían que haceglo, natugalmente, o no hubiégamos figmado el tgatado.

–Es posible que sea así, pero tienen una considerable libertad de acción.

–Sí, supongo que sí. Considegable. Pego eso tiene escasa impogtancia. El impeguio ha mejogado, ahoga que la Peguifeguia se basta a sí misma, como ahoga ocugue, más o menos. No nos sigven de nada, ¿sabe? Son unos planetas de lo más bágbago. Apenas están civilizados.

–Estuvieron civilizados en el pasado. Anacreonte fue una de las provincias exteriores más ricas. Tengo entendido que incluso superaba a Vega en importancia.

–Oh, pego Hagdin, eso fue hace muchos siglos. No pueden sacagse conclusiones de esto. Las cosas egan distintas en los viejos días de ggandeza. No somos igual que antes, ¿sabe? Vamos, Hagdin, es usted un muchacho pegsistente. Ya le he dicho que hoy no queguía hablag de negocios. Me había dicho que tgataguía usted de impogtunagme, pego ya tengo demasiada expeguiencia paga eso. Dejémoslo paga mañana.

Y eso fue todo.

5

Aquélla era la segunda reunión de la Junta a la que Hardin asistía, si se excluían las conversaciones informales que los miembros de la Junta habían mantenido con el ya ausente lord Dorwin. Sin embargo, el alcalde tenía la certidumbre de que por lo menos se había celebrado una, y posiblemente dos o tres, para las cuales no había recibido invitación.

Tampoco creía que le hubiesen avisado de aquélla de no haber sido por el ultimátum.

Por lo menos, era un ultimátum, aunque una lectura superficial del documento visigrafiado llevaría a suponer que era un intercambio amistoso de saludos entre dos potencias.

Hardin lo cogió con sumo cuidado. Empezaba con una florida salutación de «Su Poderosa Majestad, el rey de Anacreonte, a su amigo y hermano, el doctor Lewis Pirenne, presidente de la Junta de síndicos, de la Fundación Número Uno de la Enciclopedia», y concluía aún más ostentosamente con un gigantesco sello multicolor del simbolismo más complicado.

Pero seguía siendo un ultimátum.

Hardin dijo:

—Veo que no nos han dado mucho tiempo, después de todo; sólo tres meses. Pero aunque poco, lo hemos malgastado inútilmente. Esto nos da dos semanas. ¿Qué hacemos ahora?

Pirenne frunció el ceño con preocupación.

—Debe de haber alguna escapatoria. Es completamente increíble que fuercen las cosas hasta este extremo después de lo que nos ha dicho lord Dorwin sobre la actitud del emperador y el imperio.

Hardin cobró nuevos ánimos.

—Comprendo. ¿Ha informado al rey de Anacreonte de su supuesta actitud?

—Sí... después de someter la propuesta a votación ante la Junta y recibir su consentimiento unánime.

—Y, ¿cuándo tuvo lugar esa votación?

Pirenne se recubrió de dignidad.

—No creo que tenga obligación de contestarle, alcalde Hardin.

–Muy bien. No estoy vitalmente interesado. En mi modesta opinión, su diplomática transmisión de la valiosa contribución de lord Dorwin ha sido –frunció la comisura de los labios en una acerba media sonrisa– lo que ha causado esta nota tan amistosa. Si no, lo hubieran retardado un poco más; aunque no creo que este período de tiempo adicional hubiera ayudado a Términus, considerando la actitud de la Junta.

Yate Fulham dijo:

–¿Puede decirnos cómo ha llegado a esta notable conclusión, señor alcalde?

–De un modo muy sencillo. No se requiere más que utilizar esa olvidada cualidad que es el sentido común. Verá, hay una rama del saber humano conocida como lógica simbólica, que sirve para eliminar todas las complicadas inutilidades que oscurecen el lenguaje humano.

–¿Y qué? –preguntó Fulham.

–La he aplicado. Entre otras cosas, la he aplicado a este documento que tenemos aquí. En realidad, yo no lo necesitaba porque ya sabía de lo que se trataba, pero creo que podré explicarlo más fácilmente a cinco científicos físicos mediante símbolos que con palabras.

Hardin arrancó unas cuantas hojas de la libreta que llevaba bajo el brazo y las extendió sobre la mesa.

–Por cierto, yo no he sido quien lo ha hecho –dijo–. Como pueden ver, Muller Holk, de la División de Lógica, es el que ha firmado los análisis.

Pirenne se inclinó sobre la mesa para ver mejor y Hardin prosiguió:

–Naturalmente, el mensaje de Anacreonte fue un problema sencillo, pues los hombres que lo escribieron son hombres de acción más que de palabras. Queda reducido fácil y claramente a la incalificable declaración que, en símbolos es lo que ven, y en palabras significa: «Nos dais lo que queremos en una semana, u os hundiremos y lo tendremos de todos modos.»

Hubo un silencio mientras los cinco miembros de la

Junta recorrían la línea de símbolos con la mirada, y después Pirenne se sentó y tosió desasosegadamente.

–No hay escapatoria, ¿verdad, doctor Pirenne? –dijo Hardin.

–No parece haberla.

–Muy bien. –Hardin recogió las hojas–. Ante ustedes ven ahora una copia del tratado entre el imperio y Anacreonte; un tratado que, por cierto, está firmado en nombre del emperador por el mismo lord Dorwin que estuvo aquí la semana pasada, y con él un análisis simbólico.

El tratado se extendía a lo largo de cinco páginas de apretada caligrafía y el análisis estaba garabateado en menos de media página.

–Como ven, caballeros, cerca del noventa por ciento del tratado ha sido excluido del análisis por carecer de importancia, y lo que resulta puede describirse de la siguiente e interesante forma:

»Obligaciones de Anacreonte hacia el imperio: *¡Ninguna!*

»Poderes del imperio sobre Anacreonte: *¡Ninguno!*

Los cinco volvieron a seguir el razonamiento ansiosamente, consultando el tratado, y cuando terminaron, Pirenne dijo con acento preocupado:

–Parece correcto.

–¿Admite usted entonces que el tratado es única y exclusivamente una declaración de total independencia por parte de Anacreonte y un reconocimiento de dicho estado por el imperio?

–Así parece.

–¿Y supone que Anacreonte no se ha dado cuenta de ello, y no está impaciente por subrayar su posición de independencia y propenso a ofenderse por cualquier amenaza del imperio? En particular cuando es evidente que éste no tiene poder para cumplir estas amenazas, o nunca hubiera permitido la independencia.

–Pero, en ese caso –intervino Sutt–, ¿cómo se explican las seguridades de ayuda que por parte del imperio nos dio lord Dorwin? Parecían... –Se encogió de hombros–. Bueno, parecían satisfactorias.

Hardin se echó hacia atrás en la silla.

–¿Sabe? Ésta es la parte más interesante de todo el asunto. Admito que cuando conocí a Su Señoría le tomé por un burro consumado; pero ha resultado ser un hábil diplomático y un hombre inteligentísimo. Me tomé la libertad de grabar todo cuanto dijo.

Hubo un alboroto, y Pirenne abrió la boca con horror.

–¿Qué pasa? –inquirió Hardin–. Comprendo que fue una gran violación de la hospitalidad y algo que nadie que se tenga por un caballero haría. Además, si Su Señoría se hubiera dado cuenta, las cosas podrían haber sido desagradables; pero no fue así, y yo tengo la grabación, y esto es todo. Hice una copia de ella y la envié a Holk para que también la analizara.

–¿Y dónde está el análisis? –preguntó Lundin Crast.

–Esto –repuso Hardin– es lo interesante. El análisis fue, sin lugar a dudas, el más difícil de los tres. Cuando Holk, después de dos días de trabajo ininterrumpido, logró eliminar las declaraciones sin sentido, las monsergas vagas, las salvedades inútiles, en resumen, todas las lisonjas y la paja, vio que no había quedado nada. Todo había sido eliminado.

»Lord Dorwin, caballeros, en cinco días de conversaciones, *no* dijo *absolutamente nada*, y lo hizo sin que ustedes se dieran cuenta. *Éstas* son las seguridades que han recibido de su precioso imperio.

Si Hardin hubiera colocado una bomba de gases hediondos sobre la mesa no habría creado tanta confusión como con su última afirmación. Esperó, con cansada paciencia, a que se desvaneciera.

–De modo que –concluyó–, cuando envían amenazas, y eso es lo que eran, refiriéndose a la acción del imperio sobre Anacreonte, no logran más que irritar a un monarca que no es tonto. Naturalmente, su ego reclama una acción inmediata, y el ultimátum es el resultado que me lleva a mi declaración inicial. Nos queda una semana y, ¿qué hacemos ahora?

–Parece –dijo Sutt– que nuestra única alternativa es permitir que Anacreonte establezca bases militares en Términus.

–En esto estoy de acuerdo con usted –convino Hardin–, pero ¿qué hacemos para darles la patada a la primera oportunidad?

Yate Fulham se retorció el bigote.

–Eso suena como si ya estuviera decidido a emplear la violencia contra ellos.

–La violencia –fue la contestación– es el último recurso del incompetente. Desde luego, lo que no pienso hacer es extender la alfombra de bienvenida y pulir los mejores muebles para que los utilicen.

–Sigue sin gustarme su forma de enfocar las cosas –insistió Fulham–. Es una actitud peligrosa; muy peligrosa, porque últimamente hemos observado que una considerable sección del pueblo parece responder a todas sus sugerencias. También debo decirle, alcalde Hardin, que la Junta no ignora sus recientes actividades.

Hizo una pausa y hubo un consentimiento general. Hardin se encogió de hombros.

Fulham prosiguió:

–Si usted indujera a la ciudad a un acto de violencia, lo único que lograría es un complicado suicidio, y no pensamos permitírselo. Nuestra política tiene un solo objetivo fundamental, que es la Enciclopedia. Todo lo que decidamos hacer o no hacer estará encaminado a salvaguardar la Enciclopedia.

–Entonces –dijo Hardin–, su conclusión es que hemos de proseguir nuestra campaña intensiva de no hacer nada.

Pirenne dijo agriamente:

–Usted mismo ha demostrado que el imperio no puede ayudarnos; aunque no comprendo cómo ni por qué es eso posible. Si es necesario llegar a un acuerdo…

Hardin tuvo la horrible sensación de correr a toda velocidad y no llegar a ningún sitio.

–¡No hay ningún acuerdo! ¿No se da cuenta de que esta necedad de las bases militares es una mentira de la peor especie? El ilustre Rodric nos dijo lo que perseguía Anacreonte: la ocupación completa e imposición de su propio sistema feudal de estados agrícolas y economía de aristocracia campesina en nuestro planeta. Lo que queda de nuestro engaño sobre la energía atómica puede obligarlos a actuar con lentitud, pero actuarán de todos modos.

Se había levantado indignado, y el resto se levantó con él; excepto Jord Fara.

Y entonces Jord Fara empezó a hablar.

—Que todo el mundo haga el favor de sentarse. Me parece que ya hemos llegado demasiado lejos. Vamos, no sirve de nada enfurecerse tanto, alcalde Hardin; ninguno de nosotros ha incurrido en un delito de traición.

—¡Tendrá que convencerme de eso!

Fara sonrió amablemente.

—Usted mismo comprende que no habla en serio. ¡Déjeme hablar!

Sus pequeños y vivaces ojos estaban medio cerrados y unas gotas de sudor brillaban en la suave superficie de su barbilla.

—Es inútil ocultar que la Junta ha llegado a la decisión de que la verdadera solución del problema anacreontiano reside en lo que nos será revelado cuando se abra la Bóveda dentro de seis días.

—¿Es ésta su contribución al asunto?

—Sí.

—¿No vamos a hacer nada, excepto esperar con tranquila serenidad y fe absoluta que un *deus ex machina* surja de la Bóveda?

—Todos preferiríamos que abandonara su fraseología emocional.

—¡Qué salida tan poco sutil! Realmente, doctor Fara, esta tontería es propia de un genio. Una mente inferior sería incapaz de tal cosa.

Fara sonrió con indulgencia.

—Su gusto para los epigramas es divertido, Hardin, pero fuera de lugar. En realidad, creo que recuerda mi línea de argumentación acerca de la Bóveda de hace unas tres semanas.

–Sí, la recuerdo. No niego que sólo era una idea estúpida desde el punto de vista de la lógica deductiva. Usted dijo, corríjame si me equivoco, que Hari Seldon fue el mejor psicólogo del sistema; que, por lo tanto, pudo prever la situación exacta e incómoda en que ahora nos encontramos; que, por lo tanto, se le ocurrió lo de la Bóveda como un medio de decirnos lo que debíamos hacer.

–Veo que ha captado la esencia de la idea.

–¿Le sorprendería saber que he pensado mucho en la cuestión durante estas últimas semanas?

–Muy halagador. ¿Con qué resultado?

–Con el resultado de que la pura deducción no basta. Lo que se vuelve a necesitar es un poco de sentido común.

–¿Por ejemplo?

–Por ejemplo, si previó el desastre anacreontiano, ¿por qué no se estableció en algún otro planeta cerca del centro de la Galaxia? Es bien sabido que Seldon indujo a los comisionados de Trántor a que ordenaran el establecimiento de la Fundación en Términus. Pero ¿por qué lo hizo así? ¿Por qué nos aisló aquí, si conocía de antemano la ruptura de las líneas de comunicación, nuestro aislamiento de la Galaxia, la amenaza de nuestros vecinos y nuestra impotencia causada por la falta de metales de Términus? ¡Esto ante todo! Y si previó todo esto, ¿por qué no advirtió a los primeros colonizadores con tiempo suficiente para que pudieran prepararse, y no esperar, como está haciendo, a tener un pie en el abismo?

»Y no olviden esto. Aunque él previera el problema *entonces*, nosotros podemos verlo igualmente *ahora*. Por lo tanto, si él previó la solución *entonces*, nosotros podremos verla *ahora*. Al fin y al cabo, Seldon no es un mago. No hay ningún truco que él ve y nosotros no para escapar del dilema.

–Pero, Hardin –recordó Fara–, ¡no podemos!

–No lo han *intentado* siquiera. No lo han intentado ni una sola vez. En primer lugar, ¡rehusaron admitir que existiera siquiera una amenaza! ¡Después depositaron una fe ciega en el emperador! Ahora le ha tocado a Hari Seldon. Siempre han confiado en la autoridad o en el pasado, nunca en sí mismos.

Sus puños se abrían y cerraban espasmódicamente.

–Llega a ser una actitud enfermiza, un reflejo condicionado que expulsa la independencia de su mente siempre que se trata de oponerse a la autoridad. Al parecer no conciben que el emperador tenga menos poder que ustedes, o Hari Seldon menos inteligencia. Y están equivocados, ¿comprenden?

Por alguna razón, nadie se atrevió a contestarle.

Hardin continuó:

–No son sólo ustedes. Es toda la Galaxia. Pirenne oyó la idea de investigación científica que tenía lord Dorwin. Éste creía que para ser un buen arqueólogo hay que leer todos los libros que existen sobre el tema escritos por hombres que murieron hace siglos. Creía que para resolver problemas arqueológicos hay que sopesar las teorías opuestas. Y Pirenne escuchó sin hacer ninguna objeción. ¿No comprenden que es un error?

Y otra vez dio a su voz un tono suplicante. Y otra vez no recibió contestación.

Prosiguió:

–A ustedes y a la mitad de Términus les pasa igual. Estamos aquí sentados, anteponiendo la Enciclopedia a todo lo demás. Consideramos que el objeto de la ciencia es la clasificación de los datos pasados. Es importante, ¿pero no hay nada más que hacer? Estamos retrocediendo y olvidando, ¿no lo ven? Aquí en la Periferia han perdido la energía atómica. En Gamma Andrómeda ha explotado una planta de energía por una reparación defectuosa, y el canciller del imperio se queja de que hay pocos técnicos atómicos. ¿Cuál es la solución? ¿Formar nuevos técnicos? ¡Nunca! En lugar de eso restringirán la energía atómica.

Y por tercera vez:

–¿No lo ven? Es algo que afecta a toda la Galaxia. Es un culto al pasado. Es una degeneración, ¡un *estancamiento*!

Los miró uno por uno y ellos le contemplaron fijamente.

Fara fue el primero en recobrarse.

—Bueno, la filosofía mística no nos ayudará en este trance. Seamos concretos. ¿Niega usted que Hari Seldon haya podido calcular la tendencia histórica del futuro por medio de una simple técnica psicohistórica?

—No, claro que no —gritó Hardin—. Pero no podemos confiar en él para encontrar la solución. En el mejor de los casos, pudo indicar el problema, pero si hemos de llegar a una solución, tendremos que encontrarla nosotros mismos. Él no pudo hacerlo en nuestro lugar.

Fulham tomó súbitamente la palabra.

—¿A qué se refiere con que indicó el problema? Nosotros *sabemos* cuál es el problema.

Hardin se volvió hacia él.

—¿Usted cree? Usted cree que Anacreonte es lo único que preocupó a Hari Seldon. ¡No estoy de acuerdo! He de decirles, caballeros, que por ahora ninguno de ustedes tiene ni la menor idea de lo que está pasando.

—¿Y usted sí? —preguntó Pirenne, con hostilidad.

—¡Así lo creo! —Hardin se puso en pie de un salto y retiró la silla. Su mirada era fría y dura—. Si hay algo claro, es que toda esta situación huele a podrido; es algo aún más importante que todo lo que hemos discutido hasta ahora. No tienen más que formularse esta pregunta: ¿Por qué razón no hubo entre la población original de la Fundación ningún psicólogo de primera línea, excepto Bort Alurin? Y *él* se abstuvo cuidadosamente de enseñar a sus alumnos nada más que lo fundamental.

Hubo un corto silencio y Fara dijo:

—Muy bien, ¿por qué?

—Quizá fuera porque un psicólogo hubiera captado la verdadera intención de todo esto, y demasiado pronto para los proyectos de Hari Seldon. Por eso estamos tanteando, obteniendo nebulosos vistazos de la verdad y nada más. Y esto es lo que Hari Seldon quería.

Se echó a reír ásperamente.

–Buenos días, caballeros.

Salió a grandes zancadas de la habitación.

6

El alcalde Hardin mascaba el extremo de su cigarro. Se había apagado, pero estaba muy lejos de darse cuenta de ello. No había dormido la noche anterior y tenía la impresión de que tampoco dormiría la siguiente. Sus ojos lo revelaban.

–¿Está todo previsto? –preguntó cansinamente.

–Así lo creo. –Yohan Lee se llevó una mano a la barbilla–. ¿Cómo suena?

–Bastante bien. Comprenderá que se debe hacer imprudentemente. Es decir, no debe haber vacilaciones; no podemos permitirles que dominen la situación. En cuanto esté en posición de dar órdenes, delas como si hubiera nacido para hacerlo, y le obedecerán por la costumbre que han adquirido. Ésta es la esencia de un golpe de Estado.

–Si la Junta sigue sin decidirse…

–¿La Junta? No hay que contar con ella. Pasado mañana, su importancia como un factor de los asuntos de Términus no valdrá una oxidada moneda de medio crédito.

Lee asintió lentamente.

–Sin embargo, me extraña que no hayan hecho nada para detenernos hasta ahora. Usted dijo que no estaban enteramente en las nubes.

–Fara está al borde del problema. A veces me pone nervioso. Y Pirenne sospecha de mí desde que me eligieron. Pero, como ve, nunca han podido comprender lo que ocurría. Toda su educación ha sido autoritaria. Están seguros de que el emperador, sólo porque es el emperador, es todopoderoso. Y están seguros de que la Junta de síndicos, sólo porque la Junta de síndicos actúa en nombre del emperador, no puede dejar de dar órdenes. Esta incapacidad para reconocer la posibilidad de revuelta es nuestra mejor aliada.

Se levantó de la silla con esfuerzo y fue al frigorífico.

–No son malos compañeros, Lee, cuando se dedican a la Enciclopedia, y nosotros velaremos por que se dediquen a eso en el futuro. Pero son totalmente incompetentes cuando se trata de gobernar Términus. Ahora váyase y empiece a disponerlo todo. Quiero estar solo.

Se sentó en el borde de la mesa y contempló el vaso de agua.

¡Por el Espacio! ¡Si por lo menos estuviera tan seguro como parecía! Los anacreontianos aterrizarían al cabo de dos días y, ¿qué tenía como base más que un conjunto de nociones y suposiciones acerca de los planes de Hari Seldon con respecto a aquellos cincuenta años? Ni siquiera era un buen psicólogo, sólo un aficionado con escasa experiencia que intentaba adivinar las intenciones de la mente más importante de la época.

Si Fara tuviera razón; si Anacreonte fuera todo el problema que Hari Seldon había previsto; si la Enciclopedia fuera todo lo que le interesara preservar... entonces, ¿de qué serviría el *golpe de Estado*?

Se encogió de hombros y bebió el vaso de agua.

7

En la Bóveda había muchas más de seis sillas, como si se esperara una asistencia mucho mayor. Hardin se percató pensativamente de ello y fue a sentarse en un rincón lo más alejado posible de los otros cinco.

Los miembros de la Junta parecieron no tener nada que objetar. Hablaban entre ellos en susurros, que se convertían en sibilantes monosílabos, y después callaron por completo. De todos ellos, sólo Fara parecía razonablemente tranquilo. Había sacado el reloj y lo contemplaba seriamente.

Hardin dio un vistazo a su propio reloj y después al cubículo de vidrio –absolutamente vacío– que ocupaba la mitad de la habitación. Era la única particularidad de la estancia, pues aparte de esto no había la menor indicación de que una partícula de radio estuviese consumiéndose hasta el preciso momento en que saltaría el seguro, se haría una conexión y...

¡La intensidad de la luz disminuyó!

No se apagó, sino que únicamente se tornó amarilla, y se produjo tan súbitamente que Hardin dio un salto. Había alzado la mirada hacia la luz del techo con verdadera sorpresa, y cuando la bajó el cubículo de vidrio ya no estaba vacío.

¡Lo ocupaba una persona! ¡Una persona en una silla de ruedas!

No dijo nada durante unos momentos, sino que cerró el libro que tenía en el regazo y apoyó los dedos en él. Y después sonrió, y su rostro pareció cobrar vida.

–Soy Hari Seldon. –La voz era blanda y apagada.

Hardin estuvo a punto de levantarse para saludarle, pero se detuvo a tiempo.

La voz continuó hablando:

–Como ven, estoy confinado a esta silla y no puedo levantarme para saludarles. Sus abuelos se fueron a Términus hace unos meses, en mi época, y desde entonces sufro una incómoda parálisis. Como ya saben, no les veo, de modo que no puedo saludarles convenientemente. Ni siquiera sé cuántos de ustedes están aquí, y por eso creo que debo conducirme con informalidad. Si alguno está levantado, que haga el favor de sentarse; y si prefieren fumar, a mí no me importa. –Se oyó una risa entre dientes–. ¿Cómo iba a importarme? En realidad no estoy aquí.

Hardin buscó un cigarro casi inmediatamente, pero lo pensó mejor.

Seldon apartó el libro como si lo dejara sobre una mesa que hubiera a su lado, y cuando sus dedos lo soltaron desapareció.

–Hace cincuenta años –dijo– que se estableció esta

Fundación; cincuenta años durante los cuales los miembros de la misma han ignorado para qué trabajaban. Era necesario que lo ignoraran, pero ahora la necesidad ha desaparecido.

»Para empezar, la Fundación de la Enciclopedia es un fraude y siempre lo ha sido.

Hubo un alboroto a espaldas de Hardin y una o dos exclamaciones ahogadas, pero él no se volvió.

Hari Seldon continuaba, naturalmente, imperturbable. Prosiguió:

–Es un fraude en el sentido de que ni a mí ni a mis colegas nos importa nada que llegue a editarse o no uno solo de sus volúmenes. Ha cumplido su propósito, puesto que gracias a ella obtuvimos una carta del emperador, gracias a ella atrajimos a cien mil personas necesarias para nuestro plan, y gracias a ella logramos mantenerlas ocupadas mientras los acontecimientos iban tomando forma, hasta que fue demasiado tarde para que retrocedieran.

»En los cincuenta años que han estado trabajando en este proyecto fraudulento, no tiene objeto suavizar los términos, les han cortado la retirada, y ya no tienen más remedio que seguir en el infinitamente más importante proyecto que era, y es, nuestro verdadero plan.

»Para eso les hemos colocado en este planeta y en este tiempo, para que al cabo de cincuenta años hayan sido conducidos a un punto en que no tienen libertad de acción. De ahora en adelante, y a lo largo de siglos, el camino que deben seguir es inevitable. Se enfrentarán con una serie de crisis, tal como ahora se enfrentan con la primera, y en todos los casos su libertad de acción será análogamente limitada, de modo que sólo les quedará un camino.

»Es el camino que nuestros psicólogos eligieron, y por una razón.

»Durante siglos, la civilización galáctica se ha estancado y ha declinado, aunque sólo unos pocos se dieron cuenta de ello. Pero ahora, al fin, la Periferia se está desligando y la unidad política del imperio se ha quebrantado. En algún punto de estos cincuenta años pasados, los historiadores del futuro trazarán una línea imaginaria y dirán: "Esto señala la Caída del imperio galáctico."

»Y tendrán razón, aunque casi ninguno reconocerá esta Caída durante muchos siglos.

»Y después de la Caída sobrevendrá la inevitable barbarie, un período que, según dice nuestra psicohistoria, debería durar, bajo circunstancias normales, otros treinta mil años. No podemos detener la Caída. No deseamos hacerlo, pues la cultura del imperio ha perdido toda la vitalidad y valor que había tenido. Pero podemos acortar el período de barbarie que debe seguir reduciéndolo hasta sólo un millar de años.

»Los pros y los contras de este acortamiento no podemos decírselos; igual que no podíamos decirles la verdad acerca de la Fundación hace cincuenta años. Si ustedes descubrieran estos pros y estos contras, nuestro plan podría fallar; como hubiera sucedido si hubieran caído en la cuenta de que la Enciclopedia era un fraude; pues entonces, al saberlo, su libertad de acción aumentaría y el número de variables adicionales introducidas serían mayores de las que nuestra psicología es capaz de controlar.

»Pero no lo harán, porque no hay psicólogos en Términus, y nunca los habrá, excepto Alurin, y él era uno de los nuestros.

»Pero puedo decirles una cosa: Términus y su Fundación gemela del otro extremo de la Galaxia son las semillas del Renacimiento y los futuros fundadores del segundo imperio galáctico. Y la crisis actual es la que conduce a Términus a su punto culminante.

»Ésta, entre paréntesis, es una crisis bastante clara, más sencilla que muchas de las que vendrán. Para reducirlo a lo fundamental: constituyen un planeta súbitamente aislado de los centros, aún civilizados, de la Galaxia, y amenazado por unos vecinos más fuertes. Ustedes forman un pequeño mundo de científicos rodeados por una vasta corriente de barbarie que se extiende rápidamente.

Son una isla de energía atómica en un océano cada vez

mayor de energía más primitiva; pero a pesar de esto son impotentes porque carecen de metales.

»Así pues, verán que la dura necesidad les obliga, y la acción es inevitable. La naturaleza de esta acción, es decir, la solución a su dilema, es, naturalmente, ¡obvia!

La imagen de Hari Seldon se elevó en el aire y el libro volvió a aparecer en su mano. Lo abrió y dijo:

–Pero sea cual fuere el curso que tome su historia futura, no dejen de inculcar en sus descendientes la idea de que el camino está señalado, y que al final habrá un nuevo y más grande imperio.

Y mientras bajaba la vista hacia el libro, se desvaneció en la nada, y las luces aumentaron nuevamente de intensidad.

Hardin levantó los ojos y vio a Pirenne mirándole, con la tragedia en los ojos y los labios temblorosos.

La voz del presidente era firme, pero sin entonación.

–Al parecer, tenía usted razón. Si quiere reunirse con nosotros a las seis, la Junta consultará con usted nuestro próximo movimiento.

Le estrecharon la mano, uno por uno, y se fueron; y Hardin sonrió para sí. Eran fundamentalmente sensatos para esto; eran lo bastante científicos como para admitir su equivocación; pero para ellos era demasiado tarde.

Consultó su reloj. A aquella hora, todo se habría consumado. Los hombres de Lee se habrían hecho con el control y la junta no daría más órdenes. Los anacreontianos llegarían al día siguiente, pero esto también estaba bien. Al cabo de seis meses, *ellos* tampoco darían más órdenes.

De hecho, como Hari Seldon había dicho, y como Salvor Hardin había adivinado desde el día que Anselm ilustre Rodric le reveló que los anacreontianos carecían de energía atómica, la solución de aquella primera crisis era evidente.

¡Tan evidente como el infierno!

TERCERA PARTE

LOS ALCALDES

1

LOS CUATRO REINOS – ...*Nombre dado a aque-
llas porciones de la provincia de Anacreonte que se separaron del primer imperio en los primeros años de la Era Fundacional para formar reinos independientes y efímeros. El
mayor y más poderoso de ellos fue el mismo Anacreonte
que en área...*

*...Indudablemente el aspecto más interesante de la his-
toria de los Cuatro Reinos lo constituye la extraña sociedad forzada temporalmente durante la administración de
Salvor Hardin...*

Enciclopedia Galáctica

¡Una delegación!

Que Salvor Hardin la hubiera visto venir no la hacía
más agradable. Por el contrario, encontró la anticipación
claramente molesta.

Yohan Lee abogaba por medidas extremas.

–No veo, Hardin –dijo–, que tengamos que esperar
más. No pueden hacer nada hasta las elecciones, legalmente por lo menos, y esto nos da un año. Despídalos.

Hardin frunció los labios.

—Lee, usted nunca aprenderá. Durante los cuarenta años que le conozco, no ha aprendido el amable arte de actuar solapadamente.

—No es mi forma de luchar —gruñó Lee.

—Sí, lo sé. Supongo que por eso es usted el único hombre en quien confío. —Hizo una pausa y cogió un cigarro—. Hemos recorrido un largo camino, Lee, desde que nos las ingeniamos para derrocar a los enciclopedistas. Estoy volviéndome viejo. Tengo setenta y dos años. ¿Ha pensado alguna vez en lo rápido que han pasado estos treinta años?

Lee resopló.

—Yo no me considero viejo, y tengo setenta y seis años.

—Sí, pero yo no digiero como usted. —Hardin chupó perezosamente su cigarro. Hacía mucho tiempo que había dejado de desear el suave tabaco de Vega de su juventud. Aquellos días en que el planeta Términus había comerciado con todos los puntos del imperio galáctico pertenecían al limbo al que habían ido a parar todos los grandes días de antaño. El imperio galáctico se encaminaba hacia el mismo limbo. Se preguntó quién sería el nuevo emperador... o si habría algún emperador o algún imperio. ¡Por el Espacio! Desde hacía treinta años, desde la ruptura de las comunicaciones allí en el extremo de la Galaxia, todo el universo de Términus había consistido en sí mismo y los cuatro reinos circundantes.

¡Cómo había caído el poderoso! ¡*Reinos*! Eran prefecturas en los viejos días, todos parte de la misma provincia, que por su parte había pertenecido a un sector, que a su vez había formado parte de un cuadrante, que a su vez había formado parte del imperio galáctico. Y ahora que el imperio había perdido el control sobre los rincones más alejados de la Galaxia, aquellos pequeños grupos de planetas se convertían en reinos con nobles y reyes de opereta, y guerras inútiles y absurdas, y una vida que se desarrollaba patéticamente entre las ruinas.

Una civilización en decadencia. La energía atómica olvidada. La ciencia degenerada en mitología... Hasta que llegó la Fundación. La Fundación que Hari Seldon había establecido sólo para ese propósito allí en Términus.

Lee se encontraba junto a la ventana y su voz interrumpió la ensoñación de Hardin.

—Han venido —dijo— en un coche último modelo, los pobres cachorros. —Dio unos pasos inseguros hacia la puerta y entonces miró a Hardin.

Hardin sonrió y le hizo un gesto con la mano para que se quedara.

—He dado órdenes de que los conduzcan aquí.

—¡Aquí! ¿Para qué? Les da mucha importancia.

—¿Por qué pasar por todas las ceremonias de una audiencia oficial con el alcalde? Ya soy demasiado viejo para trámites burocráticos. Además de eso, el halago es muy útil cuando se trata con jovencitos, particularmente cuando no te compromete a nada. —Guiñó un ojo—. Siéntese, y deme su apoyo moral. Lo necesitaré con Sermak.

—Ese muchacho, Sermak —dijo Lee, pesadamente—, es peligroso. Tiene seguidores, Hardin, así que no le subestime.

—¿He subestimado a alguien alguna vez?

—Bueno, pues entonces arréstelo. Puede acusarlo de cualquier cosa.

Hardin hizo caso omiso de este consejo.

—Aquí están, Lee. —En contestación a la señal, pisó el pedal de debajo de la mesa, y la puerta se deslizó hacia un lado.

Los cuatro que componían la delegación entraron en fila y Hardin les indicó amablemente los sillones que había en semicírculo frente a su mesa. Ellos se inclinaron y esperaron a que el alcalde hablara primero.

Hardin abrió la tapa de una caja de cigarros de plata curiosamente trabajada, que una vez perteneció a Jord Fara, de la antigua Junta de síndicos durante los días de los enciclopedistas. Era un genuino producto imperial de Santanni, aunque los cigarros que ahora contenía eran de fabricación nacional. Uno por uno, con grave solemnidad, los cuatro delegados aceptaron cigarros y los encendieron con el ritual de costumbre.

Sef Sermak era el segundo de la derecha, el más joven del grupo de jóvenes, y el más interesante con su reluciente bigote rubio recortado nítidamente, y sus ojos hundidos de color indefinido. Hardin prescindió de los otros tres casi inmediatamente; no eran más que números en un archivo. Se concentró en Sermak, el Sermak que, en su primera sesión del consejo municipal, ya había trastornado a aquel organismo sereno, y fue a Sermak a quien se dirigió:

–He estado particularmente ansioso por verle, concejal, desde su excelente discurso del mes pasado. Su ataque contra la política extranjera de este gobierno fue hábil.

Los ojos de Sermak se iluminaron.

–Su interés me halaga. El ataque pudo ser hábil o no, pero de lo que no hay duda es de que fue justificado.

–¡Quizá! Sus opiniones son suyas, naturalmente. Aún es usted muy joven.

–Es un defecto que la mayor parte de la gente tiene en cierto período de su vida. Usted se convirtió en alcalde de la ciudad cuanto tenía dos años menos de los que yo tengo ahora –dijo secamente.

Hardin sonrió para sus adentros. El cachorrillo era un negociador frío.

–Supongo que habrá venido para hablar de esta misma política extranjera que tanto le preocupa en la Cámara del Consejo. ¿Habla en nombre de sus tres colegas, o he de escucharles por separado? –preguntó.

Hubo un rápido intercambio de miradas entre los cuatro jóvenes, un ligero pestañeo.

Sermak respondió sombríamente:

–Habló en nombre del pueblo de Términus, un pueblo que no está verdaderamente representado en el organismo que llaman Consejo.

–Comprendo. ¡Adelante, pues!

–A esto voy, señor alcalde. Estamos disgustados…

–Por «estamos» se refiere al «pueblo», ¿verdad?

Sermak le miró con hostilidad, intuyendo una trampa, y replicó fríamente:

–Creo que mis puntos de vista reflejan los de la mayoría de votantes de Términus. ¿Le parece bien?

–Bueno, una declaración como ésta es la mejor de todas las pruebas; pero continúe, de todos modos. Están ustedes disgustados.

–Sí, disgustados con la policía que durante treinta años ha dejado a Términus indefenso contra el inevitable ataque exterior.

–Comprendo. Y ¿en consecuencia? Adelante, adelante.

–Es muy amable al anticiparse. Y en consecuencia estamos formando un nuevo partido político, que trabajará por las necesidades inmediatas de Términus y no por un místico «destino manifiesto» de imperio futuro. Le echaremos a usted y a su camarilla de pacifistas del Ayuntamiento, y muy pronto.

–¿A menos que...? Siempre hay algún «a menos que», ¿sabe?

–No más de uno en este caso: a menos que dimita ahora. No le pido que cambie su política, no confío en usted hasta ese punto. Sus promesas no valen nada. Una dimisión irrevocable es lo único que aceptaremos.

–Comprendo. –Hardin cruzó las piernas y apoyó la silla sobre las dos patas de atrás–. Éste es su ultimátum. Ha sido muy amable al avisarme. Pero, fíjese, creo que no lo tendré en cuenta.

–No crea que era una advertencia, señor alcalde. Era un anuncio de principios y de acción. El nuevo partido ya ha sido constituido, y empezará sus actividades oficiales mañana. Ya no hay espacio ni deseo para un acuerdo, y, francamente, sólo nuestro agradecimiento por sus servicios a la ciudad es lo que nos impulsa a ofrecerle esta salida tan fácil. No pensaba que fuera a aceptarla, pero tengo la conciencia tranquila. Las próximas elecciones serán una muestra clara e irresistible de que es necesaria la dimisión.

Se levantó e hizo que los demás le imitaran.

Hardin levantó el brazo.

–¡Esperen! ¡Siéntense!

Sef Sermak volvió a sentarse con demasiada rapidez y

Hardin sonrió tras su rostro serio. A pesar de sus palabras, esperaba una oferta:

Hardin dijo:

—¿Qué es exactamente lo que desea que cambiemos en nuestra política exterior? ¿Quiere que ataquemos a los Cuatro Reinos, ahora, en seguida, y los cuatro simultáneamente?

—No hago ninguna sugerencia, señor alcalde. Nuestra única proposición es que cese inmediatamente todo apaciguamiento. A lo largo de su administración, usted ha llevado a cabo una política de ayuda científica a los reinos. Les ha dado energía atómica. Les ha ayudado a reconstruir plantas de energía en su territorio. Ha establecido clínicas médicas, laboratorios químicos y fábricas.

—¿Y bien? ¿Qué tiene que objetar?

—Ha hecho todo eso para evitar que nos atacaran. Con esto como soborno, ha hecho el papel de tonto en un juego colosal de chantaje, en el cual ha permitido que Términus fuera chupado por completo con el resultado de que ahora estamos a merced de esos bárbaros.

—¿En qué forma?

—Porque les ha dado energía, les ha dado armas, y en realidad les ha reparado las naves de su flota. Ahora son infinitamente más fuertes que hace tres décadas. Sus demandas aumentan, y, con sus nuevas armas, satisfarán eventualmente todas sus demandas de golpe con la anexión violenta de Términus. ¿No es así como suele terminar el chantaje?

—¿Cuál es el remedio?

—Detener los sobornos inmediatamente y mientras pueda. Dedique sus esfuerzos a reforzar el mismo Términus ¡y ataque primero!

Hardin miró el bigotito rubio del joven con un interés casi morboso. Sermak estaba seguro de sí mismo, pues, de lo contrario, no hubiera hablado tanto. No había duda de que sus observaciones eran el reflejo de un segmento bastante considerable de la población, bastante considerable.

Su voz no traicionó el curso algo perturbado de sus pensamientos. Fue casi negligente.

—¿Ha terminado?

—Por el momento.

—Bueno, ¿ve la declaración enmarcada que hay en la pared detrás de mí? ¡Léala, si no le importa!

Los labios de Sermak se fruncieron.

—Dice: «La violencia es el último recurso del incompetente.» Es la doctrina de un anciano, señor alcalde.

—Yo la apliqué cuando era joven, señor concejal, y con éxito. Usted apenas había nacido cuando ocurrió, pero es posible que se lo hayan enseñado en el colegio.

Contempló penetrantemente a Sermak y continuó en tono mesurado.

—Cuando Hari Seldon estableció la Fundación aquí, fue con el ostensible propósito de producir una gran Enciclopedia, y durante cincuenta años seguimos esa última voluntad, antes de descubrir lo que realmente perseguía. Por aquel entonces, era casi demasiado tarde. Cuando cesaron las comunicaciones con las regiones centrales del viejo imperio, nos encontramos con que éramos un mundo de científicos concentrados en una sola ciudad, carentes de industria, y rodeados por reinos de creación reciente, hostiles y extremadamente bárbaros. Éramos una diminuta isla de energía atómica en este océano de barbarie, y una presa de infinito valor.

»Anacreonte, entonces como ahora el más poderoso de los Cuatro Reinos, solicitó y de hecho estableció una base militar en Términus, y los que entonces gobernaban la ciudad, los enciclopedistas, sabían muy bien que esto no era más que el primer paso para apoderarse de todo el planeta. Ésta era la situación cuando yo... uh... asumí el gobierno actual. ¿Qué hubiera hecho usted?

Sermak se encogió de hombros.

—Ésa es una pregunta académica. Naturalmente, sé lo que *usted* hizo.

—Lo repetiré, de todos modos. Quizá usted no captó la idea. La tentación de congregar las fuerzas que teníamos y lanzarnos a la lucha fue grande. Es la salida más fácil, y la más satisfactoria para el amor propio, pero, casi invariablemente, la más estúpida. Usted la hubiera escogido; usted y su lema de «atacar el primero». En lugar de eso, lo que yo hice fue visitar los otros tres reinos, uno por uno; indiqué a cada uno que permitir que el secreto de la energía atómica cayera en manos de Anacreonte era la forma más rápida de cortar su propio cuello; y les sugerí amablemente que hicieran lo que les conviniera. Eso fue todo. Un mes después de que las fuerzas anacreontianas aterrizaran en Términus, su rey recibió un ultimátum conjunto de sus tres vecinos. A los siete días, el último anacreontiano había salido de Términus.

»Ahora, dígame, ¿qué necesidad había de usar la violencia?

El joven concejal contempló la colilla de su cigarro pensativamente y la tiró por la ranura del incinerador.

—No veo qué analogía puede haber. La insulina convertirá a un diabético en una persona normal sin necesidad de un cuchillo, pero la apendicitis requiere una operación. Es algo que no se puede evitar. Cuando otros medios fracasan, ¿qué nos queda más que, como usted dice, el último recurso? Es culpa suya que hayamos llegado a este extremo.

—¿Mía? Oh, sí, mi política de apaciguamiento. Sigue usted sin comprender las necesidades fundamentales de nuestra posición. Nuestro problema no terminó con la partida de los anacreontianos. No había hecho más que comenzar. Los Cuatro Reinos eran todavía nuestros más encarnizados enemigos, pues todos querían energía atómica y cada uno de ellos no se lanzaba a nuestra garganta más que por miedo a los otros tres. Estábamos en equilibrio sobre el filo de una espada muy bien afilada, y el menor balanceo en cualquier dirección... si, por ejemplo, un reino llegaba a ser demasiado fuerte; o si dos formaban una coalición... ¿Lo comprende?

—Ciertamente. Era el momento de empezar una preparación abierta para la guerra.

—Al contrario. Era el momento de empezar una preparación abierta contra la guerra. Les puse uno contra otro.

Los ayudé uno por uno. Les ofrecí ciencia, comercio, educación, medicina científica. Hice que Términus tuviera para ellos más valor como mundo floreciente que como presa militar. Ha dado resultado durante treinta años.

–Sí, pero se ha visto obligado a rodear esos obsequios científicos con los disfraces más ultrajantes. Ha hecho de ello algo medio religión, medio disparate. Ha erigido una jerarquía de sacerdotes y un ritual complicado e ininteligible.

Hardin frunció el ceño.

–¿Y qué? No creo que tenga nada que ver con la conversación. Al principio actué así porque los bárbaros consideraban nuestra ciencia como una especie de magia negra, y era más fácil que la aceptaran sobre esta base. El sacerdocio se construyó a sí mismo, y si le ayudamos no hacemos más que seguir la línea de menor resistencia. Es un asunto de poca importancia.

–Pero estos sacerdotes están a cargo de las plantas de energía. Esto *no* es una cuestión de poca importancia.

–Es verdad, pero *nosotros* les hemos adiestrado. Su conocimiento de los instrumentos es puramente empírico; y creen firmemente en la ridícula ceremonia que los rodea.

–Y si alguno va más allá de este disparate y tiene el genio de descartar el empirismo, ¿qué es lo que les impedirá aprender las técnicas actuales y venderlas al mejor postor? ¿Cuál sería entonces nuestro valor ante los reinos?

–Hay pocas posibilidades de que eso ocurra, Sermak. Está mostrándose muy superficial. Los mejores hombres de los planetas y de los reinos acuden a la Fundación todos los años y son educados en el sacerdocio. Y los mejores de ellos permanecen aquí como estudiantes investigadores. Si usted cree que los que se van, prácticamente sin conocimiento alguno de la ciencia más elemental, o peor, con el saber deformado que reciben los sacerdotes, son capaces de penetrar de un salto en los conocimientos de la energía atómica, la electrónica, la teoría de la hipertensión… tiene usted una idea muy romántica y muy absurda de la ciencia. Se necesita una vida entera de aprendizaje y un cerebro excelente para llegar tan lejos.

Yohan Lee se había levantado bruscamente durante el párrafo anterior y había salido de la habitación. Acababa de regresar, y cuando Hardin terminó de hablar, se inclinó junto al oído de su superior. Se intercambiaron unos susurros y después un cilindro de plomo. Luego, con una corta mirada de hostilidad hacia la delegación, Lee ocupó de nuevo su puesto.

Hardin dio vueltas al cilindro en sus manos, mirando a la delegación a través de las pestañas. Y entonces lo abrió con un chasquido duro y seco y sólo Sermak tuvo el sentido común de no lanzar una rápida mirada al papel enrollado que cayó de él.

—En resumen, caballeros —dijo—, el Gobierno opina que sabe lo que está haciendo.

Leyó a medida que hablaba. Había líneas de una clave intrincada e ininteligible que cubrían la página y tres palabras garabateadas a lápiz en una esquina del mensaje. Lo leyó de una ojeada y lo lanzó casualmente por la ranura del incinerador.

—Esto —dijo entonces Hardin— termina la entrevista, me temo. Encantado de haber hablado con ustedes. Gracias por venir. —Estrechó las manos de todos con indiferencia, y se fueron.

Hardin casi había perdido la costumbre de reír, pero en cuanto Sermak y sus tres silenciosos compañeros se hubieron alejado lo suficiente, se permitió una risita seca y dirigió una mirada divertida a Lee.

—¿Le ha gustado esta batalla de fanfarronadas, Lee?

—No estoy seguro de que *él* fanfarroneara. Trátelo con miramientos y es muy capaz de ganar las próximas elecciones, tal como ha dicho —contestó Lee.

—Oh, es muy posible, es muy posible… si no pasa nada antes.

—Asegúrese de que esta vez no pasa en la dirección equivocada, Hardin. Le digo que este Sermak tiene seguidores. ¿Y si no espera a las próximas elecciones? Hubo una ocasión en que usted y yo tuvimos que recurrir a la violencia, a pesar de nuestro lema sobre lo que significa la violencia.

Hardin alzó una ceja.

–¡Qué pesimista *está* hoy, Lee! Y singularmente belicoso, también, o no hubiera hablado de violencia. Nuestro pequeño pronunciamiento se llevó a cabo sin derramamiento de sangre, no lo olvide. Fue una medida necesaria ejecutada en el momento preciso, y se realizó suavemente, sin dolor, y sin ningún esfuerzo. En cuanto a Sermak, se rebela contra una proposición distinta. Usted y yo, Lee, no somos enciclopedistas. Estamos preparados. Ponga a sus hombres tras esos jóvenes de una forma delicada, compañero, que no sepan que les vigilamos…, pero con los ojos bien abiertos, ¿entendido?

Lee se rió con amarga diversión.

–La habría hecho buena si llego a esperar sus órdenes, Hardin. Sermak y sus hombres están bajo vigilancia desde hace un mes.

El alcalde sonrió.

–Cayó primero en la cuenta, ¿no? Muy bien. Por cierto –observó, y añadió suavemente–: El embajador Verisof vuelve a Términus. Temporalmente, confío.

Hubo un corto silencio, débilmente horrorizado, y después Lee dijo:

–¿Era esto lo que decía el mensaje? ¿Es que las cosas vuelven a complicarse?

–No lo sé. No puedo saberlo hasta que oiga lo que Verisof tiene que decirme. Sin embargo, es posible. Al fin y al cabo, es necesario que se compliquen antes de las elecciones. Pero ¿por qué tiene ese aspecto de medio muerto?

–Porque no sé en qué acabará todo esto. Es usted demasiado profundo, Hardin, y está jugando demasiado cerca del fuego.

–*Tú también, Brutus* –murmuró Hardin. Y en voz alta–: ¿Significa esto que piensa unirse al nuevo partido de Sermak?

Lee sonrió contra su voluntad.

–Muy bien. Usted gana. ¿Qué le parece si fuéramos a comer?

2

Hay muchos epigramas atribuidos a Hardin –consumado epigramista–, muchos de los cuales son probablemente apócrifos. No obstante, se recuerda que en cierta ocasión dijo:

–Procura ser claro, especialmente si tienes fama de ser sutil.

Poly Verisof había tenido ocasión de actuar más de una vez basándose en este consejo, pues ya hacía catorce años que ocupaba su doble puesto en Anacreonte... un doble puesto cuyo mantenimiento le recordaba a menudo lo desagradable de un baile realizado sobre metal ardiendo con los pies descalzos.

Para el pueblo de Anacreonte era un gran sacerdote, representante de la Fundación, que, para aquellos «bárbaros», era la cima del misterio y el centro físico de esta religión que había creado –con la ayuda de Hardin– durante las tres últimas décadas. Como tal, recibía un homenaje que había llegado a ser horriblemente molesto, pues despreciaba con toda su alma el ritual del cual era el centro.

Pero para el rey de Anacreonte –el viejo que lo había sido, y el joven nieto que ahora estaba en el trono– era simplemente el embajador de un poder a la vez temido y codiciado.

En general, era un empleo incómodo, y su primer viaje a la Fundación en un período de tres años, a pesar del molesto incidente que lo había hecho necesario, se parecía mucho a unas vacaciones.

Y puesto que no era la primera vez que se veía obligado a viajar con absoluto secreto, volvió a hacer uso del epigrama de Hardin sobre el empleo de la claridad.

Se puso su traje civil –unas vacaciones por este solo hecho– y se embarcó en una nave hacia la Fundación, como viajero de segunda clase. Una vez en Términus, se abrió camino entre la multitud que llenaba el puerto espacial y llamó al Ayuntamiento por un visífono público.

—Me llamo Jan Smite —dijo—. Tengo una cita con el alcalde para esta tarde.

La joven de voz apagada, pero eficiente, del otro extremo hizo una segunda conexión e intercambió unas cuantas palabras, diciendo después a Verisof en un tono seco y mecánico:

—El alcalde Hardin le recibirá dentro de media hora, señor. —Y la pantalla se emblanqueció.

Entonces el embajador de Anacreonte compró la última edición del *Diario* de la ciudad de Términus, se dirigió paseando hacia el parque del Ayuntamiento y, sentándose en el primer banco vacío que encontró, leyó la página editorial, la sección deportiva y la hoja cómica mientras esperaba. Al cabo de media hora, se metió el periódico bajo el brazo, entró en el Ayuntamiento y se personó en la antesala.

Al hacer todo esto había conseguido pasar totalmente desapercibido, pues como se conducía con absoluta naturalidad, nadie le dirigió una segunda mirada.

Hardin levantó la vista hacia él y sonrió.

—¡Tenga un cigarro! ¿Cómo ha ido el viaje?

Verisof cogió un puro.

—Muy interesante. Había un sacerdote en la cabina vecina que venía para un curso especial de preparación de sintéticos radiactivos… para el tratamiento del cáncer, ya sabe…

—Seguro que ahora no lo llama así.

—¡Me imagino que *no*! Para él eran Alimentos Sagrados. El alcalde sonrió.

—Siga.

—Me complicó en una discusión teológica e hizo todo lo que pudo para elevarme sobre el sórdido materialismo.

—¿Y no reconoció a su sacerdote superior?

—¿Sin su traje carmesí? Además, era de Smyrno. Sin embargo, ha sido una experiencia interesante. *Es* notable, Hardin, la importancia que ha adquirido la religión de la ciencia. He escrito un ensayo sobre el tema… únicamente para diversión propia; no sería conveniente publicarlo.

Tratando el problema sociológicamente, parecería que cuando el viejo imperio empezó a desintegrarse, se podría considerar que la ciencia, como ciencia, había decepcionado a los mundos exteriores. Para que volvieran a aceptarla, tendría que presentarse como algo distinto, y esto es justamente lo que ha hecho. Todo funciona a las mil maravillas cuando se usa la lógica simbólica para solucionarlo.

–¡Interesante! –El alcalde se puso las manos en la nuca y dijo súbitamente–: ¡Hábleme de la situación en Anacreonte!

El embajador frunció el ceño y se sacó el cigarro de la boca. Lo miró con disgusto y lo dejó a un lado.

–Bueno, está bastante mal.

–Si no fuera así, usted no habría venido.

–Así es. Ésta es la situación: el hombre clave de Anacreonte es el príncipe regente, Wienis. Es el tío del rey Leopold.

–Lo sé. Pero Leopold alcanzará la mayoría de edad el año que viene, ¿verdad? Creo recordar que en febrero cumplirá dieciséis años.

–Sí. –Pausa, y después una irónica observación–: *Si* vive. El padre del rey murió en circunstancias sospechosas. Una bala-aguja le atravesó el pecho durante una cacería. Fue calificado de accidente.

–Humm. Me parece recordar a Wienis de cuando estuve en Anacreonte al expulsarlos de Términus. Fue antes de su época. Si no recuerdo mal, era un jovencito moreno, con el cabello negro y algo bizco del ojo derecho. Tenía una curiosa nariz ganchuda.

–El mismo. La nariz ganchuda y el ojo bizco no han cambiado, pero ahora tiene el cabello gris. No juega limpio; afortunadamente, es el mayor loco del planeta. Se imagina a sí mismo como un demonio sutil, y esto hace que su locura sea más patente.

–Es la forma habitual.

–Su idea de cascar un huevo es dispararle un proyectil atómico. Prueba de esto es el impuesto sobre las propiedades del templo que trató de imponer tras el fallecimiento del viejo rey hace dos años. ¿Lo recuerda?

Hardin asintió pensativamente, y después sonrió.

—Los sacerdotes pusieron el grito en el cielo.

—Gritaron de tal modo que se les podía oír desde Lucreza. Desde entonces ha tenido más cuidado en sus relaciones con el sacerdocio, pero todavía se las arregla para hacer las cosas de la manera más difícil. En parte, es una desgracia para nosotros; tiene una ilimitada confianza en sí mismo.

—Probablemente no es más que un complejo de inferioridad compensado. Como sabe, los hijos pequeños de la realeza suelen adolecer de él.

—Pero nos lleva al mismo punto. Se está muriendo de ganas de atacar a la Fundación. Apenas consigue ocultarlo. Y, además, está en posición de hacerlo, desde el punto de vista del armamento. El viejo rey construyó una flota magnífica, y Wienis no ha dormido durante los dos últimos años. De hecho, el impuesto sobre las propiedades del templo estaba originariamente destinado a producir más armamento, y cuando esto falló se apresuró a doblar los otros impuestos.

—¿Ha habido alguna protesta por eso?

—Nada de importancia. La obediencia a la autoridad establecida fue el texto de todos los sermones del reino durante muchas semanas. Esto no quiere decir que Wienis demostrara su gratitud.

—Muy bien. Ya tengo los antecedentes. Ahora, ¿qué ha ocurrido?

—Hace dos semanas una nave mercante anacreontiana tropezó con un crucero de batalla abandonado de la antigua flota imperial. Debe de haber estado a la deriva por el espacio por lo menos durante tres siglos.

En los ojos de Hardin centelleó un interés repentino. Se enderezó.

—Sí, he oído hablar de eso. La Junta de Navegación me ha enviado una petición para que obtenga la nave con fines de estudio. Tengo entendido que está en buen estado.

–En demasiado buen estado –contestó secamente Verisof–. Cuando, la semana pasada, Wienis recibió su sugerencia de que entregara la nave a la Fundación, casi tuvo convulsiones.

–Todavía no ha contestado.

–No lo hará… como no sea con armas, o por lo menos es lo que él piensa. Verá, fue a verme el mismo día que yo dejaba Anacreonte y solicitó que la Fundación pusiera este crucero de batalla en condiciones de combate para que formara parte de la flota anacreontiana. Tuvo el infernal descaro de decir que su nota de la semana pasada indicaba un plan de la Fundación para atacar a Anacreonte. Dijo que una negativa a reparar el crucero de batalla confirmaría sus sospechas; e indicó que se vería forzado a tomar medidas defensivas. Éstas fueron sus palabras. ¡Se vería forzado! Y por eso estoy aquí.

Hardin se echó a reír amablemente.

Verisof sonrió y continuó:

–Naturalmente, espera una negativa, y sería una perfecta excusa –a sus ojos– para un ataque inmediato.

–Ya lo veo, Verisof. Bueno, por lo menos tenemos seis meses de plazo, hasta disponer la nave y devolverla con mis saludos. Que Wienis lo considere como prueba de nuestra estima y afecto.

Volvió a reírse.

Y de nuevo Verisof respondió con una debilísima sombra de sonrisa.

–Supongo que es lógico, Hardin… pero estoy preocupado.

–¿Por qué?

–¡Es una *nave*! Sabían *construirlas* en aquellos días. Su capacidad cúbica es la mitad de toda la flota anacreontiana. Tiene lanzarrayos atómicos capaces de destrozar un planeta, y un campo que podría resistir un rayo Q sin ser afectado por la radiación. Una cosa demasiado buena, Hardin…

–Superficial, Verisof, superficial. Usted y yo sabemos que el armamento que ahora tiene podría derrotar a Términus fácilmente, mucho antes de que nosotros reparáramos el crucero para su propio uso. ¿Qué importa, pues, si también le damos el crucero? Usted sabe que nunca llegaría a una guerra real.

—Así lo creo. Sí. —El embajador alzó la mirada—. Pero, Hardin…

—¿Y bien? ¿Por qué se detiene? Siga.

—Mire. Ésta no es mi provincia, pero he estado leyendo el periódico. —Colocó el *Diario* sobre la mesa e indicó la primera página—. ¿Qué es todo esto?

Hardin echó una ojeada.

—Un grupo de concejales está formando un nuevo partido político.

—Esto es lo que dicen. —Verisof señaló el periódico—. Sé que usted está más al corriente que yo de los asuntos internos, pero le están atacando con todo menos con la violencia física. ¿Son muy fuertes?

—Fortísimos. Probablemente controlarán el Consejo después de las próximas elecciones.

—¿No antes? —Verisof dirigió una mirada de soslayo al alcalde—. Hay muchas formas de hacerse con el control además de las elecciones.

—¿Me toma usted por Wienis?

—No. Pero la reparación de la nave llevará meses y es seguro que habrá un ataque después de eso. Nuestra complacencia será considerada como un signo de enorme debilidad, y la adición del Crucero Imperial doblará la fuerza de la flota de Wienis. Atacará tan seguro como que soy el supremo sacerdote. ¿Por qué arriesgarse? Una de dos: revele el plan de campaña al Consejo, ¡o fuerce la salida de esta situación con Anacreonte ahora!

Hardin frunció el ceño.

—¿Forzar la situación ahora? ¿Antes de que llegue la crisis? Es lo único que no debo hacer. Están Hari Seldon y el Plan, ya lo sabe.

Verisof vaciló, y después murmuró:

—Entonces, ¿está absolutamente seguro de que hay un plan?

—No puede haber ninguna duda —fue la severa respuesta—. Yo estaba presente en la apertura de la Bóveda del Tiempo y las grabaciones de Seldon lo revelaron entonces.

—No me refería a eso, Hardin. Es que no creo que sea posible planear la historia con mil años de adelanto, quizá Seldon se sobreestimara a sí mismo. —Se encogió un poco ante la sonrisa irónica de Hardin, y añadió—: Bueno, no soy ningún psicólogo.

—Exactamente. Ninguno de nosotros lo es. Pero yo recibí algunas enseñanzas en mi juventud... bastantes para saber de lo que es capaz la psicología, aunque yo no pueda explotar sus posibilidades. No hay ninguna duda de que Seldon hizo exactamente lo que proclama que hizo. La Fundación, como él dice, fue establecida como un refugio científico... por medio del cual debía preservarse la ciencia y la cultura del imperio moribundo a través de siglos de barbarie ya iniciada, para ser reavivadas al fin en el segundo imperio.

Verisof asintió, un poco dudoso.

—Todo el mundo sabe que ésta es la forma en que se *supone* que marcharán las cosas. Pero ¿podemos permitirnos el lujo de arriesgarnos? ¿Podemos arriesgar el presente por el bien de un nebuloso futuro?

—Debemos... porque el futuro no es nebuloso. Ha sido calculado y previsto por Seldon. Cada crisis sucesiva de nuestra historia está trazada y cada una depende, en cierta medida, del buen desenlace de las anteriores. Ésta no es más que la segunda crisis, y sólo el Espacio sabe el efecto que una minúscula desviación tendría al final.

—Esto es más bien una especulación vacía.

—¡*No!* Hari Seldon dijo en la Bóveda del Tiempo, que en cada crisis nuestra libertad de acción quedaría limitada hasta el punto en que sólo sería posible una línea de acción.

—¿Para mantenernos siempre en la línea recta?

—Para evitar que nos desviemos, sí. Pero, al contrario, mientras sea posible *más* de una línea de acción, no se habrá llegado a la crisis. *Debemos* dejar que las cosas sigan su curso tanto tiempo como podamos, y por el Espacio, esto es lo que me propongo hacer.

Verisof no contestó. Se mordió el labio inferior con malhumorado silencio. Sólo hacía un año que Hardin había hablado por vez primera de aquel problema con él... del verdadero problema; el problema de contrarrestar los preparativos hostiles de Anacreonte. Y sólo porque él, Verisof, se había rebelado ante nuevos apaciguamientos.

Hardin pareció seguir el curso de los pensamientos de su embajador.

–Preferiría no haberle hablado nunca de todo esto.

–¿Qué le impulsa a decir tal cosa? –exclamó Verisof, sorprendido.

–Porque ahora hay seis personas, usted y yo, otros tres embajadores y Yohan Lee, que tienen una idea aproximada de lo que nos espera; y me temo mucho que la intención de Seldon era que nadie lo supiera.

–¿Por qué?

–Porque incluso la adelantada psicología de Seldon era limitada. No podía manejar demasiadas variables independientes. No podía trabajar con individuos más allá de cierto período de tiempo; del mismo modo que usted no podría aplicar la teoría cinética de los gases a simples moléculas. Trabajó con multitudes, poblaciones de planetas enteros, y sólo con multitudes *ciegas* que no poseyeran de antemano el conocimiento de los resultados de sus propias acciones.

–Eso no está claro.

–Yo no puedo evitarlo. No soy lo bastante psicólogo como para explicarlo científicamente. Pero ya lo sabe: no hay psicólogos competentes en Términus y ningún texto matemático de la ciencia. Está claro que no quería que los de Términus fuéramos capaces de predecir el futuro. Seldon quería que actuáramos ciegamente, y por lo tanto correctamente, según las leyes de la psicología de masas. Tal como le dije en una ocasión, no sabía adónde nos dirigíamos cuando expulsé por primera vez a los anacreontianos. Mi idea había sido mantener un equilibrio de poder, nada más que esto. Sólo después creí ver un esquema en los acontecimientos; pero estoy decidido a no actuar basándome en este conocimiento. Una interferencia debida a la predicción destrozaría el Plan.

Verisof asintió pensativamente.

–He oído argumentos casi tan complicados en los templos de Anacreonte. ¿Cómo espera situar el momento exacto de la acción?

–Ya está situado. Usted admite que una vez el crucero de batalla esté arreglado nada evitará que Wienis nos ataque. Ya no habrá ninguna alternativa a este respecto.

–Sí.

–Muy bien. Esto, en cuanto al aspecto exterior. Mientras tanto, admitirá que las próximas elecciones verán un Consejo nuevo y hostil que forzará la acción contra Anacreonte. No hay ninguna alternativa.

–Sí.

–Y en cuanto desaparecen todas las alternativas, la crisis sobreviene. Incluso así… estoy preocupado.

Hizo una pausa, y Verisof aguardó. Lentamente, casi de mala gana, Hardin continuó:

–Tengo la idea, la ligerísima idea, de que las presiones externas e internas obedecen al plan de aparecer simultáneamente. Tal como están las cosas, sólo hay unos meses de diferencia. Probablemente Wienis ataque antes de la primavera, y para las elecciones aún falta un año.

–No parece nada importante.

–No lo sé. Puede deberse simplemente a inevitables errores de cálculo, o al hecho de que yo sé demasiado. Nunca he permitido que mi adivinación influyera en mis actos, pero ¿cómo puedo asegurarlo? ¿Y qué efecto tendrá la discrepancia? Sea como fuere –levantó la vista–, he decidido una cosa.

–¿Qué?

–Cuando la crisis esté a punto de estallar, me iré a Anacreonte. Quiero estar en el lugar… Oh, es suficiente, Verisof. Se hace tarde. Salgamos y tomemos una copa. Quiero descansar un poco.

—Entonces descanse aquí mismo —dijo Verisof—. No quiero ser reconocido, o ya sabe lo que diría ese nuevo partido que sus queridos concejales están formando. Pida el coñac.

Y Hardin lo hizo…, pero no pidió demasiado.

3

Antiguamente, cuando el imperio galáctico abarcaba toda la Galaxia y Anacreonte era la prefectura más rica de la Periferia, más de un emperador había visitado el Palacio Virreinal con gran pompa. Y ninguno de ellos se había ido sin hacer por lo menos un esfuerzo para demostrar su habilidad con el fusil de aguja contra la emplumada fortaleza volante que llamaban el ave Nyak.

El renombre de Anacreonte no había decaído con el paso del tiempo. El Palacio Virreinal era una confusa masa de ruinas a excepción del ala que los trabajadores de la Fundación habían restaurado. Y hacía doscientos años que no se veía a ningún emperador en Anacreonte.

Pero la caza del Nyak seguía siendo el deporte real, y el primer requisito de los reyes de Anacreonte era tener buena puntería con el fusil de aguja.

Leopold I, rey de Anacreonte y —como se añadía invariablemente, aunque sin veracidad alguna— Señor de los Dominios exteriores, a pesar de no tener aún dieciséis años había probado su destreza muchas veces. Había abatido su primer Nyak a los trece años recién cumplidos; había abatido el décimo una semana después de su subida al trono; y ahora regresaba de abatir el cuadragésimo sexto.

—¡Cincuenta antes de llegar a la mayoría de edad! —había exclamado—. ¿Quién apuesta?

Pero los cortesanos no apuestan contra la habilidad del rey. Existe el mortal peligro de ganar. Así que nadie lo hizo, y el rey se fue a cambiar de ropa de muy buen humor.

—¡Leopold!

El rey se detuvo en seco ante la única voz que podía lograrlo. Se volvió de mal humor.

Wienis se hallaba en el umbral de su cámara y dominaba a su sobrino.

–Despídelos –ordenó impacientemente–. Quítatelos de encima.

El rey asintió cortésmente y los dos chambelanes hicieron una reverencia y retrocedieron hacia las escaleras. Leopold entró en la habitación de su tío.

Wienis contempló con displicencia el traje de caza del rey.

–Muy pronto tendrás cosas más importantes que hacer aparte de cazar el Nyak.

Le dio la espalda y se precipitó hacia su mesa. Como se había hecho demasiado viejo para ejercicios al aire libre, el peligroso salto al alcance de las alas del Nyak, el balanceo y subida del vehículo volador a un metro escaso, había abandonado toda clase de deportes.

Leopold reconoció la actitud amargada de su tío y, no sin malicia, empezó entusiásticamente:

–Tendrías que haber venido con nosotros, tío. Levantamos uno en el erial de Samia que era un monstruo. Lo mejor es cuando se acercan. Lo hemos tenido durante dos horas por lo menos volando en cien kilómetros cuadrados de terreno. Y entonces me dirigí en línea recta hacia el cielo –lo explicaba gráficamente, como si volviera a encontrarse en su vehículo–, y bajé súbitamente en picado. Lo atrapé en el ascenso justo debajo del ala izquierda. Esto lo enloqueció y empezó a volar de lado. Acepté su desafío y viré hacia la izquierda, esperando la caída vertical. Y llegó. Estuvo a tiro antes de que yo me moviera y entonces...

–¡Leopold!

–¡Bueno! Lo abatí.

–Estoy seguro de ello. ¿Me atenderás ahora?

El rey se encogió de hombros y se dirigió hacia la mesa del rincón, donde mordisqueó una nuez de Lera con evidente malhumor. No se atrevió a enfrentarse con la mirada de su tío.

Wienis dijo, a modo de preámbulo:

—Hoy he ido a la nave.

—¿Qué nave?

—Sólo hay una nave. *La* nave. La que la Fundación está reparando para la flota. El viejo crucero imperial. ¿Me explico con la suficiente claridad?

—¿Ésa? ¿Ves?, te dije que la Fundación la repararía si se lo pedíamos. Toda esta historia tuya de que querían atacarnos no es más que una tontería. Porque si así fuera, ¿por qué iban a arreglar la nave? No tiene sentido, ¿verdad?

—¡Leopold, eres un idiota!

El rey, que acababa de tirar la cáscara de la nuez de Lera y se llevaba otra a los labios, enrojeció.

—Vamos a ver, escúchame bien —dijo, con una ira que apenas sobrepasaba el malhumor—; no creo que debas decirme tal cosa. Te olvidas de algo. Dentro de dos meses cumpliré la mayoría de edad, ya lo sabes.

—Sí, y estás en una posición ideal para asumir responsabilidades reales. Si dedicas a los asuntos públicos la mitad del tiempo que consagras a la caza del Nyak, entregaré la regencia con la conciencia limpia.

—No me importa. Ya sabes que esto no tiene nada que ver con el caso. El hecho es que, aunque tú seas el regente y mi tío, yo sigo siendo el rey y tú eres mi súbdito. No deberías llamarme idiota ni sentarte en mi presencia. No me has pedido permiso. Creo que deberías tener cuidado, o es posible que haga algo… muy pronto.

La mirada de Wienis era fría.

—¿Puedo referirme a vos como a «Vuestra Majestad»?

—Sí.

—¡Muy bien! ¡Vuestra Majestad es un idiota!

Sus ojos oscuros despedían chispas por debajo de las enmarañadas cejas y el joven rey se sentó lentamente. Por un momento, hubo una sardónica satisfacción en el rostro del regente, pero se desvaneció rápidamente. Sus gruesos labios se separaron en una sonrisa y una mano cayó sobre el hombro del rey.

–No importa, Leopold. No tendría que haberte hablado tan duramente. A veces es difícil conducirse con verdadera propiedad cuando la presión de los acontecimientos es tal como... ¿Lo comprendes? –Pero, aunque las palabras eran conciliadoras, había algo en sus ojos que no acababa de suavizarse.

Leopold dijo con inseguridad:

–Sí. Los asuntos de Estado son endemoniadamente difíciles. –Se preguntó, no sin aprensión, si no iba a verse sometido a una incomprensible y detallada explicación sobre el año comercial con Smyrno y la interminable disputa sobre los mundos dispersos del Pasillo Rojo.

Wienis hablaba de nuevo:

–Muchacho, había pensado hablarte antes de esto, y quizá tendría que haberlo hecho, pero sé que tu joven espíritu se impacienta frente a los áridos detalles del arte de gobernar.

Leopold asintió.

–Bueno, eso está muy bien...

Su tío le interrumpió firmemente y continuó:

–Sin embargo, dentro de dos meses alcanzarás la mayoría de edad. Además, en los tiempos difíciles que vendrán, tendrás que tomar parte plena y activa. Serás *rey* de ahora en adelante, Leopold.

Leopold asintió de nuevo, pero su expresión continuaba siendo vacía.

–Habrá guerra, Leopold.

–¡Guerra! Pero hay una tregua con Smyrno...

–No es con Smyrno. Es con la misma Fundación.

–Pero, tío, han accedido a reparar la nave. Dijiste...

Su voz se desvaneció al observar el fruncimiento de labios de su tío.

–Leopold. –Algo de la amabilidad había desaparecido–. Vamos a hablar de hombre a hombre. Tiene que haber guerra con la Fundación, reparen la nave o no; lo antes posible, en realidad, puesto que están reparándola. La Fundación es la fuente del poder y la fuerza. Toda la grandeza de Anacreonte, todas sus naves y ciudades y su pueblo y su comercio dependen de las migas y sobras del poder que la Fundación nos concede a regañadientes. Me acuerdo de la época en que las ciudades de Anacreonte se calentaban con carbón y petróleo ardiendo. Pero eso no importa; no podrías comprenderlo.

–Parece –sugirió el rey tímidamente– que tendríamos que estarles agradecidos.

–¿Agradecidos? –bramó Wienis–. ¿Agradecidos por que nos den los restos de mala gana, mientras se reservan el espacio para ellos mismos... y lo guardan con quién sabe qué propósito? Sólo para dominar la Galaxia algún día.

Dejó caer la mano sobre la rodilla de su sobrino, y entornó los ojos.

–Leopold, eres el rey de Anacreonte. Tus hijos y tus nietos pueden ser reyes del universo... ¡si obtienes el poder que la Fundación nos oculta!

–Hay algo de razón en esto. –Los ojos de Leopold empezaron a brillar y enderezó la espalda–. Al fin y al cabo, ¿qué derecho tienen de reservarlo para ellos solos? No es justo, ya lo sabes. Anacreonte también cuenta para algo.

–¿Ves? Estás empezando a comprender. Y ahora, muchacho, ¿y si Smyrno decide atacar a la Fundación por su parte y nos gana todo ese poder? ¿Cuánto tiempo crees que tardaríamos en convertirnos en una potencia vasalla? ¿Cuánto tiempo conservaríamos el trono?

Leopold se excitaba por momentos.

–Por el Espacio, sí. Tienes toda la razón, ¿sabes? Hemos de atacar los primeros. Es cuestión de defensa propia.

La sonrisa de Wienis se ensanchó ligeramente.

–Además, una vez, nada más comenzar el reinado de tu abuelo, Anacreonte estableció una base militar en el planeta de la Fundación, Términus... una base que la defensa nacional necesitaba vitalmente. Nos vimos forzados a abandonar esa base como resultado de las maquinaciones del líder de la Fundación, un hombre vil, sin una gota de sangre noble en las venas. ¿Lo comprendes, Leopold? Tu abuelo fue humillado por ese villano. ¡Lo recuerdo! Tenía aproximadamente la misma edad que yo cuando vino a Anacreonte con su infernal sonrisa y su infernal cerebro… y el poder de los otros tres reinos respaldándole, combinados en una cobarde unión contra la grandeza de Anacreonte.

Leopold se sonrojó y brilló una chispa en sus ojos.

—¡Por Seldon, si yo hubiera sido mi abuelo, hubiera luchado incluso así!

—No, Leopold. Decidimos esperar… para devolver la afrenta en un momento más apropiado. El último deseo de tu abuelo antes de su muerte fue pensar que él sería el que… ¡Bueno, bueno! —Wienis se volvió un momento. Entonces, simulando estar muy emocionado—: Era mi hermano. Y, sin embargo, si su hijo estuviera…

—Sí, tío, no le decepcionaré. Lo he decidido. Lo más conveniente es que Anacreonte deshaga esa red de agitadores, inmediatamente.

—No, no inmediatamente. Primero debemos esperar a que se termine la reparación del crucero. El mero hecho de que estén dispuestos a realizar este arreglo demuestra que nos temen. Los muy tontos tratan de aplacarnos, pero no conseguirán apartarnos de nuestro camino, ¿verdad?

Y el puño de Leopold golpeó la palma abierta de su mano.

—No, mientras yo sea rey de Anacreonte.

Wienis frunció los labios sardónicamente.

—Además, hemos de esperar que llegue Salvor Hardin.

—¡Salvor Hardin! —El rey se quedó de pronto con los ojos muy abiertos, y el juvenil contorno de su rostro imberbe casi perdió las líneas duras en que estaba crispado.

—Sí, Leopold, el líder de la Fundación en persona vendrá a Anacreonte por tu cumpleaños…, probablemente para calmarnos con palabras suaves. Pero no le servirá de nada.

—¡Salvor Hardin! —No era más que un debilísimo murmullo.

Wienis frunció el ceño.

—¿Te da miedo el nombre? Es el mismo Salvor Hardin que, en su anterior visita, nos hizo morder el polvo. ¿No habrás olvidado ese insulto mortal a la casa real? Y de un villano. La hez del arroyo.

–No. Supongo que no. No, no lo haré. Nos vengaremos…, pero…, pero… estoy un poco asustado.

El regente se levantó.

–¿Asustado? ¿De qué? ¿De qué, joven…? –Se interrumpió.

–Sería…, uh…, una blasfemia, ¿sabes?, atacar la Fundación. Quiero decir que… –Hizo una pausa.

–Sigue.

Leopold dijo confusamente:

–Quiero decir que, si realmente hubiera un Espíritu Galáctico, uh…, puede ser que no le gustara. ¿No lo crees?

–No, no lo creo –fue la firme respuesta. Wienis volvió a sentarse y sus labios se contrajeron en una extraña sonrisa–. De modo que te preocupas mucho por el Espíritu Galáctico, ¿no? Esto es lo que pasa por dejarte suelto. Apuesto a que has estado hablando con Verisof.

–Me ha explicado muchas cosas…

–¿Del Espíritu Galáctico?

–Sí.

–Ay, cachorro sin destetar, él cree en esas tonterías muchísimo menos que yo, y yo no creo nada en ellas. ¿Cuántas veces te han dicho que todas sus charlas son absurdas?

–Bueno, ya lo sé. Pero Verisof dice…

–Maldito sea Verisof. Son tonterías.

Hubo un corto y rebelde silencio, y después Leopold dijo:

–Todo el mundo piensa igual. Me refiero a todo eso del profeta Hari Seldon y de cómo estableció la Fundación para que llevara a cabo sus mandamientos y algún día volviéramos al Paraíso Terrenal; y cómo cualquiera que desobedezca sus mandamientos será destruido por toda la eternidad. Ellos lo creen. He presidido los festivales, y estoy seguro de ello.

–Sí, *ellos* lo creen; pero nosotros no. Y puedes estar agradecido de que sea así, pues según sus tonterías, tú eres rey por derecho divino… y tú mismo eres semidivino.

Muy manejable. Elimina todas las posibilidades de revueltas y asegura absoluta obediencia a todo. Y ésta es la razón, Leopold, de que debas tomar parte activa en ordenar la guerra contra la Fundación. Yo sólo soy el regente, y completamente humano. Tú eres el rey, y más que un semidiós... para ellos.

—Pero supongamos que no lo sea en realidad —dijo el rey, reflexionando.

—No, no en realidad —fue la irónica respuesta—, pero lo eres para todos menos para los habitantes de la Fundación. ¿Lo entiendes? Para todos menos para los habitantes de la Fundación. Una vez hayan sido eliminados ya no habrá nadie que niegue tu origen divino. ¡Piénsalo!

—¿Y después de eso seremos capaces de manejar las cajas de energía de los templos y las naves que vuelan sin hombres y el alimento sagrado que cura el cáncer y todo lo demás? Verisof dijo que sólo los bendecidos por el Espíritu Galáctico podían...

—Sí. ¡Verisof lo dijo! Verisof, después de Salvor Hardin, es tu mayor enemigo. Quédate conmigo, Leopold, y no te preocupes por ellos. Juntos reconstruiremos un imperio, no sólo el reino de Anacreonte, sino uno que abarque a todos los millones de soles de la Galaxia. ¿Es eso mejor que un «Paraíso Terrenal»?

—Sssí.

—¿Puede Verisof prometer algo más?

—No.

—Muy bien. —Su voz se hizo perentoria—. Supongo que debemos considerar el asunto arreglado. —No recibió contestación—. Vete. Bajaré más tarde. Y una cosa más, Leopold.

El muchacho se volvió en el umbral.

Wienis sonreía con todo menos con los ojos.

—Ten cuidado con esas cacerías de Nyak, muchacho. Desde el desgraciado accidente de tu padre, he tenido extraños presentimientos acerca de ti, a veces. En la confusión, con los fusiles de aguja hendiendo el aire con sus dardos, uno nunca sabe lo que puede pasar. Espero que tendrás cuidado. Y harás todo lo que te he dicho sobre la Fundación, ¿verdad?

Los ojos de Leopold se desorbitaron y evitó la mirada de su tío.

–Sí…, desde luego.

–¡Perfecto! –Contempló la salida de su sobrino, inexpresivamente, y volvió a su mesa.

Los pensamientos de Leopold al salir eran sombríos y no desprovistos de temor. Quizá fuera mejor vencer a la Fundación y obtener la energía de que hablaba Wienis. Pero después, cuando la guerra hubiera terminado y él estuviera seguro en el trono… Se dio súbitamente exacta cuenta del hecho de que Wienis y sus dos arrogantes hijos estaban en aquel momento en la línea sucesoria al trono.

Pero él era rey. Y los reyes pueden ordenar ejecuciones.

Incluso de tíos y primos.

4

Junto al mismo Sermak, Lewis Bort era el más activo en reagrupar a aquellos elementos disidentes que se habían fusionado en el ahora vociferante partido activista. Pero no había formado parte de la delegación que visitó a Salvor Hardin hacía casi un año. Esto no se debía a una falta de reconocimiento a sus servicios; todo lo contrario. Se hallaba ausente porque en aquella época estaba en la capital de Anacreonte.

La visitó como ciudadano privado. No vio a ningún oficial y no hizo nada importante. Se limitó a observar los rincones oscuros del afanoso planeta y asomó su nariz por los garitos indignos.

Llegó a casa hacia el término de un corto día invernal que empezó con nubes y estaba acabando con nieve, y al cabo de una hora se encontraba sentado a la mesa octogonal de la casa de Sermak.

Sus primeras palabras no estaban calculadas para mejorar la atmósfera de una reunión ya considerablemente deprimida por el oscuro atardecer lleno de nieve.

—Me temo —dijo— que nuestra posición sea, usando la fraseología melodramática, una «causa perdida».

—¿Lo cree usted así? —preguntó Sermak, tristemente.

—Es imposible pensar de otro modo, Sermak. No hay motivo para otra opinión.

—Armamentos... —empezó Dokor Walto, en tono algo entrometido, pero Bort le interrumpió enseguida.

—Olvídelo. Ésa es una vieja historia. —Sus ojos recorrieron el círculo—. Me refiero a la gente. Admito que mi idea original era tratar de fomentar una rebelión palaciega para instalar como rey a alguien más favorable a la Fundación. Era una buena idea. Todavía lo es. El único inconveniente es que es imposible. El gran Salvor Hardin lo previó.

Sermak dijo con acritud:

—Si nos diera los detalles, Bort...

—¡Detalles! ¡No hay detalles! No es tan sencillo como todo eso. Es toda la maldita situación de Anacreonte. Es esa religión que ha establecido la Fundación. ¡Da resultado!

—¿Y qué?

—Hay que *ver* cómo funciona para darse cuenta. Lo único que aquí sabemos es que tenemos una gran escuela dedicada a educar sacerdotes, y que ocasionalmente se hace una exhibición especial en algún rincón olvidado de la ciudad para beneficio de los peregrinos... y nada más. Todo este asunto apenas nos afecta de manera general. Pero en Anacreonte...

Lem Tarki alisó su barba puntiaguda con un dedo y se aclaró la garganta.

—¿Qué clase de religión es? Hardin siempre ha dicho que sólo eran tonterías para que aceptaran nuestra ciencia sin hacer preguntas. Recuerde, Sermak, que aquel día nos dijo...

—Las explicaciones de Hardin —recordó Sermak— no suelen tener mucha relación con la verdad. Pero ¿qué clase de religión es, Bort?

Bort reflexionó.

–Éticamente, es perfecta. Apenas difiere de las diversas filosofías del viejo imperio. Alto valor moral y todo eso. Desde este punto de vista no tiene nada que envidiar. La religión es una de las grandes influencias civilizadoras de la historia en este aspecto. Rellena...

–Ya sabemos eso –interrumpió Sermak, con impaciencia–. Vaya al grano.

–Allá voy. –Bort estaba un poco desconcertado, pero no lo demostró–. La religión, que la Fundación ha alentado y animado, tengámoslo presente, se basa en una línea estrictamente autoritaria. El sacerdocio tiene control absoluto de los instrumentos científicos que hemos proporcionado a Anacreonte, pero sólo han aprendido a manejar dichos instrumentos empíricamente. Creen por completo en esta religión y en el..., uh..., valor espiritual de la energía que manejan. Por ejemplo, hace dos meses algún loco manipuló la planta de energía del templo de Thessalekia..., uno de los mayores. Naturalmente, voló cinco manzanas de casas. Fue considerado como una venganza divina por todo el mundo, incluyendo a los sacerdotes.

–Lo recuerdo. Los periódicos dieron una versión resumida del suceso en aquel momento. No veo adónde quiere ir usted a parar.

–Entonces, escuche –dijo Bort, ásperamente–. El clero forma una jerarquía en cuyo vértice está el rey, que está considerado como una especie de dios menor. Es un monarca absoluto por derecho divino, y el pueblo lo cree, profundamente, y los sacerdotes también. No se puede derrocar a un rey así. ¿Comprende *ahora* a lo que me refería?

–Espere –dijo Walto–. ¿Qué quería decir al afirmar que Hardin ha hecho todo esto? ¿Qué tiene que ver en este asunto?

Bort miró amargamente a su interlocutor.

–La Fundación ha alentado asiduamente esta ilusión. Hemos puesto todo nuestro respaldo científico detrás del engaño. No hay festival que el rey no presida rodeado por una aureola radiactiva que ilumina fuertemente todo su cuerpo y se eleva como una corona sobre su cabeza. Cualquiera que lo toque se quema gravemente. Puede moverse de un sitio a otro por el aire en momentos cruciales, supuestamente por inspiración del espíritu divino. Llena el templo con una nacarada luz interna sólo con hacer un gesto. Estos sencillos trucos que realizamos en beneficio suyo son interminables; pero incluso los sacerdotes creen en ellos, a pesar de llevarlos a cabo personalmente.

–¡Malo! –dijo Sermak, mordiéndose el labio.

–Lloraría... como la fuente del Parque del Ayuntamiento –dijo Bort, excitado–, al pensar en la oportunidad que hemos ahogado. Imaginemos la situación hace treinta años, cuando Hardin salvó la Fundación de Anacreonte... En aquel tiempo, los habitantes de Anacreonte no se daban cuenta de que el imperio estaba desintegrándose. Habían solucionado más o menos sus propios asuntos desde la revuelta zeoniana, pero incluso después de que se cortaran las comunicaciones y el pirata del abuelo de Leopold se erigiera en rey, siguieron sin darse cuenta de que el imperio estaba destrozado.

»Si el emperador hubiera tenido suficiente nervio para intentarlo, habría podido recuperarlo con dos cruceros y la ayuda de la revuelta interna que ciertamente hubiera surgido. Y nosotros, *nosotros* hubiéramos podido hacer lo mismo; pero no, Hardin estableció la adoración al monarca. Personalmente, no lo entiendo. ¿Por qué? ¿Por qué? ¿Por qué?

–¿Qué hace Verisof? –preguntó Jaim Orsy, súbitamente–. Hubo un día en que fue un activista distinguido. ¿Qué está haciendo allí? ¿Está ciego, también?

–No lo sé –dijo concisamente Bort–. Es su supremo sacerdote. Por lo que sé, no hace nada aparte de aconsejar al clero sobre los detalles técnicos. ¡Un títere, maldito sea, un títere!

Hubo un silencio en la estancia y todos los ojos se volvieron a Sermak. El dirigente del nuevo partido se mordía furiosamente una uña, y entonces dijo en alta voz:

–Nada bueno. ¡Es asqueroso! –Miró a su alrededor, y añadió con más energía–: ¿Es que Hardin puede ser tan tonto?

–Así parece –gruñó Bort.

–¡Imposible! Aquí hay algún error. Se requeriría una estupidez colosal para cortar nuestro propio cuello tan cuidadosamente y sin esperanzas. Es más de la que Hardin podría tener, aunque fuera un tonto, lo cual dudo. Por un lado, establecer una religión que descarta toda posibilidad de problemas internos. Por otro, suministra a Anacreonte todas las armas de la guerra. No lo comprendo.

–La cuestión *es* un poco oscura, lo admito –dijo Bort–, pero los hechos están ahí. ¿Qué otra cosa podemos pensar?

Walto dijo, espasmódicamente:

–Alta traición. Está a su servicio.

Pero Sermak movió la cabeza con impaciencia.

–Tampoco estoy de acuerdo con esto. Todo el asunto es absurdo e incomprensible… Dígame, Bort, ¿ha oído algo acerca del crucero de batalla que la Fundación va a poner a punto para la flota de Anacreonte?

–¿Un crucero de batalla?

–Un viejo crucero imperial…

–No, no he oído nada. Pero eso no significa gran cosa. Los terrenos de la flota son santuarios religiosos completamente inviolables por parte del público en general. Nadie sabe nada de la flota.

–Bueno, es lo que dicen los rumores. Miembros del partido han elevado el asunto al Consejo. Hardin no lo ha negado nunca, ya lo sabe. Su portavoz denunció rumores sin fundamentos y nada más. Puede ser significativo.

–Es sólo una pieza entre muchas –dijo Bort–. De ser cierto, está completamente loco. Pero no sería peor que el resto.

–Supongo –dijo Orsy– que Hardin no oculta ningún arma secreta. Esto podría…

–Sí –dijo Sermak–, una enorme caja de sorpresas de la que saldría un muñeco en el momento psicológico y asustaría al viejo Wienis. La Fundación podría borrar su propia existencia y ahorrarse la lenta agonía si tiene que depender de algún arma secreta.

–Bueno –dijo Orsy, cambiando apresuradamente de tema–, la cuestión se reduce a esto: ¿de cuánto tiempo disponemos? ¿Eh, Bort?

–Muy bien. Ésta es la cuestión. Pero no me miren a mí; yo no lo sé. La prensa anacreontiana nunca menciona a la Fundación. Ahora mismo, está llena de noticias sobre las próximas celebraciones y nada más. Leopold alcanzará la mayoría de edad dentro de una semana, ya lo saben.

–En ese caso disponemos de meses. –Walto sonrió por primera vez en toda la noche–. Esto nos da tiempo…

–¿Cómo que nos da tiempo? –estalló Bort, impacientemente–. Les digo que el rey es un dios. ¿Suponen que tiene que llevar a cabo una campaña de propaganda para que su pueblo adquiera un espíritu bélico? ¿Suponen que tiene que acusarnos de agresión y presionar todos los recursos del sentimentalismo barato? Cuando llegue el momento de atacar, Leopold dará la orden y el pueblo luchará. Sólo eso. Ése es el inconveniente del sistema: no se discute con un dios. Por lo que sé, podría dar la orden mañana mismo.

Todos trataron de hablar a la vez y Sermak dio una palmada en la mesa pidiendo silencio, cuando se abrió la puerta principal y entró Levi Norast. Subió las escaleras de dos en dos, con el abrigo puesto y derramando nieve.

–¡Miren esto! –gritó, lanzando un frío periódico cubierto de copos de nieve sobre la mesa–. Los visores tampoco hablan de otra cosa.

El periódico no estaba doblado, y cinco cabezas se inclinaron sobre él.

Sermak dijo, con voz ronca:

–¡Gran Espacio, va a Anacreonte! *¡Va a Anacreonte!*

–*Es* una traición –chilló Tarki, con súbita excitación–. Que me maten si Walto no tiene razón. Nos ha vendido y ahora va a recoger su paga.

Sermak se había puesto en pie.

–Ahora no tenemos alternativa. Mañana solicitaré al Consejo que Hardin sea acusado de alta traición. Y si *esto* falla…

5

La nieve había cesado, pero había formado una gruesa alfombra por las calles y los pesados vehículos terrestres avanzaban a través de las calles desiertas con penoso esfuerzo. La lúgubre luz gris del incipiente amanecer no sólo era fría en el sentido poético, sino también de una forma muy literal... e incluso en el entonces turbulento estado de la política de la Fundación, nadie, ni activistas ni pro-Hardin hallaron su espíritu suficientemente ardiente para empezar tan temprano la actividad callejera.

A Yohan Lee no le gustaba aquello y sus gruñidos se hicieron audibles.

—Caerá mal, Hardin. Dirán que se escurre.

—Que lo digan si quieren. Yo he de ir a Anacreonte y quiero hacerlo sin problemas. Ya es suficiente, Lee.

Hardin se recostó en el mullido asiento y tembló ligeramente. No hacía frío dentro del coche acondicionado, pero había algo frígido en un mundo cubierto de nieve, incluso a través del cristal, que le molestó.

Dijo, reflexionando:

—Algún día, cuando estemos en condiciones, hemos de climatizar Términus. Se podría hacer.

—A mí —repuso Lee— me gustaría que se hicieran otras cosas primero. Por ejemplo, ¿qué hay de climatizar a Sermak? Una bonita y seca celda a veinticinco grados centígrados durante todo el año sería ideal.

—Y entonces yo necesitaría realmente guardaespaldas —dijo Hardin— y no sólo esos dos. —Señaló a dos de los gorilas de Lee, sentados delante con el chófer, con su mirada dura fija en las calles vacías, y las manos sobre sus armas atómicas—. Evidentemente quiere incitar una guerra civil.

—¿Yo? Hay otras ascuas en el fuego y no necesita mucho para inflamarse, se lo aseguro. —Empezó a contar con los dedos—. Uno: Sermak provocó un escándalo ayer en el Consejo Municipal al pedir que lo procesaran por alta traición.

–Estaba en su pleno derecho de hacerlo –respondió Hardin, fríamente–. Además de lo cual, su moción fue derrotada por 206 a 184.

–Exactamente. Una mayoría de veintidós cuando habíamos contado con sesenta como mínimo. No lo niegue; sabe que es así.

–Más o menos –admitió Hardin.

–Muy bien. Y dos: después de la votación, los cincuenta y nueve miembros del partido activista se levantaron y salieron de la Cámara del Consejo.

Hardin guardó silencio y Lee prosiguió:

–Y tres: antes de irse, Sermak declaró que usted era un traidor, que iba a Anacreonte para recoger sus treinta piezas de plata, que la mayoría de la Cámara, al negarse a votar el proceso, había participado en la traición, y que el nombre de su partido no era «activista» por nada. ¿A qué le suena eso?

–Problemas, supongo.

–Y ahora se escabulle al amanecer, como un criminal. Tendría que enfrentarse con ellos, Hardin… y si tiene que hacerlo, ¡declare la ley marcial, por el Espacio!

–La violencia es el último recurso…

–… Del incompetente. ¡Cuernos!

–Muy bien. Ya lo veremos. Ahora escúcheme atentamente, Lee. Hace treinta años, se abrió la Bóveda del Tiempo, y en el quincuagésimo aniversario del inicio de la Fundación apareció una grabación de Hari Seldon para darnos la primera idea de lo que realmente sucedía.

–Lo recuerdo. –Lee asintió ensimismado, con una media sonrisa–. Fue el día en que nos hicimos cargo del gobierno.

–Así es. Fue nuestra primera crisis grave. Ésta es la segunda…, y dentro de tres semanas será el octogésimo aniversario del principio de la Fundación. ¿No le parece muy significativo?

–¿Quiere decir que volverá?

–No he terminado. Seldon nunca dijo nada de volver, compréndalo, pero esto es una pieza de todo su plan.

Siempre ha hecho todo lo posible para impedir que conozcamos los acontecimientos por adelantado. Tampoco se puede decir si la cerradura de radio está preparada para abrirse de nuevo…, probablemente esté preparada para destruir la Bóveda si intentáramos abrirla. Voy allí todos los aniversarios después de la primera aparición, por si acaso. No ha aparecido nunca, pero ésta es la primera vez desde entonces en que realmente hay crisis.

—Entonces, vendrá.

—Quizá. No lo sé. Sin embargo, ésta es la cuestión: la sesión de hoy del Consejo, inmediatamente después de anunciar que me he ido a Anacreonte, anunciará, de forma oficial, que el próximo 14 de marzo habrá otra grabación de Hari Seldon, con un mensaje de la mayor importancia acerca de la reciente crisis satisfactoriamente resuelta. Es muy importante, Lee. No añada nada más, aunque le atosiguen a preguntas.

Lee le miró fijamente.

—¿Se lo creerán?

—Eso no importa. Les confundirá, que es lo único que quiero. Preguntándose si es verdad o no, y lo que yo me propongo conseguir con ello si no lo es… decidirán posponer la acción hasta después del 14 de marzo. Yo habré regresado mucho antes.

Lee pareció indeciso.

—Pero eso de «satisfactoriamente resuelta»… ¡Es una mentira!

—Una mentira extremadamente turbadora. ¡Ya estamos en el espaciopuerto!

La nave espacial se destacaba sombríamente en la oscuridad. Hardin atravesó la nieve en dirección a ella, y en la puerta de entrada se volvió con la mano extendida.

—Adiós, Lee. Lamento muchísimo tener que dejarle en esta sartén en aceite hirviendo, pero no confío en ninguna otra persona. Por favor, no se acerque demasiado al fuego.

—No se preocupe. La sartén está bastante caliente. Cumpliré sus órdenes. —Retrocedió y la portezuela se cerró.

Salvor Hardin no fue directamente al planeta Ana-creonte, el cual había dado nombre al reino. No llegó hasta el día antes de la coronación, tras haber hecho rápidas visitas a ocho de los mayores sistemas estelares del reino, no deteniéndose más que el tiempo justo para conferenciar con los representantes locales de la Fundación.

El viaje le produjo la opresiva impresión de la enormidad del reino. Era una pequeña astilla, una insignificante manchita comparado con las extensiones inconcebibles del imperio galáctico, del cual había formado una parte tan distinguida; pero para alguien cuyos hábitos mentales han sido construidos alrededor de un solo planeta, que además está escasamente poblado, el tamaño y la población de Anacreonte eran impresionantes.

Siguiendo cerradamente los lindes de la antigua Prefectura de Anacreonte, abarcaba veinticinco sistemas estelares, seis de los cuales incluían más de un mundo habitable. La población de diecinueve billones, aunque aún muy inferior a la del apogeo del imperio, crecía rápidamente con el desarrollo científico cada vez mayor alentado por la Fundación.

Y sólo entonces Hardin se sintió aterrado ante la magnitud de *esa* tarea. En treinta años, sólo el mundo principal había sido dotado de energía. Las provincias exteriores aún incluían inmensas extensiones en que la energía atómica no había sido reintroducida. Incluso el progreso realizado habría sido imposible de no ser por las reliquias aún en funcionamiento que había abandonado la marea creciente del imperio.

Cuando Hardin llegó al mundo capital, encontró todos los negocios habituales en absoluta paralización. En las provincias exteriores aún había celebraciones; pero en el planeta Anacreonte ni una sola persona dejaba de tomar parte febril en las fastuosas ceremonias religiosas que anunciaban la mayoría de edad de su dios-rey, Leopold.

Hardin sólo pudo charlar media hora con un ojeroso y

presuroso Verisof antes de que su embajador tuviera que irse a supervisar otro festival en el templo. Pero la media hora fue de lo más provechosa, y Hardin se preparó, muy satisfecho, para los fuegos artificiales de la noche.

En todo esto actuó como observador, pues no tenía estómago para las tareas religiosas en que indudablemente tendría que tomar parte si se conocía su identidad. De modo que, cuando la sala de baile del palacio se llenó con una reluciente horda de la nobleza más alta y distinguida del reino, se encontró pegado a la pared, casi inadvertido o totalmente ignorado.

Había sido presentado a Leopold como uno más de una larga lista de invitados, y a una distancia prudencial, pues el rey permanecía apartado en solitaria e impresionante grandeza, rodeado por su mortal aureola de radiactividad. Y antes de una hora, ese mismo rey tomaría asiento en el macizo trono de rodio-iridio, con incrustaciones de oro, y luego el trono y él se elevarían majestuosamente en el aire, rozando las cabezas de la multitud para llegar a la gran ventana desde la que el pueblo vería a su rey y le aclamaría con frenesí. El trono no hubiera sido tan macizo, naturalmente, si no hubiera tenido que albergar un motor atómico.

Eran más de las once. Hardin se impacientó y se puso de puntillas para ver mejor. Resistió la tentación de subirse a la silla. Y entonces vio que Wienis se abría paso entre la multitud en dirección hacia él y se tranquilizó.

El avance de Wienis era lento. Casi a cada paso tenía que cruzar una frase amable con algún reverenciado noble cuyo abuelo había ayudado al abuelo de Leopold a apoderarse del reino y a cambio de lo cual había recibido un ducado.

Y luego se libró del último par uniformado y alcanzó a Hardin. Su sonrisa se transformó en una mueca y sus ojos negros le miraron fijamente por debajo de las enmarañadas cejas con brillo de satisfacción.

–Mi querido Hardin –dijo, en voz baja–, debe usted de aburrirse mucho, pero como no ha revelado su identidad…

–No me aburro, alteza. Todo esto es extremadamente interesante. En Términus no tenemos espectáculos comparables, como usted sabe.

–Sin duda. Pero ¿le importaría ir a mis aposentos privados, donde podremos hablar largo y tendido y con mucha más intimidad?

–Desde luego que no.

Cogidos del brazo, los dos subieron las escaleras, y más de una duquesa viuda alzó sus impertinentes con sorpresa, preguntándose quién sería aquel desconocido insignificantemente vestido y de aspecto poco interesante al que el príncipe regente confería un honor tan señalado.

En los aposentos de Wienis, Hardin se puso a sus anchas y aceptó una copa de licor servida por la propia mano del regente con un murmullo de gratitud.

–Vino de Locris, Hardin –dijo Wienis–, de las bodegas reales. Tiene dos siglos de antigüedad. Es de la cosecha de diez años antes de la rebelión zeoniana.

–Una bebida verdaderamente real –convino Hardin, cortésmente–. Por Leopold I, rey de Anacreonte.

Bebieron, y Wienis añadió blandamente, en una pausa:

–Y pronto emperador de la Periferia, y más adelante, ¿quién sabe? Es posible que algún día la Galaxia pueda volver a unirse.

–Indudablemente; ¿gracias a Anacreonte?

–¿Por qué no? Con la ayuda de la Fundación, nuestra superioridad científica sobre el resto de la Periferia sería incuestionable.

Hardin dejó su copa vacía y dijo:

–Bueno, sí, excepto que, naturalmente, la Fundación debe ayudar a cualquier nación que solicite su ayuda científica. Debido al alto idealismo de nuestro gobierno y el propósito grandemente moral de nuestro fundador, Hari Seldon, no podemos tener favoritismos. Es algo que no se puede evitar, alteza.

La sonrisa de Wienis se ensanchó.

–El Espíritu Galáctico, para usar la expresión popular, ayuda a los que se ayudan a sí mismos. Comprendo perfectamente que la Fundación, abandonada a sí misma, nunca cooperaría.

—Yo no diría eso. Hemos reparado el crucero imperial para ustedes, aunque mi junta de navegación lo deseaba para fines de investigación.

El regente repitió irónicamente las últimas palabras.

—¡Fines de investigación! ¡Sí! No lo hubiera reparado si yo no le hubiera amenazado con la guerra.

Hardin hizo un gesto de desaprobación.

—No lo sé.

—*Yo* sí. Y esta amenaza sigue en pie.

—¿Incluso ahora?

—Ahora es un poco demasiado tarde para hablar de amenazas. —Wienis había lanzado una rápida mirada al reloj de su escritorio—. Mire, Hardin, usted ya ha estado una vez en Anacreonte. Entonces era joven; los dos éramos jóvenes. Pero incluso entonces teníamos formas completamente distintas de considerar las cosas. Usted es lo que llaman un hombre de paz, ¿verdad?

—Supongo que sí. Por lo menos, considero que la violencia es una forma antieconómica de obtener un fin. Siempre hay caminos mejores, aunque a veces no sean tan directos.

—Sí. Ya he oído su lema: «La violencia es el último recurso del incompetente.» Y sin embargo —el regente se rascó suavemente una oreja con fingida abstracción—, yo no me considero exactamente un incompetente.

Hardin asintió cortésmente y no dijo nada.

—Y a pesar de esto —continuó Wienis—, siempre he sido partidario de la acción directa. He creído en abrir un camino recto hacia mi objetivo, y seguirlo después. He logrado muchas cosas de este modo, y espero conseguir mucho más.

—Lo sé —interrumpió Hardin—. Creo que está usted abriendo un camino tal como lo describe, para usted y sus hijos, que lleva directamente al trono, considerando la reciente muerte del padre del rey, su hermano mayor, y el precario estado de salud del rey. *Está* en precario estado de salud, ¿verdad?

Wienis frunció el ceño ante el ataque, y su voz se endureció.

–Le aconsejo, Hardin, que evite ciertos temas. Debe usted considerarse privilegiado como alcalde de Términus para hacer…, uh…, observaciones imprudentes, pero si lo hace, por favor, no se engañe en el concepto. No soy persona que se asusta con palabras. Mi filosofía de la vida es que las dificultades desaparecen cuando se les hace frente con intrepidez, y hasta ahora nunca he dado la espalda a ninguna.

–No lo dudo. ¿A qué dificultad en particular rehúsa dar la espalda en este momento?

–A la dificultad, Hardin, de persuadir a la Fundación para que coopere. Su política de paz, como usted sabe, le ha llevado a realizar equivocaciones muy graves, simplemente porque ha subestimado la intrepidez de su adversario. No todo el mundo teme tanto la acción directa como usted.

–¿Por ejemplo? –sugirió Hardin.

–Por ejemplo, ha venido a Anacreonte solo y me ha acompañado a mis aposentos solo.

Hardin miró a su alrededor.

–¿Y qué tiene eso de malo?

–Nada –dijo el regente–, excepto que fuera de esta habitación hay cinco guardias, bien armados y dispuestos a hacer fuego. No creo que pueda irse, Hardin.

El alcalde enarcó las cejas.

–No tengo deseos inmediatos de irme. ¿Tanto me teme, entonces?

–No le temo en absoluto. Pero esto puede servir para impresionarle con mi decisión. ¿Podemos llamarle un gesto?

–Llámelo como quiera –dijo Hardin, con indiferencia–. No me incomodaré por el incidente, como quiera que lo llame.

–Estoy seguro de que esta actitud cambiará con el tiempo. Pero ha cometido otro error, Hardin, uno más grave. Parece ser que el planeta Términus está casi completamente indefenso.

—Naturalmente. ¿Qué tenemos que temer? No amenazamos los intereses de nadie y servimos a todos por igual.

—Y mientras permanece indefenso —continuó Wienis—, usted nos ayuda amablemente a armarnos, sobre todo en el desarrollo de nuestra propia flota, una gran flota. De hecho, una flota que, desde su donación del crucero imperial, es completamente irresistible.

—Alteza, está perdiendo el tiempo. —Hardin hizo un ademán como si fuera a levantarse—. Si lo que pretende es declararnos la guerra, y me está informando de ese hecho, me permitirá que me comunique inmediatamente con mi gobierno.

—Siéntese, Hardin. No le estoy declarando la guerra, y usted no va a comunicarse con su gobierno. Cuando la guerra sea iniciada, no declarada, Hardin, *iniciada*, la Fundación será informada de ello a su debido tiempo por las explosiones atómicas de la flota anacreontiana bajo el mando de mi propio hijo, que irá en el buque insignia *Wienis*, antiguo crucero de la flota imperial.

Hardin frunció el ceño.

—¿Cuándo ocurrirá todo esto?

—Si realmente le interesa, las naves de la flota hace cincuenta minutos justos que han salido de Anacreonte, a las once, y el primer disparo se hará en cuanto avisten Términus, que será mañana al mediodía. Usted puede considerarse prisionero de guerra.

—Así es exactamente como me considero, alteza —dijo Hardin, sin desarrugar el ceño—. Pero estoy decepcionado.

Wienis sonrió despectivamente.

—¿Es eso todo?

—Sí. Yo había creído que el momento de la coronación, a medianoche, ya sabe, sería el momento lógico para que zarpara la flota. Evidentemente, usted quería empezar la guerra mientras aún era regente. Hubiera sido más dramático del otro modo.

El regente le miró fijamente.

—Por el Espacio, ¿de qué está usted hablando?

–¿No lo entiende? –dijo Hardin, suavemente–. Yo había dispuesto mi contraataque para medianoche.

Wienis se levantó de su silla.

–Está fanfarroneando. No hay ningún contraataque. Si confía en el apoyo de otros reinos, olvídelos. Sus flotas combinadas no pueden vencer a la nuestra.

–Ya lo sé. No pretendo disparar un solo tiro. Es sencillamente que, hace una semana, se dio la consigna de que a medianoche de hoy el planeta Anacreonte entraría en interdicto.

–¿En interdicto?

–Sí. Si no lo comprende, puedo explicarle que todos los sacerdotes de Anacreonte van a declararse en huelga, a menos que yo dé la contraorden. Pero no puedo hacerlo mientras esté incomunicado; ¡ni lo haría, aunque no lo estuviera! –Se inclinó hacia adelante, y añadió, con súbita animación–: ¿Se da cuenta, alteza, de que un ataque a la Fundación no es nada menos que un sacrilegio de la mayor magnitud?

Wienis luchaba visiblemente por recobrar el control de sí mismo.

–Déjese de cuentos, Hardin. Resérveselos para el pueblo.

–Mi querido Wienis, ¿para quién cree que me reservo? Me imagino que durante la última media hora todos los templos de Anacreonte han sido el centro de una gran multitud que escucha a un sacerdote que les habla de este mismo tema. No hay ni un solo hombre ni una mujer en Anacreonte que no sepa que su gobierno ha lanzado un infame ataque no provocado contra el centro de su religión. Pero ahora sólo faltan cuatro minutos para medianoche. Será mejor que vaya a la sala de baile y observe los acontecimientos. Yo estaré aquí a salvo, con cinco guardias detrás de la puerta. –Se recostó en su silla, se sirvió otra copa de vino de Locris, y miró hacia el techo con perfecta indiferencia.

Wienis atronó la atmósfera con un juramento ahogado y salió apresuradamente de la habitación.

Sobre la elite que llenaba la sala de baile cayó un profundo silencio cuando se abrió un ancho camino que conducía al trono. Leopold estaba sentado en él, con los brazos cruzados, la cabeza alta, y el rostro impasible. Los enormes candelabros habían sido apagados y en la amortiguada luz multicolor de las diminutas bombillas de Átomo que adornaban como lentejuelas el techo abovedado, la aureola real se destacaba brillantemente, elevándose sobre su cabeza para formar una corona llameante.

Wienis se detuvo en las escaleras. Nadie le vio; todos los ojos estaban fijos en el trono. Apretó los puños y permaneció donde se encontraba; Hardin no le obligaría a hacer tonterías por medio de fanfarronadas.

Y entonces el trono se movió. Se elevó en silencio y avanzó. Fuera del estrado, bajó lentamente los escalones, y después, a quince centímetros sobre el suelo, avanzó en horizontal hacia la enorme ventana abierta.

Al sonar la profunda campana que daba la medianoche, se detuvo frente a la ventana... y la aureola del rey se desvaneció.

Durante un segundo de estupefacción, el rey no se movió, con el rostro torcido por la sorpresa, sin aureola, meramente humano; y entonces el trono vaciló y bajó los quince centímetros que lo separaban del suelo, estrellándose con un golpe sordo, justo cuando todas las luces del palacio se apagaban.

A través de la bulliciosa oscuridad y confusión, se oyó la atronadora voz de Wienis:

—¡Las antorchas! ¡Las antorchas!

Dando codazos a derecha e izquierda, se abrió paso entre la multitud y llegó a la puerta. Desde fuera, los guardias del palacio se habían internado en la oscuridad.

Las antorchas llegaron de algún modo a la sala de baile; las antorchas que debían utilizarse en la gigantesca procesión de antorchas a través de las calles de la ciudad después de la coronación.

De nuevo en el salón de baile, los guardias pululaban con antorchas... azules, verdes y rojas; y las extrañas luces iluminaban rostros asustados y confusos.

–No hay daños –gritó Wienis–. Manténganse en su puesto. La electricidad volverá dentro de un momento.

Se volvió hacia el capitán de la guardia, que esperaba atentamente a su lado.

–¿Qué ocurre, capitán?

–Alteza –fue la instantánea respuesta–, el palacio está rodeado por la gente de la ciudad.

–¿Qué quieren? –gruñó Wienis.

–Hay un sacerdote a la cabeza. Ha sido identificado como el supremo sacerdote Poly Verisof. Reclama la inmediata libertad del alcalde Salvor Hardin y el cese de la guerra contra la Fundación. –El informe fue hecho con el tono inexpresivo de un oficial, pero sus ojos se desviaban incómodos.

Wienis gritó:

–Si cualquiera de ellos intenta pasar las puertas del palacio, dispárele a matar. Por el momento, nada más. ¡Déjelos gritar! Mañana pasaremos cuentas.

Las antorchas habían sido distribuidas, y la sala de baile volvía a estar iluminada. Wienis corrió hacia el trono, aún junto a la ventana, y ayudó a levantar al asustado Leopold pálido como la cera.

–Ven conmigo. –Lanzó una mirada por la ventana. La ciudad estaba completamente a oscuras. Desde abajo llegaban los roncos y confusos gritos de la muchedumbre. Sólo hacia la derecha, donde estaba el templo Argólida, había iluminación. Juró irritadamente y arrastró al rey lejos de allí.

Wienis entró como una tromba en su habitación, con los cinco guardias tras los talones. Leopold le siguió, con los ojos desorbitados, enmudecido por el susto.

–Hardin –dijo Wienis, vivamente–, está jugando con fuerzas demasiado grandes para usted.

El alcalde ignoró al regente. Permaneció tranquilamente sentado a la luz nacarada de la bombilla de Átomo de bolsillo que tenía al lado, con una sonrisa irónica en su rostro.

–Buenos días, majestad –dijo a Leopold–. Le felicito por su coronación.

–Hardin –gritó Wienis de nuevo–, ordene a sus sacerdotes que regresen a sus quehaceres.

Hardin levantó fríamente la vista.

–Ordéneselo usted mismo, Wienis, y averigüe quién está jugando con fuerzas demasiado grandes. En este momento, no gira ni una sola rueda en Anacreonte. No hay ni una sola luz, excepto en los templos. En la mitad invernal del planeta no hay ni una sola caloría de calefacción, excepto en los templos. No hay una sola gota de agua corriente, excepto en los templos. Los hospitales no aceptan a más pacientes. Las plantas de energía están paradas. Todas las naves están posadas en el suelo. Si no le gusta, Wienis, *usted* mismo puede ordenar a los sacerdotes que vuelvan a sus quehaceres. *Yo* no quiero.

–Por el Espacio, Hardin, lo haré. Si ha de ser una demostración, lo será. Veremos si sus sacerdotes pueden enfrentarse con el ejército. Esta noche, todos los templos del planeta estarán bajo supervisión del ejército.

–Muy bien, pero ¿cómo va a dar las órdenes? Todas las líneas de comunicación del planeta están interrumpidas. Descubrirá que la radio no funciona, la televisión no funciona y las ultraondas no funcionan. De hecho, el único medio de comunicación del planeta que funcionaría, fuera de los templos, naturalmente, es el televisor de esta misma habitación, y yo lo he arreglado para que sirva únicamente de receptor.

Wienis luchó inútilmente por recobrar el aliento, y Hardin continuó:

–Si lo desea, puede ordenar a su ejército que entre en el templo Argólida, a pocos metros del palacio, y utilizar los aparatos de ultraondas para comunicarse con otras partes del planeta. Pero si lo hace, me temo que el contingente del ejército sea hecho pedazos por la multitud, y entonces, ¿cómo protegerían su palacio, Wienis? ¿Y sus *vidas*, Wienis?

Wienis dijo, atropelladamente:

–Podemos aguantarlos, demonio. Esperaremos a que amanezca. Deje que la multitud grite y la energía siga cortada, pero aguantaremos. Y cuando llegue la noticia de que la Fundación ha sido tomada, su preciosa multitud descubrirá lo vacía que era su religión, y se alejarán de sus sacerdotes y se volverán contra ellos. Le doy hasta mañana al mediodía, Hardin, porque usted puede detener la energía en Anacreonte, pero *no puede detener mi flota*. –Su voz graznó exultantemente–. Están en camino, Hardin, con el gran crucero que usted mismo ordenó reparar, a la cabeza.

Hardin repuso con ligereza:

–Sí, el crucero que yo mismo ordené reparar…, pero a mi manera. Dígame, Wienis, ¿ha oído hablar de un relevador de ultraondas? No, ya veo que no. Bueno, dentro de unos dos minutos descubrirá lo que uno de ellos puede hacer.

Conectó la televisión mientras hablaba, y se corrigió:

–No, dentro de dos segundos. Siéntese, Wienis, y escuche.

7

Theo Aporat era uno de los sacerdotes de Anacreonte de más alta categoría. Sólo desde el punto de vista de la jerarquía, merecía su nombramiento como sacerdote jefe de la nave insignia *Wienis*.

Pero no sólo tenía rango o prioridad. Conocía la nave. Había trabajado directamente bajo los sagrados hombres de la misma Fundación en la reparación de la nave. Había arreglado los motores bajo sus órdenes. Había vuelto a montar los circuitos de los visores; había reinstalado las comunicaciones; había blindado el casco abollado y reforzado las cuadernas. Incluso se le había permitido ayudar mientras los hombres sabios de la Fundación instalaban un dispositivo tan sagrado que nunca había sido colocado en ningún otro buque, siendo reservado para aquel magnífico y colosal crucero… el relevador de ultraondas.

No era extraño que le dolieran los propósitos para los

que el glorioso buque estaba destinado. Nunca había querido creer lo que Verisof le dijo... que la nave iba a ser empleada contra la gran Fundación. Dirigida contra aquella Fundación donde había estudiado en su juventud y de la cual procedía toda bondad.

Pero ahora ya no podía seguir dudando, después de lo que el almirante le había dicho.

¿Cómo era posible que el rey, bendecido por la divinidad, permitiera aquel acto abominable? ¿No sería, quizá, una acción del maldito regente, Wienis, con total ignorancia del rey? Y el hijo de ese mismo Wienis era el almirante que cinco minutos antes le había dicho:

–Atienda a sus almas y bendiciones, sacerdote. *Yo* atenderé a mi nave.

Aporat sonrió torcidamente. Atendería a sus almas y bendiciones... y también a sus maldiciones; y el príncipe Lefkin se lamentaría bastante pronto.

Acababa de entrar en la habitación general de comunicaciones. Su acólito le precedía y los dos oficiales de servicio no hicieron ademán de interferir. El sacerdote tenía derecho a entrar libremente en todos los lugares de la nave.

–Cierre la puerta –ordenó Aporat, y miró el cronómetro. Eran las doce menos cinco. Lo había calculado bien.

Con rápidos movimientos derivados de la práctica, movió las pequeñas palancas que abrían todas las comunicaciones, de modo que todas las partes de la nave, cuya eslora era de tres mil metros, estuvieran al alcance de su voz y su imagen.

–¡Soldados del buque insignia real *Wienis*, prestad atención! ¡Os habla vuestro sacerdote jefe! –Sabía que el sonido de su voz llegaba desde la cámara de lanzamiento de cohetes, a popa, hasta las mesas de navegación de la proa.

»Vuestra nave –gritó– está comprometida en un sacrilegio. ¡Sin conocimiento vuestro, está realizando un acto tal que las almas de todos vosotros serán condenadas al frío eterno del Espacio! ¡Escuchad! La intención de vuestro comandante es conducir esta nave a la Fundación y allí bombardear esa fuente de todas las bendiciones hasta someterla a su voluntad pecaminosa. Y puesto que ésta es su intención, yo, en nombre del Espíritu Galáctico, le retiro su mando, pues no hay mando cuando las bendiciones del Espíritu Galáctico han sido retiradas. Ni siquiera el divino rey puede mantener su reino sin el consentimiento del Espíritu.

Su voz adquirió un tono más profundo, mientras el acólito escuchaba con veneración y los dos soldados con creciente miedo.

—Y como esta nave se propone un fin tan diabólico, la bendición del Espíritu también la abandona.

Levantó los brazos con solemnidad, y, ante un millar de televisores en toda la nave, los soldados se acobardaron cuando la augusta imagen de su sacerdote jefe dijo:

—En nombre del Espíritu Galáctico, de su profeta, Hari Seldon, y de sus intérpretes, los sagrados hombres de la Fundación, maldigo esta nave. Que los televisores de esta nave, que son sus ojos, queden ciegos. Que las garras, que son sus brazos, se paralicen. Que los cohetes atómicos, que son sus puños, pierdan su fuerza. Que los motores, que son su corazón, dejen de latir. Que las comunicaciones, que son su voz, enmudezcan. Que su ventilación, que es su aliento, cese. Que sus luces, que son su alma, se desvanezcan. En nombre del Espíritu Galáctico, así maldigo a esta nave.

Y con su última palabra, al dar la medianoche, una mano, a años luz de distancia en el templo Argólida, abrió un relevador de ultraondas que, a la velocidad instantánea de las ultraondas, abrió otro en el buque insignia *Wienis*.

¡Y la nave murió!

Pues la principal característica de la religión de la ciencia es que actúa, y que las maldiciones como las de Aporat son mortalmente reales.

Aporat vio la oscuridad adueñarse de la nave y oyó el súbito cese del suave y distante runruneo de los motores hiperatómicos. Se regocijó y extrajo del bolsillo de su larga túnica una bombilla Átomo que llenó la estancia de una luz nacarada.

Contempló a los dos soldados que, aunque indudablemente eran hombres valientes, se retorcían de rodillas en el último extremo de un terror mortal.

–Salve nuestras almas, reverencia. Somos pobres hombres, ignorantes de los crímenes de nuestros dirigentes –lloriqueó uno de ellos.

–Seguidme –dijo Aporat, severamente–. Vuestra alma aún no está perdida.

La nave era un torbellino de oscuridad en la que el temor era tan grande y palpable que olía a miasmas. Los soldados se apiñaban alrededor de Aporat y su círculo de luz, luchando por tocar el borde de su túnica, implorando la más insignificante migaja de misericordia.

Y su respuesta era siempre la misma:

–¡Seguidme!

Encontró al príncipe Lefkin abriéndose paso por la sala de oficiales, lanzando juramentos en voz alta por la falta de luz. El almirante contempló al sacerdote jefe con ojos de odio.

–¡Aquí está usted! –Lefkin había heredado los ojos azules de su madre, pero la nariz aguileña y el ojo bizco le señalaban como el hijo de Wienis–. ¿Qué significan sus traidoras acciones? Devuelva la energía a la nave. Yo soy el comandante aquí.

–Ya no –dijo Aporat, sombríamente.

Lefkin miró a su alrededor, desesperado. Ordenó:

–Detengan a este hombre. Arréstenlo, o por el Espacio, enviaré al vacío a todos los que me están oyendo. –Hizo una pausa y después chilló–: Es vuestro almirante quien lo ordena. Arréstenlo.

Después, como si hubiera perdido completamente la cabeza:

–¿Están dejándose tomar el pelo por este charlatán, este arlequín? ¿Os vais a rebajar ante una religión compuesta de nubes y rayos de luna? Este hombre es un impostor y el Espíritu Galáctico del que habla es un fraude de la imaginación destinada a…

Aporat le interrumpió furiosamente:

–Apresad al blasfemo. Le estáis escuchando con peligro para vuestras almas.

Y de pronto, el noble almirante se vio dominado por las manos de una veintena de soldados.

–Llevadle con vosotros y seguidme.

Aporat dio media vuelta, y mientras arrastraban a Lefkin detrás de él, volvió a la sala de comunicaciones, por los pasillos repletos de soldados. Allí, ordenó al ex comandante que se colocara ante el único televisor que funcionaba.

–Ordene al resto de la flota que detenga su avance y se prepare para volver a Anacreonte.

El desgreñado Lefkin, sangrando, magullado y medio aturdido, así lo hizo.

–Y ahora –continuó Aporat ceñudamente– estamos en contacto con Anacreonte por el rayo de ultraondas. Repita lo que yo le diga.

Lefkin hizo un gesto negativo, y la multitud de la sala y la que llenaba el pasillo gruñó amenazadora.

–¡Repita! –dijo Aporat–. Empiece: La flota anacreontiana...

Lefkin empezó.

8

En los aposentos de Wienis reinaba un silencio absoluto cuando la imagen del príncipe Lefkin apareció en el televisor. El regente lanzó una exclamación de asombro al ver el rostro desencajado de su hijo y su uniforme hecho trizas, y después se dejó caer en una silla, con la cara contorsionada por la sorpresa y la aprensión.

Hardin escuchó estoicamente, con las manos asidas ligeramente en el regazo, mientras el recién coronado rey Leopold, sentado y encogido en el rincón más oscuro, se mordía espasmódicamente la manga cubierta de galones. Incluso los soldados habían perdido la mirada impasible que es prerrogativa de los militares, y desde donde se hallaban formados junto a la puerta, con las pistolas atómicas preparadas, escudriñaban furtivamente la figura del televisor.

Lefkin habló, de mala gana, con una voz cansada que se interrumpía a intervalos como si le apremiaran... y no amablemente:

–La flota anacreontiana..., consciente de la naturaleza de su misión... y negándose a tomar parte... en este abominable sacrilegio... regresa a Anacreonte... con el siguiente ultimátum dirigido a... los pecadores blasfemos... que han osado utilizar la fuerza profana... contra la Fundación... fuente de todas las bendiciones... y contra el Espíritu Galáctico. Que cese inmediatamente la guerra contra... la verdadera fe... y que se garantice a la flota... representada por nuestro... sacerdote jefe, Theo Aporat..., que dicha guerra no volverá a intentarse... en el futuro, y que –aquí una larga pausa, y después continuó–: y que el antiguo príncipe regente, Wienis... sea apresado... y juzgado ante un tribunal eclesiástico... por sus crímenes. De otro modo, la flota real... al volver a Anacreonte... destruirá el palacio con sus cohetes... y tomará todas las medidas... que sean necesarias... para destrozar la organización de pecadores... y el antro de destructores... de almas humanas que ahora prevalece.

La voz concluyó con una especie de sollozo y la pantalla quedó en blanco.

Los dedos de Hardin pasaron rápidamente sobre la bombilla de Átomo y su luz se desvaneció hasta que, en la oscuridad, el hasta entonces regente, el rey, y los soldados fueron sombras confusas; y por primera vez pudo verse que una aureola envolvía a Hardin.

No era la brillante luz que constituía la prerrogativa de los reyes, sino una menos espectacular, menos impresionante, pero más efectiva a su manera, y más útil.

La voz de Hardin fue suavemente irónica al dirigirse al mismo Wienis que una hora antes le había declarado prisionero de guerra y a Términus a punto de ser destruido, y que ahora era una sombra confusa, rota y silenciosa.

–Hay una vieja fábula –dijo Hardin–, quizá tan vieja como la humanidad, pues las grabaciones que la contienen son tan sólo copias de otras grabaciones aún más antiguas, que puede interesarle. Dice así:

«Érase un caballo que, teniendo por enemigo a un poderoso y peligroso lobo, vivía en constante temor por su vida. Llegó a estar tan desesperado que se le ocurrió buscarse un aliado poderoso. Por tanto, se acercó a un hombre y le ofreció una alianza, indicando que el lobo era asimismo enemigo de los humanos. El hombre aceptó la asociación inmediatamente y se ofreció para matar al lobo si su nuevo socio cooperaba poniendo a disposición del hombre toda su velocidad. El caballo estaba dispuesto, y permitió que el hombre le colocara la silla y el bocado. El hombre montó, persiguió al lobo, y lo mató.

»El caballo, alegre y aliviado, dio las gracias al hombre, y dijo: "Ahora que nuestro enemigo está muerto, quítame la silla y el bocado y devuélveme la libertad."

»Entonces el hombre se echó a reír a carcajadas y contestó: "Vete al infierno. ¡Al galope!", y lo espoleó con todas sus fuerzas.»

El silencio prosiguió. La sombra que era Wienis no se movió.

Hardin continuó sosegadamente:

–Espero que vea la analogía. En su ansiedad por asegurar su dominio total y eterno sobre su propio pueblo, los reyes de los Cuatro Reinos aceptaron la religión de la ciencia que les hacía divinos; y esta misma religión de la ciencia fue su silla y su bocado, pues ponía la sangre vital de la energía atómica en manos del clero... que obedecía nuestras órdenes, téngalo en cuenta, y no las suyas. Mató usted al lobo, pero no pudo desembarazarse del hom...

Wienis se puso en pie de un salto, y en las sombras sus ojos eran como ascuas. Su voz era espesa, incoherente:

–¡Sin embargo, le eliminaré! ¡Usted no se escapará! ¡Se pudrirá! ¡Que nos disparen! ¡Que disparen a todo! ¡Se pudrirá! ¡Le eliminaré!

»¡Soldados! –tronó, histéricamente–. Maten a ese diablo. ¡Dispárenle! ¡Dispárenle!

Hardin se volvió en su silla para mirar a los soldados y sonrió. Uno apuntó su pistola atómica y entonces la bajó. Los demás ni siquiera se movieron. Salvor Hardin, alcalde de Términus, rodeado por aquella suave aureola, sonreía con confianza. Ante él todo el poder de Anacreonte se había reducido a cenizas, era demasiado para ellos, a pesar de las órdenes del vociferante maníaco que tenían enfrente.

Wienis profirió un juramento y se dirigió tambaleándose hacia el soldado más cercano. Salvajemente, arrancó la pistola atómica de manos del hombre…, apuntó a Hardin, que no se movió, empujó la palanca y apretó el contacto.

El pálido y continuo rayo chocó contra el campo de fuerza que rodeaba al alcalde de Términus y fue absorbido inocuamente, hasta neutralizarse. Wienis apretó con más fuerza y rió desgarradoramente.

Hardin seguía sonriendo, y su campo de fuerza se iluminó débilmente al absorber las energías de la pistola atómica. Desde su rincón Leopold se cubrió los ojos y gimió.

Y, con un grito de desesperación, Wienis cambió de blanco y disparó de nuevo… y cayó al suelo con la cabeza desintegrada.

Hardin parpadeó ante el panorama y murmuró:

–Un hombre de «acción directa» hasta el final. ¡El último recurso!

9

La Bóveda del Tiempo estaba llena; hasta sobrepasar la capacidad de asientos disponibles, y los hombres se alineaban al fondo de la habitación, en tres filas.

Salvor Hardin comparó esta gran multitud con los pocos hombres que habían asistido a la primera aparición de Hari Seldon, treinta años antes. Entonces, sólo había habido seis; los cinco viejos enciclopedistas –todos muertos ahora– y él mismo, el joven títere de alcalde. Aquel mismo día, con la ayuda de Yohan Lee, había hecho desaparecer el estigma de «títere» que pesaba sobre su oficina.

Ahora era muy distinto; distinto en todos los aspectos. Todos los componentes del Consejo Municipal estaban aguardando la aparición de Seldon. Él mismo seguía siendo alcalde, pero ahora todopoderoso; y desde la total derrota de Anacreonte, extremadamente popular. Cuando regresó de Anacreonte con la noticia de la muerte de Wienis y el nuevo tratado firmado por el tembloroso Leopold, fue recibido con un voto de confianza de vociferante unanimidad. Cuando éste fue seguido, en rápido orden, por tratados similares firmados con cada uno de los otros tres reinos –tratados que conferían a la Fundación poderes tales como para poder impedir para siempre cualquier ataque parecido al de Anacreonte–, se celebraron procesiones de antorchas en todas las calles de Términus. Ni siquiera el nombre de Hari Seldon había sido tan vitoreado.

Hardin frunció los labios. Tal popularidad también había sido suya después de la primera crisis.

Al otro lado de la habitación, Sef Sermak y Lewis Bort estaban enzarzados en una animada discusión, y los recientes sucesos no habían parecido afectarles en absoluto. Se habían unido al voto de confianza; habían dado conferencias en las que admitieron que estaban equivocados, se disculparon por el uso de ciertas frases en debates anteriores, se disculparon delicadamente declarando que se habían limitado a seguir los dictados de su juicio y su conciencia… e inmediatamente desencadenaron una nueva campaña activista.

Yohan Lee tocó la manga de Hardin y señaló significativamente su reloj.

Hardin alzó la mirada.

–¿Qué hay, Lee? ¿Aún está irritado? ¿Qué ocurre ahora?

–Tiene que aparecer dentro de cinco minutos, ¿no?

–Supongo que sí. La última vez apareció a mediodía.

–¿Y si ahora no lo hace?

—¿Es que piensa amargarme toda la vida con sus preocupaciones? Si no aparece, no aparecerá.

Lee frunció el ceño y movió lentamente la cabeza.

—Si esto fracasa, nos veremos en otro lío. Si Seldon no respalda lo que hemos hecho, Sermak estará en libertad para volver a empezar. Quiere la anexión completa de los Cuatro Reinos, y la expansión inmediata de la Fundación... por la fuerza, si es necesario. Ya ha empezado su campaña.

—Lo sé. Un comedor de fuego ha de comer fuego aunque tenga que devorarse a sí mismo. Y usted, Lee, tiene que preocuparse, aunque para esto haya que matarse para inventar algún motivo de preocupación.

Lee hubiera contestado, pero perdió el aliento en aquel mismo instante... cuando las luces se hicieron amarillentas y se apagaron. Alzó un brazo para señalar hacia el cubículo de vidrio que ocupaba la mitad de la habitación y después se desplomó en una silla con un suspiro.

El mismo Hardin se enderezó al ver a la figura que ahora llenaba el cubículo... ¡una figura en una silla de ruedas! Sólo él, entre todos los presentes, recordaba el día, hacía varias décadas, en que la imagen había aparecido por primavera vez. Entonces él era joven, y aquélla, anciana. Desde entonces, la figura no había envejecido ni un solo día, pero él se había hecho viejo.

La imagen dirigió la vista hacia adelante, mientras sus manos sostenían un libro en el regazo.

Dijo:

—¡Soy Hari Seldon! —La voz era vieja y suave.

En la habitación reinó un silencio absoluto y Hari Seldon continuó:

—Ésta es la segunda vez que estoy aquí. Naturalmente, no sé si alguno de ustedes estuvo aquí la primera vez. De hecho, no tengo forma de saber, por el sentido de la percepción, si hay alguna persona aquí, pero eso no importa. Si la segunda crisis se ha solucionado satisfactoriamente, deben estar aquí; no hay salida posible. Si no están aquí, es que la segunda crisis ha sido demasiado para ustedes.

Sonrió atractivamente.

–Sin embargo, *lo* dudo, pues mis cifras revelan un noventa y ocho con cuatro por ciento de probabilidades de que no hayan desviaciones significativas en el Plan en los primeros ochenta años.

»Según nuestros cálculos, han llegado ahora a la dominación de los reinos bárbaros que rodean la Fundación. Del mismo modo que en la primera crisis emplearon el equilibrio de poder para remontarla, en la segunda han obtenido la dominación mediante el uso del poder espiritual contra el temporal.

»No obstante, debo advertirles para que no sientan una confianza excesiva. No es mi costumbre proporcionarles ningún conocimiento previo en estas grabaciones, pero sería mejor indicarles que lo que ahora han conseguido es simplemente un nuevo equilibrio... aunque en el actual la posición de ustedes es considerablemente mejor. El poder espiritual, aunque es suficiente para protegerse de los ataques del temporal, *no* es suficiente para atacar a su vez. A causa del invariable crecimiento de las fuerzas contraatacantes, regionalismo o nacionalismo, el poder espiritual no puede prevalecer. Estoy convencido de que no les digo nada nuevo.

»Deben perdonarme, a propósito de eso, por hablarles de forma tan vaga. Los términos que empleo son, en el mejor de los casos, meras aproximaciones, pero ninguno de ustedes está calificado para comprender la verdadera simbología de la psicohistoria, y por lo tanto yo debo hacer lo mejor que pueda.

»En este caso, la Fundación sólo está en el principio del camino que conduce al nuevo imperio. Los reinos vecinos, en población y recursos siguen siendo abrumadoramente poderosos en comparación con ustedes. Fuera de ellos reina la vasta y enmarañada jungla de la barbarie que se extiende por toda la amplia extensión de la Galaxia. Dentro de este anillo aún hay lo que queda del imperio galáctico... y esto, aunque debilitado y en decadencia, aún es incomparablemente poderoso.

En este punto, Hari Seldon alzó el libro y lo abrió. Su rostro adquirió una expresión solemne.

—Y no olviden que se estableció *otra* Fundación hace ochenta años; una Fundación en el otro extremo de la Galaxia, en el Extremo de las Estrellas. Siempre estarán allí, atentos y alerta. Caballeros, ante ustedes hay novecientos veinte años del Plan. ¡El problema es suyo! ¡Afróntenlo!

Bajó los ojos hacia el libro y se desvaneció de la existencia, mientras las luces recobraban su brillantez. En la excitada conversación que siguió, Lee murmuró al oído de Hardin:

—No ha dicho cuándo volverá.

Hardin contestó:

—Lo sé...; ¡pero espero que no vuelva hasta que usted y yo estemos segura y cómodamente muertos!

CUARTA PARTE

LOS COMERCIANTES

1

COMERCIANTES – *... Y constantemente, como avan-*
zadas de la hegemonía política de la Fundación, estaban los
comerciantes, extendiendo tenues tentáculos a través de las
enormes distancias de la Periferia. Podían pasar meses o años
entre dos desembarcos en Términus; a menudo sus naves no
eran más que conjuntos de reparaciones e improvisaciones
caseras; su honradez no era de las más altas; su osadía...
Mediante todo esto forjaron un imperio más consistente
que el despotismo seudorreligioso de los Cuatro Reinos...
Se relatan innumerables historias acerca de estas figu-
ras macizas y solitarias que se regían, medio en broma,
medio en serio, por un lema adoptado de uno de los epi-
gramas de Salvor Hardin: «¡Nunca permitas que el senti-
do de la moral te impida hacer lo que está bien!» Ahora es
difícil saber qué historias son reales y qué historias son
apócrifas. Probablemente no hay ninguna que no haya su-
frido alguna exageración...

Enciclopedia Galáctica

Limmar Ponyets estaba completamente enjabonado
cuando la llamada llegó a su receptor... lo que prueba que

la vieja observación acerca de los telemensajes y las bañeras es cierta incluso en el oscuro y difícil espacio de la Periferia Galáctica.

Afortunadamente, la parte de una nave de libre comercio que no se dedica a estibar mercancías varias es extremadamente recogida. Tanto es así, que la ducha, con agua caliente incluida, está localizada en un cubículo de dos por cuatro, a tres metros del panel de mandos. Ponyets oyó el repiqueteo del receptor con toda claridad.

Soltando espuma y un juramento, salió de la bañera para ajustar el vocal, y tres horas más tarde una segunda nave comercial estaba al lado, y un sonriente joven entró por el tubo de aire tendido entre las naves.

Ponyets inclinó su silla hacia adelante y se colocó junto al piloto oscilatorio automático.

—¿Qué ha hecho, Gorm? —preguntó, sombríamente—. ¿Perseguirme desde la Fundación?

Les Gorm sacó un cigarrillo y movió la cabeza enérgicamente.

—¿Yo? Ni pensarlo. Soy el ingenuo a quien se le ocurrió aterrizar en Glyptal IV el día después del correo. Así que me enviaron detrás de usted con esto.

La diminuta y brillante esfera cambió de manos, y Gorm añadió:

—Es confidencial. Supersecreto. No se puede confiar al subéter y todo eso. O, por lo menos, es lo que yo creo. Es una cápsula personal y no puede ser abierta por nadie más que no sea usted.

Ponyets contempló la cápsula con disgusto.

—Ya lo veo. Nunca he visto que una de éstas encerrara buenas noticias.

Se abrió en su mano y la delgada y transparente cinta se desenrolló rígidamente. Sus ojos recorrieron el mensaje velozmente, pues cuando la última parte estaba saliendo, la primera ya se oscurecía y arrugaba. Al cabo de un minuto y medio se había vuelto negra y, molécula por molécula, se desintegró.

Ponyets gruñó con voz profunda:

–¡Oh, *Galaxia*!

Les Gorm preguntó serenamente:

–¿Puedo ayudarle de algún modo? ¿O es demasiado secreto?

–Le molestará, puesto que usted forma parte del Gremio. Tengo que ir a Askone.

–¿Allí? ¿Por qué razón?

–Han apresado a un comerciante. Pero no se lo diga a nadie.

La expresión de Gorm se vio dominada por la cólera.

–¡Apresado! Eso va contra la Convención.

–Y también la interferencia con la política local.

–¡Oh! ¿Es eso lo que hizo? –Gorm reflexionó–. ¿Quién es el comerciante? ¿Alguien que yo conozca?

–¡No! –contestó Ponyets secamente, y Gorm aceptó la implicación y no hizo más preguntas.

Ponyets estaba levantado y mirando inexpresivamente por la visiplaca. Murmuró fuertes expresiones hacia aquella parte de la nebulosa lenticular que era el cuerpo de la Galaxia, y después dijo en voz alta:

–¡Maldito lío! ¡Estoy pasándome de la raya!

La luz se hizo en la mente de Gorm.

–Eh, amigo, Askone es una zona cerrada.

–Así es. No se puede vender ni un cortaplumas en Askone. No comprarán utensilios atómicos de *ninguna* clase. Con mi contribución vencida, es un suicidio ir allí.

–¿No puede zafarse?

Ponyets meneó la cabeza con aire ausente.

–Conozco al tipo complicado. No puedo abandonar a un amigo. ¿Qué puede pasarme? Estoy en manos del Espíritu Galáctico y me dirijo alegremente hacia donde él me señala.

Gorm dijo, desconcertado:

–¿Eh?

Ponyets le miró, y se echó a reír, brevemente.

–Me había olvidado. Usted no ha leído el *Libro del Espíritu*, ¿verdad?

–Nunca he oído hablar de él –dijo Gorm, concisamente.

163

—Bueno, lo conocería *si* hubiera tenido una educación religiosa.

—¿Educación religiosa? ¿Para el *clero*? —Gorm estaba profundamente aturdido.

—Me temo que sí. Es mi vergüenza oculta y mi secreto. Sin embargo, yo era demasiado para los reverendos padres. Me expulsaron por razones suficientes para estimularme a recibir una educación seglar a cargo de la Fundación. Bueno, quizá sea mejor estar fuera. ¿Cuál es su contribución este año?

Gorm apagó el cigarrillo y se ajustó la gorra.

—Ahora he conseguido mi último cargamento. Lo lograré.

—¡Qué afortunado! —se lamentó Ponyets, y, mucho después de irse Les Gorm, siguió inmóvil, sumido en cavilaciones.

¡De modo que Eskel Gorov estaba en Askone... y en la cárcel!

¡Era una mala cosa! De hecho, considerablemente peor de lo que podía parecer. Era muy fácil dar a un joven curioso una versión resumida del asunto para apartarlo de él y lograr que se ocupara de los suyos. Era algo muy diferente hacer frente a la verdad.

Pues Limmar Ponyets era una de las pocas personas que sabían que el maestro comerciante Eskel Gorov no era ningún comerciante, sino algo completamente distinto: ¡un agente de la Fundación!

2

¡Dos semanas pasadas! ¡Dos semanas perdidas!

Una semana para llegar a Askone, en el borde extremo de la Galaxia, del que las naves guerreras de vigilancia surgieron en considerable número para enfrentarse con él. Cualquiera que fuese su sistema de detección, funcionaba... y bien.

Le rodearon lentamente, sin ninguna señal, manteniendo la distancia, y encaminándose duramente hacia el
sol central de Askone.

Ponyets podía haberse librado de ellas en un abrir y cerrar de ojos. Aquellas naves eran reliquias del desaparecido imperio galáctico... pero eran cruceros deportivos, no
naves de guerra; y, sin armas atómicas, eran pintorescos e
impotentes elipsoides. Pero Eskel Gorov estaba prisionero en sus manos, y Gorov no era un rehén que pudiera
perderse. Los askonianos debían saberlo.

Y después otra semana... una semana para conseguir
abrirse camino entre las nubes de oficiales menores que
formaban el cojín entre el gran maestre y el mundo exterior. Cada pequeño subsecretario requería suavidad y
conciliación. Cada uno de ellos requería cuidados tiernos
y nauseabundos para la historiada firma que era el medio
de llegar al oficial superior.

Por vez primera, Ponyets descubrió que sus documentos de identidad como comerciante eran inútiles.

Al fin, el gran maestre se hallaba al otro lado de la
puerta dorada flanqueada por varios guardias... y habían
pasado dos semanas.

Gorov seguía estando prisionero y el cargamento de
Ponyets se pudría inútilmente en las bodegas de su nave.

El gran maestre era un hombre pequeño; un hombre pequeño con una cabeza calva y un rostro muy arrugado,
cuyo cuerpo parecía reducido a la inmovilidad por la
enorme y brillante boa de piel que le rodeaba el cuello.

Sus dedos se movieron a un lado y otro, y la hilera de
hombres armados retrocedió hasta formar un pasillo, a lo
largo del cual Ponyets llegó hasta el pie de la silla ceremo-
nial.

—No hable —exclamó el gran maestre, y los labios abiertos de Ponyets se cerraron fuertemente.

»Eso es. —El gobernante askoniano se relajó visiblemente—. No resisto las charlas inútiles. Usted no puede

amenazarme y yo no soporto las lisonjas. Tampoco es el momento de quejas y lamentaciones. Ya he perdido la cuenta de todas las veces que hemos advertido a sus vagabundos que en Askone no queremos sus diabólicas máquinas.

–Señor –dijo Ponyets, serenamente–, no intento justificar al comerciante en cuestión. No es política de los comerciantes introducirse donde no les quieren. Pero la Galaxia es grande, y ya ha sucedido más de una vez que se han traspasado fronteras involuntariamente. Es un error deplorable.

–Deplorable, ciertamente –graznó el gran maestre–. Pero ¿error? Su gente de Glyptal IV me ha estado bombardeando con ruegos para negociar desde dos horas después de que el miserable sacrílego fuera apresado. Me han avisado de su propia llegada varias veces. Parece una campaña de rescate bien organizada. Pero también parece que se han anticipado en muchas cosas... quizá un poco demasiado, para tratarse de errores, deplorables o no.

Los ojos negros del askoniano eran despectivos. Prosiguió:

–Y ustedes, los mercaderes, revoloteando de un mundo a otro como mariposillas alocadas, ¿están tan locos o tan seguros de sus derechos que pueden aterrizar en el mundo mayor de Askone, en el centro de su sistema, y considerarlo como una involuntaria confusión de fronteras? Vamos, seguro que no.

Ponyets se sobresaltó, pero no lo demostró. Dijo, obstinadamente:

–Si el intento de comerciar fuera deliberado, excelencia, sería lo más alocado y contrario a las más estrictas reglas de nuestro Gremio.

–Alocado, sí –dijo el askoniano, concisamente–. Tan alocado, que su camarada es probable que dé su vida a cambio.

Ponyets sintió un nudo en el estómago. No había irresolución en aquellas palabras. Dijo:

–La muerte, excelencia, es un fenómeno tan absoluto e

irrevocable, que ciertamente debe haber alguna otra alternativa.

Hubo una pausa antes de que llegara la cauta respuesta:

—He oído decir que la Fundación es rica.

—¿Rica? Desde luego. Pero nuestra riqueza es la que ustedes se niegan a aceptar. Nuestras mercancías atómicas valen...

—Sus bienes no valen nada porque carecen de las bendiciones ancestrales. Sus bienes son impíos y están anatematizados porque caen bajo la maldición ancestral. —Las frases eran inexpresivas; parecía una fórmula aprendida de memoria.

El gran maestre abatió los párpados, y dijo con intención:

—¿No tiene alguna otra cosa de valor?

El comerciante no captó el sentido de la pregunta.

—No lo comprendo. ¿Qué es lo que quiere?

El askoniano separó las manos.

—Me pide que entre en tratos con usted, y supone que conoce *mis* necesidades. Yo creo que no. Al parecer, su colega debe sufrir el castigo establecido por sacrilegio por el código askoniano. La muerte por gas. Somos un pueblo justo. El campesino más pobre, en un caso similar, no sufriría más. Yo mismo no sufriría menos.

Ponyets murmuró desesperadamente:

—Excelencia, ¿me permitiría hablar con el prisionero?

—La ley askoniana —dijo fríamente el gran maestre— no permite ningún tipo de comunicación con un condenado.

Mentalmente, Ponyets contuvo la respiración.

—Excelencia, le ruego que sea misericordioso con el alma de un hombre, cuando su cuerpo está ya perdido. Ha estado apartado de todo consuelo espiritual durante todo el tiempo que su vida ha estado en peligro. Incluso ahora, se enfrenta con la perspectiva de marchar sin prepararse al seno del Espíritu que lo gobierna todo.

El gran maestre dijo lenta y sospechosamente:

—¿Es usted un servidor del alma?

Ponyets inclinó humildemente la cabeza.

–Me han enseñado a serlo. En las vacías extensiones del espacio, los comerciantes necesitan a un hombre como yo para ocuparse del aspecto espiritual de una vida así dedicada al comercio y los éxitos mundanos.

El gobernante askoniano se mordió pensativamente el labio inferior.

–Todos los hombres deben preparar su alma para el viaje hasta donde están sus espíritus ancestrales. Sin embargo, no sabía que ustedes, los comerciantes, fueran creyentes.

3

Eskel Gorov dio una vuelta en su camastro y abrió un ojo cuando Limmar Ponyets entraba por la puerta sólidamente reforzada. Se cerró de un portazo detrás de él. Gorov balbuceó y se puso en pie.

–¡Ponyets! ¿Te han enviado?

–Pura casualidad –dijo Ponyets, amargamente–, o bien la obra de mi malévolo demonio personal. Primero, te metes en un lío en Askone. Segundo, mi ruta de ventas, tal como sabe la Junta de Comercio, me lleva a cincuenta parsecs del sistema justo en el momento de ocurrir el número uno. Tercero, ya hemos trabajado juntos otras veces y la Junta lo sabe. ¿No lleva eso a una fácil e inevitable deducción? La respuesta encaja perfectamente como una llave en su propia cerradura.

–Ten cuidado –dijo Gorov, con voz tensa–. Debe de haber alguien escuchando. ¿Llevas un distorsionador de campo?

Ponyets señaló el adornado brazalete que le rodeaba la muñeca y Gorov se tranquilizó.

Ponyets miró a su alrededor. La celda no tenía muebles, pero era grande. Estaba bien iluminada y carecía de olores ofensivos. Dijo:

–No está mal. Te tratan con miramientos.

Gorov hizo caso omiso de la observación.

–Escucha, ¿cómo has llegado hasta aquí abajo? He estado en la soledad más absoluta durante casi dos semanas.

–Desde que me puse en camino, ¿eh? Bueno, parece ser que el viejo pájaro que dirige esto tiene sus puntos flacos. Siente cierta debilidad por los discursos píos, así que he corrido un riesgo que ha dado resultado. Estoy aquí en calidad de consejero espiritual tuyo. Hay algo extraño en los hombres piadosos como él. Te cortará el cuello alegremente si eso le conviene, pero vacilará en dañar el bienestar de tu inmaterial y problemática alma. Es sólo una muestra de la psicología empírica. Un comerciante ha de saber un poco de todo.

La sonrisa de Gorov era sardónica.

–Y también has estado en la escuela teológica. Tienes toda la razón, Ponyets. Me alegro de que te hayan enviado. Pero el gran maestre no ama mi alma exclusivamente. ¿No ha mencionado un rescate?

El comerciante entornó los ojos.

–Lo ha insinuado… débilmente. Y también amenazó con la muerte por gas. He jugado sobre seguro y después me he evadido; era muy posible que fuera una trampa. Así que es extorsión, ¿verdad? ¿Qué es lo que quiere?

–Oro.

–¡Oro! –Ponyets frunció el ceño–. ¿El metal en sí? ¿Para qué?

–Es su medio de intercambio.

–¿De verdad? ¿Y dónde puedo yo conseguir oro?

–En cualquier sitio. Escúchame; es importante. No me pasará nada mientras el gran maestre tenga el olor de oro en su nariz. Prométeselo; tanto como quiera. Después vuelve a la Fundación, si es necesario, para buscarlo. Cuando yo esté libre, seremos escoltados hasta fuera del sistema, y entonces nos separaremos.

Ponyets le miró con desaprobación.

–Y entonces volverás y lo intentarás de nuevo.

–Mi misión es vender instrumentos atómicos a Askone.

–Te alcanzarán antes de que recorras un parsec en el espacio. Supongo que ya lo sabes.

–No lo sé –dijo Gorov–. Y si lo supiera, no cambiaría las cosas.

–La segunda vez te matarán.

Gorov se encogió de hombros.

Ponyets dijo serenamente:

–Si he de volver a negociar con el gran maestre, quiero saber toda la historia. Hasta ahora, he trabajado a ciegas. En realidad, los escasos comentarios suaves que he hecho han enfurecido a su excelencia.

–Es bastante sencillo –dijo Gorov–. La única forma en que podemos aumentar la seguridad de la Fundación aquí en la Periferia es formar un imperio comercial controlado por la religión. Aún somos demasiado débiles para forzar el control político. Es lo único que podemos hacer para retener los Cuatro Reinos.

Ponyets asentía.

–Me doy cuenta de ello. Y cualquier sistema que no acepte aparatos atómicos nunca podrá ser sometido a nuestro control religioso...

–Y, por lo tanto, podría convertirse en un foco para la independencia y la hostilidad.

–De acuerdo, pues –dijo Ponyets–; esto en cuanto a la teoría. Ahora bien, ¿qué es exactamente lo que impide la venta? ¿La religión? El gran maestre es lo que ha dado a entender.

–Es una forma de adoración a los antepasados. Sus tradiciones hablan de un pasado nefasto del que fueron salvados por los simples y virtuosos héroes de las generaciones pretéritas. Se remonta a la distorsión del período anárquico de hace un siglo, cuando las tropas imperiales fueron expulsadas y se estableció un gobierno independiente. Se identificó la ciencia avanzada y la energía atómica en particular con el viejo régimen imperial que recuerdan con horror.

–¿Lo dices en serio? Pero tienen unas pequeñas naves muy bonitas que me localizaron hábilmente cuando estaba a dos parsecs de distancia. Eso me huele a energía atómica.

Gorov se encogió de hombros.

–Esas naves son restos del imperio, sin duda. Probablemente tienen propulsión atómica. Lo que tienen, lo conservan. La cuestión es que no quieren hacer innovaciones y su economía interna no es atómica. Eso es lo que nosotros debemos cambiar.

–¿Cómo te proponías hacerlo?

–Rompiendo la resistencia por un punto. Para decirlo simplemente, si lograra vender un cortaplumas con una hoja provista de campo de fuerza a un noble, a él le interesaría que se aprobara la ley que le permitiera usarlo. Dicho tan burdamente, parece una tontería, pero psicológicamente es perfecto. Realizar ventas estratégicas en puntos estratégicos sería crear una facción proatómica en la corte.

–¿Y te han enviado a ti para este propósito, mientras que yo sólo estoy aquí para entregar tu rescate y marcharme, en tanto que tú sigues intentándolo? ¿No es una torpeza?

–¿En qué forma? –preguntó Gorov, cautelosamente.

–Escucha –Ponyets pareció exasperarse de repente–, tú eres un diplomático, no un comerciante, y no te convertirás en uno sólo por llamarte así. Este caso corresponde a alguien cuyo negocio sea vender... y yo estoy aquí con un cargamento que empieza a pudrirse, y una contribución que nunca lograré, por lo que parece.

–¿Quieres decir que vas a arriesgar tu vida en algo que no es asunto tuyo? –Gorov sonrió débilmente.

Ponyets replicó:

–¿Quieres decir que esto es cuestión de patriotismo y los comerciantes no son patrióticos?

–Claro que no. Los pioneros nunca lo son.

–Muy bien. Te lo garantizo. Yo no navego por el espacio para salvar a la Fundación ni nada por el estilo. Navego para hacer dinero, y ésta es mi oportunidad. Si, al mismo tiempo, ayudo a la Fundación, tanto mejor. Ya he arriesgado mi vida con probabilidades de éxito mucho menores.

Ponyets se levantó, y Gorov le imitó.

–¿Qué vas a hacer?

El comerciante sonrió.

–Gorov, no lo sé... todavía no. Pero si el eje de la cuestión es hacer una venta, soy tu hombre. Por lo general no soy ningún fanfarrón, pero hay algo que siempre he mantenido: nunca he terminado una campaña vendiendo menos de lo que me corresponde.

La puerta de la celda se abrió casi instantáneamente cuando llamó, y dos guardias se introdujeron a ambos lados.

4

–¡Una demostración! –dijo el gran maestre, ásperamente. Se arrebujó bien en sus pieles, y una de sus manos delgadas asió el garrote de hierro que empleaba como bastón.

–Y oro, excelencia.

–*Y* oro –convino el gran maestre, descuidadamente.

Ponyets dejó la caja y la abrió con toda la apariencia de confianza que pudo fingir. Se sentía solo frente a la hostilidad universal, igual que se había sentido el primer año que pasó en el espacio. El semicírculo de barbudos consejeros que le rodeaba le contempló con expresión desagradable. Entre ellos estaba Pherl, el favorito de delgado rostro que se encontraba junto al gran maestre, inflexiblemente hostil. Ponyets ya lo conocía y le había catalogado como su principal enemigo, y por consiguiente, como primera víctima.

Fuera del vestíbulo, un pequeño ejército aguardaba los acontecimientos. Ponyets estaba aislado de su nave, carecía de cualquier arma, aparte del truco que intentaba, y Gorov aún era un rehén.

Hizo los últimos ajustes a la chapucera monstruosidad que le había costado una semana de ingenio, y rogó una vez más para que la derivación de cuarzo resistiera el esfuerzo.

–¿Qué es? –preguntó el gran maestre.

–Esto –dijo Ponyets, retrocediendo– es un pequeño invento que he construido yo mismo.

–Eso es obvio, pero no es la información que quiero. ¿Es una de las abominaciones de magia negra de su mundo?

–Es atómico en su naturaleza –admitió Ponyets, gravemente–, pero ninguno de ustedes tiene que tocarlo, o tener algo que ver con él. Es sólo para mi uso y, si contiene abominaciones, yo cargaré con todas sus impurezas.

El gran maestre había levantado su bastón de hierro sobre la máquina en un gesto amenazador y sus labios se movieron rápida y silenciosamente en una invocación purificadora. El consejero de rostro delgado, sentado a su derecha, se inclinó hacia él y su ralo bigote pelirrojo se acercó al oído del gran maestre. El anciano askoniano se libró petulantemente de él con un encogimiento de hombros.

–¿Y qué conexión hay entre su instrumento del mal y el oro que puede salvar la vida de su compatriota?

–Con esta máquina –empezó Ponyets, y su mano cayó suavemente sobre la cámara central y acarició sus flancos duros y redondos– puedo convertir el hierro que usted desprecia en oro de la mejor calidad. Es el único invento conocido por el hombre que toma el hierro… el feo hierro, excelencia, que apuntala la silla en que usted está sentado y las paredes de este edificio, y lo transforma en oro, amarillo y pesado.

Ponyets se sintió chapucero. Sus habituales charlas de venta eran fluidas, fáciles y plausibles; sin embargo ésta renqueaba como un vagón espacial cargado hasta los topes. Pero era el contenido, no la forma, lo que interesaba al gran maestre.

–¿De verdad? ¿Una transmutación? Ha habido otros locos que han proclamado tener esa debilidad. Han pagado por su sacrílego afán.

–¿Tuvieron éxito?

–No. –El gran maestre parecía fríamente divertido–. El éxito al producir oro hubiera sido un crimen que hubiera traído consigo su propio indulto. Lo que es fatal es el intento y el fracaso. Vamos a ver, ¿qué puede usted hacer con mi bastón? —Golpeó el suelo con él.

—Su excelencia me disculpará. Mi invento es un modelo pequeño, preparado por mí mismo, y su bastón es demasiado largo.

Los pequeños y brillantes ojos del gran maestre vagaron en torno y se detuvieron.

—Randel, tus hebillas. Vamos, hombre, se te pagará el doble del valor si fuera necesario.

Las hebillas pasaron a lo largo de la fila, de mano en mano. El gran maestre las sopesó pensativamente.

—Aquí tiene —dijo, y las tiró al suelo.

Ponyets las recogió. Tiró con fuerza antes de que el cilindro se abriera, y sus ojos pestañearon y bizquearon a causa del esfuerzo al centrar cuidadosamente las hebillas en la pantalla del ánodo. Más tarde sería más fácil, pero aquella vez no podía haber ningún fallo.

El transmutador casero crepitó con malevolencia durante diez minutos, mientras el olor a ozono se hacía débilmente perceptible. Los askonianos retrocedieron, murmurando, y Pherl volvió a susurrar urgentemente en la oreja de su gobernante. La expresión del gran maestre era pétrea. No se movió.

Y las hebillas se convirtieron en oro.

Ponyets las sacó, presentándolas al gran maestre mientras murmuraba:

—¡Excelencia!

Pero el anciano vaciló, y después las rechazó con un gesto. Su mirada se posó en el transmutador.

Ponyets dijo rápidamente:

—Caballeros, esto es oro. Oro de ley. Pueden someterlo a cualquier prueba física o química, si lo desean. De ninguna manera puede ser identificado como distinto del oro natural. Cualquier hierro puede ser tratado así. La herrumbre no es inconveniente, ni tampoco una cantidad moderada de metales en aleación…

Pero Ponyets no hablaba más que para llenar un vacío.

Dejó las hebillas en su mano extendida, y era el oro lo que argumentaba por él.

El gran maestre alargó al fin, lentamente, una mano, y el rostro de Pherl se alzó para hablar en voz alta.

—Excelencia, el oro proviene de una fuente envenenada.

Y Ponyets replicó:

—Una rosa puede brotar del fango, excelencia. En sus tratos con sus vecinos, usted compra material de todas las variedades imaginables, sin preguntar dónde lo han conseguido, si de una máquina ortodoxa bendecida por sus benignos antepasados o de algún ultraje extendido por el espacio. No les ofrezco la máquina. Les ofrezco el oro.

—Excelencia —dijo Pherl—, usted no es responsable de los pecados de extranjeros que trabajan sin su consentimiento y conocimiento. Pero aceptar este extraño seudooro, hecho pecadoramente de hierro en su presencia y con su consentimiento, es una afrenta a los espíritus vivos de nuestros sagrados antepasados.

—Pero el oro es oro —dijo el gran maestre, dudosamente—, y no es más que el intercambio con la pagana vida de un traidor convicto. Pherl, es usted demasiado riguroso. —Pero retiró la mano.

Ponyets dijo:

—Su excelencia es la sabiduría misma. Considerar... la cesión de un pagano es no perder nada para sus antepasados, mientras que con el oro que han obtenido a cambio pueden ornamentar los sepulcros de sus sagrados espíritus. Y, seguramente, si el oro fuera malo en sí, si tal cosa fuera posible, la maldad se marcharía necesariamente una vez el metal fuera dedicado a un uso tan piadoso.

—Por los huesos de mi abuelo —dijo el gran maestre con sorprendente vehemencia. Sus labios se abrieron en una extraña sonrisa—. Pherl, ¿qué opina de este jovencito? La declaración es válida. Es tan válida como las palabras de mis antepasados.

Pherl dijo, sombríamente:

–Así parece. Admito que la validez no pude ser concedida por el Espíritu Maligno.

–Lo haré aún mejor –dijo Ponyets, súbitamente–. Tengan el oro en prenda. Pónganlo en los altares de sus antepasados en calidad de ofrenda y reténganme durante treinta días. Si al cabo de este tiempo no hay evidencia de desagrado... si no ocurre ningún desastre, seguramente será prueba de que el ofrecimiento ha sido aceptado. ¿Qué mejor garantía puedo darles?

Y cuando el gran maestre se puso en pie para buscar alguna muestra de desaprobación, ni un solo hombre del Consejo dejó de hacer señales de asentimiento. Incluso Pherl mordisqueó el extremo de su bigote y asintió cortésmente.

Ponyets sonrió y meditó sobre las ventajas de una educación religiosa.

5

Transcurrió otra semana antes de que se concertara el encuentro con Pherl. Ponyets acusaba la tensión, pero ahora ya estaba acostumbrado a la sensación de inutilidad física. Se hallaba en la villa suburbana de Pherl, bajo custodia. No había otra cosa que hacer más que aceptarlo sin siquiera volver la vista atrás.

Pherl parecía más alto y joven fuera del círculo de los ancianos. Vestido informalmente, no parecía en absoluto un anciano.

Dijo bruscamente:

–Es usted un hombre muy peculiar. –Sus ojos juntos parecieron pestañear–. No ha hecho nada en la semana pasada, y particularmente en estas dos últimas horas, aparte de insinuar que necesita oro. Parece una labor inútil, porque, ¿quién no lo necesita? ¿Por qué no avanzar un paso?

–No es simplemente oro –dijo Ponyets, discretamente–. No *simplemente* oro. No es tanto sólo una moneda o dos. Es más bien todo lo que hay detrás del oro.

–¿Y qué puede haber detrás del oro? –apremió Pherl, con una sonrisa que le curvó los labios hacia abajo–. Seguramente esto no será el preliminar de otra chapucera demostración.

–¿Chapucera? –Ponyets frunció ligeramente el ceño.

–Oh, desde luego. –Pherl cruzó las manos y se tocó ligeramente con ellas la barbilla–. No es que le critique. La chapucería fue hecha a propósito, estoy seguro. Tendría que haber advertido de *eso* a su excelencia, si hubiera sido usted, habría producido el oro en mi nave y lo hubiera ofrecido simplemente. De este modo, se habría evitado la demostración que nos hizo y el antagonismo que levantó.

–Es cierto –admitió Ponyets–, pero puesto que era yo, acepté el antagonismo con la esperanza de atraer su atención.

–¿Conque es eso? ¿Simplemente eso? –Pherl no hizo ningún esfuerzo por ocultar su despectivo tono de burla–. Y me imagino que sugirió el período de purificación de treinta días para tener tiempo de convertir la atracción en algo un poco más sustancial. Pero ¿y si el oro se vuelve impuro?

Ponyets se permitió una muestra de humor negro.

–¿Desde cuándo el juicio de esa impureza depende de los que están más interesados en encontrarlo puro?

Pherl alzó los ojos y los fijó en el comerciante. Parecía sorprendido y satisfecho a la vez.

–Es una opinión sensata. Ahora dígame por qué quería llamar mi atención.

–Lo haré. En el poco tiempo que he estado aquí, he observado hechos muy útiles que le conciernen a usted y me interesan a mí. Por ejemplo, usted es joven… muy joven para ser miembro del Consejo, e incluso procede de una familia relativamente joven.

–¿Está criticando a mi familia?

–De ningún modo. Sus antepasados son grandes y sagrados; todos admitirán esto. Pero hay algunos que dicen que no es usted miembro de una de las Cinco Tribus.

Pherl se inclinó hacia atrás.

—Con todo el respeto a los implicados —dijo, sin ocultar su rencor—, las Cinco Tribus han empobrecido el linaje y aclarado la sangre. Ni cincuenta miembros de las Tribus están vivos.

—Pero hay quienes dicen que la nación no está dispuesta a tener un gran maestre que no pertenezca a las Tribus. Y un favorito del gran maestre tan joven y recién ascendido es propenso a crearse grandes enemigos entre los importantes del Estado... se dice. Su excelencia está envejeciendo y su protección no durará hasta después de su muerte, cuando sea uno de los enemigos de usted el que indudablemente interpretará las palabras de su Espíritu.

Pherl torció el gesto.

—Para ser extranjero sabe muchas cosas. Tales oídos están hechos para ser cortados.

—Eso se puede decidir más tarde.

—Deje que me anticipe. —Pherl se movió impacientemente en su asiento—. Usted va a ofrecerme riqueza y poder por medio de estas diabólicas maquinitas que lleva en su nave. ¿De acuerdo?

—Supongamos que sí. ¿Qué tendría usted que objetar? ¿Únicamente sus normas del bien y del mal?

Pherl meneó la cabeza.

—De ninguna manera. Mire, extranjero, su opinión sobre nosotros, dado su pagano agnosticismo, es la que es..., pero yo no soy el rendido esclavo de nuestra mitología, aunque pueda parecerlo. Soy un hombre educado, señor, y también culto. Toda la profundidad de nuestras costumbres religiosas, en el sentido ritual más que el ético, es para las masas.

—Entonces, ¿cuál es su objeción? —apremió Ponyets, amablemente.

—Justamente eso. Las masas. Es posible que esté dispuesto a tratar con usted, pero sus maquinitas deben usarse para que sean útiles. ¿Cómo podría venir a mí la riqueza, si yo tuviera que usar...? ¿Qué es lo que vende?... Bueno, una navaja de afeitar, por ejemplo, sólo en el secreto más estricto. Incluso si mi barba estuviera mejor afeitada, ¿cómo me haría rico? ¿Y cómo me libraría de la muerte por gas o a manos de la espantada turba si me sorprendieran usándola?

Ponyets se encogió de hombros.

—Tiene usted razón. Podría decirle que el remedio sería educar a su propio pueblo sobre el empleo de los aparatos atómicos por su propia conveniencia y sustancial provecho de usted. Sería un trabajo gigantesco, no lo niego, pero el resultado sería aún más gigantesco. Sin embargo, eso es algo que le concierne a usted, no a mí, por el momento. Porque no le ofrezco ni navajas de afeitar, ni cuchillos, ni ningún instrumento mecánico.

—¿Qué me ofrece?

—Oro. Directamente. Puede usted quedarse con la máquina que probé la semana pasada.

Y entonces Pherl se puso rígido y la piel de su frente se movió espasmódicamente.

—¿El transmutador?

—Exactamente. Su suministro de oro igualará a su suministro de hierro. Me imagino que esto es suficiente para todas las necesidades. Suficiente para el cargo de gran maestre, a pesar de la juventud y los enemigos. Y es seguro.

—¿En qué forma?

—En que el secreto es la esencia de su empleo; ese mismo secreto que usted ha descrito como la única seguridad con respecto a la energía atómica. Puede enterrar el transmutador en el calabozo más profundo de la fortaleza más inexpugnable de su posesión más alejada, y seguirá proporcionándole riqueza instantánea. Lo que usted compra es el *oro*, no la máquina, y ese oro no llevará traza alguna de su manufactura, pues no se distingue del natural.

—¿Y quién hará funcionar la máquina?

—Usted mismo. No necesita más que cinco minutos de aprendizaje. Se la pondré a punto en cuanto lo desee.

—¿Y a cambio?

—Bueno —Ponyets se mostró más cauto—, solicito un precio, y bastante elevado, por cierto. Es mi medio de vida. Digamos, porque es una máquina valiosa, el equivalente de treinta centímetros cúbicos de oro en hierro forjado.

Pherl se echó a reír, y Ponyets se sonrojó.

–Me permito señalar, señor –añadió, inflexiblemente–, que puede usted recuperar el precio en dos horas.

–Es verdad, y en una hora usted puede haberse ido, y mi máquina puede haberse estropeado. Necesitaré una garantía.

–Tiene usted mi palabra.

–Muy buena garantía –Pherl se inclinó sardónicamente–, pero su presencia sería una seguridad aún mejor. Yo le doy *mi* palabra de pagarle una semana después de la entrega y de que la máquina funcione bien.

–Imposible.

–¿Imposible? ¿Cuando ya ha incurrido en la pena de muerte, muy fácilmente, sólo por ofrecerse a venderme algo? La única alternativa es que, de lo contrario, mañana estará en la cámara de gas.

El rostro de Ponyets era inexpresivo, pero sus ojos centellearon. Dijo:

–Es injusto. Por lo menos, ¿hará constar su promesa por escrito?

–¿Y hacerme así candidato a la ejecución? ¡No, no señor! –Pherl sonrió con evidente satisfacción–. ¡No, señor! ¡Sólo uno de nosotros está loco!

El comerciante dijo con una vocecita suave:

–Entonces, está convenido.

6

Gorov fue liberado al decimotercer día, y doscientos cincuenta kilos del oro más amarillo ocuparon su lugar. Y con él fue liberada la abominación intocable y sujeta a cuarentena que era su nave.

Luego, igual que en el viaje de ida al sistema askoniano,

en el viaje de vuelta fue acompañado por las pequeñas naves hasta los límites del sistema.

Ponyets contempló la pequeña mancha luminosa que era la nave de Gorov mientras la voz de éste llegaba hasta él, claramente por el compacto rayo antidistorsivo.

Decía:

—Pero esto no es lo que yo quería, Ponyets. Un transmutador no lo logrará. Además, ¿de dónde lo sacaste?

—De ningún sitio —explicó Ponyets con paciencia—. Lo construí a partir de una cámara de irradiación de alimentos. En realidad, no sirve de nada. El consumo de energía resulta prohibitivo a gran escala o la Fundación usaría transmutación en vez de buscar metales pesados en toda la Galaxia. Es uno de los trucos establecidos que todos los comerciantes emplean, excepto que nunca había visto uno que transformara el hierro en oro antes de ahora. Pero impresiona, y funciona... de momento.

—Muy bien. Pero ese truco en particular no sirve de nada.

—Te ha sacado de este sitio asqueroso.

—Eso no tiene nada que ver. Especialmente teniendo en cuenta que tengo que regresar en cuanto nos deshagamos de nuestra solícita escolta.

—¿Por qué?

—Tú mismo se lo explicaste a ese político tuyo. —La voz de Gorov era cortante—. Toda tu argumentación sobre la venta descansaba en el hecho de que el transmutador fuera un medio para alcanzar un fin, pero de ningún valor en sí mismo; que él comprara el oro, no la máquina. Fue una buena psicología, puesto que dio resultado, pero...

—¿Pero? —apremió Ponyets blanda y obtusamente.

La voz del receptor se hizo más estridente.

—Pero queremos venderles una máquina de valor en sí misma; algo que quisieran emplear abiertamente; algo que les obligara a aceptar nuestra técnica atómica por su propio interés.

—Todo eso lo comprendo —dijo Ponyets, amablemente—. Me lo explicaste una vez. Pero piensa en lo que se deriva de mi venta, ¿quieres? Mientras ese transmutador funcione, Pherl acuñará oro; y funcionará el tiempo suficiente para permitirle comprar votos en las próximas elecciones. El gran maestre actual no durará mucho.

—¿Cuentas con su gratitud? —preguntó Gorov, fríamente.

—No... cuento con su inteligente interés propio. El transmutador le consigue unas elecciones; otros mecanismos...

—¡No! ¡No! Tu premisa es falsa. No es en el transmutador en lo que confiará... confiará en el buen oro antiguo. Eso es lo que estoy tratando de decirte.

Ponyets sonrió y se movió hasta adoptar una posición más cómoda. Muy bien. Ya había molestado bastante al pobre muchacho. Gorov empezaba a parecer enojado.

El comerciante dijo:

—No tan deprisa, Gorov. No he terminado. Hay otros artefactos de por medio en este asunto.

Hubo un corto silencio. Después, la voz de Gorov sonó cautelosa.

—¿A qué artefactos te refieres?

Ponyets hizo un gesto automática e inútilmente.

—¿Ves esa escolta?

—Sí —dijo Gorov concisamente—. Háblame de los aparatos.

—Lo haré... si me escuchas. Es la flota particular de Pherl que nos está escoltando; un honor especial que le ha concedido el gran maestre. Se las arregló para sacarle eso al viejo.

—¿Y qué?

—¿Y dónde crees que nos lleva? A sus propiedades mineras de las afueras de Askone, allí es donde nos lleva. ¡Escucha! —La voz de Ponyets se hizo súbitamente altiva—. Te dije que me había metido en esto para hacer dinero, no para salvar mundos. Muy bien. He vendido ese transmutador por nada. Por nada excepto el riesgo de la cámara de gas, y eso no cuenta cuando hay que cumplir con la contribución.

—Vuelve a las propiedades mineras, Ponyets. ¿Qué tienen que ver con el asunto?

—Con las ganancias. Vamos a atiborrarnos de estaño, Gorov. Estaño para llenar hasta el último centímetro cúbico que esta vieja nave pueda aprovechar, y luego algo más para la tuya. Yo bajaré con Pherl para recogerlo, viejo amigo, y tú me cubrirás desde arriba con todas las armas que tengas... por si acaso Pherl no se ha tomado el asunto con tanta deportividad como ha querido dar a entender. Ese estaño es mi ganancia.

—¿Por el transmutador?

—*Por todo mi cargamento de aparatos atómicos*. A precio doble, más una bonificación. —Se encogió de hombros, casi disculpándose—. Admito que regateé, pero he conseguido cumplir con mi contribución, ¿no?

Gorov estaba evidentemente perdido. Preguntó, con voz débil:

—¿Te importaría explicármelo?

—¿Qué hay que explicar? Es evidente, Gorov. Mira, ese perro pensaba que me tenía cogido en una trampa porque su palabra valía más que la mía ante el gran maestre. Aceptó el transmutador. Eso era un crimen capital en Askone. Pero en cualquier momento podía decir que me había tendido una trampa con los motivos patrióticos más puros, y denunciarme como un vendedor de cosas prohibidas.

—*Eso* era obvio.

—Claro que sí, pero lo que allí estaba en juego no sólo era su palabra contra la mía. Verás, Pherl nunca ha oído hablar de una grabadora de microfilme; ni siquiera concibe lo que es.

Gorov se echó a reír súbitamente.

—Eso es —dijo Ponyets—. Él tenía las de ganar. Fui debidamente castigado. Pero cuando le puse a punto el transmutador con mi aspecto de perro apaleado, incorporé la grabadora al aparato y la quité al día siguiente para proyectarla. Obtuve una grabación perfecta de su sanctasanctórum, mientras él mismo, el pobre Pherl, manejaba el transmutador con todos los ergios del que éste disponía y se extasiaba ante la primera pieza de oro como si fuera un huevo que acabase de poner.

—¿Le mostraste los resultados?

—Dos días después. El pobre tonto no había visto en su vida imágenes tridimensionales en color. Dice que no es supersticioso, pero si veo alguna vez a un adulto tan asustado, puedes llamarme paleto. Cuando le dije que tenía una copia en la plaza de la ciudad, dispuesta a ser exhibida ante un millón de fanáticos espectadores askonianos, que indudablemente lo harían pedazos, se puso a gemir de rodillas ante mí al cabo de medio segundo. Estaba dispuesto a hacer cualquier trato que yo quisiera.

—¿Lo hiciste? —La voz de Gorov era risueña—. Quiero decir, ¿tenías dispuesta la proyección en la plaza?

—No, pero eso no importa. Hizo el trato. Me compró todos los aparatos que yo tenía, y todos los que tú tenías, por tanto estaño como pudiéramos transportar. En aquel momento, me creía capaz de cualquier cosa. El acuerdo consta por escrito y tendrás una copia antes de que baje con él, como precaución suplementaria.

—Pero le has destrozado la vanidad —dijo Gorov—. ¿Utilizará los aparatos?

—¿Por qué no? Es la única forma que tiene de recuperar sus pérdidas, y si le sirven para hacer dinero, habrá salvado su orgullo. Y *será* el próximo gran maestre... y el mejor hombre que podríamos tener a nuestro favor.

—Sí —dijo Gorov—, ha sido una buena venta. Sin embargo, tienes una técnica de ventas muy incómoda. No me extraña que te expulsaran del seminario. ¿No tienes sentido de la moral?

—¿Cuál es la diferencia? —replicó Ponyets sin inmutarse—. Ya sabes lo que dijo Salvor Hardin sobre el sentido de la moral...

QUINTA PARTE

LOS PRÍNCIPES COMERCIANTES

1

COMERCIANTES – ...*Con la inevitabilidad psico-histórica, el control económico de la Fundación creció. Los comerciantes se hicieron ricos; y con la riqueza llegó el poder...*

A veces se olvida que Hober Mallow empezó su vida como un vulgar comerciante. Nunca se olvida que la terminó como el primero de los príncipes comerciantes...

Enciclopedia Galáctica

Jorane Sutt juntó las puntas de sus dedos, que revelaban una cuidadosa manicura, y dijo:

–Es como un rompecabezas. De hecho, y esto es estrictamente confidencial, puede ser otra de las crisis de Hari Seldon.

El hombre que había enfrente de él sacó un cigarrillo de su corta chaqueta smyrniana.

–No lo crea, Sutt. Por regla general, los políticos empiezan a gritar «crisis de Seldon» en todas las campañas para la elección de alcalde.

Sutt sonrió debilísimamente.

–Yo no hago ninguna campaña, Mallow. Nos enfrentamos con armas atómicas, y no sabemos de dónde proceden.

Hober Mallow de Smyrno, maestro comerciante, fumaba sosegadamente, casi con indiferencia.

–Siga. Si tiene algo más que decir, suéltelo. –Mallow nunca cometía la equivocación de ser demasiado educado con un hombre de la Fundación. Él podía ser un extranjero, pero un hombre siempre es un hombre.

Sutt señaló el mapa estelar tridimensional que había sobre la mesa. Ajustó los controles y un racimo de una media docena de sistemas estelares brilló con luz roja.

–Esto –dijo tranquilamente– es la República Korelliana.

El comerciante asintió.

–He estado allí. ¡Es una ratonera hedionda! Supongo que puede usted llamarla república, pero siempre hay alguien de la familia Argo que consigue salir elegido Comodoro. Y si da la casualidad de que no te gusta… te ocurren *cosas*. –Frunció los labios y repitió–: He estado allí.

–Pero ha regresado, cosa que no siempre ocurre. Tres naves comerciales, inviolables bajo las Convenciones, han desaparecido en el territorio de la República en el último año. Y estas naves estaban armadas con los habituales explosivos nucleares y campos de fuerza defensivos.

–¿Cuál fue el último comunicado de las naves?

–Informes de rutina. Nada más.

–¿Qué dice Korell?

Los ojos de Sutt brillaron sardónicamente.

–No hay forma de preguntarlo. El mayor cuidado de la Fundación es conservar su reputación de poder en toda la Periferia. ¿Cree que podemos perder tres naves y reclamárselas?

–Bueno, en ese caso, ¿qué le parece si me dijera lo que pretende de *mí*?

Jorane Sutt no perdió tiempo en el lujo de molestarse. Como secretario del alcalde, había rechazado o aplazado a consejeros de la oposición, a solicitantes de empleo, a reformadores y mentecatos que pretendían haber resuelto completamente el curso de la historia futura, tal como la había planeado Hari Seldon. Con un entrenamiento como éste, era muy difícil alterarlo.

Dijo, metódicamente:

–Un momento. Fíjese, la pérdida de tres naves en el mismo sector y el mismo año no puede ser accidental, y la energía atómica sólo puede ser conseguida con más energía atómica. La pregunta que se plantea automáticamente es: si Korell tiene armas atómicas, ¿dónde las obtiene?

–¿Dónde?, eso es lo que yo digo.

–Hay dos alternativas. O los korellianos las han construido ellos mismos...

–¡Mala deducción!

–¡Muy mala! Pero la otra posibilidad es que nos hallamos ante un caso de traición.

–¿Lo cree usted así? –La voz de Mallow era fría.

El secretario dijo con calma:

–No hay nada extraordinario en esta posibilidad. Desde que los Cuatro Reinos aceptaron la Convención de la Fundación, hemos tenido que enfrentarnos con grupos considerables de poblaciones disidentes en todas las naciones. Todos los antiguos reinos tienen sus pretendientes y sus antiguos nobles, que no pueden amar a la Fundación. Quizá algunos de ellos se hayan decidido a actuar.

Mallow había enrojecido.

–Comprendo. ¿Hay algo que quiere decirme? Soy smyrniano.

–Lo sé. Es usted smyrniano... nacido en Smyrno, uno de los antiguos Cuatro Reinos. Es un hombre de la Fundación únicamente por educación. Por nacimiento, es usted un extranjero. Sin duda, su abuelo fue barón en tiempo de las guerras con Anacreonte y Loris, y sin duda las propiedades de su familia desaparecieron cuando Sef Sermak hizo una redistribución de la tierra.

–¡No, por el Negro Espacio, no! Mi abuelo fue hijo de un navegante de sangre roja que murió transportando carbón a sueldos bajísimos antes de la Fundación. No debo nada al antiguo régimen. Pero nací en Smyrno, y no me avergüenzo ni de Smyrno ni de los smyrnianos, por la Galaxia. Sus tímidas insinuaciones de traición no van a inducirme al pánico hasta el extremo de volverme loco por completo. Y ahora puede darme sus órdenes o hacer sus acusaciones. No me importa.

–Mi buen maestro comerciante, no me importa un electrón que su abuelo fuera el rey de Smyrno o el mayor pobre del planeta. Le recité todo ese cuento de su nacimiento y sus antepasados para demostrarle que no me interesan. Evidentemente, no ha captado mi intención. Retrocedamos. Es usted smyrniano. Conoce a los extranjeros. Además, es comerciante y uno de los mejores. Ha estado en Korell y conoce a los korellianos. Allí es donde tiene que ir.

Mallow respiró profundamente.

–¿En calidad de espía?

–De ninguna manera. En calidad de comerciante..., pero con los ojos abiertos. Si puede averiguar de dónde procede la energía... Debo recordarle, puesto que es usted smyrniano, que dos de esas naves comerciales perdidas tenían tripulación smyrniana.

–¿Cuándo empiezo?

–¿Cuándo estará lista su nave?

–Dentro de seis días.

–Entonces. Tendrá todos los detalles en el Almirantazgo.

–¡De acuerdo! –El comerciante se levantó, le estrechó la mano enérgicamente, y salió de la habitación.

Sutt aguardó, extendiendo cuidadosamente los dedos y frotándoselos para que desapareciera el hormigueo de la presión; después se encogió de hombros y entró en el despacho del alcalde.

El alcalde apagó la visiplaca y se apoyó en el asiento.

–¿Qué es lo que ha deducido, Sutt?

–Podría ser un buen actor –contestó Sutt, y miró pensativamente hacia adelante.

Por la tarde de aquel mismo día, en el apartamento de soltero de Jorane Sutt, en el piso veintiuno del Edificio Hardin, Publis Manlio bebía lentamente un vaso de vino.

En el ligero y envejecido cuerpo de Publis Manlio se reunían dos grandes cargos de la Fundación. Era secretario del Exterior del gabinete del alcalde, y para todos los soles, exceptuando sólo el de la Fundación, era, además, primado de la Iglesia, suministrador del Alimento Sagrado, maestro de los templos, y otras muchas cosas, en confusas, pero sonoras sílabas.

Estaba diciendo:

—Pero accedió en dejarle enviar a ese comerciante. Ésta es la cuestión.

—Pero muy irrelevante —dijo Sutt—. No conseguimos nada inmediatamente. Todo este asunto es una de las más toscas estratagemas, puesto que no podemos prever cómo terminará. Es sólo arriar el cabo con la esperanza de que en alguna parte de él haya un nudo corredizo.

—Es cierto. Y este Mallow es un hombre capaz. ¿Y si no es una presa que se deje engañar fácilmente?

—Es un riesgo que debemos correr. Si hay traición, son los hombres capaces los que están implicados en ella. Si no, necesitamos a un hombre capaz para descubrir la verdad. Y Mallow será protegido. Su vaso está vacío.

—No, gracias. Ya he tomado bastante.

Sutt llenó su propio vaso y, pacientemente, esperó a que el otro se despertara de sus ensoñaciones.

Cualesquiera que fueran éstas, concluyeron repentinamente, pues el primado preguntó de pronto, de forma casi explosiva:

—Sutt, ¿qué está pensando?

—Se lo diré, Manlio. —Sus delgados labios se abrieron—. Estamos en una de las crisis de Seldon.

Manlio le miró fijamente, y preguntó con suavidad:

—¿Cómo lo sabe? ¿Ha vuelto a aparecer Seldon en la Bóveda del Tiempo?

–Amigo mío, no es necesario llegar hasta este punto. Mire, razonemos. Desde que el imperio galáctico abandonó la Periferia y nos dejó a merced de nosotros mismos, nunca hemos tenido un oponente que poseyera energía atómica. Ahora, por primera vez, tenemos uno. Esto parece significativo aun en el caso de que fuera uno solo. Y no lo es. Por primera vez en más de setenta años, nos enfrentamos con una crisis política interna de la mayor importancia. Creo que la sincronización de las dos crisis, la interna y la externa, no nos deja lugar a dudas.

Manlio entornó los ojos.

–Si eso es todo, no es suficiente. Hasta ahora ha habido dos crisis Seldon, y ambas veces la Fundación estuvo en peligro de exterminio. Nada puede convertirse en una tercera crisis hasta que ese peligro se repita.

Sutt nunca se impacientaba.

–Ese peligro está llegando. Cualquier tonto sabe cuándo llega una crisis. El verdadero servicio al Estado es detectarla en embrión. Mire, Manlio, procedemos de acuerdo con una historia planeada. *Sabemos* que Hari Seldon previó las probabilidades históricas del futuro. *Sabemos* que algún día reconstruiremos el imperio galáctico. *Sabemos* que se requerirá mil años, aproximadamente. Y *sabemos* que en ese intervalo nos enfrentaremos con ciertas crisis definidas.

»La primera crisis sobrevino cincuenta años después del establecimiento de la Fundación, y la segunda, treinta años más tarde. Desde entonces casi han transcurrido setenta y cinco años. Ya es hora, Manlio, ya es hora.

Manlio se frotó la nariz, inseguro.

–¿Y ha hecho planes para enfrentarse a esta crisis?

Sutt asintió.

–Y yo –continuó Manlio–, ¿tengo algún papel en ellos?

Sutt volvió a asentir.

–Antes de poder enfrentarnos con la amenaza extranjera de la energía atómica, hemos de poner orden en nuestra propia casa. Esos comerciantes…

–¡Ah! –El primado se puso rígido, y sus ojos se agudizaron.

–Eso es. Esos comerciantes. Son útiles, pero demasiado fuertes... y demasiado incontrolados. Son extranjeros, educados fuera de la religión. Por otra parte, ponemos el saber en sus manos, y además, suprimimos nuestra mayor fuerza sobre ellos.

–¿Y si demostramos la traición?

–Si pudiéramos, una acción directa sería simple y suficiente. Pero eso no significaría nada. Incluso si no existiera la traición entre ellos, formarían un elemento de inseguridad en nuestra sociedad. No estarían inclinados hacia nosotros ni por patriotismo ni por descendencia común, ni siquiera por temor religioso. Bajo su jefatura laica, las provincias exteriores, que, desde tiempos de Hardin nos consideran como el Planeta Sagrado, podrían independizarse.

–Lo comprendo, pero el remedio...

–El remedio debe llegar rápidamente, antes de que la crisis Seldon sea aguda. Si las armas atómicas están fuera y la desafección dentro, la superioridad enemiga podría ser demasiado grande. –Sutt dejó el vaso vacío que había estado sosteniendo–. Evidentemente esto es asunto de usted.

–¿Mío?

–*Yo* no puedo hacerlo. Mi puesto es consultivo y no tengo poderes legislativos.

–El alcalde...

–Imposible. Su personalidad es enteramente negativa. Es enérgico sólo para evadir las responsabilidades. Pero si surgiera un partido independiente que pudiera poner en peligro su reelección, podría dejarse conducir.

–Pero, Sutt, yo carezco de aptitudes para la política práctica.

–Déjemelo a mí. ¿Quién sabe, Manlio? Desde el tiempo de Salvor Hardin, nunca han concurrido en una misma persona los cargos de primado y alcalde. Pero ahora puede suceder... si su trabajo estuviera bien hecho.

3

Y al otro extremo de la ciudad, en los suburbios, Hober Mallow mantenía una segunda entrevista. Había escuchado durante largo rato, y entonces dijo cautelosamente:

—Sí, estoy enterado de sus campañas para conseguir una representación directa de los comerciantes en el Consejo. Pero ¿por qué *yo*, Twer?

Jaim Twer, que recordaba constantemente, le preguntaran o no, su inclusión en el primer grupo de extranjeros que recibieron educación laica en la Fundación, sonrió abiertamente.

—Sé muy bien lo que hago —dijo—. Recuerde nuestro primer encuentro, hace un año.

—En la Convención de comerciantes.

—Exacto. Usted la presidió. Consiguió clavar a esos bueyes de cuello colorado en sus asientos, y después se los metió en el bolsillo de la camisa y se los llevó fuera. Y sus relaciones con las masas de la Fundación también son buenas. Tiene usted *gancho*... o, en cualquier caso, una sólida publicidad aventurera, lo cual es lo mismo.

—Muy bien —dijo Mallow, secamente—. Pero ¿por qué ahora?

—Porque ahora es nuestra oportunidad. ¿Sabe que el secretario de Educación ha presentado su dimisión? Aún no es del dominio público, pero lo será.

—¿Cómo lo sabe *usted*?

—Eso... no importa... —Alzó una mano con gesto displicente—. Es así. El partido activista trabaja a cara descubierta, y podemos sepultarlo en este mismo momento con la cuestión directa de la igualdad de derechos para los comerciantes; o, aún mejor, la democracia, pro y anti.

Mallow se recostó en su asiento y se contempló los gruesos dedos.

—Uh, uh. Lo siento, Twer. La semana que viene tengo un viaje de negocios. Tendrá que encontrar a alguna otra persona.

Twer se sorprendió.

–¿Negocios? ¿Qué clase de negocios?

–Secretísimo. De prioridad triple A. Todo eso, ya sabe. Tuve una charla con el propio secretario del alcalde.

–¿Esa víbora de Sutt? –se excitó Jaim Twer–. Es un truco. El hijo de un navegante quiere desembarazarse de usted. Mallow...

–¡Espere! –La mano de Mallow cayó sobre el puño cerrado del otro–. No se ofusque. Si es un truco, algún día volveré para vengarme. Si no lo es, su víbora, Sutt, *está* en nuestras manos. Escuche, se aproxima una crisis Seldon.

Mallow esperó una reacción que no tuvo lugar. Twer no hizo más que mirarle fijamente.

–¿Qué es una crisis Seldon?

–¡Galaxia! –Mallow explotó airadamente ante la pregunta–. ¿Qué demonios hizo usted en el colegio? ¿Qué pretende, de todos modos, con una pregunta como ésta?

El anciano frunció el ceño.

–Si se explicara...

Hubo una larga pausa, y después:

–Se lo explicaré. –Mallow bajó las cejas, y habló lentamente–. Cuando el imperio galáctico empezó a decaer en los bordes de la Galaxia, y cuando los bordes de la Galaxia cayeron en la barbarie y se desintegraron, Hari Seldon y su banda de psicólogos fundaron una colonia, la Fundación, en medio del desastre, para que pudiéramos incubar el arte, la ciencia y la tecnología, y formar el núcleo del segundo imperio.

–Oh, sí, sí...

–No he terminado –dijo el comerciante, fríamente–. El curso futuro de la Fundación se trazó de acuerdo con la ciencia de la psicohistoria, entonces muy desarrollada, y se arreglaron las condiciones de modo que trajeran una serie de crisis que nos hicieran avanzar con mayor rapidez por el camino que nos lleva al futuro imperio. Cada crisis, cada crisis *Seldon*, marca una época en nuestra historia. Ahora nos acercamos a una..., la tercera.

–¡Naturalmente! –Twer se encogió de hombros–. Tendría que haberme acordado. Pero es que hace mucho tiempo que salí de la escuela…, más que usted.

–Supongo que así es. Olvídelo. Lo único que importa es que me envían fuera en pleno desarrollo de esta crisis. No es necesario decir lo que ocurrirá cuando regrese, y hay elecciones para el Consejo todos los años.

Twer alzó los ojos.

–¿Está sobre la pista de algo?

–No.

–¿Tiene planes concretos?

–Ni uno solo.

–Bueno…

–Bueno, nada. Hardin dijo en una ocasión: «Para triunfar, el solo planteamiento es insuficiente. También se debe improvisar.» Yo improvisaré.

Twer meneó la cabeza con inseguridad, y permanecieron mirándose uno a otro.

De pronto, Mallow dijo:

–Le diré lo que haremos, ¿qué le parece si viene conmigo? No me mire así, hombre. Fue comerciante antes de decidir que había más excitación en la política. O, por lo menos, esto es lo que he oído.

–¿Adónde va? Dígamelo.

–Hacia la Abertura Whassalliana. No puedo ser más específico hasta que estemos en el espacio. ¿Qué dice?

–¿Y si Sutt decide que me necesita donde pueda verme?

–No es probable. Si está ansioso por desembarazarse de mí, ¿por qué no también de usted? Además, ningún comerciante saldría al espacio si no pudiera escoger su propia tripulación. Yo llevo a los que quiero.

Hubo un extraño brillo en los ojos del viejo.

–Muy bien. Iré. –Alargó la mano–. Será mi primer viaje en tres años.

Mallow asió y estrechó la mano del otro.

–¡Bien! ¡Muy bien! Y ahora voy a reclutar a los muchachos. Sabe dónde está el *Estrella Lejana*, ¿verdad? Preséntese mañana. Adiós.

4

Korell es uno de esos fenómenos frecuentes en la historia: la república cuyo gobernante tiene todos los atributos del monarca absoluto, menos el nombre. Ejercía, por tanto, el despotismo acostumbrado, no restringido siquiera por las dos influencias moderadoras de las monarquías legítimas: el «honor» real y la etiqueta cortesana.

Materialmente, su prosperidad era escasa. Los días del imperio galáctico habían terminado, con nada más que silenciosos monumentos y estructuras derruidas para testificar su pasado esplendor. Los días de la Fundación aún no habían llegado... y según la orgullosa determinación de su gobernante, el comodoro Asper Argo, con sus estrictas regulaciones del comercio y la estricta prohibición de los misioneros, nunca llegarían.

El mismo puerto espacial era decrépito y estaba en decadencia, y la tripulación del *Estrella Lejana* lo sabía. Los hangares medio desmoronados creaban una atmósfera especial, y Jaim Twer se entretenía haciendo un solitario.

Hober Mallow dijo pensativamente:

—Aquí hay buen material de comercio. —Miraba tranquilamente por la portilla. Hasta el momento, poco más se podía decir acerca de Korell. El viaje había transcurrido sin novedad. El escuadrón de naves korellianas que había sido enviado para interceptar a la *Estrella Lejana* fue diminuto, compuesto de reliquias de antiguas glorias, cascos abollados de otros tiempos. Habían mantenido la distancia temerosamente, y seguían manteniéndola, y, desde hacía una semana, las peticiones de Mallow para tener una entrevista con el gobierno local habían quedado sin respuesta.

Mallow repitió:

—Buen comercio. Este territorio podría decirse que es virgen.

Jaim Twer alzó la mirada con impaciencia, y arrojó las cartas a un lado.

—¿Qué diablos se propone hacer, Mallow? La tripulación protesta, los oficiales están preocupados, y yo me pregunto...

—¿Se pregunta? ¿Qué es lo que se pregunta?

—Me extraña esta situación. Y usted. ¿Qué estamos haciendo?

—Esperar.

El viejo comerciante soltó un juramento y enrojeció. Gruñó:

—Está obrando a ciegas, Mallow. Hay un guardia alrededor del campo y naves en el cielo. ¿Y si estuvieran preparándose para destruirnos?

—Han tenido una semana para hacerlo.

—Quizá estén esperando refuerzos. —Los ojos de Twer eran penetrantes y duros.

Mallow se sentó bruscamente.

—Sí, ya he pensado en eso. Verá, es algo que nos plantea un difícil problema. Primero, hemos llegado aquí sin dificultades. Sin embargo, esto puede no significar nada, pues sólo tres naves de más de trescientas desaparecieron el año pasado. El porcentaje es reducido. Pero esto también puede significar que el número de sus naves equipadas con energía atómica es pequeño, y que no se atreven a exponerlas sin necesidad hasta que ese número aumente.

»Pero, por otro lado, podría significar que carecen totalmente de energía atómica. O quizá la tengan y la mantengan oculta, por miedo a que sepamos algo. Después de todo, una cosa es hacer el pirata esporádicamente contra naves mercantes ligeramente armadas y otra muy distinta tantear con un enviado acreditado de la Fundación, cuando el mero hecho de su presencia puede significar que la Fundación abriga sospechas.

»Combine estas dos cosas...

—Espere, Mallow, espere. —Twer alzó las manos—. Está a punto de ahogarme con su charla. ¿Adónde quiere usted ir a parar? No me importa lo que haga entretanto.

—Tiene que importarle, o no entenderá nada, Twer. Los dos estamos esperando. No saben lo que hago aquí y yo no sé lo que tienen aquí. Pero estoy en desventaja, porque yo soy uno y ellos son un mundo entero..., quizá con energía atómica. No puedo permitirme el lujo de ceder. Claro que es peligroso. Claro que pueden tener un agujero en la tierra destinado a nosotros. Pero ya lo sabíamos desde el principio. ¿Qué otra cosa podemos hacer?

—No... ¿Quién diablos es ahora?

Mallow alzó la mirada pacientemente, y conectó el receptor. La visiplaca reflejó el feo rostro del sargento de guardia.

—Hable, sargento.

El sargento dijo:

—Perdone, señor. Los hombres han dado entrada a un misionero de la Fundación.

—¿Un *qué*? —El rostro de Mallow se puso lívido.

—Un misionero, señor. Necesita hospitalización, señor...

—Habrá más de uno que necesite eso, sargento, después de esa faena. Ordene a los hombres que ocupen sus puestos de batalla.

La sala de la tripulación estaba casi vacía. Cinco minutos después de la orden, incluso los hombres que no estaban de servicio se hallaban en sus puestos. La velocidad era la gran virtud en las regiones anárquicas del espacio interestelar de la Periferia, y rapidez, por encima de todo, era lo que debía tener la tripulación de un maestro comerciante.

Mallow entró lentamente, y miró al misionero de arriba abajo. Luego su mirada se volvió al teniente Tinter, que desvió incómodamente la suya, y al sargento de guardia, Demen, cuyo rostro inmutable y estólida figura flanqueaba al otro.

El maestro comerciante se volvió a Twer e hizo una pausa, pensativamente.

—Bueno, Twer, que los oficiales se reúnan aquí, excepto los coordinadores y trazadores de trayectorias. Los hombres deben estar en sus puestos hasta nueva orden.

Hubo una laguna de cinco minutos, durante los cuales

Mallow abrió las puertas de los lavabos de una patada, miró detrás de la barra, corrió las cortinas que cubrían las gruesas ventanillas. Durante medio minuto salió de la habitación, y cuando regresó silbaba abstraídamente.

Los hombres entraron. Twer les siguió, y cerró la puerta silenciosamente.

Mallow dijo, con calma:

—Primero, ¿quién ha dejado entrar a este hombre sin mi permiso?

El sargento de guardia dio un paso adelante. Todos los ojos se desviaron.

—Perdón, señor. No ha sido una persona sola. Ha sido una especie de consentimiento mutuo. Era uno de nosotros, podríamos decir, y esos extranjeros…

Mallow le cortó en seco:

—Simpatizo con sus sentimientos, sargento, y los entiendo. Estos hombres, ¿estaban bajo su mando?

—Sí, señor.

—Cuando esto termine, serán confinados a celdas individuales durante una semana. Usted quedará relevado de todo deber de supervisión durante un período similar. ¿Comprendido?

El rostro del sargento nunca cambiaba, pero hubo una pequeña crispación en sus hombros. Dijo, secamente:

—Sí, señor.

—Puede irse. Ocupe su puesto de batalla.

La puerta se cerró tras él y hubo un murmullo.

Twer intervino:

—¿Por qué ese castigo, Mallow? Sabe que estos korellianos matan a los misioneros que capturan.

—Cualquier acción que contravenga mis órdenes es mala en sí misma sin importar las otras razones que puedan haber en su favor. Nadie debía salir o entrar en la nave sin permiso.

El teniente Tinter murmuró con rebeldía:

—Siete días sin acción. No se puede mantener la disciplina de esta forma.

Mallow dijo fríamente:

–*Puedo*. La disciplina no tiene ningún mérito en circunstancias ideales. Yo la tendré frente a la muerte, o será inútil. ¿Dónde está el misionero? Tráigalo aquí, a mi presencia.

El comerciante se sentó, mientras una figura vestida de color escarlata era cuidadosamente empujada hacia adelante.

–¿Cómo se llama usted, reverendo?

–¿Eh? –La figura vestida de escarlata se volvió hacia Mallow, como si todo el cuerpo se tratara de una unidad. Sus ojos estaban desmesuradamente abiertos y tenía una magulladura en la sien. No había hablado y, según Mallow había observado, tampoco se había movido durante el intervalo precedente.

–¿Cuál es su nombre, reverendo?

El misionero se animó de pronto con una vida febril. Sus brazos se abrieron, como si quisiera abrazar a alguien.

–Hijo mío..., hijos míos. Que siempre os protejan los brazos del Espíritu Galáctico.

Twer dio un paso adelante, con los ojos húmedos, y la voz ronca:

–Este hombre está enfermo. Que alguien lo lleve a la cama. Ordene que lo lleven a la cama, Mallow, y que lo reconozcan. Está gravemente herido.

El gran brazo de Mallow lo hizo retroceder.

–No interfiera, Twer, o haré que lo saquen de la habitación. ¿Su nombre, reverendo?

Las manos del misionero se unieron en repentina súplica:

–Ya que son ustedes hombres cultos, sálvenme de los paganos. –Las palabras se mezclaron desordenadamente–. Sálvenme de estos brutos que me prenderán por la fuerza y afligirán al Espíritu Galáctico con sus crímenes. Soy Jord Parma, de los mundos anacreontianos. Educado en la Fundación; la misma Fundación, hijos míos. Soy sacerdote del Espíritu educado en todos los misterios, y he venido donde la voz interior me reclamaba. –Balbuceaba–. He sufrido en manos de los infieles. Como hijos del Espíritu, y en nombre de ese Espíritu, protéjanme de ellos.

Una voz estalló sobre sus cabezas, cuando la caja de alarma y emergencia clamoreó metálicamente:

—¡Unidades enemigas a la vista! ¡Solicitamos órdenes!

Todos los ojos se dirigieron mecánicamente hacia el altavoz.

Mallow juró violentamente. Giró el interruptor y chilló:

—¡Mantengan la vigilancia! ¡Eso es todo! —Y lo desconectó.

Se abrió paso hacia las gruesas cortinas que se separaron en un gesto suyo y miró sombríamente hacia el exterior.

¡Unidades enemigas! Varios miles de ellas en las personas de los miembros individuales de una turba korelliana. El creciente murmullo envolvía el puerto espacial de un extremo a otro, y a la fría y dura luz de los reflectores de magnesio las primeras filas se acercaban.

—¡Tinter! —El comerciante no se volvió, pero su nuca estaba roja—. Haga funcionar el altavoz exterior y averigüe qué es lo que quieren. Pregúnteles si entre ellos hay algún representante de la ley. No haga promesas ni amenazas, o le mataré.

Tinter dio media vuelta y salió.

Mallow sintió una ruda mano sobre el hombro y se la sacudió de un golpe. Era Twer. Su voz sonó como un silbido airado junto a su oído:

—Mallow, tiene que conservar a este hombre entre nosotros. De otra forma no hay modo de mantener la decencia y el honor. Es de la Fundación y, al fin y al cabo…, es un sacerdote. Esos salvajes de ahí afuera… ¿Me oye?

—Le oigo, Twer. —La voz de Mallow era incisiva—. He de hacer otras cosas antes que cuidar misioneros. Haré, señor, lo que me plazca, y, por Seldon y toda la Galaxia, si trata de detenerme, le romperé la crisma. No se ponga en mi camino, Twer, o será lo último que haga en la vida.

Se volvió y dio unos pasos.

—¡Usted! ¡Reverendo Parma! ¿Sabía usted que, por convención, ningún misionero de la Fundación puede entrar en el territorio korelliano?

El misionero estaba temblando.

–No puedo ir más que donde me conduce el Espíritu, hijo mío. Si los que están en tinieblas rehúsan la luz, ¿no es éste el signo más claro de que la necesitan?

–Esto no tiene nada que ver, reverendo. Usted está aquí contra la ley de Korell y de la Fundación. No puedo protegerle legalmente.

El misionero volvió a levantar las manos. Su anterior azoramiento había desaparecido. Se oía el ronco clamor del sistema exterior de comunicaciones en acción, y el débil y ondulante graznido de la colérica horda como respuesta. El sonido dio a sus ojos una mirada salvaje.

–¿Lo oye? ¿Por qué me habla de leyes a mí, de unas leyes hechas por los hombres? Hay leyes superiores. ¿No fue el Espíritu Galáctico quien dijo: «No permanecerás ocioso mientras hieren a tu compañero»? ¿Y no ha dicho: «Tal como trates al humilde e indefenso, así serás tratado»?

»¿No tienen armas? ¿No tienen una nave? Y detrás de ustedes, ¿no está la Fundación? Y por encima y alrededor de todo, ¿no está el Espíritu que gobierna el universo? –Hizo una pausa para recobrar el aliento.

Y entonces la gran voz exterior de la *Estrella Lejana* cesó y el teniente Tinter regresó, con aspecto preocupado.

–¡Hable! –dijo Mallow, concisamente.

–Señor, reclaman la persona de Jord Parma.

–¿Si no?

–Hay varias amenazas, señor. Es difícil aclararlas. Son tantos…, y parecen completamente locos. Hay alguien que dice gobernar el distrito y tener poderes policiales, pero evidentemente no es dueño de sí mismo.

–Dueño o no –Mallow se encogió de hombros–, es la ley. Dígales que si este gobernador, policía, o lo que sea, se acerca solo a la nave, tendrá al reverendo Jord Parma.

Se apresuró a tomar una pistola entre las manos y añadió:

–No sé lo que es la insubordinación. Nunca he tenido que enfrentarme a ella. Pero si aquí hay alguien que cree poder enseñarme lo que es, estaré encantado de enseñarle mi antídoto.

El arma osciló lentamente, y apuntó a Twer. Con un esfuerzo, el rostro del viejo comerciante se desarrugó y abrió los puños y los dejó caer. Su respiración era un ronco sonido sibilante.

Tinter salió, y al cabo de cinco minutos una figura insignificante se destacó de la multitud. Se aproximó lenta y dubitativamente, dominado con toda claridad por el miedo y la aprensión. Por dos veces retrocedió, y por dos veces las evidentes amenazas del monstruo de muchas cabezas le apremiaron a seguir adelante.

–Muy bien. –Mallow hizo un ademán con la pistola atómica, que continuaba desenfundada–. Grum y Upshur, llévenlo afuera.

El misionero dio un grito. Levantó los brazos y los dedos rígidos aparecieron entre las mangas cuando éstas dejaron ver los delgados y venosos brazos. Hubo un momentáneo y diminuto destello que apareció y desapareció como un suspiro. Mallow parpadeó y repitió el ademán, airadamente.

La voz del misionero se dejó oír mientras se debatía en los brazos que lo aprisionaban.

–¡Malditos sean los traidores que abandonan a su compañero al mal y la muerte! ¡Que ensordezcan los oídos que están sordos a los ruegos del desvalido! ¡Que se vuelvan ciegos los ojos que son ciegos a la inocencia! ¡Que se oscurezca para siempre el alma que se asocia con la oscuridad…!

Twer se tapó fuertemente los oídos con las manos.

Mallow soltó la pistola.

–Retírense –dijo, serenamente–; todos a sus puestos respectivos. Mantengan la vigilancia hasta seis horas después de que la multitud se haya dispersado. Puestos dobles durante las cuarenta y ocho horas siguientes. Entonces volveré a darles instrucciones. Twer, venga conmigo.

Se hallaban solos en las habitaciones particulares de Mallow. Mallow indicó una silla y Twer se sentó. Su voluminosa figura parecía encogida.

Mallow le miró, sardónicamente.

–Twer –dijo–, estoy decepcionado. Sus tres años en la política parecen haberle hecho olvidar las costumbres comerciales. Recuerde, yo puedo ser un demócrata cuando vuelva a la Fundación, pero ninguna tiranía me parece excesiva cuando se trata de gobernar mi nave de la forma que quiero. Hasta ahora nunca he tenido que abrir fuego contra mis hombres, y ahora tampoco hubiera tenido que hacerlo, si usted no se hubiera pasado de la raya.

»Twer, su posición aquí no es oficial, está aquí por invitación mía, y yo le atenderé con toda cortesía… en privado. Sin embargo, de ahora en adelante, en presencia de mis oficiales u hombres, yo soy «señor», y no «Mallow». Y cuando dé una orden, saltará usted para cumplirla con más rapidez que un recluta de tercera clase, o le haré encerrar en el nivel inferior con mayor rapidez aún. ¿Entendido?

El jefe del partido tragó saliva. Dijo, de mala gana:

–Le presento mis disculpas.

–¡Aceptadas! ¡Démonos la mano!

Los fláccidos dedos de Twer desaparecieron en la enorme palma de Mallow. Twer dijo:

–Mis motivos eran buenos. Es difícil enviar a un hombre al linchamiento. Ese gobernador de rodillas temblorosas, o lo que sea, no puede salvarlo. Es un asesinato.

–No puedo evitarlo. Francamente, el incidente olía demasiado mal. ¿Lo ha notado?

–Notar…, ¿qué?

–Este puerto espacial está hundido en medio de una sección alejada y adormecida. De pronto, un misionero se escapa. ¿De dónde? Llega aquí. ¿Coincidencia? Se reúne una multitud enorme. ¿De dónde procede? La ciudad más cercana, sea de la magnitud que fuere, debe estar por lo menos a ciento cincuenta kilómetros. Pero han llegado en media hora. ¿Cómo?

–¿Cómo? –repitió Twer.

–Bueno, ¿y si hubieran traído al misionero hasta aquí, soltándolo como cebo? Nuestro amigo, el reverendo Parma, estaba considerablemente turbado. En ningún momento pareció estar en su completo juicio.

–Malos tratos... –murmuró amargamente Twer.

–¡Quizá! Y quizá la idea fuera obligarnos a luchar caballerosa y galantemente, por la estúpida defensa del hombre. Estaba aquí contra las leyes de Korell y de la Fundación. Si yo lo hubiera retenido, hubiera sido un acto de guerra contra Korell, y la Fundación no hubiera tenido derecho legal a defendernos.

–Esto..., esto es muy arriesgado de decir.

El altavoz comenzó a hablar y ahogó la contestación de Mallow.

–Señor, se ha recibido un comunicado oficial.

–Remítalo inmediatamente.

El brillante cilindro llegó por la ranura con un chasquido. Mallow lo abrió y extrajo la hoja impregnada de plata que encerraba. La frotó apreciativamente entre el pulgar y el índice y dijo:

–Teleporte directo desde la capital. Procede de la estación del propio comodoro.

La leyó de una ojeada y lanzó una breve carcajada.

–Así que mi idea era arriesgada, ¿verdad?

Lo lanzó hacia Twer, y añadió:

–Media hora después de devolver al misionero, finalmente recibimos una invitación muy educada para comparecer en presencia del augusto comodoro..., después de siete días de espera. Creo que hemos pasado una prueba.

5

El comodoro Asper era un hombre del pueblo, por definición propia. Su cabello gris le caía sobre los hombros, su camisa necesitaba un lavado, y hablaba con cierto gangueo.

–Aquí no hay ostentación alguna, comerciante Mallow –dijo–. Ningún espectáculo falso. En mí, usted no ve más que al primer ciudadano del Estado. Eso es lo que significa la palabra comodoro, y éste es el único título que tengo.

Parecía insólitamente complacido por todo aquello.

–De hecho, considero esto como uno de los lazos más fuertes entre Korell y su nación. Tengo entendido que su pueblo disfruta de las mismas bendiciones republicanas que nosotros.

–Exactamente, comodoro –dijo Mallow con gravedad, tomando buena cuenta de la comparación–, es un argumento que considero muy a favor de una amistad y paz continuada entre nuestros gobiernos.

–¡Paz! ¡Ah! –La rala barba gris del comodoro se encogió con las muecas sentimentales de su rostro–. No creo que en la Periferia haya alguien que tenga tan cerca del corazón el ideal de paz como yo. Puedo decirle sinceramente que desde que sucedí a mi ilustre padre en la jefatura del Estado, el reinado de la paz nunca ha sido interrumpido. Quizá no debiera decirlo –tosió levemente–, pero me han comunicado que mi pueblo, mis compañeros ciudadanos más bien, me conocen como Asper el Bienamado.

Los ojos de Mallow vagaron por el bien custodiado jardín. Quizá los fornidos hombres y las armas de extraño diseño, pero altamente peligrosas, que llevaban estuvieran ocultos en los rincones como una precaución contra él. Sería comprensible. Pero los altos muros cubiertos de acero que rodeaban el lugar habían sido reforzados recientemente… una ocupación muy poco apropiada para un Asper tan Bienamado.

–Entonces –dijo–, es una suerte que tenga que tratar con usted, comodoro. Los déspotas y monarcas de los mundos circundantes, que no disfrutan de una administración ilustrada, a menudo carecen de las cualidades que posee un gobernante bienamado.

–¿Por ejemplo? –Había una nota cautelosa en la voz del comodoro.

–Por ejemplo, su preocupación acerca de los intereses de su pueblo. Usted, por el contrario, los comprende.

El comodoro mantuvo los ojos en el sendero de gravilla a medida que paseaban. Se acariciaba las manos a la espalda.

Mallow prosiguió, suavemente:

–Hasta ahora, el comercio entre nuestras dos naciones se ha resentido por las restricciones impuestas a nuestros comerciantes por su gobierno. Seguramente, hace mucho tiempo que usted ha comprendido que el comercio ilimitado...

–¡El comercio libre! –murmuró el comodoro.

–El comercio libre, pues. Debe usted comprender que sería beneficioso para ambos. Hay cosas que ustedes tienen y nosotros necesitamos, así como cosas que nosotros tenemos y ustedes necesitan. No se requiere más que un intercambio para incrementar la prosperidad. Un gobernante ilustrado como usted, un amigo del pueblo, y diría, un *miembro* del pueblo, no necesita argumentos acerca de este tema. No insultaré a su inteligencia ofreciéndoselos.

–¡Es cierto! Me había dado cuenta. Pero ¿y usted? –Su voz era un gemido plañidero–. Su pueblo siempre ha sido muy irrazonable. Yo estoy a favor de todo el comercio que nuestra economía pueda soportar, pero no de sus condiciones. No soy el único jefe aquí. –Alzó la voz–. Sólo soy el sirviente de la opinión pública. Mi pueblo no comerciará entre los centelleos carmesíes y dorados.

Mallow preguntó:

–¿Una religión obligatoria?

–Así lo ha sido siempre, en efecto. Seguramente recuerda usted el caso de Askone, hace dos años. Primero les vendieron ustedes algunas mercancías y después su pueblo solicitó la completa libertad de los misioneros para que manejaran debidamente las mercancías; que se establecieran templos de la salud. Entonces se fundaron escuelas religiosas; se dictaron derechos autónomos para todos los oficiales de la religión y, ¿con qué resultado? Askone es ahora un miembro integral del sistema de la Fundación, y el gran maestre no puede decir que sea suya ni la camisa que lleva puesta. ¡Oh, no! ¡Oh, no! La dignidad de un pueblo independiente no puede soportarlo.

–Nada de lo que usted ha dicho se parece siquiera a lo que yo sugiero –comentó Mallow.

–¿No?

–No. Soy un maestro comerciante. El dinero es *mi* religión. Todo este misticismo y esas monsergas de los misioneros me molestan, y me alegro de que usted se niegue a favorecerlos. Le convierte a usted en mi tipo de hombre.

La risa del comodoro fue espasmódica y franca.

–¡Bien dicho! La Fundación tendría que haber enviado a un hombre de su calibre mucho antes.

Colocó una amistosa mano en el voluminoso hombro del comerciante.

–Pero, hombre, no me ha dicho más que la mitad. Me ha dicho lo que *no* es la trampa. Ahora dígame lo que *es*.

–La única trampa, comodoro, es que usted se verá cargado de inmensas riquezas.

–¿Realmente? –preguntó–. Pero ¿para qué quiero yo las riquezas? La verdadera riqueza es el amor del pueblo. Ya lo tengo.

–Puede tener ambas cosas, pues es posible reunir el oro en una mano y el amor en la otra.

–Eso, muchacho, sería un fenómeno muy interesante, si fuera posible. ¿Cómo lo lograría usted?

–Oh, de muchas formas. La dificultad consiste en escoger una. Veamos. Bueno, artículos de lujo, por ejemplo. Este objeto, por ejemplo…

Mallow extrajo de su bolsillo interior una cadena plana de metal pulimentado.

–Esto, por ejemplo.

–¿Qué es?

–Eso se ha de demostrar. ¿Puede usted hacer que venga una muchacha? Cualquier jovencita servirá. *Y* un espejo, de cuerpo entero.

–¡Hummm! Vamos adentro, entonces.

El comodoro se refería al edificio donde vivía como en su casa. El populacho indudablemente lo hubiera llamado palacio. A los objetivos ojos de Mallow, se parecía extraordinariamente a una fortaleza. Se elevaba sobre un promontorio que dominaba la capital. Sus muros eran gruesos y estaban reforzados. Sus alrededores se hallaban vigilados, y su arquitectura estaba destinada a la defensa. Era el tipo de morada apropiada, pensó amargamente Mallow, para Asper el Bienamado.

Una muchacha se encontraba frente a ellos. Se inclinó profundamente ante el comodoro, que dijo:

–Es una de las sirvientas de la comodora. ¿Servirá?

–¡Perfectamente!

El comodoro observó cuidadosamente mientras Mallow deslizaba la cadena alrededor de la cintura de la muchacha, y retrocedía.

El comodoro preguntó:

–Bueno. ¿Eso es todo?

–¿Quiere correr las cortinas, comodoro? Señorita, hay un botoncito al lado del broche. ¿Quiere moverlo hacia arriba, por favor? Adelante, no le pasará nada.

La muchacha así lo hizo, suspiró profundamente, se miró las manos, y exclamó:

–¡Oh!

Desde la cintura, de donde brotaba como una fuente luminosa, había surgido una vaporosa luminiscencia de brillantes colores que la rodeaba, formando sobre su cabeza una centelleante corona de fuego líquido. Era como si alguien hubiese arrancado la aurora boreal del firmamento y hubiese moldeado con ella una maravillosa capa.

La muchacha avanzó hacia el espejo y se contempló, fascinada.

–Tenga. –Mallow le alargó un collar de piedras mates–. Póngaselo alrededor del cuello.

La muchacha así lo hizo, y cada piedra, al entrar en el campo luminiscente, se convirtió en una llama individual que titilaba y brillaba en carmesí y oro.

–¿Qué le parece? –le preguntó Mallow. La muchacha no contestó, pero tenía una mirada de adoración en los ojos. El comodoro hizo un gesto, y, de mala gana, ella presionó el botón hacia abajo y la magnificencia se esfumó. Se marchó... con un recuerdo–. Es suyo, comodoro –dijo

Mallow–, para la comodora. Considérelo como un pequeño regalo de la Fundación.

–Hummm. –El comodoro dio vueltas al cinturón y el collar entre sus manos, como si calculara el peso–. ¿Cómo están hechos?

Mallow se encogió de hombros.

–Esto es cuestión de nuestros técnicos especializados. Pero le funcionará sin, tome nota de esto, *sin* ayuda sacerdotal.

–Bueno, al fin y al cabo, sólo son baratijas femeninas. ¿Qué se puede hacer con estas cosas? ¿Dónde interviene el dinero?

–¿Usted tiene bailes, recepciones, banquetes…, esa clase de cosas?

–Oh, sí.

–¿Se da cuenta de lo que las mujeres pagarían por este tipo de joyas? Diez mil créditos, por lo menos.

El asombro del comodoro llegó al colmo.

–¡Ah!

–Y puesto que la unidad energética de este artículo en particular no durará más de seis meses, serán necesarios frecuentes reemplazos. Ahora bien, podemos vender tantos como quiera por el equivalente de mil créditos en hierro forjado. El novecientos por ciento de beneficio es para usted.

El comodoro se acarició la barba y pareció sumirse en complicados cálculos mentales.

–¡Galaxia, cómo lucharían las duquesas viudas por conseguir esto! Yo mantendría un número reducido y ellas morderían el anzuelo. Naturalmente, no convendría que se enteraran de que yo en persona…

Mallow dijo:

–Podemos explicarle la manera de montar sociedades ficticias, si usted quiere. Luego, contando con nuevas empresas parecidas, daríamos nuestra variada producción de los aparatos domésticos. Tenemos hornos plegables que asan las carnes más duras hasta el punto deseado en sólo dos minutos. Tenemos cuchillos que no necesitan afilarse. Tenemos el equivalente de una lavadora completa que puede meterse en un armario y funciona automáticamente. Y lavavajillas. Y fregadoras de suelo, barnizadores de muebles, precipitadores de polvo…, oh, cualquier cosa que desee. Piense en su creciente popularidad, *si* las pone a disposición del público. Piense en su creciente cantidad de, uh, bienes mundiales, si se venden como parte de un monopolio gubernamental al precio sin protestar, y no necesitan saber que *usted* los importa. Y considere que ninguno de estos aparatos requerirá la supervisión sacerdotal. Todo el mundo será feliz.

–Excepto usted, al parecer. ¿Qué es lo que *usted* obtendría?

–Sólo lo que todos los comerciantes obtienen bajo la ley de la Fundación. Mis hombres y yo recogeremos la mitad de todos los beneficios. Usted sólo tiene que comprar lo que quiero venderle, y ambos saldremos ganando. Muchísimo.

El comodoro pensaba en cosas agradables.

–¿Cómo ha dicho que quería que le pagáramos? ¿Con hierro?

–Eso, y carbón, y bauxita. También con tabaco, pimienta, magnesio, madera dura. Nada que usted no tenga en abundancia.

–Suena bien.

–Así lo creo. Oh, aún hay otro artículo que puedo ofrecerle, comodoro. Podría proporcionar nuevas herramientas a sus fábricas.

–¿Eh? ¿A qué se refiere?

–Bueno, a sus fundiciones de acero. Tengo a mano algunos pequeños aparatos que podrían reducir el coste de la producción del acero al uno por ciento del precio anterior. Usted podría reducir los precios a la mitad, y seguir obteniendo unos beneficios muy considerables de los manufacturadores. Escuche, podría demostrarle lo que digo, si me lo permite. ¿Tiene alguna fundición de acero en esta ciudad? No llevará demasiado rato.

–Puede arreglarse, comerciante Mallow. Pero mañana, mañana. ¿Cenará usted con nosotros esta noche?

–Mis hombres… –empezó Mallow.

–Que vengan –dijo el comodoro, cordialmente–. Una amistosa unión simbólica de nuestras naciones. Nos dará la oportunidad para tener otras charlas amistosas. Pero una cosa –su rostro se hizo más grave–, nada de su religión. No crea que esto es una puerta abierta para los misioneros.

–Comodoro –dijo Mallow, secamente–. Le doy mi palabra de que la religión reducirá mis beneficios.

–Bien, eso es suficiente. Haré que le escolten de regreso a la nave.

6

La comodora era mucho más joven que su marido. Su rostro era pálido y de rasgos fríos, y su cabello negro le caía uniformemente sobre los hombros.

Su voz era aguda.

–¿Has terminado ya, mi gracioso y noble marido? ¿Has terminado del todo, *del todo*? Supongo que ahora incluso puedo salir al jardín, si quiero.

–No hay necesidad de dramatizar, Licia querida –dijo el comodoro, dulcemente–. El joven vendrá esta noche a cenar, y tú podrás hablar todo lo que quieras con él e incluso divertirte oyendo todo lo que yo digo. Hay que disponer un lugar para sus hombres en algún sitio de la casa. Las estrellas dicen que son pocos.

–Es más probable que sean una piara de cerdos que comerán animales enteros y beberán barriles de vino. Y te quejarás dos noches seguidas cuando calcules los gastos.

–Bueno, esta vez quizá no lo haga. A pesar de tu opinión, la cena ha de ser de lo más abundante.

–Oh, ya veo. –Le miró airadamente–. Eres muy amigo de esos bárbaros. Quizá ésta es la razón de que no me permitieras asistir a la entrevista. Quizá tu alma, un poco marchita, esté tramando volverse contra mi padre.

–De ninguna manera.

–Sí, debería creerte, ¿verdad? Si alguna vez hubo alguna mujer sacrificada por la política a un matrimonio insípido, ésa he sido yo. Hubiera podido conseguir un hombre más apropiado en las callejuelas y los caminos de barro de mi mundo.

–Bueno, ahora te diré una cosa, señora mía. Quizá te gustaría regresar a tu mundo. Sólo para conservar como recuerdo la parte de ti que conozco mejor, primero te podría cortar la lengua. Y –balanceó la cabeza, apreciativamente, hacia un lado– como toque final a tu belleza, las orejas y la punta de la nariz.

–No te atreverías, perrito faldero. Mi padre pulverizaría tu nación de juguete hasta convertirla en polvo meteórico. De hecho, podría hacerlo de todos modos, si le dijera que tratas con esos bárbaros.

–Humm. Bueno, no hay necesidad de amenazar. Eres libre de interrogar al hombre esta noche. Mientras tanto, señora, conserva la lengua tranquila.

–¿A tu disposición?

–Anda, toma esto, y no hables.

El cinturón quedó ceñido a su cintura y el collar le rodeó el cuello. Él mismo apretó el botoncito y retrocedió.

La comodora respiró profundamente y alzó las manos con rigidez. Tocó el collar con cuidado e inspiró de nuevo.

El comodoro se frotó las manos, satisfecho, y dijo:

–Puedes llevarlo esta noche… y te conseguiré más. *Ahora* no hables.

Y la comodora no habló.

7

Jaim Twer movía los pies. Dijo:

–¿Por qué frunce el ceño?

Hober Mallow dejó de cavilar.

–¿He fruncido el ceño? No lo pretendía.

–Ayer debió suceder alguna cosa..., quiero decir, aparte de la fiesta. –Con súbita convicción–. Mallow, hay problemas, ¿verdad?

–¿Problemas? No. Todo lo contrario. En realidad, estoy a punto de lanzar todo mi peso contra una puerta y encontrar que está abierta de par en par. Vamos a entrar en esa fundición de acero con demasiada facilidad.

–¿Teme alguna trampa?

–Oh, por el amor de Seldon, no sea melodramático. –Mallow reprimió su impaciencia y añadió, ya más calmado–: Es sólo que una entrada tan fácil significa que no hay nada que ver.

–Energía atómica, ¿eh? –reflexionó Twer–. Escuche, no hay ninguna prueba de que haya una economía basada en la energía atómica aquí en Korell. Y sería difícil enmascarar todos los signos de los amplios efectos que una tecnología fundamental como la energía atómica imprime a todas las cosas.

–No, si sólo está iniciándose, Twer, y siendo aplicada a la economía bélica. Sólo la encontrará en los astilleros y las fundiciones de acero.

–De modo que si allí no hay, es que...

–Es que no tienen... o no la enseñan. Tire una moneda a cara o cruz o adivínelo.

Twer meneó la cabeza.

–Me hubiera gustado estar con usted ayer.

–A mí también me hubiera gustado –dijo Mallow, inflexiblemente–. No tengo objeciones contra el apoyo moral. Por desgracia, fue el comodoro quien fijó los términos de la entrevista, y no yo. Y eso que hay ahí afuera debe ser el automóvil real que debe llevarnos a la fundición. ¿Tiene los aparatos?

–Todos.

La fundición era grande, y despedía un olor a decadencia que ninguna clase de reparaciones superficiales podía borrar completamente. Estaba vacía y en un estado de quietud muy poco natural, como debía ocurrir cuando acudían el comodoro y su corte.

Mallow había colocado el lingote de acero entre dos soportes con afectada indiferencia. Había tomado el instrumento que Twer le alargó y asía el mango de piel.

–El instrumento –dijo– es peligroso, pero también lo es una sierra circular. Lo único que hay que hacer es no acercar los dedos.

Y, mientras hablaba, dirigió la boca del aparato contra el lingote y la deslizó a lo largo de éste con suavidad. El lingote cayó al suelo cortado en dos.

Hubo un salto unánime, y Mallow se echó a reír. Recogió una de las mitades y la sujetó contra la rodilla.

–Puede ajustarse la longitud del corte exactamente hasta una centésima de milímetro, y una plancha de cincuenta milímetros se podría cortar por la mitad con la misma facilidad. Si ha comprobado la profundidad deseada, puede poner el lingote de acero sobre una mesa de madera y cortar el metal sin rayar la mesa.

Y a cada frase, la sierra atómica se movía, y una viruta de acero caía al suelo.

–Esto –dijo– es aserrar… el acero.

Echó la sierra hacia atrás.

–También puede emplearse como cepillo. ¿Quiere disminuir la anchura de un lingote, borrar una irregularidad, separar una parte corroída? ¡Mire!

Una delgada y transparente hoja de metal salió de la otra mitad del lingote original, primero de quince centímetros de anchura, después de veinte, y después de treinta.

–¿O como taladradora? Todo se basa en el mismo principio.

La gente se agolpaba a su alrededor. Podía parecer la exhibición de un prestidigitador, un mago, o una función de variedades realizada ante navegantes ansiosos. El comodoro Asper manoseaba virutas de acero. Altos funcionarios del gobierno se ponían de puntillas para mirar por encima del hombro de su vecino, y susurraban, mientras Mallow practicaba limpiamente agujeros a través de veinticinco milímetros de duro acero a cada toque de su taladradora atómica.

–Sólo una demostración más. Que alguien traiga dos trozos pequeños de tubo.

Un honorable chambelán de una cosa u otra se apresuró a obedecer en medio de la agitación general, y se ensució las manos como cualquier obrero.

Mallow las mantuvo en posición vertical y cortó los extremos con un solo golpe de la sierra, y después unió los tubos, por los extremos recién cortados.

¡Y fue un solo tubo! Los nuevos extremos, carentes incluso de irregularidades atómicas, formaban una pieza después de la juntura, que se realizó con un solo toque.

Entonces Mallow miró a sus espectadores, pronunció una palabra y se interrumpió. Sintió una profunda opresión en el pecho, y el estómago se le puso rígido y frío.

Los propios guardaespaldas del comodoro, en la confusión, habían logrado situarse en primera línea, y Mallow, por primera vez, pudo ver las extrañas armas portátiles con todo detalle.

¡Eran atómicas! No había equivocación posible; un arma no atómica con un cañón así era imposible. Pero eso no era lo más importante. No lo era en absoluto.

Las culatas de esas armas tenían, profundamente grabadas en oro viejo, ¡la nave espacial y el Sol!

La misma nave espacial y el Sol que había en todos los grandes volúmenes de la Enciclopedia original que la Fundación había empezado y aún no había terminado. *La misma nave espacial y el mismo Sol que habían decorado las banderas del imperio galáctico durante milenios.*

Mallow habló sin dejar de pensar:

–¡Comprueben el estado de este tubo! Es de una sola

pieza. No es perfecto, naturalmente, pues la juntura se ha hecho a mano.

No había necesidad de más números de prestidigitación. Todo había terminado. Mallow se daba por satisfecho. No pensaba más que en una sola cosa. El globo de oro con sus rayos convencionales, y la figura oblicua en forma de cigarro que era una nave espacial.

¡La nave espacial y el Sol del Imperio!

¡El Imperio! ¡Las palabras se repetían una y otra vez! Había pasado un siglo y medio, pero todavía existía el Imperio, en algún lugar olvidado de la Galaxia. Y estaba emergiendo de nuevo hacia la Periferia.

¡Mallow sonrió!

9

La *Estrella Lejana* hacía dos días que estaba en el espacio, cuando Hober Mallow, en su camarote particular con el teniente Drawt, le entregaba un sobre, un rollo de microfilme y un esferoide plateado.

—Dentro de una hora a partir de este momento, teniente, será usted capitán de la *Estrella Lejana*, hasta mi regreso… o para siempre.

Drawt hizo ademán de levantarse, pero Mallow le indicó con un gesto que permaneciera sentado.

—No se mueva, y escuche. El sobre contiene la localización exacta del planeta hacia el cual ha de dirigirse. Allí, me esperará dos meses. Si antes de que transcurran los dos meses la Fundación le localiza, el microfilme es mi informe del viaje.

»Si, por el contrario —y su voz era sombría—, *no* regreso al cabo de dos meses, y las naves de la Fundación no le localizan, diríjase al planeta Términus, y entregue la Cápsula de Tiempo como informe. ¿Lo comprende?

—Sí, señor.

—En ningún momento, usted, o cualquiera de los hombres, ampliarán en ningún sentido mi informe oficial.

—¿Y si nos interrogan, señor?

—Entonces, no saben nada.

—Sí, señor.

La entrevista terminó, y cincuenta minutos más tarde un bote salvavidas apareció al costado de la *Estrella Lejana*.

10

Onum Barr era viejo, demasiado para asustarse. Desde los últimos disturbios, había vivido solo en las afueras con los libros que salvara de las ruinas. No tenía nada que temer, y menos por los gastados restos de su vida, de modo que se enfrentó con el intruso sin alterarse.

—Tenía la puerta abierta —explicó el desconocido.

Su acento era seco y duro, y Barr no dejó de notar la extraña arma portátil de acero azul que colgaba de su cadera. A la media luz de la reducida habitación, Barr vio el brillo de un campo de fuerza que rodeaba al hombre.

Dijo, con cansancio:

—No hay razón para tenerla cerrada. ¿Desea algo de mí?

—Sí. —El desconocido permaneció de pie en el centro de la estancia. Era alto y corpulento—. Su casa es la única que hay por los alrededores.

—Es un lugar desolado —convino Barr—, pero hay una ciudad hacia el este. Puedo mostrarle el camino.

—Dentro de un rato. ¿Puedo sentarme?

—Si las sillas le sostienen —dijo el anciano, gravemente—. También son viejas. Reliquias de una juventud mejor.

El extranjero dijo:

—Me llamo Hober Mallow. Soy de una provincia lejana.

Barr asintió y sonrió.

—Su modo de hablar me lo ha revelado hace ya rato. Yo soy Onum Barr de Siwenna... y antiguo patricio del imperio.

–Y esto *es* Siwenna. Sólo tuve viejos planos para guiarme.

–Tenían que haber sido realmente muy viejos para que la posición de las estrellas hubiera cambiado.

Barr estaba sentado, inmóvil, mientras los ojos del otro vagaban soñadoramente. Observó que el campo de fuerza atómica se había desvanecido de su alrededor y admitió secamente para sí que su persona ya no parecía formidable a los desconocidos... o incluso, para bien o para mal, a sus enemigos.

Dijo:

–Mi casa es pobre y mis recursos, pocos. Puede usted compartir lo que tengo si su estómago resiste el pan negro y el maíz seco.

Mallow meneó la cabeza.

–No, ya he comido y no puedo quedarme. Todo lo que necesito es que me indique cómo llegar al centro del Gobierno.

–Eso es muy fácil. ¿Se refiere usted a la capital del planeta, o del Sector Imperial?

El hombre joven entrecerró los ojos.

–¿No son las dos lo mismo? ¿No es esto Siwenna?

El viejo patricio asintió lentamente.

–Siwenna, sí. Pero Siwenna ya no es la capital del Sector Normánico. Su viejo mapa estaba equivocado, después de todo. Las estrellas pueden no cambiar en siglos, pero las fronteras políticas son demasiado inestables.

–Es un verdadero contratiempo. Enorme. ¿Está la nueva capital muy lejos?

–Está en Orsha II. A veinte parsecs de aquí. Su mapa le servirá. ¿Es muy viejo?

–Tiene ciento cincuenta años.

–¿Tanto? –El anciano suspiró–. La historia ha cambiado mucho desde entonces. ¿Sabe algo al respecto?

Mallow negó lentamente con la cabeza.

–Es usted afortunado –dijo Barr–. Ha sido un tiempo muy malo para las provincias, excepto durante el reinado de Stannell VI, y él murió hace cincuenta años. Desde entonces, la rebelión y la ruina, la ruina y la rebelión. –Barr se preguntó si estaría hablando demasiado. Llevaba una vida muy solitaria, y tenía muy pocas oportunidades de hablar con alguien.

Mallow dijo, con súbita agudeza:

–La ruina, ¿eh? Lo dice usted como si la provincia estuviera empobrecida.

–Quizá no en términos absolutos. Los recursos físicos de veinticinco planetas de primera categoría tardan mucho tiempo en agotarse. Sin embargo, en comparación con el siglo pasado, hemos caído muy abajo… y aún no hay signos de recuperación. ¿Por qué está tan interesado en todo esto, joven? ¡Es usted muy vivo y sus ojos brillan!

El comerciante estuvo a punto de sonrojarse, cuando los mortecinos ojos parecieron adentrarse demasiado en los suyos y sonreír ante lo que vieron.

Dijo:

–Soy un comerciante de fuera… del borde de la Galaxia. He localizado algunos mapas viejos, y pretendo abrir nuevos mercados. Naturalmente, me preocupa oír hablar de provincias empobrecidas. No se puede ganar dinero en un mundo que no tenga riquezas. Vamos a ver, ¿cómo está Siwenna, por ejemplo?

El anciano se inclinó hacia adelante.

–No podría decírselo. Quizá no esté tan mal. ¿Pero dice que *usted* es un comerciante? Parece más bien un guerrero. No aparta la mano del arma y tiene una cicatriz en la mejilla.

Mallow sacudió la cabeza.

–No hay mucha ley en el lugar de donde vengo. La lucha y las cicatrices forman parte de los gastos generales de un comerciante. Pero la lucha sólo es útil cuando hay dinero al final, y si puedo conseguirlo sin ella, es mucho más cómodo. ¿Encontraré aquí el dinero suficiente como para que valga la pena luchar? Apuesto a que no me será difícil verme envuelto en la lucha.

–Nada difícil –convino Barr–. Podría unirse a los remanentes de Wiscard en las Estrellas Rojas. Sin embargo, no sé si esto puede llamarse lucha o piratería. O podría unirse a nuestro gracioso virrey actual…, gracioso por derecho a asesinato, pillaje, rapiña, y la palabra de un joven emperador, legalmente asesinado. –Las fláccidas mejillas del patricio enrojecieron. Sus ojos se cerraron y después volvieron a abrirse, brillantes como los de un pájaro.

–No parece muy amigo del virrey, patricio Barr –dijo Mallow–. ¿Y si yo fuera uno de sus espías?

–¿Y qué si lo es? –replicó Barr, amargamente–. ¿Qué puede llevarse? –Hizo un gesto señalando el interior desnudo de la destartalada mansión.

–Su vida.

–Me abandonaría con bastante facilidad. Hace demasiados años que está conmigo. Pero usted *no* es uno de los hombres del virrey. Si lo fuera, quizá mi instintivo sentido de la preservación me mantendría la boca cerrada.

–¿Cómo lo sabe?

El anciano se echó a reír.

–Parece como si sospechara. Vamos, apostaría algo a que cree que estoy tratando de hacerle caer en una trampa para denunciarle al Gobierno. No, no. Me he retirado de la política.

–¿Que se ha retirado de la política? ¿Se retira un hombre de eso alguna vez? ¿Cuáles han sido las palabras que ha empleado para describir al virrey? Asesinato, pillaje, y todo eso. No parecía objetivo. No exactamente. No como si se hubiera retirado de la política.

El anciano se encogió de hombros.

–Los recuerdos aguijonean al llegar súbitamente. ¡Escuche! ¡Juzgue por sí mismo! Cuando Siwenna era la capital de la provincia, yo era patricio y miembro del senado provincial. Mi familia era antigua y distinguida. Uno de mis bisabuelos había sido… No, eso no importa. Las glorias pasadas son un pobre alimento.

–Lo comprendo –dijo Mallow–; hubo una guerra civil, o una revolución.

El rostro de Barr se ensombreció.

–Las guerras civiles son crónicas en estos días de degeneración, pero Siwenna se había mantenido aparte. Bajo

Stannell VI, casi había alcanzado su antigua prosperidad. Pero siguieron unos emperadores débiles, y emperadores débiles significan virreyes fuertes, y nuestro último virrey, el mismo Wiscard cuyos secuaces todavía hacen presa en el comercio entre las Estrellas Rojas, deseaba la púrpura imperial. No era el primero que lo hacía. Y si hubiera triunfado, no hubiera sido el primero en hacerlo.

»Pero fracasó. Pues cuando el almirante del emperador se acercaba a la provincia al frente de su flota, la misma Siwenna se rebeló contra su virrey rebelde. —Se interrumpió, tristemente.

Mallow se encontró sentado en el borde de la silla, escuchando con atención, y se relajó lentamente.

—Continúe, señor, por favor.

—Gracias —dijo Barr, con cansancio—. Es usted muy amable al seguir el humor de un anciano. Se rebelaron; o debería decir, *nos* rebelamos, pues yo era uno de los jefes menores. Wiscard se fue de Siwenna, poco antes de que pudiéramos atraparle, y el planeta, y con él la provincia, abrió sus puertas al almirante con un gesto de lealtad hacia el emperador. No estoy seguro de por qué lo hicimos. Quizá nos sintiéramos leales hacia el símbolo, si no hacia la persona, del emperador… un niño vicioso y cruel. Quizá temiéramos los horrores de un asedio.

—¿Y bien? —apremió Mallow, amablemente.

—Bueno —fue la triste respuesta—, aquello no bastó al almirante. Quería la gloria de conquistar una provincia rebelde y sus hombres ansiaban el botín que tal conquista implicaría. De modo que, mientras la gente seguía reunida en todas las ciudades grandes, aclamando al emperador y su almirante, ocupó todos los centros armados, y después ordenó atacar a la población con armas atómicas.

—¿Con qué pretexto?

—Con el pretexto de que se habían rebelado contra su virrey, ungido por el emperador. Y el almirante se convirtió en el nuevo virrey, por virtud de un mes de masacre, pillaje y completo horror. Yo tenía seis hijos. Cinco murieron… de distintas formas. Tenía una hija. *Espero* que

223

muriera, eventualmente. *Yo* me escapé porque era viejo. Vine aquí, demasiado viejo incluso para preocupar a nuestro virrey. –Inclinó su cabeza gris–. No me dejaron nada, porque había contribuido a expulsar a un gobernador rebelde y privado a un almirante de su gloria.

Mallow permaneció silencioso y esperó.

–¿Qué pasó con su sexto hijo? –preguntó luego dulcemente.

–¿Eh? –Barr sonrió amargamente–. Está a salvo, pues se ha unido al almirante como un soldado corriente bajo un nombre supuesto. Es artillero en la flota personal del virrey. Oh, no, veo lo que expresan sus ojos. No es un hijo desnaturalizado. Me visita cuando puede y me da lo que puede. Me mantiene con vida. Y algún día, nuestro gran y glorioso virrey se arrastrará hasta la muerte, y será mi hijo el que le ejecute.

–¿Y explica esto a un desconocido? Pone en peligro a su hijo.

–No. Le ayudo, al introducir a un nuevo enemigo. Y si yo fuera amigo del virrey, le diría que desplegara todas su naves hacia el espacio exterior, y limpiara hasta el borde de la Galaxia.

–¿No hay naves allí?

–¿Ha encontrado alguna? ¿Le ha dificultado la entrada alguna guardia espacial? Con muy pocas naves, y las provincias fronterizas llenas de intriga e iniquidad, no se puede malgastar ni una sola para guardar los soles bárbaros exteriores. No nos había amenazado ningún peligro desde el fragmentado borde de la Galaxia... hasta que *usted* llegó.

–¿Yo? Yo no represento ningún peligro.

–Habrá más después de usted.

Mallow meneó la cabeza lentamente.

–No estoy seguro de comprenderle.

–¡Escuche! –Había una entonación febril en la voz del anciano–. Le he conocido en el momento de entrar. Tiene un campo de fuerza alrededor del cuerpo, o lo tenía cuando lo he visto por primera vez.

Un silencio lleno de duda, después:

–Sí…, lo tenía.

–Bien. Eso fue un error, pero usted no lo sabía. Sé algunas cosas. En estos días de decadencia no está de moda ser culto. Los acontecimientos se suceden con gran rapidez y el que no lucha contra la marea con armas atómicas es barrido para siempre, como yo lo fui. Pero yo era instruido, y sé que en toda la historia de la energía atómica nunca se ha inventado un campo de fuerza portátil. Tenemos campos de fuerzas… enormes, capaces de proteger a una ciudad, o incluso una nave, pero no a un solo hombre.

–¡Ah! –Mallow frunció los labios–. ¿Y qué deduce de todo eso?

–Ha habido historias que se han filtrado a través del espacio. Viajan por extraños caminos y se deforman a cada parsec…, pero cuando yo era joven había una pequeña nave de extraños hombres, que no conocían nuestras costumbres y no podían decir de dónde procedían. Hablaron de unos magos existentes al borde de la Galaxia; magos que brillaban en la oscuridad, que volaban sin ayuda por el aire, y a quienes las armas no afectaban en modo alguno.

»Nos reímos. Yo también me reí. Lo había olvidado hasta hoy. Pero usted brilla en la oscuridad, y no creo que mi pistola, si tuviera una, le hiriera. Dígame, ¿puede volar por el aire tal como está sentado ahora?

Mallow dijo, con calma:

–No puedo hacer nada de todo eso.

Barr sonrió.

–Me alegra la respuesta. Yo no examino a mis huéspedes. Pero si hay magos, si *usted* es uno de ellos, puede haber algún día un gran influjo suyo, o de usted. Quizá eso fuera lo mejor. Quizá necesitemos sangre nueva. –Después, murmuró algo para sí y prosiguió–: Pero también funciona del otro modo. Nuestro nuevo virrey también sueña, como lo hacía nuestro viejo Wiscard.

–¿También con la corona del emperador?

Barr asintió.

–Mi hijo oye rumores. En el séquito personal del virrey, es imposible evitarlos. Y me los cuenta. Nuestro nuevo virrey no rehusaría la corona si se la ofrecieran, pero conserva su línea de retirada. Algunas historias dicen que, a falta de las alturas imperiales, planea erigir un nuevo imperio en las regiones bárbaras. Se dice, pero yo no lo juraría, que ya ha dado a una de sus hijas como esposa a un reyezuelo de algún lugar de la Periferia, no marcado en los mapas.

–Si uno prestara oídos a todas las historias...

–Lo sé. Hay muchas más. Soy viejo y digo tonterías. Pero, ¿qué dice usted? –Y aquellos penetrantes y ancianos ojos le examinaron fijamente.

El comerciante reflexionó.

–No digo nada. Pero me gustaría preguntarle algo. ¿Tiene Siwenna energía atómica? No, espere, sé que posee el conocimiento de la energía atómica. A lo que me refiero es a si tienen generadores de energía intactos, o si los destruyó el reciente saqueo.

–¡Destruirlos! Oh, no. Medio planeta hubiera sido arrasado antes de tocar la estación de energía más insignificante. Son irreemplazables y abastecen la energía de las naves. –Casi con orgullo, añadió–: Tenemos las más grandes y mejores en este sector aparte del mismo Trántor.

–¿Qué tendría que hacer primero para ver esos generadores?

–¡Nada! –contestó Barr, con decisión–. No podría acercarse a ningún centro militar sin que le dispararan inmediatamente. Nadie podría hacerlo. Siwenna aún carece de derechos civiles.

–¿Quiere decir que todas las estaciones de energía están a cargo de los militares?

–No. Hay las estaciones de ciudades pequeñas, las que suministran la energía para calentar e iluminar las casas, vehículos, y demás. Ésas son casi peor. Están controladas por los técnicos.

–¿Quiénes son?

–Un grupo especializado que supervisa las plantas de energía. El honor es hereditario, y los jóvenes empiezan como aprendices de la profesión. Estricto sentido del deber, honor, y todo eso. Nadie más que un técnico podría entrar en una estación.

–Comprendo.

–Sin embargo –añadió Barr–, yo no digo que no haya habido casos en que los técnicos se hayan dejado sobornar. En los días en que tuvimos nueve emperadores en cincuenta años y siete de ellos fueron asesinados... cuando todos los capitanes espaciales aspiran a la usurpación de un virreinato, y todos los virreyes al imperio, supongo que incluso un técnico puede dejarse comprar con dinero. Pero se requeriría mucho, y yo no tengo nada. ¿Tiene usted?

–¿Dinero? No. ¿Pero acaso sólo se soborna con dinero?

–¿Con qué otra cosa, si el dinero compra todo lo demás?

–Hay muchas cosas que el dinero no puede comprar. Ahora le agradecería que me dijera dónde se encuentra la ciudad más próxima con una de la estaciones, y cuál es el mejor modo de llegar a ella.

–¡Espere! –Barr extendió sus delgadas manos–. ¿Adónde va con tanta prisa? *Yo* no le hago preguntas. Pero en la ciudad, donde los habitantes aún son considerados rebeldes, sería detenido por el primer soldado o guardia que oyera su acento o viera su ropa.

Se puso en pie y de una vieja cómoda extrajo una libreta.

–Mi pasaporte... falso. Me escapé con él.

Lo puso en manos de Mallow y le hizo cerrar los dedos sobre él.

–La descripción no coincide, pero si usted lo enseña, hay muchas posibilidades de que no lo miren demasiado.

–¿Y usted? Se quedará sin ninguno.

El viejo exiliado se encogió cínicamente de hombros.

–¿Y qué? Y otra precaución. ¡Cuidado con la lengua! Su acento es bárbaro, sus expresiones muy peculiares, y a cada momento suelta usted los arcaísmos más sorprendentes. Cuanto menos hable, menos sospechas levantará. Ahora le diré cómo llegar a la ciudad...

Cinco minutos después, Mallow se había ido.

No se volvió más que una vez, un momento, hacia la casa del viejo patricio, antes de irse definitivamente. Y cuando Onum Barr salió a su pequeño jardín al día siguiente, encontró una caja a sus pies. Contenía provisiones, provisiones concentradas como se encuentran a bordo de una nave, y tenían un gusto y una preparación desconocidos para él.

Pero eran buenas, y duraron mucho tiempo.

11

El técnico era bajo, y su piel brillaba debido a la obesidad. Llevaba flequillo y el cráneo le relucía con un matiz rosado. Los anillos de sus dedos eran gruesos y pesados, su ropa estaba perfumada, y era el primer hombre que Mallow había encontrado en el planeta que no tenía aspecto de pasar hambre.

El técnico frunció los labios con displicencia.

–Vamos, dese prisa. Tengo cosas de gran importancia que hacer. Parece usted extranjero… –Parecía evaluar el traje de Mallow, completamente distinto del de los siwenneses y sus ojos se llenaron de sospechas.

–No soy de la vecindad –dijo Mallow, tranquilamente–, pero este asunto no tiene importancia. Ayer tuve el honor de enviarle un pequeño regalo…

La nariz del técnico se arrugó.

–Lo recibí. Es un juguete muy interesante. Puede que lo use alguna vez.

–Tengo otros regalos más interesantes. No pertenecen a la categoría de los juguetes.

–¿Sí? –La voz del técnico se demoró pensativamente en el monosílabo–. Me parece que ya preveo el curso de la entrevista; ya ha ocurrido otras veces. Va a ofrecerme cualquier bagatela. Unos cuantos créditos, quizá una capa, una joya de segunda categoría; cualquier cosa que su pequeña alma crea suficiente para corromper a un técnico.

–Frunció el labio inferior con beligerancia–. Y sé lo que usted quiere a cambio. Ha habido otros que han tenido la misma idea brillante. Quiere ser adoptado en nuestro clan. Quiere que le enseñemos los misterios de la energía atómica y el cuidado de las máquinas. Usted piensa que porque ustedes, perros de Siwenna, y probablemente se finje usted extranjero para estar a salvo, están siendo castigados diariamente por su rebelión, podrían librarse del castigo que se merecen acumulando sobre ustedes los privilegios y protecciones del gremio de los técnicos.

Mallow hubiera hablado, pero el técnico elevó el tono de voz hasta convertirlo en un rugido.

–Y ahora váyase antes de que informe de su nombre al protector de la ciudad. ¿Creía usted que traicionaría la confianza depositada en mí? Los traidores siwenneses que me precedieron... ¡quizá! Pero ahora trata con una raza diferente. ¡Por la Galaxia, me maravillo de no matarle yo mismo y en este mismo momento con mis propias manos!

Mallow sonrió para sí. Todo el discurso era evidentemente artificial en tono y contenido, de modo que toda la digna indignación degeneró en una farsa poco inspirada.

El comerciante miró humorísticamente las dos fláccidas manos a las que el otro acababa de aludir como sus posibles verdugos y dijo:

–Su Sabiduría está equivocado en tres puntos. Primero, no soy un criado del virrey que ha sido enviado para probar su lealtad. Segundo, mi regalo es algo que el emperador mismo, en todo su esplendor, no posee ni poseerá nunca. Tercero, lo que quiero a cambio es muy poco; casi nada; una tontería.

–¡Eso es lo que usted dice! –El tono pasó a ser de grave sarcasmo–. Vamos a ver, ¿cuál es esa donación imperial que su poder infinito desea regalarme? Algo que el emperador no tiene, ¿eh? –Estalló en un agudo graznido de burla.

Mallow se levantó y empujó la silla hacia un lado.

–He esperado tres días para verle, Su Sabiduría, pero la

exhibición soló durará tres segundos. Si quisiera coger la pistola cuya culata veo muy cerca de su mano...

—¿Eh?

—Y dispararme, se lo agradeceré.

—¿*Qué?*

—Si yo muero, puede decir a la policía que traté de sobornarle para que traicionara secretos del gremio. Recibirá grandes alabanzas. Si no muero, puede quedarse con mi escudo.

Por primera vez, el técnico se dio cuenta de la iluminación débilmente blanca que rodeaba a su visitante, como si se hubiera sumergido en polvos de perla. Levantó la pistola al nivel deseado y guiñando un ojo, cerró el contacto.

Las moléculas de aire apresadas en la súbita oleada de desintegración atómica se desmembraron en resplandecientes, ardientes iones; el rayo trazó una línea muy fina que llegó al corazón de Mallow... ¡y salió despedido!

Mientras la tranquila mirada de Mallow permanecía inmutable, las fuerzas atómicas que le rodeaban se consumieron contra aquella frágil y nacarada iluminación, y se desvanecieron en la luz del mediodía.

La pistola del técnico cayó al suelo con un ruido que pasó desapercibido.

Mallow dijo:

—¿Tiene el emperador un escudo de fuerza personal? *Usted* puede tener uno.

El técnico murmuró:

—¿Es usted un técnico?

—No.

—Entonces... ¿dónde ha obtenido eso?

—¿Qué importa? —Mallow estaba fríamente airado—. ¿Lo quiere? —Una delgada cadena de eslabones cayó sobre la mesa—. Aquí está.

El técnico se apresuró a cogerla y tocarla nerviosamente.

—¿Está completa?

—Completa.

—¿Dónde está la energía?

El dedo de Mallow cayó sobre el eslabón más grande, recubierto por un estuche de plomo.

El técnico levantó la vista, y su rostro estaba congestionado por la sangre.

—Señor, soy un técnico de grado superior. Tengo veinte años a mis espaldas como supervisor y estudié con el gran Bler en la Universidad de Trántor. Si usted tiene la desfachatez de decirme que en un pequeño espacio del tamaño de... una nuez, hay un generador atómico, estará ante el protector dentro de tres segundos.

—Explíquelo usted mismo, si puede. Yo digo que está completo.

El rubor del técnico se desvaneció lentamente al colocarse la cadena alrededor de la cintura y, siguiendo el ademán de Mallow, apretó el eslabón. La irradiación que le rodeó centelleó con luz mortecina. Lentamente, ajustó su desintegrador hasta un mínimo de fuego.

Y entonces, convulsivamente, cerró el circuito y el fuego atómico se precipitó contra su mano, sin hacerle daño.

Gritó:

—¿Y si ahora le disparo, y me quedo el escudo?

—¡Inténtelo! —dijo Mallow—. ¿Cree que le he dado el único que tengo? —Y él estaba, asimismo, sólidamente envuelto en luz.

El técnico soltó una risita nerviosa. La pistola cayó sobre la mesa. Dijo:

—¿Y qué es esa nadería, esta tontería que quiere a cambio?

—Quiero ver sus generadores.

—Usted sabe que está prohibido. Significaría la expulsión al espacio para los dos...

—No quiero tocarlos ni tener nada que ver con ellos. *Quiero* verlos... desde lejos.

—¿Si no?

—Si no, usted tiene su escudo, pero yo tengo otras cosas. Por ejemplo, una pistola especialmente diseñada para atravesar ese escudo.

—Humm. —El técnico desvió la mirada—. Venga conmigo.

12

La casa del técnico era una construcción de dos pisos en las afueras del enorme amontonamiento cúbico y sin ventanas que ocupaba el centro de la ciudad. Mallow pasó de uno a otro sitio por un pasadizo subterráneo, y se encontró en la silenciosa atmósfera con olor a ozono de la central de energía.

Durante quince minutos, siguió a su guía y no dijo nada. Sus ojos no se perdieron nada. Sus dedos no tocaron nada. Y después, el técnico dijo con voz ahogada:

–¿Ha tenido bastante? No podría confiar en mis subordinados en *este* caso.

–¿Lo hace alguna vez? –preguntó irónicamente Mallow–. He tenido bastante.

Volvieron al despacho y Mallow preguntó, pensativamente:

–¿Y todos esos generadores están en sus manos?

–Todos –dijo el técnico, con más de un poco de complacencia.

–¿Y los mantiene en funcionamiento y buen estado?

–¡En efecto!

–¿Y si se estropean?

El técnico meneó la cabeza con indignación.

–No se estropean. Nunca se estropean. Fueron construidos para toda la eternidad.

–La eternidad es mucho tiempo. Suponga que...

–No es científico suponer casos absurdos.

–Muy bien. ¿Y si yo redujera una parte vital a la nada? Supongo que las máquinas no son inmunes a las fuerzas atómicas, ¿verdad? ¿Y si fundo una conexión vital, o destrozo un tubo D de cuarzo?

–Bueno, entonces –gritó el técnico, furiosamente–, le mataríamos.

–Sí, lo sé –repuso Mallow, gritando también–, pero ¿y el generador? ¿Podríamos repararlo?

–Señor –dijo el técnico, furioso–, ha tenido lo que solicitaba. Ha sido un intercambio justo. ¡Ahora váyase! ¡No le debo nada más!

Mallow se inclinó con satírico respeto y se fue.

Dos días después se hallaba de nuevo en la base donde la *Estrella Lejana* esperaba para volver con él a Términus.

Y dos días después el escudo del técnico se quedó sin energía, y a pesar de su asombro y sus maldiciones nunca volvió a brillar.

13

Mallow descansó por primera vez en seis meses. Se hallaba tendido sobre la espalda en el solario de su nueva casa, completamente desnudo. Sus grandes brazos morenos estaban extendidos hacia arriba; los músculos se marcaban en la flexión, y después se borraban en reposo.

El hombre que estaba junto a él puso un cigarro entre los dientes de Mallow y se lo encendió. Encendió otro para sí y dijo:

—Debe de estar agotado. Quizá necesite un largo descanso.

—Quizá sí, Jael, pero prefiero descansar en el asiento del Consejo. Porque voy a tener ese asiento, y usted va a ayudarme.

Ankor Jael enarcó las cejas y dijo:

—¿Cómo me habré metido en esto?

—Se ha metido de una forma muy obvia. En primer lugar es usted un viejo zorro. En segundo lugar, fue expulsado de su asiento del gabinete por Jorane Sutt, el mismo muchacho que preferiría perder un ojo a verme en el Consejo. No confía mucho en mis posibilidades, ¿verdad?

—No mucho —convino el ex ministro de Educación—. Es usted smyrniano.

—Eso no constituye ninguna barrera legal. He tenido una educación laica.

—¿Desde cuándo los prejuicios siguen otra ley que no sea la suya? ¿Y qué hay de ese hombre suyo… ese Jaim Twer? ¿Qué es lo que *él* dice?

–Habló de meterme en el Consejo hace ya casi un año –contestó Mallow con desenvoltura–, pero lo he superado. En cualquier caso, él no lo hubiera conseguido. No es bastante profundo. Es ruidoso y tenaz..., pero eso sólo es una expresión de valor perjudicial. Yo estoy decidido a dar un golpe maestro. Le necesito.

–Jorane Sutt es el político más listo del planeta y estará en contra de usted. No creo que yo sea capaz de desbancarlo. Y no creo que él no luche con todas sus fuerzas, y suciamente.

–Tengo dinero.

–Eso siempre ayuda. Pero se necesita mucho para eliminar los prejuicios contra un... sucio smyrniano.

–Tendré mucho.

–Bueno, pensaré en ello. Pero no se le ocurra encabritarse sobre las patas traseras y cacarear que yo le di ánimos. ¿Quién viene?

Mallow puso un rictus compungido, y dijo:

–Me parece que es el mismo Jorane Sutt. Llega temprano, y puedo comprenderlo. Hace unos meses que le doy esquinazo. Mire, Jael, entre en la habitación de al lado, y conecte el altavoz. Quiero que escuche.

Ayudó al miembro del Consejo a salir de la habitación con un empujón de su pie descalzo, y después se puso en pie y se cubrió con una túnica de seda. La luz solar sintética se redujo a una intensidad normal.

El secretario del alcalde entró rígidamente, mientras el solemne mayordomo cerraba la puerta tras él sin hacer ruido.

Mallow se abrochó el cinturón y dijo:

–Siéntese donde quiera, Sutt.

Sutt se limitó a esbozar una ligera sonrisa. La silla que escogió era cómoda, pero no se apoltronó en ella. Desde el borde, dijo:

–Si establece sus condiciones, iremos directamente al grano.

–¿Qué condiciones?

–¿Quiere que le vaya detrás? Muy bien, entonces, por

ejemplo, ¿qué hizo en Korell? Su informe era incompleto.

–Se lo di hace meses. Entonces se mostró usted satisfecho.

–Sí. –Sutt se rascó pensativamente la frente con un dedo–. Pero desde entonces sus actividades han sido significativas. Sabemos lo que está haciendo, Mallow. Sabemos exactamente cuántas fábricas ha montado; con cuánta prisa lo hace; y cuánto le cuesta. Y este palacio que tiene –miró a su alrededor con fría apreciación–, que representa considerablemente más que mi salario anual; y una faja que ha estado cortando… una faja muy considerable y cara… a través de las capas superiores de la sociedad de la Fundación.

–¿De verdad? Aparte de demostrar que emplea usted a espías competentes, ¿qué otra cosa prueba?

–Prueba que tiene un dinero que hace un año no tenía. Y esto puede probar cualquier cosa… por ejemplo, que en Korell pasaron muchísimas cosas de las que no sabemos nada. ¿De dónde obtiene el dinero?

–Mi querido Sutt, no esperará realmente que se lo diga.

–No.

–Ya me lo parecía. Por eso voy a decírselo. Viene directamente de las arcas del tesoro del comodoro de Korell.

Sutt parpadeó.

Mallow sonrió y prosiguió:

–Desgraciadamente para usted, el dinero es legítimo. Soy maestro comerciante y el dinero que recibí fue cierta cantidad de hierro forjado y cromita a cambio de cierto número de chucherías que logré proporcionarle. El cincuenta por ciento de los beneficios me corresponde por contrato hecho con la Fundación. La otra mitad pasa al gobierno a fin de año, cuando todos los buenos ciudadanos pagan sus impuestos.

–En su informe no había ninguna alusión a un convenio comercial.

–Tampoco había alusiones a lo que tomé aquel día para desayunar, o al nombre de mi amante de turno, o a cualquier otro detalle sin importancia. –La sonrisa de Mallow se volvió sardónica–. Fui enviado, según sus propias palabras, para mantener los ojos abiertos. No los cerré ni un solo momento. Usted quería averiguar lo que sucedió con las naves mercantes de la Fundación que habían sido capturadas. No las vi ni oí hablar de ellas. Usted quería averiguar si Korell tenía energía atómica. Mi informe habla de las pistolas atómicas que poseen los guardias particulares del comodoro. No vi nada más. Y las pistolas que vi son reliquias del viejo imperio, y pueden ser piezas de museo que, a mi entender, no funcionan.

»Así pues, obedecí las órdenes, pero aparte de esto era, y soy, un agente libre. Según las leyes de la Fundación, un maestro comerciante está autorizado a abrir todos los mercados que pueda, y recibir de ellos su mitad legal de los beneficios. ¿Cuáles son sus objeciones? No las veo.

Sutt volvió los ojos cuidadosamente hacia la pared y habló con una difícil falta de cólera.

–La costumbre general de todos los comerciantes es introducir la religión con su comercio.

–Me adhiero a la ley, no a la costumbre.

–Hay veces en que la costumbre prevalece sobre la ley.

–Entonces recurra a los tribunales.

Sutt alzó unos sombríos ojos que parecieron meterse en sus cuencas.

–Al fin y al cabo, usted es smyrniano. Parece ser que la naturalización y la educación no pueden borrar las taras de la sangre. Escuche, y trate de comprenderme:

»Esto va más allá del dinero, o los mercados. Tenemos la ciencia del gran Hari Seldon para demostrar que el futuro imperio de la Galaxia depende de nosotros, y no podemos desviarnos del curso que conduce a ese imperio. Nuestra religión es el instrumento más importante que tenemos para lograr este objetivo. Con ella hemos puesto a los Cuatro Reinos bajo nuestro control, incluso en un momento que podían aplastarnos. Es el instrumento más poderoso que se conoce para controlar hombres y mundos.

»La razón primaria para el desarrollo del comercio y los comerciantes fue introducir y expandir la religión con más rapidez, y asegurarnos de que la introducción de las nuevas técnicas y la nueva economía estaría sujeta a nuestro control concienzudo y profundo.

Hizo una pausa para recobrar el aliento, y Mallow repuso sosegadamente:

–Conozco la teoría. La comprendo muy bien.

–¿De verdad? Es más de lo que esperaba. Entonces ya ve, naturalmente, que su intento de comerciar por comerciar, con producción en serie de cosas sin valor que sólo pueden afectar superficialmente a la economía mundial, por el divorcio de la energía atómica del control religioso, sólo puede acabar con el derrumbamiento y la negación completa de la política que ha tenido éxito durante un siglo.

–Tiempo más que suficiente –dijo Mallow con indiferencia– para una política fuera de época, peligrosa e imposible. Por más que su religión haya triunfado en los Cuatro Reinos, apenas otro reino de la Periferia la ha aceptado. Cuando nos hicimos con el control de los Reinos, había suficiente número de exiliados para expandir la historia de cómo Salvor Hardin utilizó al clero y la superstición del pueblo para derribar la independencia y el poder de los monarcas seculares. Y si esto no bastara, el caso de Askone de hace dos décadas lo habría demostrado con toda claridad. Ahora no hay un solo gobernante en toda la Periferia que no se dejara cortar el cuello antes que permitir a un sacerdote de la Fundación que entrara en el territorio.

»No propongo obligar a Korell o a cualquier otro mundo exterior a aceptar algo que no quieren. No, Sutt. Si la energía atómica los hace peligrosos, una sincera amistad por medio del comercio será mil veces mejor que una odiada supremacía basada en un poder espiritual extranjero, que, en cuanto se debilite un poco, se derrumbará completamente y no dejará nada sustancial excepto un temor y un odio inmortal.

Sutt dijo cínicamente:

–Muy bien planteado. Así que, para volver al punto inicial de la charla, ¿cuáles son sus condiciones? ¿Qué quiere para intercambiar sus ideas por las mías?

–¿Cree que mis convincciones están en venta?

–¿Por qué no? –fue la fría respuesta–. ¿No es éste su negocio, comprar y vender?

–Sólo con beneficios –dijo Mallow, sin ofenderse–. ¿Puede ofrecerme más de lo que estoy obteniendo ahora?

–Podría tener los tres cuartos de los beneficios, en vez de la mitad.

Mallow soltó una carcajada.

–Una magnífica oferta. La totalidad del comercio en sus condiciones representaría una décima parte de lo que obtengo ahora. Pruebe otra vez.

–Puede tener un asiento en el Consejo.

–Lo tendré de todos modos, sin usted y a pesar de usted.

Con un rápido movimiento, Sutt blandió el puño.

–También puede salvarse de una pena de prisión. De viente años, si no me equivoco. Considere el beneficio que representaría.

–Ningún beneficio, a menos que pueda llevar a cabo tal amenaza.

–Será un proceso por asesinato.

–¿De quién? –preguntó Mallow, airadamente,

La voz de Sutt era dura, aunque no más alta que antes.

–El asesinato de un sacerdote anacreontiano, al servicio de la Fundación.

–¿Conque ésas tenemos ahora? ¿Qué pruebas tiene?

El secretario del alcalde se inclinó hacia adelante.

–Mallow, no bromeo. Los preliminares están terminados. Sólo tengo que firmar la última hoja y el caso de la Fundación contra Hober Mallow, maestro comerciante, habrá comenzado. Abandonó usted a un súbdito de la Fundación a la tortura y la muerte a manos de una turba enloquecida, Mallow, y sólo dispone de cinco segundos para evitar el castigo que se merece. Por mí, preferiría que desestimara mi advertencia. Sería más útil como enemigo destruido que como amigo dudosamente converso.

Mallow dijo solemnemente:

–Se hará lo que usted desea.

–¡Muy bien! –Y el secretario sonrió duramente–. Fue

el alcalde el que decidió efectuar un intento preliminar para llegar a un acuerdo, no yo. Habrá observado que no lo he intentado demasiado.

La puerta se abrió ante él, y se fue.

Mallow levantó la vista cuando Ankor Jael volvió a entrar en la habitación.

—¿Le ha oído? —preguntó Mallow.

El político dio una patada contra el suelo.

—Nunca lo había oído tan enfadado, desde que conozco a la serpiente.

—Muy bien. ¿Qué conclusión ha sacado?

—Bueno, se lo diré. Una política de dominación extranjera a través de medios espirituales es su idea fija; pero a mí me da la impresión de que sus objetivos principales no son espirituales. Me expulsaron del Gabinete por discutir sobre el mismo tema, como no necesito decirle.

—No necesita decírmelo. Y, según su impresión, ¿cuáles son esos objetivos tan poco espirituales?

Jael se puso serio.

—Bueno, no es estúpido, de modo que debe darse cuenta de la bancarrota de nuestra política religiosa, que apenas ha hecho una sola conquista en setenta años. Evidentemente lo utiliza para sus propósitos.

»Ahora bien, *cualquier* dogma, basado primariamente en la fe y el sentimentalismo, es un arma peligrosa usada sobre los demás, puesto que es imposible garantizar que el arma nunca se vuelva contra el que la emplea. Hace cien años que soportamos el ritual y una mitología que se convierte cada vez más en algo venerable, tradicional… e inmutable. En cierto modo, ya ha escapado a nuestro control.

—¿En qué modo? —preguntó Mallow—. No se detenga. Quiero saber su opinión.

—Bueno, supongamos que un hombre, un hombre ambicioso, utilice la fuerza de la religión contra nosotros, en vez de para nosotros.

—Se refiere a Sutt…

—Así es. Me refiero a Sutt. Si pudiera movilizar a las diversas jerarquías de los planetas vasallos contra la Fundación, en nombre de la ortodoxia, ¿qué posibilidades tendríamos? Poniéndose al frente de los piadosos, podría hacerle la guerra a la herejía, representada por usted, por ejemplo, y proclamarse finalmente rey. Al fin y al cabo, fue Hardin quien dijo: «Una pistola atómica es una buena arma, pero puede apuntar en ambas direcciones.»

Mallow se dio una palmada en el muslo desnudo.

—Muy bien, Jael, hágame entrar en el Consejo, y lucharé contra él.

Jael hizo una pausa, y dijo significativamente:

—Quizá no. ¿Qué era todo aquello del sacerdote linchado? No es verdad, ¿no?

—Es verdad —dijo Mallow, despreocupadamente.

Jael dio un silbido.

—¿Tiene pruebas definitivas?

—Debe de tenerlas. —Mallow vaciló, y después añadió—: Jaim Twer fue partidario suyo desde el principio, aunque ninguno de los dos estaba enterado de que yo lo sabía. Y Jaim Twer fue un testigo ocular.

Jael meneó la cabeza.

—Uh, uh. Mala cosa.

—¿Mala? ¿Qué tiene de malo? Aquel sacerdote estaba en el planeta ilegalmente, según las propias leyes de la Fundación. Fue usado por el gobierno korelliano como cebo, involuntariamente o no. Por todas las leyes del sentido común, yo no tenía elección… y lo único que podía hacer estaba estrictamente dentro de la ley. Si me lleva a juicio, no hará nada más que aparecer como un estúpido.

Y Jael meneó la cabeza de nuevo.

—No, Mallow, está usted equivocado. Ya le he dicho que él jugaba sucio. No pretende que le condenen; sabe que no puede conseguirlo. Lo que quiere es arruinar su influencia sobre el pueblo. Ya ha oído lo que ha dicho. A veces, la costumbre prevalece sobre la ley. Es posible que saliera libre del juicio, pero si la gente cree que echó a un sacerdote a los perros, su popularidad desaparecerá.

»Admitirán que hizo usted lo que era legal, incluso lo

sensato. Pero, a sus ojos, será usted un perro cobarde, un bruto sin sentimientos, un monstruo de duro corazón. Y nunca será elegido para el Consejo. Incluso podría perder su grado de maestro comerciante al serle retirada la ciudadanía. No es usted nativo, ya lo sabe. ¿Qué otra cosa cree que Sutt pretende?

Mallow frunció obstinadamente el ceño.

–¡Conque ésas tenemos!

–Muchacho –dijo Jael–, permaneceré a su lado, pero no puedo ayudarle. Se encuentra usted en un punto muerto.

14

La cámara del Consejo estaba llena en un sentido muy literal el cuarto día del juicio de Hober Mallow, maestro comerciante. El único consejero ausente maldecía débilmente su cráneo fracturado que le había impedido asistir. Las galerías estaban llenas hasta los pasillos y techos por los pocos representantes de la multitud que, por influencia, riqueza o extraña perseverancia diabólica, habían logrado entrar. El resto llenaba la plaza exterior, en nudos hormigueantes alrededor de los visores tridimensionales instalados al aire libre.

Ankor Jael se abrió camino hasta la cámara, con la ineficaz ayuda y empujones del departamento de policía, y después por la confusión algo menor que había dentro hasta el asiento de Mallow.

Mallow se volvió con alivio.

–Por Seldon, ha llegado usted por los pelos. ¿Lo tiene?

–Tenga, aquí está –dijo Jael–. Es todo lo que usted pidió.

–Bien. ¿Cómo se lo toman ahí fuera?

–Están muy agitados –comentó Jael con inquietud–. No debería haber permitido un juicio público. Hubiera podido detenerlos.

–No quería hacerlo.

–Se habla de linchamiento. Y los hombres de Publis Manlio que están en los planetas exteriores…

–Quería preguntarle algo acerca de ellos, Jael. Está agitando a la jerarquía contra mí, ¿verdad?

–¿Verdad? Es la cosa más dulce que ha visto en su vida. Como secretario del Exterior, se encarga de la acusación en un caso de ley interestelar. Como supremo sacerdote y primado de la Iglesia, arenga a las hordas fanáticas.

–Bueno, olvídelo. ¿Recuerda la cita de Hardin que me recordó el mes pasado? Le demostraremos que una pistola atómica puede apuntar en ambas direcciones.

El alcalde estaba tomando asiento y los miembros del Consejo se levantaron en señal de respeto.

Mallow susurró:

–Hoy me toca a mí. Siéntese aquí y diviértase.

Comenzó la sesión del día, y, quince minutos más tarde, Horber Mallow se dirigió en medio de un hostil murmullo hacia el espacio vacío que había frente al banco del alcalde. Un solitario rayo de luz se centró sobre él y en los visores públicos de la ciudad, así como en las miríadas de visores particulares de casi todas las casas de los planetas de la Fundación, la solitaria y gigantesca figura de un hombre apareció retadoramente.

Empezó con facilidad y calma:

–Para ahorrar tiempo, admitiré la veracidad de todos los puntos esgrimidos contra mí por la acusación. La historia del sacerdote y la multitud relatada por el fiscal es exacta en todos los detalles.

Se oyó un murmullo en la sala y un triunfal griterío en la galería. Él esperó pacientemente que se restableciera el silencio.

–Sin embargo, el cuadro que ha presentado no está completo. Solicito el privilegio de completarlo a mi manera. Al principio, mi historia puede parecer insignificante. Pido que se muestren indulgentes.

Mallow no utilizaba las anotaciones que tenía enfrente.

–Comienzo en el mismo momento en que lo hizo la acusación; el día de mis entrevistas con Jorane Sutt y Jaim

Twer. Ya saben de lo que se trató en estas entrevistas. Las conversaciones han sido descritas, y no tengo nada que añadir a la descripción... excepto mis propios pensamientos de aquel día.

»Fueron pensamientos suspicaces, pues los acontecimientos de aquel día habían sido extraños. Imagínenselo. Dos personas, a ninguna de las cuales conocía más que superficialmente, me hacen proposiciones antinaturales y en cierto modo increíbles. Una, el secretario del alcalde, me pide que desempeñe el papel de un agente de inteligencia para el gobierno en una misión altamente confidencial, cuya naturaleza e importancia ya les ha sido explicada. La otra, dirigente de un partido político, me pide que acepte un asiento en el Consejo.

»Naturalmente, me pregunté el motivo ulterior. El de Sutt parecía evidente. Quizá pensaba que yo vendía energía atómica a los enemigos y planeaba una rebelión. Y quizá estaba forzando la cuestión, o yo lo creí así. En ese caso, necesitaba a uno de sus hombres para que me acompañara en mi misión, en calidad de espía. Sin embargo, esta última idea no se me ocurrió hasta más tarde, cuando Jaim Twer entró en escena.

»Imaginen de nuevo: Twer se presenta a sí mismo como un comerciante retirado de la política, aunque yo no sé ningún detalle de su carrera comercial, y mi conocimiento en este campo es inmenso. Y además, a pesar de que Twer se jactaba de haber recibido una educación laica, *nunca había oído hablar de una crisis Seldon.*

Hober Mallow esperó a que todos comprendieran la importancia de lo que acababa de decir y fue recompensado con el primer silencio con que tropezaba, cuando la galería contuvo el aliento. Aquello sólo estaba dirigido a los habitantes de Términus. Los hombres de los Planetas Exteriores sólo podían oír versiones censuradas que se ajustaran a los requerimientos de la religión. No oirían nada de las crisis Seldon. Pero había otros puntos que no se les escaparían.

Mallow continuó:

243

–¿Quién de los presentes puede declarar honradamente que *cualquier* hombre que haya recibido una educación laica puede ignorar lo que es una crisis Seldon? Sólo hay un tipo de educación en la Fundación que excluye toda mención de la historia planeada de Seldon y sólo trata del hombre como un brujo semimítico.

»En aquel momento comprendí que Jaim Twer nunca había sido comerciante. Entonces comprendí que pertenecía a las órdenes sagradas y que quizá era un sacerdote de alta jerarquía; e, indudablemente, que aquellos tres años que decía haber estado a la cabeza de un partido político de los comerciantes, *había sido un hombre comprado por Jorane Sutt.*

»En aquel momento, me debatí en la oscuridad. No conocía los propósitos de Sutt a mi respecto, pero puesto que parecía darme cuerda deliberadamente, le proporcioné diversas visiones de mi propia cosecha. Mi idea era que Twer debía acompañarme al viaje como un guarda extraoficial a sueldo de Jorane Sutt. Bueno, si no lo conseguía, sabía muy bien que me esperarían otras trampas… que quizá no pudiera descubrir a tiempo. Un enemigo conocido es relativamente inocuo. Invité a Twer a ir conmigo. Él aceptó.

»Esto, caballeros del Consejo, explica dos cosas. Primera, que Twer no es un amigo mío que testifica en mi contra de mala gana y por cuestión de conciencia, tal como el fiscal querría hacerles creer. Es un espía que realiza su trabajo pagado. Segunda, explica cierta acción mía con ocasión de la primera aparición del sacerdote al que se me acusa de haber asesinado… una acción todavía sin mencionar, porque no se conoce.

Se produjo un murmullo de agitación en el Consejo. Mallow se aclaró teatralmente la garganta, y continuó:

–Me disgusta describir lo que sentí cuando me dijeron que teníamos un misionero refugiado a bordo. Incluso me disgusta recordarlo. Esencialmente, me invadió una enorme incertidumbre. El suceso me pareció en aquel momento una jugada de Sutt, y sobrepasó mi comprensión y cálculos. Estaba completamente a oscuras.

»Podía hacer una cosa. Me deshice de Twer durante cinco minutos enviándole en busca de mis oficiales. En su ausencia, monté un receptor de grabación visual, para que todo lo que sucediera se conservase para un estudio futuro. Esto se debía a la esperanza, la oscura pero seria esperanza, de que lo que me confundió entonces se tornara claro al revisarlo.

»Desde entonces, debo de haber visto esta grabación visual unas cincuenta veces. La tengo aquí, y repetirá su función por quincuagésima vez delante de ustedes.

El alcalde reclamó monótonamente orden cuando la sala perdió su equilibrio y la galería rugió. En cinco millones de hogares de Términus, excitados observadores se acercaron aún más a sus aparatos de televisión y en el propio banco de la acusación Jorane Sutt meneó la cabeza fríamente hacia el nervioso supremo sacerdote, mientras sus ojos contemplaban fijamente el rostro de Mallow.

El centro de la sala fue despejado, y las luces disminuyeron de intensidad. Ankor Jael, desde su banco de la izquierda, hizo los ajustes necesarios, y con un chasquido preliminar, una escena surgió ante la vista; en color, en tres dimensiones, con todos los atributos de la vida, excepto la vida misma.

El misionero, confuso y derrotado, estaba en pie entre el teniente y el sargento. Mallow esperaba silenciosamente, y los hombres entraron, con Twer en la retaguardia.

La conversación se repitió, palabra por palabra. El sargento fue disciplinado y el misionero interrogado. La multitud apareció, sus alaridos pudieron oírse, y el reverendo Jord Parma hizo su desesperada apelación. Mallow sacó su pistola, y el misionero, mientras le sacaban a rastras, levantó los brazos en un enloquecido juramento final y apareció una diminuta luz que se desvaneció enseguida.

La escena terminaba con los oficiales horrorizados por la situación, mientras Twer se tapaba las orejas con las manos, y Mallow guardaba tranquilamente la pistola.

Las luces volvieron a encenderse; el espacio vacío del centro de la habitación ya no estaba aparentemente lleno.

Mallow, el verdadero Mallow del presente, prosiguió la narración:

—El incidente, como han visto, es exactamente como la acusación lo ha presentado... en la superficie. Se lo explicaré en dos palabras. Las emociones de Jaim Twer a lo largo de toda la escena revelan claramente una educación religiosa.

»Aquel mismo día hice observar a Twer algunas incongruencias en el episodio. Le pregunté de dónde venía el misionero, estando como estábamos en medio de una zona casi desolada. También le pregunté de dónde venía la gente, cuando la ciudad más próxima estaba a ciento cincuenta kilómetros. La acusación no ha dado importancia a estas cuestiones.

»Ni a otros puntos; por ejemplo, el curioso punto de la evidente peculiaridad de Jord Parma. Un misionero en Korell, arriesgando la vida en desafío tanto de las leyes korellianas como de las leyes de la Fundación, se pasea con un hábito sacerdotal muy nuevo y totalmente inconfundible. Hay algo extraño en eso. Entonces, supuse que el misionero era el cómplice inconsciente del comodoro, que le utilizaba para tratar de lanzarnos a un acto de agresión claramente ilegal, que justificara, *por la ley*, su consiguiente destrucción de nuestra nave y de nosotros.

»La acusación ha previsto esta justificación de mis acciones. Han esperado que explicara que la seguridad de mi nave, mi tripulación, mi misma misión, estaban en entredicho, y que no podían ser sacrificadas por un hombre, y más cuando ese hombre hubiera sido destruido de todos modos, con nosotros o sin nosotros. Replican murmurando sobre el «honor» de la Fundación y la necesidad de defender nuestra «dignidad» con objeto de mantener nuestra ascendencia.

»Sin embargo, por alguna extraña razón, la acusación ha pasado por alto al mismo Jord Parma... como persona. No ha aportado ningún detalle acerca de él; ni su lugar de nacimiento, ni su educación, ni ningún detalle de su historia precedente. La explicación de esto también aclarará las incongruencias que he señalado en la grabación visual que acaban de ver. Las dos cosas están relacionadas.

»La acusación no ha facilitado ningún detalle acerca de Jord Parma porque *no puede*. La escena que han visto en la grabación visual parecía falsa porque Jord Parma era falso. Nunca *hubo* un Jord Parma. *Todo este juicio es la mayor farsa que se ha elaborado nunca sobre un tema que nunca ha existido.*

Una vez más tuvo que esperar a que se apagaran los murmullos. Dijo, lentamente:

–Voy a mostrarles la ampliación de una de las tomas de la grabación visual. Hablará por sí misma. Apague las luces otra vez, Jael.

La sala quedó a oscuras, y el aire vacío se llenó de nuevo con figuras heladas en una ilusión cerúlea y espectral. Los oficiales de la *Estrella Lejana* volvieron a sus actitudes rígidas e impasibles. Apareció una pistola en la rígida mano de Mallow. A su izquierda, el reverendo Jord Parma, captado en mitad de un grito, elevaba sus brazos hacia el cielo, mientras las mangas se deslizaban por el antebrazo.

Y en la mano del misionero había aquel pequeño destello que en el pase anterior había relampagueado y desaparecido. Ahora era un brillo permanente.

–No aparten la mirada de esa luz que lleva en la mano –exclamó Mallow desde las sombras–. ¡Amplíe esta imagen, Jael!

El cuadro creció… rápidamente. Porciones exteriores desaparecieron a medida que el misionero ocupaba el centro y se convertía en gigante. Sólo había una cabeza y un brazo, y después sólo una mano, que llenó toda la pantalla y permaneció allí en una inmovilidad inmensa y nebulosa.

La luz se había convertido en un conjunto de letras minuciosas y brillantes: PSK.

–Eso –atronó la voz de Mallow– es un tatuaje, caballeros. Bajo la luz ordinaria es invisible, pero a la luz ultravioleta… con la cual inundé la habitación al tomar esta grabación visual, destaca en altorrelieve. Admito que es un ingenuo método de identificación secreta, pero en Korell, donde no se encuentra luz ultravioleta en todas las esquinas, da resultado. Incluso en nuestra nave, la detección fue accidental.

»Quizá alguno de ustedes ya hayan adivinado lo que significa PSK. Jord Parma conocía muy bien su jerga sacerdotal y realizó su trabajo magníficamente. Dónde la había aprendido, y cómo, no lo sé, pero PSK quiere decir "Policía Secreta Korelliana".

Mallow gritó sobre el tumulto, rugiendo contra el alboroto.

–Tengo una prueba colateral en forma de documentos procedentes de Korell, que puedo presentar al Consejo, si es necesario.

»¿Dónde está ahora el caso de acusación? Ya han hecho y repetido la monstruosa sugerencia de que yo debería haber luchado a favor del misionero en desafío de la ley, y sacrificado mi misión, mi nave, y yo mismo por el "honor" de la Fundación.

»*Pero ¿hacerlo por un impostor?*

»¿Tendría que haberlo hecho por un agente secreto korelliano entrenado en los ornamentos y los tópicos que probablemente aprendió con un exiliado anacreontiano? ¿Iban a hacerme caer Jorane Sutt y Publis Manlio en una trampa estúpida y odiosa…?

Su voz enronquecida se desvaneció en un fondo informe de una multitud enloquecida. Le levantaron a hombros y le condujeron al banco del alcalde. Por las ventanas, veía un torrente de hombres que acudían a la plaza para sumarse a los miles que ya estaban allí.

Mallow miró a su alrededor en busca de Ankor Jael, pero era imposible encontrar un solo rostro en la incoherencia de la masa. Lentamente, fue dándose cuenta de un grito rítmico y repetido, que se dilataba a partir de un pequeño comienzo, y ya tenía un latido de locura:

–Larga vida a Mallow…, larga vida a Mallow…, larga vida a Mallow…

15

Ankor Jael parpadeó mirando a Mallow con un rostro macilento. Los dos últimos días habían sido de locura y de insomnio.

—Mallow, ha hecho una demostración magnífica, así que no la estropee saltando demasiado alto. No puede considerar seriamente lo de aspirar a alcalde. El entusiasmo de la masa es algo muy poderoso, pero notoriamente inconstante.

—¡Exacto! —dijo Mallow, con tristeza—. Por eso tenemos que cuidarlo, y el mejor modo de hacerlo es continuar la demostración.

—¿Haciendo qué?

—Arrestando a Publis Manlio y Jorane Sutt...

—¿Qué?

—Lo que oye. ¡Que el alcalde les arreste! No me importan las amenazas que usted emplee para conseguirlo. Yo controlo a la masa... hoy por hoy. No se atreverá a enfrentarse con ella.

—Pero ¿bajo qué cargos?

—Eso es evidente. Han estado incitando al clero de los planetas exteriores para que tome parte en las luchas de facciones de la Fundación. Eso es ilegal, por Seldon. Acúselos de «atentar contra la seguridad del Estado». Y no me importa que sean condenados o no, tal como ellos hicieron en mi caso. Sólo quiero retirarlos de la circulación hasta que sea alcalde.

—Falta medio año para las elecciones.

—¡No es demasiado! —Mallow se había puesto en pie, y asió súbitamente a Jael por el brazo con fuerza—. Escuche, me haría cargo del gobierno por la fuerza si fuera necesario... igual que hizo Salvor Hardin hace cien años. Esta crisis Seldon sigue acercándose, y cuando llegue tengo que ser alcalde y supremo sacerdote. ¡Ambas cosas!

Jael frunció el ceño. Dijo, sosegadamente:

—¿Qué va a ser? ¿Korell, después de todo?

Mallow asintió.

–Naturalmente. Declararán la guerra, eventualmente, aunque apuesto a que aún tardará un par de años.

–¿Con naves atómicas?

–¿Qué cree usted? Esas tres naves mercantes que perdimos en su sector del espacio no fueron abatidas con pistolas de aire comprimido. Jael, obtienen naves del mismo imperio. No abra la boca como si fuera tonto. ¡He dicho el imperio! Ya sabe que aún existe. Puede haber desaparecido de la Periferia, pero en el centro de la Galaxia sigue con vida. Y un falso movimiento significa que él, él mismo, puede echarse sobre nosotros. Por eso he de ser alcalde y supremo sacerdote. Soy el único hombre que sabe cómo luchar contra la crisis.

Jael tragó saliva.

–¿Cómo? ¿Qué va usted a hacer?

–Nada.

Jael sonrió con inseguridad.

–¡Vaya! ¡Es increíble!

Pero la contestación de Mallow fue incisiva.

–Cuando sea el jefe de esta Fundación, no haré nada. Un ciento por ciento de nada, y ése es el secreto de esta crisis.

16

Asper Argo el Bienamado, comodoro de la República de Korell, saludó la entrada de su esposa con un fruncimiento de sus ralas cejas. Para ella, por lo menos, su epíteto no tenía aplicación. Incluso él lo sabía.

Ella dijo, con una voz tan fina como su cabello y tan fría como sus ojos:

–Mi gracioso señor, según tengo entendido has llegado a una decisión acerca del destino de la Fundación.

–¿De verdad? –repuso el comodoro, con acritud–. ¿Y qué otras cosas abarca tu versátil entendimiento?

–Bastantes, mi muy noble esposo. Has tenido otra de

tus vacilantes consultas con tus consejeros. Estupendos consejeros. –Con infinito desprecio–. Un montón de idiotas que obtienen sus estériles beneficios y los aprietan contra su pecho hundido ante el desagrado de mi padre.

–¿Y cuál, querida –fue la dulce réplica–, es la excelente fuente de la que tu entendimiento extrae todo esto?

La comodora soltó una carcajada.

–Si te lo dijera, mi fuente sería más cadáver que fuente.

–Bueno, tienes tus procedimientos propios, como siempre. –El comodoro se encogió de hombros y dio media vuelta–. En cuanto al desagrado de tu padre, mucho me temo que te refieres a una negativa obstinada de enviar más naves.

–¡Más naves! –repitió ella, acalorada–. ¿No tienes cinco? No lo niegues. *Sé* que tienes cinco; y te han prometido una sexta.

–Me la prometieron para el año pasado.

–Pero una, sólo una, puede reducir a cenizas a esa Fundación. ¡Sólo una! Una, para borrar sus pequeñas naves de pigmeo del espacio.

–No podría atacar su planeta, ni siquiera con una docena.

–¿Y cuánto duraría su planeta con el comercio arruinado, y sus cargamentos de juguetes y bagatelas destruidos?

–Esos juguetes y bagatelas significan dinero –dijo, suspirando–. Una gran cantidad de dinero.

–Pero si tú tuvieras la misma Fundación, ¿no tendrías todo lo que contiene? Y si tuvieras el respeto y la gratitud de mi padre, ¿no tendrías mucho más de lo que la Fundación podría darte nunca? Hace tres años, más, desde que ese bárbaro vino con su muestrario mágico. Ya hace bastante tiempo.

–¡Querida mía! –El comodoro se volvió y la miró a a la cara–. Me estoy volviendo viejo. Estoy cansado. No tengo la flexibilidad necesaria para resistir tu boca de serpiente. Dices que ya sabes lo que he decidido. Bueno, lo he hecho. Ya está listo, y habrá guerra entre Korell y la Fundación.

−¡Bueno! −La figura de la comodora se expandió y sus ojos centellearon−. Por fin has aprendido lo que es la sabiduría, si bien cuando ya chocheas. Y cuando seas el dueño de la región, puedes ser lo suficientemente respetable como para ser alguien de peso e importancia en el imperio. Por lo pronto, podremos abandonar este mundo de bárbaros y acudir a la corte del virrey. Eso es lo que haremos.

Se marchó con una sonrisa, y una mano en la cadera. Su cabello despidió rayos con la luz.

El comodoro espero, y después dijo a la puerta cerrada, con maldad y odio:

−Y cuando sea el dueño de lo que tú llamas la región, seré suficientemente respetable para arreglármelas sin la arrogancia del padre y la lengua de la hija. ¡Sin ninguna de las dos cosas!

17

El teniente de la *Nebulosa Oscura* miró con horror la visiplaca.

−¡Por todas las Galaxias al galope! −Tendría que haber sido un aullido, pero en lugar de ello fue un susurro−. ¿Qué es eso?

Era una nave, pero parecía un cachalote comparado con el boquerón de la *Nebulosa Oscura*; y en el costado estaba la nave espacial y el Sol del Imperio. Todas las señales de alarma de la nave sonaron histéricamente.

Se cursaron las órdenes, y la *Nebulosa Oscura* se preparó para escapar si podía, y luchar si debía… mientras que abajo, en la sala de ultraondas, un mensaje salía a toda velocidad a través del hiperespacio hacia la Fundación.

¡Una y otra vez! En parte, una petición de ayuda, pero principalmente un aviso de peligro.

18

Hober Mallow movió los pies cansadamente mientras ojeaba los informes. Dos años de alcaldía le habían hecho un poco más dócil, un poco más suave, un poco más paciente..., pero no le habían enseñado a que le gustaran los informes gubernamentales ni el estilo burocrático en el que estaban escritos.

–¿Cuántas naves destruyeron? –preguntó Jael.

–Cuatro fueron atrapadas en tierra. Dos no han informado. Todas las demás están a salvo. –Mallow gruñó–: Podríamos haberlo hecho mejor, pero esto es sólo una escaramuza.

No hubo respuesta y Mallow alzó la vista.

–¿Está preocupado por algo?

–Me gustaría que Sutt estuviera aquí –fue la casi impertinente contestación.

–Oh, sí, y ahora oiremos otra conferencia sobre el frente interior .

–No, no la oiremos –replicó Jael–, pero usted es terco, Mallow. Puede haber descubierto la situación exterior en todos los detalles, pero nunca se ha preocupado de lo que ocurría en el planeta.

–Bueno, éste es su trabajo, ¿no? ¿Para qué le hice ministro de Educación y Propaganda?

–Con toda claridad, para enviarme a una tumba temprana y miserable, dada la cooperación que usted me proporciona. Durante el último año, le he vuelto sordo con el creciente peligro de Sutt y sus religionistas. ¿De qué servirán sus planes, si Sutt fuerza una elección especial y le derroca?

–De nada, lo admito.

–Y el discurso que hizo usted anoche sobre manejar la elección de Sutt con una sonrisa y una caricia. ¿Era necesario ser tan sincero?

–¿Hay algo mejor que robar a Sutt su caja de truenos?

–No –dijo Jael, violentamente–, no del modo que usted lo hizo. Me dice que lo ha previsto todo, y no me explica por qué comerció con Korell a exclusivo beneficio suyo durante tres años. Su único plan de batalla es retirarse sin una sola batalla. Abandona todo el comercio con los sectores del espacio cercanos a Korell. Proclama abiertamente un ahogo del rey. No promete ninguna ofensiva, ni siquiera en el futuro. Galaxia, Mallow, ¿qué cree que puedo hacer en medio de este desastre?

—¿Le falta atractivo?

—Le falta la menor llamada a la emotividad del pueblo.

—Es lo mismo.

—Mallow, despiértese. Tiene dos alternativas. O se presenta al pueblo con una dramática política exterior, sean cuales fueren sus planes particulares, o establece cualquier compromiso con Sutt.

Mallow dijo:

—Muy bien, si he fallado en la primera, probemos la segunda. Sutt acaba de llegar.

Sutt y Mallow no se habían encontrado personalmente desde el día del juicio, dos años atrás. Ninguno detectó ningún cambio en el otro, a excepción de la sutil atmósfera que los envolvía, prueba evidente de que los papeles de gobernante y pretendiente habían cambiado.

Sutt tomó asiento sin ningún apretón de manos.

Mallow le ofreció un cigarro y dijo:

—¿Le importa que Jael se quede? Desea ansiosamente un compromiso. Puede actuar de mediador si se excitan los ánimos.

Sutt se encogió de hombros.

—Un compromiso es lo que usted querría. En otra ocasión le pedí que estableciera sus condiciones. Supongo que ahora las posiciones se han cambiado.

—Supone correctamente.

—Entonces, éstas son mis condiciones. Debe usted abandonar su disparatada política de soborno económico y comercio de bagatelas, y volver a la probada política exterior de nuestros padres.

—¿Se refiere a la conquista por los misioneros?

—Exactamente.

–¿No puede haber un compromiso distinto?

–No.

–Hummm. –Mallow encendió su cigarro con toda lentitud, e inhaló el humo–. En tiempos de Hardin, cuando la conquista por los misioneros era nueva y radical, hombres como usted se opusieron a ella. Ahora está probada, asegurada y confirmada... todo lo que un Jorane Sutt encuentra bien. Pero dígame, ¿cómo nos sacaría usted del desastre actual?

–De *su* desastre actual, querrá decir. Yo no tengo nada que ver con él.

–Considere la pregunta debidamente modificada.

–Una fuerte ofensiva es lo más indicado. La partida en tablas con la que usted parece satisfecho es fatal. Sería una confesión de debilidad ante todos los mundos de la Periferia, donde la apariencia de fuerza es indispensable, y no hay ni un solo buitre entre ellos que no se uniera al asalto por su parte en el cadáver. Debería entenderlo. Es usted de Smyrno, ¿verdad?

Mallow no hizo caso de la observación. Dijo:

–Y si usted vence a Korell, ¿qué hay del imperio? *Éste* es el verdadero enemigo.

La débil sonrisa de Sutt alargó las comisuras de sus labios.

–Oh, no, sus informes sobre la visita que hizo usted a Siwenna, eran completos. El virrey del Sector Normánico está interesado en crear una disensión en la Periferia para su propio beneficio, pero sólo como una salida lateral. No va a arriesgarlo todo en una expedición al borde de la Galaxia cuando tiene cincuenta vecinos hostiles y un emperador contra el que rebelarse. Repito sus propias palabras.

–Oh, sí que podría, Sutt, si cree que somos bastante fuertes como para constituir un peligro. Y puede creerlo así si destruimos Korell mediante un ataque frontal. Tendríamos que ser considerablemente más sutiles.

–Como por ejemplo...

Mallow se recostó en su asiento.

–Sutt, le daré su oportunidad. No lo necesito, pero

puedo utilizarle. De modo que le diré de lo que se trata, y entonces usted puede unirse a mí y recibir un puesto en el gabinete de coalición, o puede hacer el papel de mártir y pudrirse en la cárcel.

–Ya recurrió a este último truco en una ocasión.

–No me empleé a fondo, Sutt. Pero esta vez va en serio. Ahora escuche. –Mallow entrecerró los ojos–: Cuando aterricé por primera vez en Korell –empezó–, soborné al comodoro con las chucherías y baratijas que forman el habitual suministro del comerciante. Al principio, esto sólo tuvo como objetivo abrirnos la puerta de una fundición de acero. No tenía otro plan que éste, pero en esto tuve éxito. Conseguí lo que quería. Pero sólo después de mi visita al imperio me di cuenta exactamente de la clase de arma que podría forjar con este comercio.

»Nos enfrentamos con una crisis Seldon, Sutt, y las crisis Seldon no se resuelven por una sola persona, sino por las fuerzas históricas. Hari Seldon, cuando planeó nuestro curso de historia futura, no contó con brillantes héroes, sino con amplias extensiones económicas y sociológicas. Por eso, las soluciones de las diversas crisis deben conseguirse gracias a las fuerzas que se nos presentan en el momento.

»En este caso… ¡el comercio!

Sutt enarcó las cejas escépticamente y se aprovechó de la pausa.

–No me considero como un ser de inteligencia subnormal, pero la cuestión es que su vaga conferencia no es muy reveladora.

–Lo será –dijo Mallow–. Tenga en cuenta que hasta ahora el poder del comercio ha sido subestimado. Se ha creído que tenía que estar bajo el control del clero para constituir un arma poderosa. No es así, y *ésta* es mi contribución a la situación de la Galaxia. ¡Un comercio sin sacerdotes! ¡Comercio, solo! Es lo bastante fuerte. Seamos simples y específicos: Korell está ahora en guerra con nosotros. Por consiguiente, nuestro comercio con él se ha interrumpido. *Pero*, fíjese que estoy tratando esto como un simple problema de aritmética, durante los pasados tres años ha basado su economía en las técnicas atómicas, que nosotros hemos introducido y que sólo nosotros podemos continuar supliendo. ¿Qué supone usted que pasará cuando los diminutos generadores atómicos empiecen a fallar, y un aparato tras otro se estropee?

»Los pequeños aparatos domésticos serán los primeros. Después de medio año de esta situación de tablas que usted odia, el cuchillo atómico de una mujer dejara de funcionar. Su horno empezará a fallar. Su lavadora no irá bien. El control de temperatura y humedad de sus casas quedará inutilizado en un caluroso día de verano. ¿Qué ocurrirá?

Hizo una pausa en espera de una contestación, y Sutt dijo tranquilamente:

–Nada. La gente lo resiste todo durante la guerra.

–Es muy cierto. Lo resisten todo. Enviarán a sus hijos al espacio en número ilimitado para que mueran horriblemente en naves espaciales destrozadas. Aguantarán los bombardeos enemigos, aunque esto signifique tener que vivir de pan rancio y agua fétida en refugios excavados a ochocientos metros de profundidad. Pero es muy difícil soportar las pequeñas cosas cuando el entusiasmo patriótico de un peligro inminente no existe. Va a ser un final en tablas. No habrá sufrimientos, ni bombardeos, ni batallas.

»Sólo habrá un cuchillo que no cortará, y un horno que no asará, y una casa que estará helada durante el invierno. Será muy molesto y la gente protestará.

Sutt dijo lentamente, como si formulara una pregunta:

–¿En esto tiene usted puestas sus esperanzas? ¿Qué espera? ¿Una rebelión de amas de casa? ¿Un súbito levantamiento de carniceros y tenderos con sus cuchillos y sus tajos en alto, gritando «Devuélvanos nuestras Máquinas Lavadoras Atómicas Automáticas marca SuperKleeno»?

–No, señor –dijo Mallow, con impaciencia–. No es eso lo que espero. Por el contrario, lo que espero es un fondo general de protestas y descontento que después serán representados por figuras más importantes.

–¿Y cuáles son esas figuras más importantes?

–Los fabricantes, los propietarios de fábricas, los industriales de Korell. Cuando hayan transcurrido dos años de la situación de tablas, las máquinas de las fábricas empezarán a fallar, una por una. Estas industrias que nosotros hemos cambiado totalmente con nuestros nuevos aparatos atómicos se encontrarán repentinamente arruinadas. Las industrias pesadas se encontrarán, masiva y súbitamente, propietarios de nada más que una maquinaria inútil que no funciona.

–Las industrias funcionaban bastante bien, antes de que usted llegara, Mallow.

–Sí, Sutt, es verdad; pero el beneficio era de una vigésima parte del actual, incluso dejando aparte el coste de la reconversión al estado original preatómico. Con los industriales, los financieros, y el hombre de la calle en su contra, ¿cuánto cree que durará el comodoro?

–Todo el tiempo que él quiera, en cuanto se le ocurra obtener nuevos generadores atómicos del imperio.

Y Mallow se echó a reír alegremente.

–Se ha equivocado, Sutt, se ha equivocado en lo mismo que el propio comodoro. Se ha equivocado en todo, y no ha comprendido nada. El imperio no puede reemplazar nada. El imperio ha sido siempre un reino de recursos colosales. Lo han calculado todo en planetas, sistemas estelares, y sectores enteros de la Galaxia. Sus generadores son gigantescos porque pensaban de modo gigantesco.

»Pero nosotros, *nosotros*, nuestra pequeña Fundación, nuestro único mundo casi sin recursos metálicos, hemos tenido que trabajar con la economía estricta. Nuestros generadores han tenido que ser del tamaño del pulgar, porque era todo el metal de que disponíamos. Tuvimos que desarrollar nuevas técnicas y nuevos métodos, técnicas y métodos que el imperio no puede seguir porque ha degenerado a un estadio cultural en que no puede realizar ningún adelanto científico vital.

»Con todos sus escudos atómicos, bastante grandes para proteger una nave, una ciudad, un mundo entero, nunca han podido construir uno para proteger a un solo hombre. Para suministrar luz y calor a una ciudad, tienen motores de seis pisos de altura, los he visto, cuando los nuestros cabrían en esta habitación. Y cuando dije a uno de sus especialistas atómicos que una cajita de plomo del tamaño de una nuez contenía un generador atómico, casi se ahogó de indignación.

»Ni siquiera entienden sus propios aparatos colosales. Las máquinas funcionan automáticamente de generación en generación, y los que las cuidan son una casta hereditaria que serían impotentes si un solo tubo D, de toda la vasta estructura, explotara.

»Toda la guerra es una batalla entre esos dos sistemas: entre el imperio y la Fundación; entre el grande y el pequeño. Para apoderarse del control de un mundo, disponen de inmensas naves que pueden hacer la guerra, pero carecen de todo significado económico. Nosotros, por el contrario, disponemos de cosas pequeñas inútiles en una guerra, pero vitales para la prosperidad y los beneficios.

»Un rey, o un comodoro, se hará cargo de las naves e incluso irá a la guerra. Los gobernantes arbitrarios a lo largo de la historia han destrozado el bienestar de sus súbditos por lo que ellos consideraban honor y gloria, y Asper Argo no resistirá la depresión económica que asolará Korell dentro de dos o tres años.

Sutt estaba junto a la ventana, de espaldas a Mallow y Jael. Se había hecho de noche, y las pocas estrellas que pugnaban por brillar aquí y allá, en el mismo borde de la Galaxia, titilaban contra el telón de fondo de la caliginosa y aplastada lente que incluía los restos de aquel imperio, aún extenso, que luchaba contra ellos.

Sutt dijo:

—No. Usted no es el hombre.

—¿No me cree?

—Quiero decir que no confío en usted. Tiene usted la lengua muy larga. Me engañó debidamente cuando creí que le tenía bien vigilado durante su primer viaje a Korell. Cuando pensé que le tenía arrinconado en el juicio, se introdujo como un gusano hasta llegar al puesto de alcalde por medio de la demagogia. En usted no hay nada recto; ningún motivo que no tenga otro detrás; ninguna declaración que no tenga tres significados.

»Supongamos que sea usted un traidor. Supongamos que su visita al imperio le haya proporcionado un subsidio y una promesa de poder. Sus acciones serían precisamente las que ahora son. Procuraría hacer estallar una guerra después de haber reforzado a su enemigo. Forzaría a la Fundación a la inactividad. Y tendría una explicación plausible para todo, tan plausible que convencería a todo el mundo.

—¿Quiere decir que no habrá acuerdo? —preguntó Mallow, amablemente.

—Quiero decir que debe usted dimitir, por libre voluntad o a la fuerza.

—Le advertí que la única alternativa era la cooperación.

El rostro de Jorane Sutt se congestionó con un súbito acceso de emoción.

—Y yo le advierto, Hober Mallow de Smyrno, que si me arresta, no habrá cuartel. Mis hombres no pararán de divulgar la verdad sobre usted, y la gente de la Fundación se unirá en contra de su gobernante extranjero. Tienen una conciencia de destino que un smyrniano no puede comprender… y esa conciencia le destruirá.

Hober Mallow dijo tranquilamente a los dos guardias que acababan de entrar:

—Llévenselo. Está arrestado.

Sutt dijo:

—Es su última oportunidad.

Mallow apagó su cigarro y no levantó la vista.

Y cinco minutos después, Jael se levantó y dijo, preocupado:

—Bueno, ahora que ha hecho usted un mártir para la causa, ¿qué pasará?

Mallow dejó de jugar con el cenicero y levantó la mirada.

—Ése no es el Sutt que yo conocía. Es un toro cegado por la sangre. Galaxia, me odia.

—Entonces, todo es más peligroso.

—¿Más peligroso? ¡Tonterías! Ha perdido toda capacidad de juicio.

Jael dijo tristemente:

—Es usted demasiado confiado, Mallow. Ignora la posibilidad de una rebelión popular.

Mallow le miró, triste a su vez.

—De una vez por todas, Jael, no hay ninguna posibilidad de una rebelión popular.

—¡Qué seguro de sí mismo está usted!

—Estoy seguro de la crisis Seldon y de la validez histórica de sus soluciones, externa *e* internamente. Hay ciertas cosas que *no* he dicho a Sutt. Él trató de controlar la misma Fundación por las fuerzas religiosas tal como controlaba los mundos exteriores, y fracasó… lo cual es el signo más seguro de que en el esquema de Seldon la religión está descartada.

»El control económico funcionó de distinta forma. Y para repetir esa frase del famoso Salvor Hardin que a usted tanto le gusta, es una mala pistola la que no puede apuntar en dos direcciones. Si Korell prosperó con nuestro comercio, nosotros también lo hicimos. Si las industrias korellianas se hunden sin nuestro comercio, y si la prosperidad de los mundos exteriores se desvanece con el aislamiento comercial, del mismo modo se hundirán nuestras industrias y se desvanecerá nuestra prosperidad.

»Y no hay ni una sola fábrica, ni un solo centro comercial, ni una línea de embarque que no esté bajo mi control, que no pueda ser exprimida por mí hasta reducirla a la nada si Sutt intentara una propaganda revolucionaria. Donde su propaganda tenga éxito, o incluso parezca que puede tener éxito, me aseguraré de que cese la prosperidad. Donde fracase, la prosperidad continuará, porque mis fábricas estarán a su disposición.

»Por lo tanto, por los mismos razonamientos que me aseguran que los korellianos se rebelarán en favor de la prosperidad, estoy seguro de que *nosotros* no nos rebelaremos contra ella. El juego será llevado hasta el final.

–De modo que –dijo Jael– está estableciendo una plutocracia. Está convirtiéndonos en una tierra de comerciantes y príncipes comerciantes. ¿Qué será, pues, del futuro?

Mallow alzó su melancólico rostro, y exclamó orgullosamente:

–¿Qué me importa a mí el futuro? No hay duda de que Seldon lo ha previsto y está preparado contra todo lo malo que pueda acontecer. Habrá otras crisis en el porvenir, cuando el poder del dinero se haya convertido en una fuerza muerta como es ahora la religión. Que mis sucesores resuelvan esos nuevos problemas, como yo he resuelto el del presente.

KORELL – ...Y así, después de tres años de guerra, que seguramente fue la guerra en que menos combates se libraron, la República de Korell se rindió incondicionalmente, y Hober Mallow ocupó su lugar junto a Hari Seldon y Salvor Hardin en el corazón del pueblo de la Fundación.

Enciclopedia Galáctica.

FUNDACIÓN E IMPERIO

A Mary y Henry por su paciencia
y tolerancia.

PRÓLOGO

El Imperio Galáctico se derrumbaba.

Era un Imperio colosal que se extendía a través de millones de mundos, de un extremo a otro de la inmensa espiral doble que era la Vía Láctea. Su caída también sería colosal, y además prolongada, porque debía abarcar un enorme período de tiempo.

Había estado derrumbándose durante siglos antes de que un hombre se diese realmente cuenta de ello. Aquel hombre era Hari Seldon, el ser que representaba la única chispa de esfuerzo creador que subsistía en la decadencia general. Él fue quien desarrolló y llevó a su punto culminante la ciencia de la psicohistoria.

La psicohistoria no trataba del hombre, sino de las masas de hombres. Era la ciencia de las muchedumbres, de miles de millones de personas. Podía prever las reacciones a diferentes estímulos con la misma exactitud que una ciencia menor predecía el rebote de una bola de billar. La reacción de un hombre se podía vaticinar por medio de las matemáticas conocidas, pero la de mil millones era algo distinto.

Hari Seldon presagiaba las tendencias sociales y

económicas de la época, y estudiando las curvas previó la continua y acelerada caída de la civilización y el lapso de treinta mil años que debía transcurrir antes de que un nuevo Imperio pudiese emerger de las ruinas.

Era demasiado tarde para detener aquella caída, pero aún había tiempo de cerrar el paso a la llegada de la barbarie. Seldon estableció dos Fundaciones en «extremos opuestos de la Galaxia», localizadas de modo que en un milenio los acontecimientos se fundieran y consolidaran para formar la base de un Segundo Imperio más fuerte, más permanente y de más rápida aparición.

Fundación relata la historia de una de estas Fundaciones durante los dos primeros siglos de su vida.

Se inició como una colonia de científicos en Términus, un planeta situado en el extremo de una de las espirales de la Galaxia. Separados del desorden del Imperio, aquellos científicos trabajaron en la recopilación de un compendio universal de la sabiduría, la Enciclopedia Galáctica, ignorantes de la misión más profunda que había planeado para ellos el ya fallecido Seldon.

A medida que el Imperio se desintegraba, las regiones exteriores cayeron en manos de «reyes» independientes, y la Fundación se vio amenazada por ellos. Sin embargo, enfrentando entre sí a los cabecillas, bajo el mando de su primer alcalde, Salvor Hardin, consiguieron mantener una precaria independencia. Como únicos poseedores de la energía atómica en unos mundos que estaban olvidándose de las ciencias y retrocediendo al carbón y al petróleo, llegaron incluso a tener cierta preponderancia. La Fundación se convirtió en el centro «religioso» de los reinos circundantes.

Lentamente, la Fundación desarrolló una economía comercial mientras la Enciclopedia pasaba a segundo plano. Sus comerciantes, vendiendo artículos atómicos cuya calidad no hubiese superado el Imperio ni en su época más gloriosa, penetraron hasta cientos de años luz a través de la Periferia.

Bajo Hober Mallow, primero de los Príncipes Comerciantes de la Fundación, desarrollaron las técnicas de la guerra económica hasta el punto de derrotar a la República de Korell, a pesar de que este mundo recibía el apoyo de una de las provincias exteriores de lo que quedaba del Imperio.

Al término de doscientos años, la Fundación era el estado más poderoso de la Galaxia, exceptuando los restos del Imperio que, concentrados en el tercio central de la Vía Láctea, controlaban tres cuartas partes de la población y de las riquezas del universo.

Parecía inevitable que el siguiente peligro al que tendría que enfrentarse la Fundación fuera el coletazo final del Imperio moribundo.

Había que despejar el camino para la batalla entre la Fundación y el Imperio.

PRIMERA PARTE

EL GENERAL

1. LA BÚSQUEDA DE LOS MAGOS

> BEL RIOSE — ...*En su carrera relati-*
> *vamente breve, Riose obtuvo el título de «el*
> *último de los Imperiales», y lo hizo mereci-*
> *damente. Un estudio de sus campañas revela*
> *que igualó a Peurifoy en capacidad estratégi-*
> *ca, y tal vez le superara en habilidad para*
> *manejar a los hombres. El hecho de que na-*
> *ciera durante la decadencia del Imperio hizo*
> *imposible que igualara a Peurifoy como con-*
> *quistador. Sin embargo, tuvo su oportunidad*
> *cuando —y fue el primero de los generales del*
> *Imperio en hacerlo— se enfrentó cara a cara*
> *con la Fundación...*
>
> Enciclopedia Galáctica[1]

Bel Riose viajaba sin escolta, lo cual no estaba pres-
crito por la etiqueta de la corte para el jefe de una flota

1. Todas las citas de la Enciclopedia Galáctica reproducidas
aquí proceden de la edición 116 publicada en 1020 E.F. por la Enciclopedia Galáctica Publishing Co., Términus, con el permiso de los
autores.

estacionada en un sistema estelar, todavía arisco, en las lindes del Imperio Galáctico.

Pero Bel Riose era joven y enérgico —lo bastante como para ser enviado lo más cerca posible del fin del universo por una corte desapasionada y calculadora— y, por añadidura, curioso. Extrañas e inverosímiles narraciones, repetidas caprichosamente por cientos, y lóbregamente conocidas por miles, intrigaban esta última facultad; la posibilidad de una aventura militar atraía a las otras dos. La combinación era abrumadora.

Bajó del coche de superficie del que se había apropiado y llegó al umbral de la vetusta casa que constituía su destino. Esperó. El ojo fotónico que abría la puerta estaba activado, pero fue una mano la que la abrió.

Bel Riose sonrió al anciano.

—Soy Riose...

—Le reconozco. —El anciano permaneció rígido, y nada sorprendido, en su lugar—. ¿De qué se trata?

Riose dio un paso atrás en un gesto de sumisión.

—Un negocio de paz. Si usted es Ducem Barr, le pido me conceda el favor de que mantengamos una conversación.

Ducem Barr se hizo a un lado, y en el interior de la casa se iluminaron las paredes. El general entró en una estancia bañada por luz diurna.

Tocó la pared del estudio y luego se examinó las yemas de los dedos.

—¿Tienen ustedes esto en Siwenna?

Barr sonrió ligeramente.

—Pero sólo aquí, según creo. Yo lo mantengo en funcionamiento lo mejor que puedo. Debo excusarme por haberle hecho esperar en la puerta. El dispositivo automático registra la presencia de un visitante, pero ya no abre esa puerta.

—¿Sus reparaciones no llegan a tanto? —La voz del general denotaba una ligera ironía.

—Ya no se consiguen piezas de recambio. Tenga la bondad de tomar asiento. ¿Desea una taza de té?

—¿En Siwenna? Dios mío, señor, es socialmente imposible no beberlo aquí.

El viejo patricio se retiró sin ruido, con una lenta inclinación que era parte de la ceremoniosa herencia legada por la aristocracia desaparecida de los mejores días del siglo anterior.

Riose siguió a su anfitrión con la mirada, y su estudiada urbanidad se sintió algo insegura. Su educación había sido puramente militar, lo mismo que su experiencia. Se había enfrentado a la muerte en repetidas ocasiones, pero siempre a una muerte de naturaleza muy familiar y tangible. En consecuencia, no es de extrañar que el idolatrado león de la Vigésima Flota se sintiera intimidado en la atmósfera repentinamente viciada de una habitación antigua.

El general reconoció las pequeñas cajas de marfil negro que se alineaban en los estantes: eran libros. Sus títulos no le eran familiares. Adivinó que la voluminosa estructura del extremo de la habitación era el receptor que convertía los libros en imagen y sonido a voluntad. No había visto funcionar ninguno, pero sí había oído hablar de ellos.

Una vez le contaron que hacía mucho tiempo, durante la época dorada en que el Imperio se extendía por toda la Galaxia, nueve de cada diez casas tenían receptores como aquél, e incluso estanterías con libros.

Pero ahora era necesario vigilar las fronteras; los libros quedaban para los viejos. Además, la mitad de las historias sobre el pasado eran míticas; tal vez más de la mitad.

Llegó el té y Riose tomó asiento. Ducem Barr levantó su taza.

—A su salud.

—Gracias. A la suya.

Ducem Barr comentó deliberadamente:

—Dicen que es usted joven. ¿Treinta y cinco?

—Casi. Treinta y cuatro.

—En tal caso —dijo Barr con suave énfasis—, no podría empezar mejor que informándole con pesar que no poseo filtros de amor, pociones ni encantamientos. Tampoco soy capaz de influenciar en su favor a una joven que pueda resultarle atractiva...

—No necesito ayuda artificial a este respecto, señor. —La complacencia, innegablemente presente en la voz del general, tenía un matiz divertido—. ¿Recibe usted muchas peticiones de tales favores?

—Las suficientes. Por desgracia, un público no informado tiende a confundir la erudición con la magia, y la vida amorosa parece ser el factor que requiere mayor cantidad de argucias.

—Me parece muy natural, pero yo difiero de ello. Sólo relaciono la erudición con la capacidad de contestar a preguntas difíciles.

El siwenniano le contempló sombríamente.

—¡Puede estar tan equivocado como ellos!

—Tal vez sí, y tal vez no. —El joven general posó su taza en la rutilante funda y la llenó de nuevo. A continuación echó en ella la cápsula aromatizada que le ofrecían—. Dígame entonces, patricio, ¿quiénes son los magos? Los verdaderos magos.

Barr pareció asombrado al oír aquella palabra, ya en desuso.

—No hay magos.

—Pero la gente habla de ellos. En Siwenna abundan las leyendas al respecto. Hay cultos desarrollados a su alrededor. Existe una extraña conexión entre esto y aquellos grupos de sus compatriotas que sueñan y divagan sobre el pasado y sobre lo que ellos llaman libertad y autonomía. El asunto podría convertirse eventualmente en un peligro para el Estado.

El anciano meneó la cabeza.

—¿Por qué se dirige a mí? ¿Acaso olfatea una rebelión conmigo como cabecilla?

Riose se encogió de hombros.

—No, en absoluto. ¡Pero no es una idea del todo ridícula! Su padre fue un exiliado en su tiempo; usted mismo es un patriota en el suyo. No es muy correcto por mi parte mencionarlo, ya que soy su invitado, pero mi gestión lo exige. Sin embargo, ¿una conspiración ahora? Lo dudo. El espíritu combativo de Siwenna se extinguió hace ya tres generaciones.

El anciano replicó con dificultad.

—Voy a ser tan poco delicado como anfitrión como usted lo ha sido como huésped. Le recordaré que, un día, un virrey pensó como usted sobre los apocados siwennianos. Por orden de aquel virrey mi padre se convirtió en un mendigo fugitivo, mis hermanos en mártires y mi hermana en una suicida. No obstante, aquel virrey encontró una muerte horrible a manos de aquellos mismos esclavizados siwennianos.

—¡Ah, sí; y por cierto, todo esto se relaciona con algo que me gustaría decir! Hace tres años que la misteriosa muerte de aquel virrey ya no es tal para mí. Tenía en su guardia personal a un joven soldado, muy interesante por su forma de obrar. Usted era aquel soldado; pero creo que no son necesarios los detalles.

Barr permanecía tranquilo.

—En efecto. ¿Qué se propone usted?

—Que responda a mis preguntas.

—No lo haré bajo amenazas. Soy viejo, lo suficiente como para que la vida ya no me importe demasiado.

—Por Dios, señor, los tiempos son difíciles —dijo Riose significativamente— y usted tiene hijos y amigos, además de una patria por la que pronunció en el pasado frases de amor y de locura. Vamos, si tuviera que decidirme por la fuerza, mi objetivo no sería tan vil como el de golpearle.

Barr preguntó fríamente:

—¿Qué es lo que quiere?

Riose habló con la taza vacía en la mano.

—Escúcheme, patricio. Hay épocas en que los soldados más triunfales son aquellos cuya función es ir a la cabeza de los desfiles que recorren los terrenos del palacio imperial en las festividades y escoltar las rutilantes naves de recreo que llevan al Emperador a los planetas estivales. Yo..., yo soy un fracaso. Soy un fracaso a los treinta y cuatro años, y lo seré siempre porque, fíjese, me gusta luchar. Por eso me han enviado aquí. En la corte soy demasiado molesto. No me adapto a la etiqueta. Ofendo a los petimetres y a los lores almirantes, pero soy un capitán de naves y de hombres, demasiado bueno para que prescindan de mí abandonándome en el espacio. Por eso Siwenna es el sustituto. Es un mundo fronterizo, una provincia rebelde y estéril. Está lejos, lo bastante lejos como para satisfacer a todos. De este modo me consumo. No hay rebeliones que sofocar, y últimamente los virreyes fronterizos no se rebelan, al menos no desde que el difunto padre del Emperador, de gloriosa memoria, hizo un escarmiento con Mountel de Paramay.

—Un emperador fuerte —murmuró Barr.

—Sí, y necesitamos más como él. Es mi maestro, recuérdelo. Y son sus intereses los que protejo.

Barr se encogió de hombros con indiferencia.

—¿Qué relación tiene todo esto con el tema?

—Se lo explicaré en dos palabras. Los magos que he mencionado vienen de más allá de los puestos fronterizos, donde las estrellas están diseminadas...

—Donde las estrellas están diseminadas —repitió Barr—, y penetra el frío del espacio.

—¿Es eso poesía? —Riose frunció el ceño. Los versos parecían una frivolidad en aquellos momentos—. En cualquier caso, vienen de la Periferia, el único lugar donde soy libre para luchar por la gloria del Emperador.

—Y servir así los intereses de Su Majestad Imperial y satisfacer sus propias ansias de lucha.

—Exactamente. Pero he de saber contra qué lucho, y en esto usted puede ayudarme.

—¿Cómo lo sabe?

Riose mordisqueó una galleta.

—Porque durante tres años he seguido la pista de todos los rumores, mitos y alusiones relativos a los magos. Y de toda la información que he sacado de las bibliotecas sólo hay dos hechos aceptados unánimemente, por lo que deben ser absolutamente ciertos. El primero es que los magos proceden del extremo de la Galaxia, frente a Siwenna; el segundo es que el padre de usted conoció una vez a un mago, vivo y real, y habló con él.

El anciano siwenniano fijó la mirada, y Riose continuó:

—Será mejor que me diga cuanto sabe...

Barr dijo pensativamente:

—Sería interesante contarle ciertas cosas. Sería un experimento psicohistórico exclusivamente mío.

—¿Qué clase de experimento?

—Psicohistórico. —El viejo sonrió de modo desagradable, y enseguida prosiguió—: Haría bien en tomar más té. Voy a soltarle un pequeño discurso.

Se apoyó bien en los blandos almohadones de su butaca. Las luces de las paredes disminuyeron su potencia hasta convertirse en un fulgor rosado y marfileño que incluso suavizaba el duro perfil del soldado.

Ducem Barr comenzó:

—Mis conocimientos son el resultado de dos accidentes: el de haber nacido hijo de mi padre, por ser quien fue, y el de haberlo hecho en mi país. Todo se inició hace más de cuarenta años, poco después de la Gran Matanza, cuando mi padre andaba fugitivo por los bosques del sur mientras yo servía en la flota personal del virrey. A propósito, era el mismo virrey que había ordenado la Matanza y que encontró una muerte tan cruel tras ella.

Barr sonrió torvamente y prosiguió:

—Mi padre era un patricio del Imperio y senador de Siwenna. Se llamaba Onum Barr.

Riose le interrumpió con impaciencia:

—Conozco muy bien las circunstancias de su exilio. No es preciso que se extienda en detalles a este respecto.

El siwenniano le ignoró y continuó sin inmutarse:

—Durante su exilio fue abordado por un vagabundo, un mercader del extremo de la Galaxia; un joven que hablaba con extraño acento y no sabía nada de la reciente historia imperial, y que estaba protegido por un campo de fuerza individual.

—¿Un campo de fuerza individual? —repitió Riose con asombro—. Dice usted cosas incomprensibles. ¿Qué generador podría tener la potencia suficiente como para condensar un campo en el volumen de un solo hombre? Por la Gran Galaxia, ¿llevaba a cuestas una fuente de cinco mil miriatoneladas de energía atómica, o acaso usaba una carretilla de mano?

Barr dijo tranquilamente:

—Éste es el mago sobre el que usted ha oído rumores, historias y mitos. El título de mago no se gana con facilidad. No llevaba un generador lo bastante grande como para ser visto, pero ni el disparo del arma más pesada que pudiera usted sostener en la mano hubiese siquiera arrugado el escudo que llevaba.

—¿Es ésa toda la historia? ¿Acaso los magos nacen

de las habladurías de un anciano trastornado por el sufrimiento y el exilio?

—La historia de los magos es incluso anterior a mi padre, señor. Y la prueba es aún más concreta. Después de dejar a mi padre, ese mercader a quien los hombres llaman mago visitó a un Tec, es decir, a uno de los Técnicos, en la ciudad que mi padre le había indicado, y allí dejó un generador-escudo del tipo que él llevaba. Ese generador fue recuperado por mi padre cuando volvió del destierro al producirse la muerte del sanguinario virrey. Tardó mucho tiempo en encontrarlo... El generador está colgado de la pared que tiene a sus espaldas, señor. No funciona. Sólo lo hizo los dos primeros días, pero, si lo examina, verá que no ha sido diseñado por ningún hombre del Imperio.

Bel Riose alargó la mano para coger el cinturón de eslabones de metal que colgaba de la pared curvada. Se desprendió con un ligero chasquido cuando el diminuto campo adhesivo se interrumpió al contacto de su mano. El elipsoide de la punta del cinto atrajo su atención. Era del tamaño de una nuez.

—Esto... —murmuró.

—Esto era el generador —asintió Barr—. He dicho que lo *era*. El secreto de su funcionamiento ya no puede descubrirse ahora. Las investigaciones subelectrónicas han demostrado que se fundió en una sola masa metálica, y el estudio más minucioso de sus siluetas de difracción no ha sido suficiente para distinguir las diferentes partes que existieron antes de la fusión.

—Entonces, su «prueba» se halla todavía en la confusa frontera de las palabras, sin ser respaldada por ninguna evidencia concreta.

Barr se encogió de hombros.

—Usted me ha exigido que le diera información y me ha amenazado con arrancármela por la fuerza. Si desea recibirla con escepticismo, ¿qué puede importarme? ¿Quiere que me calle?

—¡Continúe! —exclamó bruscamente el general.

—Proseguí las investigaciones de mi padre después de su muerte, y entonces vino en mi ayuda el segundo accidente que he mencionado, porque Siwenna era muy conocido por Hari Seldon.

—¿Y quién es Hari Seldon?

—Hari Seldon era un científico que vivió durante el reinado del emperador Daluben IV. Era psicohistoriador; el último y más grande de todos ellos. En cierta ocasión visitó Siwenna, cuando era un gran centro comercial, rico en las artes y las ciencias.

—¡Hum! —murmuró agriamente Riose—. ¿Dónde está el planeta en decadencia que no pretenda haber sido un país de floreciente riqueza en el pasado?

—El pasado al que yo me refiero tiene dos siglos, cuando el Emperador aún gobernaba hasta la estrella más remota; cuando Siwenna era un mundo del interior y no una provincia fronteriza semibárbara. En aquellos días, Hari Seldon previó la decadencia del poder imperial y la eventual caída hacia la barbarie de toda la Galaxia.

Riose prorrumpió en una carcajada repentina.

—¿Previó eso? Entonces no acertó, mi buen científico... supongo que usted se da este nombre. ¡Cómo es posible! El Imperio es más poderoso ahora que durante el último milenio. Sus ancianos ojos están cegados por la fría crudeza de la frontera. Venga algún día a los mundos interiores; venga al calor y a la riqueza del centro.

El viejo movió sombríamente la cabeza.

—La circulación se detiene primero en los bordes exteriores. La decadencia tardará todavía un poco en llegar al corazón. Es decir, la decadencia aparente, obvia para todos, pues la decadencia interior es una historia vieja de unos quince siglos.

—De modo que Hari Seldon previó una Galaxia de uniforme barbarie —dijo Riose con buen humor—. ¿Y qué pasó entonces, vamos a ver?

—Estableció dos Fundaciones en sendos extremos opuestos de la Galaxia. Fundaciones constituidas por los mejores, los más jóvenes y los más fuertes, para que allí procrearan, crecieran y se desarrollaran. Los mundos donde se instalaron fueron elegidos cuidadosamente, así como los tiempos y los alrededores. Todo se organizó de manera que el futuro previsto por las infalibles matemáticas de la psicohistoria implicara su temprano aislamiento del núcleo principal de la civilización imperial y su crecimiento gradual hacia los gérmenes del Segundo Imperio Galáctico, reduciendo un inevitable período bárbaro de treinta mil años a escasamente unos mil.

—¿Y de dónde ha sacado usted todo esto? Parece saberlo con detalle.

—No lo sé ni lo he sabido nunca —dijo el patricio con compostura—. Es el paciente resultado de haber ido reuniendo cierta evidencia descubierta por mi padre con otras descubiertas por mí mismo. La base es frágil y la estructura se ha romantizado para rellenar los enormes huecos. Pero estoy convencido de que es esencialmente cierto.

—Se convence usted con excesiva facilidad.

—¿Usted cree? Me ha costado cuarenta años de investigación.

—¡Hum! ¡Cuarenta años! Yo resolvería la cuestión en cuarenta días. De hecho, creo que debería hacerlo. Sería... diferente.

—¿Y cómo lo llevaría a cabo?

—Del modo más evidente. Me convertiría en explorador. Encontraría esa Fundación de que me ha hablado y la observaría con mis propios ojos. ¿Ha dicho usted que hay dos?

—Las crónicas hablan de dos. Sólo se han encontrado pruebas de una, lo cual es comprensible, pues la otra está en el extremo opuesto del largo eje de la Galaxia.

—Muy bien; pues visitaremos la que está cerca.

El general se levantó al tiempo que se ajustaba el cinturón.

—¿Ya sabe adónde ha de ir? —preguntó Barr.

—En cierto modo, sí. En las crónicas del penúltimo virrey, el que asesinó usted con tanta efectividad, hay sospechosas leyendas de bárbaros exteriores. De hecho, una de sus hijas fue dada en matrimonio a un príncipe bárbaro. Ya encontraré el camino.

Extendió la mano.

—Gracias por su hospitalidad.

Ducem Barr tocó la mano del general con sus dedos y se inclinó ceremoniosamente.

—Su visita ha sido un gran honor para mí.

—En cuanto a la información que me ha dado —continuó Bel Riose—, sabré agradecérsela cuando vuelva.

Ducem Barr siguió cortésmente a su huésped hasta la puerta exterior, y dijo en voz baja, mientras desaparecía el coche de superficie:

—...Si vuelves.

2. LOS MAGOS

FUNDACIÓN — *...Tras cuarenta años de expansión, la Fundación se enfrentó a la amenaza de Bel Riose. Los épicos días de Hardin y Mallow habían desaparecido, y con ellos cierta dura osadía y resolución...*

Enciclopedia Galáctica

Había cuatro hombres en la habitación, situada de forma que nadie podía acercarse a ella. Los cuatro se miraron rápidamente y después contemplaron durante un buen rato la mesa que les separaba. Sobre la misma había cuatro botellas, y otros tantos vasos, pero nadie los había tocado.

A continuación, el hombre más próximo a la puerta extendió un brazo y tamborileó un ritmo lento y suave sobre la mesa, al tiempo que decía:

—¿Van a continuar sentados y callados eternamente? ¿Acaso importa quién hable primero?

—Pues hágalo usted —dijo el hombre corpulento

sentado frente a él—. Usted es el que debería estar más preocupado.

Sennett Forell rió en silencio y sin humor.

—Porque se imaginan que soy el más rico. O tal vez esperan que continúe, ya que he empezado. Supongo que no han olvidado que fue mi propia flota comercial la que capturó esa nave exploradora...

—Usted tenía la flota más grande —dijo un tercero— y los mejores pilotos; lo cual es otra manera de decir que es el más rico. Fue un riesgo tremendo, y hubiera sido aún mayor para uno de nosotros.

Sennett Forell volvió a reír silenciosamente.

—Tengo cierta facilidad para correr riesgos, ya que ello lo he heredado de mi padre. Después de todo, el punto esencial en la aceptación de un riesgo es que los resultados lo justifiquen, y, en cuanto a eso, no cabe la menor duda de que la nave enemiga fue aislada y capturada sin pérdidas por nuestra parte y sin poner sobre aviso a los demás.

El hecho de que Forell fuese un lejano pariente colateral del gran desaparecido Hober Mallow era sabido abiertamente en todo el ámbito de la Fundación. El hecho de que fuera hijo ilegítimo de Mallow era aceptado en silencio por todos.

El cuarto hombre pestañeó subrepticiamente. Las palabras se escaparon de sus labios.

—El haber capturado esa navecilla no es como para ponerse a dormir sobre los laureles. Lo más probable es que ese joven se enfurezca aún más.

—¿Usted cree que necesita motivos? —preguntó desdeñosamente Forell.

—Pues sí, lo creo, y esto podría ahorrarle, mejor dicho, le ahorrará la molestia de inventarse uno. —El cuarto hombre hablaba despacio—. Hober Mallow trabajaba de otra manera, y también Salvor Hardin. Dejaban que otros usaran el dudoso medio de la fuerza, mientras ellos maniobraban tranquilamente y con seguridad.

Forell se encogió de hombros.

—Esa nave ha probado su valor. Los motivos son baratos y éste lo hemos vendido con beneficios. —Se advertía en sus palabras la satisfacción del comerciante nato. Continuó—: Ese joven es del viejo Imperio.

—Ya lo sabemos —comentó el segundo hombre, un tipo corpulento, con un gruñido de desagrado.

—Lo sospechábamos —rectificó suavemente Forell—. Si un hombre viene con naves y riqueza, con talante de amistad y con ofertas comerciales, es de sentido común evitar su enemistad hasta estar seguros de que su buena disposición no es una máscara. Pero ahora...

Había un ligero tono de lamentación en la voz del tercer hombre cuando interrumpió:

—Podríamos haber sido aún más cautelosos. Podríamos habernos enterado primero, antes de permitirle que se marchara. Hubiera sido lo más sensato.

—Este punto ya ha sido discutido y desechado —dijo Forell, apartando el tema con un ademán concluyente.

—El Gobierno es blando —se lamentó el tercer hombre— y el alcalde es un idiota.

El cuarto miró de uno en uno a los otros tres y se quitó de la boca la colilla del cigarro. La dejó caer en la ranura situada a su derecha, donde desapareció con una chispa final.

Dijo con sarcasmo:

—Espero que el caballero que ha hablado últimamente lo haya hecho sólo por hábito. Aquí nos podemos permitir el lujo de recordar que el Gobierno somos nosotros.

Hubo un murmullo de asentimiento.

Los ojos diminutos del cuarto hombre estaban fijos en la mesa.

—Entonces, dejemos en paz a la política del Gobierno. Ese joven.... ese extranjero, podía ser un cliente potencial. Ha habido otros casos. Todos ustedes intentaron adularle para conseguir un contrato previo. Tenemos un acuerdo, un acuerdo entre caballeros, que va en contra de esto, pero a pesar de todo lo intentaron.

—Y usted también —gruñó el segundo.

—Lo sé —replicó con calma el cuarto.

—Pues olvidemos lo que hubiéramos podido hacer —interrumpió Forell con impaciencia— y continuemos pensando en cómo debemos actuar ahora. En cualquier caso, ¿qué habría pasado si le hubiésemos matado o hecho prisionero? Aun ahora no estamos seguros de sus intenciones, y en el peor de los casos no podríamos destruir un Imperio quitando la vida a un solo hombre. Podría haber montones de flotas esperando por si se daba el caso de que el joven no regresara.

—Exactamente —aprobó el cuarto—. Veamos, ¿qué se consiguió con la captura de esa nave? Soy demasiado viejo para tanta charla.

—Puedo decírselo con muy pocas palabras —repuso Forell secamente—. Se trata de un general imperial, o lo que sea en el rango correspondiente entre ellos. Es un joven que ha probado sus dotes militares (así me lo han dicho) y que es el ídolo de sus hombres. Una carrera muy romántica. Las historias que se cuentan de él serán indudablemente mentiras en su mayor parte, pero incluso así le han convertido en una especie de portento.

—¿Quién las cuenta? —inquirió alguien.

—La tripulación de la nave capturada. Escuchen, tengo todas sus declaraciones grabadas en microfilme, que guardo en un lugar seguro. Más tarde podrán oírlas si lo desean. Ustedes mismos pueden hablar con los hombres en caso de que lo consideren necesario. Yo sólo les he dicho lo esencial.

—¿Cómo logró sonsacarles? ¿Cómo sabe que han dicho la verdad?

Forell frunció el ceño.

—No me anduve con miramientos, señores míos. Les golpeé, les drogué de forma masiva y empleé despiadadamente la sonda. Hablaron. Y podemos creerles.

—En los viejos tiempos —dijo el tercer hombre con repentina incongruencia— se habría utilizado la psicología pura. Indolora, ya saben, pero muy segura y sin posibilidad de engaño.

—Bueno, había muchas cosas antiguamente —comentó Forell con sequedad—, pero éstos son otros tiempos.

—Pero... —dijo el cuarto hombre— ¿qué buscaba aquí ese general, ese romántico héroe? —Había en él una persistencia monótona y tenaz.

Forell le miró con fijeza.

—¿Cree usted que confió a su tripulación los detalles de la política estatal? Ellos no lo sabían. No podemos sacarles nada a este respecto, y bien sabe la Galaxia que lo hemos intentado.

—Lo cual significa...

—Que hemos de llegar a nuestras propias conclusiones, naturalmente. —Los dedos de Forell empezaron a tamborilear de nuevo—. Ese joven es un jefe militar del Imperio, y sin embargo fingió ser un príncipe menor de algunas estrellas dispersas en un rincón cualquiera de la Periferia. Sólo esto ya prueba que no le interesa dejarnos entrever sus verdaderos motivos. Añadamos a la naturaleza de su profesión el hecho de que el Imperio ya financió un ataque contra nosotros en tiempos de mi padre, y veremos que hay motivos para que nos preocupemos. Aquel primer ataque fracasó, y dudo que el Imperio nos lo haya perdonado.

—¿No hay nada en lo que ha descubierto —preguntó con cautela el cuarto hombre— que nos dé alguna seguridad? ¿No nos está ocultando algo?

Forell contestó serenamente:

—No puedo ocultar nada. En lo sucesivo no podrá haber ninguna rivalidad comercial. Nos veremos forzados a la unidad.

—¿Patriotismo? —La débil voz del tercer hombre tenía un acento burlón.

—Al diablo con el patriotismo —dijo Forell con voz ecuánime—. ¿Creen que daría tan sólo dos soplos de emanación atómica por el futuro Segundo Imperio? ¿Suponen que arriesgaría una sola misión comercial para allanarle el camino? Pero... ¿acaso se imaginan que la conquista imperial ayudará a mi negocio o al de ustedes? Si el Imperio vence habrá cantidad suficiente de cuervos para acabar con los despojos de la batalla.

—Y nosotros seremos los despojos —añadió secamente uno de los presentes.

El segundo hombre rompió el silencio de improviso, cambiando su enorme cuerpo de posición y haciendo crujir la silla.

—¿Por qué hablar de eso? El Imperio no puede ganar, ¿verdad? Contamos con la afirmación de Seldon de que al final formaremos el Segundo Imperio. Esto no es más que otra crisis. Ha habido tres con anterioridad.

—¡Sólo otra crisis, sí! —Forell estaba furioso—. Pero en las dos primeras teníamos a Salvor Hardin para guiarnos; en la tercera, a Hober Mallow. ¿A quién tenemos ahora?

Miró fríamente a los otros y prosiguió:

—Las reglas de psicohistoria de Seldon, en las que es tan cómodo confiar, tienen probablemente entre sus variables una cierta iniciativa normal por parte del pueblo mismo de la Fundación. Las leyes de Seldon ayudan a quienes se ayudan a sí mismos.

—Los tiempos hacen al hombre —dijo el tercero—. Éste es otro proverbio.

—No es posible fiarse de él con seguridad absoluta —gruñó Forell—. Bien, yo opino lo siguiente: si ésta es la cuarta crisis, Seldon la habrá previsto. De ser así, será posible vencerla, y entonces tiene que haber un modo de conseguirlo. Ahora el Imperio no es más fuerte que nosotros; siempre lo ha sido. Pero es la primera vez que estamos en peligro de un ataque directo por su parte, por lo que su fuerza se convierte en una temible amenaza. Si hemos de vencerla, ha de ser nuevamente, como en todas las crisis pasadas, por medio de un método, y no por la fuerza. Hemos de encontrar el punto débil del enemigo... y atacarlo.

—¿Y cuál será ese punto débil? —interrogó el cuarto hombre—. ¿Piensa adelantarnos una teoría?

—No. A eso quiero ir a parar. Nuestros grandes jefes del pasado siempre vieron los puntos débiles de sus enemigos y los atacaron. Pero ahora...

Había indecisión en su voz. Y por un momento nadie hizo ningún comentario. Luego, el cuarto personaje tomó nuevamente la palabra y dijo:

—Necesitamos espías.

Forell se volvió rápidamente hacia él.

—¡Tiene razón! Ignoro cuándo atacará el Imperio. Es posible que aún tengamos tiempo.

—El propio Hober Mallow entró en los dominios imperiales —sugirió el segundo.

Pero Forell movió la cabeza.

—Nada tan directo como eso. Ninguno de nosotros es precisamente joven, y todos estamos enmohecidos por la burocracia y los detalles administrativos. Necesitamos jóvenes que ya estén trabajando...

—¿Los comerciantes independientes? —preguntó de nuevo el cuarto.

Forell asintió con la cabeza y murmuró:

—Si aún hay tiempo...

3. LA MANO MUERTA

Bel Riose interrumpió sus inquietos paseos y miró con esperanza a su ayudante, que acababa de entrar.

—¿Alguna noticia del *Starlet*?

—Ninguna. Las patrullas de exploración se han repartido el espacio en zonas, pero los instrumentos no han detectado nada. El comandante Yume ha informado que la Flota está dispuesta para un inmediato ataque de represalia.

El general meneó la cabeza.

—No, no por una nave patrulla. Todavía no. Dígale que doble... ¡Espere! Escribiré el mensaje. Póngalo en clave y transmítalo por rayo-estanco.

Escribió mientras hablaba y alargó el papel al oficial.

—¿Ha llegado ya el siwenniano?

—Aún no.

—Bien, encárguese de que le conduzcan aquí en cuanto llegue.

El ayudante saludó con rigidez y se fue. Riose reemprendió sus paseos por la estancia.

Cuando la puerta se abrió por segunda vez, Ducem

Barr apareció en el umbral. Lentamente, detrás del ayudante que le acompañaba, entró en la habitación, cuyo techo era un modelo estereoscópico de la Galaxia, y en el centro de la cual estaba Bel Riose con uniforme de campaña.

—¡Buenos días, patricio! —El general adelantó una silla con el pie e hizo una seña al ayudante, diciendo—: Esta puerta ha de permanecer cerrada hasta que yo mismo la abra.

Se acercó al siwenniano y se detuvo frente a él con las piernas separadas y las manos cruzadas a su espalda, balanceándose lenta y pensativamente sobre las puntas de los pies. Entonces, ásperamente, dijo:

—Patricio, ¿es usted un súbdito leal del Emperador?

Barr, que había guardado hasta aquel momento un silencio indiferente, frunció levemente el ceño.

—No tengo motivos para ser adicto al Gobierno imperial.

—Lo cual está muy lejos de decir que sería un traidor.

—Cierto. Pero el mero hecho de no ser un traidor está también muy lejos de consentir en ser un colaborador activo.

—En general también eso es cierto. Pero negar su ayuda en este momento —dijo Riose con deliberación— será considerado una traición y tratada como tal.

Las cejas de Barr se juntaron.

—Guarde sus agudezas verbales para sus subordinados. Será suficiente para mí que enuncie sus necesidades y exigencias.

Riose se sentó y cruzó las piernas.

—Barr, tuvimos una discusión previa hace casi medio año.

—¿Acerca de sus magos?

—Sí. Se acordará de lo que dije que haría.

Barr asintió. Sus manos descansaban sobre las piernas.

—Dijo que les visitaría en sus escondites y ha estado fuera estos últimos cuatro meses. ¿Les ha encontrado?

—¿Encontrarles? ¡Eso sí! —gritó Riose. Habló con los labios rígidos, y parecía esforzarse para no hacer rechinar los dientes—. Patricio, no son magos, ¡son demonios! Es tan difícil de creer como lo es creer desde aquí en la nebulosa exterior. ¡Imagíneselo! Es un mundo del tamaño de un pañuelo, de una uña, con recursos tan escasos, un poder tan pequeño y una población tan microscópica que no serían suficientes ni para los mundos más atrasados de los polvorientos prefectos de las Estrellas Negras. Y, pese a ello, es un pueblo tan altivo y ambicioso que sueña tranquila y metódicamente con el gobierno galáctico. ¡Caramba!, están tan seguros de sí mismos que ni siquiera tienen prisa. Se mueven lenta y flemáticamente, hablan de siglos necesarios. Se tragan mundos a placer y se internan en sistemas con morosa complacencia. Y tienen éxito. Nadie puede detectarles. Han desarrollado una mísera comunidad comercial que enrosca sus tentáculos alrededor de los sistemas, más lejos de lo que pueden llegar sus naves de juguete. Sus comerciantes (como se llaman a sí mismos sus agentes) penetran por doquier.

Ducem Barr interrumpió el airado discurso.

—¿Cuánto de esta información es exacto y cuánto es simplemente cólera?

El soldado recobró el aliento y se calmó un poco.

—La cólera no me ciega. Le digo que he estado en mundos más próximos a Siwenna que a la Fundación, donde el Imperio era un mito de la distancia y los comerciantes certidumbres vivas. Nosotros fuimos tomados por comerciantes.

—¿Fue la propia Fundación la que le dijo que su objetivo es el dominio galáctico?

—¡Si me lo dijo! —Riose volvió a enfurecerse—. No era necesario que me lo dijeran. Los funcionarios callaban; no hablaron más que de negocios. Pero hablé con hombres corrientes. Capté las ideas de la gente; su «destino manifiesto», su tranquila aceptación de un gran futuro. Es algo que no se puede ocultar; un optimismo universal que ni siquiera tratan de disimular.

El siwenniano demostró abiertamente cierta serena satisfacción.

—Se dará cuenta de que hasta ahora todo parece coincidir exactamente con mi reconstrucción de los hechos a partir de los escasos datos que he logrado reunir.

—Sin duda —respondió Riose con airado sarcasmo— es una prueba de sus poderes analíticos. Pero también es una evidencia del creciente peligro que amenaza los dominios de Su Majestad Imperial.

Barr se encogió de hombros con indiferencia, y Riose se adelantó de pronto, agarró los hombros del anciano y le miró a los ojos con curiosa suavidad. Dijo:

—No, patricio, nada de eso. No tengo el menor deseo de ser bárbaro. Por mi parte, el legado de la hostilidad siwenniana hacia el Imperio es una odiosa carga, y yo haría cualquier cosa para eliminarla. Pero mi jurisdicción es sólo militar y no puedo entrometerme en asuntos civiles. Sería la causa de mi ruina y me impediría ser útil. ¿Lo comprende? Claro que sí. Entre nosotros, pues, dejemos que la atrocidad de hace cuarenta años sea reparada por la venganza de usted contra su autor, y quede así olvidada. Necesito su ayuda; lo admito con franqueza.

En la voz del joven había una inmensa urgencia, pero Ducem Barr meneó la cabeza en una suave y firme negativa.

Riose presionó con acento suplicante:

—Usted no lo comprende, patricio, y yo dudo de mi habilidad para hacérselo comprender. No puedo discutir en su terreno. Usted es el erudito, no yo. Pero puedo decirle esto: sea lo que fuere lo que piensa del Imperio, ha de admitir sus grandes servicios. Sus fuerzas armadas han cometido crímenes aislados, pero en general han contribuido a la paz y la civilización. Fue la Flota imperial la que creó la *Pax Imperium* que se estableció en toda la Galaxia durante dos mil años. Compare los dos milenios de paz bajo el Sol y la Astronave del Imperio con los dos milenios de anarquía interestelar que los precedieron. Considere las guerras y las destrucciones de aquellos tiempos y dígame si no vale la pena, pese a todos sus defectos, conservar el Imperio. Considere —continuó de forma elocuente— lo que ha sido del borde exterior de la Galaxia en los días de su escisión e independencia, y pregúntese si, por una ruin venganza, reduciría a Siwenna de su posición como provincia bajo la protección de la poderosa Flota a un mundo bárbaro en una Galaxia bárbara, inmersos todos sus mundos en una fragmentaria independencia y una común degradación y miseria.

—¿Tan mal están las cosas... tan pronto? —murmuró el siwenniano.

—No —admitió Riose—. No cabe duda de que nosotros estaríamos a salvo aunque nuestras vidas se cuadriplicaran. Pero yo lucho por el Imperio, y por una tradición militar que sólo significa algo para mí, pues no puedo transferírsela a usted. Es una tradición militar basada en la institución imperial a la que sirvo.

—Se está poniendo místico, y siempre me resulta difícil penetrar el misticismo de otra persona.

—No importa. Ya comprende el peligro de esta Fundación.

—Fui yo quien le señaló lo que usted llama peligro antes de que se marchara de Siwenna.

—Entonces se dará cuenta de que ha de ser detenida en sus comienzos... o nunca. Usted tenía noticia de esa Fundación antes de que nadie hubiese oído hablar de ella. Sabe más de ella que cualquier otra persona del Imperio. Probablemente sabe cuál es la mejor manera de atacarla y también puede anticiparme sus medidas de contraataque. Vamos, seamos amigos.

Ducem Barr se levantó y dijo con voz átona:

—La ayuda que pudiera prestarle no significa nada. Por tanto, le libero de escuchar mi respuesta a su urgente petición.

—Yo seré quien juzgue su significado.

—No, estoy hablando en serio. Ni siquiera toda la potencia junta del Imperio podría aplastar a ese mundo pigmeo.

—¿Por qué no? —Los ojos de Bel Riose centelleaban furiosamente—. No, quédese donde está. Yo le diré cuándo puede marcharse. ¿Por qué no? Si cree que menosprecio a ese enemigo que he descubierto, se equivoca. Patricio —añadió con esfuerzo—, he perdido una nave durante el regreso. No tengo pruebas de que cayera en manos de la Fundación, pero no hemos podido localizarla desde entonces, y, de haber sido un simple accidente, con toda seguridad habríamos hallado su casco muerto a lo largo de la órbita que seguimos. No es una pérdida importante. Menos de la décima parte de una picada de mosquito, pero puede indicar que la Fundación ya ha comenzado las hostilidades. Semejante vehemencia y desprecio por las consecuencias significaría la existencia de unas fuerzas secretas de las que no sé nada. ¿Puede al menos ayudarme contestando a una pregunta específica? ¿Cuál es su poderío militar?

—No tengo la menor idea.

—Entonces, explíquese en sus propios términos. ¿Por qué dice que el Imperio no puede derrotar a tan pequeño enemigo?

El siwenniano se sentó de nuevo y desvió la mirada que en él tenía fija Riose. Habló con gravedad:

—Porque tengo fe en los principios de la psicohistoria. Es una ciencia extraña. Alcanzó la madurez matemática con un hombre, Hari Seldon, y murió con él, porque nadie desde entonces ha sido capaz de manipular sus complejidades. Pero en aquel breve período demostró ser el instrumento más poderoso jamás inventado para el estudio de la humanidad. Sin pretender predecir los actos del individuo, formuló leyes específicas capaces de análisis y extrapolación matemáticos para gobernar y vaticinar la acción en masa de los grupos humanos.

—Siga.

—Fue la psicohistoria que aplicó Seldon y el grupo que trabajaba con él para el establecimiento de la Fundación. Lugar, tiempo y condiciones, todo conspira matemáticamente y, por ende, en forma inevitable, para el desarrollo de un Imperio Universal.

La voz de Riose tembló de indignación.

—¿Quiere decir que ese arte suyo predice que yo atacaré la Fundación y perderé tal y cual batalla por tal y cual motivo? ¿Está tratando de decirme que soy un necio robot que sigue un curso predestinado a la destrucción?

—No —replicó el viejo patricio con voz dura—. Ya le he dicho que esa ciencia no sirve para actos individuales. Es el conjunto, el vasto telón de fondo, lo que ha sido previsto.

—Así que nos hallamos dentro del potente puño de la Diosa de la Necesidad Histórica.

—De la Necesidad Psicohistórica —corrigió suavemente Barr.

—¿Y si yo ejerzo mi prerrogativa de libre albedrío? ¿Y si decido atacar el año próximo, o no atacar nunca? ¿Hasta qué punto es flexible la Diosa? ¿Hasta dónde llegan sus recursos?

Barr se encogió de hombros.

—Ataque ahora o nunca, con una sola nave o con todo el poderío del Imperio, con la fuerza militar o con la presión económica, con una abierta declaración de guerra o con una emboscada traidora. Actúe como quiera y ejercite hasta el máximo su libre albedrío. Perderá de todos modos.

—¿Debido a la mano muerta de Hari Seldon?

—Debido a la mano muerta de las matemáticas de la conducta humana, que no pueden detenerse, ni desviarse, ni demorarse...

Se miraron el uno al otro en un punto muerto, hasta que el general retrocedió un paso y dijo sencillamente:

—Acepto el desafío. Será una mano muerta contra una voluntad viva.

4.   EL EMPERADOR

Cleón II, comúnmente llamado El
Grande. *Último emperador poderoso del Primer Imperio, importante por el renacimiento
político y artístico que tuvo lugar durante su
largo reinado. Sin embargo, es más conocido
en los romances por su conexión con Bel Riose, y para el hombre de la calle es simplemente «el Emperador de Riose». Es importante
no permitir que los acontecimientos del último año de su reinado oscurezcan cuarenta
años de...*

Enciclopedia Galáctica

Cleón II era Señor del Universo. Cleón II estaba
aquejado, además, de una enfermedad dolorosa que
carecía de diagnóstico. Por los extraños giros de los
asuntos humanos, estas dos características no se exclu-
yen mutuamente, ni son especialmente incongruentes.
Ha habido en la historia una larga serie de molestos
precedentes.

Pero a Cleón II no le importaban nada aquellos precedentes. Meditar sobre una larga lista de casos similares no mejoraría su sufrimiento personal ni siquiera en el ínfimo valor de un electrón. Tampoco le aliviaba pensar que mientras su bisabuelo había sido el gobernante pirata de un planeta minúsculo, él dormía en el palacio de recreo de Ammenetik *el Grande*, como heredero de una estirpe de gobernantes galácticos que se remontaba a un lejano pasado. En aquellos momentos no le procuraba ningún alivio pensar que los esfuerzos de su padre habían limpiado el reino de las marcas leprosas de la rebelión, restaurando la paz y la unidad disfrutadas bajo Stanel VI, y que, en consecuencia, durante los veinticinco años de su reinado no había empañado su gloria la menor sospecha de sedición.

El Emperador de la Galaxia y Señor de Todo gimió al apoyar la cabeza en el plano vigorizador de fuerza de las almohadas, que se hundía sin ofrecer ningún contacto, y se relajó un poco al sentir el agradable cosquilleo. Se incorporó con dificultad y contempló las distantes paredes de la enorme cámara. Era demasiado grande para estar a solas en ella; todas las habitaciones eran demasiado grandes...

Pero era mejor estar solo durante aquellos ataques paralizadores que soportar los contoneos de los cortesanos, su exagerada simpatía y su condescendiente y blanda estupidez. Mejor estar solo que ver aquellas insípidas máscaras tras las cuales se tejían tortuosas especulaciones sobre las posibilidades de muerte y las fortunas de la sucesión.

Sus pensamientos le acosaban. Estaban sus tres hijos, tres altivos adolescentes llenos de promesa y virtud. ¿Dónde desaparecían aquellos días aciagos? Esperaban, sin duda. Cada uno de ellos espiaba a los otros; y todos le espiaban a él.

Se removió, inquieto. Y ahora Brodrig quería una audiencia. El plebeyo y fiel Brodrig; fiel porque era odiado de forma unánime y cordial, lo cual constituía el único punto de unión entre la docena de pandillas que dividían su corte.

Brodrig, el fiel favorito que tenía que ser fiel, pues si no poseyera la nave más veloz de la Galaxia y no se alejara en ella el día de la muerte del Emperador, le esperaría la cámara atómica al día siguiente.

Cleón II tocó el suave botón del brazo de su gran diván, y la enorme puerta del extremo de la habitación se disolvió en un transparente vacío.

Brodrig avanzó por la alfombra carmesí y se postró para besar la mano fláccida del Emperador.

—¿Vuestra salud, señor? —preguntó el secretario privado con voz baja y ansiosa.

—Vivo —respondió exasperado el Emperador—, si se puede llamar vida a ser usado por todos los granujas que saben leer un libro de medicina como blanco y campo receptivo de sus torpes experimentos. Si existe un remedio concebible, químico, físico o atómico, que aún no haya sido probado, algún culto charlatán de los confines del reino llegará mañana para ensayarlo. Y otro libro recién descubierto, o más probablemente una falsificación, será utilizado como una autoridad. Por la memoria de mi padre —prosiguió enfurecido— que no parece existir un solo bípedo viviente que pueda estudiar la enfermedad que tiene ante sus ojos con esos mismos ojos. No hay uno solo que sepa tomar el pulso sin tener delante un libro de los Antiguos. Estoy enfermo y lo llaman «desconocido». ¡Los muy idiotas! Si en el curso de milenios los cuerpos humanos aprenden nuevos métodos de caer de lado, como es algo que no lo descubrieron los Antiguos será algo incurable para toda la eternidad. Los Antiguos tendrían que vivir a hora, o yo entonces.

El Emperador musitó una maldición, mientras Brodrig esperaba obedientemente. Cleón II preguntó con mal humor:

—¿Cuántos están esperando fuera?

Movió la cabeza en dirección a la puerta. Brodrig contestó pacientemente:

—En el Gran Salón espera el número acostumbrado.

—¡Pues que esperen! Asuntos de estado ocupan mi atención. Di al capitán de guardia que así lo anuncie. Pero... ¡no, espera!, olvida los asuntos de estado. Que anuncie solamente que no concedo audiencias, y que lo haga con expresión entristecida. Los chacales que hay entre ellos pueden traicionarse. —El Emperador esbozó una malévola sonrisa.

—Corre la voz, señor —dijo Brodrig con suavidad—, que es vuestro corazón lo que os causa molestias.

La sonrisa del Emperador seguía siendo malévola.

—Perjudicará más a los otros que a mí mismo si alguien actúa prematuramente según este rumor. Pero dime qué te ha traído aquí. Acabemos con esto de una vez.

Brodrig se levantó al ser autorizado a ello por un ademán, y dijo:

—Se trata del general Bel Riose, el gobernador militar de Siwenna.

—¿Riose? —Cleón II frunció marcadamente el ceño—. No le recuerdo. Espera, ¿no es el que envió aquel novelesco mensaje hace algunos meses? Sí, ahora me acuerdo. Ansiaba mi permiso para iniciar una carrera de conquista para gloria del Imperio y del Emperador.

—Exactamente, señor.

El Emperador rió por unos instantes.

—¿Tenías idea de que me quedaran tales generales,

Brodrig? Parece ser un curioso atavismo. ¿Cuál fue la respuesta? Creo que tú te encargaste del asunto.

—En efecto, señor. Recibió instrucciones de enviar información adicional y de no dar ningún paso que implicara una acción naval sin ulteriores órdenes del Imperio.

—Hum. Una medida prudente. ¿Quién es ese Riose? ¿Ha estado alguna vez en la corte?

Brodrig asintió, y su boca se torció ligeramente.

—Empezó su carrera hace diez años como cadete de la Guardia. Tomó parte en aquel asunto de Lemul Cluster.

—¿Lemul Cluster? Ya sabes que mi memoria no es del todo... ¿Fue aquella vez que un soldado salvó a dos naves de línea de una colisión frontal mediante... no sé qué? —Agitó una mano con impaciencia—. He olvidado los detalles. Fue algo heroico.

—Riose era aquel soldado. Fue ascendido por ello —dijo Brodrig secamente— y asignado al campo de operaciones como capitán de una nave.

—Y ahora es gobernador militar de un sistema fronterizo; y todavía es joven. ¡Un hombre capaz, Brodrig!

—Inseguro, señor. Vive en el pasado. Es un soñador de viejos tiempos, o, mejor dicho, de los mitos sobre los viejos tiempos. Tales hombres son inofensivos por sí mismos, pero su extraña falta de realismo les hace parecer locos a los demás. —Y agregó—: Tengo entendido que tiene a sus hombres por completo bajo su control. Es uno de vuestros generales *populares*.

—¿Ah, sí? —murmuró el Emperador—. Bueno, Brodrig, no me gustaría ser servido únicamente por incompetentes. No dan un ejemplo muy envidiable de fidelidad, ni siquiera ellos.

—Un traidor incompetente no es un peligro. Son los hombres capaces los que hay que vigilar.

—¿Tú entre ellos, Brodrig? —Cleón II se rió y enseguida hizo una mueca de dolor—. Bueno, olvida la conferencia por el momento. ¿Qué novedades hay a propósito de ese joven conquistador? Supongo que no habrás venido solamente a recordar.

—Señor, se ha recibido otro mensaje del general Riose.

—¿Sí? ¿Y qué dice?

—Ha espiado la tierra de esos bárbaros y aconseja una expedición armada. Sus argumentos son largos y bastante aburridos. No vale la pena molestar con ellos a Vuestra Imperial Majestad en este momento en que os aqueja cierta indisposición; en especial porque será discutido a fondo durante la sesión del Consejo de los Señores. —Miró de soslayo al Emperador.

Cleón II frunció el ceño.

—¿Los Señores? ¿Hay que someterles esta cuestión, Brodrig? Significará más solicitudes de una interpretación más amplia de la Carta. Siempre terminan igual...

—No se puede evitar, señor. Hubiera sido preferible que vuestro augusto padre hubiese sofocado la última rebelión sin otorgar la Carta. Pero, como existe, hemos de soportarla por el momento.

—Supongo que tienes razón. Pues que lo sepan los Señores. Pero ¿por qué tanta solemnidad, hombre? Después de todo, es una cuestión insignificante. El éxito en una frontera remota con tropas limitadas no es precisamente un asunto de estado.

Brodrig sonrió con los labios apretados y dijo fríamente:

—Es asunto de un idiota romántico; pero incluso un idiota romántico puede ser un arma mortífera cuando un rebelde nada romántico lo utiliza como instrumento. Señor, ese hombre era popular aquí y es popular allí. Es joven. Si se anexiona uno o dos planetas bárbaros, se convertirá en un conquistador. Pues bien, un joven conquistador que ha demostrado su capacidad de despertar el entusiasmo de pilotos, mineros, comerciantes y otros de ese nivel, es peligroso en cualquier momento. Incluso aunque no desee haceros a vos lo que hizo vuestro augusto padre al usurpador, Ricker, uno cualquiera de vuestros leales Señores de los Dominios puede decidir utilizarle como arma.

Cleón II movió rápidamente una mano y se quedó rígido por el dolor. Se fue relajando con lentitud, pero su sonrisa era débil y su voz apenas un murmullo:

—Eres un súbdito valioso, Brodrig. Siempre sospechas más de lo necesario, y yo sólo tengo que seguir la mitad de las precauciones que sugieres para estar completamente a salvo. Lo someteremos a la opinión de los Señores. Les escucharemos y tomaremos las medidas pertinentes. Supongo que ese joven aún no ha comenzado las hostilidades.

—No menciona nada de eso, pero ya ha pedido refuerzos.

—¡Refuerzos! —Los ojos del Emperador expresaron un gran asombro—. ¿De qué fuerzas dispone?

—De diez naves de línea, señor, con todo el complemento de naves auxiliares. Dos de ellas están equipadas con motores recuperados de la antigua Gran Flota, y una tiene una batería de artillería de la misma procedencia. Las otras naves son relativamente nuevas, de los últimos cincuenta años, y todavía sirven.

—Diez naves parecen adecuadas para cualquier empresa razonable. Caramba, con menos de diez naves mi padre logró sus primeras victorias contra el usurpador. *¿Quiénes son* esos bárbaros contra los que lucha?

El secretario privado enarcó las cejas.

—Se refiere a ellos como «la Fundación».

—¿La Fundación? ¿Qué es eso?

—No hay datos, señor. He rebuscado cuidadosamente en los archivos. El área de la Galaxia indicada está dentro de las antiguas provincias de Anacreonte, que hace dos siglos se entregó al pillaje, la barbarie y la anarquía. Sin embargo, no hay en la provincia ningún planeta conocido como Fundación. Había una vaga referencia a un grupo de científicos enviados a aquella provincia justo antes de que se separase de nuestra protección. Iban a preparar una Enciclopedia. —Sonrió levemente—. Creo que la llamaban la Enciclopedia Galáctica.

—Bien —comentó el Emperador—, la conexión se me antoja bastante inconsistente.

—No digo que haya una conexión, señor. Nunca más se recibieron noticias de aquella expedición tras la implantación de la anarquía en aquella área. Si sus descendientes viven todavía y conservan su nombre, es seguro que habrán vuelto a la barbarie.

—De modo que quiere refuerzos —dijo el Emperador lanzando a su secretario una mirada colérica—. Esto es muy peculiar; se propone luchar contra unos salvajes con diez naves y pide más antes de que comience la lucha. Pero ahora voy recordando mejor a ese Riose; era un apuesto muchacho de familia leal. Brodrig, en este asunto hay puntos que no logro penetrar. Puede ser más importante de lo que parece.

Sus dedos jugaban ociosamente con la resplandeciente sábana que cubría sus piernas rígidas. Añadió:

—Necesito que vaya un hombre allí; un hombre que tenga ojos, cerebro y lealtad. Brodrig...

El secretario inclinó sumisamente la cabeza.

—¿Y las naves, señor?

—¡Todavía no! —El Emperador gimió mientras cambiaba poco a poco de posición. Señaló con un dedo tembloroso—. Tenemos que saber algo más. Convoca el Consejo de los Señores para dentro de una semana. Será asimismo una buena oportunidad para la nueva apropiación. La haré aprobar o tal vez algunos pierdan la vida.

Recostó su doliente cabeza en el agradable cosquilleo del campo de fuerza de la almohada.

—Vete ahora, Brodrig, y haz entrar al médico. Es el peor de todo ese hatajo de zopencos.

5. COMIENZA LA GUERRA

Desde el punto central de Siwenna, las fuerzas del Imperio se dirigieron cautelosamente hacia la desconocida negrura de la Periferia. Naves gigantes recorrieron la vasta distancia que separaba a las estrellas errantes del borde de la Galaxia, abriéndose camino alrededor de los límites más alejados de la influencia de la Fundación.

Mundos aislados en su nueva barbarie de dos siglos sintieron una vez más el paso de los señores supremos sobre su suelo. Se juró fidelidad frente a la masiva artillería concentrada en las ciudades capitales.

Las guarniciones fueron abandonadas; guarniciones de hombres que llevaban el uniforme imperial y la insignia del Sol-y-la-Astronave en sus charreteras. Los viejos lo advirtieron y recordaron una vez más las olvidadas historias de sus tatarabuelos sobre los tiempos en que el universo era grande y rico y disfrutaba de paz, y ese mismo Sol-y-la-Astronave lo gobernaba todo.

Entonces, las grandes naves tejieron su red de bases avanzadas alrededor de la Fundación. Y cuando cada uno de los mundos estuvo anudado en su lugar correspondiente de la red, se envió el informe a Bel Riose, que había establecido su cuartel general en la superficie rocosa y estéril de un planeta errante y sin sol.

En aquel momento, Riose se tranquilizó y sonrió a Ducem Barr.

—Bien, ¿qué opina usted, patricio?

—¿Yo? ¿Qué valor tiene lo que yo piense? No soy militar. —Contempló con una mirada de hastío y desagrado el desorden que reinaba en la habitación, excavada en la roca y provista de aire, luz y calor artificiales, que constituía la única burbuja de vida en la inmensidad de un mundo yermo—. Para la ayuda que puedo prestarte —murmuró—, o que estoy dispuesto a facilitarle, sería mejor que me regresase a Siwenna.

—Todavía no, todavía no. —El general giró la silla hacia el rincón donde se hallaba la enorme esfera transparente que mostraba el mapa de la antigua prefectura imperial de Anacreonte y sus sectores circundantes—. Más tarde, cuando todo haya terminado, podrá regresar a sus libros y todo lo demás. Me encargaré de que las posesiones de su familia le sean devueltas para siempre, a usted y a sus hijos.

—Gracias —dijo Barr con ligera ironía—, pero no tengo fe en el feliz desenlace de todo esto.

Riose estalló en una carcajada estridente.

—No empiece de nuevo con sus graznidos proféticos. Este mapa habla con voz más elocuente que sus pesimistas teorías. —Acarició suavemente su curvada e invisible superficie—. ¿Sabe interpretar un mapa en su proyección radial? ¿Sí? Pues bien, véalo usted mismo. Las estrellas doradas representan los territorios imperiales. Las rojas son las que están sometidas a la Fundación, y las rosas son las que se hallan probablemente bajo su esfera de influencia. Ahora, mire...

La mano de Riose cubrió un botón redondo, y un área de marcados y blancos puntitos fue tiñéndose lentamente de azul oscuro. Los puntitos, como una taza invertida, rodearon a los rojos y rosados.

—Estas estrellas azules han sido tomadas por mis fuerzas —dijo Riose con tranquila satisfacción— y continúan avanzando. No han encontrado obstáculos en ninguna parte. Los bárbaros se mantienen inmóviles. Y, sobre todo, no ha habido ninguna oposición por parte de las fuerzas de la Fundación. Duermen bien y pacíficamente.

—Usted dispersa sus fuerzas en una línea muy delgada, ¿verdad? —preguntó Barr.

—De hecho —explicó Riose—, y pese a las apariencias, no es así. Los puntos clave donde sitúo guarnición y fortificaciones son relativamente pocos, pero están elegidos con sumo cuidado. El resultado es que las fuerzas dispersas son pequeñas, pero la estrategia es considerable. Hay muchas ventajas, más de las que adivinaría quien no hubiese estudiado a fondo la táctica espacial, pero es evidente para cualquiera, por ejemplo, que puedo desencadenar un ataque desde cualquier punto de una esfera envolvente, y que cuando haya terminado será imposible para la Fundación atacar los flancos o la retaguardia. Para ellos no habrá ni flancos ni retaguardia. Esta estrategia del Cerco Previo ha sido intentada antes, sobre todo en las campañas de Loris VI, hace unos dos mil años, pero siempre de modo imperfecto; siempre con el conocimiento y la interferencia del enemigo. Esta vez es diferente...

—¿El caso ideal de los libros de texto? —La voz de Barr era lánguida e indiferente. Riose perdió la paciencia.

—¿Sigue pensando que mis fuerzas fracasarán?

—Téngalo por seguro.

—Sepa usted que no ha habido un solo caso en la historia militar en que, cuando el movimiento envolvente ha sido completado, no hayan vencido las fuerzas atacantes, excepto cuando existe una flota exterior con la fuerza suficiente como para romper el cerco.

—Si usted lo dice...

—¿Y continúa creyendo lo mismo?

—Sí.

—Allá usted. —Riose se encogió de hombros.

Barr dejó que el silencio se prolongase unos momentos y entonces preguntó:

—¿Ha recibido respuesta del Emperador?

Riose sacó un cigarrillo de un recipiente mural situado a sus espaldas y lo encendió cuidadosamente. Repuso:

—¿Se refiere a mi petición de refuerzos? Ha llegado la respuesta, nada más.

—Las naves no.

—Ninguna. Lo esperaba a medias. Francamente, patricio, no hubiera debido dejarme influenciar por sus teorías y haber hecho esta petición que, en definitiva, me ha puesto en evidencia.

—¿De verdad?

—Claro. Las naves son escasas. Las guerras civiles de los dos últimos siglos han acabado con más de la mitad de la Gran Flota, y las restantes se hallan en malas condiciones. Usted ya sabe que las naves que se construyen actualmente no valen nada. Creo que no existe un solo hombre en la Galaxia capaz de construir un motor hiperatómico de buena calidad.

—Lo sé —dijo el siwenniano. Su mirada era pensativa y ensimismada—. Pero ignoraba que usted lo supiera. De modo que Su Majestad Imperial no puede darle naves. La psicohistoria podría haberlo predicho; en realidad, tal vez lo hizo. Yo diría que la mano muerta de Hari Seldon está ganando el primer asalto.

Riose contestó bruscamente:

—¡Dispongo de naves suficientes! Su Seldon no está ganando nada. Si la situación se agravara, enviarían más naves. De momento, el Emperador no sabe toda la historia.

—¿De verdad? ¿Por qué no se la ha contado?

—Es evidente... porque son teorías de usted. —Riose le miró con sarcasmo—. Esa historia, con todos mis respetos, es altamente inverosímil. Si los acontecimientos la corroboran, si me facilitan una prueba, entonces, pero sólo entonces, consideraré que el peligro es mortal. Además —continuó casualmente Riose—, esta historia, mientras no la respalden los hechos, tiene un sabor de lesa majestad que no resultaría agradable al Emperador de la Galaxia.

El anciano patricio sonrió.

—Quiere decir que comunicarle que su augusto trono está en peligro de subversión por parte de unos toscos bárbaros de los confines del universo no es una advertencia fácil de creer o calibrar. De manera que usted no espera nada de él.

—A menos que contemos con un enviado especial, o algo por el estilo.

—¿Y por qué un enviado especial?

—Es una vieja costumbre. Un representante directo de la corona está presente en toda campaña militar que se halle bajo los auspicios del Gobierno.

—¿De veras? ¿Por qué?

—Es un método de preservar el símbolo de la jefatura personal imperial en todas las campañas. Y también para asegurar la fidelidad de los generales. No siempre tiene éxito en esto último.

—Lo encontrará un inconveniente, general. Me refiero a la autoridad ajena.

—No lo dudo —admitió Riose, enrojeciendo un poco—, pero no puedo evitarlo...

El receptor situado en la mano del general se encendió y, con una ligera sacudida, una parte de forma cilíndrica apareció en la ranura. Riose lo desenrolló.

—¡Bien! ¡Aquí está!

Ducem Barr enarcó las cejas inquisitivamente. Riose explicó:

—Ya sabe que hemos capturado a uno de esos comerciantes. Vivo... y con su nave intacta.

—He oído hablar de ello.

—Pues bien, acaban de traerle y le tendremos aquí dentro de un minuto. No se mueva de su asiento, patricio. Quiero que esté presente mientras le interrogo. En realidad, éste es el motivo por el que le he llamado hoy. Usted puede comprenderle, mientras que yo podría perderme puntos importantes.

Sonó la señal de la entrada y un ligero movimiento del pie del general abrió la puerta de par en par. El hombre que apareció en el umbral era alto y barbudo, llevaba un abrigo corto de suave felpudo plástico y una capucha doblada en la nuca. Tenía las manos libres, y si se había fijado en que los hombres que le acompañaban iban armados, no se molestaba en dar muestras de ello.

Entró con indiferencia y observó a su alrededor con mirada calculadora. Saludó al general con un rudimentario ademán y una ligera inclinación de cabeza,

—¿Su nombre? —preguntó Riose con brusquedad.

—Lathan Devers. —El comerciante insertó los pulgares en su ancho y vistoso cinturón—. ¿Usted es el jefe aquí?

—¿Es usted un comerciante de la Fundación?

—Exacto. Escuche, si usted es el jefe será mejor que diga a sus hombres que no se acerquen a mi cargamento.

El general levantó una mano y miró fríamente al prisionero.

—Conteste a las preguntas y no dé ninguna orden.

—Muy bien, obedeceré. Pero uno de sus muchachos se ha abierto ya un agujero de medio metro en el pecho, metiendo los dedos donde no debía.

Riose levantó la vista hacia el teniente de servicio.

—¿Dice la verdad este hombre? Su informe, Vrank, asegura que no se ha perdido ninguna vida.

—Así era, señor —dijo el teniente con voz ronca y temerosa—, en aquel momento. Más tarde se dio orden de registrar la nave, pues corrió la voz de que había una mujer a bordo. Pero en su lugar, señor, se hallaron muchos instrumentos de naturaleza desconocida, instrumentos que el prisionero califica como su mercancía. Uno de ellos explotó al ser tocado, y el soldado murió.

El general se dirigió de nuevo al comerciante:

—¿Lleva su nave explosivos atómicos?

—¡Por la Galaxia que no! ¿Para qué? Ese loco agarró un punzón atómico por el extremo equivocado, y provocó una dispersión máxima. No se puede hacer eso. Lo mismo podría haberse apuntado a la cabeza una pistola de neutrones. Yo le hubiera detenido, de no haber tenido a cinco hombres sentados sobre mi pecho.

Riose hizo una seña al oficial que esperaba.

—Váyase y haga sellar la nave capturada contra toda intrusión. Siéntese, Devers.

El comerciante tomó asiento donde le indicaban y soportó estoicamente el escrutinio del general imperial y la curiosa mirada del patricio siwenniano. Riose dijo:

—Es usted un hombre sensato, Devers.

—Gracias. ¿Le impresiona mi cara, o es que quiere algo? Le diré una cosa: soy un buen hombre de negocios.

—Viene a ser lo mismo. Rindió su nave cuando podría haber decidido que malgastáramos nuestras municiones en reducirle a polvo electrónico. Esto puede granjearle un buen trato, en caso de que continúe con la misma actitud ante la vida.

—Un buen trato es lo que más ansío, jefe.

—Bien, y lo que yo más ansío es la colaboración.

—Riose sonrió, y en voz baja murmuró a Ducem Barr—. Espero que la palabra «ansío» signifique lo que yo creo. ¿Oyó alguna vez una jerga tan bárbara?

Devers dijo blandamente:

—Muy bien, he comprendido. Pero ¿de qué clase de cooperación habla, jefe? Para decirle la verdad, no sé dónde estoy. —Miró en torno suyo—. ¿Qué es este lugar, por ejemplo, y cuál es el plan?

—¡Ah! Olvidaba las presentaciones. —Riose estaba de buen humor—. Este caballero es Ducem Barr, patricio del Imperio. Yo soy Bel Riose, noble del Imperio y general de tercera clase de las Fuerzas Armadas de Su Majestad Imperial.

La mandíbula del comerciante se distendió. Inquirió:

—¿El Imperio? ¿Quiere decir el viejo Imperio del que nos hablaban en la escuela? ¡Qué gracioso! Siempre tuve la sensación de que ya no existía.

—Mire a su alrededor. Existe —dijo Riose con seriedad.

—Tendría que haberlo adivinado —murmuró Lathan Devers dirigiendo su barba hacia el techo—. Las naves que capturaron mi bañera eran potentes y relucían mucho. Ningún reino de la Periferia podría fabricarlas. —Frunció el ceño—. ¿Cuál es el juego, jefe? ¿O he de llamarle general?

—El juego es la guerra.

—Imperio contra Fundación, ¿no?

—Exacto.

—¿Por qué?

—Creo que usted conoce la razón.

El comerciante le miró fijamente y meneó la cabeza. Riose le dejó meditar, y después repitió:

—Estoy seguro de que conoce la razón.

Lathan Devers murmuró:

—Aquí hace calor. —Y se levantó para despojarse del abrigo con capucha.

Entonces volvió a sentarse y alargó las piernas delante de él.

—¿Sabe una cosa? —dijo con tranquilidad—. Me imagino que está pensando que yo debería ponerme en pie de un salto y rebelarme. Podría cogerle antes de que tuviera tiempo de moverse, si eligiera el momento oportuno, y ese viejo que no suelta una palabra no haría gran cosa para detenerme.

—Pero no lo hará —dijo Riose con la misma tranquilidad.

—No —repuso Devers amablemente—. Primero, porque supongo que matándole no pondría fin a la guerra. Hay más generales en el lugar de donde procede.

—Muy acertadamente deducido.

—Aparte de que probablemente me reducirían a los dos segundos de haberle atacado, y me matarían, rápida o lentamente, eso depende. Pero me matarían, y nunca me gusta contar con eso cuando estoy haciendo planes. No me compensaría.

—Ya dije que era usted un hombre sensato.

—Pero hay una cosa que me intriga, jefe. Me gustaría que me dijese qué ha querido insinuar con eso de que yo sé por qué nos hacen la guerra. Lo ignoro, y adivinar me aburre mucho.

—Conque sí, ¿eh? ¿Alguna vez ha oído hablar de Hari Seldon?

—No. Y ya le he dicho que no me gustan las adivinanzas.

Riose miró de soslayo a Ducem Barr, que sonreía con suavidad y continuaba inmerso en sus pensamientos.

El general dijo con una mueca:

—No juegue usted a las adivinanzas, Devers. Existe una tradición, o una fábula, o una historia, no me importa lo que sea, sobre su Fundación, de que eventualmente creará el Segundo Imperio. Conozco una versión muy detallada del cuento de la psicohistoria de Hari Seldon y de sus eventuales planes de agresión contra el Imperio.

—¿De veras? —Devers parecía pensativo—. ¿Y quién le ha contado todo esto?

—¿Acaso importa? —dijo Riose con peligrosa suavidad—. Usted no está aquí para hacer preguntas. Quiero que me diga todo lo que sabe acerca de la fábula de Seldon.

—Pero si es una fábula...

—No juegue con las palabras, Devers.

—No lo hago. De hecho, voy a serle sincero. Ya conoce usted todo lo que sé acerca de ello. Es un cuento estúpido, un absurdo. Todos los mundos tienen sus leyendas; es imposible arrebatárselas. Sí, he oído hablar de eso: Seldon, Segundo Imperio... y todo lo demás. Duermen a los niños con esa clase de historias. Los chiquillos se adormecen en sus cuartos con sus proyectores de bolsillo y absorben las aventuras de Seldon. Pero es algo estrictamente infantil, nada para adultos inteligentes, en definitiva.

El comerciante meneó la cabeza. Los ojos de Riose eran sombríos.

—¿Es realmente así? Miente usted en vano. He estado en el planeta Términus, y conozco su Fundación. La he visto de cerca.

—¿Por qué me pregunta entonces? A mí, que no he pasado en ella dos meses seguidos en diez años. Está desperdiciando su tiempo. Pero continúe con su guerra, si lo que busca son fábulas.

Y Barr habló por primera vez, suavemente:

—¿Tanta confianza tiene en la victoria final de la Fundación?

El comerciante se volvió. Enrojeció levemente, mostrando la palidez de una vieja cicatriz que tenía en la sien.

—Vaya, el socio silencioso. ¿Cómo ha deducido *eso* de mis palabras, doctor?

Riose hizo a Barr una seña imperceptible, y el siwenniano prosiguió en voz baja:

—Porque le molestaría la idea de que su mundo pudiera perder esta guerra y sufrir las tristes consecuencias de la derrota. Lo sé porque *mi* mundo las sufrió una vez, y aún las está sufriendo.

Lathan Devers jugó con su barba, miró uno tras otro a sus interlocutores y rió brevemente.

—¿Habla siempre así, jefe? Escuchen —añadió en tono grave—, ¿qué es la derrota? He visto guerras y he visto derrotas. ¿Qué pasa si el vencedor asume el gobierno? ¿A quién molesta? ¿A tipos como yo? —Meneó la cabeza con incredulidad—. Entiendan esto —añadió el comerciante hablando fuerte y animadamente—, siempre hay cinco o seis tipos gordos que gobiernan un planeta normal. Ellos son los que llevan las de perder, o sea que yo no voy a preocuparme en absoluto por su suerte. ¿Y el pueblo? ¿Los hombres del montón? Claro, algunos mueren, y el resto paga impuestos extraordinarios durante un tiempo. Pero todo acaba arreglándose; las cosas se estabilizan. Y entonces vuelve a implantarse la misma situación, con otros cinco o seis tipos diferentes.

Ducem Barr movió las aletas nasales, y los tendones de su mano derecha temblaron, pero no dijo nada.

Los ojos de Lathan Devers se fijaron en él; nada les pasaba por alto. Añadió:

—Mire, me paso la vida en el espacio para vender mis modestas mercancías y sólo recibo coces de los Monipodios. En casa —señaló por encima de los hombros con el pulgar— hay tipos corpulentos que se embolsan mis beneficios anuales, exprimiéndome a mí y a otros como yo. Supongamos que *ustedes* gobiernan la Fundación. Seguirían necesitándonos. Nos necesitarían más que los Monipodios porque se sentirían perdidos, y seríamos nosotros quienes traeríamos el dinero. Haríamos un trato mejor con el Imperio, estoy seguro; y lo digo como hombre de negocios. Si ello significa más ganancias, lo apruebo.

Y se quedó mirándoles con burlona beligerancia.

Reinó el silencio durante unos minutos, y entonces un nuevo cilindro asomó por la ranura del receptor. El general lo abrió, echó una ojeada a su contenido y lo conectó a los visuales.

«Prepare plan indicando posición de cada nave. Espere órdenes manteniéndose a la defensiva.»

Recogió su capa y, mientras se la ajustaba sobre los hombros, dijo a Barr con acento perentorio:

—Dejo a este hombre a su cuidado. Espero resultados. Estamos en guerra y los fracasos se pagarán caros. ¡Recuérdelo!

Se fue tras saludar militarmente a ambos.

Lathan Devers le siguió con la mirada.

—¡Vaya! Alguna mosca le ha picado. ¿Qué ocurre?

—Una batalla, evidentemente —repuso ásperamente Barr—. Las fuerzas de la Fundación van a presentar su primera batalla. Será mejor que venga conmigo.

Había soldados armados en la estancia. Su actitud era respetuosa, y sus rostros, herméticos. Devers salió de la habitación detrás del altivo patriarca siwenniano.

Les condujeron a una estancia más pequeña e incompleta que la anterior. Contenía dos camas, una pantalla de vídeo, ducha y otros servicios sanitarios. Los soldados se marcharon y la gruesa puerta se cerró con un ruido hueco.

—¡Vaya! —Devers miró en torno suyo con desaprobación—. Esto parece permanente.

—Lo es —dijo Barr con brevedad, volviéndole la espalda.

El comerciante preguntó, irritado:

—¿Cuál es su juego, doctor?

—No juego a nada. Usted se halla a mi cuidado, eso es todo.

El comerciante se levantó y se acercó al patricio, que se mantuvo inmóvil.

—¿Ésas tenemos? Pero está en esta celda conmigo y cuando nos condujeron aquí las armas le apuntaban tanto a usted como a mí. Escuche, se ha enfurecido mucho con mis ideas sobre la guerra y la paz. —Esperó en vano—. Muy bien, déjeme preguntarle algo. Dijo usted que su país fue vencido una vez. ¿Por quién? ¿Por el pueblo de un cometa de las nebulosas exteriores?

Barr levantó la vista.

—Por el Imperio.

—¿Ah, sí? Entonces, ¿qué está haciendo aquí?

Barr guardó un elocuente silencio.

El comerciante extendió su labio inferior y asintió lentamente con la cabeza. Se quitó el brazalete de eslabones planos que ceñía su muñeca derecha y lo alargó a Barr.

—¿Qué opina de esto? —Llevaba otro exacto en la muñeca izquierda.

El siwenniano tomó el ornamento. Respondió lentamente al gesto del comerciante y se lo puso. El extraño cosquilleo en la muñeca cesó con rapidez. La voz de Devers cambió en seguida.

—Bien, doctor, ya puede hablar ahora. Hágalo con naturalidad. Si esta habitación está vigilada acústicamente, no captarán nada. Lo que tiene ahí es un distorsionador de campo; diseño genuino de Mallow. Se vende por veinticinco créditos en cualquier mundo de aquí al borde exterior. Usted lo tendrá gratis. No mueva los labios cuando hable y tómeselo con calma. Ha de encontrarle el truco.

Ducem Barr se sintió repentinamente cansado. Los

ojos penetrantes del comerciante eran luminosos y exigentes. Temió no saber responder a esta exigencia. Preguntó:

—¿Qué quiere usted? —Las palabras sonaron extrañas a través de los labios inmóviles.

—Ya se lo he dicho. Emite sonidos bucales como si fuera un patriota y, sin embargo, su mundo fue destruido por el Imperio y usted se dedica a jugar a pelota con el rubio general del Emperador. No tiene sentido, ¿verdad?

—Yo ya cumplí mi misión —replicó Barr—. Un virrey imperial murió gracias a mí.

—¿De veras? ¿Recientemente?

—Hace cuarenta años.

—¡Cuarenta... años! —El comerciante pareció encontrar sentido a aquellas palabras. Frunció el ceño—. Es mucho tiempo para vivir de recuerdos. ¿Lo sabe ese joven mequetrefe vestido de general?

Barr asintió con la cabeza. Los ojos de Devers reflejaron una profunda meditación.

—¿Desea que venza el Imperio?

El anciano patricio siwenniano explotó en una cólera repentina.

—¡Ojalá el Imperio y todas sus obras perezcan en una catástrofe universal! Todo Siwenna reza diariamente para que ocurra. Yo tenía hermanos, una hermana, un padre. Pero ahora tengo hijos y nietos. El general sabe dónde encontrarlos.

Devers esperó. Barr continuó en un susurro:

—Pero esto no me detendría si los resultados justificaran el riesgo. Sabrían morir.

El comerciante dijo con suavidad:

—Una vez mató a un virrey, ¿no? Recuerdo algunas cosas. Nosotros tuvimos un alcalde, Hober Mallow era su nombre. Visitó Siwenna; es el mundo de usted, ¿verdad? Conoció a un hombre llamado Barr.

Ducem Barr le miró duramente, con suspicacia.

—¿Qué sabe usted de eso?

—Lo que saben todos los comerciantes de la Fundación. Usted podría ser un tipo listo colocado aquí para atraparme. Le apuntarían con sus armas y usted odiaría el Imperio y ansiaría su destrucción. Y yo me entregaría a usted y le abriría mi corazón, y el general rebosaría satisfacción. No hay muchas posibilidades de que esto suceda, doctor. Pero me gustaría que pudiese probarme que es hijo de Onum Barr de Siwenna... el sexto y más joven que escapó a la Matanza.

La mano de Ducem Barr tembló al abrir la caja de metal que había en un nicho de la pared. El objeto que extrajo de ella rechinó suavemente cuando lo colocó en las manos del comerciante.

—Mire eso —dijo.

Devers lo miró con fijeza. Se llevó muy cerca de los ojos el hinchado eslabón central de la cadena y profirió un juramento ahogado.

—Es el monograma de Mallow o yo soy un recluta del espacio, ¡y el diseño tiene cincuenta años! —Levantó la vista y sonrió—. Chóquela, doctor. Un escudo atómico individual es toda la prueba que necesito.

Y alargó a Barr su robusta mano.

6.   EL FAVORITO

Las diminutas naves habían surgido de las profundidades del vacío y volaban a toda velocidad hacia el centro de la Armada. Sin un disparo o una ráfaga de energía se introdujeron en el área atestada de naves para salir luego disparadas de un lado a otro, mientras las naves imperiales se dirigían hacia ellas como torpes animales de carga. Hubo dos relámpagos inaudibles que brillaron en el espacio cuando dos de los minúsculos mosquitos se fundieron por el impacto atómico, pero el resto desapareció.

Las grandes naves buscaron, y después volvieron a su misión original, y, mundo tras mundo, la gran red del cerco continuó tejiéndose.

El uniforme de Brodrig era majestuoso; cuidadosamente cortado y lucido con el mismo esmero. Sus pasos por los jardines del oscuro planeta Wanda, transitorio cuartel general del Imperio, eran pausados, y su expresión, sombría.

Bel Riose caminaba junto a él con el cuello de su uniforme de campaña desabrochado, lúgubre en su monótono gris y negro.

Riose indicó el banco negro colocado bajo el fragante helecho, cuyas grandes hojas en forma de espátula se elevaban contra la blancura del sol.

—Mire esto, señor. Es una reliquia del Imperio. Los bancos ornamentados, construidos para los enamorados, subsisten en toda su frescura y utilidad, mientras las fábricas y los palacios se derrumban y se convierten en ruinas olvidadas.

Se sentó mientras el secretario privado de Cleón II permanecía en pie ante él y cortaba las hojas a su alcance con golpes precisos de su bastón de marfil.

Riose cruzó las piernas y ofreció a Brodrig un cigarrillo. Con el suyo entre los dedos, observó:

—Era de esperar de la eximia sabiduría de Su Majestad Imperial que enviara a un observador tan competente como usted. Ello alivia la ansiedad que yo sentía de que asuntos más importantes y urgentes pudieran relegar a la sombra una pequeña campaña en la Periferia.

—Los ojos del Emperador están en todas partes —repuso Brodrig mecánicamente—. No subestimamos la importancia de la campaña; sin embargo, parece que se da un énfasis excesivo a su dificultad. Seguramente esas pequeñas naves no constituyen un obstáculo que requiera la complicada maniobra preliminar de un cerco.

Riose enrojeció, pero no perdió la serenidad.

—No puedo arriesgar la vida de mis hombres, que no son muchos, ni la destrucción de mis naves, que son irreemplazables, con un ataque precipitado. El establecimiento de un cerco ahorrará muchas vidas en el ataque final, sea cual sea su dificultad. Ayer me tomé la libertad de explicar las razones militares para ello.

—Está bien, está bien; yo no soy un militar. En cualquier caso, usted me asegura que lo que parece patente y obviamente acertado es, en realidad, un error. Admitámoslo. Pero sus precauciones van mucho más allá. En su segundo comunicado usted pidió refuerzos, y eso que eran para luchar contra un enemigo débil, reducido y bárbaro, con el que aún ni siquiera se había enfrentado. Desear más fuerzas bajo esas circunstancias haría casi pensar en cierta incapacidad o en algo peor, de no dar su carrera anterior pruebas suficientes de su osadía e imaginación.

—Se lo agradezco —dijo fríamente el general—, pero me gustaría recordarle que existe una diferencia entre la osadía y la ceguera. La acción decisiva está indicada cuando se conoce al enemigo y se pueden calcular aproximadamente los riesgos; pero moverse contra un potencial *desconocido* ya supone una osadía de por sí. Sería lo mismo que preguntar por qué un hombre salta con éxito en una carrera de obstáculos durante el día y tropieza con los muebles de su habitación por la noche.

Brodrig desechó las palabras del otro con un expresivo ademán.

—Contundente, pero no satisfactorio. Usted mismo ha estado en ese mundo bárbaro. Tiene además a un prisionero enemigo, ese comerciante a quien cuida tanto. Estos dos factores ya significan cierto conocimiento.

—¿Lo cree usted así? Le ruego que recuerde que un mundo que ha evolucionado en completo aislamiento durante dos siglos no puede ser interpretado hasta el punto de poder atacarlo inteligentemente sobre la base de una visita que duró un solo mes. Soy un soldado, no un héroe de barba florida y pecho de barril de las películas tridimensionales. En cuanto al prisionero, se trata de un oscuro miembro de un grupo económico, que no representa al enemigo y no puede comunicarme los secretos de la estrategia enemiga.

—¿Le ha interrogado?

—Sí.

—¿Y qué?

—Ha sido de utilidad, pero no vital. Su nave es diminuta, no cuenta. Vende pequeños juguetes que son muy divertidos. Guardo algunos de los más ingeniosos, que pienso enviar al Emperador como curiosidades. Naturalmente, hay muchas cosas que no comprendo en la nave y su funcionamiento, pero hay que tener en cuenta que no soy un técnico en esa materia.

—Sin embargo, los tiene entre sus hombres —señaló Brodrig.

—Ya lo sé —replicó el general con tono algo mordaz—, pero esos idiotas han de aprender mucho todavía para que me sirvan de algo. He ordenado que me traigan hombres inteligentes que comprendan el funcionamiento de los extraños circuitos atómicos de que dispone la nave. No he recibido respuesta.

—Hombres de ese calibre no abundan, general. Seguramente habrá un hombre en su vasta provincia que entienda de ingenios atómicos.

—Si lo hubiera, le pondría a trabajar en los inútiles motores que propulsan dos de las naves de mi pequeña flota. Dos naves de las diez que tengo, y que son incapaces de librar una batalla por falta de un suficiente suministro de energía. Una quinta parte de mi fuerza condenada a la triste actividad de consolidar posiciones detrás de las líneas.

El secretario movió los dedos con impaciencia.

—Su posición no es única a este respecto, general. El Emperador tiene problemas similares.

El general tiró un cigarrillo desmenuzado que no había llegado a utilizar, encendió otro y se encogió de hombros.

—En fin, esta carencia de técnicos de primera clase no es el problema más acuciante. Claro que yo podría haber adelantado más con mi prisionero si mi sonda psíquica funcionase como es debido.

El secretario enarcó las cejas.

—¿Tiene una sonda?

—Sí, pero es vieja. Una sonda gastada que me falla siempre que la necesito. La coloqué al prisionero durante su sueño, pero no recibí nada. Sin embargo, la he probado en mis propios hombres y la reacción ha sido adecuada, pero ningún técnico de mi equipo sabe decirme por qué falla con él. Ducem Barr, que es un teórico, pero no un mecánico, dice que es posible que la sonda no afecte a la estructura psíquica del prisionero porque ha sido sometido desde la infancia a ambientes extraños y estímulos neutrales. Yo lo ignoro. Pero aún puede sernos útil, y le retengo con esta esperanza.

Brodrig se apoyó en su bastón.

—Veré si hay algún especialista disponible en la capital. Mientras tanto, ¿qué me dice de ese otro hombre que acaba de mencionar, ese siwenniano? Tiene usted demasiados enemigos a su alrededor.

—Él conoce al enemigo. También le retengo para futuras referencias y por la ayuda que puede prestarme.

—Pero es siwenniano, e hijo de un rebelde proscrito.

—Es viejo y carece de poder, y su familia nos sirve de rehén.

—Comprendo. De todos modos, creo que yo debería hablar con ese comerciante.

—Como usted quiera.

—A solas —añadió fríamente el secretario, recalcando las palabras.

—Desde luego —asintió Riose con docilidad—. Como súbdito leal del Emperador, acepto a su representante personal como mi superior. Sin embargo, puesto que el comerciante está en la base permanente, tendrá usted que abandonar las áreas del frente en un momento interesante.

—¿Sí? ¿Interesante en qué aspecto?

—Interesante porque el cerco se completa hoy. Interesante porque dentro de una semana la Vigésima Flota de la Frontera avanzará hacia el núcleo de la resistencia.

Riose sonrió y dio media vuelta.

En cierta manera, Brodrig se sintió desairado.

7. SOBORNO

El sargento Mori Luk era un excelente soldado. Procedía de los enormes planetas agrícolas de las Pléyades, donde solamente la vida militar podía romper el vínculo con la tierra y con una existencia agotadora, y era el hombre típico de aquel medio ambiente. Sin imaginación suficiente como para enfrentarse al peligro con temor, era lo bastante ágil y fuerte como para desafiarlo con éxito. Aceptaba instantáneamente las órdenes, mandaba a sus hombres con inflexibilidad y adoraba a su general sin reservas.

Y, pese a todo ello, tenía un carácter risueño. Si bien mataba a un hombre en el cumplimiento de su deber sin la menor vacilación, también era cierto que lo hacía sin la más ligera animosidad.

El hecho de que el sargento Luk llamase a la puerta antes de entrar significaba otra muestra de tacto, pues estaba en su perfecto derecho si entraba sin llamar.

Los dos hombres que estaban dentro se encontraban cenando, y uno de ellos desconectó con el pie el gastado transmisor de bolsillo que emitía un estridente monólogo.

—¿Más libros? —preguntó Lathan Devers.

El sargento le alargó el apretado cilindro de película y estiró el cuello.

—Pertenece al ingeniero Orre, y habrá que devolvérselo. Quiere mandarlo a los niños, ya sabe, como un recuerdo.

Ducem Barr contempló el cilindro con interés.

—¿Y de dónde lo ha sacado el ingeniero? ¿Acaso tiene también un transmisor?

El sargento movió enérgicamente la cabeza. Señaló el desvencijado aparato que estaba a los pies de la cama,

—Ése es el único que hay en este lugar. Ese tipo, Orre, consiguió el libro en uno de esos mundos asquerosos que hemos conquistado por aquí. Estaba en un gran edificio, y se vio obligado a matar a unos cuantos nativos que querían evitar que se lo llevara. —Lo miró con aprecio—. Es un buen recuerdo..., para los niños. —Y añadió con cautela—: A propósito, circulan importantes rumores. Tal vez no sea cierto, pero incluso así es demasiado bueno para mantenerlo en secreto. El general ha vuelto a las andadas. —Y movió la cabeza con lentitud y gravedad.

—¿De veras? —inquirió Devers—. ¿Y qué ha hecho?

—Ha completado el cerco, eso es todo. —El sargento rió entre dientes con orgullo paternal—. ¿No es colosal? Uno de los muchachos, que es muy charlatán, dice que ha ido todo tan bien como la música de las esferas, aunque no sé qué entiende por eso.

—¿Empezará ahora la gran ofensiva? —preguntó calmosamente Barr.

—Así lo espero —fue la alegre respuesta—. Tengo ganas de volver a mi nave, ahora que mi brazo está entero otra vez. Ya me he cansado de hacer el vago.

—Yo también —murmuró Devers, repentina y salvajemente, mientras se mordía el labio inferior.

El sargento le miró dubitativamente y dijo:

—Ahora será mejor que me marche. Se acerca la ronda del capitán y preferiría que no me encontrase aquí. —Se detuvo en la puerta—. A propósito, señor —dijo al comerciante con torpe y repentina timidez—, he tenido noticias de mi esposa. Dice que el pequeño frigorífico que usted me dio para ella funciona muy bien. No le da ningún gasto y puede mantener congelada la comida de un mes. Se lo agradezco.

—No es nada. Olvídelo.

La gran puerta se cerró sin ruido detrás del sonriente sargento. Ducem Barr saltó de su silla.

—Bueno, nos ha pagado con creces el frigorífico. Echemos una mirada a este nuevo libro. ¡Ah!, ha desaparecido el título.

Desenrolló un metro de película y la miró a contraluz. Entonces murmuró:

—Vaya, que me pasen por el colador, como dice el sargento. Esto es *El jardín de Summa*, Devers.

—¿De verdad? —preguntó el comerciante, sin interés. Echó a un lado los restos de su cena—. Siéntese, Barr. Escuchar esta antigua literatura no me hace ningún bien. ¿Ha oído lo que dijo el sargento?

—Sí. ¿Qué hay de ello?

—Comenzará la ofensiva. ¡Y nosotros debemos permanecer sentados aquí!

—¿Dónde quiere sentarse?

—Ya sabe a qué me refiero. Esperar no sirve de nada.

—¿Usted cree? —Barr estaba quitando cuidadosamente una película del transmisor e instalando la nueva—. Durante el último mes me ha contado muchas cosas de la historia de la Fundación, y parece ser que los grandes dirigentes de las crisis pasadas no hicieron mucho más que sentarse y esperar.

—¡Ah!, Barr, pero ellos sabían adónde iban.

¿De veras? Supongo que así lo afirmaban cuando todo había terminado, y tal vez decían la verdad. Pero no existen pruebas de que todo no hubiese ido tan bien o mejor si no hubieran sabido hacia dónde se dirigían. Las fuerzas más profundas económicas y sociológicas no son dirigidas por hombres aislados.

Devers sonrió burlonamente.

—Tampoco hay pruebas de que hubiese ido peor. Está usted argumentando sobre cosas pasadas. —Su mirada era pensativa—. Supongamos que le hago explotar en mil pedazos.

—¿A quién? ¿A Riose?

—Sí.

Barr suspiró. En sus ojos cansados había el turbio reflejo de un largo pasado.

—El asesinato no es la solución, Devers. Una vez lo probé, bajo provocación, cuando tenía veinte años, pero no resolvió nada. Liquidé a un malvado de Siwenna, pero no al yugo imperial; y era el yugo y no el malvado lo que importaba.

—Pero Riose no es solamente un malvado, doctor. Es todo el maldito ejército Sin él se desintegraría; se aferran a él como niños de pecho. El sargento babea cada vez que lo menciona.

—Incluso así. Hay otros ejércitos y otros caudillos. Es preciso ahondar más. Ahí está Brodrig, por ejemplo; el Emperador sólo le escucha a él. Podría obtener miles de naves, mientras que Riose ha de luchar con diez. Conozco su reputación.

—¿Ah, sí? ¿Quién es? —La frustración disminuyó en los ojos del comerciante dando paso a un agudo interés.

—¿Desea una descripción rápida? Es un canalla plebeyo que a fuerza de halagos se ha ganado el favor del Emperador. La aristocracia de la corte, mezquina a su vez, le detesta porque carece tanto de humildad como de familia. Aconseja al Emperador en todas las cuestiones, y es su instrumento en las peores. Carece de fe por elección, pero es leal por necesidad. No hay otro hombre en el Imperio de ruindad más sutil y de placeres más bajos. Y dicen que sólo a través de él se puede obtener el favor del Emperador, y a él sólo se puede llegar por medio de la infamia.

—¡Caramba! —exclamó Devers tirando de su bien cuidada barba—. Y es a él a quien ha enviado el Emperador para vigilar a Riose. ¿Sabe que tengo una idea?

—*Ahora* lo sé.

—Supongamos que a este Brodrig se le atraganta nuestra joven Maravilla del Ejército.

—Probablemente, ya ha sucedido. Tiene fama de no prodigar sus simpatías.

—Suponga que llega a odiarle. El Emperador podría enterarse de ello y Riose se hallaría en un apuro.

—Sí..., muy probable. Pero ¿cómo se propone conseguirlo?

—Lo ignoro. Me imagino que tal vez se deje sobornar.

El patricio rió suavemente.

—Sí, en cierto modo, pero no como usted lo hizo con el sargento, con un frigorífico de bolsillo. E incluso aunque encuentre el medio, no merecería la pena. Probablemente no hay nadie tan fácil de sobornar, pero carece de la más elemental honradez de la corrupción honorable. El soborno *no* perdurará, por elevada que sea la suma. Piense en otra cosa.

Devers cruzó las piernas y movió un pie rápida y nerviosamente.

—Pero es una idea...

Se interrumpió; la señal de la puerta se iluminó de nuevo, y el sargento apareció en el umbral. Estaba excitado y ya no sonreía.

—Señor —empezó en un agitado intento de deferencia—, estoy muy agradecido por el frigorífico, y usted siempre me ha hablado con cortesía, pese a que soy un labrador y ustedes son grandes señores.

Su acento de las Pléyades era más pronunciado, casi hasta el punto de ser incomprensible, y la excitación le hacía olvidar su porte militar, tan laboriosamente cultivado, dejando entrever su torpe actitud de campesino. Barr preguntó con suavidad:

—¿Qué ocurre, sargento?

—El señor Brodrig vendrá a visitarles. ¡Mañana! Lo sé porque el capitán me ha ordenado que prepare a mis hombres para que él les pase revista. He pensado... que sería mejor avisarles.

—Gracias, sargento —dijo Barr—, apreciamos su gesto. Pero no se preocupe, no hay necesidad de...

Pero la expresión del sargento Luk mostraba un inconfundible temor. Habló en un ronco murmullo:

—Ustedes no saben las cosas que los hombres cuentan de él. Se ha vendido al espíritu maligno del espacio. No, no se rían. Se cuentan de él cosas terribles. Dicen que tiene guardaespaldas con armas atómicas que le siguen por doquier, y cuando quiere divertirse les ordena que derriben a cuantos se cruzan en su camino. Ellos obedecen y él se ríe. Cuentan que incluso inspira terror al Emperador, a quien obliga a elevar los impuestos sin permitirle que escuche las lamentaciones del pueblo. Y también dicen que odia al general. Dicen que le gustaría matar al general porque es grande y sabio. Pero no puede hacerlo porque nuestro general es más listo que cualquiera y sabe que el señor Brodrig es un mal elemento.

El sargento pestañeó, sonrió de manera repentina e incongruente al darse cuenta de su parrafada y retrocedió hacia la puerta. Movió la cabeza de forma espasmódica.

—No olviden mis palabras. Estén alerta.

Y salió precipitadamente.

Devers levantó la vista. Su mirada era dura.

—Esto hace que los vientos soplen a nuestro favor, ¿no es cierto?

—Depende de Brodrig —dijo secamente Barr.

Pero Devers ya estaba pensando y no escuchaba. Pensaba muy intensamente.

El señor Brodrig bajó la cabeza al entrar en el reducido espacio de la nave comercial, y sus dos guardas, cuyos rostros mostraban la dureza profesional de los asesinos a sueldo, le siguieron rápidamente con las armas desenfundadas.

El secretario privado no tenía en absoluto un aire de humildad en aquellos momentos. Si el espíritu maligno del espacio le había comprado, lo había hecho sin dejar una sola marca visible de su posesión. Brodrig parecía más bien un cortesano llegado para animar el frío y desnudo ambiente de la base militar.

Las líneas ceñidas y rígidas de su brillante e inmaculado traje conferían una cierta ilusión de elevada estatura, y sus ojos, glaciales e indiferentes, miraron por encima de su larga nariz al comerciante. El nácar de sus bocamangas resplandeció cuando clavó en el suelo su bastón de marfil y se apoyó suavemente en él.

—No —dijo con un ligero ademán—, usted quédese aquí. Olvide sus juguetes; no me interesan.

Acercó una silla, sacudió cuidadosamente el polvo inexistente con el paño tornasolado sujeto al extremo de su bastón blanco, y se sentó. Devers echó una mirada a la otra silla, pero Brodrig dijo en tono lánguido:

—Permanecerá en pie en presencia de un Par del Reino.

Sonrió. Devers se encogió de hombros.

—Si no le interesa mi mercancía, ¿por qué estoy aquí?

El secretario privado esperó con frialdad, y Devers añadió un lento «señor».

—Para estar solos —explicó el secretario—. ¿Por qué habría yo de recorrer doscientos parsecs por el espacio con el fin de inspeccionar quincalla? Es a *usted* a quien quiero ver. —Extrajo una pequeña tableta de una caja grabada y la colocó delicadamente entre sus labios, chupándola después con lentitud y deleite—. Por ejemplo —prosiguió—, ¿quién es usted? ¿Es realmente un ciudadano de ese bárbaro mundo que está montando toda esta furiosa campaña militar?

Devers asintió gravemente con la cabeza.

—¿Y fue usted capturado por él *después* del comienzo de esta trifulca a la que él llama guerra? Me estoy refiriendo a nuestro joven general Riose.

Devers asintió de nuevo.

—¡Vaya! Muy bien, honorable extranjero. Veo que su elocuencia es ínfima. Voy a allanarle el camino. Parece que nuestro general está librando una batalla inútil con enorme derroche de energía... y todo por un minúsculo mundo abandonado que un hombre lógico no consideraría digno de un solo disparo. Sin embargo, el general no es ilógico, antes al contrario, yo diría que es extremadamente inteligente. ¿Me sigue usted?

—No muy bien, señor.

El secretario inspeccionó sus uñas y continuó:

—Pues escúcheme con atención. El general no malgastaría hombres y naves en una estéril hazaña gloriosa. Sé que *habla* de gloria y de honor imperial, pero es evidente que se trata tan sólo de la imborrable sensación de ser uno de los insufribles semidioses de la Era Heroica. Aquí hay algo más que gloria, y, además, se preocupa por usted de un modo extraño e innecesario. Si usted fuese mi prisionero y me dijera tan pocas cosas útiles como las que ha estado diciendo hasta ahora, le abriría el abdomen y le estrangularía con sus propios intestinos.

Devers permaneció impasible. Dirigió la mirada al primero de los matones del secretario, y después al otro. Estaban dispuestos, ansiosamente dispuestos, para cualquier contingencia.

El secretario sonrió.

—Ya veo que es un diablo silencioso. Según el general, ni siquiera la sonda psíquica le causó efecto, y esto fue un error por parte de él, pues me convenció de que nuestro joven portento militar estaba mintiendo. —Parecía de excelente humor—. Mi honrado comerciante —dijo—, yo tengo una sonda psíquica propia que tal vez sea particularmente adecuada para usted. ¿Ve esto?

Entre el pulgar y el índice sostuvo con negligencia unos rectángulos rosados y amarillos, de intrincado diseño, cuya identidad resultaba obvia. Devers así lo expresó.

—Parece dinero —dijo.

—Y lo es; el mejor dinero del Imperio, porque tiene la garantía de mis dominios, que son más extensos que los del propio Emperador. Cien mil créditos. ¡Todos aquí, entre dos dedos! ¡Y son suyos!

—¿A cambio de qué, señor? Soy un buen negociante, pero todos los negocios tienen dos partes.

—¿A cambio de qué? ¡De la verdad! ¿Qué persigue el general? ¿Por qué pretende librar esa guerra?

Lathan Devers suspiró y se alisó pensativamente la barba.

—¿Qué persigue? —Sus ojos seguían los movimientos de las manos del secretario mientras contaba lentamente el dinero, billete tras billete—. En una palabra, el Imperio.

—¡Hum! ¡Qué ordinariez! Al final siempre es lo

mismo. Pero ¿cómo? ¿Cuál es el camino que lleva desde el extremo de la Galaxia hasta la cumbre del Imperio?

—La Fundación —dijo Devers con amargura—, tiene sus secretos. Posee libros, libros antiguos, tan antiguos que su lenguaje sólo es comprendido por unos cuantos hombres importantes. Pero los secretos están envueltos por el ritual y la religión, y nadie puede utilizarlos. Yo lo intenté, y ahora estoy aquí... y allí me espera una sentencia de muerte.

—Comprendo. ¿Y esos antiguos secretos? Vamos, por cien mil créditos merezco que se me den hasta los más íntimos detalles.

—La transmutación de los elementos —dijo Devers con brevedad.

El secretario entrecerró los ojos y perdió algo de su frialdad.

—Tengo entendido que la transmutación práctica es imposible, según las leyes de la atomística.

—En efecto, si se usan fuerzas atómicas. Pero los Antiguos eran muy listos. Existen fuentes de energía más poderosas que los átomos. Si la Fundación usara esas fuentes, como yo sugerí...

Devers sintió una suave e insinuante sensación en el estómago. El anzuelo se balanceaba, el pez lo estaba rondando. El secretario dijo de repente:

—Continúe. Estoy seguro de que el general sabe todo esto. Pero ¿qué se propone hacer cuando termine esta guerra de opereta?

Devers mantuvo su voz firme como una roca.

—Con la transmutación controlará la economía de todo su Imperio. Los yacimientos de minerales no valdrán nada cuando Riose pueda obtener tungsteno del aluminio e iridio del hierro. Todo el sistema de producción basado en la escasez de ciertos elementos y la abundancia de otros quedará totalmente superado. Se

344

producirá la mayor catástrofe que jamás haya visto el Imperio, y solamente Riose podrá detenerla. Además, está la cuestión de esta nueva energía que he mencionado, cuyo empleo no ocasionará a Riose escrúpulos religiosos. Nada puede detenerle ahora. Tiene a la Fundación cogida por el pescuezo, y cuando haya terminado con ella será Emperador en dos años.

—Conque ésas tenemos. —Brodrig esbozó una sonrisa—. Iridio del hierro; eso dijo usted, ¿no? Voy a confiarle un secreto de estado. ¿Sabía usted que la Fundación ya ha estado en contacto con el general?

Devers se puso rígido.

—Parece sorprendido. ¿Por qué no? Ahora resulta lógico. Le ofrecieron cien toneladas de iridio al año a cambio de la paz. Cien toneladas de *hierro* convertido en iridio en violación de sus principios religiosos para salvar sus vidas. Es justo, pero no me extraña que nuestro incorruptible general rehusara... ¡cuando puede tener el iridio y además el Imperio! Y el pobre Cleón le llamó su único general honrado. Mi barbudo comerciante, se ha ganado usted este dinero.

Lo tiró al suelo, y Devers se arrodilló para recoger los billetes esparcidos.

El señor Brodrig se detuvo en la puerta y se volvió.

—Recuerde una cosa, comerciante. Mis camaradas armados no tienen oídos, ni lengua, ni educación, ni inteligencia. No pueden oír, ni hablar, ni escribir, ni siquiera ser coherentes con una sonda psíquica. Pero son expertos en ejecuciones muy interesantes. Yo le he comprado a usted por cien mil créditos. Será una mercancía buena y valiosa. Si algún día olvidase que ha sido comprado e intentase... digamos... repetir nuestra conversación a Riose, sería ejecutado. Pero... a mi manera.

Y en aquel rostro delicado aparecieron duras líneas de ensañada crueldad que transformaron la estudiada sonrisa en una insana mueca de labios rojos. Durante un segundo fugaz, Devers vio al espíritu maligno del espacio que había comprado a su sobornador.

En silencio, precedió a los «camaradas» armados de Brodrig hasta su habitación.

A la pregunta de Ducem Barr, respondió con sombría satisfacción:

—No, y ésa es la parte más extraña. Él me sobornó a *mí*.

Dos meses de guerra difícil habían dejado su huella en Bel Riose. Había en él una pesada gravedad y se encolerizaba fácilmente.

Se dirigió con impaciencia a su incondicional sargento Luk:

—Espera fuera, soldado, y conduce a estos hombres a sus alojamientos después de que haya hablado con ellos. Que no entre nadie hasta que yo llame. Nadie, ¿comprendes?

El sargento saludó con rigidez y abandonó la habitación, y Riose desahogó su mal humor juntando los papeles de su mesa, tirándolos al cajón superior y cerrándolo con estrépito.

—Tomen asiento —dijo a los dos hombres—. Tengo poco tiempo. A decir verdad, no debería estar aquí, pero necesitaba verles.

Se volvió hacia Ducem Barr, cuyos largos dedos acariciaban con interés el cubo de cristal que contenía la efigie del rostro austero de Su Majestad Imperial Cleón II.

—En primer lugar, patricio —dijo el general—, su Seldon está perdiendo. No se puede negar que lucha bien, porque esos hombres de la Fundación acuden como insensatas abejas y pelean como dementes. Cada planeta es defendido con furor y, una vez conquistado, bulle de tal modo en rebeliones que resulta tan difícil mantenerlo como conquistarlo. Pero los conquistamos y los mantenemos. Su Seldon está perdiendo...

—Aún no ha sido vencido —murmuró cortésmente Barr.

—La Fundación no es tan optimista. Me ofrecen millones para que no presente a Seldon la batalla final.

—Así lo aseguran los rumores.

—De modo que los rumores me preceden. ¿Hablan también de la última noticia?

—¿Cuál es la última?

—Pues que el señor Brodrig, el niño mimado del Emperador, es ahora el segundo en el mando por propia petición.

Devers habló por vez primera:

—¿Por propia petición, jefe? ¿Cómo es eso? ¿O es que acaso le está resultando simpático ese tipo? —terminó con una risita.

Riose contestó calmosamente:

—No, me temo que no. Pero ha comprado el puesto a un precio que considero justo.

—¿Cuál es?

—Pidiendo refuerzos al Emperador.

La sonrisa desdeñosa de Devers se acentuó.

—Así pues, se ha comunicado con el EmperadoFr. Y supongo, jefe, que ahora está usted esperando esos refuerzos que llegarán cualquier día de éstos. ¿Acierto?

—¡Se equivoca! Ya han llegado. Cinco naves de línea; veloces y potentes, con un mensaje personal de felicitación del Emperador y la promesa de más naves, que ya están en camino. ¿Qué ocurre, comerciante? —preguntó con sarcasmo.

Devers habló con labios repentinamente rígidos:

—¡Nada!

Riose dio la vuelta a la mesa y se detuvo frente al comerciante con la mano apoyada en la culata de su pistola.

—Le he preguntado: ¿qué ocurre, comerciante? La noticia parece haberle trastornado. ¿Seguro que no siente un repentino interés por la Fundación?

—Claro que no.

—Sí..., hay en usted cosas muy extrañas.

—¿Usted cree, jefe? —Devers sonrió forzadamente y apretó los puños en los bolsillos—. Enumérelas y se las desmentiré.

—Ahí van. Fue capturado fácilmente. Se rindió a la primera ráfaga, con el escudo chamuscado. Está dispuesto a abandonar a su mundo, y ello sin fijar ningún precio. Todo esto es muy interesante, ¿verdad?

—Me gusta estar del lado del vencedor, jefe. Soy un hombre sensato; usted mismo lo dijo.

Riose replicó con voz ronca:

—¡Concedido! Sin embargo, desde entonces no ha sido capturado ningún otro comerciante. Todas las naves comerciales son lo bastante veloces como para escapar cuando se les antoja. Todas las naves comerciales tienen una pantalla que les permite salir indemnes en caso de lucha. Y todos los comerciantes han luchado hasta la muerte si la ocasión lo ha requerido. Se ha sabido que los comerciantes son los jefes e instigadores de las guerrillas en los planetas ocupados y de las incursiones aéreas en el espacio también ocupado. ¿Acaso es usted el *único* hombre sensato? No lucha ni se escapa, y se convierte en traidor sin que se lo exijan. Es usted peculiar, asombrosamente peculiar... yo diría que peligrosamente peculiar.

Devers dijo con voz suave:

—Comprendo lo que quiere decir, pero no tiene nada en qué basarse para efectuar una acusación en mi contra. Ya hace seis meses que estoy aquí, y siempre me he portado bien.

—Así es, y yo le he recompensado con un buen trato. No he tocado su nave y le he dado todas las muestras de consideración posibles. Pero usted me ha fallado. Una información libremente ofrecida sobre sus juguetes, por ejemplo, hubiera podido resultar de utilidad. Los principios atómicos en los que se basan pueden ser utilizados en algunas de las más peligrosas armas de la Fundación. ¿Me equivoco?

—Soy sólo un comerciante —repuso Devers—, y no uno de esos presuntuosos técnicos. Yo vendo la mercancía; no la fabrico.

—Bien, pronto lo veremos. Por esa razón he venido. Por ejemplo, registraremos su nave para saber si lleva un campo de fuerza personal. Usted nunca lo ha llevado; pero todos los soldados de la Fundación disponen de él. Será una significativa evidencia encontrar información que usted se niega a facilitarme. ¿No es así?

No hubo respuesta, así que continuó:

—Y habrá evidencia más directa. He traído conmigo la sonda psíquica. No dio resultado la vez anterior, pero el contacto con el enemigo es una educación liberal.

Su voz era suavemente amenazadora, y Devers sintió el cañón de un arma apretado contra su estómago; el arma del general, que hasta aquel momento había llevado enfundada. El general habló en voz baja:

—Se quitará su pulsera y cualquier otro ornamento de metal que lleve, y me los dará. ¡Despacio! Los campos atómicos pueden ser distorsionados, y las sondas psíquicas podrían ahondar sólo en campos estáticos. Eso es. Démelos.

El receptor situado en la mesa del general se iluminó, y una cápsula asomó por la ranura, cerca de donde se encontraba Barr, que seguía acariciando el busto imperial tridimensional.

Riose se colocó detrás de la mesa, con la pistola lanzallamas apuntándoles. Dijo a Barr:

—Usted también, patricio. Su pulsera le condena. Sin embargo, ha sido amable anteriormente y yo no soy vengativo, pero juzgaré el destino de su familia, retenida como rehén, según los resultados de la sonda psíquica.

Mientras Riose se inclinaba para recoger la cápsula del mensaje, Barr levantó el busto de cristal de Cleón y, tranquila y metódicamente, lo abatió sobre la cabeza del general.

Ocurrió demasiado deprisa para que Devers se diese cuenta. Fue como si un repentino demonio se hubiese encarnado en el anciano.

—¡Fuera! —dijo Barr en un murmullo entre dientes—. ¡Rápido! —Cogió el lanzallamas de Riose y se lo ocultó debajo de la camisa.

El sargento Luk se volvió cuando salieron sin apenas abrir la puerta. Barr dijo con serenidad:

—Condúzcanos, sargento.

Devers cerró la puerta tras de sí.

El sargento Luk les llevó en silencio a su alojamiento, y entonces, tras de una brevísima pausa, continuó avanzando, pues el cañón de una pistola lanzallamas le presionaba las costillas, mientras una voz dura murmuraba a su oído:

—A la nave comercial.

Devers se adelantó para abrir la escotilla, y Barr dijo:

—Quédese donde está, Luk. Ha sido usted un hombre decente y no vamos a matarle.

Pero el sargento reconoció el monograma de la pistola. Gritó con furia ahogada:

—¡Han matado al general!

Con un alarido salvaje e incoherente, se lanzó a ciegas contra la furiosa ráfaga del arma, y se derrumbó convertido en una ruina humana.

La nave comercial se elevaba sobre un planeta

muerto cuando las señales luminosas empezaron a parpadear contra la cremosa telaraña de la gran lente del firmamento que era la Galaxia, y surgieron otras formas negras. Devers exclamó:

—Agárrese fuerte, Barr, y veamos si tienen alguna nave capaz de competir con mi velocidad.

¡Sabía que no la tenían!

Y una vez en el espacio abierto, la voz del comerciante sonó perdida y muerta cuando dijo:

—La información que di a Brodrig era demasiado buena. Me parece que sufrirá la misma suerte del general.

Velozmente se introdujeron en las profundidades de la masa de estrellas que era la Galaxia.

8. HACIA TRÁNTOR

Devers se inclinó sobre el pequeño globo apagado, esperando un tenue signo de vida. El control direccional cribaba lenta y cuidadosamente el espacio con su denso y penetrante haz de señales.

Barr vigilaba pacientemente desde su asiento en la litera baja del rincón. Preguntó:

—¿Ya no hay rastro de ellos?

—¿De los chicos del Imperio? No. —El comerciante gruñó las palabras con evidente impaciencia—. Hace mucho rato que hemos perdido a los rastreadores. ¡El espacio! Con los brincos que hemos dado a través del hiperespacio, es una suerte que no hayamos ido a parar a la barriga de algún sol. No podrían habernos seguido aunque hubiesen superado nuestra velocidad, lo cual, evidentemente, no podían hacer.

Se recostó en el respaldo y se aflojó el cuello con un brusco ademán.

—Ignoro lo que han hecho aquí esos muchachos del Imperio. Creo que algunos de los portillos están desajustados.

—Veo que está intentando llegar a la Fundación.

—Estoy llamando a la Asociación, o, al menos, intentándolo.

—¿La Asociación? ¿Quiénes son?

—La Asociación de Comerciantes Independientes. Nunca había oído hablar de ellos, ¿verdad? Bueno, no es usted el único. Aún no nos hemos dado a conocer.

El silencio reinó durante un rato, centrado en el mudo indicador de recepción, hasta que Barr preguntó:

—¿Estamos ya a su alcance?

—No lo sé. Tengo sólo una ligera idea de dónde nos hallamos, por cálculo aproximado. Por eso me veo obligado a usar el control de dirección. Podríamos tardar años.

—¿En serio?

Barr hizo una seña y Devers dio un salto y se ajustó los audífonos. Había una diminuta y luminosa blancura en la pequeña esfera opaca.

Durante media hora, Devers se ocupó del frágil hilo de comunicación que atravesaba el hiperespacio para conectar dos puntos que la luz tardaría quinientos años en enlazar.

Al final se recostó, perdida la esperanza. Levantó la vista y se quitó los audífonos.

—Comamos, doctor. Hay una ducha que puede usar si le apetece, pero tenga cuidado con el agua caliente.

Se puso en cuclillas ante uno de los armarios que cubrían una pared y rebuscó entre su contenido.

—Espero que no sea vegetariano.

—Como de todo —repuso Barr—. Pero ¿qué hay de la Asociación? ¿Los ha perdido?

—Así parece. Era un alcance máximo, algo excesivo. Pero no importa; recibí lo esencial.

Se enderezó y colocó sobre la mesa dos recipientes de metal.

—Espere cinco minutos, doctor, y entonces ábralo

oprimiendo el contacto. Aparecerá un plato, tenedor y comida; muy cómodo cuando se tiene prisa, si no le interesan mucho los detalles como las servilletas. Supongo que querrá saber lo que me ha comunicado la Asociación.

—Sí, si no es un secreto.

Devers meneo la cabeza.

—Para usted, no. Lo que dijo Riose era cierto.

—¿Sobre el ofrecimiento de un tributo?

—Sí. Lo ofrecieron, y se lo rechazaron. Las cosas van mal. Se pelea en los soles exteriores de Loris.

—¿Loris está cerca de la Fundación?

—¿Cómo? ¡Oh!, no sabría decírselo. Es uno de los Cuatro Reinos originales. Podría definirlo como «parte de la línea interior de defensa». Eso no es lo peor. Se han enfrentado a naves de tamaño inusitado, lo cual significa que Riose no estaba exagerando. *Es cierto* que ha recibido más naves. Brodrig ha cambiado de bando, y yo he armado un buen lío.

Sus ojos expresaban temor cuando juntó los dos puntos de contacto del recipiente y contempló cómo se abría. El guisado despidió un aroma que invadió toda la cámara. Ducem Barr ya estaba comiendo.

—Así pues, se acabaron las improvisaciones —dijo Barr—. Aquí no podemos hacer nada, no podemos cruzar las líneas imperiales para volver a la Fundación, no podemos hacer otra cosa que ser sensatos y esperar pacientemente. Sin embargo, si Riose ha llegado a la línea interior, la espera no será demasiado larga.

Devers dejó el tenedor.

—¿Esperar? —gruñó, enfurecido—. Eso estará bien para *usted*, que no tiene nada en juego.

—¿Ah, no? —sonrió Barr.

—No. Voy a explicárselo. —La irritación de Devers se hizo evidente—. Estoy harto de mirar todo este asunto bajo la lente del microscopio como si fuese un objeto interesante. Allí tengo amigos que se están muriendo; y un mundo, mi hogar, que también se muere. Usted es un extraño; no sabe nada de esto.

—He visto morir a amigos míos. —Las manos del anciano estaban inmóviles sobre sus piernas, y tenía los ojos cerrados—. ¿Está usted casado?

—Los comerciantes no se casan —repuso Devers.

—Pues yo tengo dos hijos y un sobrino. Han sido advertidos, pero, por algunas razones, no han podido hacer nada. Nuestra huida significa su muerte. Espero que mi hija y mis dos nietos hayan podido abandonar el planeta antes de esto; pero, incluso excluyéndolos, yo he arriesgado y perdido más que usted.

Devers replicó con crueldad:

—Lo sé, pero ha sido un caso de elección. Podría haberse quedado con Riose. Yo no le he pedido...

Barr negó con la cabeza.

—No ha sido un caso de elección, Devers. Descargue su conciencia; no he arriesgado a mis hijos por usted. Cooperé con Riose todo el tiempo que pude. Pero estaba la sonda psíquica.

El patricio siwenniano abrió los ojos; el dolor se reflejaba en ellos.

—Riose fue a verme en cierta ocasión, hace aproximadamente un año. Habló de un culto centrado en los magos, pero no adivinó la verdad. No es realmente un culto. Verá; ya hace cuarenta años que Siwenna está bajo el insoportable yugo que ahora amenaza a su mundo. Han sido sofocadas cinco rebeliones. Entonces yo descubrí los viejos archivos de Hari Seldon, y ahora este «culto» está esperando. Espera la llegada de los «magos», y se halla dispuesto para ese día. Mis hijos son jefes de los que esperan. *Éste* es el secreto que guardo en mi mente y que la sonda no debe tocar jamás. Por esta razón han de morir como rehenes; porque la alternativa es su muerte como rebeldes, y con ellos la muerte de medio Siwenna. Como ve, ¡no tenía elección! Y no soy ningún extraño.

Devers bajó la mirada, y Barr continuó suavemente:

—Las esperanzas de Siwenna dependen de la victoria de la Fundación. Por esa victoria se sacrifican mis hijos. Y Hari Seldon no predice la inevitable salvación de Siwenna como predice la de la Fundación. No poseo ninguna seguridad sobre mi pueblo... sólo esperanza.

—Pero así y todo está dispuesto a esperar. Incluso con la Flota imperial en Loris.

—Esperaría con la misma serenidad —declaró sencillamente Barr— si hubiesen aterrizado en el propio planeta Términus.

El comerciante frunció el ceño mientras las dudas se agolpaban en su mente.

—No sé. No puede suceder realmente así, como por arte de magia. Psicohistoria o no, son terriblemente fuertes, y nosotros somos débiles. ¿Qué puede hacer Seldon en esto?

—No hay nada que *hacer*. Todo está *hecho*, y ahora se está realizando. El hecho de que usted no oiga girar las ruedas ni sonar los tambores no significa que sea menos seguro.

—Tal vez; pero en estos momentos me sentiría más a gusto si de verdad hubiese destrozado el cráneo de Riose. Él es un enemigo mayor que todo su ejército.

—¿Destrozar su cráneo? ¿Con Brodrig en el mando? —El rostro de Barr se contrajo por el odio—. Todo Siwenna hubiera sido mi rehén. Brodrig ya ha demostrado de lo que es capaz. Existe un mundo que hace tan sólo cinco años perdió a un hombre de cada diez por el mero hecho de no pagar sus impuestos. Brodrig era el recaudador. No, Riose puede vivir. Sus castigos son caricias comparados con los de Brodrig.

—Pero seis meses, *seis meses* en la base enemiga, y no hemos conseguido nada. —Las fuertes manos de

Devers se juntaron con tanta fuerza que sus nudillos crujieron—. ¡No hemos conseguido nada!

—De acuerdo, pero espere. Ahora recuerdo... —Barr rebuscó en su bolsa—. Quizá le sirva esto. —Y puso sobre la mesa la pequeña esfera de metal.

Devers la agarró.

—¿Qué es?

—La cápsula del mensaje que Riose recibió antes de que yo le golpeara. ¿No cree que tal vez ya hayamos conseguido algo?

—Lo ignoro. ¡Depende de su contenido! —Devers se sentó y dio vueltas a la esfera cuidadosamente.

Cuando Barr salió de la ducha fría y se colocó, con agrado, bajo la cálida corriente del secador de aire, encontró a Devers, silencioso y absorto, en el banco de trabajo.

El siwenniano se dio rítmicas palmadas en el cuerpo y habló en voz alta para hacerse oír:

—¿Qué hace?

Devers levantó la vista. Gotas de sudor perlaban su frente.

—Voy a abrir esta cápsula.

—¿Podrá abrirla sin la característica personal de Riose? —Había un acento de sorpresa en la voz del siwenniano.

—Si no puedo hacerlo, me daré de baja de la Asociación y no pilotaré una nave por el resto de mi vida. Ya tengo un triple análisis electrónico del interior, y poseo unos pequeños utensilios de los cuales el Imperio no ha oído hablar jamás, fabricados especialmente para cápsulas de mensajes. Verá, he sido ladrón anteriormente. Un comerciante ha de ser un poco de todo...

Se inclinó sobre la pequeña esfera, y con un instrumento plano la tanteó delicadamente, levantando chispas rojas a cada leve contacto. Dijo:

—Esta cápsula muestra un trabajo muy basto; los

muchachos del Imperio no sirven para cosas delicadas, se ve enseguida. ¿Ha visto alguna vez una cápsula de la Fundación? Para empezar, su tamaño es la mitad del de ésta, y es impenetrable al análisis electrónico.

De repente se quedó rígido; los músculos de sus hombros se contrajeron visiblemente bajo la túnica. Su diminuta sonda presionó ligeramente...

Salió sin ruido, pero Devers se relajó y suspiró. En su mano estaba la brillante esfera con el mensaje desenrollado como una lengua de pergamino.

—Es de Brodrig —dijo. Y luego, con desprecio—: El mensaje es permanente. En una cápsula de la Fundación el mensaje se transformaría en gas al cabo de un minuto.

Pero Ducem Barr le hizo callar con un ademán. Leyó rápidamente el mensaje:

> *De: Ammel Brodrig, enviado extraordinario de Su Majestad Imperial, secretario privado del Consejo y Par del Reino.*
> *A: Bel Riose, gobernador militar de Siwenna, general de las Fuerzas Imperiales y Par del Reino.*
> *Le saludo.*
> *El planeta 1.120 ya no resiste. Los planes de ofensiva continúan según fueron concebidos. El enemigo se debilita visiblemente y los objetivos finales serán alcanzados con seguridad.*

Barr levantó la cabeza y exclamó amargamente:

—¡Idiota! ¡Maldito imbécil! ¿A *eso* llama un mensaje?

—¿Cómo? —dijo Devers, vagamente decepcionado.

—No dice nada —recalcó Barr—. Nuestro pelotillero cortesano está jugando a general. Sin la presencia de Riose, es comandante en jefe, y ha de desahogar sus pobres ánimos con pomposos informes sobre situaciones militares que no entiende en absoluto. «Tal y tal planeta ya no resiste.» «La ofensiva continúa.» «El enemigo se debilita.» ¡El pavo real sin cerebro!

—Bueno, bueno, espere un minuto. Lea despacio.

—Tírelo. —El anciano se apartó, exasperado—. La Galaxia sabe que no esperaba algo de importancia abrumadora, pero en tiempos de guerra es razonable suponer que incluso la orden más rutinaria puede dificultar los movimientos de tropas y causar complicaciones ulteriores si no se cumple. Por eso me llevé la cápsula. Pero ¡esto! Hubiera sido mejor dejarla. Así habría hecho perder a Riose un minuto de su tiempo, que ahora puede utilizar con fines más constructivos.

Devers se había levantado.

—¿Quiere seguir leyendo y parar de bailotear? Por el amor de Seldon... —Colocó el mensaje bajo la nariz de Barr—. Vamos, léalo de nuevo. ¿A qué se refiere con lo de «objetivos finales»?

—A la conquista de la Fundación. ¿Por qué?

—¿Usted cree? Tal vez se refiere a la conquista del Imperio. Usted sabe que él lo considera el objetivo final.

—¿Y qué si es así?

—¡Si es así! —La torcida sonrisa de Devers se perdió entre su barba—. Vamos, preste atención y se lo diré.

Con un dedo volvió a introducir en la ranura la diminuta hoja de pergamino ricamente adornada con el monograma. Desapareció con un ligerísimo ruido, y el globo volvió a ser liso y entero. En algún lugar del interior se ajustaron las engrasadas ruedecillas de sus controles al encajar con movimientos precisos.

—Veamos, ¿verdad que no hay un sistema que permita abrir esta cápsula sin conocer la característica personal de Riose?

—Para el Imperio, no —repuso Barr.

—Entonces, la evidencia que contiene es desconocida para nosotros y absolutamente auténtica.

—Para el Imperio, sí —dijo Barr.

—Y el Emperador puede abrirla, ¿verdad? Las características personales de los funcionarios del Gobierno deben figurar en el archivo. Están en la Fundación.

—Y también en la capital imperial —convino Barr.

—Entonces, si usted, un patricio siwenniano y Par del Reino, dice a ese Cleón, a ese Emperador, que su loro favorito y su más brillante general se asocian para derrocarle, y le entrega la cápsula como prueba, ¿cuáles cree que serán, en *su* opinión, los «objetivos finales» de Brodrig?

Barr se sentó, pues se notaba débil.

—Espere, no puedo seguirle. —Se pasó la mano por la delgada mejilla y añadió—: No está hablando en serio, ¿verdad?

—Claro que sí. —Devers estaba excitado—. Escuche: nueve de los diez últimos emperadores fueron degollados o sus entrañas saltaron por obra de alguno de sus generales que tenía grandes ideas en la cabeza. Usted mismo me lo ha contado más de una vez. El bueno del Emperador nos creería tan deprisa que a Riose le daría vueltas la cabeza.

Barr murmuró débilmente:

—Así que habla en serio. Por la Galaxia, hombre, no pretenda resolver una crisis de Seldon con un plan tan fantástico, complicado y poco práctico como éste. Suponga que nunca se hubiese apoderado de la cápsula. Suponga que Brodrig no hubiera utilizado la palabra «final». Seldon no depende del azar.

—Si el azar nos sale al encuentro, no hay ley que diga que Seldon no debe aprovecharlo.

—Desde luego. Pero... —Barr se interrumpió, y

después habló con calma, conteniéndose visiblemente—. Escuche: en primer lugar, ¿cómo llegará al planeta Trántor? Ignora su localización en el espacio y yo no recuerdo las coordenadas, y menos aún las efemérides. Ni siquiera sabe nuestra propia posición en el espacio.

—En el espacio es imposible perderse —sonrió Devers, que ya estaba a los controles—. Bajaremos al planeta más próximo y volveremos con las mejores cartas de navegación que puedan comprar los cien mil créditos de Brodrig.

—Y con una ráfaga en la barriga. Nuestra descripción personal ya habrá llegado a todos los planetas de esta parte del Imperio.

—Escuche, doctor —dijo pacientemente Devers—, no sea un aguafiestas. Riose cree que mi nave se rindió con demasiada facilidad y, hermano, no estaba bromeando. Esta nave tiene suficiente potencia y energía como para escapar de todo lo que encontremos a este lado de la frontera. Y además tenemos escudos personales. Los muchachos del Imperio no los encontraron, simplemente porque era imposible.

—Muy bien —dijo Barr—, muy bien. Imaginemos que estamos en Trántor. ¿Cómo conseguirá ver al Emperador? ¿Cree usted que tiene horas de oficina?

—Esto ya lo pensaremos cuando estemos en Trántor —replicó Devers.

Y Barr murmuró con impotencia:

—De acuerdo. Hace medio siglo que deseo ver Trántor y no quiero morir sin haberlo hecho. Adelante con su plan.

Devers conectó el motor hiperatómico. Las luces relampaguearon y se produjo una ligera sacudida interior que marcó el cambio al hiperespacio.

9. EN TRÁNTOR

Las estrellas eran tan numerosas como la mala hierba en un campo abandonado y, por primera vez, Lathan Devers encontró que los números situados a la derecha de la coma decimal eran de primordial importancia para calcular las órbitas a través de las hiperregiones. Existía cierta sensación de claustrofobia en la necesidad de dar saltos no superiores a un año luz, y una tremenda dureza en un firmamento que resplandecía ininterrumpidamente en todas direcciones. Era como estar perdido en un mar de radiación.

Y en el centro de un núcleo de diez mil estrellas, cuya luz rasgaba la oscuridad circundante, giraba el enorme planeta imperial, Trántor.

Pero era más que un planeta; era el latido vivo de un imperio de veinte millones de sistemas estelares. Tenía una sola función: la administración; un solo propósito: el gobierno; y un solo producto manufacturado: la ley.

El mundo entero era una distorsión funcional. No había en su superficie otros objetos vivos que el hombre, sus animales domésticos y sus parásitos. No podía encontrarse ni una brizna de hierba ni un trozo de suelo sin cubrir fuera de los doscientos kilómetros cuadrados que ocupaba el Palacio Imperial. Fuera del recinto de Palacio no existía más agua que la contenida en las vastas cisternas subterráneas que suministraban el líquido elemento a todo un mundo.

El lustroso, indestructible e incorruptible material que constituía la lisa superficie del Planeta era el cimiento de las enormes estructuras de metal que abarrotaban Trántor. Estas estructuras estaban conectadas por aceras, unidas por corredores, divididas en oficinas, ocupadas en su parte inferior por inmensos centros de venta al por menor que cubrían kilómetros cuadrados, y en su parte superior por el centelleante mundo de las diversiones, que cobraba vida todas las noches.

Era posible dar la vuelta al mundo de Trántor sin abandonar este único edificio conglomerado ni ver la ciudad.

Una flota de naves superior en número a todas las flotillas de guerra del Imperio descargaba diariamente en Trántor toda clase de mercancías para alimentar a los cuarenta mil millones de seres humanos que sólo daban a cambio el cumplimiento de la necesidad de desenredar las miríadas de hilos que convergían en la administración central del Gobierno más complejo que la humanidad conociera jamás.

Veinte mundos agrícolas eran el granero de Trántor. Un universo era su servidor...

Fuertemente sostenida a ambos lados por enormes brazos de metal, la nave comercial fue suavemente colocada en la gigantesca rampa que conducía al hangar. Devers había encontrado el camino a través de las múltiples complicaciones de un mundo concebido sobre el papel y dedicado al principio del «cuestionario por cuadriplicado».

Hicieron el alto preliminar en el espacio, donde llenaron el primero de un centenar de cuestionarios. Hubo cien interrogatorios, la aplicación rutinaria de una sonda sencilla, la toma de fotografías de la nave, el análisis de características de los dos hombres y su subsiguiente registro, la búsqueda de contrabando, el pago del impuesto de entrada y, finalmente, la cuestión de las tarjetas de identidad y el visado de estancia.

Ducem Barr era siwenniano y súbdito del Emperador, pero Lathan Devers era un desconocido, sin los documentos necesarios. El funcionario que les atendió estaba abrumado por aquella extraña situación, pero Devers no podía entrar. De hecho, tendrían que retenerle para la investigación oficial.

De alguna parte brotaron cien créditos en billetes nuevos y flamantes, garantizados por los dominios de Brodrig. El funcionario se encogió visiblemente, y su estado de agobio disminuyó. Apareció un nuevo impreso procedente del casillero adecuado. Fue rellenado rápida y eficientemente, y la característica de Devers quedó estampada en él.

Los dos hombres entraron en Trántor.

En el hangar, la nave comercial fue registrada, fotografiada, anotada en el archivo, su contenido inventariado, copiadas las tarjetas de identidad de los pasajeros y se pagó por ella el impuesto requerido contra entrega de un recibo.

Y entonces Devers se encontró bajo el brillante y blanco sol, en una terraza donde había mujeres que charlaban, niños que gritaban y hombres que sorbían lánguidamente sus bebidas y escuchaban las noticias del Imperio emitidas por gigantescos televisores.

Barr pagó por un periódico las monedas de iridio que le pidieron. Era el *Noticias Imperiales* de Trántor, órgano oficial del Gobierno. En la trastienda de la editorial sonaba el ruido de las máquinas que imprimían ediciones extraordinarias, impulsadas desde las oficinas del *Noticias Imperiales*, situadas a dieciséis mil kilómetros por corredor —a nueve mil por avión—, del mismo modo que se imprimían simultáneamente diez millones de ejemplares en las restantes editoriales del planeta.

Barr echó una mirada a los titulares y dijo en voz baja:

—¿Por dónde empezamos?

Devers intentó sacudirse la depresión que le embargaba. Se hallaba en un universo muy alejado del suyo, en un mundo que le abrumaba con su complejidad, entre gentes que hacían y decían cosas casi incomprensibles para él. Las relucientes torres metálicas que le rodeaban y continuaban hasta el horizonte en una interminable multiplicidad, le oprimían; la vida atareada e indiferente de la gigantesca metrópoli le sumía en una terrible sensación de aislamiento e insignificancia.

—Eso se lo dejo a usted, doctor —contestó.

Barr estaba tranquilo. Comentó en un murmullo:

—Intenté decírselo, pero es difícil de creer si no lo ve uno mismo. Ya lo sé. ¿Adivina cuántas personas quieren ver diariamente al Emperador? Alrededor de un millón. ¿Sabe a cuántas recibe? A unas diez. Tendremos que tantear al servicio civil, y eso dificulta las cosas. Pero no podemos arriesgarnos a tratar con la aristocracia.

—Tenemos casi cien mil créditos...

—Un solo Par del Reino nos costaría eso, y necesitaríamos al menos tres o cuatro para llegar hasta el Emperador. Tal vez debamos acudir a cincuenta comisionados y supervisores, pero sólo nos costarán unos cien créditos cada uno. Yo seré quien hable. En primer lugar, no entenderían su acento, y, en segundo lugar, usted no conoce la etiqueta del soborno imperial. Es todo un arte, se lo aseguro. ¡Ah!

La tercera página del *Noticias Imperiales* traía lo que buscaba, y pasó el periódico a Devers.

Devers leyó con lentitud. El vocabulario era extraño, pero lo comprendió. Levantó la vista y sus ojos delataron lo preocupado que estaba. Golpeó curiosamente la página con el dorso de la mano.

—¿Cree que podemos fiarnos de esto?

—Dentro de ciertos límites —repuso Barr con calma—. Es muy improbable que hayan destruido la Flota de la Fundación. Seguramente ya han dado esta noticia varias veces, si usan la acostumbrada técnica de deducir las cosas desde una capital muy alejada del campo de batalla. Sin embargo, significa que Riose ha ganado otra contienda, lo cual no sería de extrañar. Dicen que ha conquistado Loris. ¿No se trata del planeta-capital del reino de Loris?

—Sí —contestó Devers—, o de lo que era el reino de Loris. Y no está ni a veinte parsecs de la Fundación. Doctor, hemos de trabajar muy rápido.

Barr se encogió de hombros.

—No se puede ir deprisa en Trántor. Si lo intenta, lo más probable es que acabe frente al cañón de un lanzarrayos atómico.

—¿Cuánto tiempo necesitaremos?

—Un mes, si tenemos suerte. Un mes y nuestros cien mil créditos…. si es que son suficientes. Y eso suponiendo que al Emperador no se le ocurra viajar a los Planetas Estivales, donde no recibe a ningún peticionario.

—Pero la Fundación…

—…Tendrá cuidado de sí misma, como hasta ahora. Vamos, habrá que pensar en la cena. Estoy hambriento. Después, la noche es nuestra, y será mejor que la disfrutemos. Nunca más veremos Trántor o un mundo similar, recuérdelo.

El delegado de las Provincias Exteriores abrió con impotencia sus regordetas manos y contempló a los solicitantes a través de unas gafas que no disimulaban su elevado grado de miopía.

—Pero es que el Emperador está indispuesto, caballeros. Es realmente inútil llevar este asunto a mi superior. Hace una semana que Su Majestad Imperial no concede audiencias.

—A nosotros nos recibirá —dijo Barr, fingiendo una total confianza—. Sólo se trata de ver a un miembro del personal del secretario privado.

—Imposible —dijo categóricamente el delegado—. Intentarlo me costaría el puesto. Ahora bien, si pueden ser más explícitos en relación con la naturaleza de su gestión, estoy dispuesto a ayudarles, pero compréndanlo, necesito algo más concreto, algo que pueda presentar a mi superior como una razón de suficiente importancia como para llevar el asunto adelante.

—Si mi gestión pudiera ser sometida a alguna autoridad inferior —sugirió Barr con suavidad—, no sería tan importante como para pedir audiencia a Su Majestad Imperial. Le propongo que se arriesgue. Puedo decirle que si Su Majestad Imperial concede a nuestro asunto la importancia que nosotros le garantizamos que tiene, usted recibirá los honores que sin duda merecerá si nos ayuda ahora.

—Sí, pero... —Y el delegado se encogió de hombros.

—Es un riesgo —convino Barr—, pero, como es natural, todo riesgo tiene sus compensación. Le estamos pidiendo un gran favor, pero ya nos sentimos extremadamente agradecidos por su bondad al concedernos la oportunidad de explicarle nuestro problema. Si nos *permite* expresar nuestra gratitud modestamente...

Devers frunció el ceño. Durante el mes anterior había oído este mismo discurso, con ligeras variaciones, lo menos veinte veces. Terminaba siempre con la rápida aparición del oculto fajo de billetes. Pero esta vez el epílogo fue diferente. Por regla general los billetes desaparecían inmediatamente, pero en aquella ocasión permanecieron a la vista mientras el delegado los contaba con lentitud, al tiempo que los inspeccionaba por ambos lados. En su voz se advirtió un pequeño cambio:

—Garantizados por el secretario privado, ¿eh? ¡Buen dinero!

—Volviendo al tema... —acosó Barr.

—No, espere —le interrumpió el delegado—, lo reanudaremos poco a poco. Estoy muy interesado en la naturaleza de su gestión. Este dinero es nuevo, y deben de tener mucho, pues se me ocurre que ya han visto a otros funcionarios antes que a mí. Veamos, ¿de qué se trata?

—No comprendo adónde quiere ir a parar —dijo Barr.

—Pues verá, podría probarse que están ustedes en el planeta ilegalmente, puesto que las tarjetas de identificación y entrada de su silencioso amigo son realmente inadecuadas. No es súbdito del Emperador.

—Niego esta afirmación.

—¡No importa lo que usted haga! —dijo el delegado con repentina brusquedad—. El funcionario que firmó las tarjetas por la suma de cien créditos ha confesado, bajo presión, y sabemos más de lo que ustedes creen.

—Si está insinuando, señor, que la suma que le hemos rogado que acepte es insuficiente frente a los riesgos...

El delegado sonrió.

—Por el contrario, es más que suficiente. —Echó los billetes a un lado—. Volviendo a lo que decía, el propio Emperador está interesado en su caso. ¿No es cierto, señores, que hace poco fueron huéspedes del general Riose? ¿No es cierto también que han escapado de las manos de su ejército con asombrosa facilidad? ¿No es cierto además que poseen una fortuna en billetes garantizados por los dominios del señor Brodrig? En suma, ¿no es cierto que son un par de espías y asesinos enviados aquí para...? Bien, ¡usted mismo nos dirá quién les pagó y por qué!

—¿Sabe una cosa? —dijo Barr con ira contenida—. Niego el derecho de acusarnos de crímenes a un insignificante funcionario. Nos vamos.

—No se irán. —El delegado se levantó, visiblemente transformado—. No es necesario que contesten a ninguna pregunta ahora; lo reservaremos para otro momento más indicado. Yo no soy un delegado; soy un teniente de la policía imperial. Están arrestados.

Empuñaba un reluciente lanzarrayos cuando sonrió y dijo:

—Hoy hemos detenido a hombres más importantes que ustedes. Estamos desarticulando una red de espionaje.

Devers sonrió entre dientes y llevó la mano lentamente a su propia pistola. El teniente de policía amplió su sonrisa y pulsó los contactos. El rayo chocó contra el pecho de Devers con precisión destructora, pero rebotó inofensivamente en su escudo personal, convirtiéndose en chispeantes partículas de luz.

Devers disparó a su vez, y la cabeza del teniente rodó por el suelo al quedar separada del tronco que iba desapareciendo tras el impacto del disparo. Aún sonreía cuando pasó por un haz de luz solar que entraba a través del reciente agujero practicado en la pared.

Se marcharon por la puerta trasera.

Devers dijo roncamente:

—Deprisa, a la nave. Darán la alarma rápidamente. —Profirió una maldición ahogada—. Otro plan que ha fracasado. Juraría que el propio espíritu maligno del espacio está contra mí.

Una vez en el exterior se dieron cuenta de que una gran muchedumbre rodeaba los enormes televisores. No tenían tiempo para esperar, no hicieron caso de los gritos estentóreos que llegaban de modo intermitente a sus oídos. Pero Barr agarró un ejemplar del *Noticias Imperiales* antes de precipitarse al gigantesco hangar, donde la nave emergió rápidamente desde una cavidad perforada en la pared de metal.

—¿Podrá escapar de ellos? —preguntó Barr.

Diez naves de la policía de tráfico persiguieron salvajemente al aparato fugitivo que había salido en forma correcta, controlado por radar, y quebrantado después todas las leyes de velocidad existentes. Detrás de la policía, veloces naves del servicio secreto despegaron en persecución de un aparato, cuidadosamente descrito, tripulado por dos asesinos plenamente identificados.

—Fíjese en mí —dijo Devers, cambiando salvajemente al hiperespacio, a tres mil kilómetros sobre la superficie de Trántor.

El cambio, tan cerca de una masa planetaria, dejó inconsciente a Barr y produjo un terrible dolor a Devers, pero, unos años luz más allá, el espacio que se abría sobre sus cabezas estaba desierto.

El orgullo de Devers por su nave no pudo ser contenido. Exclamó:

—No existe una sola nave imperial capaz de seguirme. —Y añadió con amargura—: Pero no tenemos un lugar a donde ir, y nos es imposible luchar contra ellos. ¿Qué podemos hacer? ¿Quién puede hacer algo efectivo?

Barr se movió ligeramente en su litera. El efecto del hipercambio aún no había pasado, y le dolían todos los músculos. Dijo:

—Nadie tiene que hacer nada. Todo ha terminado. ¡Mire!

Alargó a Devers el ejemplar del *Noticias Imperiales*, y los titulares fueron suficientes para el comerciante.

—Llamados a Trántor y arrestados... Riose y Brodrig —murmuró Devers, mirando inquisitivamente a Barr—. ¿Por qué?

—El artículo no lo dice, pero ¿qué importa? La guerra con la Fundación ha terminado y, en estos momentos, Siwenna está en plena revuelta. Lea el artículo y se enterará. —Su voz se debilitaba—. Nos detendremos en alguna de las provincias y sabremos más detalles. Si no te importa, voy a echar un sueñecito.

Y así lo hizo.

A saltos de creciente magnitud, la nave comercial cruzaba vertiginosamente la Galaxia de vuelta a la Fundación.

10.   TERMINA LA GUERRA

Lathan Devers se sentía incómodo en extremo y vagamente resentido. Había recibido su condecoración y soportado con estoicismo la ampulosa oratoria del alcalde durante la ceremonia en la que le impusieron la cinta carmesí. Con aquello se terminó su parte en las celebraciones, pero, naturalmente, las formalidades oficiales le obligaban a quedarse. Y fueron sobre todo estas formalidades —del tipo que no le permitía bostezar a sus anchas o colocar cómodamente el pie en el asiento de una silla— lo que le hizo desear encontrarse de nuevo en el espacio, al que en realidad pertenecía.

La delegación siwenniana, con Ducem Barr como miembro heroico, firmó la Convención, y Siwenna se convirtió en la primera provincia que pasaba directamente del gobierno político del Imperio al gobierno económico de la Fundación.

Cinco naves de línea imperiales —capturadas cuando Siwenna se rebeló tras las líneas de la Flota fronteriza del Imperio— brillaban enormes y macizas sobre sus cabezas, enviando un ruidoso saludo a su paso por la ciudad.

Ahora ya no quedaba más que la bebida, la etiqueta y la charla inconsecuente...

Oyó una voz que le llamaba. Era Forell, el hombre, pensó fríamente Devers, que podía comprar a veinte como él con los beneficios de una sola mañana, pero un Forell que ahora le hacía señas con amable condescendencia.

Salió al balcón, donde soplaba el viento fresco de la noche, y se inclinó cortésmente, aunque con el ceño fruncido. Barr también se encontraba allí, sonriente. Le dijo:

—Devers, tiene que venir a defenderme. Me están acusando de modestia, un horrible crimen totalmente antinatural.

—Devers —le interpeló Forell, quitándose el cigarro de la boca—, el señor Barr pretende que el viaje de ustedes a la capital de Cleón no tuvo nada que ver con la destitución de Riose.

—Nada en absoluto —fue la breve respuesta de Devers—. No pudimos ver al Emperador. Los informes que obtuvimos durante nuestro regreso, a propósito del juicio, eran pura invención. Corrían rumores de que el general fue acusado ante el tribunal de intereses subversivos.

—¿Y era inocente?

—¿Riose? —intervino Barr—. ¡Sí! ¡Por la Galaxia, sí! Brodrig fue un traidor en términos generales, pero era inocente de los cargos específicos de que fue acusado. Fue una farsa judicial, pero necesaria, previsible e inevitable.

—Supongo que psicohistóricamente necesaria —recalcó Forell de forma sonora, con el acento humorístico de una larga familiaridad.

—Exacto. —Barr retornó a la seriedad—. No me di cuenta antes, pero cuando todo terminó y pude..., bueno, leer las respuestas en el libro, el problema apareció en toda su sencillez. *Ahora* podemos ver que el trasfondo social del Imperio inicia guerras de conquista que son imposibles para él. Bajo emperadores débiles cae en poder de generales que compiten entre sí por un trono moribundo y sin valor. Bajo emperadores fuertes, el Imperio se sume en una parálisis en la que la desintegración cesa en apariencia por el momento, pero sólo a costa de toda posible evolución.

Forell gruñó entre dos bocanadas:

—No se expresa usted con claridad, señor Barr.

Barr sonrió lentamente.

—Supongo que no. Es la dificultad de no estar familiarizado con la psicohistoria. Las palabras son pobres sustitutos de las ecuaciones matemáticas. Pero, veamos...

Barr se quedó pensativo, mientras Forell se apoyaba en la barandilla y Devers miraba el firmamento aterciopelado y pensaba con extrañeza en Trántor.

Entonces Barr prosiguió:

—Verá, señor; usted y Devers, y sin duda todo el mundo, tenían la idea de que derrotar al Imperio significaba ante todo desunir al Emperador y a su general. Usted y Devers, y todo el mundo, estaban en lo cierto, de acuerdo con el principio de la desunión interna. Sin embargo, se equivocaban al pensar que esta división interna podía provocarse mediante actos individuales, inspiraciones del momento. Intentaron ustedes el soborno y las mentiras. Apelaron a la ambición y al temor. Pero sus esfuerzos fueron vanos. De hecho, las apariencias eran peores tras cada tentativa. Y mientras se producían todas estas pequeñas oleadas, la marea de Seldon continuaba avanzando, en silencio, pero irresistiblemente.

Ducem Barr se volvió y contempló las luces de una ciudad en fiesta. Añadió:

—Una mano muerta nos empujaba a todos, al poderoso general y al gran Emperador, a mi mundo y al mundo de ustedes: la mano muerta de Hari Seldon. Él sabía que un hombre como Riose tenía que fracasar, ya que su mismo éxito provocaba el fracaso, y cuanto mayor fuese el éxito, mayor sería el fracaso.

Forell observó secamente:

—No puedo decir que se esté explicando con mayor claridad.

—Un momento —continuó Barr con énfasis—. Piense en la situación. Es evidente que un general débil nunca nos hubiera puesto en peligro. Tampoco lo hubiera hecho un general fuerte durante el reinado de un emperador débil, porque hubiera dirigido sus armas hacia un blanco mucho más provechoso. Los acontecimientos han demostrado que las tres cuartas partes de los emperadores de los dos últimos siglos fueron generales y virreyes rebeldes antes de ser tales emperadores. Así pues, sólo la combinación de un emperador fuerte y un general fuerte puede perjudicar a la Fundación; porque un emperador fuerte no puede ser destronado fácilmente, y un general fuerte se ve obligado a dirigir su atención hacia fuera, más allá de las fronteras. *Pero* ¿qué es lo que mantiene fuerte a un emperador? ¿Por qué era fuerte Cleón? Es evidente: era fuerte porque no toleraba súbditos fuertes. Un cortesano que se enriquece demasiado y un general demasiado popular son peligrosos. Toda la historia reciente del Imperio prueba estos hechos a un emperador que sea lo bastante inteligente como para ser fuerte. Riose obtuvo victorias, y por ello el Emperador concibió sospechas. Todo el ambiente de los tiempos le obligaba a ser suspicaz. ¿Riose rechazó un soborno? Muy sospechoso; habría motivos ocultos. ¿Su cortesano de mayor confianza se inclinaba repentinamente a favor de Riose? Muy sospechoso; habría motivos ocultos. Lo sospechoso no eran los actos individuales; cualquier otra cosa lo hubiera sido. Por eso nuestros complots individuales fueron innecesarios y bastante fútiles. Fue el *éxito* de Riose lo que despertó sospechas. Y por su éxito fue destituido, acusado, condenado y asesinado. La Fundación vuelve a ganar. Piénselo bien: no existe ninguna concebible combinación de sucesos que no dé como resultado la victoria de la Fundación. Era inevitable, cualquiera que fuese la actuación de Riose o la nuestra.

El magnate de la Fundación asintió gravemente con la cabeza.

—¡Así es! Pero ¿y si el Emperador y el general hubieran sido la misma persona? ¿Qué me dice a eso? Este caso no lo ha previsto usted, por lo que aún no ha probado su punto de vista.

Barr se encogió de hombros.

—No puedo *probar* nada. Carezco de conocimientos matemáticos. Pero apelo a su razón. En un Imperio en el cual cada aristócrata, cada hombre fuerte, cada pirata puede aspirar al trono (y, como enseña la historia, a menudo con éxito), ¿qué le ocurriría incluso a un emperador fuerte excesivamente preocupado con guerras que tuvieran lugar en el extremo opuesto de la Galaxia? ¿Por cuánto tiempo podría permanecer fuera de la capital antes de que alguien iniciase una guerra civil y le obligase regresar a casa? El ambiente social del Imperio acortaría ese tiempo. Una vez dije a Riose que ni con toda la fuerza del Imperio podría desviar la mano muerta de Hari Seldon.

—¡Bien, bien! —Forell estaba explosivamente satisfecho—. Entonces usted opina que el Imperio ya no puede volver a amenazarnos.

—Eso creo —afirmó Barr—. Francamente, Cleón puede morir antes de que acabe el año, y es seguro que la disputa por la sucesión dará origen a la *última* guerra civil del Imperio.

—En tal caso —dijo Forell—, ya no quedan enemigos.

Barr replicó, pensativo:

—Hay una Segunda Fundación.

—¿Al otro extremo de la Galaxia? Tardarán siglos en llegar a ellos.

Devers se volvió de improviso y se enfrentó a Forell, con expresión sombría:

—Tal vez haya enemigos internos.

—¿Usted cree? —preguntó fríamente Forell—. ¿Quién, por ejemplo?

—Pues... la gente que quiere distribuir un poco la riqueza y desea evitar que se concentre en manos que no son las que la producen. ¿Comprende lo que quiero decir?

Lentamente, la mirada de Forell perdió su desprecio y expresó la misma cólera que brillaba en los ojos de Devers.

SEGUNDA PARTE

EL MULO

11. LOS NOVIOS

EL MULO — *«El Mulo» es el menos conocido de todos los personajes de comparativa importancia para la historia galáctica. Se ignora su verdadero nombre, y su vida anterior es mera conjetura. Incluso el período de su mayor renombre nos es conocido principalmente a través de los ojos de sus antagonistas, y, sobre todo, a través de los de una joven recién casada...*

Enciclopedia Galáctica

La primera visión que tuvo Bayta de Haven no fue nada espectacular. Su marido se la señaló: una estrella opaca perdida en el vacío del borde de la Galaxia. Estaba más allá de los últimos y escasos grupos de estrellas, donde brillaban, solitarios, algunos puntos de luz. Incluso entre ellos se la veía pequeña e insignificante.

Toran se daba perfecta cuenta de que, como preludio de su vida matrimonial, la Enana Roja carecía de

381

cualidades impresionantes, y apretó los labios con timidez.

—Lo sé, Bay..., no es exactamente un cambio agradable, ¿verdad? Me refiero a esto, después de la Fundación.

—Es un cambio horrible, Toran. Nunca debí casarme contigo.

El rostro de él se nubló momentáneamente, antes de que pudiera disimularlo, y ella le dijo con su especial tono maternal:

—Anda, tonto. Ahora haz una mueca de disgusto y mírame como un patito moribundo antes de reclinar tu cabeza en mi hombro para que yo acaricie tus cabellos llenos de electricidad estática. Buscabas una mentira piadosa, ¿verdad? Esperabas que yo te dijera: «¡Contigo seré feliz en cualquier parte, Toran!», o bien, «¡Las mismas profundidades interestelares serían mi hogar, amor mío, teniéndote a mi lado!» Vamos, admítelo.

Le apuntó con un dedo y lo retiró un instante antes de que él pudiera aprisionarlo con sus dientes.

Toran contestó:

—Si me rindo y admito que tienes razón, ¿prepararás la cena?

Ella asintió, satisfecha. Toran sonrió, mirándola.

Bayta no era excepcionalmente hermosa para los demás —él lo admitía—, aunque todos se volvían a mirarla. Tenía el cabello oscuro y brillante, pero era liso, y su boca un poco grande; en cambio, sus espesas y bien dibujadas cejas separaban la frente blanca y tersa de unos ojos cálidos, color caoba, eternamente risueños.

Y tras una actitud firme y bien definida basada en ideas prácticas y nada románticas sobre la vida, se ocultaba un fondo de suavidad que nunca se daba a conocer si se buscaba, pero que se encontraba si se empleaba el tacto y no se daba la impresión de perseguirla.

Toran ajustó innecesariamente los controles y decidió descansar. Quedaba un salto interestelar y luego varios milimicroparsecs «en línea recta» antes de que fuera necesario el control manual. Se inclinó hacia atrás para mirar hacia el pañol de víveres, donde Bayta elegía los recipientes apropiados.

Había un poco de presunción en su actitud hacia Bayta; la satisfacción que indica el triunfo de alguien que ha estado al borde del complejo de inferioridad durante tres años.

Al fin y al cabo, era provinciano, y no sólo eso, sino hijo de un comerciante renegado. Y ella procedía de la misma Fundación; y aún más: su linaje se remontaba a Mallow.

Pero tras aquella presunción existía un pequeño temor. Llevarla a Haven, mundo rocoso y con ciudades cavernosas, ya era malo de por sí; pero enfrentarla a la tradicional hostilidad de los comerciantes contra la Fundación —del nómada contra el ciudadano— era todavía peor.

Pese a ello... después de la cena, ¡el último salto!

Haven era un rabioso fulgor carmesí, y el segundo planeta una tosca mancha de luz de bordes nebulosos y un semicírculo de oscuridad. Bayta se inclinó sobre la gran mesa visora en cuyos retículos se veía Haven II limpiamente centrado. Dijo gravemente:

—Me gustaría haber conocido antes a tu padre. Si no le resulto simpática...

—Entonces —replicó Toran con naturalidad—, serías la única muchacha bonita que no le inspirara simpatía. Antes de que perdiera el brazo y dejara de vagar por la Galaxia... Bueno, si le preguntas acerca de lo que hacía, te contará cosas hasta que se te revienten los tímpanos. Llegó un momento en que empecé a pensar que exageraba, porque nunca contaba una historia por segunda vez sin cambiarla...

Ahora Haven II se abalanzaba hacia ellos. El mar encerrado entre rocas giraba pesadamente bajo su nave, gris como la pizarra en el crepúsculo, y ocultándose de vez en cuando entre jirones de nubes. A lo largo de la costa se elevaban agrestes montañas.

El mar pareció arrugarse debido a su proximidad y, cuando viraron y lo perdieron de vista, vislumbraron unos campos de hielo bordeando la costa.

Toran gruñó ante la violenta deceleración.

—¿Llevas el traje cerrado?

La cara redonda de Bayta se veía un poco congestionada por el traje de gomaespuma, provisto de calefacción interna y fuertemente adherido a la piel.

La nave descendió ruidosamente sobre el campo abierto, a poca distancia de una altiplanicie.

Bajaron con torpes movimientos a la sólida oscuridad nocturna del exterior de la Galaxia, y Bayta lanzó una exclamación ahogada cuando sintió el frío repentino y el azote del viento. Toran la cogió por el codo y ambos echaron a correr por el liso y compacto terreno hacia el fulgor de luz artificial que se distinguía a poca distancia.

Los centinelas les salieron al encuentro a medio camino y, tras unas frases en voz baja, siguieron avanzando juntos. El viento y el frío desaparecieron cuando la puerta de roca se cerró tras ellos. El cálido interior, blanco y con paredes luminosas, se llenó de una cierta agitación. Unos hombres les miraron desde sus mesas, y Toran presentó sus documentos.

Tras una rápida ojeada a los papeles les indicaron que siguieran, y Toran murmuró a su esposa:

—Papá debe de haberse encargado de los preliminares. Lo normal es que te retengan cinco horas.

Salieron al exterior, y Bayta exclamó repentinamente:

—¡Oh, querido...!

La ciudad-caverna estaba iluminada por una luz diurna, la luz blanca de un joven sol. Naturalmente, no había ningún sol. Lo que hubiera debido ser el firmamento se perdía en el fulgor difuso de un brillo que lo abarcaba todo. El aire cálido estaba perfumado por la fragancia de la vegetación.

—¡Oh, Toran, qué hermoso! —exclamó Bayta.

Toran sonrió con satisfacción.

—Bueno, Bay, no se puede comparar a la Fundación, pero es la ciudad más grande de Haven II. Tiene veinte mil habitantes. Creo que acabará gustándote. Lo siento, pero no hay parques de diversiones, aunque tampoco hay policía secreta.

—¡Oh, Torie! Es como una ciudad de juguete. Todo blanco y rosado... y tan limpio.

—Bueno... —Toran contempló a su vez la ciudad. La mayoría de las casas tenían dos pisos y estaban construidas con la piedra lisa de la región. Faltaban las torres de la Fundación y las colosales casas de comunidad de los Reinos Antiguos, pero había intimidad e individualismo; era una reliquia de la iniciativa personal en una Galaxia de vida en masa.

Toran fijó de repente su atención.

—Bay..., ¡ahí está papá! Allí, donde te estoy señalando. ¿No le ves?

Sí que le veía. Le dio la impresión de un hombre corpulento que saludaba frenéticamente con la mano, con los dedos extendidos como si quisiera agarrar el aire. Llegó hasta ellos el profundo trueno de un grito sostenido. Bayta siguió a su marido, que corría por el recortado césped. Vio a un hombre más pequeño, de cabellos blancos, casi invisible detrás del hombre robusto, que aún saludaba y seguía gritando.

Toran gritó por encima del hombro:

—Es el hermanastro de mi padre. El que estuvo en la Fundación, ya sabes.

Se encontraron en el césped, riendo, incoherentes, y el padre de Toran lanzó una exclamación final para demostrar su alegría. Se estiró la corta chaqueta y ajustó su cinturón con hebilla de metal, su única concesión al lujo.

Su mirada saltó de uno de los jóvenes al otro, y entonces exclamó, casi sin aliento:

—¡Habéis escogido un día muy malo para volver a casa, muchachos!

—¿Qué? ¡Oh! Es el aniversario de Seldon, ¿verdad?

—Sí. He tenido que alquilar un coche para venir aquí y obligar a Randu a conducirlo. No se podía conseguir un vehículo público ni a punta de pistola.

Sus ojos estaban ahora fijos en Bayta. Se dirigió a ella con voz más suave:

—Tengo tu cristal precisamente aquí, y es bueno, pero ahora veo que quien lo tomó era un aficionado.

Extrajo del bolsillo de la chaqueta el pequeño cubo transparente, y, al ser expuesto a la luz, la sonriente cara de una Bayta en miniatura cobró una vida multicolor.

—¡Ésa! —dijo Bayta—. No sé por qué Toran mandó esta caricatura. Me sorprende que me permitiera usted venir, señor.

—¿De verdad? Llámame Fran; no quiero ceremonias. Creo que será mejor que me cojas del brazo y nos vayamos al coche. Hasta este momento nunca creí que mi chico supiera lo que hacía. Creo que cambiaré de opinión. Sí, *tendré* que cambiar de opinión.

Toran le susurró a su tío:

—¿Cómo está el viejo últimamente? ¿Todavía persigue a las mujeres?

Randu sonrió, arrugando todo el rostro.

—Cuando puede, Toran, cuando puede. Hay veces que recuerda que su próximo cumpleaños será el sexagésimo, y esto le desanima. Pero hace callar ese mal pensamiento y enseguida vuelve a ser el mismo. Es un comerciante del viejo estilo. Pero hablemos de ti, Toran. ¿Dónde encontraste una esposa tan bonita?

El joven sonrió y cogió del brazo a su tío.

—¿Pretendes que te cuente en un minuto la historia de tres años, tío?

En el pequeño salón de la casa, Bayta se despojó de su capa de viaje y ahuecó su cabellera lacia. Se sentó, cruzó las piernas y devolvió la apreciativa mirada de aquel hombre corpulento, diciéndole:

—Sé lo que está intentando adivinar, y voy a ayudarle: edad, veinticuatro años, estatura, uno sesenta y ocho, peso, sesenta y dos, educación especial, Historia.

Bayta advirtió que él se ponía siempre de costado para ocultar que era manco. Pero Fran se le acercó y dijo:

—Ya que lo has mencionado, te diré que pesas sesenta y nueve. —Se rió de buena gana al verla enrojecer, y entonces añadió, dirigiéndose a todos en general—: Siempre se puede adivinar el peso de una mujer fijándose en la parte superior de su brazo, con la debida experiencia, claro. ¿Quieres beber algo, Bay?

—Sí, entre otras cosas —repuso ella, y salieron juntos mientras Toran contemplaba las estanterías en busca de nuevos libros.

Fran volvió solo y explicó:

—Bajará dentro de unos momentos.

Se sentó pesadamente en la gran silla del rincón y colocó su anquilosada pierna izquierda sobre un taburete. Ya no había risas en su rostro rubicundo, y Toran se dirigió hacia él.

—Bien, muchacho —dijo Fran—, ya has vuelto a casa y estoy contento. Me gusta tu mujer. No es una remilgada.

—Me he casado con ella —repuso sencillamente Toran.

—Bueno, eso es algo totalmente distinto, hijo mío. —Sus ojos se oscurecieron—. Es un modo insensato de encadenarse. Durante mi larga vida, de gran experiencia, no hice nada semejante.

Randu interrumpió desde el rincón donde había permanecido en silencio:

—Vamos, Franssart, ¿qué comparaciones se te ocurre hacer? Hasta tu aterrizaje forzoso de hace seis años nunca estuviste en un lugar el tiempo suficiente como para establecerte y cumplir así los requisitos para el matrimonio. Y desde entonces, ¿quién iba a aceptarte?

El hombre manco se enderezó en su asiento y replicó con ardor:

—Muchas, viejo chocho canoso...

Toran intervino con apresurado tacto:

—Es sólo una formalidad legal, papá. La situación tiene sus ventajas.

—Sobre todo para la mujer —gruñó Fran.

—Incluso así —argumentó Randu—, es asunto del muchacho. El matrimonio es una vieja costumbre en la Fundación.

—Los de la Fundación no son modelo apto para un honrado comerciante —refunfuñó Fran.

Toran volvió a intervenir.

—Mi esposa es de la Fundación. —Miró al uno y luego al otro, y añadió con voz queda—: Ya viene.

La conversación giró sobre temas generales, después de la cena, y Fran la amenizó con tres relatos de sus aventuras pasadas, compuestos en partes iguales de sangre, mujeres, beneficios y pura invención. Estaba encendido el pequeño televisor, que transmitía un drama clásico, con el volumen puesto al mínimo. Randu se arrellanó en una posición más cómoda en el bajo sofá y se quedó mirando por encima del humo de su larga pipa hacia el lugar donde Bayta estaba arrodillada sobre la alfombra de piel blanca, traída hacía mucho tiempo de una misión comercial y que ahora sólo se extendía en las grandes ocasiones.

—¿Has estudiado Historia, hija mía? —preguntó amablemente.

—He sido la desesperación de mis maestros —repuso Bayta—, pero al final logré aprender algo.

—Un diploma y una beca —explicó Toran, satisfecho—, ¡sólo eso!

—¿Y qué aprendiste? —continuó preguntando Randu.

—¿Se lo digo todo? ¿Así, de repente? —rió la chica.

El anciano sonrió con suavidad.

—Bueno, pues dime lo que piensas de la situación galáctica.

—Creo —dijo concisamente Bayta— que es inminente una crisis Seldon, y, si no se produce, sería mejor acabar de una vez con el plan Seldon. Es un fracaso.

«Hum —pensó Fran desde su rincón—. Vaya modo de hablar de Seldon.» Pero no dijo nada en voz alta.

Randu dio una chupada a su pipa.

—¿De verdad? ¿Por qué lo dices? Yo estuve en la Fundación cuando era joven, y también tuve grandes ideas dramáticas. Pero dime por qué has dicho eso.

—Bueno... —Los ojos de Bayta estaban pensativos mientras escondía los pies en la suavidad de la piel y apoyaba la barbilla en una mano regordeta—. A mí me parece que toda la esencia del plan de Seldon era crear un mundo mejor que el que había en el Imperio Galáctico. Ese mundo se estaba derrumbando hace tres siglos, cuando Seldon estableció la Fundación, y si la historia dice la verdad, se desmoronaba por culpa de una triple enfermedad: la inercia, el despotismo y la mala distribución de los recursos del universo.

Randu asintió lentamente, mientras Toran contemplaba con orgullo a su esposa y Fran chasqueaba la lengua y volvía a llenarse el vaso. Bayta continuó:

—Si la historia de Seldon es cierta, previó el colapso total del Imperio gracias a sus leyes de la psicohistoria, y predijo los necesarios treinta mil años de barbarie antes del establecimiento de un nuevo Segundo Imperio que devolvería la civilización y la cultura a la humanidad. El objetivo de toda su vida fue establecer las condiciones que asegurarían un renacimiento más rápido.

La profunda voz de Fran interrumpió:

—Y por eso estableció las dos Fundaciones, bendito sea su nombre.

—Y por eso estableció las dos Fundaciones —repitió Bayta—. Nuestra Fundación fue una concentración de científicos del Imperio moribundo, destinada a llevar hacia nuevas cumbres a la ciencia y la cultura del hombre. Y la Fundación estaba situada de tal modo en el espacio, y los acontecimientos históricos fueron tales, que, por un cuidadoso cálculo de su genio, Seldon previó que dentro de mil años se convertiría en un Imperio nuevo y más glorioso.

Hubo un reverente silencio.

La muchacha dijo en voz baja:

—Es una vieja historia. Todos la conocemos. Durante casi tres siglos, todos los seres humanos de la Fundación la han conocido. Pero he creído que era apropiado repetirla... sólo por encima. Hoy es el aniversario de Seldon, y aunque yo sea de la Fundación, y ustedes de Haven, tenemos esto en común...

Encendió un cigarrillo con lentitud y contempló de forma ausente el extremo encendido.

—Las leyes de la historia son tan absolutas como las leyes de la física, y si las probabilidades de error son mayores, es sólo porque la historia no trata de tantos seres humanos como los átomos de que trata la física, y las variaciones individuales cuentan más. Seldon predijo una serie de crisis durante los mil años de evolución, cada una de las cuales provocaría un giro de nuestro camino hacia un fin precalculado. Son estas crisis las que nos dirigen... y por eso ha de producirse una de ellas ahora. ¡Ahora! —repitió con fuerza—. Ha pasado casi un siglo desde la última, y durante este siglo se han reproducido en la Fundación todos los vicios del Imperio. ¡La inercia! Nuestra clase dirigente sólo conoce una ley: no cambiar. ¡El despotismo! Sólo conoce una regla: la fuerza. ¡La mala distribución! Sólo conoce un deseo: conservar lo que tiene.

—¡¡Mientras otros mueren de hambre!! —vociferó de repente Fran dando un potente golpe de su puño contra el brazo de su sillón—. Muchacha, tus palabras son perlas. Sus bolsas llenas arruinan a la Fundación, mientras los valientes comerciantes ocultan su pobreza en mundos remotos como Haven. Es un insulto a Seldon, una bofetada a su rostro, un salivazo a su barba. —Levantó el brazo, y su faz se alargó—. ¡Si tuviera mi otro brazo! ¡Si cierto día me hubieran escuchado!

—Papá —dijo Toran—, no te exaltes.

—¡No te exaltes, no te exaltes! —le imitó ferozmente su padre—. ¡Viviremos y moriremos aquí para siempre, y tú dices que no me exalte!

—Tu Fran es nuestro moderno Lathan Devers —dijo Randu, gesticulando con su pipa—. Devers murió en las minas de esclavos hace ochenta años, junto con el bisabuelo de tu marido, porque le faltaba sabiduría y le sobraba corazón...

—Sí, y por la Galaxia que yo haría lo mismo si fuera él —juró Fran—. Devers fue el más grande comerciante de la historia, más grande que el inflado charlatán de Mallow, a quien los de la Fundación rinden culto. Si los asesinos que gobiernan la Fundación lo mataron porque amaba la justicia, tanto mayor es la deuda de sangre que han contraído.

—Continúa, muchacha —pidió Randu—. Continúa o seguro que hablará toda la noche y desvariará todo mañana.

—Ya no queda nada por decir —repuso Bayta con repentina tristeza—. Ha de haber una crisis, pero ignoro cómo será provocada. Las fuerzas progresistas de la Fundación están oprimidas de modo terrible. Ustedes, los comerciantes, pueden tener voluntad, pero son perseguidos y están dispersos. Si todas las fuerzas de buena voluntad de dentro y fuera de la Fundación se unieran...

La risa de Fran sonó como una ronca burla.

—Escúchala, Randu, escúchala. De dentro y fuera de la Fundación, ha dicho. Muchacha, muchacha, no hay esperanza que valga en lo que se refiere a los débiles de la Fundación. Hay entre ellos algunos que empuñan el látigo, y el resto sufre los latigazos... hasta morir. No queda en todos ellos ni una maldita chispa que les permita enfrentarse a un solo buen comerciante.

Los intentos de interrupción de Bayta se estrellaban contra aquel torrente de palabras.

Toran se inclinó sobre ella y le tapó la boca con la mano.

—Papá —dijo fríamente—, tú nunca has estado en la Fundación. No sabes nada de ella. Yo te digo que la resistencia es allí valiente y osada. Podría decirte que Bayta era uno de ellos...

—Muy bien, muchacho, no te ofendas. Dime, ¿por qué te has enfadado? —Estaba evidentemente confuso.

Toran prosiguió con fervor:

—Tu problema, papá, es que tienes un punto de vista provinciano. Crees que porque algunos cientos de miles de comerciantes se ocultan en los agujeros de un planeta abandonado del confín más remoto, constituyen un gran pueblo. Es cierto que cualquier recaudador de impuestos de la Fundación que llega hasta aquí ya no regresa jamás, pero esto es heroísmo barato. ¿Qué haríais si la Fundación enviara una flota?

—Los barreríamos —replicó Fran.

—O seríais barridos... y la balanza seguiría a su favor. Os superan en número, en armas, en organización, y os enteraréis de ello en cuanto la Fundación lo crea conveniente. Así que haríais bien en buscar aliados... en la Fundación misma, si podéis.

—Randu —dijo Fran, mirando a su hermano como un gran toro indefenso.

Randu se quitó la pipa de entre los labios.

—El muchacho tiene razón, Fran. Cuando escuches la voz de tu interior sabrás que la tiene. Es una voz incómoda, y por eso la ahogas con tus gritos. Pero sigue existiendo. Toran, voy a decirte por qué he iniciado esta conversación.

Chupó pensativamente su pipa durante un rato; luego la introdujo en el cuello de la cubeta, esperó el silencioso relámpago y la extrajo ya limpia. La llenó de nuevo lentamente, con precisos golpeteos de su dedo meñique. Entonces dijo:

—Tu pequeña sugerencia del interés de la Fundación por nosotros, Toran, ha sido acertada. Recientemente ha habido dos visitas... relativas a los impuestos. Lo desconcertante es que el segundo recaudador vino acompañado de una nave-patrulla ligera. Aterrizaron en Gleiar City, despistándonos por primera vez, pero, naturalmente, ya no volvieron a despegar. A pesar de todo es seguro que volverán a visitarnos. Tu padre es consciente de todo esto, Toran, puedes creerlo. Contempla al testarudo libertino. Sabe que Haven está en peligro, y sabe que estamos indefensos, pero repite sus fórmulas. Esto le anima y le protege. Pero cuando se ha desahogado y gritado su desafío, y siente que ha cumplido con su deber de hombre y de gran comerciante, es tan razonable como cualquiera de nosotros.

—¿A quién se refiere al decir «nosotros»? —preguntó Bayta.

—Hemos formado un pequeño grupo, Bayta, sólo en nuestra ciudad. Todavía no hemos hecho nada, ni siquiera hemos logrado entrar en contacto con las otras ciudades, pero ya es algo.

—¿Con qué fin?

Randu meneó la cabeza.

—No lo sabemos... todavía. Esperamos un milagro. Hemos averiguado que, como tú has dicho, es inminente una crisis de Seldon. —Hizo una seña hacia arriba—. La Galaxia está llena de astillas y esquirlas del desmoronado Imperio. Los generales hormiguean por doquier. ¿Crees que algún día uno de ellos puede sentirse osado?

Bayta reflexionó, y luego negó con la cabeza con tal fuerza que sus cabellos lacios se arremolinaron.

—No, no es posible. Ninguno de esos generales ignora que un ataque a la Fundación equivale a un suicidio. Bel Riose, del antiguo Imperio, era mejor que cualquiera de ellos, y atacó con todos los recursos de la Galaxia y no pudo ganar al plan de Seldon. ¿Hay un solo general que no sepa esto?

—Pero ¿y si nosotros les espoleáramos?

—¿A qué? ¿A lanzarse contra un horno atómico? ¿Con qué podríais espolearles?

—Bueno, hay uno nuevo. Durante los dos últimos años se han tenido noticias de un hombre extraño al que llaman el Mulo.

—¿El Mulo? —Bayta meditó—. ¿Has oído hablar alguna vez de él, Torie?

Toran negó con la cabeza. Ella preguntó:

—¿Qué se sabe de él?

—Lo ignoro. Pero dicen que logra victorias contra obstáculos insuperables. Puede que los rumores exageren, pero en cualquier caso sería interesante conocerle.

No todos los hombres con suficiente capacidad y ambición creerían en Hari Seldon y sus leyes de psicohistoria. Podríamos hacer cundir este escepticismo. Es posible que él atacara.

—Y la Fundación ganaría.

—Sí, pero quizá no tan fácilmente. Podría ser una crisis, y nosotros la utilizaríamos para forzar un compromiso con los déspotas de la Fundación. En el peor de los casos se olvidarían de nosotros el tiempo suficiente como para permitirnos seguir adelante con nuestros planes.

—¿Qué opinas tú, Torie?

Toran sonrió débilmente y se apartó un mechón de pelo castaño que le caía sobre la frente.

—Del modo que lo describe, no puede perjudicarnos; pero ¿quién es el Mulo? ¿Qué sabes de él, Randu?

—Todavía nada. Para eso podríamos utilizarte a ti, Toran, y a tu mujer, si está dispuesta. Ya hemos hablado de esto tu padre y yo.

—¿De qué manera, Randu? ¿Qué quieres de nosotros? —El joven lanzó una rápida e inquisitiva mirada a su mujer.

—¿Habéis terminado la luna de miel?

—Pues... sí..., si se puede llamar luna de miel al viaje desde la Fundación.

—¿Qué me decís de una buena luna de miel en Kalgan? Es semitropical; sus playas, los deportes acuáticos, la caza de aves, todo hace del lugar un objetivo para las vacaciones. Se halla a unos siete mil parsecs..., no demasiado lejos.

—¿Qué hay en Kalgan?

—¡El Mulo! Sus hombres, al menos. Lo conquistó el mes pasado, y sin una batalla, aunque el señor guerrero de Kalgan difundió por radio la amenaza de volar el planeta y convertirlo en polvo iónico antes de entregarlo.

—¿Dónde está ahora ese caudillo?

—No existe —dijo Randu, encogiéndose de hombros—. ¿Qué contestáis?

—Pero ¿qué debemos hacer?

—No lo sé. Fran y yo somos viejos y provincianos. Los comerciantes de Haven son todos esencialmente provincianos. Incluso tú lo dices. Nuestro comercio es muy restringido, y no somos los vagabundos de la Galaxia que fueron nuestros antepasados. ¡Cállate, Fran! Pero vosotros dos conocéis la Galaxia. Bayta, en especial, habla con el bonito acento de la Fundación. Deseamos sencillamente lo que podáis averiguar. Si podéis entrar en contacto con..., pero no nos atrevemos a esperarlo. Pensadlo los dos. Hablaréis con todo nuestro grupo, si lo deseáis... ¡Oh!, pero no antes de la semana próxima. Tenéis que aprovechar el tiempo para descansar un poco.

Hubo una pausa, y entonces Fran vociferó:

—¿Quién quiere otro trago? Quiero decir, además de mí.

12. CAPITÁN Y ALCALDE

El capitán Han Pritcher no estaba acostumbrado al lujo que le rodeaba, pero tampoco impresionado. En general rehuía el autoanálisis y todas las formas de filosofía y metafísica que no estuvieran relacionadas con su trabajo.

Era una ayuda.

Su trabajo consistía en gran parte en lo que el Departamento de Guerra llamaba «inteligencia», los sofisticados «espionaje», y los románticos, «servicio secreto». Desgraciadamente, pese a los frívolos comentarios de la televisión, «inteligencia», «espionaje» y «servicio secreto» era, cuando más, un sórdido asunto de rutina interrumpida y mala fe. La sociedad lo excusaba porque se hacía «en interés del Estado», pero un poco de filosofía siempre llevaba al capitán Pritcher a la conclusión de que incluso en tan sagrado interés la sociedad se sentía aliviada mucho antes que la propia conciencia, y por esta razón rehuía filosofar.

Y ahora, ante el lujo de la antesala del alcalde, sus pensamientos se hicieron íntimos a pesar de sí mismo.

Habían sido ascendidos muchos hombres de menor capacidad que él, lo cual era admitido por todos. Había soportado una lluvia constante de críticas y reprimendas oficiales, sobreviviendo a todas ellas. Se aferraba a su modo de actuar en la firme creencia de que la insubordinación en aquel mismo sagrado «interés del Estado» acabaría siendo reconocida como el servicio que realmente era.

Por ello estaba en la antesala del alcalde... con cinco soldados como respetuosos centinelas, y enfrentado probablemente a un consejo de guerra.

Las pesadas puertas de mármol se deslizaron suave y silenciosamente, revelando paredes satinadas, alfombras de plástico rojo y otras dos puertas de mármol con adornos de metal en el interior. Dos oficiales que vestían el severo uniforme de hacía tres siglos salieron y llamaron:

—Audiencia para el capitán Han Pritcher de Información.

Retrocedieron con una ceremoniosa inclinación cuando el capitán se adelantó. Los centinelas se quedaron en la antesala, y él entró solo en la habitación.

La estancia era grande y extrañamente sencilla, y tras una mesa de rara forma angular se hallaba sentado un hombre pequeño que casi se perdía en la inmensidad del ambiente.

El alcalde Indbur —tercero de este nombre que ostentaba el cargo— era nieto de Indbur I, que había sido brutal y eficiente, y que había exhibido la primera de estas cualidades de manera espectacular por su modo de hacerse con el poder, y la segunda por su destreza en eliminar los últimos restos ficticios de las elecciones libres y la habilidad aún mayor con la que mantenía un gobierno relativamente pacífico.

El alcalde Indbur era hijo de Indbur II, que fue el primer alcalde de la Fundación que accedió al puesto por derecho de nacimiento, y el menos importante de los tres, pues no era brutal ni eficiente, sino simplemente un excelente tenedor de libros nacido en familia equivocada.

Indbur III era una peculiar combinación de características hechas a su medida.

Para él, un amor geométrico de la simetría y el orden era «el sistema», un interés infatigable y febril por las más insignificantes facetas de la burocracia cotidiana era «la laboriosidad», la indecisión calculada era «la cautela», y la terquedad ciega en continuar por un camino erróneo era «la determinación».

Por añadidura, no malgastaba el dinero, no mataba a ningún hombre sin necesidad, y sus intenciones eran extremadamente buenas.

Si los sombríos pensamientos del capitán Pritcher se ocupaban de estas cosas mientras permanecía respetuosamente en pie ante la enorme mesa, la férrea expresión de sus rasgos no lo revelaba. No tosió ni cambió de postura, ni movió los pies hasta que el alcalde dejó de escribir unas notas marginales y colocó meticulosamente una hoja de papel impreso sobre un ordenado montón de hojas similares.

El alcalde Indbur cruzó las manos con lentitud, evitando deliberadamente perturbar el impecable orden de los accesorios de su mesa. Dijo, en señal de reconocimiento:

—Capitán Han Pritcher de Información.

Y el capitán Pritcher, con estricta obediencia al protocolo, dobló una rodilla casi hasta el suelo e inclinó la cabeza hasta que oyó la orden:

—Levántese, capitán Pritcher.

El alcalde habló con aire de afectuosa simpatía:

—Está usted aquí, capitán Pritcher, a causa de cierta acción disciplinaria tomada contra usted por su oficial superior. Los documentos relativos a esta acción han llegado a mis manos a su debido tiempo, y como todos los sucesos de la Fundación merecen mi interés, he pedido información adicional sobre su caso. Espero que no esté sorprendido.

El capitán Pritcher repuso desapasionadamente:

—No, excelencia. Su justicia es proverbial.

—¿Lo es? ¿De verdad? —Su tono era de satisfacción, y las coloreadas lentes de contacto que llevaba reflejaron la luz de un modo que dio a sus ojos un brillo seco y duro. Extendió cuidadosamente ante sí una serie de carpetas con tapas de metal. Las hojas de pergamino crujieron cuando empezó a volverlas; su largo dedo seguía las líneas mientras hablaba.

—Aquí tengo su expediente, capitán.... completo. Tiene cuarenta y tres años y hace diecisiete que es oficial de las Fuerzas Armadas. Nació en Loris, sus padres eran de Anacreonte, no tuvo enfermedades graves en la infancia, un ataque de mio.... bueno, eso no tiene importancia.... educación premilitar en la Academia de Ciencias, especialización en hipermotores, diploma académico..., hum, muy bien, se le puede felicitar... entró en el Ejército como suboficial el día ciento dos del año 293 de la Era Fundacional.

Levantó momentáneamente la vista mientras dejaba la primera carpeta y abría la segunda.

—Ya ve que en mi administración no se abandona nada a la casualidad. ¡Orden! ¡Sistema!

Se llevó a los labios una píldora rosada que olía a jalea. Era su único vicio, al que cedía sin abusar. En la mesa del alcalde faltaba el casi inevitable quemador atómico, destinado a hacer desaparecer las colillas, pues el alcalde no fumaba.

Ni, como es natural, fumaban sus visitantes.

La voz del alcalde siguió zumbando metódicamente, mascullando de vez en cuando en un susurro comentarios igualmente monótonos de aprobación o censura.

Con lentitud fue colocando las carpetas en un ordenado montón.

—Bien, capitán —dijo animadamente—, su historial es insólito. Parece ser que su capacidad es sobresaliente, y sus servicios indudablemente valiosos. Observo que fue herido dos veces en el cumplimiento del deber, y que se le ha concedido la Orden del Mérito por su extraordinario valor. Estos son hechos a tener muy en cuenta.

El rostro impasible del capitán Pritcher no se suavizó. Permaneció en su rígida posición. El protocolo exigía que un súbdito honrado por el alcalde con una audiencia no tomara asiento, punto tal vez innecesariamente recalcado por el hecho de que en la habitación sólo existía una silla: la ocupada por el alcalde. El protocolo exigía también que no se pronunciaran más palabras que las necesarias para responder a una pregunta directa.

Los ojos de Indbur se clavaron en el oficial, y su voz adquirió dureza y ponderosidad.

—Sin embargo, no ha sido ascendido en diez años, y sus superiores informan, una y otra vez, de la inflexible obstinación de su carácter. Le describen como crónicamente insubordinado, incapaz de mantener una actitud correcta hacia sus oficiales superiores, en apariencia nada interesado en mantener relaciones amistosas con sus colegas, y, además, incurable pendenciero. ¿Cómo explica usted todo esto, capitán?

—Excelencia, hago lo que me parece justo. Mis actos al servicio del Estado y mis heridas por su causa prueban que lo que me parece justo está de acuerdo con los intereses del Estado.

—Una declaración muy patriótica, capitán, pero no deja de ser una doctrina peligrosa. Hablaremos de eso más tarde. Específicamente le han acusado de rechazar una misión por tres veces, a la vista de órdenes firmadas por mis delegados legales. ¿Qué tiene que alegar a esto?

—Excelencia, la misión carece de interés en unos momentos críticos en que asuntos de primordial importancia están siendo ignorados.

—¡Ah! ¿Y quién le dice que los asuntos de que habla son de importancia primordial, y si lo son, quién le dice que son ignorados?

—Excelencia, estas cosas son evidentes para mí. Mi experiencia y mi conocimiento de los hechos, reconocidos por mis superiores, me permiten juzgarlo con toda claridad.

—Pero, mi buen capitán, ¿tan ciego está que no ve que arrogándose el derecho de determinar la política de Inteligencia usurpa las funciones de su superior?

—Excelencia, mi deber es principalmente para con el Estado, y no para con mi superior.

—Un error, porque su superior tiene a su vez un superior, y ese superior soy yo mismo, y yo soy el Estado. Pero no tema, no tendrá motivos para quejarse de esta justicia mía que usted llama proverbial. Explique con sus propias palabras la naturaleza de su falta de disciplina que ha originado todo esto.

—Excelencia, mi deber es primordialmente para con el Estado, y no consiste en llevar la vida de un marino mercante retirado en el mundo de Kalgan. Mis instrucciones eran dirigir la actividad de la Fundación en el planeta, y perfeccionar una organización que ha de actuar de freno contra el señor guerrero de Kalgan, particularmente en lo que concierne a su política exterior.

—Ya estoy enterado de esto. ¡Continúe!

—Excelencia, mis informes han subrayado constantemente las posiciones estratégicas de Kalgan y los sistemas que controla. He informado de la ambición del señor guerrero, de sus recursos, de su determinación de extender sus dominios y de su cordialidad, o, tal vez, neutralidad hacia la Fundación.

—He leído sus informes con atención. Siga.

—Excelencia, regresé hace dos meses. Entonces no había señales de una guerra inminente; la única señal era una capacidad casi superflua de repeler cualquier ataque. Hace un mes, un desconocido y afortunado soldado conquistó Kalgan sin lucha. Al parecer, el hombre que fue señor guerrero de Kalgan ya no vive. Los hombres no hablan de traición, hablan sólo del poder y el genio de ese extraño caudillo... el Mulo.

—¿El... qué? —El alcalde se inclinó hacia adelante y pareció ofendido.

—Excelencia, se le conoce como el Mulo. En realidad se habla muy poco de él, pero yo he recopilado todos los rumores y he entresacado los que parecen más probables. No es un hombre de linaje ni posición social. Su padre es desconocido. Su madre murió al darle a luz. Su educación es la de un vagabundo, la que se adquiere en los mundos míseros y los barrios bajos del espacio. No tiene otro nombre que el de Mulo, nombre que según dicen se ha dado a sí mismo y que significa, de acuerdo con la creencia popular, su inmensa fuerza física y su terquedad de propósito.

—¿Cuál es su fuerza militar, capitán? No me interesa la física.

—Excelencia, la gente habla de enormes flotas, pero pueden estar influenciados por la extraña caída de Kalgan. El territorio que controla no es grande, aunque es imposible determinar sus límites exactos. Pese a todo, ese hombre ha de ser investigado.

—Hum... ¡Claro, claro! —El alcalde se sumió en una meditación, y dibujó lentamente seis cuadros, colocados en posición hexagonal, sobre la primera hoja de un cuaderno que después arrancó, dobló limpiamente en tres partes e introdujo en la ranura de la papelera que había a la derecha de la mesa. El papel cayó hacia una limpia y silenciosa desintegración atómica.

—Ahora, dígame, capitán, ¿cuál es la alternativa? Me ha dicho lo que *debe* ser investigado. ¿Qué le han *ordenado* a usted que investigara?

—Excelencia, parece ser que hay una guarida de ratas en el espacio que no paga sus impuestos.

—¡Ah! ¿Y eso es todo? Usted ignora, y nadie se lo ha dicho, que esos hombres que no pagan los impuestos son descendientes de los salvajes comerciantes de nuestros primeros tiempos..., anarquistas, rebeldes, maníacos sociales que proclaman su descendencia de la Fundación y se burlan de la cultura de la Fundación. Usted ignora, y nadie se lo ha dicho, que esa guarida de ratas en el espacio no es una, sino muchas; que son más numerosas de lo que imaginamos y conspiran juntas, una con la otra, y todas con los elementos criminales que aún existen por todo el territorio de la Fundación. ¡Incluso aquí, capitán, incluso aquí!

La momentánea fogosidad del alcalde se extinguió con rapidez.

—Usted lo ignora, capitán.

—Excelencia, estoy enterado de todo esto. Pero como servidor del Estado, he de servir fielmente, y el que más fielmente sirve es quien sirve a la Verdad. Cualquiera que sea la implicación política de estos desechos de los antiguos comerciantes, los señores guerreros que han heredado las esquirlas del viejo Imperio están en el poder. Los comerciantes no tienen armas ni recursos, ni siquiera unidad. Yo no soy un recaudador de impuestos a quien se envía para una misión infantil.

—Capitán Pritcher, usted es un soldado y ha de obedecer. Es un fallo haberle permitido llegar hasta el punto de no cumplir una orden mía. Tenga cuidado. Mi justicia no es simplemente debilidad. Capitán, ya ha sido probado que los generales de la Era Imperial y los señores guerreros de la época actual son igualmente impotentes frente a nosotros. La ciencia de Seldon, que predice el curso de la Fundación, no se basa en el heroísmo individual, como usted parece creer, sino en las tendencias sociales y económicas de la historia. Ya hemos pasado con éxito por cuatro crisis, ¿no es verdad?

—Sí, Excelencia, es verdad. Pero la ciencia de Seldon sólo la conocía el propio Seldon; nosotros simplemente tenemos fe. En las tres primeras crisis, como me han enseñado una y otra vez, la Fundación estaba en manos de sabios dirigentes que previeron la naturaleza de las crisis y tomaron las precauciones adecuadas. Sin ellos..., ¿quién puede saberlo?

—Sí, capitán, pero ha omitido la cuarta crisis. Vamos, capitán, entonces no teníamos un dirigente digno de este nombre y nos enfrentábamos al adversario más inteligente, a los acorazados más pesados y a las fuerzas más numerosas. Y sin embargo, vencimos porque era algo inevitable en la historia.

—Excelencia, esto es cierto. Pero esta historia que ha mencionado no fue inevitable hasta haber luchado desesperadamente durante más de un año. La victoria inevitable que ganamos nos costó quinientas naves y medio millón de hombres. Excelencia, el plan de Seldon ayuda a quienes se ayudan a sí mismos.

El alcalde Indbur frunció el ceño y se sintió repentinamente cansado de sus pacientes explicaciones. Se le ocurrió pensar que había tenido un fallo en su condescendencia con el capitán porque estaba siendo confundida con el permiso de discutir eternamente, de argumentar, de sumergirse en la dialéctica.

Dijo con rigidez:

—Pese a ello, capitán, Seldon garantiza la victoria sobre los señores guerreros, y en estos momentos tan atareados no puedo permitirme el lujo de dispersar nuestro esfuerzo. Estos comerciantes que usted quiere ignorar son descendientes de la Fundación; una guerra con ellos representaría una guerra civil. El plan de Seldon no nos garantiza nada a este respecto, puesto que tanto ellos como nosotros constituimos la Fundación. Así pues, es preciso dominarlos. Ya conoce usted sus órdenes.

—Excelencia...

—No se le ha formulado ninguna pregunta, capitán. Ya conoce sus órdenes y las obedecerá. Más discusión de cualquier índole conmigo o con quienes me representan será considerada como traición. Puede retirarse.

El capitán Han Pritcher dobló de nuevo la rodilla y se retiró, caminando lentamente hacia atrás.

El alcalde Indbur, tercero de su nombre y segundo alcalde en la historia de la Fundación que había accedido al puesto por derecho de nacimiento, recobró su equilibrio y levantó otra hoja de papel del montón que tenía a su izquierda. Era un informe sobre el ahorro de fondos derivado de la reducción de bordes de espuma metálica en los uniformes de la fuerza policial. El alcalde Indbur tachó una coma superflua, corrigió una falta de ortografía, hizo tres observaciones al margen y colocó el pliego sobre el ordenado montón de su derecha. Levantó otro papel del también ordenado montón de su izquierda...

El capitán Han Pritcher de Información encontró una cápsula personal esperándole cuando regresó al cuartel. Contenía órdenes, precisas, subrayadas con lápiz rojo y cubiertas con el sello de URGENTE. El pliego ostentaba en su parte superior una «I» mayúscula.

Se ordenaba al capitán Han Pritcher, en los términos más severos, que se dirigiese al «mundo rebelde llamado Haven».

El capitán Han Pritcher, solo en su ligera nave individual, tomó calmosa y serenamente el rumbo de Kalgan. Aquella noche disfrutó del sueño que correspondía a un hombre obstinado que se había salido con la suya.

13.   TENIENTE Y BUFÓN

Si desde una distancia de siete mil parsecs, la caída de Kalgan en poder de los ejércitos del Mulo había producido reverberaciones que excitaron la curiosidad de un viejo comerciante, las aprensiones de un fiel capitán y el enojo de un alcalde meticuloso, entre el pueblo de Kalgan no produjo nada ni excitó a nadie. Es una lección invariable a la humanidad que la distancia en el tiempo, y asimismo en el espacio, da perspectiva a las cosas. A propósito, no consta en ninguna parte que la lección haya sido aprendida de modo permanente.

Kalgan era... Kalgan. Era el único planeta de aquel cuadrante de la Galaxia que no parecía saber que el Imperio había caído, que los Stannell ya no gobernaban, que la grandeza se había extinguido y que la paz brillaba por su ausencia.

Kalgan era el mundo del lujo. Mientras el resto de la humanidad se derrumbaba, él mantenía su integridad como productor de placer, comprador de oro y vendedor de ocio.

Escapaba a las duras vicisitudes de la historia, porque, ¿qué conquistador querría destruir, o tan siquiera perjudicar, a un mundo tan lleno de dinero contante y sonante que podía comprar la inmunidad para sí?

Sin embargo, incluso Kalgan se convirtió finalmente en cuartel general de un señor guerrero, y su idiosincrasia tuvo que ajustarse a las exigencias de la guerra.

Sus junglas amansadas, sus playas finamente modeladas y sus alegres y clamorosas ciudades vibraron al paso de mercenarios importados y ciudadanos curiosos. Los mundos de su provincia habían sido armados y su dinero invertido en naves de guerra y no en sobornos, por primera vez en su historia. Su gobernante probó sin duda alguna que estaba decidido a defender lo que era suyo, y ansioso por conquistar lo que era de otros.

Era un hombre grande de la Galaxia, hacedor de la paz y la guerra, constructor de un Imperio y establecedor de una dinastía.

Y un desconocido que llevaba un ridículo apodo le había conquistado a él, a sus armas, a su naciente Imperio, y ni siquiera había librado una sola batalla.

Así pues, Kalgan volvió a ser lo que era, y sus ciudadanos uniformados se apresuraron a reanudar su antigua vida, mientras los extranjeros profesionales de la guerra se fusionaban fácilmente con las nuevas bandas recién surgidas.

De nuevo, como siempre, se organizaron las elaboradas cacerías de lujo de la cultivada vida animal de las junglas que nunca se cobraban una vida humana; y las cacerías de pájaros en veloces naves, lo cual era fatal para las grandes aves.

En las ciudades, los vividores de la Galaxia podían elegir la variedad de placer que más convenía a sus bolsas, desde los etéreos palacios del espectáculo y la fantasía, que abrían sus puertas a las masas por el módico precio de medio crédito, hasta los anónimos y discretos antros entre cuyos clientes habituales sólo se contaban los millonarios.

En la vasta población, Toran y Bayta cayeron como dos gotas insignificantes. Registraron su nave en el gigantesco hangar común de la Península Oriental, y se dirigieron hacia el ambiente intermedio de la clase media, el mar interior, donde los placeres aún eran legales, e incluso respetables, y las multitudes no estaban demasiado amontonadas.

Bayta llevaba gafas oscuras contra la luz, y un ligero vestido blanco contra el calor. Se abrazó las rodillas con los brazos morenos, apenas más dorados por el sol natural, y contempló con la mirada firme y abstraída el cuerpo de su marido tendido a su lado, que casi centelleaba bajo el esplendor del sol.

—No te excedas —le había dicho al principio, ya que Toran procedía de una moribunda estrella roja. Pese a haber pasado tres años en la Fundación, la luz del sol era un lujo para él; y desde hacía cuatro días su piel, tratada previamente para resistir la fuerza de los rayos, no conocía otra prenda que los pantalones cortos.

Bayta se acurrucó junto a él sobre la arena y empezaron a hablar en susurros.

La voz de Toran tenía un tono de desaliento cuando habló sin cambiar de posición:

—Admito que no hemos conseguido nada. Pero ¿dónde está? ¿Quién es? Este mundo demente no dice nada de él. Quizá ni siquiera existe.

—Existe —replicó Bayta sin mover los labios—. Es inteligente, eso es todo. Y tu tío tiene razón. Es un hombre que podríamos utilizar... si aún hay tiempo.

Tras una corta pausa, Toran murmuró:

—¿Sabes qué estaba haciendo, Bay? Sumiéndome en un estupor solar. Las cosas se ven con tanta nitidez.... tanta dulzura. —Su voz casi se extinguió, y luego volvió a oírse—: Recuerda lo que decía en la Universidad el doctor Amann, Bay. La Fundación no puede perder nunca, pero esto no significa que no puedan perder sus *dirigentes*. ¿Acaso no empezó la verdadera historia de la Fundación cuando Salvor Hardin expulsó a los enciclopedistas y conquistó el planeta Términus como el primer alcalde? Y al siglo siguiente, ¿no obtuvo el poder Hober Mallow con métodos casi igualmente drásticos? Los dirigentes fueron vencidos *dos veces*, de modo que puede conseguirse. ¿Por qué no hemos de hacerlo nosotros?

—Es el más viejo argumento de los libros, Torie. Tu sueño es una pérdida de tiempo.

—¿Tú crees? Piénsalo. ¿Qué es Haven? ¿No es parte de la Fundación? Es sencillamente parte del proletariado externo, por decirlo así. Si nosotros llegamos a ser eficaces, será todavía la Fundación quien venza, y sólo perderán los dirigentes actuales.

—Hay mucha diferencia entre «podemos» y «haremos». Sólo estás soñando despierto.

Toran hizo una mueca.

—Vamos, Bay, estás en uno de tus momentos malos. ¿Por qué quieres estropearme la diversión? Voy a dormitar un rato, si no te importa.

Bayta levantó la cabeza, y de improviso, se echó a reír y se quitó las gafas para mirar hacia la playa, con la palma de la mano protegiéndose los ojos.

Toran levantó la vista, se incorporó y siguió la mirada de ella.

Al parecer contemplaba una escuálida figura que, con los pies en el aire, se paseaba sobre sus manos para divertir a un grupo de curiosos. Era uno de los numerosos mendigos acróbatas de la playa, cuyas flexibles articulaciones se doblaban y contorsionaban para ganar unas monedas.

Un guarda de la playa le hacía señas para que siguiera su camino, y con sorprendente equilibrio sobre una sola mano, el bufón se llevó un pulgar a la nariz. El guarda avanzó amenazadoramente, y fue derribado por un pie que le golpeó en el estómago. El bufón se enderezó sin interrumpir el ritmo de sus contorsiones iniciales y se alejó, mientras el enfurecido guarda era obstaculizado por una muchedumbre que no le agradecía su intervención.

El bufón siguió su torpe paseo por la playa. Rozó a mucha gente, vaciló a menudo, pero no se detuvo en ninguna parte. La muchedumbre se dispersó. El guarda se había ido.

—Es un tipo cómico —dijo Bayta, divertida, y Toran asintió con indiferencia. Ahora el bufón estaba lo bastante cerca como para ser visto con claridad. En su rostro delgado destacaba una voluminosa nariz cuyo extremo carnoso casi se antojaba prensil. Sus largos y esbeltos miembros y su cuerpo huesudo, acentuado por el traje, se movían con agilidad y gracia, pero daba la impresión de que estaban descoyuntados.

Mirarle significaba reírse.

El bufón pareció repentinamente consciente de sus miradas, porque se detuvo después de haber pasado y, con un rápido giro, se acercó. Sus grandes ojos marrones se clavaron en Bayta.

Ésta se sintió desconcertada.

El bufón sonrió, lo cual aumentó la tristeza de su rostro delgado, y cuando habló lo hizo con las suaves y elaboradas frases de los Sectores Centrales.

—Si utilizara el ingenio que los buenos espíritus me dieron —dijo—, entonces diría que esta dama no puede existir, pues ¿qué hombre en su sano juicio llamaría al sueño realidad? Sin embargo, yo preferiría no ser cuerdo y prestar crédito a mis ojos hechizados.

Bayta abrió mucho los suyos, exclamando:

—¡Vaya!

Toran se rió.

—¡Conque eres una hechicera! Adelante, Bay, eso merece una moneda de cinco créditos. Dásela.

Pero el bufón se adelantó con un salto.

—No, señora mía, no me juzguéis mal. No he hablado por dinero, sino por unos ojos brillantes y un rostro bello.

—Vaya, *gracias* —y dijo a Toran—: ¿No crees que el sol habrá ofuscado su vista?

—Pero no sólo por ojos y rostro —continuó el bufón, hablando con rapidez creciente—, sino también por una mente clara y firme... y bondadosa, por añadidura.

Toran se puso en pie, cogió la bata blanca que había llevado colgada del brazo durante cuatro días y se cubrió con ella.

—Veamos, compañero —dijo—; será mejor que me digas lo que quieres y dejes de importunar a la señora.

El bufón retrocedió un paso, asustado, encorvando su huesudo cuerpo.

—No ha sido mi intención ofenderla. Soy un extraño aquí, y dicen que mi mente no rige bien; pero puedo leer en los rostros. Tras la belleza de esta dama hay un corazón bondadoso, y él me ayudaría en mi zozobra. Por eso hablo con tanta osadía.

—¿Se aliviará tu zozobra con cinco créditos? —preguntó Toran con sequedad, alargando la moneda.

Pero el bufón no se movió para tomarla, y Bayta dijo:

—Déjame hablarle, Torie. —Y añadió deprisa y en voz baja—: No hay por qué ofenderse ante su tonta manera de hablar. Es su dialecto; y probablemente nuestra lengua también sea extraña para él.

Preguntó al bufón:

—¿Cuál es tu congoja? No estarás preocupado por el guarda, ¿verdad? No te molestará.

—¡Oh, no! No se trata de él. No es más que un viento ligero que levanta el polvo a mis pies. Huyo de otro, que es una tormenta capaz de barrer los mundos y lanzarlos uno contra otro. Me escapé hace una semana, duermo en las calles de la ciudad y me oculto entre las multitudes. He buscado en muchos rostros la ayuda que necesito, y la encuentro aquí. —Repitió la última frase en tono más suave y ansioso, y en sus ojos se leía la agitación—: La encuentro aquí.

—Verás —explicó serenamente Bayta—, me gustaría ayudarte, pero lo cierto es, amigo, que no puedo protegerte contra una tormenta que barre los mundos. Si he de serte sincera, yo también...

Oyeron muy cerca una voz fuerte y estridente.

—¡Ah!, estás ahí, harapiento bribón...

Era el guarda de la playa, que se aproximaba corriendo, con el rostro enrojecido y la boca abierta. Empuñaba su pequeña pistola lanzarrayos.

—Sujétenlo ustedes dos. No le dejen escapar. —Posó su pesada mano sobre el flaco hombro del bufón, que emitió un gemido lastimero.

—¿Qué ha hecho? —preguntó Toran.

—¡Qué ha hecho, qué ha hecho! ¡Eso sí que es bueno! —El guarda rebuscó en la bolsa que llevaba sujeta al cinturón, y extrajo un pañuelo violeta con el que se secó el cuello. Añadió con deleite—: Les diré lo que ha hecho. Se ha escapado. Por todo Kalgan corre el rumor, y yo le hubiese reconocido antes de haberle visto la cara en vez de los pies.

Y zarandeó a su presa con salvaje buen humor.

Bayta inquirió con una sonrisa:

—Dígame, ¿de dónde se ha escapado?

El guarda levantó la voz. Se estaba formando un corro, curioso e inquieto, y el incremento de auditorio hizo que el sentido de la importancia del guarda aumentara en proporción directa.

—¿Que de dónde se ha escapado? —declaró con sarcasmo—. Supongo que ya han oído hablar del Mulo.

Cesaron los murmullos, y Bayta sintió un escalofrío. El bufón sólo tenía ojos para ella, y seguía temblando bajo la enorme mano del guarda.

—¿Y quién creen que es este desecho infernal? —continuó el guarda—, sino el bufón de corte de Su Señoría, que ha huido de él? —Sacudió de nuevo a su cautivo—. ¿Lo admites, desgraciado?

La respuesta fue una ostensible mueca de terror, y el inaudible silbido de la voz de Bayta junto al oído de Toran.

Toran se aproximó al guarda con actitud amistosa.

—Vamos, amigo, ¿por qué no deja de agarrarle por un momento? Este bufón al que tiene sujeto estaba bailando para nosotros y aún no se ha ganado su dinero.

—Verá —replicó el guarda con repentina ansiedad—, hay una recompensa...

—La tendrá usted, si puede probar que es el hombre a quien busca. ¿Por qué no se retira hasta entonces? Sabe que está molestando a un invitado, y eso podría costarle caro.

—Pero usted está obstaculizando los planes de Su Señoría, y eso también podría costarle caro. —Volvió a zarandear al bufón—. Devuelve el dinero al señor, carroña.

La mano de Toran se movió con celeridad, arrebatando la pistola al guarda con tal fuerza, que casi se le llevó un dedo. El guarda chilló de dolor y de rabia. Toran le empujó violentamente hacia un lado, y el bufón, ya libre, se refugió detrás de él.

Los curiosos, que ya lo eran en número considerable, apenas si dedicaron atención al último incidente. Todos tenían los cuellos estirados hacia otra parte, como si hubiesen decidido aumentar la distancia entre ellos y el centro de actividad.

Entonces se oyó un murmullo y una orden brusca proferida desde lejos. Se formó un pasillo, y dos hombres se acercaron por él, con sus látigos eléctricos preparados. En sus blusas purpúreas había dibujado un haz angular de rayos con un planeta debajo, partido en dos.

Les seguía un gigante moreno, con uniforme de teniente, cabellos negros y expresión adusta.

El gigante habló con peligrosa suavidad, indicio de que no tenía necesidad de gritar para imponer sus caprichos.

—¿Es usted el hombre que ha notificado el suceso?

El guarda seguía sujetándose la mano torcida y contestó con el rostro contraído por el dolor:

—Reclamo la recompensa, Su Grandeza, y acuso a este hombre...

—Recibirá su recompensa —dijo el teniente sin mirarle, e hizo una seña a sus hombres—: Lleváoslo.

Toran sintió que el bufón tiraba de su bata con fuerza desesperada. Levantó la voz y se esforzó para que no temblara:

—Lo siento, teniente; este hombre me pertenece.

Los soldados escucharon la frase sin pestañear. Uno levantó casualmente su látigo, pero una áspera orden del teniente le obligó a bajarlo. El gigante moreno se adelantó y plantó su robusto cuerpo frente a Toran.

—¿Quién es usted?

—Un ciudadano de la Fundación —fue la respuesta.

Dio resultado, al menos con la muchedumbre. El tenso silencio se convirtió en un apasionado murmullo. El nombre del Mulo podía inspirar temor, pero al fin y al cabo era un nombre nuevo y no ahondaba tan profundamente en la conciencia de la gente como el antiguo nombre de la Fundación —que había destruido al Imperio— y cuyo temor gobernaba un cuadrante de la Galaxia con implacable despotismo.

El teniente no se inmutó. Preguntó:

—¿Conoce usted la identidad del hombre que se oculta a su espalda?

—Me han dicho que ha huido de la corte del caudillo de ustedes, pero lo único que sé seguro es que es mi amigo, y va a necesitar usted una buena prueba de su identidad para llevárselo.

Entre el gentío se oyeron sospechosos comentarios. Pero el teniente no hizo caso de ellos.

—¿Tiene usted sus documentos de ciudadanía de la Fundación?

—Están en mi nave.

—¿Se da cuenta de que sus acciones son ilegales? Puedo hacerle matar.

—No me cabe la menor duda. Pero mataría a un ciudadano de la Fundación, y es muy probable que su cuerpo fuese enviado a ella (descuartizado) como compensación parcial. Ya lo han hecho otros señores guerreros.

El teniente se humedeció los labios. La afirmación era cierta. Preguntó:

—¿Su nombre?

Toran aprovechó su ventaja.

—Contestaré a más preguntas en mi nave. En el hangar le dirán el número de mi aparcamiento; la nave está registrada bajo el nombre de *Bayta*.

—¿No entregará al fugitivo?

—Al Mulo tal vez. ¡Envíemelo!

La conversación había ido degenerando en un murmullo, y el teniente dio media vuelta con brusquedad.

—¡Dispersad al gentío! —ordenó a sus hombres, con reprimida ferocidad.

Restallaron los látigos eléctricos. Hubo alaridos y los curiosos se dispersaron en retirada.

Toran interrumpió una sola vez su ensoñación

mientras volvían al hangar. Exclamó, casi para sus adentros:

—¡Por la Galaxia, Bay, qué mal lo he pasado! Tenía tanto miedo...

—Lo sé —repuso ella con voz temblorosa y algo parecido a la adoración en su mirada—. Ha sido algo insólito en ti.

—Bueno, aún no sé lo que ocurrió. Hablé con la pistola en la mano, sin saber siquiera cómo usarla, y le convencí. Ignoro por qué lo hice.

Miró hacia el pasillo de la nave, que les llevaba lejos del área de la playa, para ver al bufón del Mulo dormido en su asiento, y dijo con extrañeza:

—Es lo más difícil que he hecho en mi vida.

El teniente estaba cuadrado respetuosamente ante el coronel de la guarnición, y éste le miró y dijo:

—Bien hecho. Ya ha terminado su misión.

Pero el teniente no se retiró enseguida. Observó:

—El Mulo ha perdido prestigio ante la gente, señor. Será necesario llevar a cabo una acción disciplinaria para restaurar la debida atmósfera de respeto.

—Esa medida ya ha sido tomada.

El teniente se volvió a medias, y entonces dijo con resentimiento:

—Estoy dispuesto a admitir, señor, que órdenes son órdenes, pero estar ante aquel hombre con la pistola y tragarme su insolencia sin replicar ha sido lo más duro que he hecho.

14. EL MUTANTE

El hangar de Kalgan es una institución peculiar, nacida de la necesidad de albergar el vasto número de naves de visitantes extranjeros, y de la necesidad simultánea de ofrecer alojamiento a los mismos. El hombre a quien se le ocurrió la solución obvia se había convertido rápidamente en millonario, y sus herederos, familiares o financieros, se contaban entre las personas más ricas de Kalgan.

El hangar ocupa muchos kilómetros cuadrados de territorio, y la palabra hangar no lo describe suficientemente. En esencia es un hotel para naves. El viajero paga por anticipado, y su nave es colocada en una plataforma desde la que puede despegar hacia el espacio en el momento deseado. El visitante se aloja, como siempre, en su propia nave. Naturalmente, dispone de todos los servicios hoteleros, como el suministro de alimentos y medicinas a un precio especial, el mantenimiento de la nave y el transporte interior por Kalgan en base a una tarifa módica.

Como resultado, el viajero paga al mismo tiempo el espacio del hangar y el hotel, lo cual le economiza dinero. Los propietarios venden el uso temporal de solares con amplios beneficios. El Gobierno recauda enormes impuestos. Todo el mundo está contento; nadie pierde. ¡Sencillo!

El hombre que bajaba por los sombreados bordes de los anchos corredores que conectaban las múltiples alas del hangar, había especulado en el pasado sobre la novedad y utilidad de este sistema, pero éstas eran reflexiones para momentos de ocio, y no convenían en absoluto al momento presente.

Las naves se alineaban en largas hileras de plataformas, y el hombre pasaba de largo hilera tras hilera. Era un experto en lo que estaba haciendo en aquel momento, y aunque su estudio preliminar del registro del hangar no le había procurado información específica aparte de la dudosa indicación de un ala determinada, que contenía cientos de naves, su conocimiento especializado le permitiría reconocer a una sola entre aquellos centenares.

En el silencio sonó un aliento casi inaudible cuando el hombre se detuvo y desapareció junto a una de las hileras, como un insecto trepador, a la sombra de los arrogantes monstruos metálicos aparcados en ella.

Aquí y allí resplandecía la luz de alguna escotilla, indicando la presencia de alguien que había vuelto temprano de los placeres organizados para entregarse a los suyos propios, más sencillos, o más privados.

El hombre se detuvo, y hubiera sonreído de haberlo sabido hacer. Lo cierto es que las circunvoluciones de su cerebro ejecutaron el equivalente mental de una sonrisa.

La nave junto a la que se había detenido era brillante y evidentemente veloz. La peculiaridad de su diseño era lo que él buscaba. No se trataba de un modelo corriente, y, en la actualidad, la mayoría de naves de aquel cuadrante de la Galaxia o bien imitaban el diseño de la Fundación o estaban construidas por técnicos de la Fundación. Pero aquélla era especial. Era una verdadera nave de la Fundación, aunque sólo fuera por las diminutas protuberancias que se veían en la cubierta exterior y que eran los nódulos de la pantalla protectora que únicamente podía poseer una nave de la Fundación. También había, no obstante, otras indicaciones.

El hombre no sintió la menor vacilación.

La barrera electrónica extendida a lo largo de la línea de naves, como una concesión a la intimidad por parte de la dirección, no tenía ninguna importancia para él. Se separó fácilmente, sin activar la alarma, cuando hizo funcionar la muy especial fuerza neutralizadora de que disponía.

De este modo, la primera señal de la presencia de un intruso ante la escotilla de entrada de la nave sería la breve y casi amistosa señal del zumbador con sordina colocado en la cabina, que sonaba posando la palma de la mano sobre la pequeña fotocélula que había junto a la escotilla principal.

Y mientras el intruso iniciaba su búsqueda, Toran y Bayta sentían la más precaria seguridad entre las paredes de acero de la *Bayta*. El bufón del Mulo, que había declarado ostentar el majestuoso nombre de Magnífico Gigánticus, se hallaba sentado ante la mesa, devorando la comida que le habían ofrecido.

Sólo levantaba sus tristes ojos marrones para seguir los movimientos de Bayta en el compartimiento donde comía, que era a la vez cocina y despensa.

—La gratitud de un débil tiene poco valor —murmuró—, pero ustedes cuentan con ella, pues, realmente, durante la última semana sólo había comido mendrugos, y, aunque mi cuerpo es pequeño, mi apetito es desmesurado.

—Entonces, ¡come! —dijo Bayta con una sonrisa—. No pierdas el tiempo manifestando tu gratitud.

¿No existe un proverbio de la Galaxia Central sobre la gratitud?

—Ciertamente que sí, mi señora, pues me dijeron que un hombre sabio dijo una vez: «La gratitud mejor y más efectiva es la que no se evapora en frases vacías.» Pero, ¡ay, mi señora!, al parecer yo no soy más que una masa de frases vacías. Cuando estas frases agradaron al Mulo, me regaló un traje de corte y un espléndido nombre, porque originalmente era Bobo, un nombre que no le complacía, y cuando estas mismas frases le desagradaron, regaló a mi pobre cuerpo palizas y latigazos.

Toran entró desde la cabina del piloto.

—Ahora sólo podemos esperar, Bay. Confío que el Mulo sea capaz de comprender que una nave de la Fundación es territorio de la Fundación.

Magnífico Giganticus, antes Bobo, abrió mucho los ojos y exclamó:

—¡Qué grande es la Fundación, cuando hace temblar incluso a los crueles servidores del Mulo!

—¿Tú también has oído hablar de la Fundación? —preguntó Bayta con una leve sonrisa.

—¿Y quién no? —La voz de Magnífico era un susurro misterioso—. Hay personas que dicen que es un mundo de gran magia, de fuegos que pueden consumir planetas, y secretos de poderosa fuerza. Dicen que ni la más alta nobleza de la Galaxia podría alcanzar el honor y la deferencia considerados normales en un hombre que pueda decir: «Soy ciudadano de la Fundación», aunque sólo sea un bárbaro minero del espacio o un don nadie como yo.

Bayta le reconvino:

—Vamos, Magnífico, nunca terminarás si haces discursos. Te traeré un vaso de leche aromatizada. Es buena.

Colocó sobre la mesa una jarra de leche e hizo una seña a Toran para que abandonase la habitación.

—Torie, ¿qué haremos ahora con él? —preguntó señalando la puerta de la cocina.

—¿Qué quieres decir?

—Si viene el Mulo, ¿se lo entregaremos?

—Bueno, ¿qué podemos hacer si no, Bay? —Parecía preocupado, y el gesto con que se retiró el mechón de la frente lo demostró bien a las claras... Continuó con impaciencia—: Antes de venir aquí tuve la vaga idea de que todo cuanto debíamos hacer era pedir por el Mulo y luego hablarle de negocios..., sólo de negocios; ya sabes, nada determinado.

—Sé lo que quieres decir, Torie. Yo no tenía esperanzas de ver al Mulo, pero pensaba que podríamos obtener alguna información de primera mano sobre este lío, y después repetírselo a la gente que sabe un poco más de esta intriga interestelar. No soy una espía de novela de aventuras.

—Tampoco yo, Bay. —Cruzó los brazos y suspiró—. ¡Vaya situación! Era inimaginable que *existiera* una persona como el Mulo, de no ser por este extraño incidente. ¿Supones que vendrá a buscar a su bufón?

Bayta le miró a los ojos.

—No sé si deseo que venga. No sé qué hacer ni qué decir. ¿Y tú?

El zumbador interior sonó con su ruido apagado e intermitente. Los labios de Bayta se movieron inaudiblemente.

—¡El Mulo!

Magnífico estaba en el umbral, con los ojos muy abiertos y la voz lastimera:

—¿Será el Mulo?

Toran murmuró:

—Abriré.

Un contacto abrió la escotilla, y la puerta exterior se cerró tras el recién llegado. El visor sólo mostró una figura en la sombra.

—Es una persona sola —dijo Toran con evidente alivio, y su voz era casi temblorosa cuando se inclinó sobre el tubo de señales—: ¿Quién es usted?

—Sería mejor que me dejase entrar y lo averiguase, ¿no cree? —Las palabras llegaron débiles por el receptor.

—Debo informarle que ésta es una nave de la Fundación y, en consecuencia, territorio de la Fundación por tratado internacional.

—Lo sé.

—Entre con las manos en alto o dispararé. Estoy bien armado.

—¡De acuerdo!

Toran abrió la puerta interior y apretó la culata de su pistola lanzarrayos, con el pulgar situado encima del punto de presión. Se oyeron unos pasos y la puerta se abrió. Magnífico exclamó:

—No es el Mulo: es sólo un hombre.

El «hombre» se inclinó severamente ante el payaso.

—Exacto. No soy el Mulo. —Extendió los brazos—. No estoy armado y he venido en misión de paz. Puede descansar y apartar la pistola. Su mano no es lo bastante firme para mi tranquilidad de espíritu.

—¿Quién es usted? —preguntó bruscamente Toran.

—Soy *yo* quien debiera preguntarle eso —dijo el extraño con frialdad—, ya que es usted, y no yo, quien pretende ser lo que no es.

—¿A qué se refiere?

—Proclama que es ciudadano de la Fundación cuando no hay un solo comerciante autorizado en el planeta.

—No es cierto. ¿Cómo puede usted saberlo?

—Porque yo sí soy ciudadano de la Fundación, y tengo documentos que lo prueban. ¿Dónde están los suyos?

—Creo que será mejor que se vaya.

—Yo no lo creo. Si sabe algo sobre los métodos de la Fundación, sabrá que si no vuelvo vivo a mi nave a una hora determinada sonará una señal en el cuartel general más próximo de la Fundación, por lo que dudo que sus armas sean muy eficaces en la práctica.

Hubo un silencio de indecisión, y entonces Bayta dijo con calma:

—Guarda la pistola, Toran, y presta crédito a sus palabras. Me parece que dice la verdad.

—Gracias —dijo el desconocido.

Toran dejó la pistola sobre una silla.

—Y ahora, explíquenos qué significa todo esto.

El recién llegado permaneció en pie. Era más bien alargado y de miembros grandes. Su rostro consistía en planos lisos, y era evidente que nunca sonreía. Pero sus ojos carecían de dureza. Habló:

—Las noticias vuelan, en especial cuando parecen inverosímiles. No creo que haya una sola persona en Kalgan que no sepa que hoy dos turistas de la Fundación se han burlado de los hombres del Mulo. Yo me enteré de los detalles importantes antes del atardecer, y, como ya he dicho, no hay en el planeta turistas de la Fundación, aparte de mí mismo. Sabemos estas cosas.

—¿Quiénes son ustedes?

—«Nosotros» somos «nosotros». ¡Y yo soy uno de ellos! Sabía que estaban en el hangar; les oyeron decirlo. He usado mis métodos para comprobarlo en el registro y para encontrar la nave. —Se volvió hacia Bayta de improviso—: Usted ha nacido en la Fundación, ¿verdad?

—¿Usted cree?

—Es miembro de la oposición demócrata, a la que llaman «la resistencia». No recuerdo su nombre, pero sí el rostro. Salió recientemente, y no lo hubiera hecho de haber sido más importante.

—Sabe usted mucho —repuso Bayta, encogiéndose de hombros.

—Sí. Escapó con un hombre. ¿Es éste?

—¿Acaso importa lo que yo diga?

—No. Sólo pretendo un entendimiento mutuo. Creo que la contraseña durante la semana en que salieron tan apresuradamente era «Seldon, Hardin y la Libertad». Porfirat Hart era su jefe de sección.

—¿Cómo ha sabido eso? —Bayta se enfureció de repente—. ¿Le ha cogido la policía? —Toran la sujetó, pero ella se desasió y avanzó unos pasos.

El hombre de la Fundación dijo tranquilamente:

—Nadie le ha cogido. Es sólo que la resistencia se extiende mucho y por lugares muy extraños. Soy el capitán Han Pritcher de Información, y también, soy jefe de sección, no importa bajo qué nombre. —Esperó, y después agregó—: No, no tienen por qué creerme. En nuestra profesión es preferible exagerar la suspicacia que descuidarla. Pero será mejor que pase por alto los preliminares.

—Sí —dijo Toran—, será mejor.

—¿Puedo sentarme? Gracias. —El capitán Pritcher cruzó sus largas piernas y descansó un brazo sobre el respaldo de la silla—. Empezaré diciendo que no entiendo este asunto; desde el punto de vista de ustedes, claro. No son de la Fundación, pero no es difícil adivinar que proceden de uno de los mundos comerciantes independientes. Esto no me preocupa gran cosa. Pero, por curiosidad, ¿para qué quieren a este sujeto, a este bufón que se han empeñado en salvar? Están arriesgando su vida al protegerle.

—No puedo decirle esto.

—Hum. Bueno, no esperaba que lo hiciera. Pero si creen que el Mulo acudirá con una fanfarria de cuernos, tambores y órganos eléctricos... ¡olvídenlo! El Mulo no trabaja de este modo.

—¿Cómo? —exclamaron a la vez Toran y Bayta; y desde el rincón donde se acurrucaba Magnífico, con los oídos casi visiblemente aguzados, llegó un grito de alegría.

—Es cierto. Yo mismo he intentado ponerme en contacto con él, y lo he hecho mucho mejor que dos aficionados. No se puede conseguir. Ese hombre no se presenta personalmente, no se deja fotografiar ni dibujar de memoria, y sólo le ven sus colaboradores más íntimos.

—¿He de deducir que esto explica su interés por nosotros, capitán? —inquirió Toran.

—No. Ese bufón es la clave. El bufón es uno de los pocos que le han visto. Quiero llevármelo conmigo. Puede ser la prueba que necesito, y bien sabe la Galaxia que necesito algo para despertar a la Fundación.

—¿Necesita que la despierten? —intervino Bayta con repentina ansiedad—. ¿Para defenderla de qué? Y en calidad de qué actúa usted como alarma, ¿en la de un demócrata rebelde o en la de policía secreta y agente provocador?

El rostro del capitán endureció sus rasgos.

—Cuando la Fundación entera es amenazada, mi querida señora revolucionaria, perecen tanto los demócratas como los tiranos. Salvemos a los tiranos de un tirano mayor para poder vencerles a ellos a su tiempo.

—¿Quién es ese tirano mayor al que alude? —preguntó Bayta con ardor.

—¡El Mulo! Sé algo de él, lo bastante como para que signifique mi muerte varias veces, si me hubiera movido con menos agilidad. Haga salir al payaso de la habitación. De esto hay que hablar en privado.

—Magnífico —dijo Bayta, haciendo una seña, y el bufón se fue sin rechistar.

La voz del capitán era grave e intensa, y de tono tan bajo que Toran y Bayta tuvieron que acercarse.

—El Mulo es un intrigante astuto... lo bastante astuto como para comprender la ventaja del magnetismo y la atracción de la jefatura personal. Si renuncia a ella, es por una razón. Esa razón ha de ser el hecho de que el contacto personal revelaría algo que es de la máxima importancia que no trascienda. —Ignoró las preguntas y continuó con mayor rapidez—: Volví al lugar de su nacimiento e interrogué a las personas que, a causa de sus conocimientos, no vivirán mucho. Ya son muy pocas, dicho sea de paso, las que viven. Recuerdan al niño nacido hace treinta años, la muerte de su madre, y su extraña juventud. *¡El Mulo no es un ser humano!*

Sus dos interlocutores retrocedieron con horror ante aquella implicación. Ninguno de los dos comprendió total o claramente, pero la amenaza de la frase era concluyente.

El capitán prosiguió:

—Es un mutante, y de facultades extraordinarias, según ha puesto de manifiesto su carrera. Ignoro sus poderes y hasta qué punto es lo que nuestras novelas de aventuras llaman un «superhombre», pero el ascenso desde la nada a la conquista de Kalgan en dos años es revelador. ¿Verdad que ven el peligro? ¿Puede incluirse en el plan Seldon un accidente genético de imprevisibles proporciones biológicas?

Bayta habló lentamente:

—No lo creo. Debe de ser una especie de truco complicado. ¿Por qué no nos mataron los hombres del Mulo cuando podrían haberlo hecho, si es que en realidad se trata de un superhombre?

—Ya les he dicho que desconozco el grado de su mutación. Tal vez aún no está dispuesto para la conquista de la Fundación, y sería una señal de gran sabiduría resistir las provocaciones hasta que lo esté. Permítanme hablar con el bufón.

El capitán se enfrentó al tembloroso Magnífico, que evidentemente no se fiaba de aquel hombre gigantesco y duro.

El capitán empezó con lentitud:

—¿Has visto al Mulo con tus propios ojos?

—Ya lo creo que sí, respetable señor. Y también he sentido el peso de su brazo en todo mi cuerpo.

—No me cabe la menor duda. ¿Puedes describirle?

—Me asusta recordarle, señor. Es un hombre de enormes proporciones; junto a él, incluso usted sería un enano. Sus cabellos son de un llameante carmesí, y ni siquiera con todo mi peso y fuerza podía bajarle el brazo que tenía extendido, ni tan sólo un milímetro. —La delgadez de Magnífico daba la impresión de que todo él se trataba únicamente de un montón de brazos y piernas—. A menudo, para divertir a sus generales, o a sí mismo solamente, me suspendía en el aire, a una tremenda altura, con un solo dedo, mientras yo recitaba poesías. Sólo me liberaba al vigésimo verso si eran improvisados y de ritmo perfecto; de lo contrario, me dejaba suspendido. Es un hombre de fuerza excepcional, respetable señor, y cruel en el uso de su poder... y sus ojos no los ha visto nadie.

—¿Qué? ¿Qué es lo último que has dicho?

—Lleva gafas, señor, de un tipo muy peculiar. Dicen que son opacas y que ve por medio de una poderosa magia que sobrepasa con mucho las facultades humanas. He oído —y su voz se hizo leve y misteriosa— que verle los ojos equivale a morir; que mata con sus ojos, respetable señor.

La mirada de Magnífico se posó alternativamente en los tres rostros. Añadió, temblando:

—Es cierto. Tan cierto como que estoy vivo.

Bayta aspiró profundamente.

—Parece que tiene usted razón, capitán. ¿Qué nos aconseja que hagamos?

—Bien, repasemos la situación. ¿No deben nada aquí? ¿Está libre la barrera del hangar?

—Puedo despegar cuando quiera.

—Entonces, váyase. Puede que el Mulo no desee antagonizar a la Fundación, pero corre un gran riesgo dejando huir a Magnífico; lo demuestra la persecución de que ha hecho objeto al pobre diablo. Es posible que haya naves esperándole arriba. Si usted se pierde en el espacio, ¿a quién acusar del crimen?

—Tiene razón —asintió fríamente Toran.

—Sin embargo, usted dispone de un escudo, y su nave es probablemente más veloz que las suyas, así que, en cuanto salga de esta atmósfera, describa un círculo en zona neutral hasta el otro hemisferio, y después láncese hacia fuera con el máximo de aceleración.

—Sí —asintió a su vez Bayta—; y cuando estemos de nuevo en la Fundación, ¿qué pasará, capitán?

—Ustedes dos son fieles ciudadanos de Kalgan, ¿no? Yo no sé de nada que lo desmienta, ¿verdad?

Nadie dijo nada más. Toran se volvió hacia los controles. Hubo una imperceptible sacudida.

Cuando Toran había dejado lo bastante atrás Kalgan como para intentar su primer salto interestelar, el rostro del capitán Pritcher se contrajo, ya que ninguna nave del Mulo había intentado en forma alguna detener su marcha.

—Parece que permite que nos llevemos a Magnífico —dijo Toran—. Esto contradice su teoría.

—A menos —corrigió el capitán— que quiera que nos lo llevemos, lo cual no es bueno para la Fundación.

Después del último salto, cuando estuvieron dentro de la zona neutral de vuelo de la Fundación, las primeras noticias radiadas por ultraondas llegaron a la nave.

Y hubo una en particular que fue mencionada sin ningún énfasis. Al parecer, un señor guerrero —que el aburrido locutor olvidó identificar— había comunicado a la Fundación el secuestro de un miembro de su corte. El locutor pasó enseguida a las noticias deportivas.

El capitán Pritcher observó en tono glacial:

—Va un paso por delante de nosotros, después de todo. —Y añadió pensativamente—: Está listo para enfrentarse a la Fundación, y utiliza esto como una excusa para dar paso a la acción. El asunto hace las cosas más difíciles para nosotros. Tendremos que actuar antes de estar verdaderamente dispuestos.

15. EL PSICÓLOGO

Era un axioma el hecho de que el elemento conocido como «ciencia pura» fuese la más libre forma de vida de la Fundación. En una Galaxia donde el predominio —e incluso la supervivencia— de la Fundación continuaba basándose en la superioridad de su tecnología, aun después de su acceso al poder físico un siglo y medio atrás, cierta inmunidad rodeaba al científico. Se le necesitaba, y él lo sabía.

También era natural que Ebling Mis —sólo aquellos que no le conocían agregaban sus títulos a su nombre— representara la más libre forma de vida de la «ciencia pura» de la Fundación. En el mundo donde la ciencia era respetada, él era El Científico, con mayúsculas. Se le necesitaba, y él lo sabía.

Y por eso ocurrió que cuando otros doblaron la rodilla, él se negó a hacerlo, añadiendo en voz alta que sus antepasados no habían doblado la rodilla ante ningún asqueroso alcalde. Además, en tiempos de sus antepasados, los alcaldes eran elegidos y destituidos a voluntad, y las únicas personas que heredaban algo por derecho de nacimiento eran los idiotas congénitos.

435

Y así ocurrió que cuando Ebling Mis decidió permitir a Indbur III que le honrase con una audiencia, no esperó a que la rígida serie de autoridades presentase su solicitud y le transmitiese la respuesta favorable, sino que, después de echarse sobre los hombros la menos ajada de sus dos chaquetas de gala y calarse de lado sobre la cabeza un estrambótico sombrero de peculiar diseño, encendió un cigarro, lo cual estaba prohibido, e irrumpió, pese a las airadas protestas de dos guardas vociferantes, en el palacio del alcalde.

La primera noticia que este último tuvo de la intrusión fue una creciente algarabía de insultos y la estrepitosa respuesta en forma de maldiciones inarticuladas.

Indbur, que se hallaba en el jardín, abandonó su pala, se enderezó y frunció el ceño, todo ello con idéntica lentitud. Porque Indbur III se permitía una pausa diaria en su trabajo, y durante dos horas, después del mediodía, si el tiempo era benigno, permanecía en el jardín. En él crecían las flores en parterres cuadrados y triangulares, dispuestas en rígidas hileras de rojo y amarillo, con pequeñas manchas de violeta en los extremos y verde follaje en los bordes. Cuando se hallaba en su jardín nadie osaba molestarle... ¡nadie!

Indbur se quitó los guantes manchados de barro y avanzó hacia la pequeña puerta del jardín. Inevitablemente, preguntó:

—¿Qué significa todo esto?

Es la pregunta exacta, con las palabras exactas, que han sido proferidas en ocasiones similares por una increíble variedad de hombres desde que la humanidad fue creada. No se sabe que se hayan proferido jamás con otra intención que la de causar un efecto digno.

Pero la respuesta fue contundente esta vez, pues el cuerpo de Mis cruzó violentamente el umbral con un rugido, al tiempo que se desasía de las manos, que aún sujetaban los restos de su capa.

Indbur, con expresión severa y disgustada, ordenó a los guardas que se fueran, y Mis se agachó para recoger su sombrero destrozado, lo sacudió para limpiarlo de tierra, se lo puso bajo el brazo y dijo:

—Escuche, Indbur, esos incalificables esbirros suyos tendrán que pagarme una capa y un sombrero nuevos. Mire cómo me los han dejado. —Resopló y se secó la frente con un gesto ligeramente teatral.

El alcalde estaba rígido por la contrariedad, y replicó con altivez:

—No se me ha comunicado, Mis, que haya usted solicitado una audiencia. Y estoy seguro de no habérsela concedido.

Ebling Mis miró al alcalde con expresión de profunda sorpresa.

—Por la Galaxia, Indbur, ¿no recibió mi nota ayer? Se la entregué hace dos días a un presumido con uniforme color púrpura. Se la hubiera entregado a usted personalmente, pero sé cuánto le gustan los formalismos.

—¡Los formalismos! —Indbur le miró con exasperación, y después añadió convincentemente—: ¿Ha oído hablar alguna vez de la necesaria organización? En ocasiones sucesivas tendrá que solicitar una audiencia, redactada por triplicado, y entregarla en la oficina gubernamental establecida a este fin. Entonces esperará hasta que le llegue el turno y se le notifique la hora de la audiencia concedida. Se presentará a ella correctamente vestido, correctamente, ¿me comprende? Y con el debido respeto, además. Ahora ya puede irse.

—¿Qué tienen de malo mis ropas? —preguntó Mis indignado—. Llevaba mi mejor capa hasta que esos incalificables maníacos clavaron sus garras en ella. Me iré en cuanto haya transmitido el mensaje por el que he venido hasta aquí. ¡Por la Galaxia!, si no se tratara de una crisis de Seldon me marcharía inmediatamente.

—¡Una crisis de Seldon! —Indbur no pudo disimular su interés.

Mis era realmente un gran psicólogo; un demócrata, patán y rebelde, desde luego, pero psicólogo al fin. En su incertidumbre, el alcalde ni siquiera pudo expresar con palabras el dolor que sintió de improviso cuando Mis arrancó una flor, se la llevó a la nariz y la tiró con desagrado.

Indbur dijo fríamente:

—¿Quiere seguirme? El jardín no fue hecho para conversaciones serias.

Se sintió mejor en su butaca ante la enorme mesa, desde donde podía mirar los escasos cabellos que no lograban ocultar el cráneo rosado de Mis. Se sintió también mucho mejor cuando Mis lanzó una serie de miradas automáticas a su alrededor buscando una silla, inexistente, y tuvo que permanecer en pie. Y experimentó casi una sensación de felicidad cuando, en respuesta a una cuidadosa pulsación del contacto correcto, un funcionario con librea entró, se inclinó ante el alcalde y depositó sobre la mesa un abultado volumen encuadernado en metal.

—Ahora —dijo Indbur, una vez más dueño de la situación—, a fin de abreviar en lo posible esta entrevista no autorizada, comuníqueme su mensaje con el mínimo de palabras.

Ebling Mis contestó pausadamente:

—¿Sabe qué estoy haciendo estos días?

—Tengo sus informes aquí —replicó el alcalde con satisfacción—, junto con sus autorizados resúmenes. Tengo entendido que sus investigaciones sobre las matemáticas de la psicohistoria tienen como objeto duplicar el trabajo de Hari Seldon y, eventualmente, seguir la pista del proyectado curso de la historia futura, para uso de la Fundación.

—Exacto —asintió Mis con sequedad—. Cuando

Seldon estableció la Fundación fue lo bastante sabio como para no incluir a psicólogos entre los científicos aposentados aquí, de modo que la Fundación siempre ha avanzado a ciegas por el curso de la necesidad histórica. Durante mis investigaciones me he basado en gran parte en insinuaciones halladas en la Bóveda del Tiempo.

—Estoy enterado de ello, Mis. Es una pérdida de tiempo repetirlo.

—No estoy repitiendo nada —replicó Mis—, porque lo que voy a decirle no figura en ninguno de estos informes.

—¿Qué quiere decir con eso de que no está en los informes? —preguntó estúpidamente Indbur—. ¿Cómo es posible...?

—¡Por la Galaxia! Déjeme contarlo a mi manera, pequeña criatura ofensiva. No hable por mi boca ni replique a cada frase mía o saldré de aquí inmediatamente y dejaré que todo se derrumbe a su alrededor. Recuerde, incalificable necio, que la Fundación perdurará porque así ha de ser, pero si yo salgo ahora mismo de aquí, *usted* no perdurará.

Después de tirar al suelo su sombrero, lo que levantó una nube de polvo, saltó los peldaños del entarimado sobre el que se hallaba la enorme mesa y apartando con violencia unos papeles, se sentó en su borde.

Indbur pensó frenéticamente en llamar al guarda o usar los lanzarrayos ocultos en la mesa. Pero el rostro de Mis estaba atento frente al suyo, y no podía hacer otra cosa que resignarse con dignidad a la situación.

—Doctor Mis —empezó con vacilante formalidad—, debe usted...

—¡Cierre la boca —replicó ferozmente Mis— y escúcheme! Si eso que tiene aquí —y descargó con fuerza la palma de la mano sobre el metal de la carpeta— es un resumen garabateado de mis informes, tírelo. Cualquier informe que yo escribo pasa a través de veinte o más funcionarios, llega hasta usted, y después vuelve a caer en manos de veinte funcionarios más. Esto está muy bien si no hay nada que quiera mantener en secreto. Pero hoy traigo algo confidencial, tan confidencial que ni siquiera los muchachos que trabajan conmigo se han enterado de ello. Han hecho el trabajo, naturalmente, pero sólo un fragmento cada uno... y yo los he juntado. ¿Sabe usted qué es la Bóveda del Tiempo?

Indbur asintió con la cabeza, pero Mis continuó, disfrutando mucho de la situación:

—Bueno, se lo diré de todos modos porque he estado imaginando durante mucho tiempo esta situación incalificable en una Galaxia; y sé leer en su mente, insignificante hipócrita. Tiene la mano derecha cerca de un pequeño botón que a la más leve presión hará entrar a unos quinientos hombres armados para liquidarme, pero tiene miedo de lo que yo sé.... tiene miedo de una Crisis Seldon. Aparte de que, sí toca algo de su mesa, yo le machacaré el cráneo antes de que alguien pueda entrar. Al fin y al cabo, usted, el bandido de su padre y el pirata de su abuelo, ya han chupado la sangre a la Fundación durante bastante tiempo.

—Esto es... traición —tartamudeó Indbur.

—Ciertamente —asintió Mis—, pero ¿qué puede hacer para evitarla? Voy a hablarle de la Bóveda del Tiempo. La Bóveda del Tiempo es lo que Hari Seldon instaló aquí al principio para ayudarnos a superar los momentos difíciles. Seldon preparó para cada crisis un simulacro personal para ayudarnos... y explicárnosla. Cuatro crisis hasta ahora... y cuatro apariciones. La primera vez apareció en el punto álgido de la primera crisis. La segunda vez lo hizo enseguida tras la evolución favorable de la segunda crisis. Nuestros antepasados estuvieron allí para escucharle las dos veces. En la tercera y cuarta crisis fue ignorado, probablemente porque no le necesitábamos, pero investigaciones recientes, que no están incluidas en los informes que usted tiene, indican que sí apareció, y además lo hizo en los momentos adecuados. ¿Lo comprende?

No esperó la respuesta. Tiró finalmente la colilla de su cigarro, húmedo y apagado, buscó otro y lo encendió. El humo salió con violencia. Prosiguió:

—Oficialmente, he estado intentando reconstruir la ciencia de la psicohistoria. Verá, ningún hombre va a hacerlo solo, ni es un trabajo de un solo siglo. Pero he hecho progresos en los elementos más simples y he podido usarlos como excusa para introducirme en la Bóveda del Tiempo. Lo que he logrado hacer implica la determinación, hasta un grado suficiente de certeza, de la fecha en que se producirá la próxima aparición de Hari Seldon. Puedo darle el día exacto, en otras palabras, en que la inminente Crisis Seldon, la quinta, alcanzará su apogeo.

—¿Falta mucho? —preguntó tensamente Indbur.

Y Mis hizo explotar su bomba con alegre despreocupación:

—¡Cuatro meses! —dijo—. Cuatro incalificables meses... menos dos días.

—Cuatro meses —murmuró Indbur con insólita vehemencia—. Imposible.

—¿Imposible? ¡Ya veremos!

—¿Cuatro meses? ¿Comprende lo que esto significa? Si una crisis ha de llegar dentro de cuatro meses, es necesario que se haya estado preparando durante años.

—¿Y por qué no? ¿Existe alguna ley de la naturaleza que requiera que el proceso madure a la luz del día?

—Pero nada nos amenaza, al menos no hay nada que lo indique. —Indbur, en su ansiedad, casi se retorció las manos. Con una repentina recrudescencia de su ferocidad, gritó—: ¿*Quiere* apartarse de mi mesa para que pueda ponerla en orden? ¿Cómo espera que *piense*?

Mis, sorprendido, se levantó pesadamente y se apartó.

Indbur colocó los objetos en sus lugares apropiados, con movimientos febriles. Habló con rapidez:

—No tiene derecho a presentarse aquí de este modo. Si hubiera mostrado su teoría...

—No es una *teoría*.

—Yo digo que sí lo es. Si la hubiera mostrado junto con su evidencia y argumentos, de manera apropiada, hubiera ido a la Oficina de Ciencias Históricas. Ahí hubiera sido tratada adecuadamente, me hubieran sometido los análisis resultantes y después, naturalmente, se habrían tomado las medidas que hacen al caso. De este modo me ha importunado usted sin necesidad. ¡Ah, aquí está!

Tenía en la mano una hoja de papel plateado y transparente que agitó ante la cara del psicólogo.

—Esto es un corto resumen que preparo yo mismo, semanalmente, sobre los asuntos extranjeros pendientes. Escuche: hemos completado las negociaciones de un tratado comercial con Mores, proseguimos las negociaciones para otro similar con Lyonesse, hemos enviado una delegación a unas celebraciones de Bonde, hemos recibido una queja de Kalgan y prometido tenerla en consideración, hemos protestado por ciertas prácticas comerciales ilegales de Asperta y allí nos han asegurado tenerlo en cuenta, etcétera. —Los ojos del alcalde recorrieron la lista de anotaciones en clave, y entonces colocó cuidadosamente la hoja en su lugar adecuado, en la carpeta adecuada y en el casillero adecuado—. Se lo aseguro, Mis, no hay absolutamente nada que no respire orden y paz...

La puerta del extremo opuesto de la habitación se abrió y, de modo demasiado dramático para sugerir algo que no fuese la vida real, hizo su aparición un individuo sin la indumentaria de protocolo.

Indbur se incorporó. Tuvo esa sensación curiosamente vertiginosa de irrealidad que suele flotar en los días en que ocurren demasiadas cosas. Tras la intrusión y las salvajes invectivas de Mis, se producía ahora otra intrusión igualmente indecorosa, y, por consiguiente, perturbadora, esta vez por parte de su secretario, de quien cabía esperar que conocía el reglamento.

El recién llegado hizo una profunda genuflexión.

Indbur le interpeló bruscamente:

—¿Qué ocurre?

El secretario habló, mirando al pavimento:

—Excelencia, el capitán Han Pritcher de Información, que ha regresado de Kalgan, en desobediencia a vuestras órdenes, ha sido encarcelado, siguiendo instrucciones previas (vuestra orden X20-513) y espera su ejecución. Sus acompañantes están detenidos para su interrogatorio. Se ha extendido un informe completo.

Indbur, desesperado, rectificó:

—Se ha recibido un informe completo. ¿Qué más?

—Excelencia, el capitán Pritcher ha informado, vagamente, de peligrosos designios por parte del nuevo señor guerrero de Kalgan. De acuerdo con vuestras instrucciones previas (orden X20-651), no se le ha tomado declaración formal, pero se han anotado sus observaciones y redactado un informe completo.

—Se ha recibido ese informe completo. *¿Qué más?* —gritó Indbur.

—Excelencia, hace un cuarto de hora se han recibido informes de la frontera saliniana. Naves identificadas como kalganianas han entrado en territorio de la Fundación sin la debida autorización. Las naves van armadas. Ha habido lucha.

El secretario casi tocaba el suelo. Indbur permane-

443

cía en pie. Ebling Mis se adelantó hacia el secretario y le dio una palmada en el hombro.

—Váyase y diga que pongan en libertad a ese capitán Pritcher y lo traigan aquí. ¡Fuera!

El secretario salió y Mis se dirigió al alcalde:

—¿No sería mejor que pusiera la maquinaria en marcha, Indbur? Cuatro meses, recuérdelo.

Indbur permaneció inmóvil, con la mirada fija. Sólo un dedo parecía tener vida, y dibujaba temblorosos triángulos sobre la lisa superficie de la mesa.

16. CONFERENCIA

Cuando los veintisiete Mundos Comerciantes In-dependientes, unidos por su desconfianza del planeta madre de la Fundación, concertaban entre ellos una asamblea, y cada uno se sentía orgulloso de su propia pequeñez, endurecido por su aislamiento y amargado por el eterno peligro, era preciso vencer negociaciones preliminares de una mezquindad suficiente como para desanimar a los más perseverantes.

No bastaba fijar por adelantado detalles tales como los métodos de votación, o el tipo de representación, ya fuera por mundos o por población. Éstas eran cuestiones de complicada importancia política. No bastaba fijar el asunto de prioridad en la mesa, tanto del consejo como de la cena; éstas eran cuestiones de complicada importancia social.

Se trataba del lugar de reunión, puesto que esto era un asunto de marcado provincialismo. Y finalmente, las dudosas rutas de la diplomacia eligieron el mundo de Radole, sugerido al principio por algunos comentaristas por la lógica razón de su posición central.

Radole era un mundo pequeño, de los que abundan

en la Galaxia, pero entre los cuales era una rareza la variedad habitada. Era un mundo, dicho en otras palabras, donde las dos mitades ofrecían los monótonos extremos del frío y el calor, mientras la región de vida posible era la franja de zona crepuscular.

Un mundo semejante parece invariablemente inhóspito a los que no lo han visitado, pero hay lugares estratégicamente situados, y Radole City era uno de ellos.

Se extendía a lo largo de las suaves laderas de las colinas, situadas frente a la cordillera que delimitaba el hemisferio frío y detenía la masa de hielo. El aire cálido y seco acariciaba las ciudades, que recibían el agua de las montañas; y Radole City era un eterno jardín, caldeado por la radiante mañana de un perpetuo junio.

Cada casa tenía su jardín florido, abierto a los benignos elementos. Cada jardín era un lugar de horticultura forzada, donde las plantas de lujo crecían en fantásticas formas para ser exportadas al extranjero, hasta que Radole casi se convirtió en un mundo productor, en vez de un típico mundo comerciante.

De este modo, a su manera, Radole City era un pequeño punto de suavidad y lujo en un horrible planeta —un minúsculo Edén—, y este hecho fue también un factor influyente en la lógica de la elección.

Los extranjeros llegaron de cada uno de los otros veintiséis mundos comerciantes: delegados, esposas, secretarios, periodistas, naves y tripulaciones, y la población de Radole casi se dobló, por lo que sus recursos tuvieron que estirarse hasta el límite. Todos comían a voluntad, bebían sin límite y no dormían en absoluto.

Sin embargo, había pocos entre aquellos vividores que no fueran intensamente conscientes de que toda la Galaxia ardía con lentitud en una especie de guerra quieta y adormecida. Y entre los que tenían esta conciencia, los había de tres clases: la primera estaba constituida por los que sabían muy poco y rebosaban confianza...

Uno de ellos era el joven piloto espacial que llevaba la escarapela de Haven en la hebilla de su gorra, y que consiguió, sosteniendo la copa ante los ojos, reflejar en ella los ojos de la sonriente radoliana que estaba frente a él. Decía:

—Hemos pasado a propósito a través de la zona de guerra para venir aquí. Viajamos alrededor de un minuto luz por la zona neutral, justo delante de Horleggor...

—¿Horleggor? —interrumpió un nativo de largas piernas, que era el anfitrión del grupo—. Eso es donde el Mulo recibió una paliza la semana pasada, ¿no?

—¿Dónde ha oído usted que el Mulo recibió una paliza? —preguntó con arrogancia el piloto.

—Por la radio de la Fundación.

—¿Ah, sí? Pues bien, el Mulo ha conquistado Horleggor. Casi nos topamos con un convoy de sus naves, y era precisamente de allí de donde venían. No recibe una paliza quien se queda en el campo de batalla, y quien ha dado la paliza se aleja a toda prisa.

Alguien dijo en voz alta:

—No hable de este modo. La Fundación siempre acaba venciendo. Usted espere y se convencerá. La vieja Fundación sabe cuándo ha de volver, y entonces... ¡pum! —El hombre estaba ligeramente borracho y sonrió entre dientes.

—Sea como fuere —replicó el piloto de Haven tras una corta pausa—, vimos las naves del Mulo y tenían muy buen aspecto. Incluso le diré que parecían nuevas.

—¿Nuevas? —repitió el nativo con perplejidad—. ¿Las construyen ellos mismos? —Rompió una hoja de una rama colgante, la olió delicadamente y se la metió en la boca. Mientras la masticaba, la hoja despidió un jugo verdoso y un olor de menta—. ¿Está diciéndome que han vencido a las naves de la Fundación con artefactos caseros? Continúe.

—Nosotros las vimos, amigo. Y yo sé distinguir entre una nave y un cometa.

El nativo se inclinó hacia él.

—¿Sabe lo que pienso? Escuche, no se engañe a usted mismo. Las guerras no empiezan por sí solas, y nosotros contamos con un grupo de gente astuta que nos gobierna y que sabe muy bien lo que hace.

El borracho dijo con la voz repentinamente alta:

—Observe a la Fundación. Esperan hasta el último minuto y entonces... ¡pum! —Sonrió con la boca abierta a la muchacha, que se apartó de él.

El radoliano prosiguió:

—Por ejemplo, amigo, tal vez usted piense que el Mulo está dirigiendo el cotarro. Pues no es así. —Movió horizontalmente un dedo—. Por lo que he oído decir, y en boca de gente importante, no lo dude, trabaja para nosotros. Nosotros le pagamos, y es muy probable que hayamos construido esas naves. Seamos realistas al respecto; es muy probable que sea así. Es evidente que a la larga no puede derrotar a la Fundación, pero puede fastidiarla, y cuando lo hace... *intervenimos*.

La muchacha preguntó:

—¿No puedes hablar de otra cosa, Klev? ¡Sólo de la guerra! Me aburres.

El piloto de Haven dijo en un arranque de galantería:

—Cambie de tema. No debemos aburrir a las chicas.

El borracho adoptó la frase y la repitió mientras golpeaba la mesa con una jarra. Los pequeños grupos que se habían formado se disolvieron en risas y bufonadas, y de la casa que daba al jardín emergieron grupos similares compuestos por dos personas cada uno.

La conversación se generalizó y se hizo más variada, más insustancial...

Después estaban los que sabían un poco más y sentían menos confianza.

Entre ellos se contaba Fran, representando a Haven como delegado oficial y que, a raíz de su corpulencia, vivía por todo lo alto y cultivaba nuevas amistades, con mujeres cuando podía, y con hombres cuando tenía que hacerlo.

Se hallaba descansando en la plataforma soleada de la casa de uno de sus nuevos amigos, situada en la cima de una colina. Era la primera vez que la visitaba, y sólo la visitaría una vez más durante su estancia en Radole. Su nuevo amigo se llamaba Iwo Lyon, un alma gemela de Radole. La casa de Iwo se levantaba lejos de las otras viviendas, aparentemente aislada en un océano de perfume floral y zumbido de insectos. La plataforma solar era una franja de césped colocada formando un ángulo de cuarenta y cinco grados, y Fran yacía tendido sobre la hierba, absorbiendo los rayos solares. Comentó:

—No tenemos nada parecido en Haven.

Iwo contestó, con voz soñolienta:

—No ha visto aún el lado frío. Hay un lugar, a unos treinta y cinco kilómetros de aquí, donde el oxígeno fluye como el agua.

—¿En serio?

—Es un hecho.

—Bien, le diré, Iwo... En los viejos tiempos, antes de que me arrancaran el brazo, me pasó algo... bueno, ya sé que no va a creérselo, pero... —La historia que siguió tuvo una duración considerable, e Iwo no se la creyó.

Una vez finalizada, observó:

—Los viejos tiempos eran mejores, ésta es la verdad.

—Desde luego que sí. Oiga —se animó Fran—, le

he hablado de mi hijo, ¿verdad? También es de la vieja escuela: será un magnífico comerciante. Ha salido en todo a su padre. Bueno, en todo no, porque se ha casado.

—¿Quiere decir un «contrato legal», y con una muchacha?

—Eso es. Yo no le veo ningún sentido. Fueron a Kalgan en su luna de miel.

—¿Kalgan? ¿*Kalgan*? ¿Y cuándo demonios fueron allí?

Fran sonrió y contestó con acento misterioso:

—Justo antes de que el Mulo declarase la guerra a la Fundación.

—Conque sí, ¿eh?

Fran asintió e hizo una seña a Iwo para que se acercara:

—Voy a contarle algo, si me promete no difundirlo. Mi hijo fue enviado a Kalgan para realizar una misión. No me gustaría revelar la índole de la misma, pero si usted repasa ahora la situación, puede adivinarla. En cualquier caso, mi hijo era el hombre adecuado para el trabajo. Nosotros, los comerciantes, necesitábamos algo de alboroto. —Sonrió astutamente—. Y lo tuvimos. No le diré cómo lo hicimos, pero mi hijo fue a Kalgan y el Mulo envió sus naves. ¡Mi hijo!

Iwo estaba francamente impresionado, y también él se puso confidencial.

—Estupendo. Dicen que disponemos de quinientas naves listas para intervenir en el momento apropiado.

Fran rectificó con tono autoritario:

—Y aún más, tal vez. Esto es verdadera estrategia, de la clase que me gusta. —Se pellizcó la piel del vientre—. Pero no olvide que el Mulo es también un chico listo. Lo ocurrido en Horleggor me preocupa.

—Tengo entendido que perdió diez naves.

—Sí, pero tenía cien más, y la Fundación se vio

obligada a retirarse. Está muy bien que derrotemos a esos tiranos, pero no me gusta que tardemos tanto. —Y sacudió la cabeza.

—Me pregunto de dónde sacará el Mulo sus naves. Corre el rumor de que nosotros las fabricamos para él.

—¿Nosotros? ¿Los comerciantes? Haven tiene los mayores astilleros de todos los mundos independientes, y no hemos hecho ninguna nave que no fuera para nosotros. ¿Supone que algún mundo puede construir una flota para el Mulo sin tomar la precaución de una acción conjunta? Esto es... un cuento de hadas.

—Entonces, ¿dónde las consigue?

Fran se encogió de hombros.

—Las fabricarán ellos mismos, supongo. Esto también me preocupa.

Y, por último, estaba el reducido número de los que sabían mucho y no sentían la menor confianza.

Entre ellos se contaba Randu, quien al quinto día de la convención de los comerciantes entró en la Sala Central y encontró en ella, esperándole, a los dos hombres que había citado allí. Los quinientos asientos estaban vacíos... y así iban a seguir.

Randu dijo con rapidez, casi antes de sentarse:

—Nosotros tres representamos alrededor de la mitad del potencial militar de los Mundos Comerciantes Independientes.

—En efecto —repuso Mangin de Iss—, mis colegas y yo ya hemos comentado el hecho.

—Estoy dispuesto —dijo Randu— a hablar con prontitud y seriedad. No me interesan la sutileza ni los regateos. Nuestra posición ha empeorado radicalmente.

—Como consecuencia de... —urgió Ovall Gri de Mnemon.

—De los sucesos de última hora. ¡Por favor! Empecemos desde el principio. Primero, la precaria posición en la que nos hallamos no es culpa nuestra, y dudo de que esté bajo nuestro control. Nuestros tratos originales no fueron con el Mulo, sino con otros, especialmente con el ex señor guerrero de Kalgan, a quien el Mulo derrotó en el momento menos propicio para nuestros planes.

—Sí, pero ese Mulo es un digno sustituto —adujo Mangin—. No me preocupan los detalles.

—Tal vez le preocupen cuando los conozca *todos*. —Randu se inclinó hacia adelante y colocó las manos sobre la mesa, con las palmas hacia arriba. Continuó—: Hace un mes envié a Kalgan a mi sobrino y a su esposa.

—¡A su sobrino! —gritó con asombro Ovall Gri—. Yo ignoraba que fuese su sobrino.

—¿Con qué propósito? —preguntó secamente Mangin—. ¿Éste? —Y dibujó un círculo en el aire con el pulgar.

—No. Si se refiere a la guerra del Mulo contra la Fundación, no. No podía apuntar tan alto. El muchacho no sabía nada, ni de nuestra organización ni de nuestros objetivos. Le dije que yo era miembro menor de una sociedad patriótica de Haven y que su función en Kalgan era sólo la de un observador aficionado. Debo admitir que mis motivos eran bastante confusos. Principalmente sentía curiosidad por el Mulo. Se trata de un extraño fenómeno, pero esto ya es un tema trillado y no me extenderé sobre él. En segundo lugar, era un interesante proyecto de adiestramiento para un joven que tiene experiencia con la Fundación y su resistencia, y da muestras de poder sernos útil en el futuro.

El largo rostro de Ovall se contrajo en líneas verticales cuando enseñó sus grandes dientes.

—Entonces debió sorprenderle el resultado, pues creo que no hay nadie entre los comerciantes que no sepa que ese sobrino suyo raptó a un servidor del Mulo en nombre de la Fundación, y con ello suministró al

Mulo un *casus belli*. ¡Por la Galaxia! Randu, está usted confeccionando novelas. Me cuesta creer que no tuviese parte en ello. Reconozca que fue un trabajo hábil.

Randu meneó su cabeza plateada.

—No participé, y mi sobrino, sólo involuntariamente. Ahora es prisionero de la Fundación, y es posible que no viva para ver completado su habilidoso trabajo. Acabo de recibir noticias suyas. La Cápsula Personal ha podido salir clandestinamente, cruzar la zona de guerra, ir a Haven, y viajar de allí hasta aquí. Su viaje ha durado un mes.

—¿Y qué?

Randu apoyó una pesada mano en el hueco de su palma y dijo tristemente:

—Me temo que estamos destinados a jugar el mismo papel que el ex señor guerrero de Kalgan. ¡El Mulo es un mutante!

Hubo una tensión momentánea; una ligera impresión de pulsos acelerados. Randu podía haberlo imaginado fácilmente.

Cuando Mangin habló, su voz era serena:

—¿Cómo lo sabe?

—Sólo porque mi sobrino lo dice, pero es que él ha estado en Kalgan.

—¿Qué clase de mutante? Hay muchas clases, como usted ya sabe.

Randu se esforzó por dominar su impaciencia.

—Muchas clases de mutantes, ya lo sé, Mangin. ¡Innumerables clases! Pero sólo hay una clase de Mulo. ¿Qué otra clase de mutante empezaría de la nada, reuniría un ejército, establecería, según dicen, un asteroide de ocho kilómetros como base original, conquistaría un planeta, después un sistema, después una región, y entonces atacaría a la Fundación y la *derrotaría* en Horleggor? *¡Y todo en dos o tres años!*

Ovall Gri se encogió de hombros.

—¿De modo que usted cree que vencerá a la Fundación?

—Lo ignoro. ¿Y si lo consigue?

—Lo siento, no puedo ir tan lejos. No se *vence* a la Fundación. Escuche, el único hecho del que partimos es la declaración de un... bueno, de un muchacho inexperto. ¿Y si lo olvidáramos por un tiempo? Pese a todas las victorias del Mulo, no nos hemos preocupado hasta ahora, y a menos que vaya mucho más lejos de lo que ha ido, no veo razón para cambiar de actitud. ¿De acuerdo?

Randu frunció el ceño y se desesperó ante la complejidad de su argumento. Dijo a los otros dos:

—¿Han tenido ya algún contacto con el Mulo?

—No —contestaron ambos.

—Sin embargo, es cierto que lo hemos intentado, ¿verdad? Es cierto que nuestra reunión no servirá de mucho si no le encontramos, ¿verdad? También es cierto que hasta ahora hemos bebido más que pensado, y proferido quejas en lugar de actuar, cito un editorial del *Tribuna de Radole* aparecido hoy, y todo porque no podemos encontrar al Mulo. Caballeros, tenemos casi mil naves esperando entrar en liza en el momento apropiado para apoderarnos de la Fundación. Creo que deberíamos cambiar las cosas. Creo que deberíamos hacer zarpar a esas naves ahora... *contra* el *Mulo*.

—¿Quiere decir a favor del tirano Indbur y los vampiros de la Fundación? —preguntó Mangin con ira contenida.

Randu alzó una mano cansada.

—Ahórrese los adjetivos. He dicho contra el Mulo y a favor de quien sea.

Ovall Gri se levantó.

—Randu, yo no quiero tener nada que ver con esto. Preséntelo esta noche al pleno del consejo si realmente lo que desea es un suicidio político.

Se marchó sin añadir nada más y Mangin le siguió en silencio, dejando a Randu en la soledad de una consideración interminable e insoluble.

Aquella noche, ante el pleno del consejo, no dijo nada.

Ovall Gri irrumpió en su habitación a la mañana siguiente; un Ovall Gri someramente vestido y que no se había afeitado ni peinado.

Randu le miró con tanto asombro que se le cayó la pipa de la boca.

Ovall dijo con voz brusca y ronca:

—Mnemon ha sido bombardeado a traición desde el espacio.

—¿La Fundación? —preguntó Randu, ceñudo.

—¡El Mulo! —explotó Ovall—. ¡El Mulo! —Hablaba rápidamente—. Fue deliberado y sin provocación. La mayor parte de nuestra Flota se había unido a la flotilla internacional. Las pocas naves que quedaban de la Escuadra Nacional eran insuficientes y volaron por los aires. Aún no ha habido desembarcos, y tal vez no se produzcan, pues se ha informado que la mitad de los atacantes han sido destruidos; pero se trata de una guerra, y yo he venido a averiguar la posición de Haven en esta coyuntura.

—Estoy seguro de que Haven se adherirá al espíritu de la Carta de la Federación. ¿Lo ve? También nos ataca a nosotros.

—Este Mulo es un loco. ¿Acaso puede derrotar al universo? —Vaciló, se sentó y agarró la muñeca de Randu—. Nuestros escasos supervivientes han informado de la posesión por parte del Mulo... del enemigo... de un arma nueva. Un depresor de campo atómico.

—¿Un... qué?

Ovall prosiguió:

—La mayoría de nuestras naves se ha perdido porque les han fallado sus armas atómicas. No puede deberse a sabotaje ni accidente. Tiene que haber sido un arma del Mulo. No ha funcionado de manera perfecta; el efecto ha sido intermitente, había modos de neutralizarla..., mis despachos no son detallados. Pero comprenderá que este arma podría cambiar el curso de la guerra y hasta inutilizar a toda nuestra Flota.

Randu se sintió muy viejo. Su rostro era fláccido.

—Temo que ha surgido un monstruo que nos devorará a todos. Pero hemos de luchar contra él.

17.   EL VISI-SONOR

La casa de Ebling Mis, en una vecindad sin pretensio-
nes de Términus, era bien conocida por los intelectuales,
literatos y casi toda la gente culta de la Fundación. Sus
notables características dependían, subjetivamente, del
material que se leía acerca de ella. Para un biógrafo medi-
tativo era «el símbolo de un retiro de una realidad no académica»; un columnista de sociedad la describía suavemente como «un ambiente terriblemente masculino de
despreocupado desorden»; un profesor de Universidad
la llamó bruscamente «pedante y desorganizada»; un
amigo no universitario dijo que era «buena para tomar un
trago a cualquier hora, y además, se pueden poner los pies
sobre el sofá»; y el locutor de una emisión de noticias se-
manales, aficionado al color, la calificó de «vivienda rocosa, anodina y práctica del blasfemo, izquierdista y calvo Ebling Mis».

Para Bayta, que de momento sólo pensaba por sí
misma, y tenía la ventaja de estarla viendo, era, simplemente, desordenada.

Exceptuando los primeros días, su encarcelamiento
había sido una carga soportable. Mucho más soporta-

ble, parecía, que aquella media hora de espera en casa del psicólogo, tal vez bajo observación secreta. Entonces había estado con Toran, por lo menos...

Quizá la espera se le hubiera hecho más larga si Magnífico no hubiese demostrado con sus muecas una tensión mucho mayor.

Las flacas piernas de Magnífico estaban dobladas bajo su barbilla puntiaguda, como si estuviese intentando desaparecer, y Bayta alargó la mano en un gesto automático de consuelo. Magnífico tuvo un sobresalto, y después sonrió.

—Seguramente, mi señora, se diría que mi cuerpo niega el conocimiento de mi mente y espera de otras manos un golpe.

—No hay de qué preocuparse, Magnífico. Yo estoy a tu lado y no permitiré que nadie te lastime.

Los ojos del bufón se volvieron hacia ella y se desviaron rápidamente.

—Pero antes me mantuvieron apartado de usted, y de su bondadoso marido, y le doy mi palabra, aunque se ría de mí, que añoraba su amistad perdida.

—No me reiría nunca de eso. Yo sentía lo mismo.

El bufón se animó y juntó más las rodillas. Preguntó:

—¿No conoce al hombre que quiere vernos? —Era una pregunta cautelosa.

—No. Pero es un hombre famoso. Le he visto en los noticiarios y oído muchas cosas de él. Creo que es un hombre bueno, Magnífico, y que no desea perjudicarnos.

—¿No? —El bufón se removió, inquieto—. Puede ser cierto, mi señora, pero me ha interrogado antes, y sus modales son de una brusquedad que me asusta. Está lleno de palabras extrañas, y las respuestas a sus preguntas no me salían de la garganta. Casi hubiera creído al embaucador que una vez se aprovechó de mi ignorancia con un cuento que, en tales momentos, se aloja en mi corazón y me impide hablar.

—Ahora es diferente. Él es uno y nosotros somos dos, y no puede asustarnos a los dos, ¿verdad?

—No, mi señora.

Una puerta se cerró de golpe en alguna parte, y una voz fuerte retumbó en la casa. Frente a la habitación en que se encontraban sonó un violento: «¡Largaos, por la Galaxia!», y a través de la puerta entreabierta vieron momentáneamente a dos guardas uniformados que se retiraban a toda prisa.

Ebling Mis entró con el ceño fruncido, depositó en el suelo un paquete cuidadosamente envuelto y se acercó para estrechar con indiferente presión la mano de Bayta. Ésta devolvió el apretón vigorosamente, como un hombre. Mis se volvió a medias hacia el bufón, y luego dedicó a la muchacha una mirada más prolongada. Le preguntó:

—¿Casada?

—Sí. Cumplimos las formalidades legales.

Mis hizo una pausa, y luego siguió preguntando:

—¿Feliz?

—Hasta ahora, sí.

Mis se encogió de hombros y se volvió de nuevo hacia Magnífico. Desenvolvió el paquete.

—¿Sabes qué es esto, muchacho?

Magnífico casi se tiró de su asiento para coger el instrumento de múltiples teclas. Tocó los millares de contactos y entonces dio una voltereta de alegría que amenazó con destruir el mobiliario circundante. Graznó:

—Un Visi-Sonor, y de una manufactura que haría saltar de gozo el corazón de un muerto.

Sus largos dedos acariciaron el instrumento, suave y lentamente, presionando los contactos con ligereza y descansando un momento en una tecla y luego en otra, y el aire de la habitación se bañó de una luz rosada, justo dentro del campo de visión.

—Muy bien, muchacho. Dijiste que sabías usar uno de estos artefactos, y ahora tienes la oportunidad. Pero será mejor que lo afines. Acaba de salir de un museo. —Entonces, en un aparte, dijo a Bayta—: Por lo que tengo entendido, no hay nadie en la Fundación que sepa hacerlo hablar. —Se acercó más y murmuró—: El bufón no dirá nada sin usted. ¿Me ayudará?

Ella asintió.

—¡Bien! —continuó Mis—. Su estado de temor es casi fijo, y dudo de que su fuerza mental pudiera resistir una sonda psíquica. Si he de sacarle algo por otro sistema, tiene que sentirse absolutamente tranquilo. ¿Me comprende?

Ella asintió de nuevo.

—Este Visi-Sonor es el primer paso del proceso. Él dice que sabe tocarlo, y la reacción que ha tenido pone de manifiesto que es una de las grandes ilusiones de su vida. Así pues, tanto si toca bien como mal, muéstrese interesada y apreciativa. A continuación demuestre amistad y confianza hacia mí. Y, sobre todo, siga mis indicaciones continuamente.

Echó una rápida mirada a Magnífico, el cual, acurrucado en un extremo del sofá, manipulaba con facilidad en el interior del instrumento. Estaba completamente absorto.

Mis preguntó a Bayta en tono de conversación:

—¿Ha oído hablar alguna vez de un Visi-Sonor?

—Una vez —repuso Bayta en el mismo tono—, en un concierto de instrumentos raros. No me impresionó.

—Bueno, es difícil encontrar a alguien que lo toque bien; hay poquísimas personas que sepan hacerlo. No es sólo porque requiere coordinación física, un piano múltiple requiere mucha más, sino porque se necesita, además, cierto tipo de mentalidad libre. —Continuó en voz más baja—: Por esta razón nuestro esqueleto viviente puede tocarlo mejor de lo que imaginamos. A menudo los buenos ejecutantes son idiotas en otras cosas. Se trata de uno de esos extraños fenómenos que hacen interesante a la psicología.

Añadió, con un patente esfuerzo por entablar una conversación banal:

—¿Sabe cómo funciona este curioso chisme? Lo examiné para averiguarlo, y todo lo que he podido colegir hasta ahora es que sus radiaciones estimulan directamente el centro óptico del cerebro, sin tocarlo siquiera. En realidad, se trata de la utilización de un sentido que no se conoce en la naturaleza ordinaria. Es notable, si se piensa bien. Lo que usted está oyendo es lo corriente, lo normal. El tímpano, la clóquea y todo eso. Pero... ¡silencio! Ya está listo. ¿Quiere apretar ese conmutador? La cosa funciona mejor sin que haya luz en la estancia.

En la oscuridad, Magnífico era sólo una mancha, y Ebling Mis una masa de pesada respiración. Bayta se sorprendió. Fijó ansiosamente la vista, al principio sin resultado. En el aire había un fino y nervioso temblor que ondeaba rabiosamente hasta lo alto de la escala. Se quedaba suspendido, caía y volvía a recobrarse, ganaba cuerpo y se hinchaba en un resonante crujido que producía el efecto de un tormentoso desgarrón en una espesa cortina.

Un pequeño globo de color fue creciendo en rítmicos brincos y estalló en el aire en informes gotas que se arremolinaron en lo alto y empezaron a caer como curvados surtidores en líneas entrelazadas. Se coagularon en pequeñas esferas, ninguna del mismo color, y Bayta empezó a descubrir cosas.

Observó que, si cerraba los ojos, el dibujo coloreado se hacía más claro; que cada pequeño movimiento de color tenía su propia pauta de sonido; que no podía identificar los colores; y, por último, que los globos no eran globos, sino pequeñas figuras.

Diminutas figuras; como llamas trémulas que bailaban y se retorcían a millares; que se desvanecían y volvían desde la nada; que se perseguían unas a otras y se fundían en un color nuevo.

Incongruentemente, Bayta pensó en los pequeños puntos de color que se ven de noche cuando uno aprieta los párpados hasta que duelen, y mira a continuación fijamente. Se apreciaba el viejo efecto familiar del desfile de los pequeños puntos cambiando de color, de los círculos concéntricos contrayéndose, de las masas informes que tiemblan momentáneamente. Todo aquello, pero más grande, más variado; y cada puntito de color era una minúscula figura.

Se precipitaban contra ella por parejas, y ella alzaba las manos con un súbito jadeo, pero se derrumbaban, y por un instante ella se convertía en el centro de una brillante tormenta de nieve, mientras la luz fría resbalaba por sus hombros y por sus brazos en un luminoso deslizamiento de esquíes, escapándose de sus dedos rígidos y reuniéndose lentamente en un brillante foco en medio del aire. Debajo de todo aquello, el sonido de un centenar de instrumentos fluía en líquidas corrientes y le resultaba ya imposible separarlo de la luz.

Se preguntó si Ebling Mis estaría contemplando lo mismo, y, de no ser así, qué vería. La extrañeza pasó, y luego...

De nuevo Bayta estaba mirando. Las figuritas... ¿Eran figuritas? ¿Diminutas mujeres de ardientes cabellos, que se envolvían y retorcían con demasiada rapidez para que la mente pudiera enfocarlas? Se agarraban en grupos como estrellas que giran, y la música era una risa ligera, una risa de muchacha que empezaba dentro mismo del oído.

Las estrellas giraban juntas, se lanzaban una hacia otra, iban aumentando lentamente de tamaño, y desde abajo se alzaba un palacio en rápida evolución. Cada ladrillo era de un color diminuto, cada color una diminuta chispa, cada chispa una luz punzante que cambiaba las pautas y hacia subir los ojos al cielo hacia veinte minaretes enjoyados.

Una resplandeciente alfombra se extendió y dio vueltas, arremolinándose, tejiendo una telaraña insustancial que abarcó todo el espacio, y de ella partieron luminosos retazos que ascendieron y se transformaron en ramas de árbol que sonaban con una música propia.

Bayta se hallaba totalmente rodeada. La música ondeaba a su alrededor en rápidos y líricos vuelos. Alargó la mano para tocar un árbol frágil, y espiguillas en flor flotaron en el aire y se desvanecieron, cada una con su claro y diminuto tintineo.

La música estalló en veinte címbalos, y ante ella flameó una zona que se derrumbó en invisibles escalones sobre el regazo de Bayta, donde se derramó y fluyó en rápida corriente, elevando el fiero chisporroteo hasta su cintura, mientras en el regazo le crecía un puente de arco iris, y, sobre él, las figuritas...

Un lugar, y un jardín, y minúsculos hombres y mujeres sobre un puente, extendiéndose hasta perderse de vista, nadando entre las majestuosas olas de música de cuerda, convergiendo sobre ella...

Y entonces... hubo como una pausa aterrada, un movimiento vacilante e íntimo, un súbito colapso. Los colores huyeron, trenzándose en un globo que se encogió, se elevó y desapareció.

Y volvió a haber solamente oscuridad.

Un pie pesado se movió en busca del pedal, lo encontró y la luz entró a raudales: la luz inocua de un prosaico sol. Bayta pestañeó hasta derramar lágrimas, como anhelando lo que había desaparecido. Ebling Mis era una masa inerte, con los ojos aún abiertos de par en par, lo mismo que la boca.

Sólo Magnífico estaba vivo, acariciando su Visi-Sonor en un dichoso éxtasis.

—Mi señora —jadeó—, es realmente del más fantástico efecto. Es de un equilibrio y una sensibilidad casi inalcanzables en su estabilidad y delicadeza. Creo que con esto podría realizar maravillas. ¿Le ha gustado mi composición, señora?

—¿Es tuya? —murmuró Bayta—. ¿Tuya de verdad?

Ante su asombro, él enrojeció hasta la misma punta de su considerable nariz.

—Mía y sólo mía, señora. Al Mulo no le gustaba, pero la he tocado una y otra vez para mi propia diversión. Un día, en mi juventud, vi el palacio... un lugar gigantesco de joyas y riquezas que vislumbré desde lejos durante el carnaval. Había gente de un esplendor inconcebible y una magnificencia que jamás he vuelto a ver, ni siquiera al servicio del Mulo. Lo que he creado es una pobre parodia, pero la limitación de mi mente me impide hacerlo mejor. Lo llamo *El recuerdo del cielo*.

Ahora, a través de la niebla de aquellas palabras, Mis retornó a la vida activa.

—Escucha —dijo—, escucha, Magnífico. ¿Te gustaría hacer lo mismo delante de otros?

El bufón retrocedió.

—¿Delante de otros? —repitió, tembloroso.

—De miles —exclamó Mis—, en las grandes salas de la Fundación. ¿Te gustaría ser tu propio dueño y honrado por todos, y... —su imaginación le falló—, y todo eso? ¿Eh? ¿Qué dices?

—Pero ¿cómo puedo ser todo eso, poderoso señor, si no soy más que un pobre payaso ignorante de las grandes cosas de este mundo?

El psicólogo hinchó los labios y se pasó por la frente el dorso de la mano.

—Por tu manera de tocar, hombre. El mundo será tuyo si tocas así para el alcalde y sus grupos de comerciantes. ¿Te gustaría?

El bufón miró brevemente a Bayta.

—¿Seguiría *ella* estando conmigo?

Bayta se echó a reír.

—Claro que sí, tonto. ¿Cómo iba a dejarte ahora que estás a punto de ser rico y famoso?

—Sería todo suyo —replicó él seriamente—, y es seguro que la Galaxia entera no bastaría para pagar mi deuda por su bondad.

—Pero —intervino Mis en tono casual— si primero me ayudaras...

—¿De qué manera?

El psicólogo hizo una pausa y sonrió.

—Con una pequeña prueba de superficie que no duele nada. Sólo tocaría la piel de tu cabeza.

En los ojos de Magnífico apareció una llamarada de pánico.

—No será una sonda... He visto cómo se usa. Absorbe la mente y deja el cráneo vacío. El Mulo la usaba con los traidores y les dejaba vagar por las calles sin cerebro, hasta que los mataba por misericordia. —Alargó la mano para apartar a Mis.

—Eso era una sonda psíquica —explicó pacientemente Mis— incapaz de dañar a una persona.... a menos que se empleara mal. Esta sonda que te propongo es superficial y no perjudicaría ni siquiera a un niño de pecho.

—Es cierto, Magnífico —apremió Bayta—. Sólo es para ayudarnos a vencer al Mulo e impedir que se acerque. Una vez lo hayamos hecho, tú y yo seremos ricos y famosos por el resto de nuestras vidas.

Magnífico extendió una mano temblorosa.

—¿Me sostendrá la mano mientras dura?

Bayta la cogió entre las suyas, y el bufón contempló con ojos muy abiertos los bruñidos discos terminales.

Ebling Mis descansaba cómodamente en la lujosa butaca del despacho del alcalde Indbur, sin agradecer lo más mínimo la condescendencia que se le mostraba, y observando con antipatía el nerviosismo del alcalde. Se sacó de la boca la colilla de su cigarro y escupió un trozo de tabaco.

—Y, a propósito, si quiere algo bueno para su próximo concierto en Mallow Hall, Indbur —dijo—, puede tirar a la basura esos artefactos electrónicos y dejar a ese payaso que toque el Visi-Sonor. Indbur.... es algo que no parece de este mundo.

Indbur replicó, enfurruñado:

—No le he hecho venir aquí para que me dé una conferencia sobre música. ¿Qué hay del Mulo? Dígame eso. ¿Qué hay del Mulo?

—¿Del Mulo? Bien, le diré que he usado una sonda superficial con el bufón y he obtenido muy poco. No puedo usar la sonda psíquica porque el payaso le tiene un temor de muerte, por lo que su resistencia fundiría probablemente sus conexiones mentales en cuanto se estableciera el contacto. Pero he obtenido esto, que le contaré si deja de tamborilear con las uñas. En primer lugar, no sobreestime la fuerza física del Mulo. Puede que sea fuerte, pero es probable que el miedo obligue al payaso a exagerar. Dice que lleva unas extrañas gafas y es evidente que posee poderes mentales.

—Esto ya lo sabíamos al principio —comentó agriamente el alcalde.

—Pues, entonces, la sonda lo ha confirmado, y a partir de eso he estado trabajando matemáticamente.

—¿Ah, sí? ¿Y cuánto durará su trabajo? Sus discursos acabarán por dejarme sordo.

—Creo que dentro de un mes tendré algo para usted. Pero también es posible que no averigüe nada. Sin embargo, ¿qué importa? Si todo esto no se halla incluido en los planes de Seldon, nuestras posibilidades son incalificablemente pequeñas.

Indbur se volvió con fiereza hacia el psicólogo.

—Ahora le he atrapado, traidor. ¡Mienta! Diga que no es uno de esos criminales fabricantes de rumores que siembran el derrotismo y el pánico por toda la Fundación, haciendo mi trabajo doblemente difícil.

—¿Yo? ¿Yo? —murmuró Mis con creciente cólera.

Indbur profirió una maldición.

—Porque, por las nubes de polvo del espacio, la Fundación vencerá... la Fundación tiene que vencer.

—¿A pesar de haber perdido Horleggor?

—No fue una pérdida. ¿También usted se ha tragado esa mentira? Nos superaron en número, nos traicionaron...

—¿Quién? —preguntó desdeñosamente Mis.

—Los apestosos demócratas del arroyo —le gritó Indbur—. Hace tiempo que sé que la Flota está minada de células democráticas. La mayoría han sido desarticuladas, pero aún quedan las suficientes como para explicar la rendición de veinte naves en plena batalla. Las suficientes como para provocar una derrota aparente. A propósito, deslenguado y simple patriota, epítome de las virtudes primitivas, ¿cuáles son sus propias conexiones con los demócratas?

Ebling Mis se encogió de hombros con desprecio.

—Está usted desvariando, ¿lo sabe? ¿Qué me dice de la retirada posterior y de la pérdida de medio Siwenna? ¿Otra vez los demócratas?

—No, no han sido los demócratas —sonrió el alcalde—. Nos retiramos, como se ha retirado siempre la

467

Fundación bajo el ataque, hasta que la inevitable marcha de la historia se ponga de nuestra parte. Ya estoy viendo el final. La llamada resistencia de los demócratas ya ha publicado manifiestos jurando ayuda y lealtad al Gobierno. Podría ser una estratagema, un ardid que encubra una traición mayor, pero yo la utilizo muy bien, y la propaganda basada en ella producirá su efecto, sean cuales fueran los planes de los traidores. Y algo aún mejor...

—¿Algo aún mejor, Indbur?

—Júzguelo usted mismo. Hace dos días, la Asociación de Comerciantes Independientes declaró la guerra al Mulo, y con ello la Flota de la Fundación se ve reforzada, de golpe, por mil naves. Compréndalo, ese Mulo ha ido demasiado lejos. Nos encontró divididos y luchando entre nosotros, y bajo la presión de su ataque nos unimos y adquirimos fuerza. *Tiene* que perder. Es inevitable... como siempre.

Mis seguía demostrando escepticismo.

—Entonces dígame que Seldon planeó incluso la fortuita aparición de un mutante.

—¡Un mutante! Yo no le distinguiría de un ser humano, ni usted tampoco, si no fuera por los desvaríos de un capitán rebelde, unos jovenzuelos extranjeros y un juglar y bufón que no está en sus cabales. Olvida usted la evidencia más concluyente de todas: la suya propia.

—¿La mía? —Durante un momento, Mis se quedó asombrado.

—Sí, la suya —se burló el alcalde—. La Bóveda del Tiempo se abrirá dentro de nueve semanas. ¿Qué dice a eso? Se abre en una crisis. Si este ataque del Mulo *no* es una crisis, ¿dónde está la crisis «verdadera» por la que se va a abrir la Bóveda? Contésteme a eso, bola de grasa.

El psicólogo se encogió de hombros.

—Está bien. Si eso le hace feliz... Pero concédame

un favor. Por si acaso..., por si acaso el viejo Seldon pronuncia su discurso, y es un discurso desagradable, permítame que asista a la Magna Abertura.

—Muy bien. Y ahora salga de aquí, y permanezca fuera de mi vista durante nueve semanas.

«Con incalificable placer, horroroso engendro», murmuró Mis para sus adentros mientras se iba.

18. LA CAÍDA DE LA FUNDACIÓN

Había una atmósfera en la Bóveda del Tiempo que escapaba a toda definición en varias direcciones a la vez. No era de podredumbre, porque estaba bien iluminada y acondicionada, con colores vivos en las paredes e hileras de sillas fijas muy cómodas y diseñadas al parecer para su uso eterno. No era ni siquiera de antigüedad, porque tres siglos no habían dejado una sola huella visible. No se había hecho ningún esfuerzo por crear un ambiente de temor o respeto, pues la decoración era sencilla y vulgar; de hecho, casi inexistente.

Sin embargo, después de sumar todos los aspectos negativos, algo quedaba... y ese algo se centraba en el cubículo de cristal que dominaba media habitación con su transparencia. Cuatro veces en tres siglos, el simulacro viviente del propio Hari Seldon se había sentado allí y proferido unas palabras. Dos veces había hablado sin auditorio.

A través de tres siglos y nueve generaciones, el anciano que había visto los grandes días del Imperio se proyectaba a sí mismo; y todavía comprendía más cosas de la Galaxia de sus tataranietos que ellos mismos.

Pacientemente, el cubículo vacío esperaba.

El primero en llegar fue el alcalde Indbur III, conduciendo su coche de superficie reservado para las ceremonias por las calles silenciosas y expectantes. Con él llegó su propia butaca, más alta que las colocadas en el interior, y más ancha. La situaron delante de las otras, y así Indbur lo dominaría todo, incluido el transparente cubículo que tenía delante.

El solemne funcionario que estaba a su izquierda inclinó respetuosamente la cabeza.

—Excelencia, se han ultimado los preparativos para que vuestra comunicación oficial de esta noche se extienda lo más ampliamente posible por el espacio subetéreo.

—Bien. Mientras tanto, deben continuar los programas especiales interplanetarios relativos a la Bóveda del Tiempo. No se harán, como es natural, predicciones o especulaciones de ninguna clase en torno al tema. ¿Sigue siendo satisfactoria la reacción popular?

—Muy satisfactoria. Los odiosos rumores difundidos últimamente han disminuido aún más. La confianza es general.

—¡Muy bien! —Ordenó al hombre, con una seña, que se fuera, y se ajustó escrupulosamente el adorno del cuello.

¡Faltaban tan sólo veinte minutos para el mediodía!

Un selecto grupo de los grandes financieros de la alcaldía —jefes de las grandes organizaciones comerciales— apareció con la pompa adecuada a su posición social y su situación privilegiada en el favor del alcalde. Se fueron presentando a éste uno por uno, recibieron una o dos palabras amables y ocuparon el asiento que tenían reservado.

De alguna parte llegó, incongruente en aquella solemne ceremonia, Randu de Haven, que se abrió paso, sin ser anunciado, hasta la butaca del alcalde.

—Excelencia —murmuró, haciendo una reverencia.

Indbur frunció el ceño.

—No se le ha concedido audiencia.

—Excelencia, la he solicitado durante una semana.

—Siento que los asuntos de estado que implica la aparición de Seldon hayan...

—Excelencia, yo también lo siento, pero debo pedirle que derogue la orden de que las naves de los Comerciantes Independientes sean distribuidas entre las flotillas de la Fundación.

La interrupción había hecho enrojecer violentamente a Indbur.

—Éste no es momento para discutirlo.

—Excelencia, no tenemos otro momento —murmuró Randu con urgencia—. Como representante de los Mundos Comerciantes Independientes, he de decirle que esta orden no puede ser obedecida. Ha de ser derogada antes de que Seldon resuelva nuestro problema. Una vez haya pasado la emergencia, será demasiado tarde para la reconciliación, y nuestra alianza quedará deshecha.

Indbur miró a Randu con fijeza y frialdad.

—¿Se da cuenta de que soy el Jefe de las Fuerzas Armadas de la Fundación? ¿Tengo derecho a determinar la política militar o no lo tengo?

—Excelencia, lo tiene, pero hay cosas que no son prudentes.

—No veo en esto ninguna imprudencia. Es peligroso permitir que su pueblo tenga flotas separadas en esta emergencia. La acción dividida redunda en favor del enemigo. Tenemos que unirnos, embajador, tanto militar como políticamente.

Randu sintió que los músculos de su garganta se ponían rígidos. Omitió la cortesía del título.

—Ahora que Seldon va a hablar, se siente seguro y

se vuelve contra nosotros. Hace un mes era amable y condescendiente, cuando nuestras naves derrotaron al Mulo en Terel. Debo recordarle, señor, que la Flota de la Fundación ha sido derrotada cinco veces, y que son las naves de los Mundos Comerciantes Independientes las que han ganado victorias para usted.

Indbur frunció peligrosamente el ceño.

—Su presencia ya no es grata en Términus, embajador. Esta misma tarde se solicitará su traslado. Además, su conexión con fuerzas democráticas subversivas en Términus será, de hecho ya lo ha sido, investigada.

Randu replicó:

—Cuando me vaya, mis naves se irán conmigo. No conozco a sus demócratas. Sólo sé que las naves de su Fundación se han rendido al Mulo por traición de sus altos oficiales, y no de sus soldados, demócratas o no. Le diré que veinte naves de la Fundación se rindieron en Horleggor por orden de su vicealmirante, sin haber sido vencidas ni sufrido daños. El vicealmirante era amigo íntimo de usted; presidió el juicio de mi sobrino cuando éste llegó de Kalgan. No es el único caso que conocemos, y nuestros hombres y naves no pueden correr el riesgo de ser mandados por traidores en potencia.

Indbur silabeó:

—Le haré arrestar cuando salga de aquí.

Randu se marchó bajo las silenciosas miradas despectivas de los dirigentes de Términus.

¡Faltaban diez minutos para el mediodía!

Bayta y Toran ya habían llegado. Cuando Randu pasó, se pusieron en pie y le hicieron señas. Randu sonrió.

—Estáis aquí, después de todo. ¿Cómo lo lograsteis?

—Magnífico fue nuestro mediador —sonrió Toran—. Indbur insiste en su composición del Visi-Sonor, basada en la Bóveda del Tiempo, y con él mismo, sin duda, como protagonista. Magnífico se negó a asistir sin nosotros, y no hubo modo de disuadirle. Ebling Mis está también aquí, o, al menos, estaba. Seguramente anda por ahí. —Entonces, con un repentino acceso de gravedad, añadió—: Pero ¿qué ocurre, tío? Pareces preocupado.

Randu asintió:

—No me extraña. Nos esperan tiempos malos, Toran. Cuando hayan acabado con el Mulo, me temo mucho que nos tocará el turno a nosotros.

Una erguida y solemne figura vestida de blanco se acercó y les saludó con una rígida inclinación. Los ojos oscuros de Bayta sonrieron mientras alargaba la mano.

—¡Capitán Pritcher! ¿De modo que está usted de servicio en el espacio?

El capitán tomó su mano y se inclinó aún más.

—Nada de eso. Tengo entendido que el doctor Mis es responsable de mi venida aquí, pero se trata de algo temporal. Mañana vuelvo a mi puesto de guardia. ¿Qué hora es?

¡Faltaban tres minutos para las doce!

Magnífico era la viva imagen del sufrimiento y la más profunda depresión. Tenía el cuerpo encogido, en su perpetuo esfuerzo por pasar desapercibido. Su larga nariz se arrugaba en el extremo, y sus ojos se movían con inquietud de un lado para otro. Agarró la mano de Bayta, y cuando ella bajó la cabeza, murmuró:

—¿Cree usted, mi señora, que tal vez todas estas autoridades formaban parte del auditorio cuando yo..., cuando yo tocaba el Visi-Sonor?

—Todas, estoy segura —afirmó Bayta, dándole unas suaves palmadas—. Y estoy segura de que todos piensan que eres el intérprete más maravilloso de la Galaxia y que tu concierto ha sido el mejor que se ha escuchado jamás, de manera que enderézate y siéntate correctamente. Hemos de tener dignidad.

Él sonrió débilmente ante la fingida reprimenda, y enderezó poco a poco sus largos miembros.

Era mediodía...

... y el cubículo de cristal ya no estaba vacío.

Era improbable que alguien hubiese presenciado la aparición. Fue algo repentino: un momento antes no había nada, y al momento siguiente estaba allí.

En el cubículo, en una silla de ruedas, había una figura vieja y encogida, de rostro arrugado y ojos brillantes, y, cuando habló, su voz era lo que tenía más vida en ella. Sobre sus piernas había un libro puesto boca abajo. La voz dijo suavemente:

—Soy Hari Seldon.

Habló a través de un terrible silencio, atronador en su intensidad.

—¡Soy Hari Seldon! Ignoro si hay alguien ahí, pues no lo percibo sensorialmente, pero esto carece de importancia. Por ahora tengo pocos temores de que el Plan fracase. Durante los tres primeros siglos, la probabilidad de que no sufra desviación es de noventa y cuatro coma dos por ciento.

Hizo una pausa para sonreír, y luego continuó en tono confidencial:

—A propósito, si alguno de ustedes permanece en pie, puede tomar asiento. Si alguien quiere fumar, puede hacerlo. No estoy aquí en carne y hueso, no necesito ceremonia alguna. Consideremos, pues, el problema del momento. Por primera vez, la Fundación se enfrenta, o tal vez está a punto de enfrentarse, a la guerra civil. Hasta ahora, los ataques procedentes del exterior han sido adecuadamente repelidos, y también inevitablemente, según las estrictas leyes de la psicohistoria. El ataque actual es el de un grupo exterior de la Fundación, excesivamente indisciplinado, contra el Gobierno central, excesivamente autoritario. El procedimiento era necesario, el resultado, obvio.

La dignidad del selecto auditorio empezaba a resquebrajarse. Indbur parecía a punto de saltar de su asiento.

Bayta se inclinó hacia adelante con inquietud en la mirada. ¿De qué hablaba el gran Seldon? No había oído algunas de sus palabras...

—... que el compromiso adoptado es necesario en dos aspectos. La rebelión de los Comerciantes Independientes introduce un elemento de nueva incertidumbre en un Gobierno que tal vez sentía una confianza excesiva. Se ha restaurado el elemento de lucha. Aunque vencidos, un saludable incremento de democracia...

Ahora se oían voces; los murmullos elevaron su volumen, y en su tono se advertía un matiz de pánico.

Bayta dijo al oído de Toran:

—¿Por qué no habla del Mulo? Los comerciantes no se han rebelado.

Toran se encogió de hombros.

La figura sentada siguió hablando tranquilamente a través de la creciente desorganización:

—... un nuevo y más firme gobierno de coalición era el necesario y beneficioso resultado de la lógica guerra civil a que se vio forzada la Fundación. Y ahora sólo quedan los restos del antiguo Imperio para obstaculizar la expansión ulterior, y en ellos, por lo menos durante los próximos años, no existe ningún problema. Como es natural, no puedo revelar la naturaleza del siguiente conflic...

En el completo tumulto que siguió, los labios de Seldon se movían inaudiblemente.

Ebling Mis, sentado junto a Randu, tenía la cara congestionada. Gritó:

—Seldon ha perdido el juicio. Está hablando de

otra crisis. ¿Acaso ustedes, los comerciantes, han planeado alguna vez la guerra civil?

Randu contestó con voz débil:

—Planeamos una, es cierto, pero la aplazamos por culpa del Mulo.

—En tal caso, el Mulo es una contingencia imprevista por la psicohistoria de Seldon. Y ahora, ¿qué pasa?

En el repentino y helado silencio, Bayta vio que el cubículo estaba nuevamente vacío. Se había apagado el brillo atómico de las paredes, y no funcionaba la suave corriente de aire acondicionado.

Desde alguna parte llegó el estridente sonido de una sirena, y los labios de Randu formaron las palabras:

—¡Ataque aéreo!

Ebling Mis observó el reloj de pulsera y exclamó de improviso:

—¡Se ha parado, por la Galaxia! ¿Hay en la sala algún reloj que funcione? —Su voz sonó estentórea.

Veinte muñecas se movieron, y en pocos segundos se hizo evidente que ninguno de los relojes funcionaba.

—Entonces —dijo Mis con severo y terrible convencimiento—, algo ha detenido toda la energía atómica de la Bóveda del Tiempo... y el Mulo está atacando.

El grito de Indbur se hizo audible entre el tumulto.

—¡Permanezcan en sus asientos! El Mulo está a cincuenta parsecs de distancia.

—Lo estaba —le gritó a su vez Mis— hace una semana. En estos momentos está bombardeando Términus.

Bayta sintió que una profunda depresión la iba invadiendo. Intensas oleadas se sucedían en su interior, lo cual le dificultaba la respiración.

Era evidente el clamor del gentío congregado fuera del edificio. Se abrieron las puertas de golpe y entró apresuradamente una figura que habló con rapidez a Indbur, el cual había corrido a su encuentro.

—Excelencia —susurró el hombre—, por la ciudad no circula ni un solo vehículo, y no tenemos ninguna línea de comunicación con el exterior. Se dice que la Décima Flota ha sufrido una derrota y que las naves del Mulo están en la estratosfera. El Estado Mayor...

Indbur se desplomó en el suelo como la imagen de la impotencia. Ahora no se oía una sola voz en toda la sala. Incluso el gentío del exterior guardaba un silencio temeroso, y por doquier flotaba el espíritu del pánico.

Levantaron a Indbur y le acercaron a los labios una copa de vino. Sus labios se movieron antes de que abriera los ojos, y la palabra que musitaron fue:

—¡Rendición!

Bayta estuvo a punto de llorar, no de pena o humillación, sino simple y llanamente de una vasta y asustada desesperación. Ebling Mis le tiró de la manga.

—Vamos, jovencita...

La levantaron de la silla por la fuerza.

—Nos vamos —dijo Mis—; traiga a su músico.

Los labios del rechoncho científico temblaban y carecían de color.

—Magnífico —musitó Bayta. El bufón retrocedió, lleno de horror. Tenía los ojos vidriosos.

—El Mulo —chilló—. El Mulo viene a buscarme.

Se revolvió salvajemente cuando ella le tocó. Toran fue hacia él y descargó su puño. Magnífico se derrumbó, inconsciente, y Toran se lo llevó sobre el hombro como si fuera un saco de patatas.

Al día siguiente, las feas naves negras del Mulo cayeron a montones sobre los cosmódromos del planeta Términus. El general atacante recorrió la calle principal de la ciudad de Términus, totalmente vacía, con un coche de superficie de fabricación extranjera que funcionaba mientras todos los coches atómicos de la ciudad continuaban parados e inservibles.

La proclamación de la ocupación fue hecha veinticuatro horas después de que Seldon se apareciera ante las últimas autoridades de la Fundación.

Entre todos los planetas de la Fundación solamente continuaban incólumes los de los Comerciantes Independientes, y contra ellos se dirigía ahora el poder del Mulo, conquistador de la Fundación.

19.   EMPIEZA LA BÚSQUEDA

El solitario planeta, Haven —único de un solo sol en un sector de la Galaxia que se extendía hasta el vacío intergaláctico—, estaba asediado.

Y lo estaba verdaderamente en el estricto sentido militar, ya que ningún área de espacio en el lado galáctico se hallaba a más de veinte parsecs de distancia de las bases avanzadas del Mulo. En los cuatro meses transcurridos desde la fulgurante caída de la Fundación, las comunicaciones de Haven habían sido cortadas como una red bajo el filo de la navaja. Las naves de Haven convergían hacia su mundo, y ahora el único foco de resistencia que existía era el propio Haven.

En otros aspectos, el asedio era aún más estrecho, porque la sensación de impotencia y derrota se infiltraba ya por doquier...

Bayta recorrió pausadamente el pasillo de ondulantes tonos rosáceos, entre hileras de mesas cubiertas de transparente plástico, y encontró su asiento guiada por la costumbre. Se arrellanó en la alta silla sin brazos, contestó mecánicamente a los saludos, que apenas escuchaba, se frotó los cansados ojos con el dorso de la mano y cogió el menú.

Tuvo tiempo de registrar una violenta reacción mental de repugnancia hacia la repetida presencia de diversos manjares cultivados en hongos, que en Haven eran considerados platos exquisitos y que para su paladar educado en la Fundación resultaban apenas comestibles..., antes de darse cuenta de que alguien sollozaba junto a ella.

Hasta entonces, sus tratos con Juddee, la insignificante rubia de nariz respingona que se sentaba cerca de ella en el comedor, habían sido superficiales. Y ahora Juddee estaba llorando, mordiendo con desespero su húmedo pañuelo y tratando de ahogar sus sollozos hasta que en su rostro aparecieron manchas rojas. Llevaba echado sobre los hombros su informe traje a prueba de radiaciones, y la visera transparente que protegía su cara se le había caído sobre el postre.

Bayta se unió a las tres muchachas que se turnaban en la tarea siempre repetida y siempre ineficaz de dar palmaditas en los hombros, acariciar los cabellos y murmurar cosas incoherentes.

—¿Qué ocurre? —susurró.

Una de las chicas se encogió de hombros, significando que no lo sabía. Entonces, comprendiendo la inutilidad de su gesto, empujó a Bayta a un lado.

—Supongo que ha trabajado demasiado. Y está preocupada por su marido.

—¿Pertenece a la patrulla del espacio?

—Sí.

Bayta alargó una mano amiga hacia Juddee.

—¿Por qué no te vas a casa, Juddee? —Su voz fue como una alegre intrusión después de las banalidades precedentes.

Juddee levantó la vista casi con resentimiento.

—Esta semana ya he salido una vez...

—Pues saldrás dos veces. Escucha, si intentas resistirte, la próxima semana tendrás que salir tres veces, de modo que irte a casa ahora casi equivale a patriotismo. ¿Alguna de vosotras trabaja en su departamento? Pues bien, ¿por qué no os hacéis cargo de su tarjeta? Será mejor que primero vayas al lavabo, Juddee, y te limpies la cara. ¡Vamos, vete!

Bayta volvió a su asiento y cogió de nuevo el menú con un ligero alivio. Aquellos estados de ánimo eran contagiosos. Una chica llorosa podía desorganizar todo un departamento en unos días en que los nervios estaban alterados.

Tomó una desabrida decisión, pulsó los botones indicados que tenía junto al codo y colocó el menú en su lugar.

La chica alta y morena que se sentaba frente a ella le preguntó:

—Aparte de llorar, nos quedan pocas cosas por hacer, ¿no crees?

Sus labios asombrosamente gruesos apenas se movieron, y Bayta advirtió que llevaba las comisuras cuidadosamente retocadas para exhibir aquella artificial media sonrisa que era en aquellos momentos la última moda.

Bayta investigó con los ojos semicerrados la insinuación contenida en las palabras, y acogió con agrado la llegada de su comida cuando se bajó el centro de su mesa y volvió a elevarse con el alimento. Desenvolvió cuidadosamente sus cubiertos y se los pasó de mano en mano hasta que se enfriaron.

Replicó:

—¿De verdad no se te ocurre nada más que hacer, Hella?

—¡Oh, sí! —exclamó Hella—. ¡Claro que sí! —Con un casual y experto movimiento de sus dedos tiró el cigarrillo a la pequeña ranura, donde el diminuto chorro atómico lo desintegró antes de que llegase al fondo—. Por ejemplo —añadió mientras colocaba bajo la barbilla sus esbeltas y bien cuidadas manos—. Creo que podríamos llegar a un agradable acuerdo con el Mulo y detener toda esta estupidez. Pero *yo* no tengo los.... bueno..., los medios para alejarme rápidamente de los sitios conquistados por el Mulo.

La frente lisa de Bayta no se arrugó. Su voz era ligera e indiferente.

—No tienes marido o un hermano en las naves de guerra, ¿verdad?

—No. Por eso aún tengo más mérito al no ver razón para el sacrificio de los hermanos y maridos de las demás.

—El sacrificio será todavía mayor si nos rendimos.

—La Fundación se rindió y está en paz. Nuestros hombres están lejos y la Galaxia se alza contra nosotros.

Bayta se encogió de hombros y dijo con dulzura:

—Me temo que es lo primero lo que más te preocupa.

Volvió a su plato de verduras y comió con la sensación de que la rodeaba un gran silencio. Nadie había hecho el menor esfuerzo para replicar al cinismo de Hella.

Se marchó con rapidez, después de pulsar el botón que vaciaría la mesa para la ocupante del siguiente turno.

Una chica nueva, que estaba tres asientos más allá, preguntó en un susurro a Hella:

—¿Quién era ésa?

Los gruesos labios de Hella se curvaron con indiferencia.

—La sobrina de nuestro coordinador. ¿No lo sabías?

—¿De verdad? —Buscó con la mirada a la muchacha, que ya había salido—. ¿Qué está haciendo aquí?

—Es sólo una asambleísta. ¿No sabes que está de moda ser patriótica? Es todo tan democrático que me dan ganas de vomitar.

—Vamos, Hella —intervino la chica rechoncha de su derecha—, aún no nos ha acusado nunca ante su tío. ¿Por qué no la dejas tranquila?

Hella ignoró a su vecina echándole una mirada de reojo y encendió otro cigarrillo.

La chica nueva estaba escuchando la charla de una contable de ojos brillantes que tenía enfrente. Las palabras se sucedían rápidamente:

—... y se dice que estuvo en la Bóveda (nada menos que en la Bóveda, chicas) cuando habló Seldon, y que el alcalde tuvo un ataque de furia y se produjeron motines y cosas por el estilo. Ella se escapó antes de que el Mulo aterrizase, y dicen que su huida fue muy emocionante, a través del bloqueo. Me pregunto por qué no escribirá un libro acerca de todo ello; ahora son muy populares los libros sobre la guerra. También se rumorea que ha estado en el mundo del Mulo.., ya sabéis, Kalgan, y...

El timbre sonó con estridencia y el comedor se vació lentamente. La voz de la contable siguió zumbando, y la chica nueva sólo la interrumpía con el convencional y admirativo «¿de verdad?», en los momentos apropiados.

Cuando horas después Bayta regresaba a su casa, las luces de las enormes cavernas ya disminuían gradualmente su potencia, y pronto reinaría la oscuridad que significaba el sueño para todos.

Toran la recibió en el umbral con una rebanada de pan untado de mantequilla en la mano.

—¿Dónde has estado? —preguntó, masticando. Después, con mayor claridad—: He preparado una cena improvisada. Si no es abundante, no tengo la culpa.

Pero ella daba vueltas a su alrededor, con los ojos muy abiertos.

—¡Torie! ¿Dónde está tu uniforme? ¿Qué haces con ropa de paisano?

—Órdenes, Bay. Randu está encerrado con Ebling Mis, e ignoro de qué se trata. Ya lo sabes todo.

—¿Me envían a mí también? —Bayta se acercó impulsivamente a él.

Toran la besó antes de contestar:

—Creo que sí. Probablemente será peligroso.

—¿Acaso hay algo que no sea peligroso?

—Exactamente. ¡Ah!, ya he enviado a buscar a Magnífico, así que es probable que él nos acompañe.

—¿Quieres decir que debemos cancelar su concierto en la fábrica de motores?

—Por supuesto.

Bayta entró en la habitación contigua y se sentó ante una comida que ofrecía signos evidentes de ser «improvisada». Cortó los bocadillos por la mitad con rápida eficiencia y dijo:

—Lo del concierto es una lástima. Las chicas de la fábrica lo esperaban con ilusión, lo mismo que Magnífico. Maldita sea. ¡es un hombre tan extraño!

—Despierta tu complejo maternal, Bay, eso es lo que hace. Algún día tendrás un niño y entonces olvidarás a Magnífico.

Bayta contestó con la boca llena:

—Se me ocurre que tú eres quien más despierta mi instinto maternal.

Entonces dejó el bocadillo y adoptó una actitud grave.

—Torie.

—¿Qué?

—Torie, hoy he estado en el Ayuntamiento..., en la Oficina de Producción. Por eso he llegado tan tarde.

—¿Qué has hecho allí?

—Pues... —vaciló, indecisa—. He estado incubándolo. Ha llegado un momento en que ya no soportaba la fábrica. Ya no existe la moral. Las chicas tienen un ataque de llanto sin un motivo en particular. Las que no enferman, se agrían. Incluso sollozan las menos sensibles. En mi sección, la producción ha descendido a una cuarta parte de lo que era cuando llegué, y ningún día acude toda la plantilla de obreras.

—Está bien —dijo Toran—, y ahora háblame de la Oficina de Producción. ¿Qué has hecho allí?

—Formular unas cuantas preguntas. Y ocurre lo mismo, Torie, lo mismo en todo Haven. Baja de la producción, sedición e indiferencia por doquier. El jefe de la Oficina se limitó a encogerse de hombros (después de que yo hiciera una hora de antesala para verle, y sólo lo conseguí porque soy la sobrina del coordinador), y dijo que el asunto no es de su incumbencia. Francamente, creo que no le importaba.

—Vamos, Bay, no exageres.

—No creo que le importase —repitió fieramente Bayta—. Te digo que algo va mal. Es la misma horrible frustración que me asaltó en la Bóveda del Tiempo cuando Seldon nos falló. Tú también la sentiste.

—Sí, es cierto.

—¡Pues aquí está de nuevo! —continuó ella con salvaje ímpetu—. Jamás seremos capaces de resistir al Mulo. Incluso aunque tuviéramos el material, nos falta el valor, el espíritu, la voluntad... Torie, no sirve de nada luchar...

Toran no recordaba haber visto nunca llorar a Bayta, y tampoco lloró ahora, al menos, no del todo. Pero Toran le puso con suavidad una mano sobre el hombro y murmuró:

—Será mejor que lo olvides, cariño. Ya sé a qué te refieres, pero no podemos...

—Ya sé, ¡no podemos hacer nada! Todo el mundo

dice lo mismo, y nos quedamos sentados, esperando que caiga la espada.

Volvió a dedicar su atención al bocadillo y el té. Sin hacer ruido, Toran arreglaba las camas. Fuera, la oscuridad era completa.

Randu, como recién nombrado coordinador —en realidad era un cargo de tiempos de guerra— de la Confederación de Ciudades de Haven, ocupaba por propia elección una habitación del piso superior, tras cuya ventana podía reflexionar por encima de los tejados y jardines. Entonces al extinguirse las luces de las cavernas, la ciudad no podía verse entre las sombras oscuras. Randu no quería meditar sobre este simbolismo.

Dijo a Ebling Mis, cuyos ojos pequeños y claros parecían interesarse exclusivamente por la copa llena de líquido rojo que tenía en la mano:

—En Haven existe el proverbio de que cuando se extinguen las luces de las cavernas, es hora de que todos se entreguen al sueño.

—¿Duerme usted mucho últimamente?

—¡No! Siento haberle llamado tan tarde, Mis. Ignoro por qué en estos momentos prefiero la noche. ¿No es extraño? La gente de Haven está condicionada muy estrictamente para que la falta de luz signifique el sueño. Yo también. Pero ahora es diferente...

—Se está ocultando —dijo Mis en tono terminante—. Está rodeado de gente durante el período de vela, y siente sobre usted sus miradas y sus esperanzas. No puede soportarlo, y en el período de sueño se siente libre.

—¿Usted también siente esta terrible sensación de derrota?

Ebling Mis asintió lentamente con la cabeza.

—Sí. Es una psicosis masiva, un incalificable pánico de masas. Por la Galaxia, Randu, ¿qué espera usted? Tiene aquí a toda una civilización basada en la ciega creencia de que un héroe popular del pasado lo tiene todo planeado y cuida de cada detalle de sus vidas. La pauta mental así evocada tiene características *ad religio*, y ya sabe usted lo que eso significa.

—En absoluto.

A Mis no le entusiasmó la necesidad de una explicación. Nunca le había gustado dar explicaciones. Por eso gruñó, miró con fijeza el largo cigarro que enrollaba entre sus dedos y dijo:

—Caracterizada por fuertes reacciones religiosas. Las creencias sólo pueden ser desarraigadas por una sacudida importante, en cuyo caso resulta un desequilibrio mental bastante completo. Casos leves: histeria, un morboso sentido de inseguridad. Casos graves: locura y suicidio.

Randu se mordió la uña del pulgar.

—Cuando Seldon nos falla, o, en otras palabras, cuando desaparece nuestro escenario, en el que hemos descansado durante tanto tiempo, nuestros músculos se atrofian y no podemos movernos sin él.

—Eso es. Una metáfora torpe, pero cierta.

—¿Y qué me dice de sus propios músculos, Ebling?

El psicólogo filtró una larga bocanada de aire a través de su cigarro y dejó salir todo el humo.

—Oxidados, pero no atrofiados. Mi profesión me ha procurado unos pocos pensamientos independientes.

—¿Y atisba una salida?

—No, pero tiene que haberla. Tal vez Seldon no previó lo del Mulo. Tal vez no garantizó nuestra victoria. Pero tampoco garantizó nuestra derrota. El caso es que ha desaparecido del juego y nos ha dejado solos. El Mulo puede ser vencido.

—¿Cómo?

—Del mismo modo que se puede vencer a cualquiera: atacando con fuerza el punto débil. Escuche, Randu; el Mulo no es un superhombre. Si le vencemos, todo el mundo lo verá por sí mismo. Sucede que no le conocemos, y las leyendas se amontonan rápidamente. Se dice que es un mutante. ¿Y qué? Un mutante significa un «superhombre» para los ignorantes de la humanidad. Pero no es eso en absoluto. Se ha estimado que diariamente nacen en la Galaxia varios millones de mutantes. De estos millones, todos menos un uno o un dos por ciento pueden ser detectados solamente por medio de microscopios y de la química. De este uno o dos por ciento de macromutantes, es decir, los de mutaciones que pueden ser detectadas a simple vista o por la mente, todos menos un uno o un dos por ciento son monstruos destinados a los centros de diversión, los laboratorios y la muerte. De los pocos macromutantes cuyas diferencias constituyen una ventaja, casi todos son curiosidades inofensivas, raros en un solo aspecto, normales (y a menudo subnormales) en la mayoría de los otros. ¿Lo comprende, Randu?

—Sí. Pero ¿qué me dice del Mulo?

—Suponiendo que el Mulo sea un mutante, daremos por sentado que posee algún atributo, indudablemente mental, que puede utilizarse para conquistar mundos. En otros aspectos debe tener imperfecciones, las cuales habremos de localizar. No sería tan misterioso, no rehuiría tanto a los demás, si estas imperfecciones no fueran aparentes y fatales. *Suponiendo* que sea un mutante.

—¿Existe una alternativa?

—Podría existir. La evidencia de la mutación se debe al capitán Han Pritcher, de lo que era el Servicio Secreto de la Fundación. Sacó sus conclusiones partiendo de las débiles memorias de los que pretendían conocer al

Mulo, o alguien que podía haber sido el Mulo, en su infancia y primera niñez. Pritcher trabajó con material dudoso, y la evidencia que encontró pudo ser implantada por el Mulo para sus propios fines, porque es seguro que el Mulo ha recibido una considerable ayuda de su reputación de mutante-superhombre.

—Esto es muy interesante. ¿Cuánto tiempo hace que opina usted así?

—No es una opinión en la que yo pueda basarme; se trata únicamente de una alternativa digna de consideración. Por ejemplo, Randu, supongamos que el Mulo ha descubierto una forma de radiación capaz de anular la energía mental, del mismo modo que posee una capaz de anular las reacciones atómicas. ¿Qué pasaría entonces? ¿Podría ello explicar lo que nos ocurre ahora a nosotros, y lo que ocurrió a la Fundación?

Randu parecía inmerso en profunda meditación. Preguntó:

—¿Qué hay de sus investigaciones en torno al bufón del Mulo?

Entonces fue Ebling Mis quien vaciló.

—Infructuosas, hasta ahora. Hablé con valentía al alcalde antes del colapso de la Fundación, principalmente para infundirle valor, y en parte para infundírmelo a mí mismo. Pero, Randu, si mis instrumentos matemáticos estuviesen a la suficiente altura, por medio del bufón podría analizar completamente al Mulo. Entonces le atraparíamos. Entonces podríamos resolver las extrañas anomalías que ya han llamado mi atención.

—¿Cuáles?

—Piense, amigo mío. El Mulo derrotó a voluntad a las naves de la Fundación, pero en cambio no ha conseguido que las débiles flotas de los Comerciantes Independientes se batan en retirada. La Fundación cayó de un solo golpe; los Comerciantes Independientes resisten contra toda su fuerza. Primero usó su Campo de

Extinción contra las armas atómicas de los Comerciantes Independientes de Mnemon. El elemento de sorpresa les hizo perder aquella batalla, pero hicieron frente al Campo. El Mulo no pudo volver a usarlo con éxito contra los Comerciantes. Sin embargo, surtió efecto una y otra vez contra las fuerzas de la Fundación, y al final contra la Fundación misma. ¿Por qué? Partiendo de nuestros conocimientos actuales, todo esto es ilógico. Por consiguiente, debe de haber factores que nosotros desconocemos.

—¿Traición?

—Eso es absurdo, Randu, un incalificable absurdo. No había un solo hombre en la Fundación que no estuviera seguro de la victoria. ¿Quién traicionaría al bando que sin duda alguna ha de ganar?

Randu se acercó a la ventana curvada y contempló, sin ver nada, la oscuridad del exterior. Replicó:

—Pero ahora nosotros estamos seguros de perder. Aunque el Mulo tuviese mil debilidades; aunque fuese como una red, toda llena de agujeros...

No se volvió. Era como si hablase su espalda encorvada, sus dedos que se buscaban nerviosamente unos a otros. Prosiguió:

—Escapamos fácilmente después del episodio de la Bóveda del Tiempo, Ebling. También otros podían haber escapado; unos cuantos lo hicieron, pero la mayoría no. El Campo de Extinción pudo ser neutralizado; sólo hacía falta ingenio y un poco de esfuerzo. Todas las naves de la Fundación podrían haber volado a Haven o a otros planetas vecinos para continuar luchando como lo hicimos nosotros. Ni siquiera un uno por ciento lo hizo. De hecho, se pasaron al enemigo. La resistencia de la Fundación, en la que casi todo el mundo aquí parece confiar a ciegas, no ha hecho nada de importancia hasta el momento. El Mulo ha sido lo bastante diplomático como para prometer salvaguardar la propiedad y los beneficios de los grandes Comerciantes, y éstos se han pasado a su bando.

Ebling Mis protestó tercamente:

—Los plutócratas siempre han estado contra nosotros.

—Y siempre han tenido el poder en sus manos. Escuche, Ebling. Tenemos razones para creer que el Mulo o sus instrumentos, ya han estado en contacto con hombres poderosos de los Comerciantes Independientes. Se sabe que por lo menos diez de los veintisiete Mundos Comerciantes se han unido al Mulo. Tal vez diez más estén a punto de hacerlo. Hay personalidades en el propio Haven a las que no disgustaría el dominio del Mulo. Al parecer es una tentación irresistible renunciar a un poder político en peligro, si ello asegura un control sobre los asuntos económicos.

—¿Usted no cree que Haven pueda luchar contra el Mulo?

—No creo que Haven luche contra él. —Y Randu volvió su rostro preocupado hacía el psicólogo—. Creo que Haven está esperando para rendirse. Le he llamado para decírselo. Quiero que usted abandone Haven.

Ebling Mis infló sus rechonchas mejillas, asombrado.

—¿Ya?

Randu sintió un terrible cansancio.

—Ebling, usted es el mejor psicólogo de la Fundación. Los verdaderos maestros de la psicología se acabaron con Seldon, pero usted es el mejor que tenemos. Usted es nuestra única posibilidad de derrotar al Mulo. Aquí no puede hacerlo; tendrá que marcharse a lo que queda del Imperio.

—¿A Trántor?

—En efecto. Lo que un día fue el Imperio es hoy una partícula, pero aún debe de quedar algo en el centro. Allí tienen los archivos, Ebling. Podrá aprender más de psicología matemática; quizá lo suficiente como para que pueda interpretar la mente del bufón. Irá con usted, naturalmente.

Mis replicó con sequedad:

—Dudo de que esté dispuesto a acompañarme, ni siquiera por temor al Mulo, si la sobrina de usted no viene con nosotros.

—Lo sé. Toran y Bayta irán con usted precisamente por este motivo. Y, Ebling, hay otro objetivo todavía más importante. Hari Seldon fundó dos Fundaciones hace tres siglos; una en cada extremo de la Galaxia. *Debe encontrar esa Segunda Fundación.*

20. EL CONSPIRADOR

El palacio del alcalde, mejor dicho, lo que un día fue el palacio del alcalde, era una gruesa mancha en la oscuridad. La ciudad estaba tranquila tras el toque de queda impuesto a raíz de la conquista, y la difusa «leche» que formaba la gran lente galáctica, con alguna que otra estrella solitaria aquí y allá, dominaba el firmamento de la Fundación.

En tres siglos, la Fundación había evolucionado desde un proyecto privado de un reducido grupo de científicos a un imperio comercial cuyos tentáculos se adentraban profundamente en la Galaxia, y medio año había bastado para arrebatarle la preponderancia y reducirla a la posición de una provincia conquistada.

El capitán Han Pritcher se negaba a admitirlo.

El sombrío toque de queda y el palacio sumido en la penumbra y ocupado por intrusos eran suficientemente simbólicos, pero el capitán Han Pritcher, ante la puerta exterior del palacio y con la diminuta bomba atómica oculta bajo su lengua, se negaba a comprenderlos.

Una silueta se aproximó..., el capitán inclinó la cabeza. Fue tan sólo un susurro, sumamente bajo:

—El sistema de alarma es el mismo de siempre, capitán. ¡Puede seguir! No se detectará nada.

Sin ningún ruido, el capitán se agachó, pasó bajo la pequeña arcada y enfiló el sendero flanqueado por surtidores y que conducía al jardín del alcalde Indbur.

Ya habían pasado cuatro meses desde aquel día en que estuvo en la Bóveda del Tiempo, cuyo recuerdo quería desechar. Aisladas y por separado, las impresiones volvían, venciendo su resistencia, casi siempre de noche.

El viejo Seldon pronunciando las benévolas palabras tan equivocadas, la confusión general, Indbur, cuyas ropas de alcalde contrastaban de manera incongruente con su rostro lívido y contraído, el gentío atemorizado que esperaba en silencio la orden inevitable de rendición, y aquel joven, Toran, desapareciendo por una puerta lateral con el bufón del Mulo colgado de su hombro.

Y él mismo, saliendo al final sin saber cómo, y encontrando su coche inutilizado.... abriéndose paso a través de la multitud, que ya abandonaba la ciudad, desorientada, hacia un destino desconocido..., dirigiéndose a ciegas hacia las diversas ratoneras que habían sido el cuartel general de una resistencia democrática cuyas filas se habían ido debilitando y diezmando a lo largo de ochenta años.

Y las ratoneras estaban vacías.

Al día siguiente se hicieron momentáneamente visibles en el cielo unas extrañas naves negras que se hundieron suavemente entre los apiñados edificios de la ciudad vecina. El capitán Han Pritcher sentía una sensación de impotencia y desesperación conjuntas.

Empezó a viajar incansablemente.

En treinta días cubrió casi trescientos kilómetros

a pie, cambió su traje por las ropas de un obrero de las fábricas hidropónicas, al que encontró muerto en la cuneta, y se dejó crecer la barba, de un intenso color canela.

Y encontró lo que quedaba de la resistencia.

La ciudad era Newton; el distrito, un barrio residencial que había sido elegante y que ahora ofrecía un aspecto mísero; la casa, una de tantas que bordeaban la calle; y el hombre, un individuo de ojos pequeños y largos huesos que mantenía los apretados puños en los bolsillos y cuyo cuerpo delgado bloqueaba el umbral. El capitán murmuró:

—Vengo de Miran.

El hombre contestó a la consigna con expresión sombría.

—Miran se ha adelantado este año.

El capitán replicó:

—Igual que el año pasado.

Pero el hombre no se apartó de la puerta. Preguntó:

—¿Quién es usted?

—¿No es usted Fox?

—¿Siempre responde con una pregunta?

El capitán inspiró con fuerza, pero imperceptiblemente, y repuso con calma:

—Soy Han Pritcher, capitán de la Flota y miembro del Partido Democrático de la Resistencia. ¿Me permite entrar?

Fox se apartó y dijo:

—Mi verdadero nombre es Orum Falley.

Alargó la mano, y el capitán se la estrechó.

La habitación estaba en buen estado, pero carecía de lujo. En un rincón había un decorativo proyector de libros, que a los ojos del capitán podía ser fácilmente una pistola camuflada y de respetable calibre. La lente del proyector cubría la puerta, y podía ser controlada a distancia.

Fox siguió la mirada de su barbudo huésped y sonrió entre dientes. Dijo:

—¡En efecto! Pero sólo servía en los tiempos de Indbur y sus vampiros con corazón de lacayo. No serviría de gran cosa contra el Mulo, ¿verdad? Nada puede ayudarnos contra el Mulo. ¿Tiene usted hambre?

Los músculos del rostro del capitán se contrajeron bajo la barba, y asintió con la cabeza.

—Sólo tardaré un momento, si no le importa esperar. —Fox sacó unos botes de un armario y colocó dos frente al capitán Pritcher—. Mantenga un dedo sobre ellos y rómpalos cuando estén lo bastante calientes. Mi regulador de calor está estropeado. Cosas como ésta nos recuerdan que estamos en guerra..., o estábamos, ¿verdad?

Sus rápidas frases eran alegres en su contenido, pero el tono era cualquier cosa menos jovial, y sus ojos revelaban una profunda concentración. Se sentó frente al capitán y observó:

—No quedará más que una pequeña quemadura en el lugar donde está sentado si hay algo en usted que no me gusta. ¿Lo sabe?

El capitán no contestó. Los botes se abrieron con una ligera presión. Fox exclamó:

—¡Guisado! Lo siento, la cuestión alimenticia es un problema.

—Lo sé —repuso el capitán, que empezó a comer con rapidez, sin levantar la vista.

Fox dijo:

—Le he visto a usted antes. Estoy intentando recordar, y estoy seguro de que no llevaba barba.

—Hace treinta días que no me he afeitado. —Y entonces añadió con fiereza—: ¿Qué quiere usted? Le he dicho la contraseña y me he identificado.

El otro hizo un ademán con la mano.

—¡Oh!, admito que sea usted Pritcher. Pero hay

muchos que conocen la contraseña y pueden identificarse..., y están con el Mulo. ¿Ha oído hablar alguna vez de Levvaw?

—Sí.

—Está con el Mulo.

—¿Cómo? El...

—Sí, era el hombre a quien llamaban «rendición, no». —Los labios de Fox se contrajeron en una sonrisa silenciosa y forzada—. También Willig está con el Mulo, y Garre y Noth. ¡Nada menos que con el Mulo! Por qué no Pritcher, ¿eh? ¿Cómo puedo saberlo?

El capitán se limitó a mover la cabeza.

—Pero no importa —dijo Fox en voz baja—. Si Noth se ha pasado a ellos, deben de tener mi nombre.... de modo que si usted dice la verdad, corre más peligro que yo por haberle recibido.

El capitán, que había terminado de comer, se apoyó en el respaldo de su asiento.

—Si aquí no tiene ninguna organización, ¿dónde puedo encontrar una? La Fundación puede haberse rendido, pero yo no.

—¡Ya! No podrá vagar siempre de un lado para otro, capitán. En estos días, los hombres de la Fundación han de tener un permiso para viajar de una ciudad a otra, ¿lo sabía? Y también tarjetas de identidad. ¿La tiene usted? Además, todos los oficiales de la Flota han recibido la orden de presentarse al cuartel general de ocupación más próximo. Esto le atañe a usted, ¿no?

—Sí. —La voz del capitán era dura—. ¿Acaso cree que huyo por temor? Estuve en Kalgan poco después de que cayera en manos del Mulo. Al cabo de un mes, ni uno solo de los oficiales del ex señor guerrero estaba en libertad, porque eran los naturales jefes militares de cualquier revuelta. La resistencia ha sabido siempre que ninguna revolución puede tener éxito sin el control de, por lo menos, una parte de la Flota. Es evidente que el Mulo también lo sabe.

Fox asintió pensativamente.

—Resulta lógico. El Mulo piensa en todo.

—Me quité el uniforme en cuanto pude. Me dejé crecer la barba. Cabe la posibilidad de que otros hayan hecho lo mismo.

—¿Está usted casado?

—Mi esposa murió. No tengo hijos.

—Así que usted es inmune a los rehenes.

—Sí.

—¿Quiere que le dé un consejo?

—Si tiene alguno que darme...

—Ignoro cuál es la política del Mulo o sus propósitos, pero hasta ahora no han sufrido ningún daño los trabajadores especializados. Se han subido los salarios. La producción de toda clase de armas atómicas se ha acelerado.

—¿De veras? Esto suena a que continuará la ofensiva.

—No lo sé. El Mulo es un sutil hijo de perra, y es posible que sólo pretenda ganarse a los trabajadores. Si Seldon, con toda su psicohistoria, no pudo descubrirle, no voy a intentarlo yo. Pero usted lleva ropas de obrero. Esto sugiere algo, ¿no cree?

—Yo no soy un trabajador especializado.

—Ha seguido un curso militar sobre cuestiones atómicas, ¿verdad?

—Naturalmente.

—Eso basta. La Atom-Field Bearings Inc. está localizada aquí, en la ciudad. Los sinvergüenzas que dirigían la fábrica para Indbur siguen dirigiéndola... para el Mulo. No harán preguntas mientras necesiten más obreros para elevar la producción. Le darán una tarjeta de identidad y usted puede solicitar una habitación en el distrito residencial de la Corporación. Podría empezar enseguida.

De esta forma, el capitán Han Pritcher de la Flota Nacional se convirtió en el especialista en escudos antiatómicos Lo Moro, del Taller 45 de la Atom-Field Bearings Inc. Y de un agente de Inteligencia descendió en la escala social a «conspirador», profesión que algunos meses más tarde le llevó a lo que había sido el jardín particular de Indbur.

En el jardín, el capitán Pritcher consultó el radiómetro que llevaba en la palma de la mano. El campo interior de advertencia todavía funcionaba, por lo que se detuvo a esperar. A la bomba atómica que guardaba en la boca le quedaba media hora de vida. La movió nerviosamente con la lengua.

El radiómetro se apagó, y el capitán avanzó rápidamente.

Hasta aquel momento todo se había desarrollado a la perfección.

Reflexionó objetivamente y se dio perfecta cuenta de que la vida de la bomba atómica era también la suya; que su muerte significaba la suya propia... y la del Mulo.

Entonces llegaría al momento crucial de su guerra privada de cuatro meses; una guerra que había comenzado en la huida y acabado en una fábrica de Newton...

Durante dos meses, el capitán Pritcher llevó delantales de plomo y pesadas mascarillas, hasta que de su aspecto exterior no quedó rastro que delatara su profesión militar. Era un obrero que recibía su salario, pasaba las veladas en la ciudad y jamás hablaba de política.

Durante dos meses no vio a Fox.

Y entonces, un día, un hombre se deslizó junto a su banco y le metió un trozo de papel en el bolsillo. En él estaba escrita la palabra «Fox». Lo tiró a la cámara atómica, donde se desvaneció en humo invisible y aumentó la energía en un milimicrovoltio, y volvió a su trabajo.

Aquella noche fue a casa de Fox y participó en un juego de cartas con dos hombres a los que sólo conocía de oídas y con otro al que conocía por el nombre y el rostro.

Mientras jugaban a las cartas y se repartían fichas, hablaron. El capitán dijo:

—Es un error fundamental. Ustedes viven en el pasado. Durante ochenta años nuestra organización ha estado esperando el exacto momento histórico. Nos cegó la psicohistoria de Seldon, una de cuyas primeras proposiciones es que el individuo no cuenta, no hace la historia, y los complejos factores sociales y económicos le desbordan, le convierten en una marioneta. —Ordenó cuidadosamente sus cartas, apreció su valor y añadió, poniendo una ficha sobre la mesa—: ¿Por qué no matar al Mulo?

—¿Y de qué serviría hacerlo? —preguntó con fiereza el hombre que tenía a su izquierda.

—Ya lo ven —repuso el capitán, deshaciéndose de dos cartas—; ésta es la actitud. ¿Qué es un hombre... entre trillones? La Galaxia no dejará de girar porque un hombre muera. Pero el Mulo no es un hombre, es un mutante. Ya ha interferido con los planes de Seldon, y si se detienen a analizar las implicaciones, comprenderán que él, un solo hombre, un mutante, ha trastocado toda la psicohistoria de Seldon. Si no hubiera vivido, la Fundación no habría sido derrotada. Si dejase de vivir, la Fundación resurgiría. Ya saben que los demócratas han luchado secretamente contra los alcaldes y los comerciantes durante ochenta años. Intentemos el asesinato.

—¿Cómo? —intervino Fox con frío sentido común.

El capitán respondió con lentitud:

—He pensado en ello durante tres meses sin encontrar la solución. Al llegar aquí la he hallado en cinco minutos. —Miró brevemente al hombre que tenía a su derecha, de rostro sonriente, rosado y ancho como un melón—. Usted fue chambelán del alcalde Indbur. No sabía que estuviera en la resistencia.

—Yo tampoco sabía que usted estaba en ella.

—Pues bien; como chambelán, usted comprobaba periódicamente el funcionamiento del sistema de alarma del palacio.

—En efecto.

—Y ahora el palacio está ocupado por el Mulo.

—Así se nos ha anunciado.... aunque es un conquistador modesto que no hace discursos, ni proclamaciones, ni apariciones en público.

—Eso son detalles que no cambian nada. Usted, querido ex chambelán, es todo cuanto necesitamos.

Mostraron las cartas y Fox recogió las apuestas. Lentamente, repartió los naipes.

El hombre que había sido chambelán recogió sus cartas una por una.

—Lo lamento, capitán. Yo comprobaba el sistema de alarma, pero era una rutina. No lo conozco en absoluto.

—Ya me lo esperaba, pero en su mente existe el recuerdo de los mandos, y podemos ahondar en ella lo suficiente... con una sonda psíquica.

El rostro rubicundo del ex chambelán palideció repentinamente. Sus puños arrugaron los naipes que sostenían.

—¿Una prueba psíquica?

—No se preocupe —dijo con sequedad el capitán—; sé cómo usarla. No le perjudicará, aparte de debilitarle durante unos pocos días. Y en el caso de que le perjudicase, se trata de un riesgo que ha de correr y un precio que ha de pagar. No hay duda de que entre nosotros se encuentran algunos que por los controles de la alarma sabrían determinar las combinaciones de la longitud de onda. Hay varios hombres de la resistencia que podrían fabricar una pequeña bomba de relojería, y yo mismo la llevaría hasta el Mulo.

Los presentes se apiñaron en torno a la mesa, y el capitán continuó:

—En un día determinado estallará un motín en la ciudad de Términus, en las proximidades del palacio. No habrá lucha, sólo un alboroto, tras el cual todos huirán. Lo importante es atraer a la guardia del palacio, o, por lo menos, distraerla...

Desde aquel día se iniciaron los preparativos, que duraron un mes, y el capitán Han Pritcher de la Flota Nacional dejó de ser «conspirador» para descender aún más en la escala social y convertirse en «asesino».

El capitán Pritcher, asesino, se encontraba en el mismo palacio, y estaba muy satisfecho de sus dotes de deducción. Un completo sistema de alarma en el exterior significaba una guardia reducida en el interior. En este caso quería decir que no había ni un solo guarda.

El plano del palacio estaba claro en su mente. Era como una sombra deslizándose por la rampa alfombrada. Cuando llegó arriba, se aplastó contra la pared y esperó.

Tenía ante sí la pequeña puerta cerrada de una habitación privada. Tras aquella puerta debía estar el mutante que había vencido lo invencible. Llegaba temprano.... la bomba aún tenía diez minutos de vida.

Cinco de ellos pasaron, y ningún sonido turbó el silencio absoluto. Al Mulo le quedaban cinco minutos de vida... así lo calculaba el capitán Pritcher...

Avanzó guiado por un repentino impulso. El complot ya no podía fallar. Cuando la bomba explotase, estallaría el palacio, todo el palacio. Traspasar una puerta, recorrer diez metros, no era nada. Pero quería ver al Mulo antes de morir con él.

En un último e insolente gesto, aporreó la puerta...

Ésta se abrió y dejó pasar una luz cegadora.

El capitán Pritcher se tambaleó, pero enseguida se repuso. El hombre solemne que se hallaba en el centro de la habitación, bajo una pecera suspendida del techo, le miró con expresión amable.

Su uniforme era totalmente negro: tocó con un ausente ademán la redonda pecera, y ésta osciló violentamente, obligando a los peces de escamas anaranjadas y rojas a nadar con frenesí de un lado para otro.

El hombre dijo:

—¡Entre, capitán!

La lengua temblorosa del capitán tuvo la impresión de que el pequeño globo de metal se hinchaba peligrosamente... una imposibilidad física, como sabía el capitán. Pero estaba en el último minuto de su vida.

El hombre uniformado observó:

—Sería mejor que escupiera esa necia píldora para que pudiera hablar; no estallará.

El minuto pasó, y con un movimiento lento y cansado el capitán inclinó la cabeza y dejó caer el globo plateado en la palma de su mano. Con enérgica fuerza lo lanzó contra la pared. Rebotó con un pequeño y agudo sonido, resplandeciendo inofensivamente en su trayectoria.

El hombre uniformado se encogió de hombros.

—Bueno, olvidémosla. En cualquier caso, no le hubiera servido de nada, capitán. Yo no soy el Mulo. Tendrá que contentarse con su virrey.

—¿Cómo lo sabía usted? —murmuró torpemente el capitán.

—La culpa es de un eficiente sistema de contraespionaje. Conozco todos los nombres de su pequeña pandilla y cada uno de sus planes...

—¿Y nos ha dejado llegar tan lejos?

—¿Por qué no? Uno de mis principales objetivos aquí era encontrarle a usted y a algunos más. En particular a usted. Podría haberle atrapado hace algunos meses, cuando aún era un obrero de la fábrica de Bearings, pero esto es mucho mejor. De no haber sugerido usted las principales directrices del complot, uno de mis propios hombres lo hubiera hecho por ustedes. El resultado es muy espectacular y bastante cómico.

El capitán mostraba dureza en su mirada.

—Yo también lo creo así. ¿Ha terminado todo ahora?

—Acaba de empezar. Venga, capitán, tome asiento. Dejemos las heroicidades a los insensatos que se impresionan por ellas. Capitán, usted es un hombre capaz. De acuerdo con mi información, usted fue el primer hombre de la Fundación que reconoció el poder del Mulo. Desde entonces se ha interesado con bastante osadía por la juventud del Mulo. Usted fue uno de los que raptaron al bufón del Mulo, a quien, por cierto, aún no se ha encontrado, y por el que se pagará una espléndida recompensa. Naturalmente, reconocemos su capacidad, y el Mulo no es hombre que tema la capacidad de sus enemigos, siempre que pueda convertirlos en sus nuevos amigos.

—¿Es eso lo que pretende? ¡Oh, no!

—¡Oh, sí! Es el objetivo de la comedia de esta noche. Usted es un hombre inteligente, y, sin embargo, sus pequeñas conspiraciones contra el Mulo fallan desastrosamente. Apenas puede calificarlas de conspiración. ¿Forma parte de su adiestramiento militar perder naves en acciones imposibles?

—Primero habría que admitir que son imposibles.

—Se hará —le aseguró suavemente el virrey—. El Mulo ha conquistado la Fundación, y la está convirtiendo rápidamente en un arsenal para el cumplimiento de sus objetivos más importantes.

—¿Cuáles son esos objetivos?

—La conquista de toda la Galaxia. La reunión de

todos los mundos dispersos en un nuevo Imperio. El cumplimiento, obtuso patriota, del sueño de vuestro propio Seldon, setecientos años antes de lo que estaba previsto. Y en este cumplimiento, usted puede ayudarnos.

—Puedo, indudablemente. Pero también, indudablemente, no lo haré.

—Tengo entendido —replicó el virrey— que solamente tres de los Mundos Comerciantes Independientes continúan resistiendo. No lo harán durante mucho más tiempo; será el último reducto de la Fundación. Usted resiste todavía.

—Sí.

—Sin embargo, no lo seguirá haciendo. Un colaborador voluntario sería el más eficiente, pero la otra clase de colaborador también servirá. Por desgracia, el Mulo está ausente; dirige la lucha, como siempre, contra los Comerciantes que aún resisten. Pero no tendrá usted que esperar mucho.

—¿Para qué?

—Para su conversión.

—El Mulo —contestó glacialmente el capitán— descubrirá que eso está más allá de sus fuerzas.

—Se equivoca. *Yo* no lo estuve. ¿No me reconoce? Vamos, usted ha estado en Kalgan, de modo que debió verme. Usaba monóculo, una capa escarlata orlada de piel, un gorro muy alto...

El capitán se puso rígido por la consternación.

—Usted era el señor guerrero de Kalgan.

—Sí. Y ahora soy el leal virrey del Mulo. Como ve, es muy persuasivo.

21.   INTERLUDIO EN EL ESPACIO

El bloqueo fue burlado con éxito. Ni siquiera todas las naves existentes podían montar una guardia
efectiva en aquel vasto volumen de espacio. Con una
sola nave, un piloto hábil y una moderada cantidad
de suerte se podían encontrar agujeros por donde escapar.

Con una calma glacial en la mirada, Toran conducía
una astronave no excesivamente nueva desde la proximidad de una estrella hasta la de otra. Aunque la vecindad de una gran masa hacía más difícil y arriesgado un
salto interestelar, también anulaba casi por completo
los aparatos de detección enemigos.

Una vez dejado atrás el cinturón de naves, procedió
a pasar por la esfera interior del espacio inerte, a través
de cuyo subéter bloqueado no podía recibirse mensaje
alguno. Por primera vez en más de tres meses, Toran
no se sintió aislado.

Transcurrió una semana antes de que los programas de noticias enemigos emitieran otra cosa que
no fuesen los aburridos y arrogantes detalles de
un control creciente de la Fundación. Durante aque-

lla semana, la nave acorazada de Toran navegó raudamente alejándose de la Periferia a saltos precipitados.

Ebling Mis llamó a la cabina de mando, y Toran alzó la vista de las cartas de navegación.

—¿Qué ocurre? —Toran bajó a la pequeña cámara central que Bayta, inevitablemente, había convertido en sala de estar.

Mis meneó la cabeza.

—Que me ahorquen si lo sé. Los periodistas del Mulo están anunciando un boletín especial. Pensé que tal vez quisieras oírlo.

—No es mala idea. ¿Dónde está Bayta?

—Poniendo la mesa y eligiendo el menú... o dedicándose a cualquier otra tarea doméstica.

Toran se sentó sobre la litera que servía de cama a Magnífico y esperó. La rutina propagandística de los «boletines especiales» del Mulo era monótonamente invariable. Primero la música marcial, y después la voz almibarada del locutor. Comenzaría con las noticias poco importantes, que se sucederían a ritmo pausado. Luego haría una pausa, y, por fin, sonarían las trompetas y se produciría la habitual excitación creciente y la culminación del parte.

Toran lo soportó; Mis murmuró algo entre dientes.

El locutor iba soltando, con la fraseología convencional de los corresponsales de guerra, las palabras untuosas que complementaban el sonido y la imagen del metal al fundirse y la carne al destrozarse en una batalla en el espacio.

«Escuadrones de rápidos cruceros bajo el mando del teniente general Sammin atacaron hoy durante varias horas a las fuerzas que resisten en Iss...»

El rostro cuidadosamente impasible del locutor desapareció de la pantalla para desvanecerse en la negrura del espacio, surcado por veloces naves que hendían el vacío en el furor de la batalla. La voz continuó, alzándose sobre el tremendo fragor:

—La acción más destacable de la batalla ha sido el combate del crucero pesado *Cluster* contra tres naves enemigas de la clase «Nova»...

El objetivo se desvió y enfocó el centro de la batalla. Una gran nave lanzaba chispas, y uno de los frenéticos atacantes lanzó un tremendo fulgor, se desenfocó, se tambaleó y cayó. El *Cluster* describió un furioso vaivén y escapó al golpe de soslayo, mientras el atacante despedía innumerables reflejos.

La voz suave y desapasionada del locutor continuó dando cuenta de todos los combates y pérdidas enemigas.

Entonces se produjo una pausa, y después apareció la imagen de la lucha frente a Mnemon, a cuya descripción se añadió la novedad de una prolija relación del aterrizaje, la vista de una ciudad bombardeada y el desfile de numerosos y extenuados prisioneros.

Mnemon no tardaría en caer.

Otra pausa, y esta vez el ronco sonido de las acostumbradas trompetas. En la pantalla se proyectó el largo corredor franqueado de guardias por el que caminaba rápidamente el portavoz del Gobierno en uniforme de canciller.

El silencio era opresivo.

La voz que sonó finalmente era solemne, lenta y dura.

—Por orden de nuestro soberano, anunciamos que el planeta Haven, hasta ahora en belicosa oposición a su voluntad, ha aceptado la derrota. En estos momentos, las fuerzas de nuestro soberano están ocupando el planeta. La oposición ha sido desarticulada y sofocada rápidamente.

La imagen se desvaneció, y el locutor anterior declaró pomposamente que serían retransmitidos todos los acontecimientos ulteriores a medida que fueran produciéndose.

Entonces sonó música de baile, y Ebling Mis pulsó el mando que desconectaba el aparato.

Toran se levantó y se alejó con paso vacilante, sin decir una palabra. El psicólogo no intentó detenerle.

Cuando Bayta salió de la cocina, Mis le indicó con un gesto que guardara silencio, y dijo:

—Han tomado Haven.

Y Bayta murmuró: «¿Ya?», con los ojos redondos y llenos de incredulidad.

—Sin lucha, sin un mal... —Se interrumpió y tragó saliva—. Será mejor que dejes solo a Toran. No es agradable para él. ¿Y si comiéramos solos?

Bayta miró hacia la cabina, y luego dijo con desaliento:

—Bueno.

Magnífico se sentó a la mesa y su presencia pasó desapercibida. No hablaba ni comía, sino que miraba frente a sí con fijeza, lleno de un temor reconcentrado que parecía agotar toda la vitalidad de su delgado cuerpo.

Ebling Mis empujó ausente su postre de fruta helada y observó con dureza:

—Están luchando dos Mundos Comerciantes. Luchan, se desangran y mueren, pero no se rinden. Sólo Haven... igual que la Fundación...

—Pero ¿por qué? ¿Por qué?

El psicólogo meneó la cabeza.

—Es parte de todo el problema. Cada extraña faceta es una muestra de la naturaleza del Mulo. Primero está el problema de cómo pudo conquistar la Fundación, con poca sangre y esencialmente de un solo golpe.... mientras los Mundos Comerciantes Independientes resistían. La paralización de las reacciones atómicas fue un arma insignificante (hemos discutido a este respecto hasta el hastío), y no surtió efecto más que en la Fundación. Randu sugirió —y Ebling enarcó sus pobladas rejas— que pudo ser una radiación represora de la voluntad. Esto es tal vez lo que han usado en Haven. Pero, entonces, ¿por qué no lo usan en Mnemon e Iss, que están luchando incluso ahora con tal intensidad que necesitan la mitad de la Flota de la Fundación, además de las fuerzas del Mulo, para conquistarlos? Sí, he reconocido naves de la Fundación en el ataque.

Bayta susurró:

—La Fundación, y después, Haven. El desastre parece seguirnos, pero sin tocarnos. Siempre da la impresión de que logramos escapar por un pelo. ¿Cuánto durará?

Ebling Mis no la escuchaba; estaba argumentando consigo mismo.

—Pero existe otro problema...., otro problema, Bayta, ¿recuerdas la noticia de que el bufón del Mulo no había sido encontrado en Términus; que se sospechaba que había huido a Haven o le habían llevado allí sus secuestradores? Bayta, le conceden una importancia que no disminuye, y nosotros aún no hemos descubierto el motivo. Magnífico debe de saber algo que es fatal para el Mulo. Estoy seguro de ello.

Magnífico, con el rostro lívido, protestó tartamudeando:

—Señor..., noble señor..., le juro de verdad que está más allá de mi pobre entendimiento penetrar lo que desea. Le he dicho cuanto sé hasta la última gota, y con su sonda ha sacado de mi escasa inteligencia aquello que sabía, pero que ignoraba que sabía.

—Lo sé, lo sé. Se trata de algo pequeño, de una alusión tan pequeña que ni tú ni yo podemos reconocerla. No obstante, tengo que encontrarla... porque Mnemon e Iss sucumbirán pronto, y cuando lo hagan, nosotros seremos el último resto, el último vestigio de la Fundación independiente.

Las estrellas empiezan a agruparse estrechamente cuando se penetra en el núcleo de la Galaxia. Los campos de gravitación comienzan a superponerse en intensidades suficientes como para producir perturbaciones en un salto interestelar, lo cual no se puede pasar por alto.

Toran se dio cuenta de ello cuando un salto lanzó su nave contra el fiero resplandor de un gigante sol rojo al que se agarró obstinadamente, y cuya atracción no pudo vencer hasta pasadas doce horas de insomnio y angustioso esfuerzo.

Con cartas limitadas en extensión y una experiencia no desarrollada lo suficiente, ni operacional ni matemáticamente, Toran se resignó a días enteros de cuidadoso estudio entre salto y salto.

En cierto modo, se convirtió en un proyecto de comunidad. Ebling Mis comprobaba las matemáticas de Toran y Bayta calculaba posibles rutas por medio de los diversos métodos generalizados, en busca de las soluciones reales. Incluso Magnífico tuvo que trabajar con la máquina calculadora para las computaciones rutinarias, un tipo de trabajo que, una vez explicado, le resultó muy divertido y en el que era sorprendentemente hábil.

Así, al cabo de un mes poco más o menos, Bayta pudo estudiar la línea roja que serpenteaba a través del modelo tridimensional de la Galaxia hasta medio camino de su centro, y decir con satírico placer:

—¿Sabes a qué se parece? Da la impresión de ser una lombriz de tres metros con un tremendo caso de indigestión. Eventualmente nos vas a llevar de nuevo a Haven.

—Lo haré —gruñó Toran, arrugando la carta— si no cierras el pico.

—Y, sin embargo —continuó Bayta—, es probable que haya una ruta directa, rectilínea como un meridiano.

—Conque sí, ¿eh? Pues bien, en primer lugar, insensata, lo más seguro es que fueran precisos quinientos años para que quinientas naves dieran con esa ruta por casualidad, y mis asquerosas cartas de navegación no la señalan. Además, tal vez sea conveniente evitar esas rutas directas; es muy probable que estén atestadas de naves. Y otra cosa...

—¡Oh, por la Galaxia! Cesa de desvariar y exhibir tu virtuosa indignación —exclamó Bayta, tirándole del pelo.

—¡Ay! —gritó él—. ¡Suéltame! —Y la agarró por las muñecas derribándola al suelo, tras lo cual Toran, Bayta y la silla rodaron en desordenado montón. La lucha degeneró en un combate de boxeo, compuesto en su mayor parte por risas ahogadas y diversos golpes cariñosos.

Toran interrumpió la pelea cuando vio entrar a Magnífico sin aliento.

—¿Qué pasa?

Arrugas de preocupación surcaban la cara del bufón, y la piel de su nariz estaba tan tirante que parecía blanca.

—Los instrumentos se comportan de forma extraña, señor. Sabiendo mi ignorancia, no he tocado nada...

Toran llegó a la cabina de mando en dos segundos. Dijo en voz baja a Magnífico:

—Despierta a Ebling Mis. Dile que venga aquí.

Se dirigió a Bayta, que estaba intentando ordenar sus cabellos con los dedos:

—Hemos sido detectados, Bay.

—¿Detectados? —repitió Bayta, dejando caer los brazos—. ¿Por quién?

—La Galaxia lo sabe —murmuró Toran—, pero me imagino que será alguien armado y apuntándonos.

Se sentó, y con voz serena empezó a enviar al subéter la clave de identificación de la nave.

Cuando entró Ebling Mis, en bata y con los ojos adormilados, Toran dijo con una calma desesperada:

—Parece ser que estamos dentro de las fronteras de un reino local que se llama la Autarquía de Filia.

—Nunca la había oído nombrar —repuso Mis.

—Yo tampoco —dijo Toran—, pero la cuestión es que nos ha detenido una nave filiana e ignoro lo que puede suceder.

El capitán inspector de la nave filiana subió a bordo con seis hombres armados a la zaga. Era bajo, casi calvo, de labios delgados y piel reseca. Tosió violentamente al sentarse y abrió la carpeta que llevaba bajo el brazo. La hoja estaba en blanco.

—Sus pasaportes y la documentación de la nave.

—No tenemos ni lo uno ni lo otro —repuso Toran.

—Conque no, ¿eh? —Agarró un micrófono suspendido de su cinturón y habló con rapidez—: Tres hombres y una mujer. Sus documentos no están en orden. —Hizo una anotación en la hoja mientras hablaba. Preguntó—: ¿De dónde vienen?

—De Siwenna —contestó Toran con precaución.

—¿Dónde está eso?

—A cien mil parsecs, ochenta grados al este de Trántor, cuarenta grados...

—¡No importa, no importa!

Toran vio que su inquisidor había anotado: «Punto de origen: Periferia.»

El filiano continuó:

—¿Adónde se dirigen?

Toran respondió:

—Al sector de Trántor.

—¿Motivo?

—Viaje de placer.

—¿Llevan algún cargamento?

—No.

—Hum. Lo comprobaremos. —Hizo una seña y dos hombres se pusieron en movimiento.

Toran no trató de intervenir.

—¿Qué les trae a territorio filiano? —Los ojos del filiano brillaban malévolamente.

—No sabíamos dónde estábamos. Carezco de una carta de navegación detallada.

—Por carecer de ella se verá obligado a pagar cien créditos... y, naturalmente, los acostumbrados derechos del arancel de aduanas, etc.

Habló de nuevo al micrófono, pero en aquella ocasión escuchó más que habló. Entonces preguntó a Toran:

—¿Sabe algo sobre tecnología atómica?

—Un poco —contestó precavidamente Toran.

—¿Sí? —El filiano cerró la carpeta y añadió—: Los hombres de la Periferia tienen fama de ser entendidos en esta materia. Póngase un traje y venga conmigo.

Bayta dio un paso adelante.

—¿Qué van a hacer con él?

Toran la apartó suavemente y preguntó con frialdad:

—¿Adónde quiere que vaya?

—Nuestra planta de energía necesita una pequeña reparación. Él vendrá con usted. —Y señaló directamente a Magnífico, cuyos ojos marrones se abrieron con evidente angustia.

—¿Qué tiene que ver él con esto? —preguntó furiosamente Toran.

El oficial le dirigió una mirada glacial.

—Me han informado de actividades piratas por estos alrededores. La descripción de una de sus naves concuerda con la de usted. Se trata de una cuestión rutinaria de identificación.

Toran vaciló, pero seis hombres y seis pistolas eran argumentos elocuentes. Abrió el armario para sacar los trajes.

Una hora más tarde se encontraba en el interior de la nave filiana, gritando con furia:

—No veo nada estropeado en los motores. Las barras están bien, los tubos L están alimentando como es debido y el análisis de la reacción es correcto. ¿Quién manda aquí?

El ingeniero jefe dijo en voz baja:

—Yo.

—Pues bien, diga que me saquen de aquí...

Le condujeron a la planta de oficiales, y en la pequeña antesala encontró sólo a un alférez indiferente.

—¿Dónde está el hombre que vino conmigo?

—Espere, por favor —repuso el alférez.

Quince minutos después hicieron entrar a Magnífico.

—¿Qué te han hecho? —inquirió rápidamente Toran.

—Nada, nada en absoluto —negó Magnífico, moviendo la cabeza con lentitud.

Tuvieron que pagar ciento cincuenta créditos para satisfacer las exigencias de Filia —cincuenta de ellos para su inmediata liberación—, y volvieron a su nave.

Bayta dijo con una risa forzada:

—¿No merecemos una escolta? ¿No van a acompañarnos a cruzar la frontera?

Y Toran replicó con acento sombrío:

—No era una nave filiana... y no podremos marcharnos enseguida. Venid aquí.

Todos se agruparon a su alrededor.

Toran dijo con voz átona:

—Era una nave de la Fundación, y sus tripulantes eran hombres del Mulo.

Ebling se agachó para recoger el cigarro que se le había caído. Preguntó:

—¿Aquí? Estamos a treinta mil parsecs de la Fundación.

—Y *nosotros* estamos aquí. ¿Por qué no pueden ellos hacer el mismo viaje? Por la Galaxia, Ebling, ¿no cree usted que sé distinguir las naves? He visto sus motores, y eso me basta. Le digo que eran motores de la Fundación, una nave de la Fundación.

—¿Y cómo han llegado hasta aquí? —inquirió Bayta con lógica—. ¿Cuáles son las posibilidades de un encuentro casual, en el espacio, de dos naves determinadas?

—¿Y eso qué tiene que ver? —replicó Toran acaloradamente—. Sólo demostraría que nos han seguido.

—¿Seguido? —repitió Bayta—. ¿Por el hiperespacio?

Ebling Mis intervino con acento cansado:

—Eso se puede hacer... con una buena nave y un piloto eficiente. Pero la posibilidad no es lo que me impresiona.

—Yo no he ocultado mi rastro —insistió Toran—. He mantenido la velocidad en línea recta. Un ciego podría haber calculado nuestra ruta.

—¡Que te crees tú eso! —gritó Bayta—. Con los saltos dementes que has dado, observar nuestra dirección inicial no hubiera servido de nada. Hemos salido de varios saltos en la dirección opuesta.

—¡Estamos perdiendo el tiempo! —estalló Toran—. Se trata de una nave de la Fundación en poder del Mulo. Nos ha detenido. Nos ha registrado. Nos ha llevado a Magnífico y a mí como rehenes para que vosotros estuvierais indefensos en caso de que sospecharais. Y nosotros vamos a destruir su nave inmediatamente.

—Cálmate —dijo Ebling Mis, sujetándole—.

¿Acaso vas a perdernos por una sola nave que crees enemiga? Recapacita, hombre. ¿Crees que nos iban a perseguir por una ruta imposible a través de media Galaxia para echarnos un vistazo y luego *dejarnos marchar*?

—Todavía siguen interesados en saber adónde vamos.

—Entonces, ¿Por qué nos han detenido poniéndonos en guardia? No es lógico, y tú lo sabes.

—Voy a hacer lo que me he propuesto. Suélteme, Ebling, o le derribaré de un puñetazo.

Magnífico se inclinó hacia adelante desde el respaldo de su silla favorita a la que se había encaramado. Las aletas de su nariz se movían por la excitación.

—Les pido perdón por interrumpirles, pero mi pobre mente se ve de improviso atormentada por un extraño pensamiento.

Bayta adivinó la reacción impaciente de Toran y le agarró, junto con Ebling.

—Adelante, habla, Magnífico. Todos te escucharemos con atención.

Magnífico dijo:

—Durante mi estancia en su nave, mis embotados sentidos apenas me servían por el terrible miedo que llevaba encima. A decir verdad, casi no recuerdo lo ocurrido. Muchos hombres me miraban con fijeza y hablaban de cosas que no entendía. Pero hacia el final, como si un rayo de sol atravesara una nube, vi un rostro conocido. Fue sólo un instante, y, sin embargo, cada vez adquiere en mi memoria más fuerza y claridad.

—¿Quién era? —preguntó Toran.

—Aquel capitán que estuvo con nosotros tanto tiempo después de que ustedes me salvaran de la esclavitud.

Era evidente que el propósito de Magnífico había

sido el de causar un gran efecto, y una sonrisa de deleite asomó bajo su enorme nariz demostrando que estaba satisfecho del éxito de sus intenciones.

—¿El capitán... Han... Pritcher? —preguntó Mis con expresión severa—. ¿Estás seguro? ¿Completamente seguro?

—Señor, lo juro. —Y colocó su mano huesuda sobre su hundido pecho—. Mantendría la verdad de mi afirmación ante el propio Mulo, y lo juraría en su presencia aunque él lo negase con todas sus fuerzas.

Bayta murmuró, anonadada:

—Entonces, ¿qué significa todo esto?

El bufón se volvió hacia ella ansiosamente.

—Mi señora, tengo una teoría. Se me ocurrió de repente, como si el espíritu galáctico la hubiese colocado en mi mente con toda suavidad. —Levantó la voz cuando oyó que Toran empezaba a poner objeciones—. Mi señora —continuó, dirigiéndose exclusivamente a Bayta—, si ese capitán hubiera huido con una nave, como nosotros, si como nosotros estuviera haciendo un viaje con un plan determinado, y nos hubiera encontrado de pronto... sospecharía que nosotros le perseguimos, del mismo modo que hemos sospechado de él. ¿Sería entonces extraño que organizase esta comedia para entrar en nuestra nave?

—Pero ¿por qué nos ha llevado a su nave? —arguyó Toran—. No tiene sentido.

—Sí, sí que lo tiene —replicó el bufón, muy inspirado—. Envió a un subordinado que no nos conocía, pero que nos describió por el micrófono. El capitán debió recordarme por la descripción de mi pobre persona, pues en verdad que no hay muchos en esta gran Galaxia que puedan compararse con mi delgadez. Y yo fui la prueba de la identidad de todos ustedes.

—¿De modo que nos permitirá marcharnos?

—¿Qué sabemos nosotros de esta misión y de su

secreto? Nos ha espiado y comprobado que no somos enemigos, y, en este caso, ¿por qué ha de arriesgar su plan con más complicaciones?

Bayta dijo lentamente:

—No seas terco, Toran. Esto explica la situación.

—Podría ser —convino Mis.

Toran parecía impotente ante aquella resistencia conjunta. Algo en los argumentos del bufón no le convencía; algo no encajaba. Pero estaba desconcertado y, a pesar de sí mismo, su cólera fue cediendo.

—Durante un rato —murmuró—, creí que estábamos ante una de las naves del Mulo.

Y en sus ojos se reflejaba el dolor que sentía por la pérdida de Haven.

Los otros lo comprendieron.

22. MUERTE EN NEOTRÁNTOR

> NEOTRÁNTOR — *El pequeño plane-*
> *ta de Delicass, rebautizado después del Gran*
> *Saqueo, fue durante casi un siglo sede de la*
> *última dinastía del Primer Imperio. Fue un*
> *mundo simbólico y un Imperio simbólico, y*
> *su existencia tiene sólo importancia legal. En*
> *la primera de las dinastías Neotrantorianas...*

> Enciclopedia Galáctica

¡Neotrántor era el nombre! ¡Nuevo Trántor! Y cuando se ha pronunciado el nombre se han agotado de golpe todos los parecidos del nuevo Trántor con el original. A dos parsecs de distancia, el sol del antiguo Trántor seguía brillando, y la Capital Imperial de la Galaxia, del siglo precedente, aún giraba en el espacio en silenciosa y eterna repetición de su órbita.

Incluso había hombres que habitaban el antiguo Trántor. No muchos, tal vez cien millones, cuando hacía cincuenta años se apiñaban en él cuarenta mil millones. El gigantesco mundo metálico estaba hecho trizas. Las cimas de las múltiples torres que surgían por encima de la desnuda corteza del mundo estaban destrozadas y vacías —aún mostraban los agujeros de los cañones y las armas de fuego—, como muestra del Gran Saqueo de cuarenta años atrás.

Era extraño que un mundo que había sido centro de la Galaxia durante dos mil años, que había gobernado sin límites el espacio y albergado legisladores y gobernantes cuyos caprichos recorrían los parsecs, pudiera morir en un solo mes. Era extraño que un mundo que había salido indemne de los vastos movimientos de conquista y retirada de un milenio, e igualmente indemne de las guerras civiles y las revoluciones palaciegas de otro milenio, hubiera muerto al fin. Era extraño que la Gloria de la Galaxia fuera un cadáver en putrefacción.

¡Y también patético!

Porque aún pasarían siglos antes de que las descomunales obras de cincuenta generaciones de seres humanos se convirtieran en inservibles. Solamente las hacían inservibles ahora las facultades disminuidas de los propios hombres.

Rodeados de las perfecciones mecánicas del esfuerzo humano— circundados por las maravillas industriales de una humanidad liberada de la tiranía del medio ambiente, regresaron a la tierra. En las inmensas áreas de aparcamiento crecían el trigo y el maíz. A la sombra de las torres pacían las ovejas.

Pero Neotrántor existía —un planeta parecido a un humilde pueblo— sumido en la sombra del poderoso Trántor, hasta que los miembros de una familia real, huyendo del fuego y las llamas del Gran Saqueo, buscaron en él su último refugio y permanecieron en él hasta que se apaciguó el fragor de la rebelión. Allí gobernaban, rodeados de fantasmal esplendor, los restos cadavéricos de un Imperio.

¡Veinte mundos agrícolas formaban un Imperio Galáctico!

Dagoberto IX, rey de veinte mundos de rebeldes señoras y sombríos campesinos, era Emperador de la Galaxia y dueño del Universo.

Dagoberto IX tenía veinticinco años el sangriento día en que llegó a Neotrántor con su padre. En sus ojos y su mente seguían vivos la gloria y el poder del Imperio. Pero su hijo, que un día sería Dagoberto X, nació en Neotrántor.

Veinte mundos era todo lo que conocía.

El coche descubierto de Jord Commason era el mejor vehículo de su clase en todo Neotrántor, y, al fin y al cabo, era natural que fuera así. Commason no era solamente el mayor terrateniente de Neotrántor, sino que en tiempos pasados había sido el compañero y la mala inspiración de un joven príncipe heredero que se debatía bajo el dominio de un emperador de mediana edad. Y ahora era el compañero y también la mala inspiración de un príncipe heredero de mediana edad que odiaba y dominaba a un viejo emperador.

Jord Commason, en su coche aéreo con incrustaciones de nácar y adornos de oro, que hacían inútil un escudo de armas como identificación de su propietario, contemplaba las tierras y los kilómetros de campos de trigo que eran suyos, y las enormes trilladoras y segadoras que eran suyas, y los arrendatarios y jornaleros que suyos; y consideraba cautelosamente sus problemas.

Junto a él, su encorvado y envejecido chófer conducía delicadamente la nave a través de los vientos superiores y sonreía.

Jord Commason dijo:

—¿Recuerdas lo que te dije, Inchney?

Los finos y grises cabellos de Inchney ondeaban ligeramente al viento. Su sonrisa se acentuó, descubriendo su boca desdentada, y las arrugas verticales de sus mejillas se profundizaron como si guardase para sí un eterno secreto. El murmullo de su voz silbó entre sus escasos dientes:

—Lo recuerdo, señor, y he pensado en ello.

—¿Y a qué conclusión has llegado, Inchney? —En la pregunta había un tono de impaciencia.

Inchney recordaba que había sido joven y apuesto, y un señor del antiguo Trántor. Inchney recordaba que era un desfigurado anciano en Neotrántor, que vivía por gracia del señor Jord Commason y que correspondía a esta gracia prestando su sutil ingenio cuando era solicitado. Suspiró ligeramente.

—Es muy conveniente, señor, tener visitantes de la Fundación. En especial, señor, si vienen en una sola nave y entre ellos sólo hay un hombre apto para la lucha. ¿Serán bien acogidos?

—¡Bien acogidos! —exclamó sombríamente Commason—. Tal vez. Pero esos hombres son magos y podrían resultar peligrosos.

—¡Puf! —murmuró Inchney—. La neblina de la distancia oculta la verdad. La Fundación sólo es un mundo. Sus ciudadanos sólo son hombres. Si se les dispara, mueren.

Inchney seguía manteniendo el rumbo. Abajo, un río serpenteaba y despedía plateados destellos. Añadió:

—¿Y no hablan ahora de un hombre que mueve los mundos de la Periferia?

Commason se tornó suspicaz de improviso.

—¿Qué sabes tú de esto?

La sonrisa se desvaneció del rostro del chófer.

—Nada, señor. Ha sido una pregunta ociosa.

La vacilación de Commason fue breve. Dijo con brutal franqueza:

—Ninguna de tus preguntas es ociosa, y tu método de adquirir conocimientos puede que te cueste el pescuezo. Pero... ¡te lo diré! Ese hombre recibe el nombre de Mulo, y uno de sus súbditos estuvo aquí hace unos meses por... un asunto de negocios. Estoy esperando a otro... ahora... para concluirlo.

—¿Y estos recién llegados? ¿Son acaso los que espera?

—Carecen de la identificación que deberían tener.

—Se dice que la Fundación ha sido conquistada...

—Yo no te lo he dicho.

—Ha corrido la voz —continuó Inchney con frialdad—, y, si es cierto, entonces éstos pueden ser refugiados de la destrucción y sería aconsejable retenerles por amistad al Mulo.

—¿Tú crees? —Commason vacilaba.

—Además, señor, puesto que es bien sabido que el amigo del conquistador es la última víctima, resultaría una medida de defensa propia muy legítima. Porque existen cosas como las sondas psíquicas... y aquí tenemos cuatro cerebros de la Fundación. Hay muchos detalles de la Fundación que sería útil conocer, y muchos también acerca del Mulo. Y entonces la amistad del Mulo sería un poco menos dominante...

Commason, en la quietud de la atmósfera, volvió con un estremecimiento a su primera idea.

—Pero si la Fundación no ha caído, si los rumores son falsos... Se dice que está previsto que no puede caer.

—La época de los adivinos ha pasado, señor.

—Pero ¿y si no hubiera caído, Inchney? ¡Piénsalo! Si no hubiera caído... Es cierto que el Mulo me hizo promesas... —Había ido demasiado lejos, y retrocedió—: Mejor dicho, insinuó algo. Pero de la insinuación al hecho hay mucho trecho.

Inchney rió inaudiblemente.

—Desde luego que hay mucho trecho. No creo que haya nada más peligroso que una Fundación al extremo de la Galaxia.

—Además, está el príncipe —murmuró Commason, casi para sus adentros.

—¿También trata con el Mulo, señor?

Commason no fue capaz de ocultar su expresión complaciente.

—No enteramente. No como yo. Pero se está volviendo más díscolo, más incontrolable. Tiene un demonio en su interior. Si yo detengo a esta gente y él se la lleva para su propio uso, porque no le falta cierta astucia, yo aún no estoy preparado para pelearme con él. —Frunció el ceño y sus gordas mejillas se distendieron en una mueca de disgusto.

—Ayer vi a esos extranjeros durante un momento —dijo el canoso chófer sin venir a cuento—, y la mujer morena es muy extraña. Camina con la soltura de un hombre y su palidez contrasta notablemente con su oscura cabellera.

Había cierto ardor en el ronco murmullo de su voz, y Commason se volvió hacia él con repentina sorpresa.

—Creo que el príncipe —prosiguió Inchney— no encontraría desatinado un compromiso razonable. Usted podría quedarse con los otros si le dejara a la muchacha...

Commason se iluminó de alegría.

—¡Es una idea! ¡Es muy buena idea! ¡Inchney, vuelve atrás! Y si todo va bien, tú y yo discutiremos de nuevo la cuestión de tu libertad.

Con un sentido del simbolismo casi supersticioso, Commason encontró una Cápsula Personal esperándole en su estudio cuando regresó. Había llegado por una longitud de onda que muy pocos conocían. Commason sonrió con complacencia. El hombre del Mulo llegaría pronto, y la Fundación había caído realmente.

Los sueños nebulosos que Bayta había tenido de un palacio imperial no concordaban con la realidad, y en su interior sintió una vaga decepción. La habitación era pequeña, casi fea, casi ordinaria. El palacio ni siquiera podía compararse a la residencia del alcalde en la Fundación, y el propio Dagoberto IX...

Bayta tenía ideas *definidas* sobre el aspecto que debía tener un emperador. *No* debía parecer un abuelo benevolente. No debía ser delgado, canoso y arrugado... ni servir tazas de té con su propia mano como si estuviera ansioso por agradar a sus invitados.

Sin embargo, éste era así.

Dagoberto IX esbozó una sonrisa mientras servía el té a Bayta, que sostenía rígidamente la taza.

—Es un gran placer para mí, querida, disponer de un momento sin la presencia de cortesanos y sus ceremonias. Hace tiempo que no tenía la oportunidad de agasajar a visitantes de mis provincias exteriores. Ahora que soy viejo, mi hijo se ocupa de estos detalles. ¿No conocen a mi hijo? Es un muchacho estupendo, un poco testarudo quizá. Pero es que es joven. ¿Desea una cápsula aromatizada? ¿No?

Toran intentó una interrupción:

—Majestad Imperial...

—¿Sí?

—Majestad Imperial, no era nuestra intención imponeros nuestra presencia...

—Tonterías, no me imponen nada. Esta noche será la recepción oficial, pero hasta entonces estamos libres. Veamos, ¿de dónde han dicho que proceden? Creo que no hemos tenido una recepción oficial durante mucho tiempo. ¿Han dicho que vienen de la provincia de Anacreonte?

—¡De la Fundación, Majestad Imperial!

—¡Ah, sí!, la Fundación; ahora lo recuerdo. Pregunté dónde estaba; en la provincia de Anacreonte.

Nunca he estado allí. Mi médico me prohíbe los viajes largos. No recuerdo ningún informe reciente de mi virrey de Anacreonte. ¿Cómo está la situación allí? —concluyó ansiosamente.

—Señor —murmuró Toran—, no os traigo ninguna queja.

—Excelente. Felicitaré a mi virrey.

Toran miró con impotencia a Ebling Mis, que alzó su brusca voz:

—Señor, nos han dicho que necesitaremos vuestro permiso para visitar la Biblioteca Universal de la Universidad de Trántor.

—¿Trántor? —inquirió con extrañeza el emperador—. ¿Trántor? —Entonces cruzó su delgado rostro una expresión de dolor—. ¿Trántor? —murmuró—. Sí, ahora lo recuerdo. Estoy planeando volver allí con una escuadra de naves. Ustedes irán conmigo. Juntos destruiremos al rebelde Gilmer. ¡Juntos restauraremos el Imperio!

Enderezó su espalda curvada. Su voz había adquirido fuerza. Por un momento, su mirada fue dura. Entonces parpadeó y dijo en voz baja:

—Pero Gilmer ha muerto. Me parece recordar... ¡Sí, sí! ¡Gilmer ha muerto! Trántor también ha muerto... Por un instante pensé que... ¿De dónde han dicho que proceden?

Magnífico susurró a Bayta:

—¿Es realmente un emperador? Yo creía que los emperadores eran más grandes y más sabios que los hombres corrientes.

Bayta le indicó con una seña que callara. Intervino:

—Si Vuestra Majestad Imperial firmase una orden que nos permitiera ir a Trántor, ayudaríamos mucho a la causa común.

—¿A Trántor? —El Emperador vacilaba, sin comprender.

—Señor, el virrey de Anacreonte, en cuyo nombre hablamos, ha enviado la noticia de que Gilmer está vivo...

—¡Vivo! ¡Vivo! —exclamó Dagoberto—. ¿Dónde? ¡Significará la guerra!

—Majestad Imperial, aún no se puede divulgar. Su paradero es incierto. El virrey nos envía para comunicaros el hecho, y sólo en Trántor podremos encontrar su escondite. Cuando lo descubramos...

—Sí, sí.... hay que encontrarle... —El anciano Emperador fue tambaleándose hacia la pared y tocó la pequeña fotocélula con un dedo tembloroso. Murmuró, después de una pausa inútil—: Mis servidores no vienen. No puedo esperarles.

Escribió en una hoja de papel y terminó con una adornada «D». Dijo:

—Gilmer conocerá el poder de su Emperador. ¿De dónde han dicho que vienen? ¿De Anacreonte? ¿Cuál es la situación allí? ¿Tiene poder el nombre del Emperador?

Bayta tomó el papel de sus dedos inertes.

—Vuestra Majestad Imperial es amado por el pueblo. Vuestro amor por todos es bien conocido.

—Tendré que visitar a mi buena gente de Anacreonte, pero mi médico dice... No recuerdo lo que dice, pero... —Levantó la vista, y sus ojos grises eran agudos—. ¿Decían algo de Gilmer?

—No, Majestad Imperial.

—No seguirá avanzando. Regresen y díganselo a su pueblo. ¡Trántor resistirá! Mi padre dirige ahora la Flota, y el asqueroso rebelde de Gilmer se congelará en el espacio con su chusma homicida.

Se desplomó en un sillón y volvió a mirar con ojos ausentes.

—¿Qué estaba diciendo?

Toran se levantó e hizo una profunda reverencia.

—Vuestra Majestad Imperial ha sido bondadoso con nosotros, pero ya ha pasado el tiempo concedido a nuestra audiencia...

Por un momento, Dagoberto IX pareció un verdadero emperador cuando se levantó y esperó, erguido, a que sus visitantes se retirasen uno a uno hacia la puerta, caminando hacia atrás...

... y entonces intervinieron veinte hombres armados, que formaron un círculo a su alrededor.

Un arma relampagueó...

Bayta recobró el conocimiento paulatinamente, pero carente de la sensación de no saber dónde estaba. Recordó claramente al extraño anciano que se llamaba a sí mismo emperador, y a los otros hombres que esperaban fuera. El picor artrítico que sentía en las articulaciones de los dedos significaba que había sido el blanco de un rayo paralizante. Mantuvo los ojos cerrados y escuchó con atención las voces que apenas si oía.

Había dos. Una era lenta y cautelosa, con una insidia que se ocultaba bajo su tono afable. La otra era ronca y espesa, como la de un borracho, y salía en aparentes viscosos chorros. A Bayta no le gustó ninguna de las dos.

La voz espesa predominaba. Bayta captó las últimas palabras:

—Ese viejo loco vivirá eternamente. Me fastidia. Commason, tengo que conseguirlo. Yo también envejezco.

—Alteza, veamos primero si esa gente puede sernos útil. Es posible que obtengamos fuentes de fuerza distintas de la que su padre aún retiene.

La voz espesa se perdió en un murmullo. Bayta sólo oyó las palabras «la chica», pero la otra voz complaciente se fundió en una carcajada seguida de una frase confidencial, casi de camarada:

—Dagoberto, usted no envejece. Miente quien diga que no es un jovencito de veinte años.

Se rieron juntos, y la sangre de Bayta se heló en sus venas. Dagoberto, alteza... El viejo Emperador había hablado de un hijo testarudo, y la implicación de los susurros le resultó ahora de una alarmante claridad. Pero semejantes cosas no sucedían a la gente en la vida real...

Oyó de pronto la voz de Toran, que profería una lenta y dura maldición.

Abrió los ojos, y Toran, que la estaba mirando, expresó un inmenso alivio. Dijo con fiereza:

—¡Este acto de vandalismo será castigado por el Emperador! ¡Soltadnos!

Bayta se dio cuenta de que sus muñecas y tobillos estaban fijos a la pared y al suelo por un intenso campo de atracción.

La voz espesa se acercó a Toran. El hombre era barrigudo, sus párpados estaban hinchados y sus cabellos eran escasos. Había una alegre pluma en su sombrero de pico, y en los bordes de su jubón lucía un bordado de espuma de metal plateada. Se burló con pérfida diversión:

—¿El Emperador? ¿El pobre y loco Emperador?

—Tengo su pase. Ningún súbdito puede entorpecer nuestra libertad.

—Pero yo no soy un súbdito, basura del espacio. Soy el regente y príncipe heredero, y tienes que hablarme como a tal. En cuanto al bobalicón de mi padre, le divierte tener visitas de vez en cuando, y nosotros le seguimos la corriente. Halaga su vanidad imperial. Pero, como es natural, la cosa carece de cualquier otro significado.

Entonces se plantó delante de Bayta, y ella alzó la

vista con desdén. Se le acercó y ella notó que su aliento olía fuertemente a menta.

El hombre dijo:

—Tiene los ojos bonitos, Commason; es aún más hermosa cuando los abre. Creo que servirá. Será un manjar exótico para un paladar ahíto, ¿no crees?

Toran intentó fútilmente ponerse en pie, pero el príncipe heredero le ignoró. Bayta sintió que un escalofrío recorría todo su cuerpo. Ebling Mis continuaba inconsciente, con la cabeza colgando sobre el pecho, pero en cambio Magnífico, como Bayta comprobó con una sensación de sorpresa, tenía los ojos abiertos, muy abiertos, como si hubiera estado despierto desde hacía ya mucho rato. Sus grandes ojos marrones miraban a Bayta con fijeza, y entonces susurró, moviendo la cabeza en dirección del príncipe heredero:

—Ése tiene mi Visi-Sonor.

El príncipe heredero se volvió en redondo al oír la nueva voz.

—¿Esto es tuyo, monstruo?

Se descolgó el instrumento del hombro, donde lo había llevado suspendido por su correa verde sin que Bayta lo advirtiera. Lo palpó torpemente, intentó hacer sonar una cuerda y no lo consiguió.

—¿Sabes tocarlo, monstruo?

Magnífico asintió una vez con la cabeza.

Toran dijo de improviso:

—Han disparado contra una nave de la Fundación. Si su padre no nos venga, la Fundación lo hará.

El otro, Commason, contestó lentamente:

—¿*Qué* Fundación? ¿O es que el Mulo ya no es el Mulo?

No hubo respuesta, a esta pregunta. La sonrisa del príncipe mostró unos dientes desiguales. El campo de atracción del bufón fue neutralizado, y le ayudaron a empujones a ponerse en pie. Con un golpe le pusieron el instrumento en las manos.

—Toca para nosotros, monstruo —ordenó el príncipe—. Toca una serenata de amor y de belleza para esta dama extranjera que tenemos aquí. Dile que la prisión de mi padre no es ningún palacio, pero que puedo llevarla a uno donde nadará en agua de rosas... y conocerá el amor de un príncipe.

Colocó un grueso muslo sobre la mesa de mármol y balanceó perezosamente una pierna, mientras su fatua y sonriente mirada llenaba a Bayta de silenciosa furia. Los músculos de Toran luchaban contra el campo de atracción, en un esfuerzo tremendo. Ebling Mis se movió y emitió un gemido.

Magnífico jadeó:

—Mis dedos están rígidos...

—¡Toca, monstruo! —rugió el príncipe. Las luces disminuyeron su intensidad a un gesto de Commason, y el príncipe cruzó los brazos y esperó.

Magnífico hizo correr los dedos en rápidos y rítmicos saltos de un extremo a otro del instrumento de múltiples teclas, y un repentino arco iris de luz inundó la habitación. Sonó un tono bajo y suave, tembloroso y atemorizado, que enseguida se convirtió en una risa triste, acompañada por un sordo doblar de campanas.

La penumbra pareció intensificarse. La música llegó a Bayta como a través de los pliegues de invisibles mantas. Una luz deslumbradora la alcanzó desde las profundidades, como si un foco estuviese encendido en el fondo de un pozo.

Automáticamente, los ojos de Bayta se agrandaron. La luz se incrementó, pero continuó siendo difusa. Se movió en remolinos, en colores confusos, y la música se hizo repentinamente clamorosa y maligna, aumentando de volumen. La luz oscilaba, siguiendo el rápido y alevoso ritmo. Algo se retorcía dentro de la luz, algo que tenía escamas metálicas y venenosas... y la música se retorcía al unísono.

Bayta luchaba contra una extraña emoción, y entonces se sintió atrapada en una angustia mental que le recordó las horas pasadas en la Bóveda del Tiempo y los últimos días en Haven. Era la misma red viscosa y terrible del horror y la desesperación. Bayta se rindió a aquella opresión.

La música sonaba a su alrededor, riendo espantosamente, y aquel terror oscilante, como si mirara por el extremo opuesto de un telescopio, quedó abandonado en un pequeño círculo de luz cuando ella lo esquivó febrilmente. Su frente estaba húmeda y fría.

La música cesó. Debió de durar unos quince minutos, y su ausencia llenó a Bayta de indescriptible placer. La luz volvió a su volumen normal, y la cara de Magnífico, sudorosa, lúgubre, de ojos muy abiertos, se acercó a ella.

—Mi señora —jadeó—, ¿cómo se siente?

—No muy mal —murmuró ella—. Pero ¿por qué has tocado de ese modo?

Bayta miró a los restantes ocupantes de la habitación. Toran y Mis se hallaban tendidos, impotentes, contra la pared. El príncipe yacía en extraña posición debajo de la mesa. Commason emitía sonidos salvajes y lastimeros con la boca abierta de par en par.

Commason se encogió de miedo y vociferó cuando Magnífico dio un paso hacia él.

Magnífico dio media vuelta y, en un momento liberó a los demás.

Toran se puso en pie y agarró por el cuello al terrateniente.

—Usted vendrá con nosotros. Le necesitaremos para llegar a nuestra nave.

Dos horas después, en la cocina de la nave, Bayta

sirvió un enorme pastel, y Magnífico celebró el retorno al espacio atacándolo con total desprecio de la buena educación.

—¿Es bueno, Magnífico?

—¡Hum-m-m-m!

—Magnífico...

—¿Sí, mi señora?

—¿Qué fue lo que tocaste?

El bufón se retorció.

—Yo... prefiero no decirlo. Lo aprendí una vez, y el Visi-Sonor produce un profundo efecto sobre el sistema nervioso. Ciertamente fue una cosa mala y no apta para su dulce inocencia, mi señora.

—¡Oh!, vamos, vamos, Magnífico. No soy tan inocente. No me halagues así. ¿Vi yo algo parecido a lo que vieron ellos?

—Espero que no. Yo lo toqué sólo para ellos. Si usted lo vio, fue sólo por los bordes y desde lejos.

—Y fue suficiente. ¿Sabes que derribaste al príncipe?

Magnífico habló con voz sombría mientras masticaba un trozo de pastel:

—Le he matado, mi señora.

—¿Que? —exclamó Bayta, esforzándose por tragar.

—Estaba muerto cuando dejé de tocar; de otro modo, hubiese continuado tocando. No me preocupaba Commason. Su mayor amenaza era la muerte o la tortura. Pero, mi señora, ese príncipe la miraba con malas intenciones, y... —Se interrumpió en un acceso de indignación y timidez.

Bayta sintió que la asaltaban ideas muy extrañas, y las desechó con severidad.

—Magnífico, tienes un alma galante.

—¡Oh, mi señora! —Acercó su roja nariz al pastel, pero no comió.

Ebling Mis miraba fijamente por la portilla. Trántor estaba cerca; su brillo metálico era tremendamente intenso. Toran se encontraba al lado de Mis, y murmuró con amargura:

—Hemos venido para nada, Ebling. El hombre del Mulo nos precede.

Ebling Mis se frotó la frente con una mano que parecía haber perdido su antigua redondez. Su voz era un murmullo ininteligible.

Toran estaba furioso.

—Digo que esta gente sabe que la Fundación ha caído. Digo que...

—¿Cómo? —Mis le miró, perplejo. Entonces puso la mano con suavidad sobre la muñeca de Toran, habiendo olvidado completamente la conversación previa—. Toran, yo... He estado contemplando Trántor. Tengo una sensación muy singular... desde que llegamos a Neotrántor. Es como un ímpetu arrollador que me empuja y crece dentro de mí. Toran, puedo hacerlo, sé que puedo hacerlo. Las cosas están adquiriendo claridad en mi mente... nunca han sido tan claras.

Toran le miró fijamente... y se encogió de hombros. No comprendía el significado de aquellas palabras. Preguntó:

—¿Mis?

—¿Qué?

—¿No vio usted una nave aterrizando en Neotrántor cuando nos marchamos?

Mis reflexionó un instante.

—No.

—Yo, sí. Tal vez fue imaginación, pero podría haber sido aquella nave filiana.

—¿La que llevaba al capitán Han Pritcher?

—El espacio sabe a quién llevaba. Según Magnífico, era el capitán... Nos ha seguido hasta aquí, Mis.

Ebling Mis no dijo nada.

Toran exclamó con inquietud:

—¿Le ocurre algo? ¿No se siente bien?

Los ojos de Mis eran pensativos, luminosos y extraños. No contestó.

23.   LAS RUINAS DE TRÁNTOR

La localización de un objetivo en el gran mundo de Trántor presenta un problema único en la Galaxia. No hay continentes ni océanos que identificar desde mil quinientos kilómetros de distancia; no hay ríos, lagos ni islas que puedan verse a través de las nubes.

El mundo cubierto de metal era —había sido— una ciudad colosal, y únicamente el viejo palacio imperial podía ser identificado fácilmente por un extranjero desde el espacio exterior. La *Bayta* describió círculos sobre el mundo, casi a la misma altura que lo acostumbraba a hacer un coche aéreo, en su repetida y afanosa búsqueda.

Desde las regiones polares, donde la capa de hielo que cubría las torres de metal era una sombría evidencia del deterioro o abandono de la maquinaria acondicionadora del clima, se dirigieron hacia el sur. Ocasionalmente podían experimentar con las correlaciones —o presuntas correlaciones— entre lo que veían y lo que mostraba el mapa incompleto obtenido en Neotrántor.

Pero fue inconfundible cuando lo encontraron. La

grieta en la capa de metal del planeta tenía setenta kilómetros. El insólito follaje se extendía sobre ciertos de kilómetros cuadrados, en cuyo centro se ocultaba la delicada gracia de las antiguas residencias imperiales.

La nave *Bayta* revoloteó y se orientó lentamente. Sólo las enormes supercalzadas podían guiarles. Largas y rectas flechas en el mapa; lisas y resplandecientes cintas en la superficie que había debajo de ellos.

Llegaron por cálculo aproximado a lo que en el mapa figuraba como el área de la Universidad, y la nave descendió sobre lo que un día debió ser un bullicioso cosmódromo.

Fue cuando se sumergieron en el océano de metal que la aparente belleza vista desde el aire se transformó en las tétricas ruinas que quedaron tras el Gran Saqueo. Las torres estaban truncadas, los lisos muros tenían grandes agujeros, y vieron por un instante un área de tierra desnuda, oscura y arada, que debía tener varios centenares de hectáreas.

Lee Senter esperó a que la nave se posara cautelosamente. Era una nave extraña, que no procedía de Neotrántor; en su interior exhaló un suspiro. Las naves extranjeras y los tratos confusos con hombres del espacio exterior podían significar el fin de los cortos días de paz, un retorno a los viejos y grandiosos tiempos de batallas y muerte. Senter era el jefe del Grupo; los libros antiguos estaban a su cargo y había leído sobre los tiempos en que fueron editados. No quería que volvieran.

Tal vez transcurrieron diez minutos hasta que la extraña nave quedó definitivamente posada en la llanura, y durante ese tiempo le asaltaron recuerdos de aquellos lejanos días. Vio primero la inmensa granja de su infancia, que perduraba en su memoria como el lugar donde trabajaba mucha gente. Luego vio la emigración de las familias jóvenes hacia nuevas tierras.

Entonces él contaba diez años; era hijo único, y estaba perplejo y asustado.

Después, los edificios nuevos; las grandes planchas metálicas que tuvieron que ser retiradas y partidas; la tierra que quedó al descubierto tuvo que ser trabajada, abonada y reforzada; las viejas construcciones fueron derribadas y algunas transformadas en viviendas.

Hubo que sembrar y recoger la cosecha; establecer relaciones pacíficas con las granjas vecinas...

Hubo crecimiento y expansión bajo la tranquila eficiencia del autogobierno. Llegó una nueva generación de niños fuertes nacidos en aquellas tierras. Y, por fin, el gran día en que fue elegido jefe del Grupo; y por primera vez desde que cumpliera dieciocho años no se afeitó y contempló cómo aparecía el primer vello de su Barba de Jefe.

Y ahora aquella intrusión podía poner fin al breve idilio del aislamiento...

La nave aterrizó. Vio en silencio cómo se abría el portillo. Salieron cuatro personas, cautelosas y vigilantes. Había tres hombres, diferentes, extraños; uno viejo, uno joven, otro flaco y narigudo. Y una mujer que caminaba junto a ellos como su igual. Se tocó la negra y poblada barba mientras salía a su encuentro.

Hizo el gesto universal de paz, adelantando ambas manos, con las duras y encallecidas palmas hacia arriba.

El joven se acercó dos pasos e imitó su gesto.

—Vengo en son de paz.

El acento era extraño, pero las palabras fueron comprensibles y amables. Replicó con voz profunda:

—Que así sea. Sed bien venidos a la hospitalidad del Grupo. ¿Tenéis hambre? Comeréis. ¿Tenéis sed? Beberéis.

Lentamente llegó la respuesta:

—Agradecemos tu bondad y daremos un buen informe de tu Grupo cuando volvamos a nuestro mundo.

Una respuesta extraña, pero buena. Tras él, los hombres del Grupo sonreían, y las mujeres aparecieron frente a los huecos de los edificios circundantes.

En su propia morada, sacó de su escondite la caja de cristal cerrada con llave y ofreció a cada uno de sus huéspedes los largos y gruesos cigarros reservados para las grandes ocasiones. Delante de la mujer, vaciló. Se había sentado entre los hombres. Era evidente que los extranjeros permitían, incluso esperaban, aquella desfachatez. Rígidamente, le ofreció la caja.

Ella aceptó uno con una sonrisa, y aspiró el humo aromático con toda la fruición que era de esperar. Lee Senter reprimió una escandalizada emoción.

La conversación, forzada, que precedió a la comida, versó cortésmente sobre el tema agrícola de Trántor.

Fue el viejo quien preguntó:

—¿Y las instalaciones hidropónicas? Seguramente, en un mundo como Trántor, podrían ser la solución.

Senter meneó la cabeza con lentitud. Se sentía inseguro. Sus conocimientos sólo se referían a los libros que había leído.

—¿Está hablando de un cultivo artificial con productos químicos? No, no sirve en Trántor. Estas instalaciones requieren un mundo industrial, por ejemplo, una gran industria química. Y en la guerra o el desastre, cuando la industria se paraliza, la gente se muere de hambre. Además, no todos los alimentos pueden cultivarse artificialmente. Algunos pierden su poder nutritivo. El suelo es barato, aún mejor, y siempre es más seguro.

—¿Y su cosecha de alimentos es suficiente?

—Suficiente, sí; tal vez sea monótona. Tenemos gallinas ponedoras y animales que nos dan leche; pero nuestro suministro de carne depende de nuestro comercio exterior.

—¿Comercio? —El joven pareció repentinamente interesado—. Así que ustedes comercian. Pero ¿qué exportan?

—Metal —fue la tajante respuesta—. Mire a su alrededor. Tenemos una cantidad inagotable, y ya fabricada. Vienen con naves desde Neotrántor, derriban el área indicada, con lo cual aumenta nuestro suelo cultivable, y nos dejan a cambio carne, fruta enlatada, concentrados de alimentos, maquinaria agrícola, etc. Se llevan el metal y las dos partes salimos ganando.

Comieron pan y queso, y un estofado de verduras que era realmente delicioso. Mientras comían el postre de fruta congelada, el único elemento importado del menú, los extranjeros fueron, por primera vez, algo más que meros huéspedes. El joven mostró un mapa de Trántor.

Lee Senter lo estudió con calma. Escuchó y replicó gravemente:

—Los terrenos de la Universidad son un área estática. Nosotros los granjeros no cultivamos en ella. Incluso preferimos no pisarla. Es una de las escasas reliquias del pasado que deseamos conservar intacta.

—Nosotros buscamos la ciencia. No tocaríamos nada. Nuestra nave sería nuestro rehén —propuso el viejo, ansiosa y febrilmente.

—Entonces, les llevaré hasta allí —dijo Senter.

Aquella noche los extranjeros durmieron, y mientras tanto Lee Senter envió un mensaje a Neotrántor.

24.   EL CONVERSO

La escasa vida de Trántor se extinguió cuando se introdujeron entre los espaciados edificios del campus de la Universidad. Reinaba un silencio solemne y solitario.

Los extranjeros de la Fundación no sabían nada de los agitados días y noches del sangriento Saqueo, que había dejado intacta la Universidad. No sabían nada de la época posterior al colapso del poder imperial, cuando los estudiantes, con armas prestadas y un valor inusitado, formaron un ejército de voluntarios para proteger el santuario de la ciencia de la Galaxia. No sabían nada de la lucha de los Siete Días y del armisticio que liberaba a la Universidad cuando incluso en el palacio imperial resonaban las botas de Gilmer y sus soldados durante el breve intervalo de su dominación.

Los de la Fundación, al acercarse por primera vez, comprendieron solamente que, en un mundo de transición entre lo viejo y podrido y lo esforzadamente nuevo, este área era una tranquila y delicada pieza de museo de antigua grandeza.

En cierto sentido, eran intrusos. El vacío grande y

solemne rechazaba su presencia. La atmósfera académica parecía vivir aún y temblar airadamente ante su intrusión.

La biblioteca era un edificio de pequeñas dimensiones que en su parte subterránea alcanzaba una enorme extensión de silencio y ensueño. Ebling Mis se detuvo ante los elaborados murales de la sala de recepción.

Murmuró (allí era preciso hablar en susurros):

—Creo que nos hemos dejado atrás la sala de los catálogos. Voy a ver si la encuentro. —Tenía la frente enrojecida y su mano temblaba—. No debo ser molestado, Toran. ¿Me bajarás la comida allí?

—Lo que usted diga. Haremos cuanto sea necesario para ayudarle. ¿Quiere que trabajemos con usted?

—No. Debo estar solo...

—¿Cree que conseguirá lo que quiere?

Ebling Mis replicó con tranquila certidumbre:

—¡Estoy seguro de ello!

Toran y Bayta estuvieron más cerca de «montar una casa» de la forma normal que en cualquier otro momento del tiempo que llevaban casados. Era una especie extraña de «montar una casa». Vivían rodeados de grandeza con una sencillez inapropiada. Su alimento procedía en gran parte de la granja de Lee Senter, y lo pagaban con los pequeños utensilios atómicos de que disponía la nave de cualquier comerciante.

Magnífico aprendió a utilizar los proyectores de la sala de lectura y pasaba las horas leyendo novelas de aventuras y romances de amor, absorto hasta el punto de olvidarse de comer y dormir, como le sucedía a Ebling Mis.

En cuanto a Ebling, estaba completamente aislado. Había insistido en que le instalaran una hamaca en la Sala de Psicología. Su rostro adelgazó y empalideció. Su voz fue perdiendo su fuerza acostumbrada, y olvidó sus maldiciones preferidas. Había momentos en que parecía luchar para reconocer a Toran o a Bayta.

Era más él mismo cuando estaba con Magnífico, que le llevaba las comidas y a menudo se sentaba a contemplarle durante horas con una extraña y fascinada atención, mientras el anciano psicólogo transcribía larguísimas ecuaciones, buscaba referencias en interminables libros audiovisuales, y se paseaba de un lado a otro entregado a un salvaje esfuerzo mental cuyo objetivo sólo él conocía.

Toran tropezó con Bayta en la habitación oscura, y exclamó:

—¡Bayta!

Ella le miró con expresión de culpabilidad.

—¿Qué? ¿Me buscabas, Torie?

—Claro que te buscaba. ¿Qué diablos estás haciendo aquí? Estás actuando de un modo extraño desde que llegamos a Trántor. ¿Qué te pasa?

—¡Oh, Torie, calla! —contestó con gesto de cansancio.

—¡Oh, Torie, calla! —repitió él en son de burla. Y luego, con repentina suavidad—: ¿No quieres decirme qué te pasa, Bay? Algo te preocupa.

—¡No! No me preocupa nada, Torie. Si continúas acusándome, me volverás loca. Sólo estoy... pensando.

—¿Pensando en qué?

—En nada. Bueno, en el Mulo, en Haven, en la Fundación, en todo un poco. En Ebling Mis y si encontrará algo sobre la Segunda Fundación; y si representará una ayuda el hecho de que lo encuentre... y un millón de otras cosas. ¿Satisfecho? —Su voz tenía un timbre de agitación.

—Si sólo estás pensando, ¿te importaría dejar de hacerlo? No es agradable y no mejora la situación.

Bayta se puso en pie y sonrió débilmente.

—Muy bien, soy feliz. Mira, sonrío y estoy alegre.

La voz de Magnífico gritó con ansiedad en el umbral:

—¡Mi señora...!

—¿Qué ocurre? Pasa...

La voz de Bayta se ahogó de repente cuando en el umbral apareció el robusto y severo...

—¡Pritcher! —exclamó Toran.

Bayta tartamudeó:

—¡Capitán! ¿Cómo nos ha encontrado?

Han Pritcher entró en la habitación. Su voz era clara y tranquila, y totalmente desprovista de emoción.

—Ahora ostento el rango de coronel... a las órdenes del Mulo.

—¡A las órdenes del... Mulo! —repitió Toran. Los tres se quedaron inmóviles.

Magnífico le miró fijamente y se escondió detrás de Toran. Nadie reparó en él.

Bayta dijo, juntando fuertemente sus manos temblorosas:

—¿Va a arrestarnos? ¿De verdad se ha pasado a ellos?

El coronel contestó rápidamente:

—No he venido a arrestarles. Mis instrucciones no hacen mención a ninguno de ustedes. En este caso, soy libre de hacer lo que quiera, y, si me lo permiten, me gustaría evocar nuestra vieja amistad.

El rostro de Toran expresaba una furia reprimida.

—¿Cómo me ha encontrado? ¿De modo que estaba en la nave filiana? ¿Nos siguió?

La impasibilidad del rostro de Pritcher esbozó un leve desconcierto.

—Estaba en la nave filiana. Pero les encontré... bueno, por casualidad.

—Es una casualidad matemáticamente imposible.

—No. Es sólo improbable, así que deben creerme. En cualquier caso, ustedes admitieron ante los filianos (por supuesto, la nación de Filia no existe en realidad) que se dirigían al sector de Trántor, y como el Mulo ya tiene contactos en Neotrántor, era fácil detenerles allí. Por desgracia, ustedes se marcharon antes de mi llegada, un poco antes. Tuve tiempo de ordenar a las granjas de Trántor que me advirtieran de su presencia aquí. Así lo hicieron, y por eso he venido. ¿Puedo sentarme? Vengo como amigo, créanme.

Tomó asiento. Toran bajó la cabeza. Con una entumecida falta de emoción, Bayta preparó el té.

Toran alzó bruscamente la vista.

—Bien, ¿a qué está esperando, *coronel*? ¿En qué consiste su amistad? Si no es un arresto, ¿qué es? ¿Acaso piensa custodiarnos? Llame a sus hombres y dé las órdenes oportunas.

Pacientemente, Pritcher meneó la cabeza.

—No, Toran. He venido por propia voluntad a hablar con ustedes, a persuadirles de la inutilidad de lo que están haciendo. Si fracaso, me iré. Eso es todo.

—¿Eso es todo? Pues bien, vomite su propaganda, pronuncie su discurso y váyase. Yo no quiero té, Bayta.

Pritcher aceptó una taza con una grave frase de agradecimiento. Mientras bebía a sorbos miró a Toran con fuerza serena. Entonces dijo:

—El Mulo *es* un mutante. No puede ser vencido por la naturaleza de su mutación...

—¿Por qué? ¿Cuál es su mutación? —preguntó Toran con sarcasmo—. Supongo que ahora puede decírnoslo, ¿no?

—Sí, se lo diré. El hecho de que ustedes lo sepan no le perjudicará. Verán... es capaz de dirigir el equilibrio emocional de los seres humanos. Parece un pequeño truco, pero es totalmente efectivo.

Bayta interrumpió:

—¿El equilibrio emocional? —Frunció el ceño—. ¿Quiere explicarnos eso? No lo entiendo del todo.

—Quiero decir que es fácil para él inspirar, por ejemplo, en un general, la emoción de completa lealtad al Mulo y de completa fe en la victoria del Mulo. Sus generales están controlados emocionalmente. No pueden traicionarle, no pueden flaquear... y el control es permanente. Sus enemigos más inteligentes se convierten en sus más fieles subordinados. El señor guerrero de Kalgan le entregó su planeta y se convirtió en virrey de la Fundación.

—Y usted —añadió amargamente Bayta— traiciona su causa y se convierte en el enviado del Mulo en Trántor. ¡Comprendo!

—No he terminado. La facultad del Mulo funciona a la inversa todavía con mayor efectividad. ¡El desespero es una emoción! En el momento crucial, hombres clave de la Fundación, hombres clave de Haven, se desesperaron. Sus mundos cayeron sin apenas luchar.

—¿Quiere usted decir —preguntó tensamente Bayta— que la sensación que me invadió en la Bóveda del Tiempo fue provocada por el Mulo, que controlaba mi estado emocional?

—Sí, y el mío, y el de todos. ¿Qué pasó en Haven cuando se acercaba el fin?

Bayta miró hacia otra parte.

El coronel Pritcher continuó con vehemencia:

—Del mismo modo que actúa sobre los mundos, actúa sobre los individuos. ¿Podría usted luchar contra una fuerza capaz de hacer que se rinda voluntariamente en un momento determinado? ¿Capaz de convertirle en un fiel servidor cuando se le antoja?

Toran preguntó con lentitud:

—¿Cómo puedo saber si todo esto es cierto?

—¿Puede explicar la caída de la Fundación y de Haven de alguna otra manera? ¿Puede explicar mi conversión? ¡Reflexione, hombre! ¿Qué hemos hecho usted o yo, o toda la Galaxia en todo este tiempo, contra el Mulo? ¿Hemos hecho algo, aunque sea poca cosa?

Toran aceptó el reto.

—¡Por la Galaxia que puedo explicarlo! —Y gritó con repentina y fiera satisfacción—: Su maravilloso Mulo tiene contactos con Neotrántor que, según usted, debieran habernos detenido, ¿verdad? Esos contactos ya no existen. Nosotros matamos al príncipe heredero y convertimos al otro en un idiota inútil. El Mulo no nos detuvo allí ni pudo hacer nada contra nosotros.

—No, no, de ninguna manera. Ésos no eran nuestros hombres. El príncipe heredero era una mediocridad, y borracho por añadidura. El otro hombre, Commason, es totalmente estúpido. Tenía poder en su mundo, pero eso no le impidió ser vicioso, malévolo y por completo incompetente. No teníamos nada que ver con ellos. En cierto sentido marionetas...

—Pero fueron ellos quienes nos detuvieron, o lo intentaron.

—Se equivoca de nuevo. Commason tenía un esclavo personal, un hombre llamado Inchney. La idea de su detención fue *suya*. Es viejo, pero servirá para nuestros propósitos momentáneos. Ustedes no habrían podido matarle.

Bayta se encaró con el coronel. No había tocado su taza de té.

—Pero, según usted mismo ha confesado, sus emociones están controladas. Tiene fe en el Mulo, una fe antinatural y *enfermiza* en el Mulo. ¿Qué valor tienen sus opiniones? Ha perdido toda su capacidad de pensar objetivamente.

—Está usted en un error. —El coronel negó lentamente con la cabeza—. Sólo las emociones me han sido dictadas. Mi razón es la misma de siempre. Puede ser influenciada hacia cierta dirección por mis emociones dirigidas, pero no es *forzada*. Y hay algunas cosas que puedo ver más claramente ahora que estoy libre de mi anterior tendencia emocional. Puedo ver que el programa del Mulo es inteligente y práctico. Desde que he sido... convertido, he seguido su carrera desde su comienzo, hace siete años. Con su poder mental mutante empezó venciendo a un caudillo y a su banda. Después conquistó un planeta. Con eso, y su poder, extendió su influencia hasta que pudo vencer al señor guerrero de Kalgan. Cada uno de sus pasos siguió al anterior de manera lógica. Con Kalgan en el bolsillo, tuvo en sus manos una flota de primera clase, y con eso, y su poder, pudo atacar a la Fundación. La Fundación es la clave. Es el área de mayor concentración industrial de la Galaxia, y ahora que las técnicas atómicas de la Fundación están en sus manos, es el verdadero dueño de la Galaxia. Con esas técnicas, y su poder, puede obligar a los restos del Imperio a reconocer su dominio, y eventualmente, cuando muera el viejo Emperador, que está loco y no vivirá mucho tiempo, a coronarle Emperador. Entonces lo será de nombre y no sólo de hecho. Con eso, y su poder, ¿dónde está el mundo de la Galaxia que pueda hacerle frente? En estos últimos siete años ha establecido un nuevo imperio. En otras palabras: en siete años habrá realizado lo que toda la psicohistoria de Seldon no podría haber hecho en menos de setecientos. La Galaxia disfrutará por fin de paz y de orden. Y ustedes no podrían detenerlo, como no podrían detener con sus hombros el curso de un planeta.

Un largo silencio siguió al discurso de Pritcher. El resto de su té se había enfriado. Vació su taza, la volvió a llenar y bebió lentamente. Toran se mordía la uña del pulgar. El rostro de Bayta era frío, distante y lívido.

Entonces Bayta dijo con voz débil:

—No estamos convencidos. Si el Mulo desea que vivamos, que venga aquí y nos influya él mismo. Usted luchó contra él hasta el último momento de su conversión, ¿no es verdad?

—En efecto —afirmó solemnemente Pritcher.

—Entonces concédanos el mismo privilegio.

El coronel Pritcher se levantó. Con tono decidido e irrevocable, dijo:

—En este caso, me voy. Como he dicho antes, mi actual misión no les concierne en modo alguno. Por consiguiente, no creo que sea necesario informar de su presencia aquí. No se trata de un gran favor. Si el Mulo desea detenerles, sin duda dispone de otros hombres para hacer el trabajo, y ellos les detendrán. Pero, aunque no sirva de nada, yo no contribuiré a menos que reciba una orden.

—Gracias —musitó Bayta.

—¿Y Magnífico? ¿Dónde está? Sal de ahí, Magnífico, no te haré ningún daño...

—¿Qué hay de él? —preguntó Bayta con repentina animación.

—Nada. Mis instrucciones tampoco le mencionan. He oído decir que le buscan, pero el Mulo le encontrará cuando le convenga. Yo no diré nada. ¿Quieren estrechar mi mano?

Bayta negó con la cabeza. Toran le miró con furioso desprecio. El coronel bajó casi imperceptiblemente los hombros. Se fue hacia la puerta, y allí se volvió y dijo:

—Una última cosa. No crean que desconozco el motivo de su terquedad. Se sabe que están buscando la Segunda Fundación. El Mulo tomará sus medidas a su debido tiempo. Nada puede ayudarles... Pero yo les conocí en otros tiempos y tal vez haya algo en mi conciencia que me ha impulsado a hacer esto; en cualquier caso, he tratado de ayudarles y evitarles el peligro final antes de que fuera demasiado tarde. Adiós.

Se cuadró rígidamente... y desapareció.

Bayta se volvió hacia Toran y murmuró:

—Incluso están enterados de lo de la Segunda Fundación.

En la escondida biblioteca, Ebling Mis, ajeno a todos, se acurrucaba bajo un rayo de luz en la penumbra de la enorme sala, y mascullaba triunfalmente para sí.

25. LA MUERTE DE UN PSICÓLOGO

A partir de entonces, a Ebling Mis sólo le quedaban dos semanas de vida.

Y en aquellas dos semanas, Bayta estuvo con él tres veces. La primera fue la noche que siguió a la visita del coronel Pritcher. La segunda fue a la semana siguiente, y la tercera también una semana después —el último día—, el día en que Mis murió.

La primera vez, cuando se hubo ido el coronel Pritcher, Toran y Bayta, anonadados, pasaron una hora meditando, dando vueltas a los mismos problemas. Bayta dijo:

—Torie, hemos de decírselo a Ebling.

Toran repuso con voz átona:

—¿Crees que puede ayudarnos?

—Nosotros sólo somos dos. Compartiremos la carga con él. Tal vez se le ocurra algo.

—Ha cambiado —observó Toran—. Ha perdido peso. Está un poco desorientado, como ausente. —Movió los dedos en el aire, metafóricamente—. A veces pienso que no puede servirnos de mucho, y otras creo que nada puede servirnos.

—¡No digas eso! —gritó Bayta—. ¡Torie, no digas eso! Cuando te oigo me da la impresión de que el Mulo nos está captando. Digámoselo a Ebling, Torie, ¡ahora mismo!

Ebling Mis levantó la vista de los libros que tenía sobre el largo escritorio y les miró, parpadeando, mientras se acercaban. Sus cabellos estaban desgreñados, y sus labios emitían sonidos ininteligibles.

—¿Eh? —preguntó—. ¿Alguien me busca?

Bayta se arrodilló.

—¿Le hemos despertado? ¿Quiere que nos vayamos?

—¿Irse? ¿Quién es? ¿Bayta? ¡No, no, quédate! ¿No hay sillas? Las he visto en alguna parte... —Y señaló vagamente con un dedo.

Toran acercó dos sillas. Bayta se sentó y tomó entre las suyas las manos fláccidas del psicólogo.

—¿Podemos hablar con usted, doctor? —Raramente usaba el título.

—¿Ocurre algo malo? —Las mejillas de Mis recuperaron algo de color—. ¿Ocurre algo malo?

Bayta contestó:

—Ha venido el capitán Pritcher. Déjame hablar a mí, Torie. ¿Recuerda al capitán Pritcher, doctor?

—Sí..., sí... —Se pellizcó los labios y los soltó—. Es un hombre alto. Un demócrata.

—Sí, es él. Ha descubierto la mutación del Mulo. Ha estado aquí, doctor, y nos lo ha contado.

—Pero esto no es nada nuevo. Yo ya conozco la mutación del Mulo. —Y añadió con genuino asombro—: ¿No os lo he dicho? ¿He olvidado decíroslo?

—¿Decirnos qué? —intervino Toran con rapidez.

—La mutación del Mulo, naturalmente. Interfiere en las emociones. ¡El control emocional! ¿No os lo he dicho? ¿Por qué me habré olvidado? —Se mordió el labio inferior, absorto.

Entonces, lentamente, la vida volvió a su voz y abrió mucho los párpados, como si su cerebro embotado hubiese encontrado su cauce normal. Habló como en sueños, mirando a un punto inexistente entre sus dos interlocutores:

—En realidad, es muy sencillo: no requiere un conocimiento especializado. Por supuesto, en las matemáticas de la psicohistoria se resuelve muy pronto con una ecuación de tercer grado, sin necesitar más complicaciones. Pero dejemos eso. Puede exponerse con palabras corrientes, de modo general, y hacerlo comprensible, lo cual no suele ocurrir con los fenómenos psicohistóricos.

»Preguntaos a vosotros mismos... ¿Qué puede desbaratar el cuidadoso esquema histórico de Hari Seldon? —Les miró con una leve e inquisitiva ansiedad—. ¿Cuáles fueron los supuestos originales de Seldon? Primero, que no habría ningún cambio fundamental en la sociedad humana durante los próximos mil años.

»Por ejemplo, suponed que hubiera un cambio importante en la tecnología de la Galaxia, como el hallazgo de un nuevo principio para la utilización de la energía o el perfeccionamiento del estudio de la neurobiología electrónica. Los cambios sociales harían anticuadas las ecuaciones originales de Seldon. Pero eso no ha ocurrido, ¿verdad?

»O suponed que se inventara, fuera de la Fundación, una nueva arma capaz de contrarrestar todas las armas de la Fundación. *Eso* podría causar una considerable desviación, aunque con menor certeza. Pero tampoco ha ocurrido. El depresor atómico de campo ideado por el Mulo ha sido un arma torpe que hemos podido neutralizar. Y es la única novedad que ha presentado.

»¡Pero había un segundo supuesto, más sutil! Seldon supuso que la reacción humana a los estímulos permanecería constante. Si admitimos que el primer supuesto fue correcto, ¡entonces *debe haber fallado el segundo*! Algún factor debe estar retorciendo y desfigurando la respuesta emocional de los seres humanos, o Seldon no habría fracasado y la Fundación no habría caído. ¿Y qué factor podía ser, sino el Mulo?

»¿Tengo razón? ¿Hay alguna laguna en mi razonamiento?

La mano regordeta de Bayta le dio unas palmadas.

—Ninguna laguna, Ebling.

Mis estaba satisfecho como un niño.

—De esto se deducen otras cosas con la misma facilidad. Os digo que a veces me pregunto qué estará pasando en mi interior. Creo que recuerdo el tiempo en que tantas cosas eran un misterio para mí... y ahora todo está muy claro. No existen problemas. Me enfrento a algo que podría serlo, y de alguna forma veo y comprendo en mi interior. Y parece que mis intuiciones y mis teorías me son dictadas. Hay un ímpetu dentro de mí... me empuja siempre más allá... no permite que me detenga... y no siento deseos de comer o dormir... sólo de continuar... continuar...

Su voz era un murmullo, su mano ajada y de venas azules se posó temblorosamente en su sien. En sus ojos había un frenesí que se encendía y apagaba. Añadió con más calma:

—¿Así que nunca os he hablado de los poderes mutantes del Mulo? Pero... ¿no acabáis de decirme que los conocéis?

—Nos lo dijo el capitán Pritcher, Ebling —repuso Bayta—. ¿Le recuerda?

—¿Él os lo dijo? —En su tono se advertía cierto resentimiento—. Pero ¿cómo lo ha averiguado?

—Ha sido influenciado por el Mulo. Ahora es coronel y uno de los hombres del mutante. Vino a aconsejarnos que nos rindiésemos al Mulo, y nos contó lo que usted acaba de decirnos.

—Entonces, ¿el Mulo sabe que estamos aquí? He de apresurarme... ¿Dónde está Magnífico? ¿No está con vosotros?

—Se ha ido a dormir —contestó Toran con impaciencia—. Es más de medianoche, ¿lo sabía usted?

—¿De veras? ¿Dormía yo cuando habéis entrado?

—Creo que sí —dijo Bayta con decisión—, y no le permitiremos que vuelva al trabajo. Se irá a dormir. Vamos, Torie, ayúdame. Y usted deje de empujarme, Ebling, o le meteré primero bajo la ducha. Quítale los zapatos, Torie, y mañana ven a buscarle y llévatelo a respirar aire puro antes de que se pudra. ¡Fíjese, Ebling, está usted criando telarañas! ¿Tiene hambre?

Ebling Mis meneó la cabeza y les miró desde su catre con expresión confundida.

—Quiero que mañana me enviéis a Magnífico —susurró.

Bayta le tapó hasta el cuello con la sábana.

—Seré *yo* quien venga mañana, con su ropa limpia. Le haré tomar un buen baño y salir a visitar la granja y sentir el calor del sol.

—No lo haré —dijo Mis débilmente—. ¿Me oyes? Estoy demasiado ocupado.

Sus escasos cabellos yacían sobre la almohada como un fleco plateado en torno a su cabeza. Su voz murmuró en tono confidencial:

—Queréis encontrar la Segunda Fundación, ¿no?

Toran se volvió con rapidez y se puso en cuclillas junto al catre.

—¿Qué sabe de la Segunda Fundación, Ebling?

El psicólogo sacó un brazo de debajo de la sábana, y sus dedos cansados agarraron a Toran por la manga.

—Las Fundaciones fueron establecidas en una gran Convención de Psicología presidida por Hari Seldon, Toran. He localizado las actas de aquella Convención.

Veinticinco gruesos rollos de película. Ya he dado un repaso a varios sumarios.

—¿Y qué?

—Pues que es muy fácil encontrar en ellos el lugar de la Primera Fundación, si se sabe algo de psicohistoria. Se alude a ella con frecuencia, si se comprenden las ecuaciones. Pero, Toran, nadie menciona a la Segunda Fundación. No existe referencia de ella en ninguna parte.

Toran enarcó las cejas.

—Entonces, ¿no existe?

—¡Claro que existe! —gritó airadamente Mis—. ¿Quién ha dicho lo contrario? Pero no se habla de ella. Su importancia, y todo lo concerniente a ella, está oculto, velado. ¿No lo comprendes? Es la más importante de las dos. Es la esencial, *¡la que cuenta!* Y yo tengo las actas de la Convención de Seldon. El Mulo aún no ha vencido...

Bayta, sin hacer ruido, apagó las luces.

—A dormir.

Sin hablar, Toran y Bayta se dirigieron a sus propios aposentos.

Al día siguiente, Ebling Mis se bañó y se vistió, vio el sol de Trántor y sintió su viento por última vez. Al final del día se sumergió de nuevo en las gigantescas salas de la biblioteca, y nunca más volvió a salir.

Durante la semana que siguió, la vida continuó su curso. El sol de Neotrántor era una estrella quieta y brillante en el firmamento nocturno de Trántor. La granja estaba ocupada con la siembra de primavera. Los terrenos de la Universidad estaban silenciosos. La Galaxia parecía vacía. Era como si el Mulo no hubiera existido nunca.

Bayta pensaba todo esto mientras contemplaba a Toran que encendía cuidadosamente su cigarro y miraba las partes de cielo azul visibles entre las altas torres metálicas que les rodeaban.

—Es un hermoso día —dijo Toran.

—En efecto. ¿Tienes todo lo que necesitamos en la lista, Torie?

—Sí. Mantequilla, una docena de huevos, judías verdes... Todo está aquí, Bay. Lo traeré sin falta.

—Bien. Y asegúrate de que las verduras son de la última cosecha, y no reliquias de museo. A propósito, ¿has visto a Magnífico en alguna parte?

—No, desde el desayuno. Seguramente estará abajo con Ebling, mirando un libro-película.

—Muy bien. No pierdas el tiempo, porque necesito los huevos para la comida.

Toran se fue con una sonrisa y saludando con la mano.

Bayta dio media vuelta cuando Toran se perdió de vista entre el revoltijo de metal. Vaciló ante la puerta de la cocina, retrocedió lentamente, y se deslizó por entre las columnas que conducían al ascensor por el que se bajaba a la biblioteca.

Allí estaba Ebling Mis, con la cabeza inclinada sobre los oculares del proyector, y el cuerpo encorvado e inmóvil. Junto a él se hallaba Magnífico, acurrucado en una silla, con los ojos vigilantes; era como un montón de miembros desarticulados, con una nariz que acentuaba la delgadez de su rostro. Bayta dijo suavemente:

—Magnífico...

Magnífico se puso en pie de un salto. Su voz era un ansioso murmullo:

—¡Mi señora!

—Magnífico —dijo Bayta—, Toran se ha ido a la granja y estará un rato fuera. ¿Serías tan amable de correr tras él con un mensaje que voy a escribir?

—Gustosamente, mi señora. Mis pequeños servicios son suyos sin reserva, por si pueden serle de alguna utilidad.

Se quedó sola con Ebling Mis, que no se había movido. Firmemente, colocó una mano en su hombro.

—Ebling...

El psicólogo se sobresaltó y exhaló un grito:

—¿Qué...? —Arrugó los ojos—. ¿Eres tú, Bayta? ¿Dónde está Magnífico?

—Le he mandado fuera. Quería estar sola con usted durante un rato. —Pronunciaba las palabras con exagerada claridad—. Quiero hablarle, Ebling.

El psicólogo hizo ademán de volver a su proyector, pero la mano de Bayta se mantuvo firme sobre su hombro. Sintió claramente el hueso bajo la manga. La carne parecía haberse fundido desde su llegada a Trántor. Tenía el rostro delgado, amarillento, y llevaba una barba de varios días. Los hombros estaban visiblemente encorvados, incluso sentado.

—Magnífico no le molesta, ¿verdad, Ebling? —preguntó Bayta—. No se mueve de aquí ni de noche ni de día.

—¡No, no, no! En absoluto. Ni siquiera advierto su presencia. Guarda silencio y nunca me distrae. A veces me lleva y me trae los rollos de película; parece saber lo que necesito sin que se lo pida. Déjale seguir aquí.

—Muy bien, pero... Ebling, ¿no le inspira extrañeza? ¿Me oye, Ebling? ¿No le inspira extrañeza?

Empujó una silla junto a él y le miró fijamente, como si quisiera leer la respuesta en sus ojos. Ebling Mis meneó la cabeza.

—No. ¿A qué te refieres?

—Me refiero a que tanto el coronel Pritcher como usted dicen que el Mulo puede condicionar las emociones de los seres humanos. Pero ¿está usted seguro de ello? ¿No es el propio Magnífico una negación de su teoría?

Hubo un silencio.

Bayta reprimió un fuerte deseo de zarandear al psicólogo.

—¿Qué le ocurre, Ebling? Magnífico era el bufón del Mulo. ¿Por qué no fue condicionado para el amor y la fe? ¿Por qué precisamente él, entre todos los que rodean al Mulo, le odia tanto?

—Pero... ¡sí que fue condicionado! ¡Claro, Bay! —Pareció ir ganando certeza a medida que hablaba—. ¿Supones que el Mulo trata a su bufón del mismo modo que trata a sus generales? De los últimos necesita fe y lealtad, pero del bufón sólo requiere temor. ¿No has observado nunca que el continuo estado de pánico de Magnífico es patológico en su naturaleza? ¿Encuentras natural que un ser humano esté tan asustado continuamente? El temor hasta ese grado se convierte en cómico. Es probable que el Mulo lo encontrase cómico, y útil además, porque dificultó la ayuda que antes podríamos haber obtenido de Magnífico.

Bayta preguntó:

—¿Quiere decir que la información de Magnífico acerca del Mulo era falsa?

—Era desconcertante. Estaba influida por el miedo patológico. El Mulo no es el gigante físico que Magnífico piensa. Es más probable que sea un hombre corriente, aparte de sus poderes mentales. Pero le divertía posar como un superhombre ante el pobre Magnífico... —El psicólogo se encogió de hombros—. En cualquier caso, la información de Magnífico ya no tiene importancia.

—Entonces, ¿qué es lo importante?

Pero Mis se desasió y volvió a su proyector.

—¿Qué es lo importante? —repitió ella—. ¿La Segunda Fundación?

Los ojos del psicólogo se clavaron en Bayta.

—¿Te he dicho algo acerca de eso? No recuerdo

haber dicho nada. Aún no estoy preparado. ¿Qué te he dicho?

—Nada —repuso intensamente Bayta—. ¡Oh, por la Galaxia! Usted no me ha dicho nada, pero desearía que lo hiciera porque estoy mortalmente cansada. ¿Cuándo acabará esto?

Ebling Mis la miró de soslayo, vagamente arrepentido.

—Vamos, vamos..., querida, no he querido ofenderte. A veces olvido... quiénes son mis amigos. A veces tengo la impresión de que no debo hablar de todo esto. Es preciso guardar el secreto..., pero del Mulo, no de ti, querida. —Le dio unas palmadas en el hombro, con gentil amabilidad.

Ella preguntó:

—¿Qué me dice de la Segunda Fundación?

La voz de Mis se convirtió automáticamente en un susurro, fino y sibilante:

—¿Conoces la meticulosidad con que Seldon cubrió sus huellas? Las actas de la Convención de Seldon me hubieran servido de muy poco hace un mes, antes de que llegara esta extraña inspiración. Incluso ahora me parece... muy confuso. Los documentos de la Convención son a menudo oscuros, sin aparente ilación. Más de una vez me he preguntado si los propios miembros de la Convención conocían todo lo que había en la mente de Seldon. A veces creo que usó la Convención como una gigantesca pantalla, y erigió él solo la estructura...

—¿De las Fundaciones? —urgió Bayta.

—¡De la Segunda Fundación! Nuestra Fundación fue sencilla. Pero la Segunda Fundación era sólo un nombre. Se mencionó, pero su elaboración, si la hubo, fue ocultada profundamente bajo las matemáticas. Hay todavía muchas cosas que ni siquiera he empezado a comprender, pero en estos últimos siete días me he formado una vaga imagen reuniendo los detalles. La Primera Fundación fue un mundo de científicos físicos. Representaba una concentración de la ciencia moribunda de la Galaxia bajo las condiciones necesarias para su resurgimiento. No se incluyeron psicólogos. Fue un fallo muy peculiar, pero que debió de tener sus motivos. La explicación corriente es que la psicohistoria de Seldon funcionaba mejor cuando las unidades de individuos trabajadores, seres humanos, ignoraban lo que iba a ocurrir y podían por tanto reaccionar naturalmente ante todas las situaciones. ¿Me sigues, querida...?

—Sí, doctor.

—Entonces, escucha con atención. La Segunda Fundación era un mundo de científicos mentales. Era la imagen reflejada de nuestro mundo. La psicología, y no la física, predominaba. —Y triunfalmente—: ¿Lo comprendes?

—No.

—Pues reflexiona, Bayta, usa el cerebro. Hari Seldon sabía que su psicohistoria sólo podía predecir probabilidades, no certezas. Había siempre un margen de error, y, a medida que pasa el tiempo, este margen aumenta en progresión geométrica. Es natural que Seldon se previniera contra esto. Nuestra Fundación era científicamente vigorosa. Podía conquistar ejércitos y armas. Podía oponer la fuerza. Pero ¿qué hay del ataque mental de un mutante como el Mulo?

—¡Esto sería resuelto por los psicólogos de la Segunda Fundación! —exclamó Bayta, sintiendo la excitación que crecía en su interior.

—¡Claro, claro! ¡Exacto!

—Pero hasta ahora no han hecho nada.

—¿Cómo sabes que no han hecho nada?

Bayta reflexionó.

—No lo sé. ¿Tiene usted pruebas de su actividad?

—No. Hay muchos factores que desconozco por completo. La Segunda Fundación no pudo establecerse en pleno desarrollo, como tampoco nosotros. Evolucionamos lentamente y fuimos adquiriendo fuerza; ellos deben haber hecho lo mismo. Sólo las estrellas saben en qué etapa de su fuerza se encuentran ahora. ¿Son lo bastante fuertes como para luchar contra el Mulo? ¿Son siquiera conscientes del peligro? ¿Tienen dirigentes capacitados?

—Pero si siguen el plan de Seldon, el Mulo *ha de* ser vencido por la Segunda Fundación.

—¡Ah! —Y la delgada cara de Ebling Mis se arrugó pensativamente—. Ya volvemos a estar en lo mismo. Pero la Segunda Fundación fue una tarea más difícil que la Primera. Su complejidad es enormemente mayor; y en consecuencia, también lo es la posibilidad de error. Y si la Segunda Fundación no vence al Mulo, las cosas irán mal... definitivamente mal. Tal vez signifique el fin de la raza humana, tal como la conocemos.

—¡No!

—Sí. Si los descendientes del Mulo heredan sus dotes mentales... ¿Lo comprendes? El Homo Sapiens no podría competir. Habría una nueva raza dominante, una nueva aristocracia, y el Homo Sapiens sería degradado a trabajar en calidad de esclavo, como una raza inferior. ¿No es así?

—Sí, así es.

—E incluso, aunque por alguna casualidad el Mulo no estableciera una dinastía, establecería un distorsionado nuevo Imperio dirigido solamente por su poder personal. Moriría con él; la Galaxia estaría donde estaba antes de su llegada; excepto que ya no habría Fundaciones que pudieran fundirse en un real y sano Segundo Imperio. Significaría miles de años de barbarie. No habría un final a la vista.

—¿Qué podemos hacer? ¿Podemos advertir a la Segunda Fundación?

—Debemos hacerlo, o pueden desaparecer debido a la ignorancia, a lo cual no podemos arriesgamos. Pero no hay modo de transmitirles el aviso.

—¿No podríamos encontrar un medio?

—Ignoro su paradero. Están en «el otro extremo de la Galaxia», pero eso es todo, y hay millones de mundos para escoger.

—Pero, Ebling, ¿no dice nada aquí? —Y Bayta señaló vagamente los rollos de película que cubrían la mesa.

—No, nada. No dicen dónde puedo encontrarla... todavía. El secreto debe significar algo. Ha de haber una razón... —En sus ojos había una expresión perpleja—. Ahora me gustaría que te fueras. Ya he perdido bastante tiempo. y ya queda poco..., ya queda poco.

Se apartó de ella, petulante y con el ceño fruncido.

Los pasos suaves de Magnífico se aproximaron.

—Su marido está en casa, mi señora.

Ebling Mis no saludó al bufón. De nuevo se inclinaba sobre el proyector.

Aquella noche, después de haber escuchado, Toran habló:

—¿Y tú crees que tiene razón, Bay? ¿No piensas que está un poco...? —Vaciló.

—Tiene razón, Torie. Está enfermo, lo sé. El cambio que se ha operado en él, su pérdida de peso, el modo en que habla... está enfermo. Pero escúchale en cuanto sale el tema del Mulo, de la Segunda Fundación o de algo en lo que esté trabajando. Está lúcido como el cielo del espacio exterior. Sabe de lo que está hablando. Yo le creo.

—Entonces, aún hay esperanzas. —Era casi una pregunta.

—Yo..., yo no lo puedo asegurar. ¡Tal vez sí, tal vez

no! Llevaré una pistola en lo sucesivo. —Tenía en la mano una diminuta arma de reluciente cañón—. Por si acaso, Torie, por si acaso.

—¿De qué caso hablas?

Bayta rió con un pequeño tono de histerismo.

—No importa. Quizá yo también estoy un poco loca..., como Ebling Mis.

En aquel momento, a Ebling Mis sólo le quedaban siete días de vida, y los siete días transcurrieron tranquilamente, uno tras otro.

Toran sentía que había una especie de estupor en ellos. El calor y el sordo silencio le invadían y aletargaban. Todo lo que estaba vivo parecía haber perdido su poder de acción, convirtiéndose en un mar infinito de hibernación.

Mis era una entidad oculta cuyo laborioso trabajo no producía nada y no se daba a conocer. Era como si viviese tras una barricada. Ni Toran ni Bayta podían verle. Sólo la misión de intermediario de Magnífico evidenciaba su existencia. Magnífico, silencioso y pensativo como nunca, iba y venía con bandejas de comida, andando de puntillas, como convenía al único testigo del reino de las penumbras.

Bayta estaba cada vez más encerrada en sí misma. Su vivacidad se desvaneció, su segura eficiencia se tambaleaba. Ella también parecía preocupada y absorta, y en cierta ocasión Toran la sorprendió acariciando su pistola, Bayta la dejó enseguida, con una sonrisa forzada.

—¿Qué estabas haciendo con ella, Bay?

—La sostenía. ¿Acaso es un crimen?

—Te vas a saltar tus necios sesos.

—Si lo hago, no representará una gran pérdida.

La vida conyugal había enseñado a Toran la futilidad de discutir con una mujer en un mal momento. Se encogió de hombros y se fue.

El último día, Magnífico irrumpió sin aliento ante ellos. Les agarró, asustado.

—El eximio doctor les llama. No se encuentra bien.

Y no estaba bien. Se hallaba en el lecho, con los ojos extrañamente grandes y brillantes.

—¡Ebling! —gritó Bayta.

—Déjame hablar —masculló el psicólogo, incorporándose con esfuerzo y apoyándose sobre un codo—. Dejadme hablar. Estoy acabado; os lego mi trabajo. No he tomado notas; he destruido los números. Ninguna otra persona ha de saberlo. Todo debe grabarse en vuestras mentes.

—Magnífico —dijo Bayta con brusca franqueza—, ¡vete arriba!

De mala gana, el bufón se levantó y retrocedió un paso. Sus tristes ojos estaban fijos en Mis.

Mis hizo un gesto débil.

—Él no importa; dejadle permanecer aquí. Quédate, Magnífico.

El bufón volvió a sentarse con rapidez. Bayta miró al suelo. Lentamente, muy lentamente, se mordió el labio inferior.

Mis dijo en un ronco susurro:

—Estoy convencido de que la Segunda Fundación puede ganar, si no es atacada prematuramente por el Mulo. Se ha mantenido en secreto; este secreto debe guardarse; tiene un propósito. Debéis ir allí; vuestra información es vital... puede cambiarlo todo. ¿Me escucháis?

Toran gritó, casi con desesperación:

—¡Sí, sí! Díganos cómo podremos llegar. ¡Ebling! ¿Dónde está?

—Puedo decíroslo —murmuró la débil voz.

Pero no consiguió hacerlo.

Bayta, con el rostro lívido y hierático, levantó su pistola y disparó. El disparo resonó con fuerza en la habitación. Mis había desaparecido de la cintura para arriba, y en la pared del fondo había un agujero dentado. La pistola desintegradora cayó al suelo, al ser soltada por unos dedos entumecidos.

26.   FINAL DE LA BÚSQUEDA

No había palabras que pronunciar. Los ecos del estampido se difundieron por las salas exteriores y se extinguieron en un ronco y moribundo murmullo. Antes de hacerlo definitivamente ahogaron el ruido de la pistola de Bayta al caer contra el suelo; ahogaron también el grito agudo de Magnífico y el rugido inarticulado de Toran.

Reinó un silencio espantoso.

La cabeza de Bayta, inclinada, se hallaba en la oscuridad. Una gota tembló en el rayo de luz al caer. Bayta no había llorado jamás en ninguna otra ocasión.

Los músculos de Toran casi estallaron en un espasmo, pero no se distendieron; Toran tuvo la sensación de que ya no volvería a separar los dientes. El rostro de Magnífico era una máscara ajada y sin vida.

Finalmente, entre sus dientes aún apretados, Toran exclamó con una voz irreconocible:

—Así que eres una mujer del Mulo. ¡Te ha captado!

Bayta alzó la mirada, y su boca se torció en dolorosa mueca.

—¿*Yo*, una mujer del Mulo? Esto sí que es una ironía.

Sonrió con esfuerzo tenso y se echó atrás los cabellos con una sacudida. Lentamente, su voz recobró el tono normal:

—Se acabó, Toran; ahora puedo hablar. Ignoro cuánto podré sobrevivir. Pero puedo empezar a hablar...

La tensión de Toran había cedido bajo su propia intensidad, convirtiéndose en una fláccida indiferencia.

—¿Hablar de qué, Bay? ¿Qué queda por decir?

—Hablar de la calamidad que nos ha estado persiguiendo. La hemos observado antes, Torie. ¿No lo recuerdas? La derrota siempre nos ha pisado los talones y nunca ha logrado atraparnos. Estuvimos en la Fundación, y ésta se derrumbó mientras los comerciantes independientes aún luchaban... Pero *nosotros* llegamos a tiempo a Haven. Estuvimos en Haven, y Haven se derrumbó mientras los otros aún luchaban... y de nuevo escapamos a tiempo. Fuimos a Neotrántor, que ahora indudablemente ya está en manos del Mulo.

Toran escuchaba y meneaba la cabeza.

—No te comprendo.

—Torie, estas cosas no suceden en la vida real. Tú y yo somos personas insignificantes; no vamos de un vértice político a otro, continuamente, por espacio de un año..., a menos que llevemos el vértice con nosotros. *¡A menos que llevemos con nosotros la fuente de la infección!* ¿Comprendes ahora?

Toran apretó los labios. Su mirada se fijó en los terribles y sangrientos restos de lo que un día fuera un ser humano, y sus ojos expresaron horror.

—Salgamos de aquí, Bay. Salgamos al aire libre.

Fuera estaba nublado. El viento salió a su encuentro a latigazos, desordenando los cabellos de Bay. Magnífico había trepado tras ellos, y ahora escuchaba, inadvertido, su conversación. Toran dijo con voz tensa:

—¿Has matado a Ebling Mis porque creías que él

era el foco de infección? —Algo en los ojos de ella le detuvo. Murmuró—: ¿Era el Mulo? —No comprendió, no podía comprender las implicaciones de sus propias palabras.

Bayta se rió bruscamente.

—¿El pobre Ebling el Mulo? ¡Por la Galaxia, no! No hubiera podido matarle de haber sido el Mulo. Él habría detectado la emoción del acto y la habría transformado en amor, devoción, adoración, terror, lo que se le antojara. No, he matado a Ebling porque no era el Mulo. Le he matado porque él sabía dónde está la Segunda Fundación, y en dos segundos habría revelado el secreto al Mulo.

—Habría revelado el secreto al Mulo —repitió estúpidamente Toran—, hubiera dicho al Mulo...

Y entonces emitió un grito agudo y se volvió para mirar con horror al bufón, que parecía estar inconsciente a sus pies y totalmente ignorante de lo que se decía junto a él.

—¿No será Magnífico...? —preguntó Toran en un susurro.

—¡Escucha! —dijo Bayta—. ¿Recuerdas lo que ocurrió en Neotrántor? ¡Oh!, piensa un poco, Toran...

Pero él meneó la cabeza y murmuró algo.

Ella prosiguió, y su voz expresaba fatiga:

—Un hombre murió en Neotrántor. Un hombre murió sin que nadie le tocara. ¿No es cierto? Magnífico tocó su Visi-Sonor, y cuando terminó, el príncipe heredero estaba muerto. Dime, ¿no es extraño? ¿No es algo singular que una criatura que se asusta de todo, que en apariencia está idiotizado por el terror, posea la facultad de matar a capricho?

—La música y los efectos de luz —replicó Toran— causan un profundo impacto emocional...

—Sí, un impacto *emocional*, y bastante intenso, por cierto. Y da la casualidad que los efectos emocionales son la especialidad del Mulo. Supongo que esto puede considerarse una coincidencia. Y un ser que puede matar por sugestión está lleno de terror. Bueno, el Mulo ha interferido en su mente, o sea que eso se puede explicar. Pero, Toran, yo capté un poco de la selección del Visi-Sonor que mató al príncipe heredero. Sólo un poco... pero fue suficiente como para comunicarme la misma sensación de desespero que tuve en la Bóveda del Tiempo y en Haven. Toran, no puedo confundir esa sensación tan especial.

El rostro de Toran se iba oscureciendo.

—Yo..., yo también lo sentí. Lo había olvidado. Jamás pensé...

—Fue entonces cuando se me ocurrió por primera vez. Fue sólo una sensación vaga, una intuición si quieres. No tenía pruebas. Cuando Pritcher nos habló del Mulo y de su mutación, lo comprendí en un momento. Fue el Mulo quien creó la desesperación en la Bóveda del Tiempo; fue Magnífico quien había creado la desesperación en Neotrántor. Era la misma emoción. Por consiguiente, ¡el Mulo y Magnífico eran la misma persona! ¿No encaja todo perfectamente, Torie? ¿No es igual que un axioma de geometría, que dos cosas iguales a una tercera son iguales entre sí?

Se hallaba al borde del histerismo, pero hizo un esfuerzo para conservar la ecuanimidad. Continuó:

—El descubrimiento me dio un susto de muerte. Si Magnífico era el Mulo, podía conocer mis emociones, y transformarlas para sus propios fines. No me atreví a decírselo. Me dediqué a eludirle. Por suerte, él también me eludía; estaba demasiado interesado en Ebling Mis. Planeé matar a Mis antes de que pudiera hablar. Lo planeé en secreto (tan en secreto como pude), tan secretamente que ni me atrevía a pensarlo. Si hubiera podido matar al propio Mulo..., pero no podía arriesgarme. Lo hubiera advertido, y lo habría perdido todo.

Bayta parecía estar al límite de sus emociones.

Toran dijo duramente y con determinación:

—Es imposible. Contempla a esta miserable criatura. ¿Él, el Mulo? Ni siquiera oye lo que estamos diciendo.

Pero cuando su mirada siguió al dedo que señalaba a Magnífico, éste estaba en pie, erguido y atento, con los ojos vivos y brillantes. Su voz no tenía rastro de acento.

—Lo he oído todo, amigo mío. Lo que ocurre es que he estado reflexionando sobre el hecho de que, a pesar de toda mi inteligencia y capacidad de previsión, haya podido cometer un error y perder tanto.

Toran se echó hacia atrás como si temiera el contacto del bufón o que su aliento pudiese contaminarle.

Magnífico asintió y contestó a la pregunta no formulada:

—Yo soy el Mulo.

Ya no parecía grotesco, sus delgados miembros y su enorme nariz perdieron su comicidad. Su temor había desaparecido; su actitud era firme.

Era dueño de la situación con una facilidad nacida de la costumbre. Dijo en tono condescendiente:

—Siéntense. Vamos, será mejor que se pongan cómodos. El juego ha terminado, y me gustaría contarles una historia. Es una debilidad mía: quiero que la gente me comprenda.

Y sus ojos, al mirar a Bayta, seguían siendo los mismos ojos marrones, suaves y tristes, de Magnífico, el bufón.

—No hubo nada realmente notable en mi infancia —empezó, zambulléndose en un rápido e impaciente discurso—, y no merece recordarse. Tal vez ustedes lo comprendan. Mi delgadez es glandular; nací con esta nariz. Me fue imposible llevar una infancia normal. Mi madre murió antes de que pudiera verme. No conozco a mi padre. Crecí al azar, herido y torturado en mi mente, lleno de autocompasión y odio hacia los demás. Entonces se me conocía como a un niño extraño. Todos me evitaban, la mayoría, por repugnancia, algunos, por miedo. Ocurrieron extraños incidentes... Bueno, ¡eso no importa! Fue lo suficiente como para que el capitán Pritcher, al investigar sobre mi infancia, comprendiera que soy un mutante, de lo cual yo mismo no me enteré hasta que cumplí los veinte años.

Toran y Bayta escuchaban con indiferencia. El sonido de su voz les llegaba desde arriba, pues estaban sentados en el suelo, mientras que el bufón —o el Mulo— se paseaba frente a ellos, hablando hacia abajo, con los brazos cruzados.

—La noción de mi insólito poder parece haber irrumpido en mí con lentitud, a pequeños pasos. Incluso al final me costaba creerlo. Para mí, las mentes de los hombres eran esferas, con indicadores que señalaban la emoción del momento. No es un símil adecuado. pero ¿cómo puedo explicarlo? Aprendí paulatinamente que podía llegar hasta esas mentes y colocar el indicador en el lugar deseado, y hacer que permaneciera allí para siempre. Y me costó aún más tiempo darme cuenta de que los demás no podían hacerlo. Adquirí conciencia de mi poder, y con ella vino el deseo de desquitarme de la miserable posición de mi existencia anterior. Tal vez puedan comprenderlo. Tal vez intenten comprenderlo. No es fácil ser un monstruo, poseer una mente y una comprensión y ser un monstruo. ¡Risas y crueldad! ¡Ser diferente! ¡Ser un intruso! ¡Ustedes nunca han pasado por eso!

Magnífico miró hacia el cielo, se balanceó sobre los pies y continuó, impasible:

—Pero acabé por comprender, y decidí que la Galaxia y yo podíamos intercambiar nuestros puestos. Al fin y al cabo, ellos se habían divertido, y yo había esperado pacientemente, durante veintidós años. ¡Había llegado mi turno! ¡Ahora les tocaba a ustedes soportarme! Y la lucha sería muy favorable a la Galaxia: ¡yo solo contra millones y millones de seres!

Hizo una pausa para dirigir una rápida mirada a Bayta:

—Pero yo tenía una debilidad: por mí mismo no era nada. Necesitaba a los demás para obtener el poder; el éxito sólo podía llegarme a través de intermediarios. ¡Siempre! Fue como dijo Pritcher. Por medio de un pirata obtuve mi primera base de operaciones asteroidal. Por medio de un industrial conseguí mi primera conquista de un planeta. Mediante una serie de personas, incluyendo al señor guerrero de Kalgan, conquisté Kalgan y gané una flota de naves. Después de eso, le tocó el turno a la Fundación, y fue entonces cuando ustedes dos entraron en la historia. La Fundación —dijo en voz más baja— fue la tarea más difícil con que me había enfrentado. Para vencerla tenía que convencer, derrumbar o inutilizar a una extraordinaria proporción de su clase dirigente. Podría haberlo hecho por sus pasos contados, pero era posible una forma rápida, y la busqué. Después de todo, el hecho de que un hombre fuerte pueda levantar doscientos kilos no significa que le entusiasme hacerlo continuamente. Mi control emocional no es un trabajo fácil, y prefiero no usarlo cuando no es absolutamente necesario. Por eso acepté aliados en mi primer ataque a la Fundación. Haciéndome pasar por mi bufón, busqué al agente o agentes de la Fundación que serían inevitablemente enviados a Kalgan para investigar mi humilde persona. Ahora sé que era a Han Pritcher a quien buscaba. Por un golpe de fortuna, en lugar de él les encontré a ustedes. Soy telépata, pero no completo, y, mi señora, usted era de la Fundación. Esto me despistó. No fue fatal, ya que Pritcher se unió a nosotros posteriormente, pero fue el punto de partida de un error que *sí* fue fatal.

Toran se movió por primera vez. Dijo en tono ofendido:

—Espere un momento. ¿Quiere decir que cuando yo me enfrenté a aquel teniente de Kalgan con sólo una pistola paralizante, y le salvé a usted, usted ya controlaba mis emociones? —Tartamudeaba de furia—. ¿Quiere decir que ha estado influenciándome todo este tiempo?

En la cara de Magnífico había una leve sonrisa.

—¿Y por qué no? ¿No lo considera probable? Pregúnteselo usted mismo... ¿Se hubiera arriesgado a morir por un extraño y grotesco bufón que no había visto antes, de haber estado en sus cabales? Supongo que después se sorprendió, cuando repasó los acontecimientos a sangre fría.

—Es cierto —dijo Bayta con voz distante—, se sorprendió. Es muy normal.

—En realidad —continuó el Mulo—, Toran no corría ningún peligro. El teniente tenía instrucciones estrictas de dejarnos marchar. Así fue como nosotros tres y Pritcher fuimos a la Fundación, y ya saben que mi campaña se organizó instantáneamente. Cuando Pritcher fue juzgado por un consejo de guerra y nosotros estábamos presentes, yo hacía mi trabajo. Los jueces militares de aquel tribunal dirigieron más tarde sus propias escuadras en la guerra. Se rindieron con bastante facilidad, y mi Flota ganó la batalla de Horleggor y otras menores. A través de Pritcher conocí al doctor Mis, quien me trajo un Visi-Sonor, por su voluntad, simplificando así mi tarea de forma considerable. Sólo que no fue *enteramente* por su voluntad.

Bayta interrumpió:

—¡Esos conciertos! He estado tratando de comprender su significado. Ahora ya lo veo.

—Sí —dijo Magnífico—, el Visi-Sonor actúa como amplificador. En cierto modo es un primitivo artilugio para el control emocional. Con él puedo tratar a grupos de gente, y a personas aisladas, más intensamente. Los conciertos que di en Términus antes de su caída, y en Haven antes de su rendición, contribuyeron al derrotismo general. Podría haber hecho enfermar gravemente al príncipe heredero de Neotrántor sin el Visi-Sonor, pero no podría haberle matado. ¿Comprenden? Pero mi descubrimiento más importante fue Ebling Mis. Podría haber sido... —dijo Magnífico con amargura, y enseguida continuó—: Hay una faceta en el control emocional que ustedes no conocen. La intuición, la penetración, la tendencia a las corazonadas o como quieran llamarlo, puede ser tratada como una emoción. Por lo menos, yo puedo tratarla así. No lo comprenden, ¿verdad?

No esperó a oír la negativa.

—La mente humana trabaja muy por debajo de su total rendimiento. El veinte por ciento es la cota normal. Cuando se produce momentáneamente una chispa de energía más potente, lo llamamos corazonada, penetración o intuición. Descubrí pronto que era capaz de inducir una intuición continua de alta eficiencia cerebral. Es un proceso letal para la persona afectada, pero útil. El depresor atómico de campo que usé en la guerra contra la Fundación fue el resultado de poner bajo presión a un técnico de Kalgan. En esto también trabajo por medio de los demás.

»Ebling Mis me brindaba una ocasión excepcional. Sus potencialidades eran altas, y le necesitaba. Incluso antes de iniciar mi guerra contra la Fundación, yo ya había mandado delegados para negociar con el Imperio. Fue entonces cuando empecé la búsqueda de la Segunda Fundación. Naturalmente, no la encontré. Pero sabía que debía encontrarla... y Ebling Mis era la respuesta. Con su mente a la máxima potencia podría haber emulado el trabajo de Hari Seldon. En parte, lo hizo. Le llevé hasta el límite. El proceso era despiadado, pero había que terminarlo. Al final estaba moribundo, pero vivió... —De nuevo se interrumpió con amargura—. *Hubiera vivido* lo suficiente. Juntos, nosotros tres hubiéramos ido a la Segunda Fundación. Habría sido la última batalla..., pero mi error lo impidió.

Toran habló con voz dura:

—¿Por qué se extiende tanto? Díganos cuál fue su error y ponga fin a su discurso.

—Pues bien, su esposa ha sido el error. Su esposa es una persona excepcional. Yo nunca había conocido a nadie como ella en toda mi vida. Yo... Yo... —De improviso, la voz de Magnífico se quebró. Se recuperó con dificultad; había algo sombrío en él cuando prosiguió—: Sintió simpatía por mí sin que yo tuviera que manipular sus emociones. No le repugné ni la divertí. Sintió afecto. ¡Le fui simpático! ¿No lo comprenden? ¿No ven lo que esto significó para mí? Anteriormente, nadie, jamás... En fin, yo... lo aprecié grandemente. Mis propias emociones me traicionaron, aunque era dueño de las de los demás. Permanecí alejado de su mente; no la manipulé. Apreciaba demasiado su sentimiento *natural*. Fue mi error..., el primero.

»Usted, Toran, se hallaba bajo control. Nunca sospechó de mí, nunca se hizo preguntas a mi respecto; nunca vio en mí nada peculiar o extraño. Por ejemplo, cuando la nave «filiana» nos detuvo. Por cierto, que conocían nuestra situación porque yo estaba en comunicación con ellos, del mismo modo que siempre he estado en comunicación con mis generales. Cuando nos detuvieron, yo fui llevado a bordo para condicionar a Han Pritcher, que se encontraba prisionero en la nave. Cuando me marché, era coronel, un hombre del Mulo y ejercía el mando. El proceso entero fue demasiado claro incluso para usted, Toran. Sin embargo, aceptó mi explicación del asunto, que estaba llena de lagunas. ¿Comprende lo que quiero decir?

Toran hizo una mueca y preguntó:

—¿Cómo mantenía comunicación con sus generales?

—No había ninguna dificultad para ello. Las emisoras de ultraondas son fáciles de manejar y, además, portátiles. Y, por otra parte, ¡yo no podía ser detectado en un sentido real! Cualquiera que me sorprendiese en el acto se hubiera marchado sin recordar en absoluto su descubrimiento. Ocurrió en alguna ocasión.

»En Neotrántor, mis estúpidas emociones volvieron a traicionarme. Bayta no estaba bajo mi control, pero incluso así es posible que nunca hubiera sospechado si yo no hubiese perdido la cabeza al tratar con el príncipe heredero. Sus intenciones respecto a Bayta... me molestaron. Le maté. Fue un acto imprudente. Una pelea sin consecuencias hubiera bastado. Y todavía sus sospechas no se habrían convertido en certidumbre si yo hubiera detenido a Pritcher en su bien intencionada misión, o prestado menos atención a Mis y más a usted...

Se encogió de hombros.

—¿Éste es el fin? —preguntó Bayta.

—Éste es el fin.

—Y ahora, ¿qué?

—Continuaré con mi programa. Dudo de que pueda encontrar a otro hombre de cerebro tan adecuado y entrenado como Ebling Mis, sobre todo en estos días de degeneración. Tendré que buscar la Segunda Fundación por otros derroteros. En cierto sentido, usted me ha vencido.

Entonces Bayta se puso en pie, triunfante.

—¿En cierto sentido? ¿Sólo en cierto sentido? ¡Le hemos derrotado *enteramente*! Todas sus victorias fuera de la Fundación no cuentan para nada, puesto que la

Galaxia es ahora un pozo de barbarie. La Fundación misma es sólo una victoria insignificante, ya que no estaba destinada a detener la crisis que *usted* representa. Es a la Segunda Fundación a la que ha de vencer (la *Segunda Fundación*), y ésta le derrotará a usted. Su única posibilidad residía en localizarla y atacarla antes de que estuviera preparada. Ahora no podrá hacerlo. A partir de ahora, a cada minuto que pase estarán más preparados para luchar contra usted. En este momento, en este *mismo* momento, es posible que la maquinaria ya esté en marcha. Lo sabrá cuando le ataquen, y su breve poderío habrá terminado y el Mulo no será más que otro conquistador presuntuoso, que ha pasado rápida e ignominiosamente por la faz sangrienta de la historia.

Bayta respiraba con fuerza, casi jadeando en su vehemencia.

—Y nosotros le hemos derrotado: Toran y yo. Moriré satisfecha.

Pero los ojos marrones y tristes del Mulo eran los ojos marrones, tristes y enamorados de Magnífico.

—No la mataré ni a usted ni a su marido. Después de todo, ya es imposible para ustedes dos perjudicarme más; y matarles no me devolvería a Ebling Mis. Mis errores fueron míos, y me responsabilizo de ellos. ¡Usted y su marido pueden marcharse! Váyanse en paz, en nombre de lo que yo llamo... amistad.

Y entonces, con un repentino impulso de orgullo, añadió:

—Mientras tanto, todavía soy el Mulo, el ser más poderoso de la Galaxia. Todavía venceré a la Segunda Fundación.

Bayta lanzó su última flecha con firme y tranquila certidumbre:

—¡No la vencerá! Aún conservo la fe en la sabiduría de Seldon. Usted será el primero y el último gobernante de su dinastía.

Algo excitó a Magnífico:

—¿De mi dinastía? Sí, he pensado a menudo en ello: en la posibilidad de establecer una dinastía. En encontrar una consorte adecuada.

Bayta captó repentinamente el significado de la mirada que brillaba en los ojos de Magnífico, y se le heló la sangre en las venas.

Magnífico sacudió la cabeza.

—Siento su repulsión, pero no tiene sentido. Si las cosas fueran de otro modo, podría hacerla feliz muy fácilmente. Sería un éxtasis artificial, pero no habría diferencia entre él y la emoción genuina. Pero las cosas no son de ese otro modo. Me hago llamar el Mulo... pero no a causa de mi fuerza, evidentemente.

Se alejó, sin mirar atrás ni una sola vez.

SEGUNDA FUNDACIÓN

A Marcia, John y Stan.

PRÓLOGO

El Primer Imperio Galáctico se prolongó durante decenas de miles de años. Había incluido todos los Planetas de la Galaxia en un gobierno centralizado, unas veces tiránico, otras benevolente, pero siempre ordenado. Los seres humanos habían olvidado que pudiera existir otra forma de existencia.

Todos, menos Hari Seldon.

Hari Seldon fue el último gran científico del Primer Imperio. Fue él quien llevó la ciencia de la psicohistoria a su desarrollo completo. La psicohistoria era la quintaesencia de la sociología; era la ciencia de la conducta humana reducida a ecuaciones matemáticas.

El ser humano individual actúa de modo imprevisible, pero, según descubrió Seldon, las reacciones de las masas humanas podían ser tratadas estadísticamente. Cuanto mayor es la masa, mayor es la exactitud de la predicción. Y el volumen de las masas con que trabajó Seldon fue nada menos que el de la población completa de la Galaxia, que en su tiempo se calculaba en trillones de personas.

Así pues, fue Seldon quien previó, contra todo sentido común y creencia popular, que el brillante Imperio que parecía tan fuerte se hallaba en un estado de irremediable decadencia. Previó (o resolvió sus ecuaciones e interpretó sus símbolos, lo cual equivale a lo mismo) que la Galaxia, si no recibía ayuda, pasaría por un período de treinta mil años de miseria, anarquía y barbarie antes de que una forma de gobierno unificado apareciese de nuevo.

Se dispuso a remediar la situación de forma que la paz y la civilización se restaurasen en un solo milenio. Cuidadosamente, estableció dos colonias de científicos a las que llamó «Fundaciones». Las colocó deliberadamente «en extremos opuestos de la Galaxia». Una Fundación fue instituida con conocimiento de todos y amplia publicidad. La existencia de la otra, la Segunda Fundación, fue sumida en el silencio.

En *Fundación* y *Fundación e Imperio* se describen los tres primeros siglos de la historia de la Primera Fundación. Empezó como una pequeña comunidad de enciclopedistas perdida en el vacío de la periferia exterior de la Galaxia. Periódicamente se enfrentaba a una crisis derivada de las relaciones humanas y las corrientes sociales y económicas de la época. Su libertad de movimientos se desarrollaba a lo largo de una línea determinada y sólo en ella, y cuando se movía en aquella dirección, un nuevo horizonte de desarrollo se abría ante ella. Todo había sido planeado por Hari Seldon, fallecido hacía ya mucho tiempo.

La Primera Fundación, con su ciencia superior, se apoderó de los planetas bárbaros que la rodeaban. Se enfrentó a los anárquicos señores guerreros que se separaron del Imperio moribundo, y los derrotó. Se enfrentó a los restos del propio Imperio, gobernados por su último y poderoso emperador y su también último general, y los derrotó.

Entonces se enfrentó a algo que Hari Seldon no

había podido prever: el poder arrobador de un solo ser, un mutante. El ser conocido como el Mulo nació con la facultad de moldear las emociones y las mentes de los hombres. Sus más acérrimos adversarios se convirtieron en sus fieles servidores. Los ejércitos no podían, *no querían*, luchar contra él. Frente a él, la Primera Fundación cayó, y los planes de Seldon fracasaron parcialmente.

Quedaba la misteriosa Segunda Fundación, objetivo de todas las búsquedas. El Mulo tenía que encontrarla para completar su conquista de la Galaxia. Los fieles que sobrevivieron a la Primera Fundación tenían que encontrarla por una razón completamente distinta. Pero ¿dónde estaba? Eso no lo sabía nadie.

Ésta, pues, es la historia de la búsqueda de la Segunda Fundación.

PRIMERA PARTE

EL MULO INICIA
LA BÚSQUEDA

1. DOS HOMBRES Y EL MULO

EL MULO.—*Después de la caída de la Primera Fundación, los aspectos constructivos del régimen del Mulo tomaron forma. Tras el hundimiento definitivo del Primer Imperio Galáctico, fue él quien introdujo en la historia un volumen de espacio unificado verdaderamente imperial en extensión. El antiguo imperio comercial de la Fundación caída había sido multiforme y débilmente hilvanado, pese al apoyo intangible de las predicciones de la psicohistoria. No podía compararse a la férreamente controlada Unión de Mundos bajo el mando del Mulo, que comprendía una décima parte del volumen de la Galaxia y la decimoquinta parte de su población. En particular, durante la era de la llamada Búsque da...*

Enciclopedia Galáctica[1]

1. Todas las citas de la Enciclopedia Galáctica reproducidas aquí proceden de la edición 116 publicada en 1020 D. F. por la Enciclopedia Galáctica Publishing Co., Términus, con permiso de los editores.

La Enciclopedia tiene mucho más que decir sobre el tema del Mulo y su Imperio, pero casi todo ello es ajeno al propósito de este libro y demasiado árido para nuestros fines. En particular, el artículo se refiere en este punto a las condiciones económicas que condujeron a la elevación del Primer Ciudadano de la Unión —título oficial del Mulo— y a las consecuencias derivadas de ello.

Si alguna vez el autor del artículo siente un vago asombro ante la colosal rapidez con que el Mulo se elevó en cinco años desde la nada al logro de un vasto dominio, lo disimula bien. Si queda sorprendido por el cese repentino de la expansión en favor de cinco años de consolidación territorial, oculta el hecho.

Por consiguiente, abandonamos la Enciclopedia y continuamos nuestro propio camino para lograr los fines que nos hemos propuesto, iniciando la historia del Gran Interregno —entre el Primero y el Segundo Imperio Galáctico—, que comienza al final de los cinco años de consolidación.

Políticamente, la Unión de Mundos está tranquila. Económicamente, es próspera. Pocos desearían cambiar la paz del firme gobierno del Mulo por el caos que la había precedido. En los mundos que cinco años antes habían conocido la Fundación podía haber cierta nostalgia, pero nada más. Los dirigentes inútiles de aquella Fundación estaban muertos; los útiles eran los denominados Conversos.

Y entre los Conversos, el más útil era Han Pritcher, ahora teniente general.

En los días de la Fundación, Han Pritcher era capitán y miembro de la ilegal Oposición Democrática. Cuando la Fundación cayó en poder del Mulo, sin oponer resistencia, Pritcher luchó contra el mutante, hasta que también él pasó a ser un Converso.

La Conversión no era la normal; no era la impuesta por el poder de una razón superior. Y Han Pritcher lo sabía muy bien. Había sido transformado porque el Mulo era un ser que poseía poderes mentales capaces de cambiar a su conveniencia las condiciones de los humanos ordinarios. No obstante, esto le satisfacía completamente. Era como debía ser. La misma satisfacción de la Conversión era el principal síntoma de ella, pero Han Pritcher ya no sentía ni siquiera curiosidad por la cuestión.

Y ahora que regresaba de su quinta expedición importante al espacio sin límites de la Galaxia, fuera de la Unión, el veterano astronauta y agente de Inteligencia reflexionaba, con franco optimismo, sobre su inminente audiencia con el Primer Ciudadano. Su rostro endurecido, como esculpido en una madera oscura y sin poros, que no parecía capaz de sonreír sin resquebrajarse, no lo demostraba; pero las indicaciones exteriores eran innecesarias. El Mulo podía ver las emociones internas del mismo modo que un hombre normal veía los movimientos externos de cualquier individuo que tuviese delante.

Pritcher dejó su coche aéreo en los antiguos hangares del virrey y entró en el área del palacio a pie, como estaba ordenado. Caminó un kilómetro y medio por la gran avenida en forma de flecha, vacía y silenciosa. Pritcher sabía que en todos los kilómetros cuadrados del área del palacio no había un solo guarda, un solo soldado, un solo hombre armado.

El Mulo no necesitaba protección.

El Mulo era su propio protector, el mejor y todopoderoso.

Las pisadas de Pritcher resonaban suavemente en sus oídos mientras se aproximaba al palacio, cuyos muros resplandecientes, hechos de metal increíblemente ligero y fuerte, se elevaban ante él formando las atrevidas y fantásticas arcadas que caracterizaban la arquitectura del Primer Imperio. El palacio se cernía sobre el área vacía desde donde se dominaba la populosa ciudad que cubría el horizonte.

Dentro del palacio había un hombre —un hombre solitario— de cuyos sobrehumanos atributos mentales dependía la nueva aristocracia y la entera estructura de la Unión.

La enorme puerta giró sobre su macizo marco cuando el general se acercó, y Pritcher franqueó el umbral. Se colocó en la ancha rampa móvil que le elevó al nivel superior, y una vez allí entró en el ascensor. Llegado a su punto de destino salió y se encontró ante la pequeña y sencilla puerta del aposento del Mulo, situado en la parte más alta de las torres del palacio.

La puerta se abrió...

Bail Channis era joven. Bail Channis no era un Converso. Es decir, en lenguaje más claro, sus emociones no habían sido manipuladas por el Mulo. Estaban exactamente tal como habían sido formadas por la herencia y las subsiguientes modificaciones de su medio ambiente. Y esto le agradaba.

Aún no había cumplido treinta años y gozaba de una excelente reputación en la capital. Era guapo e inteligente, y por ello tenía éxito en sociedad. Poseía una mente rápida y un completo dominio de sí mismo, y por ello tenía también éxito con el Mulo. Ambos triunfos le llenaban de satisfacción.

Y entonces, por primera vez, el Mulo le había llamado para una audiencia personal.

Avanzó por la larga y reluciente avenida que conducía directamente hacia las torres de aluminio que en su día fueran la residencia del virrey de Kalgan, que gobernó bajo el mandato de antiguos emperadores; las que más tarde sirvieran de mansión a los príncipes independientes de Kalgan, que reinaron en su propio nombre; las que ahora eran el palacio del Primer Ciudadano de la Unión, que dirigía un Imperio propio.

Channis tarareaba suavemente. No dudaba de lo que iba a serie planteado. ¡La Segunda Fundación, naturalmente! Aquella fantasmal organización que llegaba a todas partes y cuya mera consideración había hecho aplazar al Mulo su política de expansión ilimitada para sumirse en una precaución estática. El término oficial era «consolidación».

Ahora corrían rumores..., rumores que no se podían detener. El Mulo iba a empezar de nuevo la ofensiva... El Mulo había descubierto el paradero de la Segunda Fundación, y la atacaría... El Mulo había llegado a un acuerdo con la Segunda Fundación y dividiría la... El Mulo había llegado a la conclusión de que la Segunda Fundación no existía y se apoderaría de toda la Galaxia...

Es inútil enumerar todos los comentarios que se oían en las antesalas. No era la primera vez que circulaban tales rumores. Pero ahora parecían tener más consistencia, y todas las almas libres y expansivas que amaban la guerra, las aventuras militares y el caos político, y que languidecían en la estabilidad y la monotonía de la paz, estaban eufóricas.

Bail Channis era uno de éstos. No temía a la misteriosa Segunda Fundación. Tampoco temía al Mulo, y alardeaba de ello. Tal vez algunos, que censuraban a alguien tan joven y a la vez tan rico, esperaban ansiosamente el fracaso del alegre galanteador que exhibía su ingenio a costa del aspecto físico del Mulo y de su vida enclaustrada. Nadie se atrevía a reírse con él, pero, al ver que nada le ocurría, su reputación crecía proporcional a su buena suerte.

Channis improvisaba el texto de la melodía que tarareaba. Eran palabras frívolas con el estribillo: «La Segunda Fundación amenaza a la nación y a toda la creación.»

Ya estaba en el palacio.

La enorme puerta giró suavemente cuando se acercó, y franqueó el umbral. Se colocó en la ancha rampa móvil que le elevó al nivel superior, y una vez allí entró en el ascensor. Se encontró ante la pequeña y sencilla puerta del aposento del Mulo, situado en la parte más alta de las torres del palacio.

La puerta se abrió...

El hombre que no tenía otro nombre que el Mulo ni ningún otro título que el de Primer Ciudadano miraba a través de la transparencia unilateral de la pared hacia la débil luz exterior y la grandiosa ciudad que se extendía en el horizonte.

En la penumbra del atardecer iban apareciendo las estrellas, y no había ninguna de las que veía que no estuviese bajo su poder.

Sonrió con pasajera amargura al pensarlo. Debían acatamiento a una persona que muy pocos habían visto.

El Mulo no era un hombre agradable de ver; no se le podía mirar sin escarnio. No más de cincuenta kilos repartidos en un metro y medio de altura. Sus miembros eran palos huesudos y delgados que se disparaban en ángulos faltos de toda gracia. Y su rostro, también delgado, casi desaparecía tras la prominencia de una enorme nariz carnosa que medía siete centímetros.

Solamente sus ojos desentonaban de la farsa general que era el Mulo. Eran suaves —una extraña suavidad en el rostro del más grande conquistador de la Galaxia—, y la tristeza nunca se extinguía totalmente en ellos.

En la ciudad podía encontrarse toda la animación de una lujosa capital en un mundo de lujo. Podía haber establecido su capital en la Fundación, el más fuerte de sus derrotados enemigos, pero se hallaba muy lejos, en el mismo borde de la Galaxia. Kalgan, situado más en el centro, con una larga tradición como lugar de recreo de la aristocracia, le convenía más, estratégicamente hablando.

Pero en su alegría tradicional, incrementada por una prosperidad sin precedentes, no lograba encontrar la paz.

Le temían y le obedecían, y, tal vez, incluso le respetaban... desde una prudente distancia. Pero ¿quién podía mirarle sin desprecio? Sólo aquellos a quienes había convertido. ¿Y qué valor tenía su lealtad artificial? Le faltaba sabor. Podía haber adoptado títulos, exigido un ritual e inventado ceremonias, pero incluso aquello no hubiese cambiado nada. Era mejor —o al menos, no era peor— ser simplemente el Primer Ciudadano... y ocultarse.

Sintió en su interior un repentino impulso de rebelión, fuerte y brutal. No debían negarle ni una sola porción de la Galaxia. Durante cinco años se había mantenido silencioso y escondido en Kalgan por culpa de la eterna y confusa amenaza de la Segunda Fundación, invisible, inasequible, desconocida. Ahora tenía treinta y dos años. No era viejo..., pero se sentía viejo. Su cuerpo, cualesquiera que fuesen sus poderes mentales de mutante, era físicamente débil.

¡Todas las estrellas! Todas las estrellas que podía ver y todas las que se escapaban a su vista. ¡Todas tenían que ser suyas!

Se vengaría de todos. De una humanidad a la que no pertenecía. De una Galaxia en la que no encajaba.

La luz de aviso parpadeó sobre su cabeza. Podía seguir el avance del hombre que había entrado en el palacio, y, simultáneamente, como si su sentido de mutante se hubiese incrementado y sensibilizado en el solitario crepúsculo, sintió la oleada de contenido emocional tocando las fibras de su cerebro.

Conoció la identidad del recién llegado sin ningún esfuerzo. Era Pritcher. El capitán Pritcher, de la antigua Primera Fundación. El capitán Pritcher, que había sido ignorado y despreciado por los burócratas del derrotado Gobierno. El capitán Pritcher, al que había liberado de su trabajo de espía y elevado de la mediocridad. El capitán Pritcher, al que primero hizo coronel y después general, y al que asignara toda la Galaxia como campo de acción. El ahora general Pritcher, que había pasado de una rebeldía férrea a una completa lealtad. Y, sin embargo, no era leal por los beneficios cosechados, no era leal por gratitud, no era leal para corresponder a su confianza, sino que lo era a través del artificio de la Conversión.

El Mulo era consciente de aquella fuerte e inalterable superficie de lealtad y amor que presidía todos los altibajos de las emociones de Han Pritcher, la superficie que él mismo implantara cinco años atrás. Muy por debajo subsistían los rasgos originales de obstinado individualismo, impaciencia de mando, idealismo..., pero ni siquiera él podía ya detectarlos.

La puerta que había a sus espaldas se abrió, y se volvió para ver al que entraba. La transparencia de la pared se hizo opaca, y la luz crepuscular exterior de color purpúreo dejó paso al ardiente resplandor blanco de la energía atómica.

Han Pritcher ocupó el asiento indicado. No había reverencias, ni genuflexiones, ni el uso de títulos honoríficos en las audiencias privadas con el Mulo. El Mulo era simplemente el Primer Ciudadano. Se le llamaba «señor». La gente podía sentarse en su presencia, e incluso darle la espalda.

Para Han Pritcher todo aquello no era sino prueba del poder seguro y efectivo de aquel hombre, y ello le satisfacía. El Mulo habló:

—Su informe final llegó ayer. No puedo negar que lo encuentro un poco deprimente, Pritcher.

Las cejas del general se fruncieron.

—Ya, me lo imagino, pero no veo a qué otras conclusiones podría haber llegado. Lo cierto es que no existe una Segunda Fundación, señor.

El Mulo reflexionó y luego meneó lentamente la cabeza, como había hecho en muchas ocasiones anteriores:

—Está la evidencia de Ebling Mis. Siempre contamos con la evidencia de Ebling Mis.

No era ninguna novedad. Pritcher respondió:

—Mis podía ser el más grande psicólogo de la Fundación, pero era un niño de pecho comparado con Hari Seldon. Cuando investigaba los trabajos de Seldon se hallaba bajo el estímulo artificial del control cerebral de usted. Tal vez le obligó a ir demasiado lejos. Podría haberse equivocado, señor. *Seguramente* se equivocó.

El Mulo suspiró y su lúgubre rostro se adelantó, torciendo su delgado cuello.

—Ojalá hubiera vivido un minuto más. Estaba a punto de decirme dónde estaba la Segunda Fundación. Lo *sabía*, se lo aseguro. Yo no hubiera tenido que retirarme. Me hubiese ahorrado toda esta espera. ¡Cuánto tiempo perdido! ¡Cinco años para nada!

Pritcher no podía censurar la débil nostalgia de su jefe; su controlado estado mental se lo impedía. No obstante, se sintió vagamente confuso y molesto.

—Pero ¿qué otra explicación puede haber, señor? He salido cinco veces. Usted mismo ha fijado las rutas, y no he dejado ni un solo asteroide sin registrar. Fue hace trescientos años cuando Hari Seldon, del Primer Imperio, estableció supuestamente dos Fundaciones para que fueran el núcleo de un nuevo Imperio que reemplazase al primero, antiguo y decadente. Cien años después de Seldon, la Primera Fundación, de la que tanto sabemos, era conocida en toda la periferia. Ciento cincuenta años depués de Seldon, en la época de la última batalla contra el primer Imperio, era conocida en toda la Galaxia. Ahora han pasado trescientos años... ¿y dónde puede estar esa misteriosa Segunda Fundación? No se ha oído hablar de ella en ningún rincón de la corriente galáctica.

—Ebling Mis dijo que se mantenía en secreto. Sólo el secreto puede transformar su debilidad en fuerza.

—Un secreto tan profundo equivale a la inexistencia.

El Mulo levantó la vista; sus ojos eran agudos y astutos.

—No. Sé que existe. —Señaló con un dedo huesudo—. Va a haber un ligero cambio de táctica.

Pritcher frunció el ceño.

—¿Se propone salir usted mismo? Yo no se lo aconsejaría.

—No, claro que no. Tendrá usted que salir una vez más..., una última vez. Pero con un adjunto en el mando.

Hubo un silencio. A continuación, la voz de Pritcher sonó con dureza:

—¿Quién, señor?

—Hay un joven aquí, en Kalgan. Bail Channis.

—Nunca he oído hablar de él, señor.

—No, ya lo supongo. Pero tiene una mente ágil, es ambicioso... y no está convertido.

La larga mandíbula de Pritcher tembló por un instante.

—No puedo comprender la ventaja de este hecho.

—Existe una, Pritcher. Usted es un hombre de recursos y experiencia. Me ha prestado buenos servicios. Pero está convertido. Su motivación es simplemente una lealtad forzada e impotente hacia mí. Cuando perdió sus motivaciones originales perdió algo: un ímpetu sutil que ya no puedo reemplazar.

—Yo no lo creo, señor —dijo severamente Pritcher—. Recuerdo muy bien cómo era yo cuando me sentía enemigo suyo. Considero que ahora no soy inferior.

—Claro que no —y la boca del Mulo se torció en una sonrisa—. Su juicio en esta materia no es del todo objetivo. Volviendo a Channis, es ambicioso... para sí mismo. Es totalmente digno de confianza..., porque sólo es leal a sí mismo. Sabe que su vida depende de mí y haría cualquier cosa para incrementar mi poder a fin de que su existencia sea larga, próspera y gloriosa. Si va con usted, lo hará con este impulso adicional..., con esta ambición egoísta.

—Entonces —dijo Pritcher, insistiendo—. ¿Por qué no anula mi Conversión, si cree que ello puede mejorarme? Ahora ya podría fiarse de mí.

—Eso nunca, Pritcher. Mientras le tenga a usted cerca, permanecerá bajo el firme control de la Conversión. Si le liberara en este momento, yo estaría muerto al siguiente instante.

El general se mostró ofendido.

—Me duele que piense usted así.

—No deseo ofenderle, pero es imposible que usted se imagine cuáles serían sus sentimientos si pudieran formarse según el criterio de su motivación natural. La mente humana odia el control. El hipnotizador humano corriente no puede hipnotizar a una persona contra su voluntad por esa misma razón. Yo puedo hacerlo, porque no soy un hipnotizador, y, créame, Pritcher, el resentimiento que ahora no puede mostrar y que incluso ignora que alberga, es algo a lo que no querría enfrentarme.

Pritcher bajó la cabeza. La futilidad le doblegó, dejándole una sensación gris y hosca en su interior. Dijo con un esfuerzo:

—Pero ¿cómo puede usted confiar en ese hombre?

Me refiero a confiar en él completamente, como puede confiar en mí gracias a la Conversión.

—Bueno, supongo que no puedo confiar completamente, y ésa es la razón por la que usted debe acompañarle. Verá, Pritcher —y el Mulo se arrellanó en el enorme sillón, contra cuyo respaldo parecía un palillo viviente—, si él *encontrase* por casualidad la Segunda Fundación y se le *ocurriera* que un acuerdo con ellos sería ser más provechoso que conmigo... ¿me comprende?

Una luz de profunda satisfacción brilló en los ojos de Pritcher.

—Es mucho mejor así, señor.

—Exacto. Pero, recuerde, ha de darle rienda suelta hasta el límite de lo posible.

—Comprendido.

—Y... bien, Pritcher. Ese joven es apuesto, agradable y en extremo simpático. No se deje cautivar por él. Es una persona peligrosa y sin escrúpulos. No se enfrente a él a menos que esté preparado para hacerlo adecuadamente. Eso es todo.

El Mulo estaba solo de nuevo. Dejó que las luces se extinguieran y la pared que había frente a él volvió a transparentarse. El cielo era purpúreo, y la ciudad, una mancha de luz en el horizonte.

¿Para qué todo aquello? Si al final *llegara a ser* dueño de todo lo existente, ¿qué ocurriría? ¿Dejarían realmente los hombres como Pritcher de ser altos y erguidos, fuertes y seguros? ¿Perdería Bail Channis sus correctas facciones? ¿Sería él mismo diferente de como era?

Maldijo sus dudas. ¿Qué perseguía realmente?

La fría luz de aviso que había sobre su cabeza parpadeó. Podía seguir el avance del hombre que había entrado en el palacio y, casi contra su voluntad, sintió nuevamente la suave oleada de contenido emocional invadiendo su cerebro.

Reconoció la identidad de quien llegaba sin ningún esfuerzo. Era Channis. Aquí el Mulo no vio uniformidad, sino la primitiva diversidad de una mente fuerte, intacta y sin moldear, si se exceptuaban las numerosas influencias del universo. Se retorcía en flujos y olas. Había cautela en la superficie, un efecto sutil y suavizante, pero con toques de cinismo en los remolinos ocultos. Y por debajo barruntaba la suerte, marca del egoísmo y el amor propio, salpicada de algunas gotas de humor cruel aquí y allí, y un profundo y tranquilo estanque de ambición como fondo de todo ello.

El Mulo sintió que podía llegar hasta allí y calmar la corriente, sacar el estanque de su lecho y trasladarlo a uno nuevo, detener aquella marea y reemplazarla por otra. Pero ¿para qué? Si hacía que la cabeza de Channis se inclinara por la más profunda adoración, ¿cambiaría aquello su propio aspecto grotesco, que le obligaba a rehuir el día y ampararse en la noche, que le convertía en recluso en un imperio que era incondicionalmente suyo?

La puerta que había a sus espaldas se abrió, y el Mulo dio media vuelta. La transparencia de la pared se hizo opaca, y la oscuridad dio paso a la brillante luz blanca de la energía atómica.

Bail Channis se sentó con naturalidad y dijo:

—Éste es un honor no del todo inesperado, señor.

El Mulo frotó su nariz con cuatro dedos a la vez y se mostró algo irritado en su respuesta:

—¿Cómo es eso, joven?

—Una corazonada, supongo. A menos que quiera admitir que he escuchado los rumores.

—¿Rumores? ¿A cuál de las varias docenas que circulan se está refiriendo?

—A los que dicen que se prepara una nueva ofensiva galáctica. Abrigo la esperanza de que así sea y de que yo pueda participar de modo activo.

—Entonces, ¿usted cree que *existe* una Segunda Fundación?

—¿Por qué no? Lo haría todo mucho más interesante.

—¿Y a usted le interesa la cuestión?

—Desde luego. ¡Su mismo misterio es un aliciente! ¿Qué mejor tema se podría encontrar para hacer conjeturas? Últimamente los suplementos de la prensa no hablan de otra cosa... lo cual es, a buen seguro, muy significativo. El *Cosmos* hizo escribir a uno de sus corresponsales una fantástica crónica acerca de un mundo compuesto por seres de mente pura —la Segunda Fundación, claro—, que han transformado la fuerza mental en energía lo bastante potente como para competir con cualquier ciencia física conocida. Las cosmonaves podrían ser destruidas desde años-luz de distancia; los planetas podrían ser desviados de sus órbitas...

—Es interesante, sí. Pero ¿qué opina *usted* al respecto? ¿Se adhiere a la idea de esa energía mental?

—¡Por la Galaxia, no! ¿Cree que seres como ésos se quedarían en su propio planeta? No, señor. Pienso que la Segunda Fundación permanece oculta porque es más débil de lo que suponemos.

—En ese caso, puedo explicarme con mayor facilidad. ¿Le gustaría mandar una expedición en busca de la Segunda Fundación?

Por un momento Channis pareció abrumado bajo la repentina sucesión de acontecimientos a una rapidez mayor de la que estaba acostumbrado. Su lengua parecía incapaz de romper el silencio que siguió.

El Mulo preguntó secamente:

—¿Y bien?

Channis arrugó la frente.

—Naturalmente. Pero ¿adónde voy a ir? ¿Tiene usted alguna información que nos oriente?

—El general Pritcher le acompañará...

—Entonces, ¿yo no estaré al mando?

—Juzgue usted mismo cuando yo termine de hablar. Escuche, usted no es de la Fundación. Es nativo de Kalgan, ¿verdad? Sí. Bien, en tal caso, su conocimiento del Plan Seldon puede ser vago. Cuando el Primer Imperio Galáctico se estaba desintegrando, Hari Seldon y un grupo de psicohistoriadores, al analizar el curso futuro de la historia con instrumentos matemáticos de los que ya no disponemos en estos degenerados tiempos, establecieron dos Fundaciones, cada una de ellas en un extremo de la Galaxia, de manera que las fuerzas económicas y sociológicas que se desarrollaban lentamente las convirtieran en focos del Segundo Imperio. Hari Seldon planeó su realización en un milenio... ¡cuando hubieran sido precisos treinta mil años sin las Fundaciones! Pero no podía contar *conmigo*. Soy un mutante, e imprevisible por la psicohistoria, que sólo puede tratar con las reacciones medias de muchedumbres. ¿Lo comprende usted?

—Perfectamente, señor. Pero ¿qué tiene que ver todo eso conmigo?

—Lo comprenderá enseguida. Ahora me propongo unir a toda la Galaxia y alcanzar el objetivo de Seldon, no en mil años, sino en trescientos. Una Fundación —el mundo de científicos físicos— es todavía floreciente bajo *mi* mando. En la prosperidad y el orden de la Unión, las armas atómicas que han producido son capaces de vencer a todo lo existente en la Galaxia, excepto, tal vez, a la Segunda Fundación. Por eso tengo que saber más acerca de ella. El general Pritcher mantiene la opinión decidida de que no existe. Yo sé algo más.

Channis preguntó con delicadeza:

—¿Cómo lo sabe, señor?

Las palabras del Mulo fueron de pronto pura indignación:

—¡Porque mentes que están bajo mi control han sido manipuladas! ¡Delicada y sutilmente! Pero no con la sutileza suficiente como para que yo no lo advirtiera. Estas interferencias están afectando a hombres valiosos en momentos importantes. ¿Le extraña ahora que cierta discreción me haya mantenido inactivo todos estos años? De ahí la importancia de usted. El general Pritcher es el mejor hombre que me queda, y por ello ya no está seguro. Como es natural, él lo ignora. Se da la circunstancia de que usted no está convertido, y por lo tanto no es instantáneamente detectable como hombre del Mulo. Usted puede engañar a la Segunda Fundación durante más tiempo que cualquiera de mis propios hombres..., tal vez durante el tiempo suficiente. ¿Lo ha comprendido?

—Humm. Sí. Pero, perdóneme, señor, si le interrogo. ¿Cómo interfieren en esos hombres de usted? Sabiéndolo, yo podría detectar el cambio en el general Pritcher, en caso de que ello ocurriera. ¿Queda anulada su Conversión? ¿Se convierten en desleales?

—No. Ya le he dicho que era algo sutil. Es más peligroso que todo eso, porque es más difícil de detectar, y a veces he de esperar antes de actuar, ya que ignoro si un hombre clave está sencillamente desorientado o ha sido manipulado. Su lealtad permanece intacta, pero se les borra el ingenio y la iniciativa. En apariencia trato con una persona perfectamente normal, pero que es totalmente inútil. En el último año han sido tratados así seis de mis mejores hombres. —Torció los labios—. Ahora tienen a su cargo las bases de entrenamiento... y deseo con todas mis fuerzas que no se presenten emergencias que les obliguen a tomar decisiones.

—Supongamos, señor..., supongamos que no fuera la Segunda Fundación. ¿Y si se tratara de otro mutante como usted mismo?

—La planificación es demasiado cuidadosa, demasiado a largo plazo. Un hombre solo tendría más prisa. No, se trata de un mundo, y usted será mi arma contra él.

Los ojos de Channis brillaron mientras decía:

—Estoy encantado con la oportunidad.

Pero el Mulo captó la repentina oleada emocional, y advirtió:

—Sí, al parecer piensa que prestará un servicio único, digno de una recompensa única..., tal vez incluso la de ser mi sucesor. Está bien. Pero hay asimismo castigos únicos, no lo olvide. Mi gimnasia emocional no se limita a la creación de la lealtad.

La pequeña sonrisa de sus labios era sombría. Channis salto de su asiento, sobrecogido por el horror.

Durante un instante, un solo instante pasajero, Channis se había sentido invadido por la angustia de una profunda pena. Le había penetrado con un dolor físico que oscureció insoportablemente su mente, y enseguida se desvaneció. No quedaba nada más que una violenta ira.

—La ira no le servirá de nada... —dijo el Mulo—. Sí, ahora ya se ha repuesto, ¿verdad? Puedo verlo. Pero, recuerde, *esa* sensación puede intensificarse y llegar a ser permanente. He matado a hombres con el control emocional, y no existe una muerte más cruel.

Hizo una pausa y después dijo:

—¡Esto es todo!

El Mulo volvía a estar solo. Hizo que las luces se apagasen y la pared que tenía enfrente recobró su transparencia. El cielo estaba negro, y el núcleo ascendente de la lente galáctica se extendía por las profundidades aterciopeladas del espacio.

Todo aquel esplendor de nebulosas era una masa de estrellas en número tan exorbitante que se confundían unas con otras y sólo se veía una nube de luz.

Y todas serían suyas...

Ahora sólo le quedaba atender otro asunto y podría dormir.

PRIMER INTERLUDIO

El Consejo Ejecutivo de la Segunda Fundación estaba reunido en asamblea. Para nosotros son simplemente voces. Ni el escenario exacto de la reunión, ni la identidad de los presentes son esenciales para el caso.

Tampoco, estrictamente hablando, podemos considerar siquiera una reproducción exacta de una parte cualquiera de la sesión..., a menos que deseemos sacrificar completamente el mínimo de comprensión que tenemos derecho a esperar.

Aquí tratamos con psicólogos, aunque no con simples psicólogos. Digamos que son científicos con una orientación psicológica. Es decir, hombres cuyo concepto fundamental de la filosofía científica apunta hacia una dirección totalmente distinta de todas las orientaciones que conocemos. La psicología de los científicos educados entre los axiomas deducidos de los hábitos de observación de la ciencia física tiene sólo una muy vaga relación con la verdadera PSICOLOGÍA.

Algo así, con un fondo similar, sería lo máximo que podría decir a un hombre ciego de nacimiento al tratar de explicarle lo que es el color... siendo yo tan ciego como él.

Lo esencial es saber que las mentes allí reunidas comprendían perfectamente el trabajo de las demás, no sólo por teoría general, sino también por la aplicación específica de esas teorías durante un largo período a individuos particulares. El lenguaje, tal como nosotros lo conocemos, era innecesario. Un fragmento de una frase equivalía casi a una larga explicación. Un gesto, un gruñido, la curva de una línea facial, incluso una pausa oportuna, comunicaba la información requerida.

Por lo tanto, nos tomaremos la libertad de traducir libremente una pequeña porción de la conferencia a las combinaciones de palabras extremadamente específicas que son necesarias para las mentes orientadas desde la infancia hacia una filosofía de las ciencias físicas, incluso aunque corramos el peligro de perder los matices más delicados.

Predominaba una «voz», que pertenecía al individuo conocido simplemente como el Primer Orador.

Éste dijo:

—Al parecer ya está determinado lo que detuvo al Mulo en su primer impulso demente. No puedo decir que la cuestión diga mucho en favor de... bueno, de nuestro cálculo de la situación. Parece ser que estuvo a punto de localizarnos por medio de la energía cerebral artificialmente activada de lo que llaman un «psicólogo» en la Primera Fundación. Este psicólogo fue muerto justo antes de que pudiera comunicar su información al Mulo. Los sucesos que condujeron a aquel asesinato fueron completamente fortuitos, según todos los cálculos de la Fase Tres. Ocúpese usted del asunto —indicó al Quinto Orador, con una inflexión de la voz.

Entonces continuó:

—Es seguro que la situación fue mal calculada. Por

supuesto, somos altamente vulnerables al ataque masivo, y en particular a un ataque dirigido por un fenómeno mental como el Mulo. Al poco tiempo de alcanzar celebridad galáctica con la conquista de la Primera Fundación, medio año después, para ser exactos, estuvo en Trántor. Al cabo de otro medio año hubiese llegado hasta aquí, y las probabilidades hubieran estado abrumadoramente en contra de nosotros, más o menos en un 96,3 por 100. Hemos pasado un tiempo considerable analizando las fuerzas que le detuvieron. Conocemos, naturalmente, sus impulsos originales. Las ramificaciones internas de su deformidad física y la calidad única de su mentalidad son evidentes para todos nosotros. Sin embargo, fue sólo penetrando en la Fase Tres que pudimos determinar, *después del hecho*, la posibilidad de que su anómala acción fuese debida a la presencia de un ser humano que le profesara un afecto sincero.

»Y puesto que tan extraño comportamiento dependería de la presencia de un ser humano en el momento apropiado, hasta ese punto todo el asunto fue fortuito. Nuestros agentes están seguros de que fue una joven quien mató al psicólogo; una joven en quien el Mulo confiaba por sentimentalismo y a quien, por consiguiente, no controlaba mentalmente, sólo porque ella le demostraba simpatía.

»Desde aquel suceso (de cuyos detalles se ha elaborado un estudio matemático que se halla en la Biblioteca Central a disposición de los interesados en el tema) que nos sirvió de advertencia, hemos mantenido a raya al Mulo con métodos nada ortodoxos, con los que ponemos diariamente en peligro todo el esquema histórico de Seldon. Eso es todo.»

El Primer Orador hizo una pausa para que los reunidos pudieran asimilar todas las implicaciones. Después, añadió:

617

—La situación, pues, es altamente inestable. Con el esquema original de Seldon tensado hasta el punto de fractura, y debo poner de relieve que hemos cometido graves errores en todo el asunto con nuestra horrible falta de previsión, y nos enfrentamos a la posibilidad de un fracaso irreversible del Plan. El tiempo se nos escapa. Creo que sólo nos queda una solución, pero es peligrosa: hemos de dejar que el Mulo nos encuentre..., en cierto sentido.

Hizo otra pausa, durante la cual captó las reacciones de los presentes, y al final de ella añadió:

—Repito: ¡en cierto sentido!

2. DOS HOMBRES SIN EL MULO

La nave estaba casi dispuesta. No faltaba nada, a excepción del destino. El Mulo había sugerido un retorno a Trántor, el mundo que había albergado a la incomparable metrópoli galáctica del mayor Imperio que la humanidad conociera jamás, el mundo muerto que había sido capital de todas las estrellas.

Pritcher desaprobaba la idea. Era un viejo camino, explorado hasta la saciedad.

Encontró a Bail Channis en la sala de control de la nave. Los cabellos rizados del joven estaban lo bastante desordenados como para permitir que un rizo le cayera sobre la frente —tal parecía que lo habían colocado allí a propósito—, y su sonrisa mostraba una hilera de dientes muy regulares. El rígido oficial sintió vagamente que su antipatía hacia él se incrementaba.

La excitación de Channis era evidente.

—Pritcher, es una coincidencia demasiado grande.

El general replicó con frialdad:

—No estoy enterado del tema de la conversación.

—¡Oh! Pues bien, acérquese una silla, amigo, y hablemos. He echado una mirada a sus notas. Las encuentro excelentes.

—Es... muy agradable que piense así.

—Pero me pregunto si habrá llegado a las mismas conclusiones que yo. ¿Ha intentado alguna vez analizar el problema por deducción? Quiero decir que está muy bien recorrer las estrellas al azar, y lo que usted ha hecho en cinco expediciones representa muchos saltos de estrella a estrella. Esto es obvio. Pero ¿ha calculado cuánto tiempo se necesitaría para recorrer todos los mundos conocidos a este ritmo?

—Sí, varias veces. —Pritcher no tenía deseos de discutir con el joven, pero era importante espiar su mente, una mente incontrolada y, por tanto, imprevisible.

—Bien, pues procedamos ahora analíticamente y tratemos de delimitar qué es lo que buscamos con exactitud.

—La Segunda Fundación —dijo Pritcher brevemente.

—Una Fundación de psicólogos —puntualizó Channis— que saben tan poco de ciencias físicas como la Primera Fundación de psicología. Bien, usted es de la Primera Fundación, y yo no. Probablemente las implicaciones son evidentes para usted. Hemos de encontrar un mundo gobernado por facultades mentales, pero muy atrasado científicamente.

—¿Por qué necesariamente atrasado? —interrogó Pritcher con calma—. Nuestra propia Unión de Mundos no está atrasada científicamente, pese a que nuestro dirigente debe su fuerza a sus facultades mentales.

—Porque tiene los conocimientos de la Primera Fundación, en los que se apoya —fue la impaciente respuesta—, y ésa es la única reserva de sabiduría de la Galaxia. La Segunda Fundación ha de subsistir entre las migajas del desintegrado Imperio Galáctico, y allí no hay nada aprovechable.

—¿De modo que usted postula que el poder mental es suficiente como para establecer un Gobierno que abarque a un grupo de dos mundos, y que no es necesaria la potencia física?

—Me refiero a una impotencia física *relativa*. Son lo bastante competentes como para defenderse de las decadentes áreas vecinas. No pueden enfrentarse a las fuerzas del Mulo, respaldadas por una economía atómica desarrollada. De lo contrario, ¿por qué se mantendrían tan ocultos, tanto al principio, bajo su fundador Hari Seldon, como ahora que están solos? Su Primera Fundación no hizo un secreto de su existencia cuando no era más que una ciudad indefensa en un planeta solitario, hace trescientos años.

Las suaves líneas del rostro moreno de Pritcher se retorcieron sarcásticamente.

—Ahora que ha terminado su profundo análisis, ¿desea una lista de todos los reinos, repúblicas, estados y dictaduras de una y otra especie de esa selva política que correspondan a su descripción y a varios otros factores?

—¿Así que todo esto ya ha sido considerado? —preguntó Channis sin perder la ecuanimidad.

—Aquí no lo encontrará, naturalmente, pero tenemos una guía completa de las unidades políticas de la periferia pertenecientes a la Oposición. ¿Supone en realidad que el Mulo trabaja enteramente al azar?

—Entonces —y la voz del joven se elevó en una explosión de energía—, ¿qué me dice de la Oligarquía de Tazenda?

Pritcher se rascó la oreja, pensativo.

—¿Tazenda? ¡Oh, sí!, creo que conozco ese planeta. No está en la periferia, ¿verdad? Me parece que se encuentra a un tercio del camino hacia el centro de la Galaxia.

—Sí. ¿Qué sabe de ella?

—Nuestros archivos sitúan a la Segunda Fundación en el otro extremo de la Galaxia. El espacio sabe que es lo único que conocemos. ¿Por qué me habla de Tazenda? Su desviación angular del radián de la Primera Fundación es sólo de ciento diez a ciento veinte grados. No se aproxima en absoluto a ciento ochenta.

—En los archivos se hace otra mención. La Segunda Fundación fue establecida en el Extremo Estelar.

—Esa región jamás ha sido localizada en la Galaxia.

—Tal vez se trate de un nombre local, suprimido más tarde para mayor secreto. O quizá fue inventado con ese fin por Seldon y su grupo. Sin embargo, hay alguna relación entre Extremo Estelar y Tazenda, ¿no cree usted?[1]

—¿Una vaga similitud de sonido? Es insuficiente.

—¿Ha estado usted allí alguna vez?

—No.

—Pese a ello, lo menciona en sus informes.

—¿Dónde? ¡Ah, sí!, pero fue solamente para aprovisionarme de alimentos y agua. Le aseguro que no había nada especial en ese mundo.

—¿Aterrizó en el planeta rector?

—No sabría decírselo.

Channis reflexionó un momento bajo la mirada fría del otro. Luego, dijo:

—¿Quiere mirar conmigo por la Lente unos segundos?

—Claro.

La Lente era tal vez la más reciente innovación de los cruceros interestelares. De hecho era una complicada máquina calculadora que podía proyectar en una pan-

1. En inglés, las palabras *star's end* y *tazend* suenan similarmente. *(N. del T.)*.

talla una reproducción del firmamento visto desde un punto determinado de la Galaxia.

Channis ajustó las coordenadas y las luces murales se extinguieron. A la débil luz del tablero de control de la Lente, montada en la cabina del piloto, el rostro de Channis estaba iluminado por un resplandor rojizo. Pritcher se sentó en el asiento del piloto, cruzó las piernas, y su rostro quedó sumido en la penumbra.

Lentamente, a medida que pasaba el período de inducción, los puntos de luz fueron apareciendo en la pantalla. Muy pronto se espesaron y abrillantaron con los innumerables grupos de estrellas del centro de la Galaxia.

—Esto —explicó Channis— es el cielo nocturno tal como se ve en invierno desde Trántor. Éste es el punto importante que hasta ahora ha sido olvidado en la búsqueda, que yo sepa. Toda orientación inteligente ha de partir desde Trántor, en el punto cero. Trántor era la capital del Imperio Galáctico. Aún más científica y culturalmente que por lo que a política se refiere. Por lo tanto, un nombre descriptivo ha de tener su origen, nueve de cada diez veces, en una orientación trantoriana. Recordará usted a este respecto que, a pesar de que Seldon era de Helicón, hacia la periferia, su grupo trabajaba en el propio Trántor.

—¿Qué está intentando mostrarme? —La voz serena de Pritcher interrumpió glacialmente el creciente entusiasmo de su compañero.

—El mapa se lo explicará. ¿Ve esa nebulosa oscura? —La sombra de su brazo cayó sobre la pantalla, cubierta por las estrellas de la Galaxia. Un dedo señaló una diminuta mancha negra que parecía un agujero en el espeso tejido de estrellas—. Los archivos estelográficos la denominan la Nebulosa de Pelot. Mírela bien. Voy a agrandar la imagen.

Pritcher ya había visto antes el fenómeno de la expansión de la imagen de la Lente, pero aun así se quedó sin aliento. Era como estar ante el mirador de una astronave que irrumpiera en una superpoblada Galaxia sin entrar en el hiperespacio. Las estrellas divergían hacia ellos desde un centro común, se extendían hacia fuera y se salían del borde de la pantalla. Los puntos aislados se hicieron dobles y después globulares. Franjas confusas se disolvieron en millones de puntos. Y siempre daba aquella ilusión de movimiento.

Mientras tanto, Channis hablaba:

—Observará que nos movemos a lo largo de la línea directa que separa Trántor de la Nebulosa de Pelot, por lo que seguimos mirando desde una orientación estelar equivalente a la de Trántor. Probablemente hay un ligero error debido a la desviación gravitacional de la luz, para cuyo cálculo carezco del conocimiento matemático necesario, pero estoy seguro de que no es importante.

La oscuridad se extendía por la Lente. A medida que la amplificación disminuía su ritmo, las estrellas desaparecían por los cuatro lados de la pantalla en una triste despedida. En los bordes de la creciente nebulosa, el brillante universo de estrellas resplandeció de improviso, mostrando la luz escondida tras el vertiginoso remolino de fragmentos atómicos de sodio y calcio que llenaban parsecs cúbicos de espacio.

Channis señaló de nuevo:

—Esto ha sido llamado la Desembocadura por los habitantes de esa región del espacio. Y esto es significativo, porque sólo parece una desembocadura desde la orientación trantoriana.

Lo que estaba señalando era una hendidura en el núcleo de la Nebulosa, formada como una boca abierta vista de perfil y delimitada por el ardiente resplandor de las estrellas que la llenaban.

—Siga la Desembocadura —continuó Channis—,

sígala hasta la garganta donde se estrecha hasta parecer una delgada y astillada línea de luz.

De nuevo la pantalla se movió, ampliando el detalle de la imagen, hasta que la Nebulosa se separó de la Desembocadura y quedó solamente a la vista aquella estrecha franja. El dedo de Channis la siguió en silencio y llegó un punto en que se interrumpió; entonces el dedo continuó señalando hacia arriba, hacia un lugar donde una única estrella brillaba en solitario, y allí se detuvo, porque más allá todo era una inmensa negrura.

—El Extremo Estelar —dijo el joven escuetamente—. Aquí el tejido de la Nebulosa es tenue y la luz de esa única estrella se abre camino en esta precisa dirección... para brillar sobre Trántor.

—Quiere usted decir que... —La voz del general del Mulo se extinguió, ahogada por la sospecha.

—No quiero decirlo, lo digo. Es Tazenda... el Extremo Estelar.

Se encendieron las luces: la Lente se apagó. Pritcher se acercó a Channis dando tres largos pasos.

—¿Cómo se le ocurrió pensar en esto?

Channis se apoyó en el respaldo de su asiento con una expresión de perplejidad en el rostro.

—Fue accidental. Me gustaría que hubiera sido por mérito intelectual, pero fue puro accidente. En cualquier caso, sea cual fuese el modo en que lo descubrí, encaja muy bien en mi teoría. Según nuestras referencias, Tazenda es una oligarquía. Gobierna veintisiete planetas habitados. No está avanzado científicamente. Y, sobre todo, es un mundo anónimo que ha conservado una estricta neutralidad con respecto a las políticas locales de aquella región estelar, y no es expansionista. Creo que deberíamos visitarlo.

—¿Ha informado de esto al Mulo?

—No. Y no le informaremos. Ahora estamos en el espacio, a punto de dar el primer salto.

Pritcher, con repentino horror, saltó hacia el mirador. El frío espacio se apareció a su vista cuando lo hubo enfocado. Miró con fijeza el vacío panorama, y luego se volvió. Automáticamente, su mano fue a buscar la dura y reconfortante curva de su pistola.

—¿Por orden de quién?

—Por orden mía, general. —Era la primera vez que Channis usaba el título del otro—. La he dado mientras le tenía distraído aquí. Es probable que usted no sintiera la aceleración debido a que se produjo en el momento en que yo expandía el campo de la Lente, y sin duda imaginó que era una ilusión del aparente movimiento de las estrellas.

—¿Por qué? ¿Qué es exactamente lo que está haciendo? ¿Cuál era entonces el motivo de su palabrería sobre Tazenda?

—No ha sido palabrería. Hablaba completamente en serio. Nos dirigimos hacia allí. Nos vamos hoy porque estaba programado que no lo haríamos hasta dentro de tres días. General, usted no cree que exista una Segunda Fundación, y yo sí. Usted se limita a obedecer, sin fe, las órdenes del Mulo. Yo reconozco que nos acecha un grave peligro. La Segunda Fundación ha tenido cinco años para prepararse. Ignoro hasta qué punto lo estará, pero ¿y si tuvieran agentes en Kalgan? Si yo llevo grabado en mi mente el punto donde se halla la Segunda Fundación, ellos pueden descubrirlo. Mi vida ya no estaría segura, y siento un gran afecto por ella. Prefiero no arriesgarla, ni siquiera por una posibilidad tan remota como ésta. Ahora nadie sabe nada de Tazenda salvo usted, y usted no se ha enterado hasta que estábamos en el espacio. Incluso así, está el asunto de la tripulación.

Channis sonreía de nuevo, irónicamente, con evidente y completo control de la situación.

La mano de Pritcher se apartó del arma y, por un momento, le invadió una vaga desazón. ¿Qué era lo que le impedía actuar? ¿Qué le paralizaba? Hubo un tiempo en que era un rebelde e insatisfecho capitán de la Primera Fundación y su imperio comercial, y entonces hubiera sido *él*, y no Channis, quien realizara un acto tan oportuno y osado como aquél. ¿Tendría razón el Mulo? ¿Estaría su controlada mente tan absorta en la obediencia como para perder toda iniciativa? Sintió que un profundo desaliento le dejaba en un estado de extraña lasitud.

—¡Bien hecho! —exclamó—. Sin embargo, en el futuro deberá consultarme antes de tomar decisiones de esta índole.

La señal parpadeante atrajo su atención.

—Es la sala de máquinas —dijo Channis casualmente—. Calentaron los motores cinco minutos después de avisarles, y les pedí que me notificaran si había algún problema. ¿Quiere tomar el mando?

Pritcher asintió en silencio, y en su repentina soledad meditó sobre los inconvenientes de acercarse a los cincuenta años. En el mirador había pocas estrellas. El núcleo central de la Galaxia aparecía en una esquina. ¿Y si se librara de la influencia del Mulo...?

Pero se estremeció de horror ante la idea.

El ingeniero jefe Huxlani miró con agudeza al hombre joven y sin uniforme que se portaba con la seguridad de un oficial de la Flota y parecía ocupar un puesto de autoridad. Huxlani, que pertenecía a la Flota desde los primeros años de su juventud, solía confundir la autoridad con las insignias.

Pero el Mulo había dado el cargo a aquel hombre, y el Mulo, naturalmente, tenía la última palabra. De hecho, la única palabra. No discutía aquello ni siquiera en su subconsciente. El control emocional calaba muy hondo.

Alargó a Channis el pequeño objeto ovalado sin pronunciar una sola palabra.

Channis lo sopesó y sonrió amablemente.

—Usted es de la Fundación, ¿verdad?

—Sí, señor. Serví dieciocho años en la Flota de la Fundación, antes de que llegara el primer Ciudadano.

—¿Estudió ingeniería en la Fundación?

—Técnico cualificado de primera clase. Escuela Central de Anacreonte.

—Excelente. ¿Y ha encontrado esto en el circuito de comunicación, donde le encargué que mirara?

—Sí, señor.

—¿Es su lugar apropiado?

—No, señor.

—¿Y qué es?

—Un hiper-rastreador, señor.

—Eso no basta. No soy de la Fundación. ¿Qué es?

—Un dispositivo que permite rastrear la nave a través del hiperespacio.

—En otras palabras, que nos pueden seguir a cualquier parte.

—Sí, señor.

—Muy bien. Es un invento reciente, ¿verdad? Se fabricó en uno de los Institutos de Investigación creados por el Primer Ciudadano, ¿no es cierto?

—Creo que sí, señor.

—Sin embargo, está aquí. Es curioso.

Channis se pasó metódicamente el hiper-rastreador de mano en mano durante unos segundos. Luego, bruscamente, se lo alargó al ingeniero.

—Tómelo y colóquelo exactamente donde lo ha encontrado y en la misma posición. ¿Comprendido? Y después, olvide este incidente, ¡por completo!

El ingeniero interrumpió el saludo militar casi automático en él, se volvió en redondo y se alejó.

La nave viajaba a través de la Galaxia en una amplia trayectoria entre las estrellas. Los puntos de la trayectoria eran los escasos períodos de diez a sesenta segundos-luz empleados en el espacio normal, y entre ellos había los huecos de cien y más años-luz que representaban los saltos a través del hiperespacio.

Bail Channis estaba sentado ante el tablero de control de la Lente y sentía de nuevo la involuntaria oleada de casi adoración al contemplarlo. No era de la Fundación, y la interacción de fuerzas al girar un botón o la interrupción de un contacto no eran como su segunda naturaleza.

Aquello no significa, no obstante, que la Lente pudiese aburrir ni siquiera a un hombre de la Fundación. En el interior de su estructura, increíblemente compacta, había los suficientes circuitos electrónicos como para señalar con exactitud cien millones de estrellas diferentes y la justa relación existente entre ellas. Y como si esto no fuera suficiente maravilla en sí mismo, también era capaz de trasladar cualquier porción determinada del campo galáctico por cualquiera de los tres ejes espaciales, o hacer girar cualquier porción del campo alrededor de un centro.

Por estas razones la Lente había supuesto casi una revolución en los viajes interestelares. En los días en que se iniciaron tales viajes, el cálculo de cada salto a través del hiperespacio significaba un trabajo que podía durar incluso una semana; y la mayor parte de dicho trabajo era el cálculo más o menos preciso de la «Posición de la Nave» en la escala galáctica de referencia. Esencialmente, esto significaba la minuciosa observación de por lo menos tres estrellas muy espaciadas, cuyas posiciones, con referencia al arbitrario triple cero galáctico, eran conocidas.

Y el quid de la cuestión residía en la palabra «conocidas». Para cualquiera que conozca bien el campo galáctico desde un punto de referencia determinado, las estrellas son tan individuales como las personas. Sin embargo, se saltan diez parsecs y ni siquiera se puede reconocer al propio sol. Incluso puede resultar invisible.

La solución, naturalmente, era el análisis espectroscópico. Durante siglos, el objetivo principal de la ingeniería interestelar había sido el análisis de la «rúbrica de la luz» de más y más estrellas, con siempre mayor detalle. Con esto y con la creciente precisión del propio salto, se adoptaron las rutas ordinarias de viaje a través de la Galaxia, y el viaje interestelar dejó de ser un arte para convertirse en ciencia.

Y, no obstante, incluso en la Fundación y con calculadoras perfeccionadas, además de un nuevo método para observar mecánicamente el campo galáctico en busca de una «rúbrica de luz» conocida, a veces se tardaban días para localizar tres estrellas y calcular seguidamente la posición en regiones que no eran familiares para el piloto.

La Lente había cambiado todo aquello. Por un lado, solamente requería una única estrella conocida. Por otro, incluso un profano en el espacio como Channis podía manejarla.

La estrella de cierto tamaño más cercana por el momento era Vincetori, según los cálculos de salto, y en el centro del mirador se veía ahora una brillante estrella. Channis esperaba que fuese Vincetori.

La pantalla de la Lente fue proyectada directamente junto a la del mirador, y, con dedos cautelosos, Channis tecleó las coordenadas de Vincetori. Cerró un relé, y el campo de estrellas apareció en todo su esplendor. También allí había una brillante estrella en el centro, pero no parecía haber otra relación. Ajustó la Lente sobre el eje Z y extendió el campo hasta que el fotómetro demostró que las dos estrellas centradas eran de idéntico brillo.

Channis buscó una segunda estrella, de considerable brillo, en el mirador, y encontró una que correspondía en la pantalla del campo. Lentamente, hizo girar la pantalla hasta un ángulo similar de deflección. Torció los labios y desechó el resultado con una mueca. De nuevo giró la pantalla y colocó en posición otra estrella brillante, y después una tercera... y entonces sonrió. Ya lo había conseguido. Tal vez un especialista con entrenada percepción de relaciones hubiese acertado al primer intento, pero él se contentaba con tres.

Aquél era el ajuste. En el paso final, los dos campos se superpusieron y se fundieron en un mar confuso. La mayoría de las estrellas eran dobles. Pero el ajuste perfecto no le llevó mucho tiempo. Las estrellas dobles se fundieron en una, permaneció un campo, y la «Posición de la Nave» ya podía leerse directamente en las esferas. Todo el proceso había durado menos de media hora.

Channis encontró a Han Pritcher en su cabina. Era evidente que el general se estaba preparando para acostarse. Alzó la vista.

—¿Hay novedades?

—Nada en especial. Estaremos en Tazenda con otro salto.

—Ya lo sabía.

—No quiero molestarle si desea dormir, pero ¿ha mirado la película que recogimos en Cil?

Han Pritcher dirigió una mirada despreciativa al artículo en cuestión, que se hallaba en su funda negra sobre el estante más bajo.

—Sí.

—¿Y qué opina usted?

—Opino que si alguna vez la historia fue una ciencia, se ha perdido completamente en esta región de la Galaxia.

Channis esbozó una gran sonrisa.

—Sé lo que quiere decir. Más bien estéril, ¿verdad?

—No, si le gustan las crónicas personales de los dirigentes. Probablemente es inexacta, y yo diría que en ambas direcciones. Cuando la historia se ocupa de personalidades, las descripciones son blancas o negras, según los intereses del escritor. Yo lo he encontrado totalmente inútil.

—Pero se habla de Tazenda. Eso es lo que quise demostrarle cuando le di la película. Es la única que he descubierto que se refiera a Tazenda.

—Muy bien. Tienen dirigentes buenos y malos. Han conquistado unos pocos planetas, ganado algunas batallas y perdido otras tantas. No se distinguen en nada. No creo que su teoría sea válida, Channis.

—Pero usted ha pasado por alto algunos puntos. ¿No ha observado que nunca formaron coaliciones? Siempre han permanecido al margen de la política de este Extremo Estelar. Como usted ha dicho, conquistaron algunos planetas, pero entonces se detuvieron, y ello sin haber sufrido ninguna derrota de importancia. Es como si ya se hubieran extendido lo suficiente como para protegerse a sí mismos, pero no lo bastante como para llamar la atención.

—Está bien —fue la indiferente respuesta—. No me opongo a que aterricemos. Lo peor que puede pasar es que perdamos el tiempo.

—¡Oh, no! Lo peor sería una derrota completa, si en efecto es la Segunda Fundación. Recuerde que se trataría de un mundo habitado por quién sabe cuántos Mulos.

—¿Qué piensa usted hacer?

—Aterrizar en un planeta menor, cualquiera de los sometidos. Averiguar todo lo que podamos sobre Tazenda, e improvisar a raíz de nuestras pesquisas.

—Muy bien. No hay objeción. Ahora, si no le importa, me gustaría apagar las luces.

Channis se fue con un ademán de despedida.

Y en la oscuridad de un aposento diminuto, en una isla de metal perdida en la inmensidad del espacio, el general Han Pritcher se mantuvo despierto, continuando los pensamientos que le llevaban a tan fantásticas conclusiones.

Si era cierto todo lo que había meditado tan meticulosamente, y los hechos empezaban a corroborarlo, entonces Tazenda *era* la Segunda Fundación. No había otra salida. Pero ¿cómo? ¿Cómo?

¿*Podía* ser Tazenda? ¿Un mundo ordinario? ¿Un mundo sin distinción? ¿Un arrabal perdido entre las ruinas de un Imperio? ¿Una astilla entre fragmentos? Recordó confusamente el rostro marchito del Mulo y su trémula voz cuando hablaba del psicólogo de la Primera Fundación, Ebling Mis, el hombre que, tal vez, averiguó el secreto de la Segunda.

Pritcher recordó las palabras del Mulo, llenas de tensión: «Era como si el asombro hubiera sobrecogido a Mis. Era como si algo sobre la Segunda Fundación hubiera superado todos sus cálculos, y le hubiese llevado en una dirección completamente distinta de lo que podía haber imaginado. Ojalá yo hubiera leído sus pensamientos y no sus emociones. Pero las emociones eran claras, y la más sobresaliente era la de una enorme sorpresa.»

La sorpresa era la clave. ¡Algo sumamente asombroso! Y ahora había llegado aquel muchacho, aquel jovenzuelo sonriente, que divagaba ilusionado sobre Tazenda y su vulgar subdesarrollo. Y debía tener razón. Debía tenerla. De lo contrario, nada tenía sentido.

El último pensamiento consciente de Pritcher tuvo un matiz sombrío. El hiper-rastreador que había depositado en el tubo etérico seguía estando allí. Lo había comprobado hacía una hora, cuando Channis se hallaba en el otro extremo de la nave.

SEGUNDO INTERLUDIO

Era una reunión casual en la antesala de la Cámara del Consejo, sólo unos momentos antes de pasar a ella, para discutir los asuntos del día, y unas cuantas ideas fueron intercambiadas con rapidez.

—De manera que el Mulo está en camino.

—Eso he oído yo también. ¡Arriesgado! ¡Considerablemente arriesgado!

—No si los acontecimientos se ajustan a las funciones establecidas.

—El Mulo no es un hombre corriente... y es casi imposible manipular a sus instrumentos elegidos sin que lo detecte. Las mentes controladas son muy difíciles de penetrar. Dicen que ya se ha dado cuenta de algunos casos.

—Sí, pero no creo que esto se pueda evitar.

—Las mentes incontroladas son más fáciles. Pero hay tan pocas que tengan autoridad bajo su mando...

Entraron en la Cámara. Otros les siguieron.

3. DOS HOMBRES
Y UN CAMPESINO

Rossem era uno de esos mundos marginales generalmente olvidados por la historia galáctica y que apenas son advertidos por los hombres de los millones de planetas más afortunados.

En los últimos días del Imperio Galáctico, unos cuantos prisioneros políticos habían ocupado sus desiertos, mientras que un observatorio y una pequeña guarnición naval servían para que no fuese dicho que estaba abandonado. Más tarde, en la triste época de las guerras, anterior a la de Hari Seldon, los hombres de naturaleza más débil, cansados de las continuas décadas de inseguridad y peligro, huyendo de planetas saqueados y de una fantasmal sucesión de emperadores efímeros que vestían la Púrpura por unos cuantos años desgraciados e improductivos, huyeron de los centros poblados y buscaron refugio en los rincones desolados de la Galaxia.

A lo largo de los glaciales desiertos de Rossem se apiñaban algunos pueblos. Su sol era un miserable globo rojizo que concentraba su escaso calor en sí mismo, mientras la nieve caía en finos copos durante nueve meses del año. El resistente grano nativo dormía en la tierra durante la temporada de nieve, y luego crecía y maduraba a frenética velocidad cuando la tímida radiación solar hacía subir la temperatura a casi diez grados.

Pequeños animales, parecidos a cabras, triscaban en los prados, apartando la nieve con sus minúsculos cascos de tres pezuñas.

Los hombres de Rossem tenían, de esta forma, pan y leche, y, cuando podían permitirse el lujo de sacrificar a un animal, incluso carne. Los tenebrosos bosques que cubrían la mitad de la región ecuatorial del planeta suministraban una madera dura y de fina contextura para la construcción. Esta madera, ciertos minerales y algunas pieles eran lo bastante valiosos como para ser exportados, y periódicamente llegaban las naves del Imperio trayendo a cambio maquinaria agrícola, radiadores atómicos e incluso aparatos de televisión. Estos últimos no eran realmente algo incongruente, pues el largo invierno imponía al campesino un prolongado descanso.

La historia pasaba de largo a los campesinos de Rossem. Las naves comerciales podían llevar noticias a grandes intervalos; ocasionalmente llegaban nuevos fugitivos —una vez apareció un grupo relativamente numeroso, que se estableció—, y éstos solían traer noticias de la Galaxia.

Era entonces cuando los rossemitas se enteraban de encarnizadas batallas y poblaciones diezmadas, u oían hablar de emperadores tiránicos y virreyes rebeldes. Y suspiraban, meneando la cabeza, y se ajustaban los cuellos de piel alrededor de sus rostros barbudos mientras escuchaban, sentados en círculo en la plaza del pueblo, tomando el mortecino sol y filosofando sobre la maldad de los hombres.

Después hubo un tiempo en que no llegó ninguna nave comercial, y la existencia se hizo más precaria. Se detuvo el suministro de exquisitos alimentos extranjeros, de tabaco y de maquinaria. Vagas noticias difundidas por televisión les informaron de acontecimientos cada vez más inquietantes. Y finalmente se supo que Trántor había sido saqueado. El gran mundo que era capital de toda la Galaxia, el espléndido, inasequible, histórico e incomparable hogar de emperadores, había sido objeto de pillaje y reducido a escombros.

Era algo inconcebible, y muchos de los campesinos de Rossem, mientras trabajaban arduamente la tierra, creyeron que el fin de la Galaxia estaba próximo.

Y entonces, un día que en nada se diferenciaba de los demás, aterrizó una nave. Los Ancianos de cada pueblo movieron sabiamente la cabeza, abrieron sus cansados párpados y murmuraron que lo mismo había ocurrido en tiempos de sus padres... Pero no era exactamente lo mismo.

Aquella nave no era una nave imperial. En su proa faltaba la resplandeciente Astronave-y-Sol del Imperio. Era un cacharro desvencijado, hecho con restos de naves más viejas, y los hombres que bajaron de él se llamaban a sí mismos «soldados de Tazenda».

Los campesinos estaban confundidos. No habían oído hablar de Tazenda, pero, no obstante, acogieron a los soldados con su tradicional hospitalidad. Los recién llegados interrogaron a los rossemitas sobre la naturaleza del planeta, la cantidad de habitantes, el número de sus ciudades —una palabra que los campesinos interpretaron como «pueblos», originando una confusión general—, su tipo de economía y cosas por el estilo.

Llegaron otras naves y por todo el planeta fue proclamado que en aquellos momentos Tazenda era el mundo dirigente, que se establecerían estaciones recaudadoras de impuestos a lo largo de la línea ecuatorial —la región habitada— y que se recogerían anualmente porcentajes de grano y pieles según ciertas fórmulas numéricas.

Los rossemitas parpadearon indecisos, extrañados sobre el significado de la palabra «impuestos». Cuando llegó el momento de la recaudación, muchos pagaron, mientras contemplaban llenos de confusión cómo los uniformados habitantes de otro mundo cargaban el maíz cosechado y las pieles en grandes camiones de superficie.

Aquí y allí, indignados campesinos formaron bandas y sacaron las antiguas armas de caza, pero nunca llegaron a usarlas. Se disolvieron a regañadientes cuando vinieron los hombres de Tazenda, y comprobaron con desaliento que su dura lucha por la existencia se había hecho todavía más dura.

Pero alcanzaron un nuevo equilibrio. El gobernador tazendiano vivía en el pueblo de Gentri, al que los rossemitas tenían prohibida la entrada. Él y sus funcionarios eran extraños seres de otro mundo que raramente se inmiscuían en los asuntos de los rossemitas. Los recaudadores de impuestos, rossemitas al servicio de Tazenda, venían periódicamente, pero ahora ya formaban parte de la costumbre: el campesino había aprendido a ocultar su grano, a conducir su ganado al bosque y a procurar que su choza no pareciese ostentosamente próspera. Entonces, con expresión torpe y ausente, contestaba a todos los interrogatorios referentes a sus bienes con un vago gesto que abarcaba todo lo que estaba a la vista.

Incluso aquello fue desapareciendo, y los impuestos disminuyeron, casi como si Tazenda se hubiera cansado de extraer algún bien de un mundo semejante.

El comercio se animó, y tal vez Tazenda encontró aquello más provechoso. Los hombres de Rossem ya no recibían a cambio las refinadas creaciones del Imperio, pero incluso las máquinas y los alimentos tazendianos eran mejores que los productos nativos. Y conseguían para las mujeres telas que no eran el gris tejido casero, lo cual era algo muy importante.

Así, una vez más, la historia pasó de largo pacíficamente, y los campesinos siguieron trabajando con ardor la casi estéril tierra.

Narovi sopló sobre su barba mientras salía de la choza. Las primeras nieves humedecían la tierra dura, y el cielo estaba casi totalmente cubierto de nubes rojizas. Miró cuidadosamente hacia arriba, haciendo guiños, y decidió que no se aproximaba ninguna tormenta. Podría viajar a Gentri sin grandes problemas y deshacerse del grano sobrante a cambio de las suficientes latas de comida como para pasar el invierno.

Volviéndose hacia la puerta, la abrió un poco para gritar:

—¡Eh, muchacho! ¿Has puesto combustible al coche?

En el interior sonó una voz, y entonces salió el hijo mayor de Narovi, cuya corta barba rojiza aún estaba escasamente poblada.

—El coche tiene ya combustible y marcha bien —contestó hoscamente—, pero los ejes están en malas condiciones. De eso no tengo la culpa. Ya te dije que necesita una buena reparación.

El anciano dio un paso atrás y observó a su hijo con el ceño fruncido; seguidamente sacó adelante la barbilla:

—¿Acaso es mía la culpa? ¿Dónde y de qué modo puedo conseguir una buena reparación? ¿No ha sido la cosecha insuficiente durante cinco años? ¿Han escapado mis rebaños a la peste? ¿Han volado las pieles por sí solas?

—¡Narovi! —La voz familiar que gritó desde dentro le detuvo en su perorata.

Gruñó:

—Bueno, bueno..., ahora tu madre quiere meterse en los asuntos de padre e hijo. Saca el coche y asegúrate de que los remolques de mercancías estén bien sujetos.

Dio unas palmadas con las manos enguantadas y volvió a mirar hacia arriba. Las nubes eran más densas y por el cielo gris que asomaba entre los nubarrones apenas si llegaba calor. El sol estaba oculto.

Ya iba a desviar la vista cuando sus ojos se quedaron inmóviles, y su dedo índice señaló casi automáticamente hacia las nubes, mientras abría la boca para gritar, olvidándose del aire glacial.

—¡Mujer! —llamó vigorosamente—, vieja, ven aquí.

Un rostro indignado apareció en una ventana. Los ojos de la mujer siguieron la dirección que indicaba el dedo y se abrieron desmesuradamente. Con una exclamación bajó de un salto los escalones de madera, agarrando en su camino un viejo chal y un pañuelo de hilo. Salió con este último en la cabeza, atado a toda prisa, y el chal echado sobre los hombros. Exclamó:

—Es una nave del espacio exterior.

Y Narovi observó con impaciencia:

—¿Qué otra cosa podía ser? ¡Tenemos visita, vieja, tenemos visita!

La nave descendía lentamente en dirección a un campo helado que estaba en la porción septentrional de la granja de Narovi.

—Pero ¿qué haremos? —murmuró la mujer—. ¿Podemos ofrecer hospitalidad a esa gente? ¿Acaso está bien que pisen la suciedad de nuestra choza y coman las sobras de la tarta que hice la semana pasada?

—¿Prefieres que vayan a casa de nuestros vecinos?

Narovi enrojeció por encima del rubor provocado

por el frío, y sus brazos, cubiertos por pieles, agarraron los robustos hombros de la mujer.

—Esposa de mi alma —susurró—, bajarás las dos sillas de nuestro dormitorio; matarás una cría bien cebada y cocerás un buen pastel. Yo me voy ahora a saludar a esos hombres poderosos del espacio exterior... y... y... —Hizo una pausa, se encasquetó la gorra y continuó en tono vacilante—: Sí, traeré también mi jarra de mosto fermentado. Es agradable una bebida fuerte.

La boca de la mujer se movió inútilmente durante aquel discurso. No pudo pronunciar palabra. Y cuando se sobrepuso un poco, sólo emitió sonidos incoherentes. Narovi levantó un dedo.

—Vieja, ¿qué dijeron los Ancianos del pueblo hace una semana? ¿Eh? Ejercita tu memoria. Los Ancianos fueron de granja en granja... ¡ellos, en persona! ¡Imagínate la importancia que tenía el asunto! Vinieron a pedirnos que si aterrizaban naves del espacio exterior les informásemos inmediatamente, *por orden del gobernador*. ¿Y ahora no voy a aprovechar la oportunidad de granjearme el favor de los hombres poderosos? Contempla esa nave. ¿Has visto alguna vez algo parecido? Esos hombres de los mundos exteriores son ricos e ilustres. El propio gobernador envía tan urgentes mensajes en relación con ellos que los Ancianos se ven obligados a ir de granja en granja en pleno invierno. Tal vez ya esté circulando por todo Rossem el mensaje de que estos hombres son grandemente deseados por los Señores de Tazenda... y están aterrizando en *mi* granja.

Casi se puso a saltar de ansiedad.

—Ahora les ofreceremos la debida hospitalidad... mi nombre será mencionado al gobernador... ¿y qué será lo que no podamos conseguir?

Su esposa advirtió de pronto que el frío glacial le llegaba al cuerpo a través de su ropa de estar por casa.

Corrió hacia la puerta, gritando por encima del hombro:

—Pues vete enseguida.

Pero habló a un hombre que ya estaba corriendo a toda velocidad hacia el punto de su granja sobre el que aterrizaba la nave.

Ni el frío de aquel mundo ni sus espacios desolados arredraron al general Han Pritcher, como tampoco lo hicieron la pobreza de los alrededores y el sudoroso campesino que les acompañaba hacia la choza.

Sólo le preocupaba la cuestión de cuál sería la táctica más sabia. Él y Channis estaban solos allí.

La nave, que habían dejado en el espacio, estaría sin novedad en circunstancias corrientes, pero, a pesar de ello, se sentía inseguro. Era Channis, por supuesto, el responsable de aquella acción. Miró hacia el joven y le sorprendió atisbando con expresión pícara a la mujer, que con la boca abierta y ojos curiosos apareció momentáneamente tras la cortina de pieles que dividía la habitación.

En cambio, Channis parecía estar completamente a sus anchas, y Pritcher saboreó este hecho con agria satisfacción. Su juego no se desarrollaría exactamente de acuerdo con sus deseos.

Los receptores-emisores de ultraondas que llevaban en la muñeca constituían su única conexión con la nave.

Y entonces el campesino, que era su anfitrión, sonrió de oreja a oreja, inclinó la cabeza varias veces y dijo con voz servil y respetuosa:

—Nobles Señores, les pido permiso para decirles que mi hijo mayor, un muchacho bueno y listo a quien mi pobreza me impide educar, me ha informado de que los Ancianos llegarán pronto. Espero que su estancia aquí sea agradable, pese a mis humildes medios, ya que soy un campesino pobre aunque trabajador, honrado y obediente.

—¿Ancianos? —repitió Channis en tono ligero—. ¿Son los jefes de esta región?

—Así es, Nobles Señores, y todos ellos son hombres dignos y honestos, pues nuestro pueblo es conocido en Rossem como un lugar justo y respetable, aunque la vida es dura y los productos de campos y bosques, escasos. Tal vez mencionarán ustedes a los Ancianos, Nobles Señores, el respeto que muestro hacia los viajeros, y es posible que ellos soliciten un camión nuevo para nuestra granja, porque el viejo apenas se arrastra y de él depende nuestro sustento.

Parecía humildemente ansioso, y Han Pritcher asintió con la altiva condescendencia que convenía al título de «Nobles Señores» que les era conferido.

—Un informe de su hospitalidad llegará a oídos de los Ancianos.

Pritcher eligió los primeros momentos de soledad para hablar al aparentemente soñoliento Channis.

—No me gusta demasiado esta reunión con los Ancianos —dijo—. ¿Qué piensa usted al respecto?

Channis pareció sorprendido.

—Nada. ¿Qué le preocupa?

—Creo que tenemos cosas mejores que hacer que llamar la atención en este lugar.

Channis habló apresuradamente, en voz baja:

—Puede ser necesario el hecho de que nos arriesguemos a llamar la atención. No podemos encontrar a los hombres que buscamos, Pritcher, escondiendo la cabeza bajo el ala. Quienes gobiernan por medio de trucos mentales no han de ser necesariamente los que ostenten el poder. En primer lugar, es probable que los psicólogos de la Segunda Fundación sean una pequeña minoría de la población total, del mismo modo que en su propia Primera Fundación los técnicos y científicos eran unos pocos. Los habitantes corrientes son seguramente sólo eso: muy corrientes. Es posible incluso que los psicólogos se mantengan ocultos y que los hombres que ejercen el poder crean sinceramente que son los verdaderos jefes. La solución de nuestro problema puede encontrarse aquí, en los hielos de este planeta.

—No comprendo una palabra de todo esto.

—Pues resulta bastante fácil. Tazenda es, probablemente, un mundo enorme, poblado por miles de millones de seres. ¿Cómo podríamos identificar a los psicólogos entre ellos y comunicar al Mulo que hemos encontrado la Segunda Fundación? Pero aquí, en este planeta subordinado, en este diminuto mundo de campesinos, todos los dirigentes tazendianos están concentrados, según nos ha dicho nuestro anfitrión, en el único pueblo importante: Gentri. En él deben vivir solamente unos centenares de ellos, Pritcher, y entre ellos *tiene* que haber uno o dos hombres de la Segunda Fundación. Nos dirigiremos allí eventualmente, pero veamos primero a los Ancianos. Es un paso lógico en el camino.

Se apartaron uno de otro cuando el campesino irrumpió de nuevo en la estancia dando evidentes muestras de agitación.

—Nobles Señores, ya llegan los Ancianos. Les suplico una vez más que mencionen algo en mi favor...

Casi tocó el suelo en su reverencia, en un paroxismo de humildad.

—Le aseguro que nos acordaremos de usted —dijo Channis—. ¿Son éstos sus Ancianos?

Al parecer, lo eran. Se trataba de tres hombres.

Uno de ellos se acercó, se inclinó con noble respeto y dijo:

—Es un honor para nosotros. Respetados señores, disponemos de un medio de transporte y esperamos poder gozar del placer de su compañía en nuestra Sala de Reuniones.

TERCER INTERLUDIO

El Primer Orador contempló pensativamente el cielo nocturno. Nubes alargadas flotaban entre el débil fulgor de las estrellas. El espacio parecía activamente hostil. Era frío y terrible en sus mejores momentos, pero en aquellos instantes contenía a un extraño ser, el Mulo, y aquel contenido parecía oscurecerlo con su maligna amenaza.

La reunión había terminado. No había durado mucho. Se plantearon las dudas y preguntas inspiradas por el difícil problema matemático de tratar con un mutante mental de características inciertas. Debían ser consideradas todas las permutaciones extremas.

¿Estaban, aun así, en lo cierto? En alguna parte de aquella región del espacio, a una distancia accesible, teniendo en cuenta la densidad de los espacios galácticos, se encontraba el Mulo. ¿Qué se proponía hacer?

Era bastante fácil manejar a sus hombres. Estos reaccionaban —y estaban reaccionando— de acuerdo con el Plan.

Pero ¿qué haría el propio Mulo?

4. DOS HOMBRES
Y LOS ANCIANOS

Los Ancianos de aquella región particular de Rossem no eran exactamente como uno los hubiera imaginado. No eran una mera extrapolación de la clase campesina, más viejos, más autoritarios, menos amables.

Nada de eso.

La dignidad que les distinguió en el primer encuentro fue incrementándose hasta dar la impresión de ser su característica predominante.

Se sentaron alrededor de la mesa ovalada como pensadores graves y de movimientos lentos. La mayoría había llegado a la senectud. Los pocos que lucían barba la llevaban corta y bien cuidada. Algunos parecían tener menos de cuarenta años, lo cual ponía de manifiesto que el título de «Ancianos» era más un término respetuoso que una descripción literal de su edad.

Los dos hombres llegados del espacio exterior se sentaron a un extremo de la mesa, y durante el solemne silencio que acompañó a la frugal comida, más ceremoniosa que nutritiva, se dedicaron a observar los contrastes de aquel nuevo ambiente.

Después de la comida y de una o dos respetuosas indicaciones —demasiado cortas y sencillas para ser calificadas de discursos— por parte de los Ancianos que al parecer gozaban de mayor estima, en la asamblea reinó cierta informalidad.

Fue como si la dignidad de saludar a personajes extranjeros hubiera cedido el paso a las amables y rústicas cualidades de la curiosidad y el compañerismo.

Rodearon a los dos extranjeros y les acribillaron a preguntas.

Preguntaron si era difícil manejar una astronave, cuántos hombres se requerían para hacerlo, si era posible fabricar mejores motores para sus coches de superficie, si era cierto que raramente nevaba en otros planetas, como se decía que era el caso de Tazenda, cuántos habitantes tenía su mundo, si era grande como Tazenda, si estaba lejos, cómo tejían sus ropas y qué les prestaba aquel brillo metálico, por qué no llevaban pieles; si se afeitaban todos los días, qué clase de piedra era la que había engarzada en el anillo de Pritcher... La lista parecía no tener fin.

Y casi siempre las preguntas iban dirigidas a Pritcher, como si, por el hecho de ser el de más edad, le confiriesen automáticamente una mayor autoridad. Pritcher se vio obligado a contestar cada vez con mayor detalle. Era como sumergirse entre un grupo de niños. Las preguntas tenían una total y desarmante ingenuidad. Su ansiedad de saber era completamente irresistible.

Pritcher explicó que las astronaves no eran difíciles de manejar y que la tripulación variaba de uno a varios miembros, según el tamaño; que desconocía los detalles de los motores de sus coches, pero que sin duda podrían perfeccionarse; que los climas de los planetas eran tremendamente diversos; que en su mundo vivían muchos centenares de millones, pero que era mucho más pequeño e insignificante que el gran imperio de Tazenda; que sus ropas estaban tejidas a base de silicona y el brillo metálico se conseguía artificialmente por medio de una orientación apropiada de las moléculas de la superficie; y que producían un calor artificial, por lo que las pieles eran innecesarias; que se afeitaban todos los días; que la piedra de su anillo era una amatista. Contra su voluntad, sintió que aquellos ingenuos provincianos le inspiraban simpatía.

A cada respuesta que daba, los Ancianos intercambiaban rápidos comentarios, debatiendo la información recibida. Era difícil seguir aquellas discusiones porque hablaban la lengua universal galáctica con un acento propio, y debido a su largo aislamiento de las corrientes modernas, sus formas se habían convertido en arcaicas.

Casi se habría podido decir que sus breves comentarios se aproximaban al borde de la comprensión, pero de algún modo eludían la interpretación exacta de su significado.

Hasta que, finalmente, Channis les interrumpió para decir:

—Bondadosos señores, ahora tendrán que responder ustedes a nuestras preguntas, porque somos extranjeros y nos interesaría mucho saber todo lo posible sobre Tazenda.

Entonces se produjo un gran silencio, y cada uno de los hasta entonces locuaces Ancianos cayó en el mutismo. Sus manos, que se habían movido rápida y delicadamente mientras hablaban, como si con ello quisieran dar más matices a su interrogatorio, se quedaron inmóviles de improviso. Se miraron furtivamente unos a otros, al parecer deseando cada uno de ellos que fuese otro quien hablara.

Pritcher intervino con rapidez:

—Mi compañero lo ha preguntado de buena fe, porque la fama de Tazenda se extiende por toda la Galaxia y nosotros, naturalmente, informaremos al gobernador de la lealtad y la devoción de los Ancianos de Rossem.

No se oyó ningún suspiro de alivio, pero los rostros se animaron un poco. Un Anciano acarició su barba con el pulgar y el índice, la estiró con una ligera presión y dijo:

—Somos los servidores de los Señores de Tazenda.

El enojo de Pritcher por la inoportuna pregunta de Channis se disipó. Al menos era evidente que la edad, que parecía pesarle en los últimos tiempos, no le había deteriorado su capacidad de suavizar las faltas cometidas por los demás.

Continuó:

—En nuestra lejana parte del universo no sabemos gran cosa de la historia de los Señores de Tazenda. Suponemos que han gobernado estos mundos con benevolencia durante mucho tiempo.

Contestó el mismo Anciano que había hablado antes. De un modo automático se había convertido en el portavoz del grupo. Explicó:

—Ni el abuelo del más anciano puede recordar un tiempo en que los Señores estuvieran ausentes.

—¿Siempre ha reinado la paz?

—¡Siempre! —Vaciló—. El gobernador es un Señor fuerte y poderoso que no titubearía en castigar a los traidores. Ninguno de nosotros lo somos, naturalmente.

—Me imagino que en el pasado habrá castigado a algunos, si se lo merecían.

Una nueva vacilación.

—Aquí no hay traidores, ni los ha habido nunca. Pero no es así en otros mundos, donde la traición ha sido castigada con la muerte. No es bueno pensar en ello, pues nosotros somos hombres humildes y pobres labradores que no tenemos nada que ver con cuestiones de política.

La ansiedad de su voz y la común preocupación en los ojos de todos ellos resultaban evidentes.

Pritcher preguntó con suavidad:

—¿Podría informarnos de cómo hay que solicitar una audiencia con su gobernador?

Instantáneamente, un elemento de repentina perplejidad se adueñó de la situación.

Tras una larga pausa, el anciano dijo:

—Cómo, ¿no lo sabían? El gobernador vendrá aquí mañana. Les estaba esperando. Ha sido un gran honor para nosotros. Esperamos..., esperamos ansiosamente que le hablarán de nuestra lealtad hacia él.

Pritcher esbozó una vaga sonrisa.

—¿Nos esperaba?

El Anciano les miró con extrañeza.

—Claro..., hace ya una semana que les estamos esperando.

Su alojamiento era, sin duda alguna, lujoso para aquel mundo. Pritcher había vivido en lugares peores. Channis sólo demostraba indiferencia hacia lo que le rodeaba.

Pero entre ambos había un elemento de tensión distinto del que había existido hasta entonces. Pritcher sentía que se aproximaba el momento de tomar una decisión definitiva, y, sin embargo, era aconsejable seguir esperando. Ver primero al gobernador significaba ampliar el juego a dimensiones peligrosas, pero, por otra parte, ganar aquella partida podía multiplicar las ganancias. Sintió una oleada de irritación ante el ceño ligeramente fruncido de Channis, ante la delicada incertidumbre con que el joven se mordía el labio inferior. Detestaba aquella inútil comedia y deseaba ponerle fin. Dijo:

—Parece que se nos han adelantado.

—Sí —fue la lacónica respuesta de Channis.

—¿Sólo eso? ¿No tiene ninguna contribución de mayor alcance que hacer? Venimos aquí y nos encontramos con que el gobernador nos esperaba. Es posible que el gobernador nos comunique que somos esperados en el propio Tazenda. ¿Qué valor tiene, entonces, toda nuestra misión?

Channis le miró y repuso, sin tratar de ocultar el tono cansado de su voz:

—Esperarnos es una cosa; saber quiénes somos y para qué hemos venido, es otra.

—¿Se imagina que podrá callarlo ante los hombres de la Segunda Fundación?

—Quizá. ¿Por qué no? ¿Pondría usted su mano en el fuego por eso? Suponga que nuestra nave fue detectada en el espacio. ¿Acaso es extraño que un mundo mantenga puestos de observación fronterizos? Aunque fuéramos extranjeros corrientes, despertaríamos su interés.

—¿El interés suficiente como para que un gobernador venga a vernos en lugar de ir nosotros a verle a él?

Channis se encogió de hombros.

—Tendremos que ocuparnos de este problema más tarde. Veamos primero qué clase de hombre es el gobernador.

Pritcher enseñó los dientes mientras reía de forma forzada. La situación se estaba volviendo ridícula. Channis prosiguió con extraña animación:

—Al menos sabemos una cosa: Tazenda es la Segunda Fundación, o un millón de pequeños indicios apuntan unánimemente hacia la dirección equivocada. ¿Cómo interpreta usted el evidente terror que inspira Tazenda a estos nativos? No veo signos de dominación política. Al parecer, sus grupos de Ancianos se reúnen libremente y sin ninguna clase de interferencia. Los impuestos de que hablan no se me antojan muy altos ni que se recauden con gran severidad. Los nativos hablan mucho de su pobreza, pero parecen fuertes y bien alimentados. Las casas son humildes, así como los pueblos, pero adecuados para sus fines. De hecho, este mundo me fascina. Nunca había visto ningún otro tan inhóspito, pero estoy convencido de que la población no sufre y de que en sus vidas sin complicaciones hay una felicidad equilibrada de la que carecen las sofisticadas poblaciones de los centros más avanzados.

—¿De modo que es usted un admirador de las virtudes campesinas?

—Las estrellas no lo permitan. —A Channis pareció divertirle la idea—. Sólo estoy señalando la importancia de todo esto. Da la impresión de que Tazenda administra con eficiencia, y digo eficiencia en un sentido muy diferente de la del antiguo Imperio o la Primera Fundación, o incluso de nuestra propia Unión. Todas ellas han hecho gala de una eficiencia mecánica, reflejada en valores más tangibles. Tazenda aporta felicidad y suficiencia. ¿No ve usted que toda la orientación de su dominio es diferente? No es física, sino psicológica.

—¿De veras? —Pritcher se permitió un tono irónico—. ¿Y el terror con que los Ancianos hablaron del castigo impuesto a la traición por los bondadosos administradores psicólogos? ¿Acaso apoya eso su tesis?

—¿Fueron ellos objeto del castigo? Sólo hablaron del castigo de los demás, como si el conocimiento del citado castigo hubiera sido tan bien implantado en ellos que nunca necesita ser impuesto. Las actitudes mentales adecuadas están tan asentadas en sus mentes que estoy seguro de que no hay en este planeta ni un solo soldado tazendiano. ¿No se ha dado cuenta de todo esto?

—Tal vez me la dé —repuso fríamente Pritcher— cuando vea al gobernador. A propósito, ¿y si manipulan *nuestras* mentes?

Channis replicó con brutal desprecio:

—Usted ya debería estar acostumbrado a ello.

Pritcher palideció perceptiblemente, y, con visible esfuerzo, dio media vuelta. Aquel día no volvieron a hablarse.

En el frío glacial de la noche silenciosa y sin viento, mientras escuchaba la respiración acompasada de su compañero, Pritcher ajustó su transmisor de muñeca a la región de ultraondas que era inaccesible para Channis, y con pequeños toques de la uña se puso en contacto con la nave.

La respuesta llegó en breves períodos de tan inaudible vibración que apenas asomaba al umbral de los sentidos.

Por dos veces, Pritcher preguntó:

—¿Ninguna comunicación todavía?

Por dos veces llegó la respuesta:

—Ninguna. Seguimos esperando.

Saltó de la cama. En la habitación hacía frío. Se envolvió bien con la manta de piel y se sentó a contemplar las numerosísimas estrellas, que eran tan diferentes en su fulgor y en la complejidad de su disposición a la monótona bruma de la lente galáctica que dominaba el firmamento nocturno de su periferia nativa.

En alguna parte entre aquellas estrellas se hallaba la respuesta a las complicaciones que le atormentaban, y sintió un gran deseo de que llegara aquella solución y terminara todo el asunto.

Por un momento volvió a preguntarse si el Mulo tendría razón, si la Conversión le habría privado de su firme y aguda confianza en sí mismo. ¿O sería simplemente la edad y las fluctuaciones de aquellos últimos años?

No le importaba demasiado.

Estaba cansado.

El gobernador de Rossem llegó con escasa ostentación. Su único séquito era el hombre uniformado que conducía el coche de superficie.

El vehículo era de lujoso diseño, pero Pritcher lo encontró poco práctico. Giraba con torpeza, y más de una vez pareció encabritarse ante un cambio de marcha demasiado rápido. Por su diseño se deducía en seguida que funcionaba con combustible químico y no con atómico.

El gobernador tazendiano pisó con suavidad la fina capa de nieve y avanzó entre dos hileras de respetuosos Ancianos. No les miró, sino que entró rápidamente, y ellos le siguieron.

Desde el alojamiento que se les había asignado, los dos hombres de la Unión contemplaron la escena. El gobernador era corpulento, macizo, bajo y de aspecto vulgar.

Pero ¿qué importaba aquello?

Pritcher se maldijo a sí mismo por su nerviosismo. No se traslucía en su rostro, que continuaba impasible, por lo que no sufría ninguna humillación ante Channis, pero sabía muy bien que su presión sanguínea había subido y notaba que tenía la garganta seca.

No era un caso de temor físico. Pritcher no se contaba entre aquellos hombres obtusos y carentes de imaginación a los que su estupidez impedía sentir miedo, pero podía hacer frente al citado temor.

Aquello era algo diferente. Era el otro temor.

Echó una rápida ojeada a Channis. El joven se estaba contemplando las uñas de una mano y se pulía ociosamente alguna irregularidad.

Algo en el interior de Pritcher bulló de indignación. ¿Qué podía temer Channis de la manipulación mental?

Pritcher trató de recordar. Recordar cómo era antes de que el Mulo convirtiera al empedernido demócrata que creía haber sido. Era difícil hacerlo; no podía localizarse mentalmente. No podía romper los alambres que le unían emocionalmente al Mulo. Con gran esfuerzo pudo recordar que una vez había intentado asesinar al Mulo, pero por más que se esforzó no pudo reconstruir sus emociones de entonces. Tal vez se lo impedía el instinto de conservación de su propia mente, porque sólo la idea intuitiva de lo que pudieron ser aquellas emociones —sin comprender los detalles, sino meramente su tendencia—, le revolvía el estómago.

¿Y si el gobernador hurgaba en su mente?

¿Y si los insustanciales tentáculos mentales de un hombre de la Segunda Fundación se insinuaban en las grietas emocionales de su cerebro y se quedaban en ellas...?

No hubo ninguna sensación la primera vez, ni dolor, ni sacudida mental..., ni siquiera una impresión de discontinuidad. Siempre había querido al Mulo. Si existió un tiempo con anterioridad —cinco años atrás, por ejemplo— en que pensó que no le quería, que le odiaba, fue sólo una espantosa ilusión, y la idea de aquella ilusión le avergonzaba.

Pero no hubo ningún dolor.

¿Le ocurriría lo mismo cuando viera al gobernador? ¿Acaso todo lo sucedido hasta entonces, todo su servicio al Mulo, toda la orientación de su vida, se transformaría en un momento en el confuso sueño de otra vida contenido en la palabra democracia? ¿Sería el Mulo sólo un sueño y su lealtad exclusivamente para Tazenda...?

Se volvió en redondo de improviso, con un fuerte deseo de vomitar.

Y entonces la voz de Channis resonó en su oído:

—Creo que ya llega, general.

Pritcher se volvió de nuevo. Un Anciano había abierto la puerta sin ruido y se hallaba en el umbral, tranquilo y respetuoso.

—Su Excelencia, el gobernador de Rossem, en nombre de los señores de Tazenda, se complace en otorgar el permiso para una audiencia y solicita su presencia ante él.

—Aceptado —murmuró Channis, apretándose el cinturón y ajustando una capucha rossemiana sobre su cabeza.

Pritcher juntó las mandíbulas. Aquél era el inicio del verdadero juego.

El aspecto del gobernador de Rossem no tenía nada de formidable. En primer lugar, llevaba la cabeza descubierta, y sus escasos cabellos, de un castaño claro con hebras grises, le prestaban un aire benévolo. Sus ojos, rodeados de arrugas, parecían calculadores, pero su mentón recién afeitado era pequeño, y, según la Convención Universal de los seguidores de la seudociencia que consiste en leer el carácter en la estructura ósea del rostro, parecía del tipo «débil».

Pritcher evitó los ojos y contempló el mentón. Ignoraba si aquello sería efectivo, o si había algo que pudiera serlo.

La voz del gobernador, estridente, dijo con indiferencia:

—Bien venidos a Rossem. Os saludamos en paz. ¿Habéis comido?

Su mano, de dedos largos y venas abultadas, hizo un gesto casi real sobre la mesa en forma de U.

Se inclinaron y se sentaron. El gobernador ocupaba el lado exterior de la base de la U y ellos el interior, mientras los Ancianos formaban dos hileras a lo largo de ambos brazos.

El gobernador habló con frases cortas y abruptas, alabando la comida, importada de Tazenda —que realmente era distinta, y mucho mejor que la tosca comida de los Ancianos—, criticando el clima de Rossem y refiriéndose en tono casual a las complicaciones de los viajes espaciales.

Channis habló un poco; Pritcher no pronunció palabra.

Cuando hubieron terminado las pequeñas frutas confitadas el gobernador se apoyó en el respaldo de su asiento. Sus pequeños ojos lanzaban chispas:

—He indagado acerca de vuestra nave. Naturalmente, quiero asegurarme de que reciba la atención y los cuidados debidos. Tengo entendido que se desconoce su paradero.

—Es cierto —respondió Channis en tono despreocupado—, la hemos dejado en el espacio. Es una nave grande, apropiada para largos viajes por regiones a veces hostiles, y pensamos que aterrizando aquí podíamos inspirar dudas acerca de nuestras pacíficas intenciones. Preferimos aterrizar solos y desarmados.

—Un acto amistoso —comentó el gobernador sin convicción—. ¿Una nave grande, has dicho?

—No es una nave de guerra, Excelencia.

—Hummm. ¿De dónde procedéis?

—De un mundo pequeño situado en el sector de Santanni, Excelencia. Tal vez usted no conoce su existencia, ya que carece de importancia. Estamos interesados en establecer relaciones comerciales.

—Comerciales, ¿eh? ¿Y qué es lo que vendéis?

—Maquinaria de toda clase, Excelencia. A cambio desearíamos alimentos, madera, metales...

—Hummmm. —El gobernador parecía recelar—. Entiendo poco de estas cuestiones. Quizá podamos llegar a un acuerdo después de que yo haya revisado con calma vuestras credenciales, pues comprenderéis que mi Gobierno exigirá una información para proceder al estudio de la cuestión. Cuando yo haya examinado vuestra nave será conveniente que os dirijáis a Tazenda.

No hubo respuesta, y la actitud del gobernador se enfrió considerablemente.

—Pero, ante todo, es necesario que yo vea vuestra nave.

Channis dijo con tono distante:

—Por desgracia, la nave está siendo reparada en estos momentos. Si Su Excelencia accede a esperar cuarenta y ocho horas, podremos complacerle.

—No estoy acostumbrado a esperar.

Por primera vez, la mirada de Pritcher se encontró con la del gobernador, frente a frente, y el general se quedó sin aliento. Durante un instante tuvo la impresión de que se ahogaba, pero en seguida pudo desviar la vista.

Channis no cedió.

—La nave no puede tomar tierra hasta dentro de cuarenta y ocho horas, Excelencia. Nosotros estamos aquí, y desarmados. ¿Se puede dudar de nuestras buenas intenciones?

Hubo un largo silencio, y entonces el gobernador contestó con un gruñido:

—Habladme del mundo del que procedéis.

Eso fue todo. Así terminó. Ya no se pronunciaron más palabras desagradables. El gobernador, después de cumplir con su deber oficial, pareció perder interés, y la audiencia acabó en un silencio de tedio.

Y cuando *todo* hubo terminado, Pritcher se encontró de nuevo en su alojamiento y se examinó a sí mismo.

Cuidadosamente, conteniendo el aliento, rebuscó en sus emociones. Concluyó que no había ninguna diferencia, pero ¿acaso *podía* sentirla? ¿Se había sentido diferente después de la Conversión del Mulo? ¿No le había parecido todo muy natural, como tenía que ser?

Realizó un experimento.

Con fría determinación, gritó a las silenciosas cavernas de su mente: «La Segunda Fundación ha de ser descubierta y destruida.»

La emoción que acompañó a aquel grito fue un odio convencido. Ni siquiera hubo el más leve matiz de duda.

Cuando pensó en sustituir la frase «Segunda Fundación» por la palabra «Mulo», la sola emoción casi le ahogó y su lengua quedó paralizada.

Hasta ahí todo iba bien.

Pero ¿y si le habían manipulado de otro modo... más sutilmente? ¿Se habrían producido pequeños cambios? ¿Cambios que no podía detectar porque su misma existencia embotaba su criterio?

Aún no había manera de saberlo.

¡Pero seguía sintiendo una absoluta lealtad hacia el Mulo! Si aquello no había cambiado, lo demás no importaba.

Ajustó de nuevo su mente a la acción. Channis estaba ocupado al otro extremo del dormitorio. La uña de Pritcher rozó su comunicador de muñeca, y la respuesta que recibió desató en él tal oleada de alivio que casi le hizo tambalear.

Los músculos de su rostro no expresaron nada, pero en su interior gritaba de alegría... y cuando Channis dio media vuelta y le miró de frente, comprendió que la farsa estaba a punto de terminar.

CUARTO INTERLUDIO

Los dos Oradores se cruzaron en el camino, y uno detuvo al otro.

—Tengo noticias del Primer Orador.

En la mirada del otro brilló una leve aprensión.

—¿Punto de intersección?

—¡Sí! ¡Ojalá vivamos para ver el amanecer!

5. UN HOMBRE Y EL MULO

En ningún acto de Channis había el menor signo de que hubiese advertido algún cambio sutil en la actitud de Pritcher y en sus relaciones mutuas. Se sentó en el duro banco de madera y extendió las piernas frente a sí.

—¿Qué impresión le ha causado el gobernador?

Pritcher se encogió de hombros.

—Ninguna. Desde luego no me ha parecido un genio mental. Todo lo más, un insignificante ejemplar de la Segunda Fundación, si es que procede de allí.

—Lo cual me parece dudoso. No sé qué pensar de él. Suponga que es usted de la Segunda Fundación —propuso Channis con expresión pensativa—, ¿qué haría? Suponga que tiene una idea de nuestra misión: ¿cómo nos trataría?

—Intentaría la Conversión, por supuesto.

—¿Como el Mulo? —Channis alzó la vista con rapidez—. ¿Lo sabríamos si nos hubieran convertido? No sé... ¿Y si fueran simplemente psicólogos, aunque muy inteligentes?

—En ese caso, yo en su lugar nos habría matado, y rápidamente.

—¿Y nuestra nave? No. —Channis agitó el índice en el aire—. Nosotros estamos mintiendo, amigo Pritcher. Aun suponiendo que ellos puedan ejercer el control emocional, saben que nosotros, usted y yo, somos únicamente una pantalla. Es con el Mulo con quien han de luchar, y con nosotros tienen tanto cuidado como nosotros con ellos. Creo que saben quiénes somos.

Pritcher le miró fríamente y con fijeza.

—¿Qué piensa usted hacer?

—Esperar. —Subrayó la palabra—. Dejar que actúen. Están preocupados, tal vez por la nave, pero más probablemente por el Mulo. Han intentado intimidarnos con el gobernador, y no ha surtido efecto. No hemos cedido. La próxima persona a quien envíen *será* de la Segunda Fundación, y nos propondrá alguna clase de acuerdo.

—¿Y entonces?

—Entonces llegaremos a ese acuerdo.

—No lo creo así.

—¿Porque piensa que sería traicionar al Mulo? No le traicionaríamos.

—No, el Mulo neutralizaría cualquier traición que usted pudiera inventar. Pero sigo sin creerlo.

—¿Quizá porque piensa que no podríamos engañar a los de la Segunda Fundación?

—Es posible que no pudiéramos. Pero ésa no es la razón.

Channis dejó resbalar la mirada hasta el puño de su interlocutor, hasta lo que su puño sostenía, y dijo:

—Quiere decir que la razón es *eso*.

Pritcher acarició su pistola desintegradora.

—Exacto. Está usted arrestado.

—¿Por qué?

—Por traicionar al Primer Ciudadano de la Unión.

Channis apretó los labios.

—¿Qué pasa aquí?

—¡Traición! Ya se lo he dicho. Y yo voy a vengarla.

—¿Qué pruebas tiene? ¿Se trata de pruebas o sólo de suposiciones o desvaríos? ¡Usted está loco!

—No. Es usted quien lo está. ¿Se imagina que el Mulo envía a jóvenes sin experiencia a ridículas misiones sin una razón determinada? Me pareció raro al principio, pero perdí el tiempo dudando de mí mismo. ¿Por qué había de enviarle a *usted*? ¿Porque sabe sonreír y viste bien? ¿Porque tiene veintiocho años?

—Tal vez porque soy de fiar. ¿O es que no quiere aceptar motivos lógicos?

—O quizá porque *no* es de fiar, razón muy lógica, por lo que se ve.

—¿Qué es esto, un intercambio de paradojas o un juego para ver quién sabe decir menos con más palabras?

La pistola se acercó al joven, y Pritcher tras ella. Se irguió delante de Channis:

—¡Póngase en pie!

Channis obedeció sin mucha prisa, y los músculos de su estómago no se movieron cuando sintió la presión del cañón del arma. Pritcher dijo:

—Lo que el Mulo quería era encontrar la Segunda Fundación. Él había fracasado, y yo también, porque el secreto que no logramos hallar está muy bien escondido. Sólo quedaba una posibilidad: encontrar a un hombre que ya conociera el escondite.

—¿Y ése soy yo?

—Al parecer, sí. Yo lo ignoraba entonces, pero aunque mi mente va razonando de forma más lenta, aún funciona en la dirección correcta. ¡Con qué facilidad encontramos el Extremo Estelar! ¡Qué milagrosamente halló usted esta región en la Lente entre un número infinito de posibilidades! Y después, ¡con qué exactitud encontró el punto correcto de observación! ¡Estúpido insensato! ¿Hasta tal punto me subestimó que me creyó capaz de tragarme semejante combinación de imposibles casualidades?

—¿Quiere decir que lo he hecho demasiado bien?

—Demasiado para un hombre leal.

—¿Porque sus posibilidades de éxito eran sumamente bajas?

La pistola aumentó su presión, aunque en el rostro que se enfrentaba a Channis sólo el brillo de los ojos traicionaba una ira creciente:

—Porque usted está a sueldo de la Segunda Fundación.

—¿A sueldo? —El desdén era infinito—. ¡Pruébelo!

—O bajo su influencia mental.

—¿Sin el conocimiento del Mulo? Eso es ridículo.

—Con el conocimiento del Mulo, estúpido, *con* el conocimiento del Mulo. ¿De qué otro modo se explica que le diera una nave para jugar? Nos ha conducido a la Segunda Fundación, tal como esperábamos.

—Por fin discierno algo de sentido común en toda esta cháchara absurda. ¿Puedo preguntar por qué se imaginan que he hecho todo esto? Si fuera un traidor, ¿por qué les habría conducido hasta la Segunda Fundación? ¿Por qué no recorrer alegremente todos los rincones de la Galaxia, sin encontrar más de lo que ustedes encontraron?

—A causa de la nave, y porque los hombres de la Segunda Fundación necesitan material bélico atómico para su defensa.

—Tendrá que buscar una explicación mejor. Una nave no significa nada para ellos, y si creen que aprenderán ciencias con ella y construirán plantas de energía atómica el año próximo, los hombres de la Segunda Fundación deben ser muy, muy ingenuos. Casi tan ingenuos como usted, me atrevería a decir.

—Tendrá oportunidad de decirle todo eso al Mulo.

—¿Volvemos a Kalgan?

—Al contrario; nos quedamos aquí. El Mulo se reunirá con nosotros dentro de unos quince minutos... más o menos. ¿Acaso se figuraba que no nos seguiría, presumido estúpido? Ha hecho usted muy bien su papel de señuelo a la inversa; no nos ha traído a nuestras víctimas, pero nos ha conducido a ellas.

—¿Puedo sentarme —dijo Channis— y explicarle algo por medio de unos dibujos?

—Usted permanecerá en pie.

—Muy bien, pues se lo explicaré sin dibujos. ¿Cree usted que el Mulo nos ha seguido a causa del hiperrastreador que hay en el circuito de comunicación de la nave?

Channis no habría podido jurar si la pistola se había movido. Continuó:

—No parece sorprendido. Pero no perderé el tiempo dudando de su sorpresa. Sí, yo conocía su existencia. Y ahora que le he demostrado que sabía algo de lo que usted me creía ignorante, voy a decirle una cosa que usted desconoce.

—Se permite demasiados preliminares, Channis. Pensaba que su sentido de la invención estaba mejor engrasado.

—Esto no es invención. Es cierto que ha habido traidores, o agentes enemigos, si prefiere este término. Parece ser que algunos de los Conversos han sido manipulados.

Esta vez la pistola se movió, no había la menor duda.

—Quiero recalcar bien esto, Pritcher. Fue por eso que me necesitó. Yo era un hombre no convertido. ¿Es que él no le dijo a usted que necesitaba a un hombre

669

que no fuese un Converso? ¿Le dio la verdadera razón o no?

—Intente otra cosa, Channis. Si yo estuviera contra el Mulo, lo sabría.

Pritcher sondeó rápidamente su mente; era la misma, no advertía nada extraño. Aquel hombre estaba mintiendo.

—Quiere decir que siente lealtad hacia el Mulo. No manipulan en la lealtad porque, según dijo el Mulo, ello sería muy fácil de detectar. Pero ¿cómo se siente mentalmente? ¿Algo lento? ¿Se ha sentido normal desde que empezó este viaje? ¿O se ha sentido extraño a veces, como si no fuera del todo usted mismo? ¿Qué intenta hacer ahora, agujerearme sin oprimir el gatillo?

Pritcher retiró la pistola unos milímetros.

—¿De qué me está hablando?

—De que su mente ha sido manipulada. No vio al Mulo instalando el hiper-rastreador. No vio a nadie haciéndolo. Sólo lo encontró allí y supongo que lo habría colocado el Mulo, y desde entonces está convencido de que el Mulo nos sigue. Sí, el receptor de pulsera que lleva le permite estar en contacto con la nave en una longitud de onda para la que el mío no sirve. ¿Creía que yo lo ignoraba? —Hablaba con rapidez e indignación. Su barniz de indiferencia se había disuelto en cólera—. Pero no es el Mulo quien nos está siguiendo. ¡No es el Mulo!

—¿Quién si no?

—¿Quién cree usted que puede ser? Yo encontré el hiper-rastreador el día en que salimos. Pero no creí que lo hubiera colocado el Mulo; *él* no tenía razón alguna para desconfiar hasta ese punto. ¿No comprende usted que hubiera sido absurdo? De ser yo un traidor, él lo habría sabido y me habría convertido tan fácilmente como a usted, y entonces habría extraído de mi mente el secreto de la localización de la Segunda Fundación sin necesidad de enviarme a recorrer media Galaxia. ¿Puede *usted* guardar un secreto sin que el Mulo lo sepa? Y si yo ignoraba su paradero, no podía conducirle a ella. ¿Por qué, entonces, enviarme en cualquiera de los dos casos? Es obvio que el hiper-rastreador fue puesto allí por un agente de la Segunda Fundación. Y él es quien nos está siguiendo ahora. ¿Hubiera caído usted en el engaño si su mente no hubiese sido manipulada? ¿Qué clase de normalidad es la suya, si ve sabiduría en la mayor de las locuras? ¿*Yo* conducir una nave hasta la Segunda Fundación? ¿Qué harían allí con una nave? Es a *usted* a quien buscan, Pritcher. Sabe más de la Unión que cualquier otro hombre, a excepción del Mulo, y no es tan peligroso para ellos como lo es el mutante. Por esta razón implantaron en mi mente la dirección que debía tomar en la búsqueda. Naturalmente, para mí era completamente imposible encontrar Tazenda buscando al azar en la Lente. Pero sabía que la Segunda Fundación nos seguía, y sabía que nos dirigía. ¿Por qué no seguirles el juego? Era una batalla de simulacros. Ellos nos necesitaban, y yo necesitaba su localización... y ambos hemos logrado nuestros propósitos. Pero los que perderemos seremos nosotros mientras siga apuntándome con esa pistola. Es evidente que no es idea suya, sino de ellos. Déme la pistola, Pritcher. Sé que le parece un error, pero no lo piensa con su propia mente, sino con la de la Segunda Fundación. Déme la pistola, Pritcher, y juntos nos enfrentaremos a lo que venga.

Pritcher sentía el horror de una creciente confusión. ¡Plausibilidad! ¿Podía estar tan equivocado? ¿Por qué aquella eterna duda de sí mismo? ¿Por qué no estaba seguro? ¿Qué era lo que hacía tan plausibles las palabras de Channis?

¡Plausibilidad!

¿O era su propia mente torturada, luchando contra la invasión del enemigo?

¿Estaría dividido en dos?

Vio confusamente a Channis delante de él, con la mano extendida... y de pronto comprendió que iba a entregarle la pistola.

Y cuando los músculos de su brazo se extendían para hacerlo, la puerta que había a su espalda se abrió sin ruido, y Pritcher se volvió.

Quizá existen en la Galaxia hombres que pueden ser confundidos con otros con relativa facilidad, al igual que pueden confundirse estados mentales realmente dispares. Pero el Mulo estaba por encima de cualquier combinación de los dos factores.

Ni siquiera la gran confusión de ánimo de Pritcher pudo impedir que le invadiera instantáneamente una oleada mental de energía glacial y calculadora.

Físicamente, el Mulo no podía dominar ninguna situación, y tampoco dominó aquélla.

Era un personaje ridículo, enfundado en diversas prendas de vestir que aumentaban su tamaño, pero no conseguían prestarle las dimensiones normales. Su rostro aparecía embozado, y lo único visible de su gran nariz era el extremo enrojecido por el frío.

Probablemente no podía existir una mayor incongruencia en un personaje en misión de rescate.

—Guárdese la pistola, Pritcher —dijo.

Entonces se volvió hacia Channis, que se había sentado, encogiéndose de hombros:

—El contenido emocional de esta habitación parece bastante confuso y en considerable conflicto. ¿Quién es ese alguien ausente que les ha estado siguiendo?

Pritcher intervino bruscamente:

—¿Fue colocado un hiper-rastreador en nuestra nave por orden suya, señor?

El Mulo posó en él su mirada fría.

—Desde luego. ¿Acaso otra organización de la Galaxia que no fuera la Unión de Mundos hubiera tenido acceso a su nave?

—Él ha dicho...

—Esta persona se encuentra aquí, general. No es necesario citar sus palabras; él mismo lo hará. ¿Qué ha dicho usted, Channis?

—Cosas erróneas, al parecer, señor. Mantenía la opinión de que el rastreador fue colocado allí por alguien que estaba a sueldo de la Segunda Fundación, y que habíamos sido guiados hasta aquí por ellos. Tenía además la impresión de que el general estaba más o menos en sus manos.

—Parece ser que ya ha cambiado de opinión.

—Me temo que sí. De otro modo, no hubiera sido usted quien entrara por esa puerta.

—Bien, vayamos por partes. —El Mulo se despojó de algunas de sus prendas, acolchadas y provistas de calefacción eléctrica—. ¿Les importa que me siente? Aquí estamos a salvo y perfectamente libres de cualquier peligro de intrusión. Ningún nativo de este montón de hielo sentirá deseos de acercarse a este lugar, puedo asegurárselo —terminó, con una irónica alusión a sus facultades.

Channis mostró su disconformidad.

—¿Por qué tanta intimidad? ¿Es que van a servirnos el té y hacer entrar a las bailarinas?

—Lo dudo. ¿Cuál era esa teoría suya, jovencito? ¿Que alguien de la Segunda Fundación les seguía con un mecanismo del que sólo yo dispongo? ¿Y cómo ha dicho que encontró usted este lugar?

—Parece evidente, señor, si queremos explicar los hechos, que ciertas nociones han sido implantadas en mi cerebro...

—¿Por los hombres de la Segunda Fundación?

—¿Por quién, si no?

—Entonces, ¿no se le ha ocurrido pensar que si los hombres de la Segunda Fundación podían forzar, atraer o manipular su mente para que fuera hacia ellos con un propósito deliberado, y supongo que usted imaginó que usarían métodos similares a los míos, aunque, recuérdelo, yo sólo puedo implantar emociones, no ideas, no se le ha ocurrido pensar, repito, que si podían hacer eso no tenían ninguna necesidad de colocar un hiper-rastreador en su nave?

Channis levantó bruscamente la mirada y se enfrentó con repentino asombro a los ojos marrones de su soberano. Pritcher masculló algo, y sus hombros se relajaron visiblemente.

—No —repuso Channis—, no se me ha ocurrido.

—¿O que si se veían obligados a seguirle la pista significaba que no eran capaces de dirigirle, y usted, sin dirección, tenía muy pocas probabilidades de llegar hasta aquí? ¿Tampoco se le ocurrió esto?

—Tampoco.

—¿Por qué no? ¿Es que su nivel intelectual ha descendido hasta un grado elemental?

—La única respuesta es una pregunta, señor. ¿Se une usted al general Pritcher para acusarme de traición?

—¿Puede usted defenderse en caso de que lo haga?

—Sólo puedo utilizar la defensa que he usado con el general. Si yo fuera un traidor y conociera el paradero de la Segunda Fundación, usted podría convertirme y adquirir directamente ese conocimiento. Si usted tuviera necesidad de seguir mi pista, ello significaría que desconozco dicho paradero, y por lo tanto no soy un traidor. De este modo replico a su paradoja con otra.

—¿Cuál es, pues, su conclusión?

—Que no soy un traidor.

—Con lo cual tengo que estar de acuerdo, puesto que su argumento es irrefutable.

—Entonces, ¿puedo preguntar por qué nos hizo seguir?

—Porque todo cuanto ha acontecido tiene una tercera explicación. Tanto usted como Pritcher han expuesto algunos hechos a su propia manera individual, pero no todos. Si me da un poco de tiempo se lo esclareceré todo en pocas palabras. Así no tendrá oportunidad de aburrirse. Siéntese, Pritcher, y déme su pistola. Ya no estamos en peligro de ser atacados, ni aquí dentro ni desde fuera. Ni siquiera por la Segunda Fundación; y ello gracias a usted, Channis.

La habitación estaba iluminada al estilo rossemiano, por cables eléctricos. Una sola bombilla pendía del techo.

El Mulo dijo:

—Puesto que consideré necesario seguir a Channis, es evidente que tenía una razón. Puesto que se dirigió a la Segunda Fundación con asombrosa rapidez y exactitud, hemos de suponer que era eso lo que yo esperaba que ocurriera. Puesto que no obtuve este conocimiento directamente de él, algo debió impedírmelo. Estos son los hechos. Channis, por supuesto, conoce la respuesta. Yo también. ¿La ha comprendido usted, Pritcher?

Pritcher contestó con expresión hosca:

—No, señor.

—Entonces se lo explicaré. Sólo una clase de hombre puede conocer la localización de la Segunda Fundación e impedir que yo la conozca. Channis, me temo que pertenece usted a la Segunda Fundación.

Channis apoyó los codos sobre las rodillas al inclinarse hacia adelante, y preguntar con labios rígidos:

—¿Qué evidencia posee? La deducción ha fallado dos veces hoy.

—Existe evidencia directa, Channis. Ha sido bastante fácil. Le dije que mis hombres habían sido manipulados. Era evidente que el manipulador tenía que ser, o bien un Inconverso, o alguien muy próximo al objetivo que perseguimos. El campo era extenso, pero no ilimitado. Usted tenía demasiado éxito, Channis. Inspiraba demasiada simpatía. Ganaba demasiado dinero. Empecé a extrañarme... Entonces le llamé para hablarle de esta expedición, y usted no se sorprendió. Vigilé sus emociones. No se inmutó. Exhibió una confianza excesiva, Channis. Ningún hombre de verdadera competencia hubiese podido disimular un momento de incertidumbre ante una misión de tales proporciones. Como su mente no la registró tenía que ser una mente insensata... o una mente controlada. Fue fácil comprobar estas alternativas. Capté su mente en un momento de relajación, la llené de pena por un instante y la suprimí en seguida. Después usted se mostró airado con disimulo tan sutil que yo hubiese jurado que se trataba de una reacción natural, de no ser por lo que ocurrió antes. Porque cuando rocé sus emociones, por un solo instante, por un brevísimo instante de descuido, su mente se resistió. Era todo cuanto yo necesitaba saber. Nadie hubiera podido resistirse a mí, ni siquiera por aquel breve instante, sin un control similar al mío.

La voz de Channis era tenue y amarga:

—Y bien, ¿qué ocurre ahora?

—Ahora morirá... como un hombre de la Segunda Fundación. Es absolutamente necesario. Creo que comprenderá.

Y una vez más Channis se enfrentó al cañón de una pistola. Una pistola guiada esta vez por una mente imposible de desviarse como la de Pritcher, madura y resistente como la suya propia.

El lapso de tiempo que le quedaba para corregir los acontecimientos era muy corto.

Lo que siguió entonces es difícil de describir para cualquiera que tenga los sentidos normales y la habitual incapacidad de control emocional.

En esencia, esto es lo que Channis pensó en el corto espacio de tiempo que necesitaba el Mulo para apretar el contacto del disparador con el pulgar.

En aquellos momentos la composición emocional del Mulo era de una dura y uniforme determinación, carente en absoluto de la más vaga duda. Si a Channis le hubiese interesado calcular después el tiempo que mediaba entre la determinación de disparar y la llegada de la energía desintegradora, habría comprendido que su ventaja se limitaba a una décima de segundo.

Aquello apenas podía llamarse tiempo.

Lo que el Mulo comprendió en aquel mismo brevísimo espacio de tiempo fue que el potencial emocional del cerebro de Channis se precipitó hacia arriba sin que su propia mente sintiera el menor impacto, y que, simultáneamente, una cascada de odio puro y arrollador se derramó sobre él desde una dirección inesperada.

Fue aquel nuevo elemento emocional lo que le hizo apartar su pulgar del contacto. Ninguna otra cosa podría haberlo conseguido, y casi al mismo tiempo que su cambio de actitud, llegó la total comprensión de la nueva situación planteada.

Era una situación intensamente dramática. El Mulo, con el pulgar separado del contacto, miraba con fijeza a Channis. Éste, en tensión, apenas si se atrevía aún a respirar. Y Pritcher, convulso en su asiento, tenía todos sus músculos a punto de estallar, todos los tendones rígidos por el esfuerzo, y su rostro, que antes fuera de una estudiada impasibilidad, era ahora la máscara irreconocible del más espantoso odio. Sus ojos estaban fijos, única y exclusivamente, en el Mulo.

Channis y el Mulo sólo intercambiaron una o dos

palabras..., una o dos palabras y la suprema y reveladora corriente de consciencia emocional que siempre será el verdadero diálogo entre las mentes poderosas como las suyas. Debido a nuestras propias limitaciones, es necesario traducir a palabras lo que ocurrió entonces.

Channis dijo, tensamente:

—Está entre dos fuegos, Primer Ciudadano. No puede controlar a dos mentes de modo simultáneo, sobre todo si una de ellas es la mía..., así que habrá de elegir. Ahora Pritcher está libre de su Conversión; yo he roto los vínculos. Es el antiguo Pritcher; el que una vez intentó matarle: el que piensa que es usted el enemigo de todo lo que es libre, justo y sagrado; el que ahora sabe que usted le ha degradado durante cinco años a una indefensa adulación. Le estoy sujetando la voluntad, pero, si usted me mata, él quedará libre, y en mucho menos tiempo del que usted necesita para dirigir contra él su pistola o incluso su mente, le matará.

El Mulo lo comprendía perfectamente. No se movió.

Channis continuó:

—Si intenta controlarle de nuevo, o matarle, o hacer cualquier otra cosa, jamás volverá a tener tiempo de detenerme a mí.

El Mulo permaneció inmóvil. Sólo exhaló un suspiro.

—Por lo tanto —dijo Channis—, tire al suelo su pistola y volvamos a negociar; después podrá recuperar a Pritcher.

—He cometido un error —dijo finalmente el Mulo—. Me equivoqué al enfrentarme a usted en presencia de un tercero. Ello introdujo una variable excesiva. Supongo que he de pagar por mi error.

Dejó caer el arma y la empujó con el pie hasta el otro extremo de la habitación. Simultáneamente, Pritcher se sumió en un profundo sueño.

—Será normal cuando despierte —dijo el Mulo con indiferencia.

El tiempo transcurrido entre el inicio de la presión del contacto del disparador por parte del Mulo y el momento en que tiró la pistola al suelo fue de un segundo y medio.

Pero justo por debajo de los límites de la consciencia, por un instante que casi escapó a la detección, Channis captó un fugitivo brillo emocional en la mente del Mulo. Y era todavía el de un seguro y confiado triunfo.

6. UN HOMBRE, EL MULO...
Y OTRO

Dos hombres, aparentemente relajados y a sus anchas, polos opuestos físicamente y con todos sus nervios al servicio de la detección emocional, temblaban en una gran tensión interna.

Por primera vez en muchos años, el Mulo carecía de la suficiente seguridad en sus métodos. Channis sabía que, aunque por el momento podía protegerse, le representaba realizar un gran esfuerzo, y que a su adversario no le costaría nada atacar. En una prueba de resistencia, Channis sabía que llevaría las de perder.

Pero pensar esto era mortal. Confesar al Mulo una debilidad emocional equivalía a entregarle un arma. Ya había una chispa de algo —algo de vencedor— en la mente del Mulo.

Ganar tiempo...

¿Por qué se retrasaban los otros? ¿Cuál era la causa de la confianza del Mulo? ¿Qué sabía su adversario, que él ignoraba? La mente que acechaba no le decía nada. Si al menos supiera leer las ideas...

Channis frenó rápidamente su remolino mental. La única solución era ganar tiempo... Dijo:

—Ya que ha quedado claro, y yo no lo he negado después de nuestro pequeño duelo acerca de Pritcher, que pertenezco a la Segunda Fundación, ¿por qué no me dice el motivo de que yo viniera a Tazenda?

—¡Oh, no! —rió el Mulo, alegre y confiado—. Yo no soy Pritcher. No tengo que darle explicaciones. Usted tenía lo que consideraba sus razones. Cualesquiera que fuesen sus acciones, me convenían, de modo que no me molesté en analizarlas.

—Con todo, tiene que haber grandes lagunas en su concepto de la historia. ¿Es Tazenda la Segunda Fundación que usted esperaba encontrar? Pritcher hablaba mucho de su tentativa anterior por encontrarla, y de su psicólogo, Ebling Mis. A veces hablaba más de la cuenta..., gracias a una pequeña presión por mi parte. Piense de nuevo en Ebling Mis, Primer Ciudadano.

—¿Por qué habría de hacerlo?

¡Confianza! Channis sintió que la confianza del otro iba en aumento, como si cualquier duda que hubiese podido abrigar el Mulo se estuviera desvaneciendo.

Observó, conteniendo con firmeza el acceso de desesperación.

—¿Así que no siente curiosidad? Pritcher me habló de que *algo* causó a Mis una enorme sorpresa. Tenía mucha prisa por hablar. Por advertir a la Segunda Fundación, ¿verdad? ¿Por qué? ¿Por qué? Ebling Mis murió. La Segunda Fundación no fue advertida. Y, pese a ello, la Segunda Fundación existe.

El Mulo sonrió con verdadera satisfacción, y replicó con un repentino y sorprendente matiz de crueldad que Channis sintió acercarse y enseguida retroceder:

—Pero parece ser que la Segunda Fundación *fue* advertida. De otro modo, ¿cómo y por qué un tal Bail Channis llegó a Kalgan para manipular a mis hombres y asumir la ingrata tarea de intentar engañarme? La advertencia llegó, pero demasiado tarde, eso es todo.

—Entonces —y Channis permitió que la piedad emanara de él—, usted ni siquiera sabe qué es la Segunda Fundación, e ignora el profundo significado de todo cuanto ha ocurrido.

¡Ganar tiempo!

El Mulo sintió la piedad del otro, y sus ojos se entrecerraron con hostilidad. Se frotó la nariz con su habitual gesto, y replicó:

—¡Diviértase, pues! Hable de la Segunda Fundación.

Channis habló deliberadamente, con palabras y no con simbología emocional:

—Por lo que he oído, el misterio en torno a la Segunda Fundación era lo que más intrigaba a Mis. Hari Seldon fundó sus dos unidades de manera tan diferente... La Primera Fundación fue un estallido que tan sólo en dos siglos deslumbró a media Galaxia. La Segunda fue un abismo de oscuridad. Usted no comprenderá la razón si no puede sentir de nuevo la atmósfera intelectual del Imperio moribundo. Fue un tiempo de absolutismos, de las grandes generalidades finales, al menos en el pensamiento. Era un signo de decadencia, por supuesto, como si se hubieran construido diques para evitar el desarrollo ulterior de las ideas. Lo que hizo famoso a Seldon fue su rebeldía contra esos diques. La última chispa de creación joven que ardía en él iluminó al Imperio con la luz del crepúsculo, y anunció el sol naciente del Segundo Imperio.

—Muy espectacular. ¿Y qué más?

—Entonces creó sus Fundaciones de acuerdo con las leyes de la psicohistoria, pero él sabía mejor que nadie que incluso esas leyes eran relativas. Él nunca creó productos acabados. Los productos acabados son para las mentes en decadencia. El suyo fue un mecanismo evolutivo, y la Segunda Fundación era el instrumento de esa evolución. *Nosotros*, Primer Ciudadano de su pasajera Unión de Mundos, *nosotros* somos los guardianes del Plan de Seldon. ¡Sólo nosotros!

—¿Está usted intentando adquirir valor a fuerza de palabras? —preguntó desdeñosamente el Mulo—. ¿O acaso tratando de afectarme? Sepa que la Segunda Fundación, el Plan de Seldon o el Segundo Imperio no me impresionan en absoluto ni despiertan en mí ninguna clase de compasión, simpatía, responsabilidad o cualquier otro elemento emocional. Además, pobre insensato, será mejor que utilice el pasado al mencionar a la Segunda Fundación, porque ya ha sido destruida.

Channis sintió que el potencial emocional que presionaba su mente aumentaba en intensidad cuando el Mulo se levantó de la silla y se aproximó a él. Luchó furiosamente, pero algo le estaba invadiendo sin piedad, haciendo retroceder su mente.

Se encontró apoyado contra la pared, el Mulo se detuvo ante él, con sus huesudos brazos en jarras y una sonrisa terrible bajo la enorme nariz, y dijo:

—Su juego ha terminado, Channis. El juego de todos ustedes..., de todos los hombres que componían la Segunda Fundación. Ya no existe. *¡Ya no existe!* ¿Qué estaba usted esperando mientras parloteaba con Pritcher, cuando podía haberle derribado y tomado su pistola sin el menor esfuerzo físico? Me estaba esperando a mí, ¿verdad? Estaba esperando para saludarme en una situación que no despertara mis sospechas. Ha sido una lástima que no hiciera falta despertarlas. Yo le conocía a usted, le conocía muy bien, Channis de la Segunda Fundación. Pero ¿qué está esperando ahora? Aún sigue lanzándome palabras a la cara desesperadamente, como si el mero sonido de su voz pudiera inmovilizarme. Y todo el rato, mientras habla, algo en su mente espera, espera y aún sigue esperando. Pero no vendrá nadie, no se presentará ninguno de sus aliados. Ha estado solo aquí, Channis, y continuará solo. ¿Sabe por qué? Porque su Segunda Fundación cometió un tremendo error de cálculo en lo que a mí respecta. Conocí su plan muy pronto. Ellos pensaban que yo le seguiría a usted hasta aquí y caería en sus garras. Usted sería el señuelo, un señuelo para un pobre y débil mutante tan ambicioso de fundar un Imperio que caería a ciegas en una trampa tan obvia. Pero ¿acaso soy ahora su prisionero? Me pregunto si se les ocurrió pensar que yo no vendría hasta aquí sin mi Flota, contra cuya artillería están total y vergonzosamente indefensos. ¿No se les ocurrió pensar que yo no me detendría a discutir o a esperar acontecimientos? Mis naves se lanzaron contra Tazenda hace doce horas, y ya han cumplido su misión. Tazenda es un montón de ruinas; sus centros de población han sido arrasados. No hubo resistencia. La Segunda Fundación ya no existe, Channis... y yo, un débil y repugnante monstruo, soy dueño de la Galaxia.

Channis no pudo hacer otra cosa que sacudir débilmente la cabeza.

—No..., no...

—Sí.., sí... —se burló el Mulo—. Y si usted es el último superviviente, lo cual es probable, no lo será por mucho tiempo.

Entonces reinó un breve silencio, y Channis casi emitió un alarido al sentir el repentino dolor de la terrible penetración en los tejidos más profundos de su cerebro.

El Mulo se retiró y dijo en un susurro:

—No es suficiente. No ha pasado la prueba, después de todo. Su desesperación es fingida. Su miedo no es el que lleva implícito la destrucción de un ideal, sino el insignificante miedo de la destrucción personal.

La débil mano del Mulo agarró el cuello de Channis con escasa fuerza, y, sin embargo, Channis no pudo desasirse de la presa.

—Usted es mi póliza de seguro, Channis. Es mi director y mi salvaguarda contra cualquier subestimación que yo pueda hacer.

Los ojos del Mulo se clavaron en él, insistentes, exigentes...

—¿He calculado bien, Channis? ¿He sido más inteligente que los hombres de su Segunda Fundación? Tazenda está destruida, Channis, tremendamente destruida. ¿Por qué, pues, es fingida su desesperación? ¿Dónde está la realidad? ¡Necesito la realidad y la verdad! Hable, Channis, hable. ¿Acaso no he penetrado con la suficiente profundidad? ¿Existe todavía el peligro? *Hable, Channis.* ¿Qué error he cometido?

Channis sintió que las palabras se le escapaban de la boca; las pronunciaba contra su voluntad. Apretó los dientes para detenerlas. Se mordió la lengua. Puso en tensión todos los músculos de su garganta.

Pero salieron —en un jadeo— arrancadas por la fuerza y escapando a pesar de la enorme voluntad que oponía a su paso.

—La verdad —jadeó—, la verdad...

—Sí, la verdad. ¿Qué falta por hacer?

—Seldon fundó la Segunda Fundación aquí. Aquí, tal como le he dicho. No he mentido. Los psicólogos llegaron y pusieron bajo su control a la población nativa.

—¿De Tazenda? —El Mulo penetró profundamente en lo emocional del otro desgarrándole brutalmente—. Ya he destruido Tazenda. Usted sabe a qué me refiero. Dígamelo.

—*No* he dicho Tazenda, *he dicho* que los de la Segunda Fundación podían no ser los que estaban aparentemente en el poder. Tazenda es la pantalla... —Las palabras eran casi indescifrables, y se formaban contra toda la fuerza de la voluntad de Channis—. Rossem... Rossem... *Rossem es el mundo*...

El Mulo aflojó su presión y Channis cayó al suelo, convertido en un manojo de dolor y tortura.

—¿Y creyeron que iban a engañarme? —preguntó el Mulo en voz baja.

—Le *engañamos*. —Era el último resto de resistencia de Channis.

—Pero no el tiempo suficiente como para salvarle a usted y a los suyos. Estoy en comunicación con mi Flota. Y después de Tazenda puede tocarle el turno a Rossem. Pero antes...

Channis sintió un dolor agudísimo, y el gesto automático que hizo con el brazo para tapar sus ojos torturados no le sirvió de nada. Le invadía una oscuridad que oscilaba y se estremecía, y mientras sentía que su mente herida y desgarrada caía en la más completa negrura, percibió la imagen final del Mulo victorioso, riendo a carcajadas, riendo hasta hacer temblar su larga y carnosa nariz.

El sonido se desvaneció. La oscuridad le envolvió piadosamente.

Terminó con una sensación de estallido, como un relámpago, y Channis recobró lentamente el conocimiento mientras sus ojos anegados en lágrimas volvían a ver imágenes confusas.

Le dolía la cabeza de modo insoportable y necesitó realizar un tremendo y doloroso esfuerzo para llevarse una mano a la frente.

Evidentemente, estaba vivo. Con suavidad, como plumas sostenidas por un remolino de aire, sus pensamientos se estabilizaron. Sintió que le invadía el alivio..., un alivio procedente del exterior. Despacio, con un trabajo infinito, inclinó el cuello... y el alivio se convirtió de nuevo en agudo dolor ya que vio que la puerta estaba abierta y que en el umbral se encontraba el Primer Orador. Trató de hablar, de gritar, de advertir..., pero su lengua no se movió, y comprendió que una parte de la poderosa mente del Mulo seguía dominándole e impidiéndole hablar.

Inclinó de nuevo el cuello; el Mulo aún estaba en la habitación. Tenía los ojos llenos de furia y ya no reía, pero enseñaba los dientes en una sonrisa feroz.

Channis sintió la influencia mental del Primer Orador moviéndose en su mente con suavidad y poder curativo, y luego percibió una sensación confusa cuando entró en contacto por un instante con la defensa del Mulo, que luchó y acabó retirándose.

El Mulo habló con una furia que resultaba tosca en un hombre tan flaco:

—Así que ha venido otro a saludarme. —Su ágil mente alargó sus tentáculos hacia fuera de la habitación—. Viene usted solo —añadió.

Y el Primer Orador repuso, asintiendo:

—Estoy totalmente solo. Es necesario, ya que fui yo quien calculé mal su futuro hace cinco años. Representaría cierta satisfacción para mí corregir el asunto sin ayuda. Por desgracia, no he contado con la de su Campo de Repulsión Emocional con que ha rodeado este lugar. Me ha costado mucho penetrarlo. Le felicito por la pericia con que está construido.

—No me felicite —fue la hostil respuesta—, ni me ofrezca cumplidos. ¿Ha venido a añadir las migajas de su cerebro al de ese destrozado pilar de su reino?

El Primer Orador sonrió.

—El hombre a quien usted llama Bail Channis cumplió bien su misión, y más teniendo en cuenta que no puede compararse mentalmente a usted. Veo, naturalmente, que usted le ha maltratado, pero es posible que aún podamos curarle del todo. Es un hombre valiente, señor. Se ofreció voluntario para esta misión, pese a que nosotros predijimos matemáticamente la enorme probabilidad de que su cerebro saliera dañado, una alternativa mucho más temible que la de una incapacidad física.

La mente de Channis intentaba en vano decir lo que ansiaba comunicar, la advertencia que quería gritar y no podía formular. Sólo podía emitir aquella corriente continua de miedo..., miedo...

El Mulo estaba tranquilo.

—Seguramente está enterado de la destrucción de Tazenda.

—Sí. El ataque de su Flota fue previsto.

—Sí, lo supongo. Pero no fue impedido, ¿eh? —replicó sombríamente el Mulo.

—No, no fue impedido. —La simbología emocional del Primer Orador era evidente. Se parecía a algo así como un horror y un completo desprecio de sí. Y la culpa es mucho más mía que de usted. ¿Quién podría haber imaginado sus poderes hace cinco años? Sospechamos desde el principio, desde el momento en que conquistó Kalgan, que poseía la facultad del control emocional. Eso no era demasiado sorprendente, y se lo voy a explicar, Primer Ciudadano.

»El contacto emocional como el que usted y yo poseemos no es ninguna novedad. De hecho, se halla implícito en el cerebro humano. La mayoría de seres inteligentes puede leer las emociones de un modo primitivo, asociándolas pragmáticamente con la expresión facial, el tono de voz, etc. Muchos animales poseen esta facultad en un grado bastante mayor; utilizan ampliamente el sentido del olfato, y las emociones en cuestión son, por supuesto, menos complejas.

»En realidad, los seres humanos son capaces de mucho más, pero la facultad del contacto emocional directo empezó a atrofiarse a raíz del desarrollo del lenguaje, hace un millón de años. Ha sido un gran adelanto de nuestra Segunda Fundación recuperar este sentido olvidado, al menos en algunas de sus potencialidades.

»Pero no nacemos con su dominio. Un millón de años de decadencia es un formidable obstáculo, y es preciso reeducar este sentido, ejercitarlo como ejercitamos nuestros músculos. En esto reside la diferencia principal, porque *usted* ha nacido con él.

»Pudimos calcular todo esto. Calculamos asimismo el efecto de semejante sentido en un mundo de hombres que no lo poseían. Un hombre vidente en el país de los ciegos... Calculamos el grado de megalomanía que se apoderaría de usted, y creímos estar preparados. Pero no lo estábamos para dos factores.

»El primero era el gran alcance de su sentido. Nosotros sólo podemos inducir el contacto emocional con alguien que esté a la vista, lo cual nos hace más indefensos ante las armas físicas de lo que usted pueda creer. El papel que desempeña la vista es fundamental. Pero no ocurre así con usted. Sabemos con seguridad que ha controlado a hombres, e incluso que han mantenido un íntimo contacto emocional con ellos, sin necesidad de tenerlos al alcance de su vista, o de su oído. Esto lo descubrimos demasiado tarde.

»El segundo es que desconocíamos sus defectos físicos, en particular el que usted consideraba tan importante y por el que adoptó el nombre de Mulo. No previmos que no era simplemente un mutante, sino además un mutante estéril, y que padecía una distorsión psíquica debido a su complejo de inferioridad. Sólo adivinamos la megalomanía, y no una intensa paranoia psicopática al mismo tiempo.

»Soy yo quien ha de cargar con la responsabilidad de haber ignorado todo esto, porque era el jefe de la Segunda Fundación cuando usted conquistó Kalgan. Lo descubrimos cuando destruyó la Primera Fundación, demasiado tarde, y por este retraso han muerto millones de seres en Tazenda.

—¿Y ahora piensa arreglar las rosas? —Los delgados labios del Mulo se contrajeron, y su mente se estremeció de odio—. ¿Qué hará? ¿Cebarme? ¿Devolverme el vigor masculino? ¿Borrar de mi pasado una larga infancia en un ambiente hostil? ¿Lamenta usted acaso mis sufrimientos? ¿Lamenta *mi* desgracia? Yo no siento pena por lo que hice en mi favor. Que la Galaxia se proteja lo mejor que pueda, ya que no movió un solo dedo para protegerme cuando yo lo necesitaba.

—Naturalmente —replicó el Primer Orador—, sus emociones son fruto de su pasado y no deben ser condenadas…, solamente transformadas. La destrucción de Tazenda era inevitable. La alternativa hubiera sido una destrucción mucho mayor en toda la Galaxia durante muchos siglos. Hemos hecho lo que podíamos con nuestros medios limitados. Retiramos de Tazenda a tantos hombres como pudimos. Descentralizamos el resto de aquel mundo. Por desgracia, nuestras medidas fueron necesariamente insuficientes. Muchos millones de hombres murieron… ¿no lo lamenta?

—En absoluto, como tampoco lamento el hecho de que cien mil más morirán en Rossem dentro de seis horas escasas.

—¿En Rossem? —preguntó rápidamente el Primer Orador.

Se volvió hacia Channis, que había logrado incorporarse a medias, y dejó que su mente ejerciera su fuerza. Channis sintió la lucha de dos mentes en su interior, y entonces se produjo un quebrantamiento del vínculo y las palabras manaron de sus labios.

—Señor, he fracasado completamente. Él me obligó a confesarlo poco antes de que usted llegara. No pude resistirme, y no ofrezco ninguna excusa. Sabe que Tazenda no es la Segunda Fundación. Sabe que Rossem sí lo es.

Y el vínculo volvió a cerrarse dentro de él.

El Primer Orador frunció el ceño.

—Comprendo. ¿Cuáles son sus planes?

—¿Acaso lo duda? ¿Realmente encuentra difícil penetrar lo evidente? Mientras usted me describía la naturaleza del contacto emocional, mientras me lanzaba a la cara palabras como megalomanía y paranoia, yo trabajaba. Me he puesto en contacto con mi Flota, la cual ya tiene sus órdenes. Dentro de seis horas, a menos que dé una contraorden por la razón que sea, bombardearán toda la superficie de Rossem a excepción de este único pueblo y un área circundante de doscientos kilómetros cuadrados. Harán un trabajo concienzudo, y después aterrizarán aquí. Dispone usted de seis horas, y en seis horas no puede neutralizar mi mente ni salvar al resto de Rossem.

El Mulo extendió los brazos y rió de nuevo, mientras el Primer Orador parecía esforzarse por asimilar este inesperado cambio en la situación. Preguntó:

—¿Cuál es la alternativa?

—¿Por qué tiene que haber una alternativa? Yo no ganaría nada con ella. ¿Acaso he de proteger las vidas de los habitantes de Rossem? Tal vez me contente con que usted permita aterrizar a mis naves y todos ustedes, todos los hombres de la Segunda Fundación, se sometan al control mental. Tal vez entonces anularía la orden de bombardeo. Podría ser interesante tener bajo mi control a tantos hombres de tan preclara inteligencia. Pero, por otra parte, ello requeriría un esfuerzo considerable, y tal vez no merecería la pena, de modo que no tengo un interés especial en que usted consienta a ello. ¿Qué me contesta, hombre de la Segunda Fundación? ¿Qué arma tiene contra mi mente, que es por lo menos tan fuerte como la suya, y contra mis naves, que son más fuertes de lo que usted jamás soñó en poseer?

—¿Qué tengo yo? —repitió con lentitud el Primer Orador—. Pues... nada, excepto un pequeño grano... un pequeño grano de conocimiento que usted no posee.

—Hable rápidamente —se rió el Mulo—, y con inventiva, aunque no saldrá de esta ratonera por más que se revuelva.

—Pobre mutante —dijo el Primer Orador—, esto no es una ratonera. Pregúntese a sí mismo: ¿por qué Bail Channis fue enviado a Kalgan como señuelo? Bail Channis, que aunque joven y valiente es casi tan inferior a usted mentalmente como ese dormido oficial suyo, Han Pritcher. ¿Por qué no fui yo, u otro de nuestros dirigentes, que hubiera tenido más capacidad para enfrentarse a usted?

—Quizá —fue la confiada respuesta— no eran ustedes lo bastante tontos, ya que nadie puede enfrentarse a mí.

—La verdadera razón es más lógica. Usted sabía que Channis era de la Segunda Fundación. Le faltó capacidad para ocultarle a usted este hecho. Y también sabía que era superior a él, por lo que no le importó seguirle el juego y venir hasta aquí, como él quería, con el fin de derrotarle después. Si yo hubiera ido a Kalgan usted me habría matado porque habría visto en mí un peligro real; o si yo hubiese escapado a la muerte ocultando mi identidad, no habría conseguido que usted me siguiera al espacio. Sólo la inferioridad patente podía obligarle a la persecución. Y si usted hubiera permanecido en Kalgan, ni siquiera toda la fuerza de la Segunda Fundación podría haberle hecho el menor daño, rodeado como estaba por sus hombres, sus armas y su poder mental.

—Todavía dispongo de mi poder mental, charlatán —replicó el Mulo—, y mis hombres y mis armas no están lejos.

—Ciertamente, pero no está en Kalgan. Se encuentra en el Reino de Tazenda, lógicamente presentado a usted como la Segunda Fundación; muy lógicamente presentado. Tenía que hacerse así porque usted es un hombre inteligente, Primer Ciudadano, y sólo acepta la lógica.

—Correcto, y eso fue una victoria momentánea por su parte, pero tuve tiempo de arrancar la verdad a su hombre, Channis, y de comprender que tal verdad podía existir.

—Y nosotros, hombre de mente sutil, aunque no lo suficiente, comprendimos que usted querría dar un paso más, y por ello preparamos a Bail Channis.

—Esto es totalmente falso, porque yo le vacié el cerebro como se despluma una gallina. Se lo registré, y cuando dijo que Rossem era la Segunda Fundación, era la verdad fundamental, pues en su cerebro no había ni una grieta microscópica donde pudiera ocultarse un engaño.

—Cierto, y esto no hace más que corroborar nuestro acierto. Porque ya le he dicho que Bail Channis fue un voluntario. ¿Sabe usted qué clase de voluntario? Antes de que abandonase nuestra Fundación para dirigirse a Kalgan y acercarse a usted, se sometió a una cirugía emocional de naturaleza muy drástica. ¿Cree usted que era suficiente engañarle? ¿Cree que Bail Channis, con su mente intacta, hubiera podido engañarle? No, engañamos al propio Bail Channis por necesidad y con su consentimiento. Bail Channis está honradamente convencido de que Rossem es la Segunda Fundación. Y durante tres años, los hombres de la Segunda Fundación hemos construido la apariencia de este hecho aquí, en el Reino de Tazenda, esperándole a usted. Y hemos conseguido nuestros propósitos, ¿verdad? Penetró usted hasta Tazenda, y después hasta Rossem..., pero ya no puede ir más allá.

El Mulo se había puesto en pie.

—¿Se atreve a decirme que Rossem tampoco es la Segunda Fundación?

Channis, tendido en el suelo, sintió que sus vínculos se rompían para siempre, gracias a una corriente de
fuerza mental procedente del Primer Orador. Con
gran esfuerzo se levantó, y emitió una larga e incrédula
exclamación:

—¿Dice que Rossem *no* es la Segunda Fundación?

Los recuerdos de su vida, los conocimientos de su
mente... todo daba vueltas a su alrededor, en medio de
una gran confusión. El Primer Orador sonrió.

—Como ve, Primer Ciudadano, Channis está tan
asombrado como usted. Por supuesto que Rossem no es
la Segunda Fundación. ¿Acaso estamos tan locos como
para conducir a nuestro enemigo más fuerte y peligroso
hasta nuestro propio mundo? ¡Oh, no! Deje que su Flota bombardee Rossem, Primer Ciudadano, si ello le sa-
tisface. Que destruya todo lo que pueda, porque los
únicos a quienes puede matar somos Channis y yo mismo, y eso no mejorará mucho la situación para usted.

»La expedición a Rossem de la Segunda Fundación,
que ha trabajado aquí durante tres años y ha sido dirigida temporalmente por los Ancianos, embarcó ayer
para regresar a Kalgan. Naturalmente, evadirán a su
Flota, y llegarán a Kalgan por lo menos un día antes
que usted, por lo cual puedo decirle todo esto. A menos que dé una contraorden, a su regreso encontrará un
Imperio en rebeldía, un reino desintegrado, y los únicos hombres leales que le quedarán serán los que componen su Flota. Como ve, sus adversarios los superarán
astronómicamente en número. Además, los hombres
de la Segunda Fundación visitarán a sus astronautas y
se asegurarán de que usted ya no pueda convertir a
ninguno de ellos. Su Imperio ha terminado, mutante.

Lentamente, el Mulo bajó la cabeza, y la ira y la
desesperación inundaron su mente por completo.

—Sí. Demasiado tarde..., demasiado tarde. Ahora
lo veo.

—Ahora lo ve —repitió el Primer Orador—, y ahora no lo ve.

En el momento en que la desesperación dejaba indefensa la mente del Mulo, el Primer Orador, preparado para aquel instante y seguro por anticipado de su naturaleza, entró en ella rápidamente. Una insignificante fracción de segundo bastó para consumar completamente el cambio.

El Mulo levantó la vista y dijo:

—¿De modo que he de volver a Kalgan?

—Ciertamente. ¿Cómo se encuentra?

—Perfectamente bien —Frunció el ceño—. ¿Quién es usted?

—¿Acaso importa?

—Claro que no. —Pasó por alto la cuestión y tocó a Pritcher en el hombro—. Despierte Pritcher, nos vamos a casa.

Dos horas más tarde, Bail Channis ya se sentía con fuerzas suficientes como para caminar. Preguntó:

—¿Nunca recordará nada?

—Nunca. Conserva sus facultades mentales y su Imperio... pero sus motivaciones son enteramente distintas. La noción de una Segunda Fundación se ha borrado de su mente, y ahora es un hombre de paz. En lo sucesivo será mucho más feliz, y vivirá tranquilo los pocos años que le permitirá vivir su naturaleza desequilibrada. Y entonces, después de su muerte, el Plan Seldon proseguirá... de una u otra forma.

—¿Y es cierto —inquirió Channis—, es cierto que Rossem no es la Segunda Fundación? Hubiera jurado... Le digo que estoy *seguro* de que lo es. No estoy loco.

—No está loco. Channis; solamente, como ya he dicho, cambiado. Rossem no es la Segunda Fundación. ¡Vamos! Nosotros también volvemos a casa.

ÚLTIMO INTERLUDIO

Bail Channis se hallaba en la pequeña habitación de paredes cubiertas de baldosas blancas y dejaba que su mente se relajara. Se contentaba con vivir el presente. Había las paredes, la ventana, y afuera, la hierba. No tenían nombres; eran sólo cosas. También había una cama y una silla, y libros que se proyectaban vanamente en la pantalla situada al pie de la cama. La enfermera le llevaba el alimento.

Al principio realizó esfuerzos para comprender las frases sueltas que había oído, como las que dijeron aquellos dos hombres. Uno de ellos observó:

—Ahora padece una completa afasia. Está limpio y creo que no ha sufrido daño. Lo único necesario será introducir de nuevo la composición original de sus ondas cerebrales.

Channis recordaba vagamente los sonidos, que por alguna razón le parecían peculiares... e ignoraba si significaban algo. No valía la pena preocuparse. Era mejor contemplar los bonitos colores de la pantalla que había a los pies de aquel objeto sobre el que descansaba.

Entonces alguien entró, y después de hacerle ciertas cosas, le dejó profundamente dormido.

Cuando despertó, la cama fue repentinamente una cama y supo que estaba en un hospital, y las palabras que recordaba recobraron su sentido. Se sentó.

—¿Qué ocurre?

El Primer Orador estaba junto a él.

—Está usted en la Segunda Fundación, y ha recuperado su mente, su mente original.

—¡Sí! *¡Sí!* —Channis adquirió el conocimiento de que ya era *él mismo*, y saberlo le procuró una alegría y un placer inauditos.

—Y ahora, dígame —le interpeló el Primer Orador—: ¿sabe dónde está actualmente la Segunda Fundación?

La verdad irrumpió en su interior como una inmensa ola, y Channis no contestó. Como le ocurriera a Ebling Mis en el pasado, sólo era consciente de una vasta y abrumadora sorpresa.

Hasta que finalmente asintió con la cabeza y murmuró:

—Por las estrellas de la Galaxia..., ¡ahora sí que lo sé!

SEGUNDA PARTE

LA BÚSQUEDA
DE LA FUNDACIÓN

7. ARCADIA

DARELL, Arkady.—*Novelista, nacida 11-5-362 D.F. Muerta 1-7-443 D.F. Aunque principalmente conocida como escritora de novelas, debe su fama a la biografía de su abuela, Bayta Darell. Basada en información de primera mano, ha sido durante siglos la principal fuente de información relativa al Mulo y su época. Al igual que* Memorias iné-ditas, *su novela* Una y otra vez *es un apasionante reflejo de la brillante sociedad kalganiana de principios del Interregno, basada, según se cree, en una visita a Kalgan durante su juventud...*

Enciclopedia Galáctica

Arcadia Darell declamó firmemente al micrófono de su transcriptor:

—«El Futuro del Plan Seldon», por A. Darell —y entonces pensó vagamente que algún día, cuando fuese una gran escritora, firmaría todas sus obras maestras bajo el seudónimo de Arkady. Simplemente Arkady, sin ningún apellido.

«A. Darell» era sólo lo que debía poner en todos los temas para su clase de Composición y Retórica. Todos los otros niños tenían que hacerlo igualmente, excepto Olynthus Dam, porque la clase entera estalló en carcajadas cuando lo hizo por primera vez. Y Arcadia era el nombre de una niña pequeña, que le fue impuesto porque su bisabuela se llamaba así, ya que sus padres no tenían *ninguna* imaginación.

Ahora, hacía dos días que había cumplido catorce años, lo lógico era que reconocieran el simple hecho de su madurez y la llamaran Arkady. Apretaba los labios cada vez que recordaba a su padre levantando la vista del proyector de libros y diciendo:

«—Pero si ahora finges que tienes diecinueve años, Arcadia, ¿qué harás cuando tengas veinticinco y todos los chicos piensen que has cumplido los treinta?»

Desde, el sillón en que se hallaba sentada de través —era su sillón favorito— podía contemplarse en el espejo de su tocador. El pie le tapaba un poco la imagen porque la zapatilla no dejaba de balancearse sobre el dedo gordo, así que se sentó sobre ambos pies y estiró todo el cuerpo hasta que estuvo segura de haber añadido por lo menos dos centímetros a su majestuosa esbeltez.

Por un momento contempló pensativamente su rostro demasiado redondo. Abrió las mandíbulas con los labios cerrados, y observó en todos sus ángulos la delgadez así obtenida. Humedeció sus labios con la punta de la lengua y los juntó en una mueca de fingida dulzura. Entonces dejó caer los párpados para adquirir una mirada misteriosa y mundana... ¡Oh, qué fastidio! ¿Por qué sus mejillas tenían aquel tonto tono rosado?

Trató de estirarse los ojos hacia los lados, para conseguir la languidez exótica de las mujeres de los sistemas estelares interiores, pero con las manos se tapaba la cara y no podía verse muy bien.

Entonces levantó la barbilla, se miró de perfil, y con los ojos en tensión, por mirar de reojo, y algo doloridos los músculos del cuello, dijo con voz algo más baja de su tono normal:

—Realmente, padre, si crees que me importa una sola *partícula* de lo que puedan pensar esos estúpidos chicos, estás...

Entonces recordó que aún tenía el transcriptor en la mano y funcionando, y exclamó, desconectándolo:

—¡Oh, demonios!

El papel de color violeta pálido, con margen de color melocotón a la izquierda, contenía lo siguiente:

EL FUTURO DEL PLAN SELDON

Realmente, padre, si crees que me importa una sola partícula de lo que puedan pensar esos estúpidos chicos, estás... ¡Oh, demonios!

Fastidiada, arrancó la hoja de la máquina y otra se colocó automáticamente en su lugar.

Pero el fastidio se desvaneció pronto de su rostro, y sus labios anchos se abrieron en una sonrisa de satisfacción. Olfateó el papel delicadamente. Era perfecto. Tenía el toque apropiado de elegancia y distinción, y el carácter de la escritura era la última palabra.

La máquina había sido enviada dos días atrás, en su primer cumpleaños de persona adulta. Había dicho a su padre:

—Pero, papá, todo el mundo, absolutamente *todo el mundo* de la clase con la más ligera pretensión de ser alguien posee una. Sólo una persona anticuada usaría una máquina manual...

El vendedor explicó:

—No existe otro modelo tan compacto por un lado y tan adaptable por el otro. Deletrea y puntúa correctamente según el sentido de la frase. Es, por supuesto, una gran ayuda en la educación, pues anima al usuario a emplear una enunciación cuidadosa y una respiración correcta a fin de asegurar la escritura perfecta, además de exigir una pronunciación adecuada y elegante para la correcta puntuación.

Incluso entonces su padre intentó adquirir una de impresión por cinta entintada, como si ella fuera una maestra insulsa y solterona.

Pero cuando la enviaron vio que era el modelo que ella quería —obtenido tal vez con más lamentos y sollozos de los que convenían a la adulta edad de catorce años—, y la escritura era encantadora y enteramente femenina, con las mayúsculas más bellas y graciosas que nadie contemplara en su vida.

Incluso la exclamación «¡Oh demonios!» respiraba encanto, escrita por el transcriptor.

Pero ella tenía que dictar bien, así que adoptó una postura erguida en su asiento, colocó ante sí el primer borrador, con un gesto profesional, y empezó de nuevo, clara y armoniosamente, con el abdomen hundido, el pecho alto y la respiración cuidadosamente controlada. Entonó, con fervor dramático:

«El Futuro del Plan Seldon.

»Estoy segura de que la historia del pasado de la Fundación es bien conocida por todos los que hemos tenido la suerte de ser educados en el eficiente y bien dirigido sistema escolar de nuestro planeta.

(¡Bien! Aquello suavizaría las cosas con la señorita Erlking, aquella vieja y maligna bruja.)

»La historia de dicho pasado es, en su mayor parte, la historia del gran Plan de Hari Seldon. Ambas son una sola. Pero la cuestión presente hoy día en la mente de casi todos es si el Plan continuará en su gran sabiduría o si será locamente destruido, en el supuesto de que aún no se haya llevado a cabo su destrucción.

»A fin de comprender este aspecto, conviene repasar someramente los puntos culminantes del Plan, tal como ha sido revelado hasta ahora a la humanidad.

(Esta parte era fácil porque había estudiado Historia Moderna el semestre anterior.)

»Hace casi cuatro siglos, cuando el Primer Imperio Galáctico se hallaba sumido en la parálisis que precedió a su muerte definitiva, un hombre —el gran Hari Seldon— previó el inminente final. Y lo previó gracias a la ciencia de la psicohistoria, cuyas intrincadas matemáticas habían permanecido en el olvido durante largo tiempo.

»Él y los hombres que trabajaban a su lado pudieron predecir el curso de las grandes corrientes sociales y económicas dominantes en la Galaxia por aquella época. Comprendieron que, sin ayuda, el Imperio se derrumbaría, y que a partir de entonces reinaría el caos durante, por lo menos, treinta mil años, antes de que fuera establecido un nuevo Imperio.

»Era demasiado tarde para evitar la gran caída, pero aún era posible acortar el período intermedio del caos. Por consiguiente, el Plan fue elaborado con el fin de reducir a un solo milenio el intervalo entre el Primer Imperio y el Segundo. Ahora estamos completando el cuarto siglo de este milenio, y muchas generaciones de hombres han vivido y muerto mientras el Plan continúa su inexorable marcha.

»Hari Seldon estableció dos Fundaciones en extremos opuestos de la Galaxia, del modo y en las circunstancias necesarias para obtener la mejor solución matemática de su problema psicohistórico. En una de estas Fundaciones, *la nuestra*, establecida aquí, en Términus, se concentraron las ciencias físicas del Imperio, y mediante la posesión de estas ciencias la Fundación pudo contener los ataques de los reinos bárbaros que se habían separado y proclamado independientes en los límites del Imperio.

»La Fundación consiguió, asimismo, conquistar estos reinos rebeldes con ayuda de una serie de caudillos sabios y heroicos, como Salvor Hardin y Haber Mallow, que supieron interpretar inteligentemente el Plan y conducir a nuestra patria a través de sus complicadas coyunturas. Todos nuestros planetas siguen venerando su recuerdo, pese a que han transcurrido varios siglos.

»Eventualmente, la Fundación estableció un sistema comercial que controlaba una gran porción de los sectores siwenniano y anacreontiano de la Galaxia, e incluso derrotó a los restos del antiguo Imperio bajo el mando de su último gran general, Bel Riose. Parecía que nada podría detener la marcha del Plan Seldon. Todas las crisis previstas por Seldon se habían producido en el momento señalado y habían sido solucionadas, y con cada una de estas soluciones la Fundación dio un paso gigantesco en su camino hacia el Segundo Imperio y la paz.

»Y entonces —perdió el aliento en este punto, y silabeó las palabras entre dientes, pero el transcriptor se limitó a escribirlas, tranquila y graciosamente—, tras la desaparición de los últimos restos del Primer Imperio, cuando solamente ineficaces señores guerreros gobernaban sobre las cenizas y astillas del coloso derribado —había copiado esta frase de una novela de aventuras transmitida por el vídeo la semana anterior, pero la vieja señorita Erlking jamás escuchaba otra cosa que sinfonías y conferencias, de modo que no se enteraría—, apareció en escena el Mulo.

»Este hombre extraño no había sido previsto en el Plan. Era un mutante, y su nacimiento no hubiera podido predecirse. Poseía la extraña y misteriosa facultad de controlar y manipular las emociones humanas, y de este modo podía moldear a todos los hombres según su capricho. Con sobrecogedora rapidez se convirtió en conquistador y constructor de un Imperio, hasta que, finalmente, derrotó a la propia Fundación.

»Sin embargo, nunca obtuvo el dominio universal, ya que en su primera y arrolladora empresa fue detenido por la sabiduría y el valor de una gran mujer —ahora se enfrentaba al problema de siempre. Su padre *insistía* en que no debía revelar jamás que era nieta de Bayta Darell. Todo el mundo sabía que Bayta fue la mujer más grande de la historia; y era cierto que había detenido al Mulo sin ayuda de nadie— cuya verdadera historia es conocida en su totalidad por muy pocos hombres.

(¡Ya estaba dicho! Si tenía que leerlo ante la clase podía decir lo último en voz muy baja, y a buen seguro que alguien preguntaría cuál era la verdadera historia; y entonces... bueno, entonces no tendría más remedio que contar la verdad. En su mente ya estaba preparando una larga y elocuente explicación a un padre severo e inquisitivo.)

»Tras cinco años de gobierno restringido se produjo otro cambio cuyas razones son desconocidas, y el Mulo abandonó todos sus planes de ulteriores conquistas. Sus últimos cinco años fueron los de un inteligente déspota.

»Algunos dicen que el cambio operado en el Mulo se debió a la intervención de la Segunda Fundación. No obstante, nadie ha descubierto nunca la localización de esta otra Fundación, ni se conoce su función exacta, por lo que la teoría carece de base.

»Una generación ha pasado desde la muerte del Mulo. ¿Qué será del futuro, ahora que ha existido y, por fin, desaparecido? Él interrumpió el Plan Seldon y al parecer lo hizo estallar en fragmentos, pero en cuanto murió, la Fundación resurgió de nuevo, como una nova de las cenizas de una estrella moribunda.

(Esta frase era sólo suya.)

»Una vez más, el planeta Términus alberga el centro de una federación comercial casi tan grande y rica como la que precedió a la conquista, y aún más pacífica y democrática.

»¿Ha sido esto planeado? ¿Continúa vivo el gran sueño de Seldon? ¿Se formará un Segundo Imperio Galáctico dentro de seiscientos años? Yo así lo creo, porque —ésta era la parte importante. La señorita Erlking no se cansaba de garabatear con lápiz rojo: "Pero esto es sólo descriptivo. ¿Cuáles son sus reacciones personales? ¡Piense! ¡Exprésese! ¡Penetre su propia alma!" Penetrar la propia alma. Como si ella supiera algo de almas, con su cara de limón que no había sonreído en la vida...— nunca, en ninguna época, ha sido tan favorable la situación política. El viejo Imperio está completamente muerto, y el período de dominio del Mulo también, al igual que la era de señores guerreros que lo precedió. La mayor parte de las áreas circundantes de la Galaxia están civilizadas y disfrutan de paz.

»Además, la salud interna de la Fundación es mejor que nunca. Los despóticos tiempos de los alcaldes hereditarios de la preconquista han cedido el paso a las elecciones democráticas de la primera época. Ya no hay mundos disidentes de Comerciantes Independientes, como tampoco existen las injusticias y dislocaciones que acompañaban a las acumulaciones de gran riqueza en manos de unos pocos.

»No hay razón, por lo tanto, para temer el fracaso, a menos que sea cierto que la propia Segunda Fundación representa un peligro. Los que así piensan carecen de evidencia en qué fundar sus afirmaciones, que se basan únicamente en supersticiones y temores. Yo creo que nuestra confianza en nosotros mismos, en nuestra nación y en el gran Plan de Hari Seldon, debería expulsar de nuestros corazones y nuestras mentes todas las incertidumbres y —humm. Eso era en exceso grandilocuente, pero se esperaba algo parecido al final— por eso afirmo...»

Aquí terminó por el momento «El Futuro del Plan Seldon», porque sonó un ligerísimo golpe en la ventana, y cuando Arcadia se levantó de un salto se encontró frente a una cara sonriente que estaba al otro lado del cristal; una cara cuya simetría de rasgos era acentuada de modo interesante por la línea corta y vertical de un dedo colocado sobre los labios.

Tras la breve pausa necesaria para adoptar una actitud de perplejidad, caminó hacia el diván situado frente a la ancha ventana donde se encontraba la aparición y, arrodillándose encima de él, miró pensativamente hacia fuera.

La sonrisa se desvaneció enseguida del rostro del hombre. Mientras los dedos de una mano se agarraban al alféizar, los de la otra hicieron un rápido gesto. Arcadia obedeció con calma y corrió el pestillo que movía suavemente el tercio inferior de la ventana, permitiendo que el cálido aire de primavera se mezclase con el aire acondicionado del interior.

—No puede entrar —dijo con tranquila satisfacción—. Todas las ventanas están provistas de una pantalla que sólo deja pasar a las personas que viven aquí. Si usted entra, sonarán todas las alarmas imaginables. —Hizo una pausa y añadió—: Su aspecto es bastante ridículo, colgado del alféizar. Si no tiene cuidado se caerá y se romperá el cuello, amén de destrozar muchas flores valiosas.

—En tal caso —replicó el hombre de la ventana, que había estado pensando lo mismo, pero con una ligera variación en los adjetivos—, ¿por qué no neutralizas la pantalla y me dejas entrar?

—No pienso hacerlo —repuso Arcadia—. Probablemente usted busca una casa diferente, porque yo no soy la clase de chica que deja entrar en su... dormitorio a hombres desconocidos, y menos a estas horas de la noche.

Sus ojos, al decir esto, adoptaran una insólita seriedad, o algo que pretendía parecerlo.

Todo vestigio de humor había desaparecido del rostro del joven desconocido. Murmuró:

—Es la casa del doctor Darell, ¿verdad?

—¿Por qué habría de decírselo?

—¡Oh, por la Galaxia! Adiós...

—Si salta ahora, jovencito, tocaré personalmente la alarma. —El adjetivo era de una refinada ironía, pues a los ojos experimentados de Arcadia el intruso parecía tener por lo menos treinta años; de hecho, era viejo.

Una larga pausa. Entonces, él dijo:

—Bueno, vamos a ver, niña; si no quieres que me quede, ni quieres que me vaya, ¿cuál es tu intención?

—Supongo que puedo dejarle entrar. El doctor Darell vive aquí. Voy a neutralizar la pantalla.

Cautelosamente, tras una mirada inquisitiva, el hombre apoyó una mano en la ventana, se dio impulso y saltó al interior. Con gesto airado se desempolvó las rodillas y levantó hacia la muchacha el rostro ahora enrojecido.

—¿Estás completamente segura de que tu reputación no sufrirá ningún daño cuando me encuentren aquí?

—No sufriría tanto como la suya si, cuando oiga pasos en el exterior, grito, vocifero y digo que ha entrado aquí por la fuerza.

—Conque eso harías, ¿eh? —replicó él con forzada cortesía—. ¿Y cómo piensas explicar la neutralización de la pantalla protectora?

—¡Bah, eso sería fácil! No estaba conectada.

El hombre abrió mucho los ojos.

—¿Ha sido una treta? ¿Cuántos años tienes, chiquilla?

—Considero muy impertinente su pregunta, jovencito. Y no estoy acostumbrada a que me llamen «chiquilla».

—No me extraña. Probablemente eres la abuela del Mulo, disfrazada. ¿Te importa que me vaya antes de que se organice un linchamiento conmigo en el papel principal?

—Será mejor que no se vaya..., porque mi padre le está esperando.

La mirada del hombre volvió a ser cautelosa. Enarcó una ceja mientras decía con pretendida ligereza:

—¿Ah, sí? ¿Hay alguien con tu padre?

—No.

—¿Le ha visitado alguien últimamente?

—Sólo comerciantes... y usted.

—¿No ha ocurrido nada especial?

—Sólo usted.

—Olvídate de mí, ¿quieres? No, no me olvides. Dime, ¿cómo sabías que tu padre me estaba esperando?

—¡Oh, eso fue fácil! La semana pasada recibió una Cápsula Personal, cifrada expresamente para él, que contenía un mensaje autooxidable, ya sabe. Tiró la cápsula al desintegrador de basuras, y ayer dio a Poli, es nuestra sirvienta, unas vacaciones de un mes para que pueda visitar a su hermana en la ciudad de Términus. Esta tarde ha arreglado la cama de la habitación de huéspedes. De este modo me he enterado de que esperaba a alguien acerca del cual yo no podía saber nada. Corrientemente, me lo cuenta todo.

—¡Vaya! Me sorprende que tenga que hacerlo. Yo diría que tú lo sabes todo antes de que te lo cuente.

—En general, así es.

Entonces soltó una carcajada. Estaba empezando a sentirse a sus anchas. El visitante era de edad avanzada, pero su aspecto tenía una gran distinción, con sus cabellos castaños rizados y los ojos muy azules. Tal vez conocería a alguien parecido en el futuro, cuando ella también fuese vieja.

—¿Y cómo sabías exactamente que era yo a quien esperaba? —preguntó él.

—Bueno, ¿quién podía ser, si no? Esperaba a alguien con gran secreto, ¿comprende?, y entonces usted llega agarrándose a las ventanas, en lugar de entrar por la puerta principal como hacen las personas sensatas. —Recordó una de sus frases favoritas, y la usó inmediatamente—: ¡Los hombres son tan estúpidos!

—Estás muy segura de ti misma, ¿no crees, niña? Quiero decir, señorita. Podrías estar en un error, ¿sabes? ¿Y si yo te dijera que todo esto es un misterio para mí y que, por cuanto yo sé, tu padre está esperando a otro y no a mí?

—¡Oh, no lo creo! Yo no le he dicho que entrara hasta que le he visto tirar su cartera.

—¿Mi qué?

—Su cartera, jovencito. No estoy ciega. No se le cayó de las manos, porque *primero* miró hacia abajo, como para asegurarse de que caería bien. Entonces debió pensar que iría a parar justo bajo los setos y nadie la vería, de modo que la tiró y *no* volvió a mirar hacia abajo. Además, el hecho de que entrara por la ventana y no por la puerta principal indica que le daba un poco de miedo aventurarse en la casa sin antes investigar el lugar. Y después de discutir conmigo se cuidó de la cartera antes de cuidar de sí mismo, lo cual indica que considera el contenido de la cartera más valioso que su propia seguridad, y esto significa que mientras usted esté aquí dentro y la cartera esté afuera, y nosotros sepamos que está afuera, su situación es bastante precaria.

Hizo una pausa para recobrar el aliento, y el hombre dijo entre dientes:

—Excepto que estoy pensando en estrangularte o dejarte medio muerta y largarme de aquí, *con* la cartera.

—Excepto, jovencito, que yo tengo por casualidad un palo de béisbol debajo de la cama, al que puedo llegar en un segundo desde donde estoy sentada, y que soy muy fuerte para ser una chica.

Callejón sin salida. Finalmente, con forzada cortesía, el «jovencito» dijo:

—Será mejor que me presente, ya que somos tan amigos. Soy Pelleas Anthor. ¿Cuál es tu nombre?

—Soy Arca... Arkady Darell. Encantada de conocerle.

—Y ahora, Arkady, ¿quieres ser una niña buena y llamar a tu padre?

Arcadia se enfureció.

—No soy una niña. Creo que es usted muy grosero..., especialmente cuando está pidiendo un favor.

Pelleas Anthor suspiró.

—Muy bien. ¿Quieres ser una buena y cariñosa viejecita, que huele a lavanda, y llamar a tu padre?

—Tampoco es eso lo que quería, pero le llamaré. Recuerde que no pienso quitarle los ojos de encima, jovencito —y pataleó contra el suelo.

Se oyeron pasos en el vestíbulo, alguien abrió la puerta de par en par.

—Arcadia... —Hubo una pequeña explosión de jadeos, y el doctor Darell preguntó—: ¿Quién es usted, señor?

Pelleas se puso en pie de un salto, con evidente alivio.

—¿Es el doctor Toran Darell? Soy Pelleas Anthor. Creo que ha recibido noticias de mi visita. Al menos, su hija así lo asegura.

—¿Mi *hija* lo asegura? —La miró con reprobación, pero la mirada resbaló por la impenetrable red de inocencia con que ella recibió la acusación. El doctor Darell dijo por fin—: Es cierto, le esperaba. ¿Quiere acompañarme al piso de abajo?

Se detuvo al darse cuenta de que algo se movía, y Arcadia lo observó casi simultáneamente.

Se abalanzó sobre su transcriptor, pero fue inútil, pues su padre ya se encontraba junto a él. El doctor Darell dijo con dulzura:

—Lo has dejado funcionando todo este tiempo, Arcadia.

—Padre —gimió ella, realmente angustiada—, no es nada cortés leer la correspondencia privada de otra persona, en especial si se trata de correspondencia sonora.

—¡Ah! —exclamó el padre—, ¡pero esta vez se trata de una «correspondencia sonora» con un desconocido en tu dormitorio! Como padre, Arcadia, tengo que protegerte contra el mal.

—¡Oh, demonios! No ha pasado nada malo.

Pelleas rió de improviso.

—Eso no es cierto, doctor Darell. La jovencita iba a acusarme de toda clase de cosas, y debo insistir en que usted lo lea, sólo para salvar mi buen nombre.

—¡Oh...!

Arcadia reprimió las lágrimas con un esfuerzo. Su propio padre ni siquiera confiaba en ella. Y el maldito transcriptor... Si aquel idiota no hubiese aparecido en la ventana, ella no habría olvidado desconectar la máquina. Y ahora su padre pronunciaría largos discursos sobre lo que una jovencita no debe hacer. Al parecer, lo único que podía hacer era ahogarse de pena y morir.

—Arcadia —dijo suavemente su padre—, creo que una señorita como tú...

—Lo sabía, lo sabía.

—... no debería ser impertinente con hombres de más edad que ella.

—Pero... ¿por qué tenía que venir a atisbar a mi ventana? Una joven tiene derecho a su intimidad... Ahora tendré que escribir de nuevo toda mi maldita composición.

—Tú no eres quién para acusarle de haberse acercado a tú ventana. Podrías haberle prohibido la entrada. Podrías haberme llamado al instante..., en especial si creías que le estaba esperando.

Arcadia replicó con rabia:

—Hubiera sido mejor que no le vieses... es un estúpido. Lo echará todo a perder si entra por las ventanas, en vez de hacerlo por las puertas.

—Arcadia, nadie necesita tu opinión sobre cuestiones de las que nada sabes.

—Claro que sé algo. Se trata de la Segunda Fundación.

Hubo un silencio. Incluso Arcadia sintió un estremecimiento nervioso en el estómago.

El doctor Darell preguntó en voz baja.

—¿Dónde has oído eso?

—En ninguna parte, pero ¿qué otra cosa requiere tanto secreto? Y no tienes que preocuparte de que lo diga a nadie.

—Señor Anthor —dijo el doctor Darell—, debo pedirle perdón por todo esto.

—No importa —fue la respuesta algo tensa de Anthor—. No es culpa de usted que ella se haya vendido a las fuerzas de la oscuridad. Pero ¿me permite hacerle una pregunta antes de irnos? Señorita Arcadia...

—¿Qué quiere?

—¿Por qué consideras estúpido entrar por las ventanas en lugar de hacerlo por las puertas?

—Porque así proclama lo que quiere ocultar, tonto. Si yo tengo un secreto no me pongo una mordaza en la boca para que todo el mundo *sepa* que tengo un secreto. Hablo mucho, como siempre, pero de otras cosas. ¿No ha leído nunca los proverbios de Salvor Hardin? Fue nuestro primer alcalde, ¿lo sabía?

—Sí, lo sabía.

—Pues bien, solía decir que sólo una mentira que no estuviera avergonzada de sí misma podía tener éxito. También dijo que nada tenía que ser cierto, pero que todo tenía que *sonar* como si lo fuese. Si usted entra por una ventana, es una mentira avergonzada de sí misma, y no suena a cierta.

—Entonces, ¿qué hubieras hecho tú?

—Si yo hubiese querido ver a mi padre para un asunto altamente secreto, me hubiera presentado a él abiertamente y hablado con él de toda clase de temas estrictamente legítimos. Y después, cuando todo el mundo me conociera y me asociara con mi padre con toda naturalidad, ambos podríamos hablar de cuantos secretos quisiéramos, pues nadie sospecharía nada.

Anthor dirigió a la muchacha una mirada extraña, y luego dijo al doctor Darell:

—Vámonos. He de recoger una cartera que tengo en el jardín. ¡Espere! Una última pregunta, Arcadia: ¿verdad que no tienes ningún palo de béisbol debajo de la cama?

—¡No, ninguno!

—¡Ya! Lo suponía.

El doctor Darell se detuvo en el umbral.

—Arcadia —dijo, cuando escribas de nuevo tu composición sobre el Plan Seldon, no seas innecesariamente misteriosa respecto a tu abuela. No la menciones en absoluto.

Él y Pelleas bajaron las escaleras en silencio. Entonces el visitante preguntó con voz tensa:

—Espero que no le importe, señor. ¿Qué edad tiene su hija?

—Cumplió catorce años hace dos días.

—¿*Catorce?* Por la Gran Galaxia... Dígame, ¿alguna vez le ha dicho que espera casarse en el futuro?

—No. Nunca me ha hablado de eso.

—Bien, si algún día se va a casar, mátelo. Me refiero a su novio. —Miró gravemente a los ojos del otro—. Hablo en serio. La vida no puede contener un horror más grande que vivir con la persona que será cuando tenga veinte años. No es mi intención ofenderle, naturalmente.

—No me ha ofendido. Creo que sé a qué se refiere.

En el piso superior, el objeto de sus tiernos análisis se hallaba sentada frente al transcriptor; con gesto de tedio, dictó: «Elfuturodelplanseldon.» El transcriptor, con infinito aplomo, lo tradujo a elegantes y complicadas mayúsculas:

«EL FUTURO DEL PLAN SELDON»

8. EL PLAN SELDON

MATEMÁTICAS.—*La síntesis del cálculo de n-variables y de geometría n-dimen-
sional es la base de lo que Seldon llamó una
vez «mi pequeña álgebra de la humanidad»...*

Enciclopedia Galáctica

Considérese una habitación.

Su localización no tiene importancia por el momento. Será suficiente decir que en dicha habitación,
más que en ninguna otra parte, existía la Segunda Fundación.

Era una habitación que, a través de los siglos, había
sido morada de la ciencia pura, y, sin embargo, carecía
de los aditamentos a los cuales se ha llegado a asociar la
ciencia durante milenios. Se trataba de una ciencia que
únicamente consistía en conceptos matemáticos, de un
modo similar a la especulación de las antiquísimas ra-
zas que vivieron en los primitivos días prehistóricos en

los que no existía la tecnología; antes de que el hombre se aventurase más allá de un solo mundo, ahora desconocido.

La habitación contenía, protegido por una ciencia mental inexpugnable hasta entonces para el poder físico combinado del resto de la Galaxia, el Primer Radiante, que encerraba en su interior el Plan Seldon... completo. También había un hombre en la habitación: el Primer Orador.

Era el duodécimo en la línea de principales guardianes del Plan, y su título no llevaba consigo otro privilegio que el de hablar primero en las reuniones de los dirigentes de la Segunda Fundación.

Su predecesor había derrotado al Mulo, pero las consecuencias de aquella gigantesca lucha todavía obstaculizaban el camino del Plan. Durante veinticinco años, él y su administración habían intentado obligar a toda la Galaxia, llena de tercos y estúpidos seres humanos, a reemprender aquel camino... La tarea era inmensa.

El Primer Orador dirigió la vista hacia la puerta que se abría. Incluso mientras consideraba, en la soledad de la habitación, el cuarto de siglo de esfuerzos que ahora se acercaba, lenta e inexorablemente, a su punto culminante, incluso mientras se hallaba sumido en tales pensamientos, su mente había recordado al recién llegado con cierta expectación: un joven, un estudiante, uno de aquellos que eventualmente podrían ocupar un puesto de responsabilidad.

El joven titubeó en el umbral, y el Primer Orador tuvo que ir hacia él para invitarle a entrar, poniéndole una mano amistosa sobre el hombro.

El estudiante sonrió con timidez, y el Primer Orador respondió diciendo:

—Primero he de comunicarle por qué está usted aquí.

Se sentaron junto a la mesa, uno frente al otro. Ninguno de los dos hablaba del modo reconocido como «lenguaje» por los hombres de la Galaxia que no pertenecían a la Segunda Fundación.

Originalmente, el lenguaje fue el medio por el cual el hombre aprendió, de forma imperfecta, a transmitir las ideas y emociones de su mente. Estableciendo arbitrarios sonidos y combinaciones de los mismos que representasen ciertos matices mentales, desarrolló un método de comunicación, método que con su torpeza y falta de adecuación hizo degenerar toda la delicadeza de la mente en toscas señales guturales.

Paso a paso pueden seguirse los resultados; y todos los sufrimientos de la humanidad pueden atribuirse al solo hecho de que ningún hombre en la historia de la Galaxia, hasta Hari Seldon, y muy pocos hombres después de él, pudieron entenderse mutuamente. Todos los seres humanos vivían tras un muro impenetrable de espesa niebla dentro del cual existían aisladamente. De vez en cuando se oían tenues señales desde el fondo de la caverna habitada por otro hombre... y así comenzaba un intento de aproximación entre los dos. Pero como no se conocían y no podían comprenderse, ni se atrevían a confiar el uno en el otro, y habían sentido desde la infancia los terrores y la inseguridad de aquel aislamiento total, existía el profundo temor del hombre hacía el hombre, la salvaje rapacidad del hombre hacia el hombre.

Los pies humanos, durante decenas de miles de años, se habían hundido y arrastrado en el fango, anquilosando a las mentes que, durante igual período de tiempo, habían sido dignas de la compañía de las estrellas.

Sombríamente, el instinto del hombre había intentado escapar de la prisión del lenguaje corriente. La semántica, la lógica simbólica, el psicoanálisis, todos habían sido tentativas para refinar o prescindir del lenguaje.

La psicohistoria fue producto de la ciencia mental, su matematización final, y la que al fin logró el éxito tan buscado. A través del desarrollo de las matemáticas necesarias para comprender los hechos de la fisiología neuronal y la electroquímica del sistema nervioso, que a su vez debían ser atribuidas, *debían* serlo, a fuerzas nucleares, se hizo posible por primera vez desarrollar verdaderamente la psicología. Y a través de la generalización del conocimiento psicológico, desde el individuo hasta el grupo, la sociología fue asimismo matematizada.

Los grupos más numerosos, los miles de millones que habitaban planetas, los billones que vivían en los Sectores, los trillones que ocupaban toda la Galaxia, se convirtieron no sólo en seres humanos, sino también en fuerzas gigantescas susceptibles de tratamiento estadístico, de forma que para Hari Seldon el futuro se hizo claro e inevitable y el Plan pudo ser establecido.

Los mismos desarrollos básicos de la ciencia mental que había originado el desarrollo del Plan Seldon hicieron también innecesario que el Primer Orador empelase palabras para dirigirse al estudiante.

Todas las reacciones a un estímulo, por pequeño que fuese, eran suficientemente indicativas de todos los cambios insignificantes, de todas las corrientes fugaces que pasaban por la mente del otro. El Primer Orador no podía captar instintivamente el contenido emocional de la mente del estudiante, como lo hubiera podido hacer el Mulo (ya que el Mulo era un mutante y tenía facultades muy difíciles de ser totalmente comprendidas por un hombre corriente, ni siquiera por un miembro de la Segunda Fundación), pero podía deducirlo, como resultado de un intensivo entrenamiento.

Sin embargo, como es inherentemente imposible, en una sociedad basada en el lenguaje, indicar el método de comunicación empleado por los miembros de la Segunda Fundación para hablar entre sí, ignoraremos toda esta cuestión de ahora en adelante. El Primer Orador hablará el lenguaje común, y si la traducción no es siempre enteramente satisfactoria, es, al menos, lo mejor que se puede hacer en las actuales circunstancias.

Supondremos, por consiguiente, que el Primer Orador dijo: «Primero tengo que comunicarle por qué está usted aquí», en lugar de sonreír de *cierta* manera y levantar un dedo de forma *determinada*.

Y siguió:

—Usted ha estudiado a fondo la ciencia mental durante casi toda su vida. Ha asimilado todo cuanto sus maestros podían enseñarle. Ya es tiempo de que usted, y unos pocos como usted, comiencen el aprendizaje de la Oratoria.

Agitación al otro lado de la mesa.

—No, debe usted tomarlo flemáticamente. Esperaba reunir las cualidades necesarias, pero temía no conseguirlo. En realidad, tanto la esperanza como el miedo son debilidades. Usted *sabía* que estaba cualificado, y vacila antes de admitir el hecho porque admitirlo podría indicar que está demasiado seguro de sí mismo y, por ello, ser descalificado. ¡Tonterías! El hombre más irreversiblemente estúpido es aquel que ignora su sabiduría. Que usted *supiera* que estaba cualificado forma parte de esta misma cualificación.

Relajamiento al otro lado de la mesa.

—Exactamente. Ahora se siente mejor y ya no está en guardia. Está mejor preparado para concentrarse y comprender. Recuerde que para ser realmente eficaz no es necesario sujetar la mente bajo una barrera de control, pues ello la convierte casi en una mentalidad desnuda. Es más conveniente cultivar cierta inocencia, cierta conciencia de sí mismo, y una ingenuidad que no oculte nada. Mi mente está abierta ante usted. Haga, pues, lo mismo.

Prosiguió:

—No es fácil ser Orador. Tampoco es fácil ser psicohistoriador, y ni siquiera los mejores psicohistoriadores son necesariamente buenos Oradores. Aquí existe una distinción: un Orador no sólo ha de conocer las complicaciones matemáticas del Plan Seldon; ha de sentir simpatía por él y por sus fines. Tiene que *amar* el Plan; para él ha de ser su vida y el aire que respira. Más que eso: ha de ser, incluso, un amigo viviente. ¿Sabe usted qué es esto?

La mano del Primer Orador señaló un cubo negro y brillante que había en el centro de la mesa. Era totalmente liso.

—No, Orador, no lo sé.

—¿Ha oído hablar del Primer Radiante?

—¿Esto? —profirió con asombro el estudiante.

—¿Esperaba algo más noble e imponente? Es natural. Fue creado en los días del Imperio por hombres de la época de Seldon. Durante casi cuatrocientos años ha funcionado perfectamente, sin necesidad de rectificaciones o reajustes, lo cual es una suerte, ya que nadie de la Segunda Fundación posee los conocimientos requeridos para repararlo de forma técnica. —Sonrió bondadosamente—. Los de la Primera Fundación tal vez podrían hacer un duplicado, pero nunca deben conocer su existencia, naturalmente.

Acercó la mano a una plaquita situada a la izquierda de la mesa y la habitación se sumió en la oscuridad, pero sólo por un momento, pues gradualmente una fluorescencia fue iluminando las dos paredes más largas de la habitación. Primero apareció un blanco nacarado, después una tenue mancha longitudinal más oscura aquí y allí, y, finalmente, las ecuaciones finamente impresas en negro, con una ocasional línea roja que serpenteaba por entre los números oscuros como un tímido arroyuelo.

—Venga, hijo mío, acérquese a la pared. No proyectará ninguna sombra. Esta luz no emana del Radiante en la forma corriente. A decir verdad, yo ignoro totalmente por qué medios se produce este efecto, pero no proyectará ninguna sombra. De eso estoy seguro.

Se colocaron juntos en la luz. Cada pared tenía nueve metros de longitud por tres de altura. La escritura era pequeña y cubría toda la superficie.

—Esto no es todo el Plan —dijo el Primer Orador—. Para que cupiera en estas dos paredes habría que reducir las ecuaciones individuales a tamaño microscópico, pero no es necesario. Lo que usted ve aquí representa las principales porciones del Plan hasta ahora. Ya ha estudiado esto, ¿verdad?

—En efecto, Orador.

—¿Reconoce alguna porción?

Un largo silencio. El estudiante señaló con un dedo, y, mientras lo hacía, la hilera de ecuaciones fue descendiendo por la pared, hasta que la determinada serie de funciones que había tenido en el pensamiento —era difícil creer que el rápido y generalizado gesto del dedo hubiera tenido la suficiente precisión— se encontró al nivel de sus ojos.

El Primer Orador rió casi inaudiblemente.

—Comprobará que el Primer Radiante se adapta en el acto a su mente. Puede esperar más sorpresas de este pequeño aparato. ¿Qué iba usted a decir acerca de la ecuación que ha elegido?

—Es... una integral rigeliana —tartamudeó el estudiante—, referida a una distribución planetaria que indica la presencia de dos clases económicas principales en el planeta, o tal vez un Sector, además de una pauta emocional inestable.

—¿Y qué significa?

—Representa el límite de tensión, ya que aquí tenemos —señaló, y de nuevo se movieron las ecuaciones— una serie convergente.

—Bien —aprobó el Primer Orador—. Ahora dígame qué piensa de todo esto. Una completa obra de arte, ¿verdad?

—¡Definitivamente!

—¡Se equivoca! No lo es —dijo con brusquedad—. Es la primera lección que debe aprender. El Plan Seldon no está completo ni es correcto. Es, simplemente, lo mejor que se podía hacer en aquel tiempo. Más de una docena de generaciones de hombres han estudiado estas ecuaciones, trabajado con ellas, analizado hasta el último decimal y examinado su conjunto. Han hecho más que eso: han visto pasar casi cuatrocientos años, y, al margen de las predicciones y ecuaciones, han comprobado la realidad y han aprendido. Han aprendido más cosas de las que Seldon logró saber, y si pudiéramos repetir la obra de Seldon con el conocimiento acumulado de los siglos, realizaríamos un trabajo mucho mejor. ¿Está esto perfectamente claro para usted?

El estudiante parecía un poco aturdido.

—Antes de que obtenga su título de Oratoria —continuó el Primer Orador—, tendrá que hacer su propia contribución original al Plan. No, no se trata de una blasfemia. Cada línea roja de las que ve en la pared es la contribución de un hombre de los nuestros que ha vivido después de Seldon. Verá..., verá... —Miró hacia arriba—. ¡Ahí está!

Toda la pared dio la impresión de caer sobre él.

—Ésta es la mía —dijo.

Una sutil línea roja rodeaba dos flechas bifurcadas e incluía casi dos metros cuadrados de deducciones a lo largo de cada trayectoria. Entre las dos había una serie de ecuaciones en rojo.

—No parece gran cosa —observó el Orador—. Está en un punto del Plan que no alcanzaremos hasta después de un tiempo tan largo como el que ya ha pasado. Está en el período de fusión, cuando el futuro Segundo Imperio se halle en las garras de personalidades rivales que amenazarán con dividirlo si la lucha es demasiado equilibrada, o estancarlo si la lucha es demasiado desigual. Aquí están consideradas ambas posibilidades, e indicado el método para evitarlas. No obstante, sólo es una cuestión de probabilidades, y puede existir una tercera trayectoria. Su probabilidad es relativamente baja, de un doce coma sesenta y cuatro por ciento, para ser exacto; pero han tenido lugar probabilidades aún menores, y el Plan sólo está completo en un cuarenta por ciento. Esta tercera probabilidad consiste en un posible compromiso entre dos o más de las personalidades en conflicto. He demostrado que esto congelaría primero al Segundo Imperio en un molde infructuoso, y, más tarde, causaría más daños por medio de guerras civiles de los que serían infligidos en caso de no llegar al acuerdo. Por fortuna, esto también se podría evitar. Tal ha sido mi contribución.

—Si me permite interrumpir, Orador... ¿Cómo se realiza un cambio?

—Mediante la intervención del Radiante. Por ejemplo, verá usted que, en su caso, sus matemáticas serán comprobadas rigurosamente por cinco juntas diferentes; y se le exigirá que las defienda contra un ataque sistemático y despiadado. Entonces pasarán dos años, y sus resultados serán revisados de nuevo. Ha ocurrido más de una vez que un trabajo perfecto en apariencia no ha revelado sus errores hasta pasado un período inductivo de meses o años. A veces, el propio autor descubre la equivocación. Si, después de dos años, la contribución pasa otro examen no menos exhaustivo que el primero, y, mejor aún, si en el intervalo el joven científico ha aportado detalles adicionales, evidencia subsidiaria, la contribución es agregada al Plan. Fue el punto culminante de mi carrera, y será el punto culminante de la suya. El Primer Radiante puede ser ajustado a su mente, y todas las correcciones y adiciones se pueden hacer por comunicación mental. No habrá nada que indique que la corrección o adición es de usted. En toda la historia del Plan no ha habido ninguna personalización; es la obra de todos nosotros. ¿Me comprende?

—¡Sí, Orador!

—En tal caso, sigamos. —Un paso hacia el Primer Radiante y las paredes volvieron a su opacidad natural, salvo los bordes superiores, iluminados por la luz corriente de la habitación—. Siéntese ante mi mesa y escúcheme. Para un psicohistoriador, como tal, es suficiente conocer su Bioestadística y sus Electromatemáticas Neuroquímicas. Algunos no conocen nada más y sólo sirven para ser técnicos estadísticos. Pero un Orador ha de ser capaz de discutir el Plan sin matemáticas, y, si no el propio Plan, al menos su filosofía y sus fines. Ante todo, ¿cuál es el propósito del Plan? Le ruego que me lo diga con sus propias palabras, y no recurra a los delicados sentimientos. No le juzgarán por su delicadeza y suavidad, se lo aseguro.

Era la primera oportunidad que tenía el estudiante de pronunciar algo más que dos palabras, y titubeó antes de lanzarse al espacio libre que se le ofrecía.

Empezó tímidamente:

—Como resultado de lo que he aprendido, creo que la intención del Plan es establecer una civilización humana basada en una orientación totalmente distinta de lo que ha existido hasta ahora. Una orientación que, de acuerdo con los descubrimientos de la psicohistoria, nunca podría haberse producido *espontáneamente*...

—¡Un momento! —La voz del Primer Orador era insistente—. No debe usted decir «nunca»; es una perezosa consideración de los hechos. En realidad, la psicohistoria sólo predice probabilidades. Un suceso determinado puede ser infinitesimalmente probable, pero la probabilidad es siempre mayor que cero.

—Sí, Orador. Entonces, si me permite corregirme, diré que es tan hecho conocido que la orientación deseada no posee grandes probabilidades de producirse espontáneamente.

—Eso está mejor. ¿Cuál es la orientación?

—Es la de una civilización basada en la ciencia mental. En toda la historia conocida de la humanidad, los progresos han sido principalmente en tecnología física, es decir, en la capacidad de manejar el mundo inanimado que rodea al hombre. El control de sí mismo y de la sociedad ha sido abandonado a la casualidad o a los vagos esfuerzos de sistemas éticos intuitivos basados en la inspiración y la emoción. Como resultado, jamás ha existido una cultura cuya estabilidad sobrepasara el cincuenta y cinco por ciento, y ello a costa de grandes sufrimientos humanos.

—¿Y por qué la orientación de que estamos hablando no es espontánea?

—Porque un número relativamente grande de seres humanos es capaz de tomar parte en el progreso de la ciencia física, y todos reciben el beneficio bruto y visible de ella. En cambio, sólo una pequeñísima minoría es inherentemente capaz de conducir al hombre a través de las mayores complicaciones de la ciencia mental, y los beneficios que se derivan de ella, aunque más duraderos, son más sutiles y menos evidentes. Además, como semejante orientación llevaría al desarrollo de una dictadura benévola por parte de los mejor dotados mentalmente —de hecho, una subdivisión más elevada del hombre—, despertaría resentimientos y no podría ser estable sin la aplicación de una fuerza que reduciría al resto de la humanidad a un nivel de barbarie. Tal desarrollo nos repugna y debe ser evitado.

—¿Cuál es, pues, la solución?

—La solución es el Plan Seldon. Se han organizado y mantenido unas condiciones que, cuando haya pasado un milenio desde su establecimiento, o sea, seiscientos años a partir de ahora, quedará establecido un Segundo Imperio Galáctico en el que la humanidad estará preparada para ser dirigida por medio de la ciencia mental. En este mismo intervalo, durante el desarrollo de la Segunda Fundación, surgirá un grupo de psicólogos dispuesto a asumir la dirección. O bien, como he pensado a menudo, la Primera Fundación suministrará el marco *físico* de una única unidad política, y la Segunda Fundación suministrará el marco *mental* de una clase dirigente ya preparada.

—Comprendo. Bastante acertado. ¿Cree usted que cualquier Segundo Imperio, aunque se formara en la época fijada por Seldon, serviría como cumplimiento de su Plan?

—No. Orador, no lo creo. Hay varios posibles Segundos Imperios que pueden formarse en el período comprendido entre los novecientos y los mil setecientos años tras el comienzo del Plan, pero sólo uno de ellos es el Segundo Imperio.

—Y en vista de todo esto, ¿por qué es necesario que la existencia de la Segunda Fundación sea un secreto, sobre todo para la Primera Fundación?

El estudiante buscó un significado oculto en esta pregunta, pero no lo encontró. Pareció turbado en su respuesta:

—Por la misma razón que los detalles del Plan en

conjunto deben ocultarse a la humanidad en general. Las leyes de la psicohistoria son estadísticas por naturaleza, y quedan invalidadas si las acciones de hombres individuales no son, en su naturaleza, casuales. Si un grupo numeroso de seres humanos conociera los detalles importantes del Plan, sus actos serían gobernados por este conocimiento y ya no serían casuales en el sentido de los axiomas de la psicohistoria. En otras palabras, ya no serían perfectamente previsibles. Le ruego me perdone, Orador, pues tengo la impresión de que la respuesta no es satisfactoria.

—Su impresión es justa; la respuesta está lejos de ser completa. Es la propia Segunda Fundación la que debe mantenerse oculta, no simplemente el Plan. El Segundo Imperio aún no está formado. Tenemos todavía una sociedad que rechazaría una clase dirigente de psicólogos, y que temería su desarrollo y lucharía contra él. ¿Lo comprende usted?

—Sí. Orador, lo comprendo. Este punto no ha sido puesto de relieve...

—Se equivoca. No lo ha sido... en las aulas, aunque usted hubiera debido ser capaz de deducirlo por sí mismo. Nos ocuparemos de éste y de muchos otros puntos de ahora en adelante, durante su aprendizaje. Me verá usted de nuevo dentro de una semana. Para entonces, me gustaría escuchar sus comentarios sobre un problema que voy a plantearle. No quiero un tratamiento matemático completo y riguroso. Eso requeriría un año para un experto, y no una semana para usted. Lo que quiero es una indicación en lo tocante a tendencias y direcciones... Aquí tiene usted una bifurcación del Plan de un período de tiempo situado hace alrededor de medio siglo. Están incluidos los detalles necesarios. Observará que el camino seguido por la realidad supuesta difiere de todas las predicciones calculadas; su probabilidad es de menos de un uno por ciento. Deberá usted estimar el tiempo que esta divergencia puede continuar antes de convertirse en incorregible. Estime también el final probable, si no es corregida, y un método razonable de corrección.

El estudiante giró el visor al azar y contempló con expresión grave los pasajes presentados en la diminuta pantalla. Preguntó:

—¿Por qué este problema en particular, Orador? Es obvio que tiene más significado que el puramente académico.

—Gracias, hijo mío. Es usted tan rápido como yo esperaba. El problema no es una suposición. Hace casi cincuenta años el Mulo irrumpió en la historia galáctica, y durante diez fue el hecho aislado más importante del universo. Su aparición no había sido prevista ni calculada. Deformó gravemente el Plan, pero no de una forma fatal. Sin embargo, para detenerle antes de que la coyuntura tuviese un resultado fatal, nos vimos obligados a tomar parte activa contra él. Revelamos nuestra existencia y, lo que es infinitamente peor, una parte de nuestro poder. La Primera Fundación ha oído hablar de nosotros, y sus actos están ahora condicionados por este conocimiento. Obsérvelo en el problema presentado. Aquí. Y allí. Naturalmente, no hablará usted de esto con nadie.

Se produjo un impresionante silencio mientras la comprensión invadía la mente del estudiante. Exclamó:

—Entonces, ¡el Plan Seldon ha fracasado!

—Todavía no. Solamente *puede* haber fracasado. Las probabilidades de éxito son todavía del veintiuno coma cuatro por ciento, según el más reciente cálculo.

9. LOS CONSPIRADORES

Para el doctor Darell y Pelleas Anthor, las veladas pasaban en agradable conversación, y los días en placentera inactividad. Podría haber sido una visita cualquiera. El doctor Darell presentó al joven como un primo suyo del espacio exterior, y este común parentesco amortiguó el posible interés de los demás.

No obstante, en las charlas a veces surgía un nombre. La gente escuchaba con amable atención. El doctor Darell decía «no» o decía «sí». Una llamada por la onda abierta de la comunidad anunció una invitación casual: «Me gustaría que conocierais a mi primo.»

Los preparativos de Arcadia procedían a su propio modo. De hecho, sus actos podían considerarse como los menos directos de todos.

Por ejemplo: persuadió a Olynthus Dam, en la escuela, para que le regalase un receptor de sonido de fabricación casera, utilizando métodos que indicaban un futuro muy peligroso para todos los hombres con los que pudiera entrar en contacto. A fin de evitar los detalles, demostró tan desusado interés por la afición tan cacareada de Olynthus —que tenía un taller en su casa—, combinado con la transferencia muy bien modulada de este interés a las regordetas facciones de Olynthus, que el infortunado muchacho acabó: 1) perorando interminablemente sobre los principios del motor de hiperonda; 2) fijándose de modo embriagador en los grandes y absortos ojos dirigidos casualmente hacia él, y 3) poniendo en las manos de ella su más preciada creación, el mencionado receptor de sonido.

Arcadia, a partir de entonces, cultivó a Olynthus en grado decreciente durante un tiempo prudencial, suficiente como para alejar toda sospecha de que el receptor de sonido había sido la causa de su amistad. Durante los meses que siguieron, Olynthus conservó en la mente el recuerdo de aquel breve período de su vida, hasta que, finalmente, lo olvidó por falta de ulteriores motivos.

Cuando llegó la séptima noche, y cinco hombres se reunieron en la sala de estar de los Darell, bien provistos de comida y tabaco, la mesa del dormitorio de Arcadia estaba ocupada por aquel irreconocible producto casero de la inventiva de Olynthus.

Eran cinco hombres: el doctor Darell, con hebras de plata en los cabellos y vestido meticulosamente, aparentando algo más de sus cuarenta y dos años; Pelleas Anthor, serio y de mirada inquieta por el momento, joven de aspecto e inseguro de sí mismo; y tres hombres nuevos: Jole Turbor, locutor de televisión, corpulento y de labios gruesos; el doctor Elvett Semic, profesor, ya jubilado, de Física en la Universidad, flaco y arrugado, con un traje que le venía grande; y Homir Munn, bibliotecario, esbelto y terriblemente intranquilo.

El doctor Darell habló con serenidad, en tono normal y sencillo:

—Esta reunión, caballeros, ha sido convocada por algo más que por razones sociales. Puede que lo hayan adivinado. Como han sido elegidos deliberadamente a causa de su pasado, adivinarán también el peligro que ello implica. No es mi intención subestimarlo, pero quiero señalar que, en cualquier caso, estamos todos condenados. Habrán observado que ninguno de ustedes ha sido invitado con la menor tentativa de secreto. No se les ha pedido que vinieran aquí ocultándose. Las ventanas no han sido ajustadas a la opacidad desde el exterior. En la habitación no hay ninguna clase de pantalla. Atraer la atención del enemigo equivaldría a nuestra perdición; y el mejor modo de atraer la atención es adoptar una actitud misteriosa y teatral.

—¡Ja! —dijo Arcadia, inclinada sobre el receptor, que transmitía las voces con algún que otro chirrido.

—¿Lo comprenden?

Elvett Semic torció el labio inferior y mostró los dientes, acrobacia que precedía cada una de sus frases.

—Vamos, al grano. Háblenos de este jovencito.

El doctor Darell explicó:

—Su nombre es Pelleas Anthor. Fue alumno de mi viejo colega Kleise, que murió el año pasado. Kleise me envió su pauta cerebral hasta el quinto subnivel, y esta pauta ha sido ahora comparada con la del hombre que tienen ustedes delante. Sé que una pauta cerebral no puede ser duplicada hasta este punto, ni siquiera por consumados psicólogos. Si no conocen este hecho, tendrán que creer en mi palabra.

Turbor intervino, con los labios fruncidos.

—No hay más remedio que empezar por algo. Aceptaremos su palabra, dado que es usted el más grande electroneurólogo de la Galaxia, ahora que Kleise ha muerto. Al menos, así es como le he descrito en mi comentario de la televisión, e incluso estoy convencido de ello. ¿Qué edad tiene usted, Anthor?

—Veintinueve años, señor Turbor.

—Humm. ¿Y también es electroneurólogo? ¿Uno de categoría?

—Sólo un estudiante de esa ciencia. Pero trabajo con tesón, y he tenido el privilegio de ser alumno de Kleise.

Munn interrumpió. Tartamudeaba ligeramente en momentos de tensión:

—Me gus... taría que empe... zasen. Creo que to... dos hablan demasiado.

El doctor Darell enarcó una ceja en dirección a Munn.

—Tiene razón, Homir. Usted tiene la palabra, Pelleas.

—Aún no —repuso Pelleas Anthor con lentitud—, porque antes de empezar, aunque aprecio la opinión del señor Munn, tengo que solicitar datos de ondas cerebrales.

Darell frunció el ceño.

—¿Qué significa esto, Anthor? ¿A qué ondas cerebrales se refiere?

—A las pautas de todos ustedes. Usted ha tomado la mía, doctor Darell. Yo he de tomar la de usted y las de los demás. Y he de hacer las mediciones yo mismo.

Turbor dijo:

—No hay razón para que se fíe de nosotros Darell. El joven esta en su derecho.

—Gracias —dijo Anthor—. Si nos conduce a su laboratorio, doctor Darell, iniciaremos la tarea. Me tomé la libertad de comprobar sus aparatos esta mañana.

La ciencia de la electroencefalografía era a la vez nueva y antigua. Era antigua en el sentido de que el conocimiento de las microcorrientes generadas por las células nerviosas de los seres vivos pertenecía a aquella inmensa categoría del saber humano cuyo origen se había perdido por completo. Era un conocimiento que se remontaba a los primeros vestigios de la historia humana...

Y, no obstante, también era nueva. El dato de la existencia de microcorrientes se adormeció a lo largo de decenas de miles de años, en los tiempos del Imperio Galáctico, como uno de esos vívidos y caprichosos, pero totalmente inútiles, elementos del saber humano. Algunos habían intentado formar clasificaciones de ondas analizando la vigilia y el sueño, la calma y la excitación, la salud y la enfermedad; pero incluso las más amplias deducciones habían presentado multitud de excepciones que las desvirtuaban.

Otros habían intentado demostrar la existencia de grupos de ondas cerebrales, análogos a los bien conocidos grupos sanguíneos, y demostrar que el medio ambiente era el factor determinante. Éstos fueron los aficionados a la clasificación racial, que pretendían que el hombre podía dividirse en subespecies. Pero semejante filosofía no pudo luchar contra el arrollador impulso económico de un Imperio Galáctico, una unidad política que abarcaba veinte millones de sistemas estelares, desde el mundo central de Trántor, ahora un deslumbrante e imposible recuerdo del gran pasado, hasta el más solitario asteroide de la periferia.

Por añadidura, en una sociedad entregada, como la del Primer Imperio, a las ciencias físicas y la tecnología inanimada, existía una vaga pero potente aversión al estudio de la mente. Era menos respetable por ser de menor utilidad inmediata; y no encontraba financiación porque era menos provechosa.

Después de la caída del Primer Imperio se produjo la fragmentación de la ciencia organizada, retrasándose todo más hacia el pasado, incluso más allá de las bases fundamentales de la energía atómica, hasta la energía química del carbón y el petróleo. La única excepción, naturalmente, fue la Primera Fundación, donde la chispa de la ciencia, revitalizada e intensificada, era mantenida asiduamente. Sin embargo, también allí gobernaba la física, y el cerebro, aparte de la cirugía, era terreno abandonado por todos.

Hari Seldon fue el primero en expresar lo que después acabó siendo aceptado como la verdad.

—Las microcorrientes nerviosas —dijo una vez— llevan consigo la chispa de todos los impulsos y reacciones, conscientes e inconscientes. Las ondas cerebrales registradas sobre papel cuadriculado en forma de temblorosos picos y henduras son espejo de los combinados pulsos mentales de miles de millones de células. Teóricamente, el análisis revelaría los pensamientos y emociones del sujeto, incluso los más insignificantes. Las diferencias detectadas no se deben solamente a defectos físicos, heredados o adquiridos, sino también a cambiantes estados emocionales, a una mayor educación y experiencia, e incluso a algo tan sutil como un cambio en la filosofía de la vida del sujeto.

Pero ni siquiera Seldon podía ir más allá de la especulación.

Y ahora hacía cincuenta años que los hombres de la Primera Fundación estaban investigando aquel complicado e increíblemente vasto almacén de nuevos conocimientos. El enfoque, naturalmente, se hacía con técnicas nuevas, como, por ejemplo, el uso de electrodos en suturas craneales con un medio recién desarrollado que permitía el contacto directo con las células grises, sin necesitar siquiera el afeitado de un sector de la cabeza. También había un dispositivo que automáticamente registraba las ondas cerebrales en su totalidad y como funciones separadas de seis variables independientes.

Lo más significativo era, tal vez, el creciente respeto con que se consideraba la encefalografía y el encefalógrafo. Kleise, el más grande de todos ellos, ocupaba en convenciones científicas el mismo lugar de honor que los físicos. El doctor Darell, aunque ya no dedicaba su actividad a esta ciencia, era casi tan conocido por sus brillantes avances en el análisis encefalográfico como por el hecho de ser hijo de Bayta Darell, la gran heroína de la generación anterior.

Así pues, en aquellos momentos el doctor Darell se hallaba sentado en su propia silla, con los ligeros electrodos presionando apenas su cráneo, mientras las agujas registradoras iban de un lado a otro sobre el papel cuadriculado. Estaba de espaldas a ellas, pues de otro modo, como era bien sabido, la vista de las curvas en movimiento inducía un esfuerzo inconsciente por controlarlas, produciendo visibles resultados; pero sabía que la esfera central expresaba la curva Sigma, fuertemente rítmica y poco variable, que era de esperar, de su potente y disciplinada mente. Aquella curva sería reforzada y purificada en la esfera auxiliar que se ocupaba de la onda del cerebelo. Habría los bruscos y casi discontinuos saltos del lóbulo frontal, y el ligero temblor de las regiones profundas, con su escaso alcance de frecuencias...

Conocía su propia pauta de ondas cerebrales tanto como un artista podía ser perfectamente consciente del color de sus ojos.

Pelleas Anthor no hizo ningún comentario cuando Darell se levantó de la silla reclinable. El joven extrajo los siete registros y les dio una ojeada con la mirada rápida y penetrante de quien sabe con exactitud cuál es la minúscula faceta que está buscando.

—Si no tiene inconveniente, doctor Semic...

El rostro de Semic, amarillento por la edad, era grave. La electroencefalografía era una ciencia que apenas conocía; una recién llegada hacia la que sentía un vago resentimiento. Sabía que era viejo y que la pauta de sus ondas lo pondría de manifiesto. Lo proclamaban las arrugas de su rostro, sólo hablaban de su cuerpo. Las pautas de sus ondas cerebrales podían proclamar asimismo su vejez. Era una invasión inoportuna y desagradable de la última fortaleza protectora de un hombre: su propia mente.

Le ajustaron los electrodos. El proceso no era doloroso en ningún momento, por supuesto. Sólo se sentía un insignificante cosquilleo muy por debajo del umbral de la sensación.

Después le tocó el turno a Turbar, que permaneció inmóvil e impasible durante los quince minutos del proceso, y a Munn, que se estremeció al primer contacto de los electrodos y después pasó toda la sesión haciendo girar los ojos en las órbitas, como si quisiera mirar hacia atrás por un agujero de su occipucio.

—Y ahora... —dijo Darell, cuando todo hubo terminado.

—Y ahora... —repitió Anthor en tono de excusa— hay una persona más en la casa.

Darell, frunciendo el ceño, preguntó:

—¿Mi hija?

—Sí. Recuerde que sugerí que se quedara en casa esta noche.

—¿Para un examen encefalográfico? ¿Por qué?

—No puedo continuar si no se hace.

Darell se encogió de hombros y subió las escaleras. Arcadia, advertida, tuvo tiempo de desconectar el receptor de sonido antes de que él entrara; luego le siguió hasta la planta baja con sumisa obediencia. Era la primera vez en su vida —exceptuando la pauta mental básica que le tomaron poco después de nacer para fines de identificación y registro— que se encontraba bajo los electrodos.

—¿Puedo verlo? —preguntó cuando se hubo terminado, alargando la mano.

El doctor Darell dijo:

—No lo entenderías, Arcadia. ¿No es hora ya de que te vayas a la cama?

—Sí, padre —repuso ella, sumisa—. Buenas noches a todos.

Subió corriendo las escaleras y se metió en la cama con un mínimo de preparación. Puso el receptor de sonido de Olynthus debajo de la almohada y se sintió como un personaje de película, entusiasmada y excitada por su «espionaje».

Las primeras palabras que oyó fueron pronunciadas por Anthor:

—Caballeros, todos los análisis son satisfactorios, incluido el de la niña.

«¡Niña!», pensó Arcadia, furiosa, e hizo una mueca a Anthor en la oscuridad.

Anthor abrió su cartera y extrajo de ella varias docenas de registros de ondas cerebrales. No eran originales. La cartera estaba provista de una cerradura especial; si una mano que no fuera la suya hubiese sostenido la llave, el contenido se habría quemado silenciosa e instantáneamente, reduciéndose a un montón de cenizas indescifrables. Una vez sacados de la cartera, los registros sufrían el mismo proceso al cabo de media hora.

Pero durante su breve duración, Anthor habló rápidamente:

—Tengo aquí los registros de varios funcionarios del Gobierno de Anacreonte. Éste es el de un psicólogo de la Universidad de Locris; éste, el de un industrial de Siwenna. El resto véanlo ustedes mismos.

Todos se apiñaron sobre los documentos. Para todos, menos para Darell, no eran más que líneas sinuosas sobre papel cuadriculado. Darell, en cambio, veía en ellos un claro lenguaje.

Anthor observó:

—Fíjese, doctor Darell, en la región plana existente entre las ondas secundarias tauianas del lóbulo frontal que todos estos registros tienen en común. ¿Desea usar mi regla analítica, señor, para comprobar esta afirmación?

La regla analítica podía considerarse un pariente lejano en la forma —en que puede serlo un rascacielos de una choza— de aquel juguete del jardín de infancia, la regla de cálculo logarítmico. Darell la usó con la soltura que confiere una larga práctica. Hizo unos dibujos con el resultado, y, tal como afirmara Anthor, observó que había planicies en las regiones del lóbulo frontal donde debía haber fuertes desniveles.

—¿Cómo interpretaría usted eso, doctor Darell? —preguntó Anthor.

—No estoy seguro. A primera vista, no me parece posible. Incluso en casos de amnesia hay supresión, pero no desaparición. ¿Cirugía cerebral drástica, tal vez?

—¡Oh, algo ha sido cortado, sí! —exclamó Anthor con impaciencia—. Pero no en el sentido físico. Creo que el Mulo podría haber hecho exactamente lo siguiente: suprimir de modo total la capacidad para cierta emoción o actitud mental, y no dejar más que una planicie como ésta. O si no...

—O si no, podría haberlo hecho la Segunda Fundación. Iba usted a decir eso, ¿verdad? —preguntó Turbor con una lenta sonrisa.

No había necesidad de contestar a aquella pregunta completamente retórica.

—¿Qué le hizo sospechar, señor Anthor? —inquirió Munn.

—No fui yo, sino el doctor Kleise quien sospechó. Coleccionaba pautas de ondas cerebrales como lo hace la policía Planetaria, pero con fines diferentes. Se especializaba en intelectuales, funcionarios del Gobierno y comerciantes importantes. Verán, es evidente que si la Segunda Fundación dirige el curso histórico de la Galaxia, nuestro curso, ha de hacerlo sutilmente y de forma imperceptible. Si manipulan las mentes, como deben de estar haciendo, serán las mentes de personas con influencia, ya sea cultural, industrial o política. Y el doctor Kleise coleccionaba precisamente ésas.

—Ya —objetó Munn—, pero ¿hay corroboración? ¿Cómo actúa esa gente? Me refiero a los que tienen la planicie. Tal vez sea un fenómeno perfectamente normal.

Miró con ansiedad a los otros con sus ojos azules y algo infantiles, pero no recibió ninguna respuesta alentadora.

—Dejemos esto al doctor Darell —dijo Anthor—. Pregúntele cuántas veces ha visto este fenómeno en sus estudios generales, o en casos mencionados por la literatura de la generación anterior. Después pregúntele cuáles son las probabilidades de que sea descubierto uno de cada mil casos entre las categorías que estudió el doctor Kleise.

—Supongo que no cabe la menor duda —observó Darell, pensativo— de que son mentalidades artificiales. Han sido manipuladas. En cierto modo, yo ya sospechaba esto...

—Lo sé, doctor Darell —dijo Anthor—. También sé que en un tiempo trabajó con el doctor Kleise. Me gustaría saber por qué dejó de hacerlo.

No había hostilidad en su pregunta; tal vez sólo precaución, pero, en cualquier caso, originó una larga pausa. Darell miró a sus invitados de uno en uno, y luego dijo bruscamente:

—Porque la lucha de Kleise era inútil. Competía

con un adversario demasiado fuerte para él. Estaba detectando lo que ambos, él y yo, sabíamos que detectaría: que no éramos nuestros propios dueños. *¡Y yo no quería saberlo!* Quería respetarme a mí mismo; me gustaba pensar que nuestra Fundación era dueña de su alma colectiva; que nuestros antepasados no habían luchado y muerto en vano. Creí que lo más sencillo era inhibirme del asunto mientras no estuviera completamente seguro. No necesitaba conservar mi puesto, ya que la pensión concedida a perpetuidad por el Gobierno a la familia de mi madre era suficiente para mis pequeñas necesidades. El laboratorio de mi casa bastaría para ahuyentar el tedio, y la vida llegaría algún día a su fin... Entonces murió Kleise...

Semic mostró los dientes y dijo:

—Yo no conozco a ese tal Kleise. ¿Cómo murió?

Anthor intervino:

—*Murió*. Y él lo intuyó. Medio año antes me dijo que se estaba acercando demasiado...

—Ahora también nosotros nos es... tamos acercando dema... siado, ¿verdad? —murmuró Munn, con la boca seca.

—Sí —asintió Anthor llanamente—, pero ya nos acercábamos, en cualquier caso, todos nosotros. Por eso han sido elegidos. Yo era alumno de Kleise. El doctor Darell era colega suyo. Jole Turbor ha denunciado por televisión nuestra fe ciega en la mano salvadora de la Segunda Fundación, hasta que el Gobierno le ha hecho enmudecer... a instancias, si puedo mencionarlo, de un poderoso financiero cuyo cerebro muestra lo que Kleise solía llamar la planicie manipulada. Homir Munn tiene la mayor colección privada de datos relativos al Mulo, y ha publicado algunos ensayos que especulan sobre la naturaleza y función de la Segunda Fundación. El doctor Semic ha contribuido más que nadie a las matemáticas del análisis encefalográfico, aunque no creo que se diera cuenta de que sus matemáticas se aplicarían de este modo.

Semic abrió mucho los ojos y rió entre dientes.

—No, jovencito. Yo analizaba los movimientos intranucleares; ya sabe, el problema de los n-cuerpos. Me pierdo en la encefalografía.

—Bien, ya conocemos nuestra posición. Naturalmente, el Gobierno no puede hacer nada en este asunto. Ignoro si el alcalde o alguien de su administración es consciente de la gravedad de la situación. Lo que sí sé es que nosotros cinco no tenemos nada que perder y mucho que ganar. A medida que aumenten nuestros conocimientos también aumentarán nuestras posibilidades de ir en la dirección correcta. Comprendan que no somos más que un comienzo.

—¿Hasta qué punto se ha infiltrado esta Segunda Fundación? —quiso saber Turbar.

—No lo sé. Hay una respuesta probable: todas las infiltraciones que hemos descubierto estaban en los bordes exteriores de la nación. El mundo capital puede estar todavía limpio, aunque ni siquiera eso es seguro... de lo contrario, no les hubiera sometido a esta prueba. Usted, doctor Darell, era particularmente sospechoso, puesto que abandonó su investigación con Kleise. ¿No sabe que Kleise jamás se lo perdonó? Yo pensé que tal vez la Segunda Fundación le había corrompido, pero Kleise siempre insistía en que usted era un cobarde. Espero que me perdone, doctor Darell, por mencionar esto, pero lo hago para aclarar mi propia posición. Personalmente, creo comprender su actitud, y si fue cobardía la considero venial.

Darell tomó aliento antes de replicar:

—¡Huí!, o llámelo como quiera. Sin embargo, intenté conservar nuestra amistad, pero él no me escribió ni me llamó hasta el día en que me envió sus datos de ondas cerebrales, y lo hizo una semana antes de morir...

—Perdonen —interrumpió Homir Munn, con un acceso de nerviosa elocuencia—, no..., no comprendo su actitud. So... somos un simple puñado de conspiradores, si lo único que ha... cemos es hablar y hablar sin... tino. Pero tampoco veo lo que po... odemos hacer. Esto es muy in... fantil. On... ondas cerebrales y miste... rios, y nada más. ¿No tienen idea de lo que va... amos a *hacer*?

—Sí, una cosa. —Pelleas Anthor les miró con los ojos brillantes—. Necesitamos más información sobre la Segunda Fundación. Es la necesidad primordial. El Mulo pasó los cinco primeros años de su mandato buscando esta misma información... y fracasó, o esto es lo que nos han hecho creer. Pero lo cierto es que dejó de buscar. ¿Por qué? ¿Por qué fracasó? ¿O por qué lo consiguió?

—Más ch... charla —dijo Munn con amargura—. ¿Cómo podemos saberlo?

—Si quieren escucharme... La capital del Mulo estaba en Kalgan. Kalgan no formaba parte de la esfera de influencia comercial de la Fundación en la época anterior al Mulo, y tampoco forma parte de ella ahora. Actualmente, Kalgan está gobernado por un hombre, Stettin, a menos que mañana se produzca otra revolución palaciega. Stettin se autodenomina Primer Ciudadano y se considera sucesor del Mulo. Si en aquel mundo hay alguna tradición, se basa en la superhumanidad y grandeza del Mulo; una tradición de intensidad casi supersticiosa. Como resultado, el viejo palacio del Mulo es mantenido como un santuario. Ninguna persona sin autorización puede entrar en él; en su interior todo está intacto.

—¿Y bien?

—Me pregunto: ¿por qué todo eso? En tiempos como éstos nada ocurre sin una razón. ¿Y si no es sólo la superstición lo que hace inviolable el palacio del

Mulo? ¿Y si todo es obra de la Segunda Fundación? Por último, ¿y si los resultados de los cinco años de búsqueda del Mulo se encuentran en el interior?

—¡Oh, paparruchas!

—¿Por qué no? —interrogó Anthor—. A lo largo de toda su historia, la Segunda Fundación se ha ocultado; apenas si ha intervenido en los asuntos galácticos. Sé que a nosotros nos parecería más lógico destruir el palacio, o, al menos, retirar los datos; pero deben ustedes considerar la psicología de estos maestros en esa ciencia. Son Seldons, son Mulos, y trabajan por caminos indirectos, a través de la mente. Jamás destruirían o robarían cuando pueden lograr sus fines creando un estado mental. ¿Sí o no?

No hubo una respuesta inmediata, y Anthor continuó:

—Y usted, Munn, es precisamente quien puede encontrar la información que necesitamos.

—¿*Yo?* —Fue un grito de asombro. Munn les miró rápidamente de uno en uno—. No puedo hacer se... semejante cosa. No soy un hombre de a... acción ni un héroe de no... ovela televisiva. Soy bibliotecario. Si pue... puedo ayudarles de este mo... modo, de acuerdo, desafiaré a la Se... egunda Fundación, pero no me la... anzaré al espacio con una misión qui... jotesca como ésta.

—Escúcheme —dijo Anthor, pacientemente—. El doctor Darell y yo hemos llegado a la conclusión de que usted es el hombre indicado. Es la única manera de hacerlo con naturalidad. Dice que es bibliotecario. ¡Excelente! ¿Cuál es el tema que le inspira mayor interés? ¡El Mulo! Posee ya la mayor colección de material sobre el Mulo existente en la Galaxia. Es natural que desee incrementarla. Más natural en usted que en cualquier otra persona. Usted sí que podría solicitar permiso para entrar en el palacio de Kalgan sin despertar sospechas de motivos ulteriores. Quizá se lo negarán, pero no sospecharán de usted. Y lo que es más: posee un crucero monoplaza. Se sabe que ha visitado planetas extranjeros durante sus vacaciones anuales. Incluso ha estado ya en Kalgan. ¿No comprende que sólo tiene que actuar como siempre lo ha hecho?

—Pero no pue... edo ir y espe... petarle: «¿Tie... ne la bondad de dejarme entrar en su más sa... sagrado santuario, se... señor Primer Ciudadano?»

—¿Por qué no?

—¡Por la Ga... Galaxia, porque no me dejará!

—Está bien. No le dejará. Entonces vuelva a casa y pensaremos en otra cosa.

Munn miró a su alrededor con impotente rebeldía. Sentía que iban a convencerle de algo que le repugnaba. Nadie se ofreció para ayudarle a esquivar el asunto.

Así pues, al final se adoptaron dos decisiones. La primera fue el reacio consentimiento de Munn en despegar hacia el espacio en cuanto comenzasen sus vacaciones de verano.

La otra fue una decisión no autorizada por parte de un miembro enteramente extraoficial de la reunión, tomada mientras desconectaba el receptor de sonido y se preparaba para dormir con considerable retraso sobre el horario habitual. Esta segunda decisión no nos concierne... por el momento.

10. CRISIS INMINENTE

En la Segunda Fundación había pasado una semana, y el Primer Orador sonreía de nuevo al estudiante.

—Debe usted traerme interesantes resultados, pues de lo contrario no estaría tan enojado.

El estudiante puso una mano sobre el montón de hojas de cálculo que había traído consigo y preguntó:

—¿Está seguro de que el problema es real?

—Las premisas son ciertas. No he deformado nada.

—Entonces debo aceptar los resultados, y no quiero hacerlo.

—Naturalmente. Pero ¿qué tiene que ver aquí lo que usted quiera? Bien, explíqueme lo que tanto le preocupa. No. No, deje a un lado sus derivaciones; ya las someteré a análisis más tarde. Ahora, *hábleme*. Permítame juzgar su criterio.

—Está bien, Orador... Está muy claro que ha tenido lugar un gran cambio general en la psicología básica de la Primera Fundación. Mientras conocían la existencia de un Plan Seldon, aunque ninguno de sus detalles, estaban confiados, pero indecisos. Sabían que tendrían éxito, pero ignoraban cuándo o cómo. Había, por consiguiente, un ambiente de continua tensión... que era lo que Seldon deseaba. En otras palabras, se podía contar con que la Primera Fundación trabajaría a pleno rendimiento.

—Una metáfora dudosa —observó el Primer Orador—, pero le comprendo.

—Sin embargo, ahora, Orador, conocen la existencia de una Segunda Fundación con bastante detalle, y no solamente como una antigua y vaga afirmación de Seldon. Tienen cierta intuición sobre su función como guardiana del Plan. Saben que existe un órgano que vigila todos sus pasos y no les permitirá caer. Y esto les hace abandonar su enérgico avance y se dejan llevar como en un palanquín. Otra metáfora; lo siento.

—No importa, continúe.

—Y este abandono del esfuerzo, esta inercia creciente, esta caída en la blandura y en una cultura decadente y hedonista, significan el fracaso del Plan. *Deben* propulsarse a sí mismos.

—¿Eso es todo?

—No, hay más. La reacción de la mayoría es la antedicha. Pero existe una gran probabilidad de una reacción minoritaria. El conocimiento de nuestra tutela y nuestro control no dejará siempre complacencia, sino hostilidad en algunos casos. Esto se deduce del Teorema de Korillov...

—Sí, sí. Conozco ese teorema.

—Lo siento, Orador. Es difícil evitar las matemáticas. En cualquier caso, el efecto es que no sólo se diluye el esfuerzo de la Fundación, sino que parte de ella se dirige contra nosotros, velozmente contra nosotros.

—¿Y *eso* es todo?

—Queda otro factor cuya probabilidad es moderadamente baja...

—Muy bien. ¿Cuál es?

—Mientras las energías de la Primera Fundación

iban dirigidas sólo hacia el Imperio, mientras sus únicos enemigos eran los débiles y anticuados remanentes del pasado, se preocupaban solamente de las ciencias físicas. Al entrar *nosotros* a formar parte de su medio ambiente es posible que se les imponga un cambio de actitud. Pueden tratar de convertirse en psicólogos...

—Este cambio —dijo fríamente el Primer Orador— *ya* ha tenido lugar.

Los labios del estudiante se comprimieron en una delgada línea.

—Entonces... todo ha terminado. Se trata de la incompatibilidad básica con el Plan. Orador, ¿me hubiera enterado de esto si hubiese vivido... fuera?

El Primer Orador habló con gravedad:

—Se siente humillado, mi joven amigo, porque, creyendo que comprendía tan bien tantas cosas, descubre de improviso que otras muchas, muy evidentes, le eran desconocidas. Después de pensar que era uno de los Señores de la Galaxia descubre que se encuentra cerca de la destrucción. Naturalmente, sentirá resentimiento hacia la torre de marfil, en la que vivía, hacia la reclusión en que fue educado, hacia las teorías que le enseñaron. Yo también sentí lo mismo; es normal. Pero era necesario que en sus años de formación no tuviera contacto directo con la Galaxia; que permaneciera *aquí*, donde se le imparte todo el conocimiento y su mente es cuidadosamente educada. Podríamos haberle enseñado antes este..., este fracaso parcial del Plan, evitándole así esta sacudida, pero antes no hubiera comprendido bien el significado, y en cambio ahora, sí. ¿De modo que no encuentra ninguna solución para el problema?

El estudiante meneó la cabeza y exclamó con desaliento:

—¡Ninguna!

—Bueno, no es sorprendente. Escúcheme, amigo mío. Existe un plan de acción y se está llevando a cabo desde hace más de una década. No es un plan corriente, y nos hemos visto forzados a recurrir a él contra nuestra voluntad. Implica probabilidades remotas, peligrosas suposiciones... Incluso nos hemos visto obligados a tratar a veces con reacciones individuales, porque era el único camino, y usted sabe que la psicoestadística, por su propia naturaleza, no tiene significado cuando se aplica a cifras menores que las planetarias.

—¿Y estamos teniendo éxito? —murmuró el estudiante.

—Todavía es pronto para decirlo. Hasta ahora hemos mantenido estable la situación..., pero por primera vez en la historia del Plan Seldon, es posible que los actos inesperados de un solo individuo lo destruyan. Hemos ajustado un reducido número de individuos a una determinada actividad mental; tenemos nuestros agentes... pero sus caminos están planeados de antemano. No se atreven a improvisar. Esto debería ser obvio para usted. Y no le ocultaré lo peor: si somos descubiertos, aquí, en este mundo, no sólo será destruido el Plan, sino también nosotros mismos, nuestros cuerpos físicos. De modo que, como ve, la solución no es muy buena.

—Pero lo poco que me ha descrito no parece una solución, sino más bien un intento desesperado.

—No. Digamos que es un intento inteligente.

—¿Cuándo será la crisis, Orador? ¿Cuándo sabremos si hemos vencido o no?

—Dentro de este año, sin duda.

El estudiante consideró estas palabras y asintió con la cabeza. Estrechó la mano del Orador.

—En fin, es mejor saberlo.

Dio media vuelta y se fue.

El Primer Orador miró silenciosamente hacia fuera, mientras la ventana adquiría transparencia. Miraba más allá de las gigantescas estructuras, hacia las tranquilas y numerosas estrellas.

Un año pasaría deprisa. ¿Viviría alguno de ellos, alguno de los herederos de Seldon, cuando tocara a su fin?

11. EL POLIZÓN

Faltaba poco más de un mes para que comenzase el verano. Lo había hecho, eso sí, para Homir Munn, que ya había escrito su informe financiero del año fiscal, cuidando de que el bibliotecario enviado por el Gobierno, que iba a sustituirle, se enterase bien de las sutilezas del correo —el del año anterior había dejado mucho que desear— y dado orden de que se limpiase a fondo el polvo invernal acumulado en su pequeño crucero *Unimara*, bautizado así tras un tierno y misterioso episodio ocurrido hacía veinte años.

Abandonó Términus de muy mal humor. Nadie fue a despedirle al cosmódromo. Esto no hubiera sido natural ya que ningún año ocurría. Sabía muy bien que era importante hacer este viaje exactamente igual que los anteriores, y, pese a ello, sentía un fuerte resentimiento. Él, Homir Munn, iba a arriesgar el pellejo en la más disparatada de las aventuras, y, además, le dejaban completamente solo.

O al menos eso creía, pero se equivocaba. El día siguiente fue tremendamente confuso, tanto en el *Unimara* como en la casa suburbana del doctor Darell.

La confusión llegó primero al hogar del doctor Darell, muy de mañana y por mediación de Poli, la sirvienta, cuyo mes de vacaciones pertenecía ya al pasado. Corrió escaleras abajo con una precipitación insólita en ella.

El médico se cruzó en su camino, y Poli, incapaz de expresar su emoción con palabras, le alargó una hoja de papel y un objeto en forma de cubo. Darell aceptó ambas cosas porque no tenía otro remedio, y preguntó:

—¿Ocurre algo, Poli?

—Se ha ido, doctor.

—¿Quién se ha ido?

—¡Arcadia!

—¿Qué significa eso de que se ha ido? ¿Adónde? ¿De qué estás hablando?

Poli pataleó contra el suelo.

—No lo sé. Se ha ido, y falta una maleta y algunos vestidos. Ha dejado esta carta. ¿Por qué no la lee, en vez de quedarse ahí como una estatua? ¡Oh, los *hombres*!

El doctor Darell se encogió de hombros y rasgó el sobre. La carta no era larga, y a excepción de la firma angular, «Arkady», estaba escrita con la elegante y ornamentada caligrafía del transcriptor de Arcadia.

> Querido papá:
> Hubiera sido demasiado desconsolador decirte adiós personalmente. Quizá hubiese llorado como una niña pequeña y tú te habrías avergonzado de mí. Por eso te escribo para decirte que te echaré mucho de menos, incluso aunque esté pasando unas maravillosas vacaciones estivales con el tío Homir. Me cuidaré mucho y no tardaré en volver a casa. Mientras tanto, te dejo una cosa que es de mi propiedad privada. Ahora ya puedes quedártelo.
> Tu hija que te quiere,
> ARKADY.

La leyó varias veces con expresión de creciente desconcierto. Preguntó con severidad:

—¿La has leído, Poli?

Poli se puso instantáneamente a la defensiva.

—No me puede culpar por ello, doctor. En el sobre está escrito «Poli», y yo no podía saber que contenía una carta para usted. No soy una entrometida, doctor, y en los años que llevo con usted...

Darell alzó una mano conciliadora.

—Está bien, Poli. No es importante. Sólo quería estar seguro de que habías comprendido lo ocurrido.

Estaba pensando rápidamente. Era inútil decirle que olvidase el asunto. Con respecto al enemigo, «olvidar» era una palabra sin significado, y un consejo daría más importancia a la cuestión y produciría el efecto contrario. Optó por decir:

—Es una niña extraña, ya lo sabes. Muy romántica. Desde que decidí dejarle hacer un viaje al espacio este verano, ha estado muy excitada.

—¿Y por qué nadie me ha dicho nada de ese viaje espacial?

—Lo hablamos cuando estabas fuera, y nos olvidamos de informarte. No hay otra razón.

Las emociones anteriores de Poli se concentraron ahora en una profunda indignación.

—Sencillo, ¿verdad? La pobre chiquilla se ha ido con una sola maleta, sin un solo vestido decente, y, además, sola. ¿Cuánto tiempo estará fuera?

—No quiero que te preocupes por esto, Poli. En la nave habrá muchos vestidos para ella; todo ha sido previsto. ¿Quieres decir al señor Anthor que deseo verle? ¡Ah!, pero antes, dime..., ¿es éste el objeto que Arcadia ha dejado para mí?

Se lo pasó de una mano a otra. Poli meneó la cabeza.

—No tengo la menor idea. La carta estaba encima,

y eso es todo lo que sé. Vaya, de modo que se olvidaron de decírmelo. Si su madre estuviera viva...

Darell la despidió con un gesto.

—Por favor, llama al señor Anthor.

El punto de vista de Anthor acerca del asunto difería radicalmente del criterio del padre de Arcadia. Pronunció sus primeras observaciones en tono airado y con los puños cerrados, y de ahí pasó a hacer amargos comentarios.

—Por el Gran Espacio, ¿a qué está esperando? ¿A qué estamos esperando los dos? Conecte el visor con el cosmódromo y diga que nos pongan en contacto con el *Unimara*.

—Tranquilo, Pelleas, se trata de *mi* hija.

—Pero no de *su* Galaxia.

—Espera un poco. Es una chica inteligente, Pelleas, y habrá pensado todo esto muy a fondo. Será mejor que sigamos sus pensamientos, ahora que la cosa está fresca. ¿Sabe qué es esto?

—No. ¿Qué importa lo que sea?

—Es un receptor de sonido.

—¿Eso?

—Es de manufactura casera, pero funciona. Lo he comprobado. Es su manera de decirnos que oyó nuestra conversación. Sabe adónde se dirige Homir Munn y por qué. Y ha decidido que sería emocionante acompañarle.

—¡Oh, por el Gran Espacio! —gimió el joven—. Otra mente que será captada por la Segunda Fundación.

—Pero no hay razón para que la Segunda Fundación sospeche, a priori, algún peligro en una niña de catorce años... *a menos* que hagamos algo que atraiga la atención hacia ella, como hacer volver del espacio a una nave sin otro motivo que recuperar a la niña. ¿Acaso ha olvidado con quién tratamos? ¿Lo estrecho que es el margen que nos separa del descubrimiento? ¿Lo indefensos que estamos?

—Pero no podemos permitir que todo dependa de una criatura caprichosa.

—No es caprichosa, y no podemos elegir. No necesitaba escribir la carta, pero lo ha hecho para impedir que vayamos a la policía a denunciar la desaparición de una niña. Su carta sugiere que expliquemos el asunto como una amistosa oferta por parte de Munn de llevar de vacaciones a la hija de un antiguo amigo. ¿Y por qué no? Es amigo mío desde hace casi veinte años. La conoce desde que tenía tres, cuando la traje desde Trántor. Es algo perfectamente natural y, de hecho, es posible que contribuya a ahuyentar toda sospecha. Un espía no lleva consigo a una sobrina de catorce años.

—Es cierto. ¿Y qué hará Munn cuando la encuentre?

El doctor Darell enarcó las cejas.

—No sé..., pero me imagino que ella sabrá convencerle.

La casa parecía muy solitaria por la noche, y el doctor Darell pensó que el destino de la Galaxia le importaba muy poco mientras la preciosa vida de su hija estuviera en peligro.

La excitación en el *Unimara*, aunque implicó a menos personas, fue considerablemente más intensa.

En el compartimiento de equipajes, Arcadia encontró que tenía la ventaja de la experiencia en algunas cosas, y el inconveniente de la inexperiencia en otras.

Resistió la aceleración inicial con ecuanimidad, y la náusea más sutil que acompañaba el salto al hiperespacio, con estoicismo. Ya había sentido ambas cosas en otros saltos espaciales, y estaba preparada para ello. Sabía también que los compartimientos del equipaje estaban incluidos en el sistema de ventilación de la nave, y que incluso poseían iluminación mural, pero renunció a esta última porque era flagrantemente poco romántica. Permaneció en la oscuridad, como convenía a una conspiradora, respirando muy suavemente y escuchando los diversos ruidos que rodeaban a Homir Munn.

Eran los ruidos bien distinguibles hechos por un hombre que se halla solo. El roce de los zapatos con el suelo, el crujido de la tela contra el metal, el chasquido de una silla tapizada bajo el peso de un cuerpo, el clic agudo de una unidad de control o la suave presión de una palma sobre una célula fotoeléctrica.

Eventualmente, sin embargo, la inexperiencia empezó a pesar a Arcadia. En los libros-película y en los vídeos, el polizón parecía dotado de infinitos recursos en la oscuridad. Naturalmente, siempre existía el peligro de chocar con algo que hiciera ruido al caer, o de estornudar (en los vídeos siempre acababan estornudando; era hecho aceptado). Sabía todo y tenía mucho cuidado. Comprendía también que llegaría a sentir hambre y sed. Para esta eventualidad se había preparado, llevándose unas latas de la despensa. Pero había otras cosas que las películas nunca mencionaban, y Arcadia se dio cuenta con alarma de que, a pesar de que echaría mano a toda su fuerza de voluntad, sólo podría permanecer oculta por un tiempo limitado.

En un crucero deportivo de una sola plaza, como el *Unimara*, el espacio habitable consistía esencialmente en una sola habitación, de manera que no había siquiera la arriesgada posibilidad de abandonar de puntillas el compartimiento mientras Munn se hallara ocupado en otra parte.

Esperó frenéticamente los sonidos que anunciaran

el sueño de Homir. ¡Ojalá supiera si roncaba! Por lo menos sabía dónde estaba la litera, y podría reconocer el chirrido del colchón cuando lo oyera. Escuchó una larga aspiración y después un bostezo. Esperó en el profundo silencio, interrumpido de vez en cuando por un ligero crujido de la litera al cambiar su ocupante de posición.

La puerta del compartimiento de equipajes se abrió fácilmente bajo la presión de su dedo. Asomó la cabeza...

Un claro sonido humano se interrumpió bruscamente.

Arcadia se inmovilizó. ¡Silencio! ¡Aún más silencio!

Intentó mirar por la rendija de la puerta sin sacar la cabeza, pero no lo consiguió. Volvió a asomar la cabeza...

Homir Munn estaba despierto, naturalmente, leyendo en la cama, bañado por la suave luz de la cabecera, con una mano debajo de la almohada.

La cabeza de Arcadia se ocultó de nuevo. Entonces, la luz se apagó, y la voz de Munn dijo con temblorosa decisión:

—Tengo una pistola, y por la Ga... Galaxia que voy a disparar...

Y Arcadia gimió:

—Sólo soy yo. No dispare.

Es notable lo frágil que resulta ser el romanticismo. Una pistola en la mano de un hombre nervioso puede estropearlo todo.

La luz volvió a encenderse —en toda la nave—, y Munn se sentó en la cama. Los cabellos grises de su delgado pecho y la barba de un día en su rostro le prestaban un aspecto, enteramente falso, de persona poco respetable.

Arcadia entró, tratando de quitarse su chaqueta de metaleno, que se suponía era a prueba de arrugas.

Tras un momento de susto en el que estuvo a punto de saltar de la cama, Munn se tapó hasta los hombros con la sábana y tartamudeó:

—¡Qu... u...é, qué...!

Era incapaz de hacerse entender. Arcadia dijo con timidez:

—¿Me perdona un momento? He de lavarme las manos.

Conocía la distribución de la nave, y se alejó rápidamente. Cuando volvió casi había recuperado su valor, y Homir Munn estaba en pie ante ella, cubierto con una bata desteñida y rebosando furia en su interior.

—Por los negros agujeros del espacio, ¿qué estás haciendo a bor... bordo? ¿Có... cómo has entrado? ¿Qué voy a hacer a... ahora con... contigo? ¿Qué de... emonios significa esto?

Hubiera seguido preguntando indefinidamente, pero Arcadia le interrumpió con dulzura:

—Tenía grandes deseos de acompañarle, tío Homir.

—¿*Por qué?* No voy a ninguna parte.

—Va a Kalgan para informarse sobre la Segunda Fundación.

Munn emitió un salvaje alarido y se derrumbó por completo. Por un instante, Arcadia pensó que tendría un ataque de histerismo y se golpearía la cabeza contra la pared. Seguía empuñando la pistola, y, mirándole, sintió que se le helaba la sangre en las venas.

—Cuidado... Tómeselo con calma... —fue todo cuanto se le ocurrió decir.

Pero Munn hizo un esfuerzo y recuperó una relativa normalidad; tiró la pistola sobre la litera con tanta fuerza que faltó poco para que se disparara y agujerease el casco de la nave.

—¿Cómo subiste a bordo? —preguntó lentamente, como si agarrase cada palabra con los dientes para evitar que temblara antes de dejarla salir.

—Fue muy fácil. Entré en el hangar con mi maleta y dije: «El equipaje del señor Munn», y el vigilante levantó el pulgar sin mirarme siquiera.

—¿Sabes que tendré que volver para dejarte? —dijo Homir, sintiendo una repentina alegría en su interior. Por la Galaxia que aquello no era culpa suya.

—No puede hacerlo —replicó Arcadia con calma—. Llamaría la atención.

—¿Qué dices?

—Lo sabe muy bien. Toda la razón de su viaje a Kalgan reside en el hecho de que es natural que vaya y pida permiso para examinar los archivos del Mulo. Y tiene que ser todo tan natural que no puede llamar la atención en forma alguna. Si regresa con una chica que iba de polizón en su nave, la noticia puede llegar hasta los noticieros de la televisión.

—¿De dón... dónde has sacado es... estas ideas sobre Kalgan? Es... estas ideas tan infan... fantiles... —Su tono no podía engañar a nadie, y menos a una persona como Arcadia que sabía tanto sobre la cuestión.

—Lo oí todo —explicó ella, incapaz de ocultar completamente su orgullo— con un receptor de sonido. Y puesto que lo sé todo, *tiene* que dejarme ir.

—¿Qué hay de tu padre? —Munn echó mano de aquel triunfo—. Debe imaginarse que has sido raptada..., o que estás muerta.

—He dejado una nota —replicó Arcadia triunfalmente—, y él también sabe que no conviene dar publicidad al asunto. Es probable que nos envíe un espaciograma.

Munn estuvo a punto de creer en la brujería cuando la señal receptora sonó con estridencia instantes después de que ella terminase de hablar. Arcadia dijo:

—Apuesto a que es de mi padre.

Y así era. El mensaje contenía pocas palabras e iba dirigido a Arcadia. Decía: «Gracias por tu bonito regalo, estoy seguro de que hiciste buen uso de él. Diviértete.»

—Ya ha visto —comentó—. Éstas son las órdenes.

Homir se acostumbró a la muchacha. Al cabo de poco tiempo se alegró de tenerla a su lado, y al final acabó preguntándose qué hubiera hecho sin ella. ¡Charlaba! ¡Estaba tan excitada! Y, sobre todo, no sentía la menor preocupación. Sabía que la Segunda Fundación era el enemigo, pero no le importaba. Sabía que en Kalgan él tendría que tratar con funcionarios hostiles, y, sin embargo, ansiaba llegar.

Tal vez era consecuencia de tener catorce años.

En cualquier caso, las semanas de viaje ahora significaban conversación, en vez de soledad. Claro que la conversación no era muy aleccionadora, pues consistía, casi enteramente, en las ideas de la muchacha sobre el tema de cómo tratar al Señor de Kalgan. Ideas divertidas e insensatas, pero expresadas con ponderada deliberación.

Homir se sorprendió a sí mismo sonriendo mientras escuchaba y preguntándose de qué novela histórica habría sacado Arcadia su complicada noción del gran universo.

Era la tarde anterior al último salto. Kalgan se veía como una brillante estrella en el vacío escasamente iluminado de los bordes exteriores de la Galaxia. El telescopio de la nave lo mostraba como una burbuja chispeante de diámetro apenas perceptible.

Arcadia estaba sentada, con las piernas cruzadas, en la única silla cómoda. Llevaba pantalones y la camisa más pequeña que poseía Homir. Había lavado y planchado su propio vestuario, más femenino, para ponérselo cuando aterrizasen.

—¿Sabe? Voy a escribir novelas históricas —anunció.

Era feliz por completo con el viaje. A Homir le gustaba escucharla, y la conversación era mucho más agradable cuando se podía hablar a una persona verdaderamente inteligente que se tomaba en serio lo que una decía. Continuó:

—He leído montones de libros sobre los grandes hombres de la historia de la Fundación, como Seldon, Hardin, Mallow, Devers, y todos los demás. Incluso he leído gran parte de lo que usted ha escrito acerca del Mulo, pero no es muy divertido leer los capítulos en que la Fundación pierde. ¿No le gustaría más escribir una historia que no tuviera esos pasajes tontos y trágicos?

—Ya lo creo —le aseguró gravemente Munn—. Pero no sería una hi... historia real, Arkady. Nunca conseguirías el respeto aca... académico, o... o... omitiendo algunos hechos históricos.

—¡Bah! ¿Y a quién le importa el respeto académico? —Le encontraba encantador. Hacía días que no se olvidaba de llamarla Arkady—. Mis novelas serán interesantes, se venderán mucho y se harán famosas. ¿Para qué escribir libros, si no se venden ni son conocidos? No me interesa que me conozcan sólo unos cuantos profesores viejos. Quiero que me conozca todo el mundo.

Sus ojos brillaron al pensarlo, y adoptó una posición aún más cómoda.

—De hecho, en cuanto consiga la autorización de mi padre, visitaré Trántor a fin de encontrar material sobre el Primer Imperio. Yo nací en Trántor, ¿lo sabía usted?

Él lo sabía, pero preguntó, con asombro en la voz:

—¿De verdad?

Fue recompensado con una mezcla de gemido y alegre exclamación.

—Pues sí. Mi abuela..., ya sabe, Bayta Darrell, habrá oído hablar de ella..., estuvo una vez en Trántor, con mi abuelo. De hecho, fue allí donde detuvieron al Mulo, cuando toda la Galaxia estaba a sus pies, y mis padres también fueron a Trántor después de casarse. Y yo nací allí, e incluso viví una temporada, hasta que mi madre murió. Pero sólo tenía tres años, y no recuerdo gran cosa. ¿Ha estado alguna vez en Trántor, tío Homir?

—No, nunca.

Munn se apoyó contra el frío mamparo y siguió escuchando ausentemente. Kalgan estaba muy cerca, y su nerviosismo del principio empezaba a acecharle de nuevo.

—Es el más *romántico* de los mundos. Mi padre dice que durante el reinado de Stannel V estaba poblado por más gente de la que hay ahora en *diez* planetas. Dice también que era un gran mundo de metal, una sola gran ciudad, y capital de toda la Galaxia. Me ha enseñado fotografías que tomó en Trántor. Ahora está reducido a ruinas, pero sigue siendo *magnífico*. Me entusiasmaría verlo de nuevo. De hecho... ¡Homir!

—¿Sí?

—¿Por qué no vamos allí cuando hayamos terminado lo de Kalgan?

El miedo volvió a apoderarse de él, y se reflejó en su rostro.

—¿Qué... qué dices? No lo pi... pi... enses siquiera. Esto es un viaje de negocios, no de placer. Recuérdalo, jovencita.

—Pero también sería de negocios —insistió ella—. Podríamos encontrar increíbles cantidades de información en Trántor. ¿No lo cree así?

—No, no lo creo. —Munn se puso en pie—. Ahora, apártate del com... computador. Hemos de dar el último sa... salto, y después te acostarás.

Al menos, aterrizar tenía un aliciente; estaba harto de intentar dormir sobre un abrigo en el suelo metálico de la nave.

Los cálculos no eran difíciles. El *Manual de las Rutas Espaciales* era muy explícito sobre la ruta Fundación-Kalgan. Se produjo el tirón momentáneo del paso sin tiempo a través del hiperespacio, y quedó atrás el último año-luz.

Ahora, el sol de Kalgan ya era un verdadero sol: grande, brillante, de un blanco amarillento; invisible tras las portillas que se habían cerrado automáticamente en el lado iluminado por el astro.

Kalgan se hallaba sólo a una noche de distancia.

12. EL SEÑOR

De todos los mundos de la Galaxia, Kalgan era el que tenía, indudablemente, la historia más excepcional. La del planeta Términus, por ejemplo, era la de un ascenso casi ininterrumpido. La de Trántor, en un tiempo capital de la Galaxia, era la de una casi continua decadencia. Pero Kalgan...

Kalgan empezó a adquirir fama como el mundo de recreo de la Galaxia, dos siglos antes del nacimiento de Hari Seldon. Era un mundo de recreo en el sentido de que convirtió la diversión en una industria provechosa; inmensamente provechosa, para ser más exactos.

Además, era una industria estable, la más estable de la Galaxia. Cuando toda la Galaxia se extinguió como civilización, apenas unas salpicaduras de la catástrofe alcanzaron a Kalgan. Por mucho que cambiase la economía y la sociología de los sectores circundantes de la Galaxia, siempre quedaba una clase privilegiada; y la característica de una clase privilegiada es siempre la misma: la posesión del ocio, como única gran recompensa de su condición.

Por consiguiente, Kalgan estuvo siempre al servicio

—y siempre con éxito— de los perfumados y elegantes caballeros de la corte imperial y de sus resplandecientes y lascivas damas; de los toscos y bulliciosos señores guerreros que gobernaban con mano férrea los mundos que habían conquistado a fuerza de sangre, y de sus desenfrenadas amantes; de los obesos y extravagantes hombres de negocios de la Fundación, y de sus viciosas amigas.

No había la menor discriminación, ya que todos ellos tenían dinero. Y como Kalgan atendía a todos y no rechazaba a nadie, como sus diversiones colmaban cualquier capricho, como tenía la habilidad de no inmiscuirse en la política de ningún mundo y de no poner en tela de juicio los derechos de nadie, prosperaba cuando todos se hundían, y se enriquecía cuando todos conocían la amargura de la pobreza... hasta que llegó el Mulo. Entonces también cayó, ante un conquistador indiferente a la diversión, interesado sólo en la conquista. Para él, todos los planetas eran iguales, incluso Kalgan.

De este modo, durante una década, Kalgan representó el extraño papel de metrópoli galáctica: dueña y señora del más grande Imperio desde el fin del propio Imperio Galáctico.

Y entonces, tras la muerte del Mulo, tan repentina como inesperada, llegó la caída. La Fundación se desmoronó, y con ella el resto de los dominios del Mulo. Cincuenta años después sólo permanecía el desconcertante recuerdo de aquel fugaz período de poder, como un sueño de opio. Kalgan no se recuperó nunca por completo. Nunca podría volver a ser el despreocupado mundo de recreo que fuera en un tiempo, porque el hechizo del poder nunca suelta del todo a su presa. Sobrevivió bajo el mando de una serie de hombres a quienes la Fundación llamaba Señores de Kalgan, pero que se daban a sí mismos el título de Primer Ciudadano de la

Galaxia, imitando el único título del Mulo, y que mantenían la ficción de ser también ellos conquistadores.

El actual Señor de Kalgan ocupaba su cargo desde hacía cinco meses. Lo había ganado originalmente en virtud de su posición como jefe de la Flota kalganiana, y por una lamentable falta de precaución por parte del Señor precedente. Sin embargo, nadie en Kalgan era tan estúpido como para estudiar demasiado a fondo la cuestión de legitimidad. Esas cosas ocurrían, y lo mejor era aceptarlas.

Con todo, esa especie de supervivencia de los más fuertes, además de significar sangre y maldad, permitía de vez en cuando que algún hombre competente saliera a la superficie. El señor Stettin era uno de ésos, y nada fácil de manejar, por cierto.

Nada fácil para Su Excelencia el primer ministro, que con admirable imparcialidad había servido al último Señor y ahora servía al actual, y que, si vivía lo suficiente, serviría al siguiente. Nada fácil para la señora Callia, la cual era más que amiga de Stettin, pero menos que esposa.

Los tres se encontraban solos aquella tarde en los apartamentos privados del señor Stettin. El Primer Ciudadano, corpulento y deslumbrante con el uniforme de almirante que más le favorecía, jadeaba en un sillón sin tapizar, rígido como el plástico de que estaba hecho este último. Su primer ministro, Lev Meirus, se hallaba frente a él en actitud indiferente, acariciando con sus largos dedos la curva que iba desde su nariz ganchuda hasta la parte hundida de su mejilla que casi se ocultaba bajo su barba gris. La señora Callia descansaba graciosamente sobre el diván de espuma cubierto de espesas pieles, con un mohín tembloroso en sus gruesos labios.

—Señor —dijo Meirus, dándole el único título apropiado para quien sólo se hacía llamar Primer Ciudadano—, usted carece de cierta perspectiva de la continuidad de la historia. Su propia vida, con sus tremendas revoluciones, le hace pensar que el curso de la civilización es algo igualmente susceptible de cambios repentinos. Y no es así.

—El Mulo demostró lo contrario.

—Pero nadie puede imitarle. Recuerde que era más que un hombre. Y ni siquiera él tuvo un éxito completo.

—Puchi —susurró la señora Callia de improviso, y en seguida calló, obedeciendo un furioso gesto del Primer Ciudadano.

Stettin dijo con dureza:

—No interrumpas, Callia. Meirus, estoy cansado de esta inactividad. Mi predecesor dedicó su vida a convertir la Flota en un magnífico instrumento que no tiene igual en toda la Galaxia. Y murió sin haberlo hecho servir. ¿Tengo que hacer yo lo mismo? ¿Yo, un almirante de la Flota? ¿Cuánto tardará en oxidarse? Actualmente representa una sangría para el Tesoro, y no proporciona dividendos. Sus oficiales ansían dominios, sus dotaciones, un botín. Todo Kalgan desea el regreso del Imperio y la gloria. ¿Es usted capaz de comprender esto?

—No son más que palabras, pero capto su significado. Dominios, botín, gloria..., muy agradables cuando se obtienén, pero el proceso para obtenerlos es a menudo arriesgado y siempre desagradable. Las primeras victorias pueden ser efímeras. Y en toda la historia, jamás ha sido inteligente atacar la Fundación. Incluso el Mulo hubiera obrado con mayor sabiduría si se hubiera abstenido de hacerlo...

Había lágrimas en los ojos azules y vacíos de Callia. Últimamente, Puchi apenas la veía, y ahora, después de prometerle que pasaría la tarde con ella, aquel hombre horrible, flaco y canoso, que siempre la miraba como si ella fuera transparente, les había impuesto su presencia. Y Puchi se lo *permitía*. No osaba una palabra; incluso le asustó un leve sollozo que no pudo contener.

Pero Stettin estaba hablando con la voz que Callia odiaba: dura e impaciente. Decía:

—Es usted un esclavo del remoto pasado. La Fundación ha crecido en volumen y población, pero está desunida y caerá al primer ataque. Lo que estos días la mantiene en pie es simplemente la inercia; una inercia que yo soy capaz de detener. Usted está cegado por los tiempos antiguos, cuando sólo la Fundación poseía energía atómica. Así pudo resistir los últimos estertores del Imperio moribundo, para enfrentarse después a la insensata anarquía de los señores guerreros que sólo podían defenderse de las naves atómicas de la Fundación con cacharros y reliquias. Pero el Mulo, mi querido Meirus, cambió todo aquello. Difundió por media Galaxia los conocimientos que la Fundación había guardado celosamente para sí, y ahora ya no existe el monopolio de la ciencia. Nosotros somos sus iguales.

—¿Y la Segunda Fundación? —interrogó fríamente Meirus.

—¿Y la Segunda Fundación? —repitió Stettin con idéntica frialdad—. ¿Conoce usted sus intenciones? Tardó diez años en detener al Mulo, si es que éste fue el factor verdadero de lo cual hay muchos que dudan. ¿Ignora usted que muchos psicólogos y sociólogos de la Fundación son de la opinión de que el Plan Seldon está totalmente descoyuntado a partir de los días del Mulo? Si el Plan ya no puede continuar existe un vacío que yo soy capaz de llenar igual que cualquier otro.

—Nuestro conocimiento de estas cuestiones no es lo bastante profundo como para justificar el riesgo.

—Nuestro conocimiento tal vez no lo sea, pero tenemos un visitante de la Fundación en el planeta. ¿Sabía usted eso? Un tal Homir Munn, quien, según tengo entendido, escribe artículos sobre el Mulo y ha expresado exactamente la opinión de que el Plan Seldon ya no existe.

El primer ministro asintió.

—He oído hablar de él, o al menos de sus escritos. ¿Qué desea?

—Pide autorización para entrar en el palacio del Mulo.

—¿De verdad? Sería inteligente negársela. Nunca es aconsejable ir contra las supersticiones que sostienen a un planeta.

—Reflexionaré sobre ello y volveremos a hablar del asunto.

Meirus hizo una reverencia y salió.

Callia preguntó, llorosa:

—¿Estás enfadado conmigo, Puchi?

Stettin se volvió hacia ella encolerizado.

—¿No te he repetido mil veces que no me llames por ese ridículo nombre en presencia de los demás?

—*Solía* gustarte.

—¡Pues ya no me gusta! Y procura que no vuelva a suceder.

La miró con expresión sombría. Era un misterio para él el hecho de que continuase soportándola. Era como un objeto blando, con la cabeza suave al tacto y dócilmente afectuosa, lo cual era una faceta conveniente cuando se llevaba una vida dura. Sin embargo, incluso aquel afecto se estaba convirtiendo en fastidioso. Ella soñaba con el matrimonio, con ser Primera Dama.

¡Ridículo!

Estaba muy bien cuando él era sólo un almirante, pero ahora, como Primer Ciudadano y futuro conquistador, necesitaba algo más. Necesitaba herederos que pudieran unificar sus futuros dominios, algo que el

Mulo nunca había tenido y que fue la causa de que su Imperio no sobreviviera a su extraña e inhumana vida. Él, Stettin, necesitaba a alguien de las grandes familias históricas con quien fundar una dinastía.

Se preguntó tercamente por qué no se deshacía de Callia en aquel mismo instante. No sería nada difícil. Ella gimotearía un poco... Pero abandonó la idea. De vez en cuando tenía su lado bueno.

Ahora Callia se estaba animando. La influencia de Barbagrís se había esfumado, y la cara de granito de Puchi tenía una expresión más suave. Se puso en pie con un gracioso movimiento y se acercó a él, balanceándose.

—No vas a regañarme, ¿verdad?

—No. —La acarició distraídamente—. Ahora estáte quieta un ratito, ¿quieres? Tengo que pensar.

—¿En el hombre de la Fundación?

—Sí.

—Puchi... —Hubo una pausa.

—¿Qué?

—Puchi, dijiste que el hombre va con una niña, ¿lo recuerdas? ¿Podría verla cuando venga? Yo nunca...

—¿Por qué crees que he de hacerle venir en compañía de esa mocosa? ¿Acaso mi sala de audiencias ha de convertirse en una escuela elemental? Basta de tonterías, Callia.

—Pero yo puedo ocuparme de ella, Puchi. Así no tendrás que verla siquiera. Es que yo casi nunca veo niños, y ya sabes cuánto me gustan.

La miró con sarcasmo. Ella no se cansaba nunca de aquel tema. Le gustaban los niños, es decir, los niños de *él*, sus hijos *legítimos*, y, por lo tanto, el matrimonio. Se rió.

—Esta niña en particular —dijo— es una muchacha de catorce o quince años. Probablemente es tan alta como tú.

Callia pareció desanimada.

—Bueno, ¿puedo verla de todos modos? Podría contarme cosas de la Fundación. Ya sabes que siempre he deseado ir allí. Mi abuelo era de la Fundación. ¿Me llevarás allí algún día, Puchi?

Stettin sonrió al pensarlo. Tal vez lo haría, como conquistador. La idea le puso de buen humor, y contestó:

—Sí, sí. Y puedes ver a la niña y hablar de la Fundación con ella todo lo que quieras. Pero sin mí, ¿eh?

—No te molestaré, te lo prometo. La recibiré en mis habitaciones.

Volvía a ser feliz. Últimamente no se salía con la suya muy a menudo. Le puso los brazos alrededor del cuello, y enseguida notó que él se relajaba y apoyaba la cabeza en su hombro.

13. LA SEÑORA

Arcadia se sentía triunfal. ¡Cuánto había cambiado su vida desde que Pelleas Anthor asomara su cara de tonto a su ventana! Y todo porque ella había tenido la visión y el valor de hacer lo que se debía hacer.

Ahora estaba en Kalgan. Había ido al Gran Teatro Central —el mayor de la Galaxia— y visto *en persona* algunas de las estrellas de la canción que eran famosas incluso en la lejana Fundación. Había ido de compras por todo el Sendero Florido, centro de la moda del mundo más alegre del espacio. Y había elegido ella todas las prendas, porque Homir no entendía absolutamente nada de la moda. Las vendedoras no pusieron ningún inconveniente a los largos y brillantes vestidos con cortes verticales que le hacían parecer tan alta, y el dinero de la Fundación cundía muchísimo. Homir le había dado un billete de diez créditos, y cuando lo cambió a «kalgánidos» kalganianos le dieron un enorme montón.

Incluso cambió de peinado: un poco corto en la nuca y con dos relucientes bucles en cada sien. Y le pusieron una loción que realzaba el tono dorado de sus cabellos; ahora *brillaban* realmente.

Pero *aquello*..., aquello era lo mejor de todo. Desde luego, el palacio del señor Stettin no era tan grande ni lujoso como los teatros, ni tan misterioso e histórico como el antiguo palacio del Mulo —del cual, hasta ahora, sólo habían visto las solitarias torres cuando sobrevolaban el planeta—, pero lo habitaba un verdadero Señor. Se sentía entusiasmada.

Y no sólo eso; se encontraba cara a cara con la Señora, la amante del Señor. Arcadia daba mucha importancia a esta palabra, porque conocía el papel que tales mujeres habían representado en la historia; conocía su atractivo y su poder. De hecho, había pensado a menudo en ser ella misma una criatura poderosa y deslumbrante, pero, por alguna razón, las amantes no estaban actualmente de moda en la Fundación, y además, era muy probable que su padre no le permitiese ser una de ellas.

Por supuesto que la señora Callia no se ajustaba del todo a la idea que tenía Arcadia de las amantes. Por un lado, era demasiado rechoncha, y no parecía malvada ni peligrosa, sino algo marchita y un poco miope. Tenía la voz estridente, en lugar de profunda, y...

Callia preguntó:

—¿Quieres otra taza de té, niña?

—Sí, tomaré otra taza, gracias, Su Gracia —¿o debería llamarla Alteza?

Arcadia continuó con la condescendencia de un experto:

—Lleva usted unas perlas muy hermosas, Mi Señora. («Mi Señora» parecía más indicado.)

—¡Oh! ¿Te gustan? —Callia parecía vagamente satisfecha. Se quitó el collar y lo balanceó entre sus dedos—. ¿Las quieres? Te las regalo.

—¡Oh...!, ¿de verdad...? —Se las encontró en la mano, pero las devolvió con tristeza, diciendo—: A mi padre no le gustaría.

—¿No le gustarían las perlas? Pero si son muy bonitas.

—Quiero decir que no le gustaría que las aceptase. Dice que no se deben aceptar regalos caros.

—¿De verdad? Pero... esto es un regalo que me hizo Pu... el Primer Ciudadano. ¿Crees que obré mal aceptándolo?

Arcadia se ruborizó.

—No he querido decir...

Pero Callia ya se había cansado del tema. Dejó resbalar las perlas hasta el suelo y dijo:

—Ibas a hablarme de la Fundación. Hazlo, por favor.

Arcadia no sabía cómo empezar. ¿Qué podía decir de un mundo tan aburrido? Para ella, la Fundación era un barrio suburbano, una casa confortable, las fastidiosas necesidades de la educación, la prosaica monotonía de una vida tranquila. Contestó, titubeando:

—Supongo que es tal como se ve en los libros-película.

—Oh, ¿tú ves libros-película? A mí me dan dolor de cabeza. ¿Sabes que me gustan las historias de vídeo sobre vuestros Comerciantes? Son hombres tan fornidos y salvajes... Sus historias son apasionantes. ¿Es tu amigo, el señor Munn, uno de ellos? No me parece lo bastante salvaje. Muchos Comerciantes llevaban barba y tenían voz de bajo, y eran muy dominantes con las mujeres, ¿verdad?

Arcadia sonrió.

—Eso es parte de la historia, Mi Señora. Quiero decir que, cuando la Fundación era joven, los Comerciantes fueron los pioneros que ensancharon las fronteras y llevaron la civilización al resto de la Galaxia. Aprendemos todo eso en la escuela. Pero aquel tiempo ya pasó. Ahora no tenemos Comerciantes; sólo corporaciones y cosas por el estilo.

—¿De veras? ¡Qué lástima! Entonces, ¿a qué se dedica el señor Munn, sino es un Comerciante?

—Tío Homir es bibliotecario.

Callia se llevó una mano a los labios y gorjeó:

—¿Quieres decir que se ocupa de los libros-película? ¡Oh! Parece una ocupación muy tonta para un hombre hecho y derecho.

—Es un buen bibliotecario, Mi Señora. Su trabajo está muy bien considerado en la Fundación.

Dejó la pequeña taza iridiscente sobre la superficie metálica de la mesa. Su anfitriona comentó:

—Claro, querida niña. Te aseguro que no he querido ofenderte. Debe ser un hombre muy *inteligente*; lo vi en sus ojos en cuanto le miré. Eran ojos muy... inteligentes. Y además debe ser valiente, ya que desea ver el palacio del Mulo.

—¿Valiente? —Arcadia aguzó los oídos. Esto era lo que había estado esperando. ¡Intriga! ¡Intriga! Preguntó con gran indiferencia, contemplándose el pulgar—: ¿Por qué hay que ser valiente para querer visitar el palacio del Mulo?

—¿No lo sabías? —Abrió mucho los ojos y bajó el tono de la voz—. Pesa una maldición sobre él. Cuando murió, el Mulo dio instrucciones de que nadie entrase en el palacio hasta que estuviese establecido el Imperio de la Galaxia. Nadie en Kalgan se atrevería a pisar siquiera los jardines.

Arcadia tomó buena nota de aquella información.

—Pero eso es superstición...

—No digas eso. —Callia estaba intranquila—. Puchi siempre lo dice. Dice que es útil decirlo para mantener su poder sobre el pueblo. Pero yo sé que tampoco él ha entrado nunca. Y tampoco entró Thallos, que fue Primer Ciudadano antes que Puchi. —Se le ocurrió una idea, y la curiosidad volvió a dominarla—: Pero ¿por qué desea ver el palacio el señor Munn?

Esta pregunta permitía a Arcadia poner en ejecución su bien elaborado plan. Sabía por los libros que había leído que la amante de un gobernante ejercía el verdadero poder detrás del trono; en otras palabras: que tenía la máxima influencia. Por consiguiente, si tío Homir fracasaba con el señor Stettin —y estaba segura de que fracasaría—, ella lo lograría por medio de la señora Callia. En realidad, aquella mujer era un enigma. No parecía *nada* inteligente. Pero, en fin, la historia probaba...

—Hay una razón, Mi Señora —repuso—, pero... ¿guardará el secreto de esta confidencia?

—Lo juro —dijo Callia, llevándose una mano a su abundante y blanco pecho.

Los pensamientos de Arcadia volaban por delante de sus palabras.

—Tío Homir es una gran autoridad sobre el Mulo. Ha escrito muchos libros acerca de él, y cree que toda la historia galáctica ha cambiado desde que el Mulo conquistó la Fundación.

—Vaya, vaya.

—Cree que el Plan Seldon...

Callia juntó las manos.

—Conozco el Plan Seldon. Los vídeos sobre los Comerciantes sólo hablaban del Plan Seldon. Se decía que gracias a él, la Fundación siempre vencería. La ciencia tenía algo que ver con el Plan, aunque yo nunca lo entendí. Me pongo siempre tan nerviosa cuando tengo que escuchar explicaciones... Pero continúa, querida. Es diferente si tú lo explicas; sabes hacerlo con tanta claridad...

Arcadia continuó:

—Bueno, ¿no comprende usted que cuando la Fundación fue derrotada por el Mulo, el Plan Seldon no funcionó y no ha vuelto a funcionar desde entonces? Así pues, ¿quién formará el Segundo Imperio?

—¿El Segundo Imperio?

—Sí, se ha de formar algún día, pero ¿cómo? Este es el gran problema. Y además está la Segunda Fundación.

—¿La Segunda Fundación? —No entendía nada.

—Sí, son los que planean la historia, los sucesores de Seldon. Detuvieron al Mulo porque era un hecho prematuro, pero ahora es posible que ayuden a Kalgan.

—¿Por qué?

—Porque ahora Kalgan puede ofrecer la posibilidad de ser el núcleo de un nuevo Imperio.

La señora Callia pareció comprender vagamente esta frase.

—¿Quieres decir que Puchi va a construir un nuevo Imperio?

—No podemos decirlo con seguridad. Tío Homir así lo cree, pero tendrá que ver los archivos del Mulo para averiguarlo.

—Es todo muy complicado —dijo la señora Callia, llena de dudas.

Arcadia aflojó. Había hecho todo lo que estaba en su mano.

Stettin estaba de un humor que más o menos podríamos calificar de salvaje. La sesión con aquel estúpido de la Fundación había sido muy poco provechosa. Peor aún: había sido molesta. Ser dueño absoluto de veintisiete mundos, poseer la maquinaria militar y poderosa de la Galaxia y la ambición más arrolladora del universo... y tener que discutir tonterías con un anticuario.

¡Maldición!

¿Acaso iba a violar las costumbres de Kalgan? ¿Permitir que el palacio del Mulo fuese mancillado para que un idiota pudiera escribir otro libro? ¡La causa de la ciencia! ¡El espíritu sagrado del saber! ¡Por la

Gran Galaxia! ¿Acaso podían lanzarle a la cara con toda seriedad aquellas paparruchas? Además —y se le puso la carne de gallina—, estaba la cuestión de la maldición. No creía en ella; un hombre inteligente no podía prestarle crédito. Pero si tenía que desafiarla, sería por una razón de más peso que la aducida por aquel insensato.

—¿Qué quieres ahora? —chilló cuando vio aparecer a Callia en el umbral.

—¿Estás ocupado?

—Sí, estoy ocupado.

—Pero aquí no hay nadie, Puchi. ¿No puedo hablarte un solo minuto?

—¡Oh, por la Galaxia! ¿Qué quieres? Dilo deprisa. Ella habló con precipitación:

—La niña me ha dicho que van a entrar en el palacio del Mulo. He pensado que podríamos ir con ellos. Debe de ser magnífico por dentro.

—Conque te ha dicho eso, ¿eh? Pues no entrarán, y nosotros tampoco. Ahora vete y dedícate a tus cosas. Ya me has estorbado bastante.

—Pero, Puchi, ¿por qué no? ¿No vas a permitírselo? ¡La niña ha dicho que fundarás un Imperio!

—No me importa lo que haya dicho... ¿Qué? —Se acercó a Callia y la cogió firmemente por el codo, hundiendo los dedos en la suavidad de su carne—. ¿Qué fue lo que te dijo?

—Me haces daño. No puedo recordar lo que dijo si me miras de este modo.

Él la soltó, y Callia se frotó en vano las marcas rojas de su brazo. Murmuró:

—La niña me ha hecho prometer que no lo diría.

—Vaya, vaya. Dímelo, ¡y *ahora mismo*!

—Pues dijo que el Plan Seldon había sido cambiado y que hay otra Fundación en alguna parte que está organizando las cosas para que tú fundes un Imperio. Eso es todo. Dijo que el señor Munn es un científico muy importante y que el palacio del Mulo contenía pruebas de todo esto. No dijo nada más. ¿Estás enfadado?

Pero Stettin no contestó. Abandonó precipitadamente la habitación, mientras los ojos bovinos de Callia le seguían con expresión desconsolada. Antes de una hora fueron enviadas dos órdenes con el sello oficial del Primer Ciudadano. Una tenía por objeto mandar quinientas naves al lugar del espacio donde se realizaban lo que oficialmente se llamaba «maniobras de guerra». La otra tuvo el efecto de sumir a un solo hombre en la más completa confusión.

Homir Munn abandonó sus preparativos para la marcha cuando llegó a sus manos aquella segunda orden. Se trataba, naturalmente, de la autorización oficial para visitar el palacio del Mulo. La leyó una y otra vez, con sentimientos que no eran precisamente de alegría. Pero Arcadia estaba encantada. Sabía lo que había ocurrido. O al menos, pensaba que lo sabía.

14. LA ANSIEDAD

Poli puso el desayuno sobre la mesa, mirando de reojo el televisor, que emitía los boletines informativos. Este trabajo podía hacerse con facilidad sin merma de eficiencia. Como todos los alimentos estaban envueltos en recipientes esterilizados que servían de platos desechables, sus deberes en lo tocante al desayuno consistían únicamente en elegir el menú, colocar los recipientes en la mesa y llevarse después los residuos.

Chasqueó con la lengua al ver las imágenes y gimió suavemente.

—¡Oh! La gente es tan malvada —observó, y Darell se limitó a asentir con la cabeza.

La voz de Poli subió de tono, lo cual hacía de forma automática cuando se lamentaba de la maldad del mundo.

—Veamos, ¿por qué esos terribles kalganeses se portan así? —Acentuó la segunda sílaba, alargando mucho la «a»—. Podrían dejar a la gente tranquila. Pero no, quieren jaleo, siempre jaleo. Lea ese titular: «Las turbas ante el Consulado de la Fundación.» ¡Ah!, me gustaría poder decirles lo que pienso. Eso es lo malo de la gente: que no recuerdan nada. No recuerdan nada, doctor Darell; no tienen memoria. Por ejemplo, la última guerra después de la muerte del Mulo..., claro que yo era una niña entonces. Mi propio tío resultó muerto, y aún no tenía treinta años y sólo hacía dos que se había casado. Habían tenido una niña hacía poco. Aún la recuerdo: tenía los cabellos rubios y un hoyuelo en la barbilla. Tengo un cubo tridimensional de él en alguna parte... Y ahora la niña tiene un hijo que sirve en la Flota, y si algo sucede... Tuvimos patrullas de bombardeo, y todos los viejos tomaron parte en la defensa de la estratosfera..., no quiero imaginarme lo que hubieran hecho si los kalganeses hubiesen llegado tan lejos. Mi madre solía hablarnos, cuando éramos niños, del racionamiento de alimentos y de precios e impuestos. Era muy difícil soportar tantos gastos... Si la gente tuviera sentido común no querría volver a pasar todo aquello. Aunque supongo que la culpa no es de la gente, y que incluso los kalganeses preferirían quedarse en casa con sus familias antes que ir de aquí para allí con sus naves, matándose unos a otros. La culpa es de ese hombre horrible, Stettin; no me explico cómo dejan vivir a personas como él. Mató a aquel anciano, ¿cómo se llamaba? ¡Ah, sí! Thallos, y ahora pretende ser dueño de todo. No comprendo por qué quiere atacarnos. Seguramente perderá..., siempre pierden. Quizá todo esté en el Plan, pero a veces pienso que debe ser un plan muy malvado para permitir tantas guerras y matanzas, aunque esto no quiere decir que critique a Hari Seldon, que debía saber muchas más cosas que yo, y quizá sea una insensatez dudar de él. Y esa *otra* Fundación también tiene la culpa. Podría detener a Kalgan *ahora* y hacer que todo fuese bien. Lo hará de todos modos al final, así que sería más lógico que lo hiciese ahora, antes de que ocurra una catástrofe.

El doctor Darell levantó la vista.

—¿Decías algo, Poli?

Poli abrió mucho los ojos, y luego contestó, despechada:

—Nada, doctor, absolutamente nada. No tengo nada que decir. Una preferiría morirse antes que decir una palabra en esta casa. Ir todo el día de un lado para otro, y cuando intentas decir algo... —y continuó rezongando.

El silencio de Poli impresionó tan poco a Darell como su discurso.

¡Kalgan! ¡Tonterías! ¡Un enemigo meramente físico! ¡Esos siempre eran derrotados!

No obstante, le resultaba imposible mantenerse al margen de la actual y estúpida crisis. Siete días antes, el alcalde le había propuesto ser Administrador de la Investigación y el Desarrollo. Darell había prometido darle una respuesta aquel mismo día.

Bien...

Se removió, intranquilo. ¿Por qué precisamente él? Y, sin embargo, ¿podía rehusar? Parecería extraño, y no se atrevía a hacer nada que pareciese raro. Después de todo, ¿qué le importaba Kalgan? Para él sólo existía un enemigo, y siempre había sido el mismo.

Mientras su esposa vivía, no le importó rehuir la tarea, ocultarse. ¡Aquellos largos y tranquilos días en Trántor, rodeados de las ruinas del pasado! ¡El silencio de un mundo destrozado y la serenidad de su vida!

Pero ella había muerto. Su matrimonio sólo duró cinco años; y después comprendió que sólo podría vivir luchando contra aquel vago y temible enemigo que le privaba de su dignidad de hombre al controlar su destino, que convertía la vida en una triste lucha contra un fin predestinado, que hacía de todo el universo un juego de ajedrez odioso y mortal.

Podía llamarse sublimación —de hecho, él así lo llamaba—, pero la lucha daba algún significado a su vida.

Primero fue a la Universidad de Santanni, donde se asoció con el doctor Kleise. Habían sido cinco años bien aprovechados.

Y, no obstante, Kleise era solamente un coleccionista de datos. No podía tener éxito en la verdadera tarea; y cuando Darell lo comprendió con seguridad, supo que había llegado el momento de irse.

Kleise podía haber trabajado en secreto, pero necesitaba hombres con quienes trabajar. Disponía de alumnos cuyos cerebros sondeó. Tenía una Universidad que le respaldaba. Todo esto eran debilidades.

Kleise no podía comprender aquello; y él, Darell, no podía explicárselo. Se separaron como enemigos. Así tuvo que ser; era preciso que le abandonase como quien renuncia, por si se daba el caso de que alguien le estuviera vigilando.

Mientras Kleise trabajaba con gráficos, Darell trabajaba con conceptos matemáticos en las profundidades de su mente. Kleise trabajaba con mucha gente; Darell, con nadie. Kleise en la Universidad; Darell, en la paz de una casa de los suburbios.

Y ya estaba llegando.

Un hombre de la Segunda Fundación no es humano en lo que respecta a su cerebro. El fisiólogo más inteligente, el neuroquímico más sutil, podía no detectar nada... y, sin embargo, la diferencia existía. Y como esta diferencia se encontraba en la mente, era allí donde debía ser detectable.

Un hombre como el Mulo, por ejemplo —y no cabía duda de que los miembros de la Segunda Fundación poseían las facultades del Mulo, ya fueran congénitas o adquiridas—, con el poder de detectar y controlar las emociones humanas; podía deducirse el circuito electrónico requerido, y de él lograr los últimos detalles del encefalograma, en el cual se traicionaría sin remedio.

Y ahora Kleise había vuelto a su vida en la persona de su impulsivo y joven discípulo, Anthor.

¡Qué locura! Con sus gráficos y registros de personas que habían sido manipuladas. Él había aprendido a detectar aquello hacía años, pero ¿de qué servía? Necesitaba el brazo, no la herramienta. Sin embargo, había tenido que unirse a Anthor, ya que era el plan de acción más discreto; del mismo modo que ahora se convertiría en Administrador de la Investigación y el Desarrollo. ¡Era el plan de acción más discreto! Y de esta forma seguiría siendo una conspiración dentro de una conspiración.

El recuerdo de Arcadia le preocupó por un momento, y tuvo que obligarse a desecharlo. Si de él hubiera dependido, nunca hubiese ocurrido aquello. Si todo dependiera sólo de él, nadie correría peligro más que él mismo. Si dependiera de él...

Sintió que le dominaba la ira... contra el difunto Kleise, contra Anthor, contra todos los estúpidos bien intencionados...

Bueno, ella sabía cuidar de sí misma. Era una niña muy inteligente.

¡Sabía cuidar de sí misma!

Fue como un susurro en su mente...

¿Sabía hacerlo realmente?

En el mismo momento en que el doctor Darell se decía a sí mismo que sí, Arcadia se encontraba esperando en la fría y austera antesala de las Oficinas Ejecutivas del Primer Ciudadano de la Galaxia. Hacía media hora que estaba allí, dejando resbalar lentamente la mirada por las paredes. Cuando había entrado con Homir Munn, dos hombres armados montaban guardia en la puerta. No solían hacerlo en otras ocasiones.

Ahora estaba sola, e incluso el mobiliario de la habitación respiraba hostilidad. Era la primera vez que la sentía.

¿Cuál podía ser la causa?

Homir estaba con el señor Stettin. ¿Qué habría ocurrido?

La situación la enfurecía. En casos similares de los libros-película o los vídeos, el héroe preveía la conclusión y estaba preparado cuando se producía. En cambio, ella... ella sólo podía esperar. Podía ocurrir *cualquier cosa*. ¡Cualquier cosa! Y no sabía qué hacer.

Bueno, lo pensaría todo otra vez, lo repasaría de nuevo. Quizá se le había olvidado algo.

Durante dos semanas, Homir había vivido prácticamente en el interior del palacio del Mulo. Una vez la llevó consigo, previa autorización de Stettin. Era grande y tenebroso, alejado del pulso de la vida, adormecido entre los recuerdos; contestaba a los pasos con un sonido hueco o un rumor lejano. No le había gustado en absoluto.

Eran mejor las grandes y alegres avenidas de la capital; los teatros y espectáculos de un mundo esencialmente más pobre que la Fundación, pero que exhibía su derroche.

Homir volvía al atardecer, abrumado.

—Es un mundo de ensueño para mí —murmuraba—. Si pudiera desmontar el palacio piedra por piedra, capa por capa de esponja de aluminio... Si lo pudiera transportar a Términus... ¡Qué museo haría de él!

Parecía haber perdido sus anteriores temores. Ahora estaba ansioso, entusiasmado. Arcadia lo observó por una señal muy significativa: no volvió a tartamudear durante todo aquel período.

Una vez dijo:

—Hay extractos de los archivos del general Pritcher...

—Le conozco. Era el renegado de la Primera Fundación que recorrió toda la Galaxia en busca de la Segunda, ¿verdad?

—No fue exactamente un renegado, Arkady. El Mulo le había convertido.

—¡Bah! Es lo mismo.

—¡Por la Galaxia! Ese recorrido que has mencionado fue una tarea imposible. Los archivos originales de la Convención Seldon, que estableció ambas Fundaciones hace quinientos años, sólo hacen *una* referencia a la Segunda Fundación. Dicen que está situada «al otro extremo de la Galaxia, en el Extremo Estelar». Eso es todo cuanto sabían el Mulo y Pritcher. No tenían medio de reconocer a la Segunda Fundación aun en el caso de que la encontraran. ¡Qué locura! Tienen archivos —hablaba para sí mismo, pero Arcadia escuchaba con atención— que deben abarcar casi mil mundos, pero el número de mundos susceptibles de estudio debía acercarse al millón. Y nosotros no sabemos gran cosa más...

Arcadia le interrumpió ansiosamente con un «shhh-h». Homir calló de pronto, y se recobró con lentitud.

—No hablemos de ello —murmuró.

Y ahora Homir estaba con Stettin, y Arcadia esperaba sola en la antesala, sintiendo que la sangre se helaba en sus venas sin saber por qué. Aquello era lo más temible: no parecía haber una razón.

Al otro lado de la puerta, Homir también se consumía interiormente. Estaba luchando con furiosa intensidad contra su tartamudez, pero, a pesar de ello, no podía hablar dos palabras seguidas sin balbucear.

El señor Stettin vestía uniforme de gala, lo cual acentuaba sus dos metros de estatura, las grandes mandíbulas y los labios crueles. Sus arrogantes puños acompañaban rítmicamente sus frases.

—Bien. Le he dado dos semanas y usted me sale con el cuento de que no ha encontrado nada. Vamos, señor, dígame lo que sea. ¿Va a ser destrozada mi Flota? ¿Tendré que luchar contra los fantasmas de la Segunda Fundación además de hacerlo contra los hombres de la Primera?

—Re... repito, señor, que no soy un pro... profeta. No sé abso... lutamente nada.

—¿Acaso quiere volver para advertir a sus compatriotas? ¡Al fondo del espacio con su maldita comedia! Quiero la verdad o se la arrancaré junto con sus intestinos.

—Estoy di... diciendo la verdad, y le re... recuerdo, señor, que soy un ciudadano de la Fu.. Fundación. No puede to... tocarme sin arriesgarme a re... represalias.

El Señor de Kalgan soltó una gran carcajada.

—Una amenaza que sólo asustaría a un niño o amilanaría a un idiota. Vamos, señor Munn, he sido paciente con usted. Le he escuchado durante veinte minutos, mientras usted me contaba aburridos detalles cuya invención debe de haberle costado noches enteras de insomnio. El esfuerzo ha sido inútil; sé que está usted aquí para algo más que para husmear entre los archivos del Mulo y remover sus cenizas. Vino aquí por algo que no quiere admitir, ¿verdad?

Homir Munn era incapaz de hablar, del mismo modo que era incapaz de ocultar el terror que expresaban sus ojos. Stettin lo advirtió, y se inclinó hacia delante para dar una palmadita en el hombro al ciudadano de la Fundación.

—Bien. Ahora, seamos francos. Usted está investigando el Plan Seldon; sabe que ya no tiene consistencia. Tal vez sabe también que ahora soy yo el inevitable vencedor; yo y mis herederos. Vamos, hombre, ¿qué importa quién establezca el Segundo Imperio, mientras sea establecido? La historia no tiene favoritos, ¿verdad que no? ¿Tiene usted miedo de decírmelo? Ya ve que estoy enterado de su misión.

—¿Qué quie... quiere u... usted? —preguntó Munn con la boca seca.

—Su presencia. No me gustaría que el Plan se estropeara por culpa de un exceso de confianza. Usted sabe más de estas cosas que yo; puede detectar pequeños fallos que tal vez a mí me pasarían desapercibidos. No se preocupe, al final será recompensado; recibirá una parte justa del botín. ¿Qué puede usted esperar en la Fundación? ¿Que no tenga lugar una derrota inevitable? ¿Que se alargue la guerra? ¿O acaso siente el patriótico deseo de morir por su país?

—Yo..., yo... —No pudo continuar, no lograba componer una sola palabra.

—Se quedará aquí —declaró el Señor de Kalgan—. No tiene otra alternativa. Espere —añadió, como si acabara de ocurrírsele—, tengo cierta información sobre el hecho de que su sobrina pertenece a la familia de Bayta Darell.

Homir pronunció un sorprendido «sí». En aquel momento era incapaz de algo que no fuese la verdad absoluta.

—¿Es una familia de prestigio en la Fundación?

Homir asintió con la cabeza.

—Sí, y no le tole... rarían que se le cau... causara el menor daño.

—¡Daño! No sea estúpido, hombre; estoy pensando precisamente en lo contrario. ¿Qué edad tiene?

—Catorce años.

—¡Vaya! Bueno, ni la Segunda Fundación ni el propio Hari Seldon podrían impedir que el tiempo pasara o que las niñas se convirtieran en mujeres.

Entonces dio media vuelta y se dirigió hacia la puerta cubierta por un cortinaje, el cual descorrió con gesto violento. Exclamó con voz estentórea:

—¿Por qué diablos has arrastrado hasta aquí tu estúpida persona?

La señora Callia le miró parpadeando, y contestó con voz débil:

—No sabía que tenías visita.

—Pues la tengo. Más tarde te hablaré de esto, pero ahora ¡lárgate! ¡Y deprisa!

Sus pasos se alejaron apresuradamente por el pasillo. Stettin volvió.

—Es el vestigio de un interludio que ya ha durado demasiado. Pronto tocará a su fin. ¿Catorce años, ha dicho usted?

Homir le contempló con un nuevo terror en los ojos.

Arcadia se sobresaltó al advertir que una puerta se abría sin ruido... y por el rabillo del ojo vio que algo se movía. Era un dedo que se agitaba frenéticamente, y durante unos segundos la muchacha no reaccionó; después, como si aquella figura blanca y temblorosa le hubiese contagiado su misterio, se levantó y cruzó de puntillas la habitación.

Los pasos de las dos mujeres eran apenas audibles por el pasillo. Se trataba de la señora Callia, la cual le sujetaba la mano con tal fuerza que casi le hacía daño; pero, por alguna razón, a Arcadia no le importaba seguirla. Al menos, de la señora Callia no sentía ningún miedo.

¿Qué ocurriría ahora?

Llegaron al vestidor, todo de color de rosa y muy femenino. La señora Callia se detuvo de espaldas a la puerta.

—Por aquí venía a verme en secreto... desde su despacho —murmuró, señalando con el pulgar, como si incluso la mención del nombre de su amante le inspirara pánico.

—Es una suerte..., es una suerte... —Sus pupilas eran tan grandes que casi ocupaban todo el ojo.

—¿Puede decirme...? —empezó tímidamente Arcadia.

Callia se movía ahora con repentina y febril actividad.

—No, niña, no. No hay tiempo. Quítate esas ropas, deprisa, te lo ruego. Te daré otras para que no puedan reconocerte.

Estaba ante el armario, tirando al suelo montones de prendas transparentes, buscando desesperadamente algo que una niña pudiese llevar sin llamar la atención.

—Toma, esto servirá. Tendrá que servir. ¿Llevas dinero? Toma todos estos billetes... y esto también. —Se quitó anillos y pendientes—. Vete a tu casa, vete a la Fundación.

—Pero Homir... mi tío.

Arcadia protestó en vano mientras Callia la cubría a toda prisa con una lujosa prenda de metal tejido, que olía a perfume.

—No se irá de aquí; Puchi le retendrá para siempre, pero tú no debes quedarte. ¡Oh, querida! ¿No lo comprendes?

—No —Arcadia se inmovilizó—, no lo comprendo.

La señora Callia se retorció las manos.

—Tienes que volver y advertir a tu pueblo que se declarará una guerra. ¿Está claro? —El más absoluto terror parecía prestar lucidez a sus pensamientos y hacerle pronunciar palabras que no eran propias de ella—. Ahora, ¡sígueme!

Salieron por otra puerta. Pasaron ante funcionarios

que las miraron con fijeza, pero que no vieron motivo para detener a una persona a la que sólo el Señor de Kalgan podía hacerlo impunemente. Los guardas presentaron armas cuando cruzaron el umbral.

Arcadia apenas pudo respirar durante el camino, que se le antojó interminable, y que, sin embargo, sólo duró veinticinco minutos desde que viera el dedo blanco haciendo señas hasta que alcanzaron la puerta principal, cerca ya del bullicio de la gente y el ruido del tráfico.

Miró hacia atrás con repentina y tímida piedad.

—Yo... yo... ignoro por qué hace esto, Mi Señora, pero gracias... ¿Qué le sucederá a tío Homir?

—No lo sé —gimió Callia—. ¿Quieres irte ya? Ve directamente al espaciopuerto. No te demores, en este mismo instante ya se te está buscando.

Pero Arcadia aún vacilaba. Dejaba solo a Homir, y de pronto, ahora que se encontraba al aire libre, le asaltó la sospecha.

—Pero ¿a usted qué le importa si se me busca?

La señora Callia se mordió el labio inferior y murmuró:

—No puedo explicárselo a una niña como tú. No sería delicado. Bueno, cuando seas mayor... Yo conocí a Puchi cuando tenía dieciséis años. No puedo consentir que estés a su alcance, ¿sabes?

En su voz había una hostilidad un poco avergonzada. Las implicaciones dejaron helada a Arcadia. Susurró:

—¿Qué le hará a usted cuando lo descubra?

—No lo sé —replicó Callia, y se llevó la mano a la cabeza mientras se alejaba corriendo por la gran avenida, hacia la mansión del Señor de Kalgan.

Durante un segundo eterno, Arcadia continuó inmóvil, porque en el último momento, antes de que la señora Callia se alejara, Arcadia había visto algo. Aquellos ojos asustados y nerviosos se habían iluminado —momentánea, fugazmente— con una fría burla.

Una vasta e inhumana burla.

Era algo difícil de constatar en el rápido destello de un par de ojos, pero Arcadia no abrigaba la menor duda sobre lo que había visto.

Empezó a correr, a correr desatinadamente, buscando con desesperación una cabina telefónica libre para pedir un vehículo público.

No estaba huyendo del señor Stettin, no huía de él ni de ningún sabueso que pudiera lanzar en su búsqueda... ni siquiera de los veintisiete mundos que le pertenecían y que ahora podían correr tras ella como una gigantesca avalancha.

Huía de una mujer frágil que la había ayudado a escapar, de una criatura que la había cargado de dinero y joyas, que había arriesgado su vida para salvarla. Huía de una persona de la cual sabía, con absoluta certeza, que era una mujer de la Segunda Fundación.

Un aerotaxi se posó suavemente en el pavimento. El viento que provocó azotó el rostro de Arcadia y despeinó sus cabellos, medio cubiertos por la capucha orlada de piel que Callia le había puesto.

—¿Adónde va, señorita?

Luchó desesperadamente para que su voz no sonara como la de una niña.

—¿Cuántos espaciopuertos hay en la ciudad?

—Dos. ¿A cuál quiere ir?

—¿Cuál está más cerca?

El hombre la miró fijamente.

—Kalgan Central, señorita.

—Pues al otro, por favor. Puedo pagarle.

Tenía en la mano un billete de veinte kalgánidos. El

precio del billete no significaba nada para ella, pero el taxista sonrió apreciativamente.

—Lo que usted diga, señorita. Los taxis Skyline la llevan a cualquier parte.

Arcadia apoyó la cabeza contra la tapicería ligeramente húmeda. Las luces de la ciudad brillaban debajo de ella.

¿Qué debía hacer? ¿Qué *debía* hacer?

Fue en aquel momento cuando comprendió que era una niña estúpida, muy *estúpida*, separada de su padre y muy asustada. Tenía los ojos llenos de lágrimas, y en el fondo de su garganta se movía un grito pequeño e inaudible que le producía dolor.

No temía que el señor Stettin la capturase. La señora Callia se encargaría de que no lo consiguiera. ¡La señora Callia! Vieja, gorda, estúpida, pero con dominio sobre el dirigente, a pesar de todo. ¡Oh, qué claro estaba todo ahora! *Todo* estaba claro.

El té que tomó con Callia, cuando se creyó tan lista. ¡La lista pequeña Arcadia! Algo en su interior le produjo náuseas. El té había sido una maniobra, y probablemente Stettin había sido persuadido para que permitiese a Homir inspeccionar el palacio. Ella, la necia Callia, lo había querido así, y maniobrado para que la lista y pequeña Arcadia le suministrase una excusa válida, una excusa que no despertase sospechas en las mentes de las víctimas e implicase un mínimo de interferencia por parte de ella.

Entonces, ¿por qué Arcadia estaba libre? Homir era un prisionero, por supuesto...

A menos que...

A menos que la enviaran a la Fundación como un cebo..., un cebo para conducir a otros a manos de... *ellos*.

Así pues, no podía volver a la Fundación...

—El espaciopuerto, señorita.

El aerotaxi había aterrizado. ¡Qué extraño! Ni siquiera lo había advertido.

Se movía como en un sueño.

—Gracias.

Le entregó el billete sin ver nada, bajó del vehículo y echó a correr por la pista elástica.

Luces. Hombres y mujeres indiferentes. Grandes y brillantes tableros de información, con los números móviles que indicaban todas las llegadas y salidas de las astronaves.

¿Adónde iba? No le importaba. ¡Lo único que sabía era que no iba a la Fundación! Cualquier otro lugar le serviría.

¡Oh, gracias, Seldon, por aquel momento de olvido! Gracias por el efímero segundo en que Callia había olvidado su comedia y expresado su burla porque sólo trataba con una niña.

Y entonces se le ocurrió otra cosa, algo que se había estado gestando en la base de su cerebro desde que comenzara a huir, algo que mató para siempre la inocencia de sus catorce años.

Y comprendió que *debía* escapar.

Aquello sobre todo. Aunque localizaran a todos los conspiradores de la Fundación, aunque cogieran a su propio padre, no podía, no se atrevía a dar el menor aviso. No podía arriesgar su propia vida —ni en lo más mínimo— aunque fuera por todo el Reino de Términus. Ella era la persona más importante de la Galaxia. Era la *única* persona importante de la Galaxia.

Lo comprendió mientras se detenía ante la máquina de los billetes y se preguntaba adónde iría.

Porque en toda la Galaxia, ella, y sólo ella, a excepción de *ellos mismos*, conocía la localización de la Segunda Fundación.

15. A TRAVÉS DE LA REJA

TRÁNTOR.—*A mediados del Inte-*
rregno, Trántor era una sombra. En medio
de las colosales ruinas vivía una pequeña co-
munidad de granjeros...

Enciclopedia Galáctica

No hay nada ni nunca ha habido nada parecido a
un bullicioso espaciopuerto de la capital de un popu-
loso planeta. Están los enormes aparatos, descansando
majestuosamente sobre sus emplazamientos. Si se elige
bien el momento, puede contemplarse la impresionante
vista del gigante perdiendo altura y posándose en su
lugar, o todavía más escalofriante, la salida a ritmo creciente de una burbuja de acero. Todos los procesos
implicados en la maniobra son casi silenciosos. La
fuente de energía es el inaudible brotar de las partículas
atómicas y su combinación en formaciones más com-
pactas...

En términos de área, sólo nos hemos referido al

noventa y cinco por ciento del cosmódromo. Kilómetros cuadrados están reservados a los aparatos y a los hombres que los atienden, y a los calculadores que atienden a ambos.

Sólo el cinco por ciento del espaciopuerto está destinado a la multitud de hombres para quienes es el punto de partida hacia cualquier estrella de la Galaxia. Seguro que muy pocos de los anónimos viajeros se detienen a pensar en la red tecnológica que une los caminos del espacio. Tal vez algunos de ellos tiemblen ocasionalmente al pensar en los miles de toneladas representadas por el bólido de acero que parece tan pequeño a cierta distancia. Cabría dentro de lo posible que uno de estos ciclópeos cilindros se desviara del rayo conductor y se estrellara a un kilómetro del punto de aterrizaje —tal vez destrozando el techo de glasita de la inmensa sala de espera—, dejando sólo un tenue vapor orgánico y algo de fosfato pulverizado como señal del paso de mil hombres.

Nunca podía ocurrir, sin embargo, con las medidas de seguridad vigentes, y solamente un neurótico podía considerar dicha posibilidad durante más de un segundo.

Entonces, ¿*qué* piensan las multitudes? Porque no son simplemente multitudes. Son gentes que tienen un propósito, y ese propósito se cierne sobre el campo y enrarece la atmósfera. Hay muchas colas; padres que llevan a sus niños de la mano; largas hileras de equipaje... La gente va a alguna parte.

Considérese, pues, el completo aislamiento psíquico de un solo individuo de esta ingente masa que no sabe adónde va, y, sin embargo, siente con más intensidad que cualquier otro la necesidad de ir a alguna parte, ¡casi a cualquier parte!

Incluso sin telepatía o sin cualquiera de los diferentes métodos que existen para poner en contacto a las mentes, hay en la atmósfera la carga suficiente como para inducir a la desesperación.

¿Para inducir? ¡Para invadir, y empapar, y sofocar!

Arcadia Darell, vestida con ropas extrañas, sola en un planeta extraño y en una situación extraña de una vida que también se le antojaba extraña a sí misma, necesitaba urgentemente la seguridad del hogar. Pero ella no sabía que era precisamente aquello lo que necesitaba. Sólo sabía que la misma inmensidad de aquel enorme mundo era un gran peligro. Quería encontrar un lugar cerrado, un lugar lejano, un rincón en un punto inexplorado del universo, donde nadie pudiera encontrarla.

Y allí estaba, a sus catorce años y algunos días, cansada como si tuviera ochenta y asustada como si tuviera tres.

¿Cuál de los extraños que pasaban a cientos por su lado, que incluso la empujaban, haciéndole sentir su contacto, sería de la Segunda Fundación? ¿Cuál de aquellos individuos tendría que destruirla instantáneamente por su conocimiento culpable —por su conocimiento *único*— de dónde se encontraba la Segunda Fundación?

La voz que la penetró como una descarga ahogó el grito que se formó en su garganta de modo simultáneo.

—Oiga, señorita —dijo con irritación—, ¿va a usar la máquina de billetes o a quedarse aquí eternamente?

Fue entonces cuando se dio cuenta de que estaba ante la máquina de los billetes. Había que introducir un billete en la ranura, pulsar el botón que había bajo el punto de destino, y el billete para el viaje salía junto con el dinero sobrante, gracias a un dispositivo electrónico que jamás cometía error. Era algo muy sencillo, que no requería aquellos cinco minutos de vacilación.

Introdujo en la ranura un billete de doscientos créditos, y se fijó de improviso en el botón que indicaba

«Trántor». Trántor, la capital muerta del Imperio muerto, el planeta donde había nacido. Lo pulsó como en sueños. No ocurrió nada; sólo que las letras rojas se encendieron con intermitencias: 172,8-172,8-172,8.

Era el dinero que faltaba. Otro billete de doscientos créditos, y el billete del viaje asomó por otra ranura. Lo estiró, y a continuación salió el dinero del cambio.

Cogió las monedas y echó a correr. Había notado que el hombre que estaba tras ella la empujaba, ansioso por coger su billete, y ella se alejó y no miró hacia atrás.

Pero no sabía hacia dónde correr. Todos eran sus enemigos.

Sin darse cuenta, empezó a mirar los gigantescos nombres luminosos que flotaban en el aire: *Steffani, Anacreonte, Fermus*... También flotaba otro: *Términus*, y lo miró con nostalgia. Pero no se atrevía...

Por una suma insignificante podría haber alquilado un avisador que, dispuesto para cualquier destino y una vez colocado dentro de su bolso, sonaría exclusivamente para ella quince minutos antes de la hora de salida. Pero semejantes dispositivos son sólo para personas que están razonablemente seguras; ella no podía usarlos.

Y entonces, al tratar de mirar en dos direcciones simultáneamente, fue a darse de cabeza contra un blando abdomen. Oyó una exclamación de asombro y un gruñido, y una mano se cerró en torno a su brazo. Se retorció desesperadamente, pero le faltó aliento para emitir más que un grito ahogado.

Su captor la retenía con firmeza y esperaba. Arcadia fue apercibiéndose lentamente de su aspecto. Era bastante rechoncho y más bien bajo. Su cabello, blanco y abundante, estaba peinado hacia atrás, y formaba como una coronilla que resultaba incongruente sobre su rostro redondo y rubicundo de campesino.

—¿Qué pasa? —preguntó finalmente, con franca curiosidad—. Pareces asustada.

—Lo siento —murmuró Arcadia con desesperación—. Tengo que irme. Perdóneme.

Pero él no hizo ningún caso a su respuesta y dijo:

—Cuidado, jovencita, vas a perder el billete —y después de quitárselo de entre los dedos, sin que ella ofreciera resistencia, lo miró con evidente satisfacción.

—Ya me lo imaginaba —observó el hombre, y entonces gritó como si mugiera un toro—: ¡Mamáaaa!

Una mujer apareció instantáneamente a su lado, un poco más baja, redonda y rubicunda que él. Se apartó con un dedo un bucle de cabellos grises y lo metió debajo de su anticuado sombrero.

—Papá —exclamó con reprobación—, ¿por qué gritas en medio de tanta gente? Todos te miran como si estuvieras loco. ¿Acaso crees que estás en la granja? —Entonces sonrió a la asombrada Arcadia y añadió—: Tiene los modales de un oso. —Y después, con voz aguda—: Papá, suelta a la niña. ¿Qué demonios haces?

Pero papá se limitó a enseñarle el billete.

—Mira —dijo—, va a Trántor.

La cara de mamá resplandeció de pronto.

—¿Eres de Trántor? Te he dicho que le sueltes el brazo, papá. —Colocó en el suelo la abultada maleta que sostenía y obligó a Arcadia a sentarse sobre ella, con una presión suave, pero firme—. Siéntate —dijo— y descansa un poco, pequeña. Falta una hora para que despegue la nave, y los bancos están llenos de vagabundos dormidos. ¿Eres de Trántor?

Arcadia respiró profundamente y se resignó. Repuso con voz ronca:

—Nací allí.

Mamá aplaudió, llena de alegría.

—Hace un mes que estamos aquí y aún no hemos

visto a ningún paisano. Esto es muy agradable. Tus padres... —y miró vagamente a su alrededor.

—No estoy con mis padres —dijo Arcadia con cautela.

—¿Estás sola? ¿Una niña como tú? —Mamá se convirtió inmediatamente en una mezcla de indignación y simpatía—. ¿Y cómo es eso?

—Mamá —interrumpió el hombre, tirándole de la manga—, deja que te explique. Le pasa algo; creo que está asustada. —Su voz, aunque quería ser un susurro, era completamente audible para Arcadia—. Corría, yo la estaba mirando, sin saber adónde iba. Antes de que pudiera apartarme chocó contra mí. ¿Sabes qué pienso? Que tiene problemas.

—Cierra la boca, papá. Contra ti chocaría cualquiera. —Se sentó junto a Arcadia, sobre la maleta, que crujió bajo su peso, y rodeó con su brazo los hombros temblorosos de la muchacha—. ¿Estás huyendo de alguien, preciosa? No temas decírmelo. Yo te ayudaré.

Arcadia contempló los ojos grises y bondadosos de la mujer y sintió que sus propios labios temblaban. Una parte de su cerebro le decía que aquellas personas eran de Trántor, y que si iba con ellas podían ayudarla en aquel planeta hasta que decidiera adónde podía ir y qué podía hacer. Pero otra parte le gritaba incoherentemente que no recordaba a su madre, que estaba muy cansada de luchar contra el universo, que lo único que deseaba era acurrucarse en los fuertes y suaves brazos que la rodeaban, que si su madre viviera, tal vez, tal vez...

Y por primera vez en aquella noche se echó a llorar; lloró como una niña muy pequeña, y a gusto, agarrándose con fuerza al anticuado vestido de la mujer y humedeciéndolo con sus lágrimas, mientras unos brazos suaves la sostenían y una mano cariñosa le acariciaba los cabellos.

Papá contemplaba desconcertado a las dos mujeres, buscando en vano un pañuelo que, cuando por fin lo encontró, le fue arrancado de la mano. Mamá le indicó con una furiosa mirada que guardara silencio. El gentío pasaba junto al pequeño grupo con la indiferencia que muestran las muchedumbres en cualquier parte del universo. Estaban realmente solos.

Las lágrimas cesaron por fin, y Arcadia sonrió débilmente mientras se secaba los ojos enrojecidos con el pañuelo.

—Bueno —murmuró—, yo...

—Shh-h-h, no hables —le dijo mamá—. Quédate aquí y descansa un ratito. Primero recobra el aliento, y luego cuéntanos qué te pasa y nosotros procuraremos arreglarlo todo.

Arcadia hizo un esfuerzo para recobrar la serenidad. No podía decirles todo lo ocurrido. No podía decírselo a nadie..., pero estaba demasiado cansada para inventar una mentira válida. Murmuró:

—Ya estoy mejor.

—Bien —dijo mamá—. Ahora, cuéntanos por qué huyes. ¿Has hecho algo malo? Por supuesto que te ayudaremos, sea lo que sea, pero dinos la verdad.

—Cualquier cosa por una amiga de Trántor, ¿eh, mamá? —añadió papá en tono festivo.

—Cierra la boca —fue la respuesta, aunque sin irritación.

Arcadia rebuscaba en su bolso. Al menos conservaba aquello, pese al rápido cambio de vestido en los aposentos de la señora Callia. Encontró lo que buscaba y lo alargó a mamá.

—Éstos son mis documentos —dijo con timidez. Era un brillante pergamino sintético que le había entregado el embajador de la Fundación el día de su llegada, provisto de la firma del funcionario kalganiano competente. Era grande, pomposo e impresionante. Mamá lo miró sin comprender, y lo pasó a papá, el cual absorbió su contenido frunciendo los labios.

—¿Eres de la Fundación? —preguntó.

—Sí. Pero nací en Trántor. Aquí lo dice...

—¡Ah, sí, sí! Te llamas Arcadia, ¿eh? Es un buen nombre trantoriano. Pero ¿dónde está tu tío? Aquí dice que viniste en compañía de Homir Munn, tío.

—Ha sido arrestado —contestó Arcadia con desaliento.

—¡Arrestado! —exclamaron ambos al unísono—. ¿Por qué? —preguntó mamá—. ¿Hizo algo malo?

Arcadia negó con la cabeza.

—No lo sé. Sólo estábamos de visita. Tío Homir hablaba de negocios con el señor Stettin, pero... —no necesitó un esfuerzo para estremecerse.

Papá estaba impresionado.

—Con el señor Stettin... Vaya, tu tío debe ser un hombre importante.

—Ignoro qué sucedió, pero el Señor Stettin quería que *yo* me quedara... —Estaba recordando las últimas palabras de la señora Callia, pronunciadas para engañarla.

Hizo una pausa, y mamá preguntó, interesada:

—¿Y por qué precisamente tú?

—No estoy segura. Él..., él quería cenar conmigo a solas, pero yo dije que no, porque quería que tío Homir estuviera presente. Me miraba de un modo raro y me cogía por los hombros.

Papá abrió un poco la boca, pero mamá enrojeció de pronto y se puso muy furiosa.

—¿Cuántos años tienes, Arcadia?

—Catorce y medio, casi.

Mamá respiró profundamente y exclamó:

—¡Que se permita vivir a semejantes personas! Los

perros callejeros son mejores. Estás huyendo de él, ¿verdad, querida?

Arcadia asintió. Mamá dijo:

—Papá, dirígete a Información y averigua a qué hora exactamente sale la nave de Trántor. ¡Apresúrate!

Pero papá dio un paso y se detuvo. Fuertes palabras metálicas resonaban encima de sus cabezas, y cinco mil pares de ojos miraron hacia arriba.

—«Hombres y mujeres —se oyó retumbar—, el espaciopuerto está siendo registrado y acordonado porque se busca a una peligrosa fugitiva. Nadie puede entrar ni salir. Sin embargo, la búsqueda se llevará a cabo con gran rapidez, y ninguna nave aterrizará ni despegará hasta que termine, por lo que nadie perderá su vuelo. Se bajarán las rejas. Nadie se moverá de su sitio hasta que las rejas vuelvan a levantarse, pues de lo contrario nos veremos obligados a usar los látigos neurónicos.»

Durante el minuto, o algo menos, en que la voz dominó la vasta bóveda de la sala de espera del espaciopuerto, Arcadia no hubiera podido moverse aunque toda la maldad de la Galaxia se hubiese concentrado en una bola y arremetido contra ella.

Sólo podía tratarse de ella. No era siquiera necesario formular la idea como un pensamiento específico. Pero ¿por qué...?

Callia había montado su fuga, y Callia era de la Segunda Fundación. ¿Por qué, pues, buscarla ahora? ¿Habría fracasado Callia? ¿*Podía* fracasar? ¿O sería esto parte del plan, cuyas complicaciones se le escapaban?

Durante un momento de vértigo, sintió deseos de saltar y gritar que se entregaba, que se iría con ellos, que, que...

Pero la mano de mamá la asió por la muñeca.

—¡Deprisa, deprisa! Iremos al lavabo antes de que empiecen.

Arcadia no la comprendió; se limitó a seguirla ciegamente. Se abrieron paso entre el gentío, inmovilizado en grupos, mientras aún perduraba el eco de la voz.

Ahora descendía la verja, y papá la contemplaba con la boca abierta. Había oído hablar de ella y leído sobre su funcionamiento, pero nunca la había visto. Resplandecía en el aire, y era simplemente una serie de apretados rayos cruzados que encendían el aire como una inofensiva red de luz deslumbradora.

Siempre se hacía descender lentamente desde arriba, a fin de que representara una red, con todas sus terribles implicaciones psicológicas de internamiento.

Ahora se hallaba a la altura del centro; tres metros y medio de líneas resplandecientes en cada dirección. Papá se encontró solo en medio de unos doce metros cuadrados de superficie, mientras a su alrededor, cada doce metros, se encontraban atestados de gente. Se sintió conspicuamente aislado, pero sabía que moverse hacia el anonimato de otro grupo significaba cruzar una de aquellas líneas resplandecientes, disparar una alarma y descargar sobre sí el látigo neurónico.

Esperó.

Por encima de las cabezas de la muchedumbre, siniestramente, inmóvil, distinguió el cordón de policías que rodeaba la vasta área, dividida en cuadrados de luz.

Pasó mucho tiempo antes de que un hombre uniformado entrase en su cuadrado y anotase cuidadosamente sus coordenadas en un cuaderno oficial.

—¡Documentos!

Papá se los alargó, y el policía los examinó con ojos expertos.

—Usted es Preem Palver, nativo de Trántor, en visita a Kalgan durante un mes, de regreso a Trántor. Conteste sí o no.

—Sí, sí.

—¿Qué le ha traído a Trántor?

—Soy representante comercial de nuestra cooperativa agrícola. He estado negociando con el Departamento de Agricultura de Kalgan.

—Humm. ¿Su mujer va con usted? ¿Dónde está? Sus documentos la mencionan.

—Sí, señor. Mi esposa está en el... —señaló.

—Hanto —vociferó el policía. Un compañero acudió—. Hay otra dama en la jaula, por la Galaxia. Debe de estar atestada. Anota su nombre. —El segundo policía obedeció—. ¿Va alguien más con usted?

—Mi sobrina.

—No figura en los documentos.

—Vino por separado.

—¿Dónde está? No importa, ya sé. Hanto, anota también el nombre de la sobrina. ¿Cómo se llama? Escribe: Arcadia Palver. Usted quédese aquí, Palver. Nos ocuparemos de las mujeres antes de irnos.

Papá esperó interminablemente. Y al fin, transcurrido un larguísimo rato, mamá se acercó a él, llevando a Arcadia de la mano y seguida por los dos policías.

Entraron en el cuadrado en el que se hallaba papá, y uno de ellos preguntó:

—¿Es su esposa esta vieja gritona?

—Sí, señor —contestó papá en tono conciliador.

—En tal caso, será mejor que le diga que va a meterse en un lío si habla de ese modo a la policía del Primer Ciudadano. —Se enderezó con un gesto de ira—. ¿Es ésta su sobrina?

—Sí, señor.

—Quiero ver sus documentos.

Mamá, mirando fijamente a su marido, meneó la cabeza. Tras una breve pausa, papá dijo con una débil sonrisa:

—Creo que no puedo complacerle.

—¿Qué significa esto? —El policía alargó la mano—. Entréguemelos.

—Inmunidad diplomática —dijo papá en voz baja.

—¿Qué quiere decir?

—Ya le he dicho que soy representante comercial de mi cooperativa agrícola. Estoy acreditado ante el Gobierno kalganiano como representante extranjero oficial, y mis documentos lo prueban. Ya se los he enseñado, y ahora dejen de molestarme.

Durante un momento, el policía pareció desconcertado.

—Tengo que ver sus documentos. Son las órdenes.

—Usted lárguese —interrumpió mamá de improviso—. Cuando le necesitemos le llamaremos..., *atontado*.

El policía apretó los labios.

—No los pierdas de vista, Hanto. Voy a buscar al teniente.

—¡Rómpase una pierna! —le gritó mamá. Alguien se rió, pero en seguida reprimió su impulso.

La búsqueda tocaba a su fin. El gentío estaba peligrosamente nervioso. Habían pasado cuarenta y cinco minutos desde que la verja empezara a descender, y aquello era demasiado tiempo para mantener el efecto inicial. El teniente Dirige abría paso apresuradamente entre la muchedumbre.

—¿Es ésta la chica? —preguntó con desgana. La miró para convencerse de que se ajustaba a la descripción—. Todo este trabajo por una niña. ¿Me enseña sus documentos, por favor? —añadió.

—Ya he explicado... —empezó papá.

—Ya sé lo que ha explicado, y lo siento —replicó el teniente—, pero tengo mis órdenes y he de obedecerlas. Si quiere elevar más tarde una protesta, puede hacerlo. Mientras tanto, si es necesario, habré de usar la fuerza.

Hubo una pausa, durante la cual el teniente esperó pacientemente.

Entonces papá dijo con voz ronca:

—Dame tus documentos, Arcadia.

Arcadia meneó la cabeza, llena de pánico, pero papá insistió con suavidad:

—No tengas miedo. Dámelos.

Impotente, Arcadia se los alargó. Papá los desdobló torpemente, los examinó con cuidado y entonces los entregó. El teniente los examinó a su vez. Durante un rato posó la vista en Arcadia, y por fin cerró el pliego de un golpe seco.

—Todo en orden —dijo—. Ya está, muchachos.

Se alejó, y apenas transcurridos dos minutos la verja desapareció, y la voz que resonaba en el techo anunció el fin de la búsqueda. El clamor de la multitud, liberada de improviso, fue ensordecedor.

Arcadia preguntó:

—¿Cómo..., cómo...?

—Shhh... —dijo papá—. No digas una sola palabra. Será mejor que nos dirijamos hacia la nave. Pronto despegará.

Ya estaban en la nave. Tenían una cabina privada y una mesa para ellos solos en el comedor. Les separaban ya dos años-luz del planeta Kalgan, y Arcadia se atrevió finalmente a mencionar de nuevo el tema, diciendo:

—Pero me perseguían a mí, señor Palver, y debían de tener mi descripción y todos los detalles. ¿Por qué me dejaron marchar?

Papá sonrió mientras masticaba su filete.

—Verás, Arcadia, hija mía, fue muy fácil. Cuando uno ha tratado a agentes, compradores y cooperativas de la competencia, aprende algunos trucos. Yo he dispuesto de veinte años o más para aprenderlos. Verás, niña; cuando el teniente hojeó tus documentos, encontró entre ellos un billete de quinientos créditos, muy bien dobladito. Sencillo, ¿no?

—Se los pagaré... De verdad, tengo mucho dinero.

—Vaya —observó papá con una sonrisa de desconcierto y un vago ademán—, para ser una campesina...

Arcadia desistió.

—Pero ¿y si hubiera tomado el dinero y me hubiese arrestado de todos modos, acusándome además de intento de soborno?

—¿Y renunciar a quinientos créditos? Conozco a esa gente mejor que tú, muchacha.

Pero Arcadia estaba segura de que él *no* conocía mejor a la gente. No a esa clase de gente. En la cama, aquella noche, reflexionó cuidadosamente, y comprendió que ningún soborno hubiera impedido a un teniente de la policía capturarla, a menos que se tratara de algo planeado. *No querían* capturarla, y, sin embargo, habían fingido que lo intentaban.

¿Por qué? ¿Para asegurarse de que se iba? ¿Y en dirección a Trántor? ¿Acaso la obtusa y bondadosa pareja con la que estaba ahora era solamente un instrumento en manos de la Segunda Fundación, tan impotente como ella misma?

¡Tenía que serlo!

¿Lo sería, en realidad?

Todo era inútil. No podía luchar contra ellos. Hiciera lo que hiciese, siempre sería lo que aquellos terribles y omnipotentes seres planeaban para ella.

No obstante, era preciso engañarles. ¡Era preciso!

16. COMIENZA LA GUERRA

Por razones desconocidas para los miembros de la Galaxia, el Tiempo Medio Intergaláctico define su unidad fundamental, el segundo, como el tiempo que la luz emplea en recorrer 299.776 kilómetros. Por otro lado, 86.400 segundos son arbitrariamente igualados a un Día Medio Intergaláctico; y 365 de esos días, a un Año Medio Intergaláctico.

¿Por qué 299.776, 86.400 o 365?

La tradición, decía el historiador sancionando la cuestión. A causa de ciertas misteriosas relaciones numéricas, indicaban los místicos, cultistas, numerólogos y metafísicos. Debido a que el planeta nativo original de la humanidad tenía ciertos períodos naturales de rotación y traslación de los que podían derivarse esas relaciones, señalaban unos cuantos.

Nadie lo sabía con certeza.

Pese a ello, la fecha en que el crucero de la Fundación, el *Hober Mallow*, se encontró con el escuadrón kalganiano, capitaneado por el *Fearless*, y tras su negativa de permitir la entrada a bordo de un destacamento de registro, fue atacado y reducido a cenizas, fue 185;

11692 E.G. Es decir, fue el día 185 del año 11692 de la Era Galáctica, que había comenzado con la subida al trono del primer Emperador de la tradicional dinastía Kamble. Fue también 185; 419 D.S., que databa del nacimiento de Seldon, o 185; 348 D.F., en base al establecimiento de la Fundación. En Kalgan fue 185; 56 P.C., relativo al establecimiento por el Mulo de la Primera Ciudadanía. Naturalmente, por conveniencia, el año se distribuía en cada caso de manera que la fecha recayese en el mismo día, cualquiera que fuese el día en que comenzara la nueva era.

Además, en todos los millones de mundos de la Galaxia había millones de tiempos locales, basados en los movimientos de sus particulares vecinos celestes.

Pero cualquiera que sea la era que se elija: 185; 11692, 419; 348 o 56, fue este día el señalado más tarde por los historiadores como el de la iniciación de la guerra de Stettin.

Sin embargo, para el doctor Darell no servía ninguna de estas fechas. Hacía exactamente treinta y dos días que Arcadia había abandonado Términus.

Lo que costó a Darell conservar la ecuanimidad durante aquellos días no fue evidente para todo el mundo.

Pero Elvett Semic creía poder adivinarlo. Era un anciano y le gustaba decir que sus conductos neurónicos se habían calcificado hasta el extremo de que sus procesos mentales eran rígidos e invariables. Invitaba y casi deseaba la subestimación universal de sus decadentes facultades, siendo el primero en reírse de ellas. Pero sus ojos no veían menos porque estaban gastados, y su mente no era menos experimentada y sabia porque ya no era ágil.

Se limitó a torcer los labios y preguntó:

—¿Por qué no hace usted algo?

Las palabras fueron como una sacudida física para Darell, que se estremeció. Replicó bruscamente:

—¿Dónde estábamos?

Semic le observó con expresión grave.

—Debería usted hacer algo con respecto a la chica.

Abrió mucho la boca al hablar, enseñando sus dientes escasos y amarillentos.

Pero Darell contestó con frialdad:

—La cuestión es: ¿se puede obtener el alcance necesario con un Resonador Symes-Molff?

—Ya le he dicho que sí, pero usted no escuchaba...

—Lo siento, Elvett. Lo que ocurre es que esto que hacemos ahora puede ser más importante para toda la Galaxia que la cuestión de si Arcadia está sana y salva. Al menos, para todo el mundo menos para Arcadia y para mí mismo, y estoy dispuesto a sacrificarme por la mayoría. ¿Qué tamaño tendría el Resonador?

Semic pareció dudar.

—No lo sé. Podemos encontrarlo en los catálogos.

—Pero ¿cómo de grande, más o menos? ¿Como una manzana de casas? ¿Pesaría una tonelada, o un kilo?

—¡Ah! Creía que quería una respuesta exacta. Es muy pequeño. —Señaló la primera falange de su pulgar—. Una cosa así.

—Muy bien. ¿Podría usted hacer algo parecido a esto?

Dibujó rápidamente en un bloc que tenía sobre las piernas, y después lo enseñó al anciano físico, que lo miró con aire dudoso y al final rió entre dientes.

—Realmente, el cerebro se calcifica cuando se es viejo como yo. ¿Qué intenta usted hacer?

Darell titubeó. Deseó urgentemente, durante unos momentos, poseer la ciencia física encerrada en el cerebro de su interlocutor, a fin de no tener que expresar su idea con palabras. Pero aquel deseo era inútil, y se explicó.

Semic meneaba la cabeza.

—Necesitaría usted hiper-relés, lo único que funcionaría con la rapidez suficiente. Gran cantidad de ellos.

—Pero ¿se puede construir?

—Sí, claro.

—¿Puede obtener todos los elementos? Quiero decir, sin provocar comentarios. Como si fuesen para su trabajo normal.

Semic levantó el labio superior.

—¿Si puedo obtener cincuenta hiper-relés? No podría usarlos en toda mi vida.

—Ahora trabajamos en un proyecto defensivo. ¿No se le ocurre algo que los necesitara para funcionar? Tenemos dinero suficiente.

—Humm. Tal vez se me ocurra algo.

—¿Cuál es el tamaño mínimo de todo el aparato?

—Hay hiper-relés de tamaño microscópico... cables, tubos... Tendrá unos centenares de circuitos.

—Lo sé. ¿Qué tamaño?

Semic lo indicó con las manos.

—Demasiado grande —dijo Darell—. Me lo he de colgar del cinturón.

Empezó a arrugar su boceto con la mano. Después lo tiró al cenicero, donde desapareció con la diminuta llama blanca de la descomposición molecular. Preguntó:

—¿Quién está en la puerta?

Semic se inclinó sobre la mesa y miró la pequeña pantalla colocada sobre el umbral.

—El joven Anthor. Alguien le acompaña.

Darell apartó su silla.

—Ni una palabra de esto a los demás, Semic. Saberlo representa un peligro mortal, y ya es suficiente arriesgar dos vidas.

Pelleas Anthor era un torbellino de agitación en el despacho de Semic, que de algún modo parecía compartir la edad de su ocupante. En la placidez de la habitación, las mangas anchas y veraniegas de la túnica de Anthor parecían ondear todavía a la brisa del exterior. Dijo:

—Doctor Darell, doctor Semic, les presento a Orum Dirige.

El otro hombre era alto, y su nariz larga y recta daba a su rostro delgado un aspecto sombrío. El doctor Darell le alargó la mano. Anthor sonrió ligeramente.

—Teniente de policía Dirige —precisó, y luego, en tono significativo—: De Kalgan.

Darell se volvió para mirar fijamente al joven Anthor.

—Teniente de policía Dirige, de Kalgan —repitió, recalcando las sílabas—. Y lo trae usted aquí. ¿Por qué?

—Porque fue el último hombre de Kalgan que vio a su hija. Tranquilícese, hombre.

La mirada triunfal de Anthor se convirtió en agitada, y se interpuso entre los dos, luchando violentamente con Darell. Con lentitud y firmeza obligó a este último a sentarse.

—¿Qué intenta hacer? —Anthor se apartó de la frente un mechón de cabellos castaños, se apoyó en la mesa y balanceó una pierna—. Yo creía que le traía buenas noticias.

Darell se dirigió directamente al policía.

—¿Qué significa eso de que fue el último hombre que vio a mi hija? ¿Acaso ha muerto? Le ruego que me lo diga sin rodeos.

Su rostro estaba lívido. El teniente Dirige contestó con expresión impasible:

—La frase exacta ha sido:«El último hombre de Kalgan.» Su hija no está en Kalgan ahora. Ignoro lo ocurrido después.

—Veamos —interrumpió Anthor—, intentaré explicarme. Siento haber exagerado el tono, doctor. A veces es tan inhumano, que olvido que tiene sentimientos. En primer lugar, el teniente Dirige es uno de los nuestros. Nació en Kalgan, pero su padre era de la Fundación, y fue enviado a aquel planeta al servicio del Mulo. Respondo de la lealtad del teniente hacia la Fundación. Me puse en contacto con él al día siguiente que dejamos de recibir el informe diario de Munn...

—¿Por qué? —interrumpió Darell con fiereza—. Creía que habíamos decidido no dar un solo paso en este asunto. Con ello ha arriesgado usted sus vidas y las nuestras.

—Lo hice —fue la respuesta igualmente fiera— porque yo intervine en este juego antes que usted. Conozco ciertos contactos en Kalgan de los que usted no sabe nada. Actúo con conocimientos más profundos en la materia, ¿me comprende?

—Creo que está completamente loco.

—¿Quiere escucharme?

Tras una pausa, Darell bajó los ojos. Anthor esbozo una sonrisa.

—Muy bien, doctor. Déme unos minutos. Cuénteselo, Dirige.

Dirige habló con soltura:

—Por lo que yo sé, doctor Darell, su hija está en Trántor. Al menos tenía un billete para Trántor en el espaciopuerto Oriental. Estaba con un representante comercial de aquel planeta, el cual aseguraba que ella era su sobrina. Su hija parece tener una extraña colección de parientes, doctor. Aquél era el segundo tío que ha tenido en el breve período de dos semanas, ¿no es eso? El trantoriano trató incluso de sobornarme; probablemente piensa que tal es la razón por la que les dejamos marchar —terminó con una sonrisa irónica.

—¿Cómo estaba ella?

—Muy bien, por lo que pude comprobar. Asustada, y no la culpo por eso. Todo el Departamento iba tras ella. Todavía ignoro por qué.

Darell respiró profundamente por primera vez en varios minutos. Era consciente del temblor de sus manos, y lo controló con un esfuerzo.

—Entonces, está bien. ¿Quién era ese representante comercial? Hábleme de él. ¿Qué papel juega en esto?

—Lo ignoro. ¿Sabe usted algo sobre Trántor?

—En un tiempo viví allí.

—Ahora es un mundo agrícola. Exporta piensos y cereales casi exclusivamente. De primera calidad. Los venden a toda la Galaxia. Hay una o dos docenas de cooperativas agrícolas en el planeta, y cada una de ellas tiene sus representantes en el extranjero. Son unos tipos muy vivos..., precisamente conozco el historial de éste en particular. Ha estado en Kalgan otras veces, generalmente con su esposa. Una gente muy honrada, y totalmente inofensiva.

—Humm —murmuró Anthor—. Arcadia nació en Trántor, ¿verdad, doctor?

Darell asintió.

—Es lógico, ¿no cree? Ella quería huir, marcharse lejos y rápidamente, y se le ocurrió Trántor.

—¿Por qué no regresar aquí? —preguntó Darell.

Tal vez la perseguían y pensó que era mejor despistarles yendo en otra dirección, ¿no le parece?

Al doctor Darell le faltó valor para seguir preguntando. Arcadia estaba sana y salva en Trántor, o por lo menos tan a salvo como se podía estar en aquella oscura y horrible Galaxia. Se dirigió hacia la puerta, casi a tientas, y al sentir la mano de Anthor sobre su brazo, se detuvo sin volverse.

—¿Le importa que le acompañe a su casa, doctor?

—Como quiera —fue la automática respuesta.

Al llegar la noche, las capas exteriores de la personalidad del doctor Darell, las que estaban en contacto directo con los demás, ya se habían solidificado. Se negó a comer, y con febril insistencia volvió a sumergirse en las intrincadas matemáticas del análisis encefalográfico.

Era casi medianoche cuando entró de nuevo en la sala de estar. Pelleas Anthor seguía allí, manipulando los controles del vídeo. Al oír pasos, miró por encima del hombro.

—¡Hola! ¿Aún no se ha acostado? He pasado las horas ante el vídeo, tratando de encontrar algo que no fueran boletines. Al parecer, la nave de la Fundación *Hober Mallow* lleva retraso en su ruta y no se han recibido noticias de ella.

—¿Ah, no? ¿Y qué sospecha usted?

—¿Y usted, qué cree? Alguna granujada kalganiana. Se ha informado que fueron vistas naves kalganianas en el sector del espacio desde donde se recibieron las últimas noticias de la *Hober Mallow*.

Darell se encogió de hombros, y Anthor, pensativo, se frotó la frente.

—Escuche, doctor —dijo—, ¿por qué no se marcha a Trántor?

—¿Por qué habría de hacerlo?

—Porque aquí no nos es útil. Ha cambiado, y es lógico. Y yendo a Trántor podría cumplir un objetivo. La antigua Biblioteca Imperial, con los archivos completos de las Actas de la Comisión Seldon, está allí...

—¡No! La Biblioteca ha sido registrada, y el asunto no ha ayudado a nadie.

—Una vez ayudó a Ebling Mis.

—¿Cómo lo sabe usted? En efecto, él *dijo* que había encontrado la Segunda Fundación, y mi madre le mató cinco segundos más tarde para que no revelase involuntariamente su situación al Mulo. Pero comprenda que con este acto ella hizo imposible que supiéramos si Mis conocía realmente su localización. Después de todo, nadie más ha sido capaz de deducir la verdad de esos archivos.

—No sé si usted recuerda que Ebling Mis trabajaba bajo el impulso de la mente del Mulo.

—Ya lo sé, pero, precisamente por eso, la mente de Mis se hallaba en un estado anormal. ¿Sabemos algo usted y yo acerca de las propiedades de una mente bajo el control emocional de otra? ¿Acerca de sus facultades y defectos? En cualquier caso, no pienso ir a Trántor.

Anthor frunció el ceño.

—Está bien. ¿Por qué tanta vehemencia? Yo me he limitado a sugerirlo... Por el Espacio, que no le comprendo a usted. Parece haber envejecido diez años. Es evidente que está muy preocupado, y aquí no hace nada de utilidad. Si yo estuviera en su lugar iría y rescataría a la chica.

—¡Exactamente! Eso es lo que querría hacer yo. *Y por esa razón no lo haré*. Escuche, Anthor, y trate de comprenderme. Estamos jugando, usted y yo, con algo contra lo cual somos incapaces de luchar. A sangre fría, si es que la tiene, usted lo sabe tan bien como yo, sean cuales fueran sus ideas en sus momentos de euforia.

»Durante cincuenta años hemos sabido que la Segunda Fundación es el verdadero heredero y discípulo de las matemáticas seldonianas. Eso significa, y usted lo sabe, que nada de lo que ocurre en la Galaxia está fuera de sus cálculos. Para nosotros, la vida es una serie de accidentes que hemos de afrontar con improvisaciones. Para ellos, toda la vida tiene un objetivo y tiene que ser precalculada.

»Pero tienen sus debilidades. Su trabajo es estadístico, y sólo la acción conjunta de la humanidad es verdaderamente inevitable. Ahora bien, ignoro el papel que represento yo como individuo en el curso previsto de la historia. Tal vez no tenga un papel definido, puesto que el Plan da libre albedrío a los individuos. Pero soy importante, y ellos, *ellos*, ¿me comprende?, pueden al menos haber calculado mi reacción probable. Por eso desconfío de mis impulsos, mis deseos y mis probables reacciones.

»Preferiría ofrecerles una reacción *im*probable. Me quedaré aquí, pese al hecho de que ansío desesperadamente marcharme. ¡No, no es eso! *Porque* ansío desesperadamente marcharme.

El joven sonrió con amargura.

—Usted no conoce su propia mente tan bien como pueden hacerlo *ellos*. Suponga que, conociéndole, calculan que lo que usted piensa, simplemente *piensa*, es esa reacción improbable, sabiendo por anticipado cuál será la tónica de su razonamiento.

—En este caso, no hay escapatoria. Porque si sigo el razonamiento que acaba usted de mencionar, y me voy a Trántor, también pueden haber previsto eso. Es un círculo vicioso de dobles intenciones. Por mucho que siga este ciclo, sólo puedo marcharme o permanecer aquí. El intrincado plan de hacer recorrer media Galaxia a mi hija no puede tener como fin que yo me quede donde estoy, puesto que igualmente me hubiera quedado si ellos no hubiesen hecho nada. El único motivo ha de ser que yo me vaya y, por consiguiente, me quedaré.

»Además, Anthor, no todo es obra de la Segunda Fundación, ni todos los acontecimientos son resultado de sus intrigas. Tal vez no han tenido nada que ver con la marcha de Arcadia, y es posible que ella esté a salvo en Trántor mientras aquí morimos todos.

—No —replicó Anthor con brusquedad—, ahora ha perdido usted la pista.

—¿Tiene algo más que sugerir?

—En efecto, si quiere escucharme.

—¡Oh, pues adelante! No me falta paciencia.

—Muy bien. ¿Hasta qué punto conoce usted a su propia hija?

—¿Hasta qué punto pueden conocerse las personas? Es evidente que no la conozco demasiado bien.

—Yo tampoco, seguramente menos que usted, pero al menos la he visto con otros ojos. Primero: se trata de una romántica incorregible, hija única de un académico que vive en su torre de marfil, aficionada al mundo irreal del vídeo, y los libros de aventuras. Está viviendo una extraña fantasía propia de intrigas y espionaje. Segundo: la vive con inteligencia, con la inteligencia suficiente como para despistarnos. Planeó cuidadosamente escuchar nuestra primera conferencia, y lo logró. Planeó cuidadosamente ir a Kalgan con Munn, y lo logró. Tercero: adora el recuerdo de su abuela, la madre de usted, que derrotó al Mulo.

»Hasta aquí no me equivoco, ¿verdad? Muy bien. A diferencia de usted, yo he recibido un informe completo del teniente Dirige, y, además, mis fuentes de información en Kalgan son bastante fidedignas y todas concuerdan. Sabemos, por ejemplo, que el Señor de Kalgan negó a Homir Munn la autorización para entrar en el palacio del Mulo, y que esta negativa fue repentinamente cancelada después de que Arcadia hablase con la señora Callia, que es muy buena amiga del Primer Ciudadano.

—¿Cómo sabe usted todo esto? —interrumpió Darell.

—Porque Munn fue entrevistado por Dirige como parte de la campaña policial para localizar a Arcadia. Naturalmente, tenemos una transcripción completa de las preguntas y respuestas. Considere, además, a la propia Callia. Se rumorea que Stettin ya no siente interés por ella, pero los hechos no corroboran este rumor. No sólo Callia continúa en su puesto, no sólo es capaz de convertir la negativa de Stettin a Munn en una afirmación, sino que incluso puede organizar abiertamente la fuga de Arcadia. Imagínese: una docena de soldados que estaban de guardia en la mansión de Stettin testificaron que las vieron juntas la última noche. Y, sin embargo, no ha sido castigada, y eso a pesar del hecho de que buscaron a Arcadia con toda diligencia.

—¿Y cuál es su conclusión de todo este torrente de incongruencias?

—Que la fuga de Arcadia fue organizada.

—Como yo he dicho.

—Pero con esta adición: Arcadia debió de darse cuenta de que estaba organizada. Arcadia, la lista chiquilla que veía cábalas por todas partes, adivinó ésta y siguió su propio tipo de razonamiento. Ellos querían que volviese a la Fundación, y por eso se dirigió a Trántor. Pero ¿por qué a Trántor?

—Exacto, ¿por qué?

—Porque allí fue donde Bayta, su idolatrada abuela, escapó cuando huía. Consciente o inconscientemente, Arcadia la imitó. Así pues, me pregunto si Arcadia huía del mismo enemigo.

—¿El Mulo? —preguntó Darell con cortés ironía.

—Claro que no. Por enemigo me refiero a una mentalidad contra la que no podía luchar. Huir de la Segunda Fundación, o de la influencia que ésta pueda tener en Kalgan.

—¿De qué influencia habla?

—¿Cree que Kalgan estará inmune de esa amenaza omnipresente? Ambos hemos llegado de algún modo a la conclusión de que la huida de Arcadia fue organizada. ¿De acuerdo? La buscaron y la encontraron, y Dirige permitió deliberadamente que se escapara. Dirige, ¿lo comprende usted? Pero ¿por qué? Porque era de los nuestros. Pero ¿cómo lo sabían ellos? ¿Contaban con que fuese un traidor? ¿Qué opina usted?

—Ahora está diciendo que tenían intención de atraparla. Francamente, me está cansando un poco, Anthor. Termine de decir lo que sea; quiero irme a la cama.

—Terminaré muy pronto. —Anthor extrajo unas fotografías de un bolsillo interior. Eran las familiares curvas del encefalograma—. Las ondas cerebrales de Dirige —explicó Anthor en tono casual—, tomadas a su regreso.

Era algo claramente visible para Darell, y su rostro estaba lívido cuando miró a su interlocutor.

—Está controlado.

—Exactamente. Dejó huir a Arcadia, no porque fuera de los nuestros, sino porque pertenecía a la Segunda Fundación.

—Incluso después de saber que ella iba a Trántor, y no a Términus.

Anthor se encogió de hombros.

—Le habían programado para dejarla escapar; no podía modificar aquello. Era sólo un instrumento. La suerte ha sido que Arcadia eligió el camino menos probable, y posiblemente está a salvo. O, por lo menos, estará a salvo hasta que la Segunda Fundación pueda modificar los planes para afrontar este nuevo estado de cosas...

Hizo una pausa. La pequeña luz de aviso del vídeo estaba relampagueando, en un circuito independiente. Aquello significaba la presencia de noticias urgentes. Darell también la vio, y con el gesto mecánico de una larga costumbre puso en marcha el vídeo. Sólo pudieron oír el final de una frase, pero antes de que terminara ya sabían que se habían encontrado los restos de la *Hober Mallow* y que, por primera vez en casi medio siglo, la Fundación volvía a estar en guerra.

Anthor apretó las mandíbulas.

—Muy bien, doctor, ya lo ha oído. Kalgan ha atacado, y Kalgan está bajo el control de la Segunda Fundación. ¿Seguirá usted el ejemplo de su hija y se trasladará a Trántor?

—No. Correré el riesgo. Me quedaré aquí.

—Doctor Darell, no es usted tan inteligente como su hija. Me pregunto hasta qué punto se puede confiar en usted.

Su mirada serena se clavó en Darell durante unos momentos, y luego, sin una palabra, se fue.

Y Darell se quedó lleno de dudas, y casi de desesperación.

Sin que nadie le prestara atención, el vídeo continuó emitiendo excitados sonidos e imágenes, mientras describía con nervioso detalle la primera hora de la guerra entre Kalgan y la Fundación.

17. LA GUERRA

El alcalde de la Fundación intentó peinar, sin resultado, los mechones de cabellos que orlaban su cráneo. Suspiró:

—¡Cuántos años malgastados y cuántas oportunidades perdidas! No quiero hacer recriminaciones, doctor Darell, pero nos merecemos la derrota.

Darell observó tranquilamente:

—No veo razón para desconfiar de los acontecimientos, señor.

—¡Desconfiar, desconfiar! Por la Galaxia, doctor Darell, ¿en qué basaría usted cualquier otra actitud? Venga aquí...

Condujo a Darell casi a la fuerza hacia el límpido ovoide, colocado graciosamente sobre su diminuto soporte, dotado de un campo de fuerza. Al contacto de la mano del alcalde se iluminó por dentro, era un modelo exacto, tridimensional, de la doble espiral galáctica.

—Marcada en amarillo —explicó el alcalde con excitación— tenemos la región del espacio que se halla bajo el control de la Fundación; en rojo, la que está bajo el control de Kalgan.

Darell vio una esfera roja rodeada por un casco amarillo que la envolvía casi completamente, excepto en una franja que se dirigía hacia el centro de la Galaxia.

—La galactografía —dijo el alcalde— es nuestro mayor enemigo. Nuestros almirantes no ocultan nuestra desesperada posición estratégica. Observe: el enemigo tiene líneas internas de comunicación. Está concentrado; puede enfrentarse a nosotros en cualquier flanco con igual facilidad. Puede defenderse con un mínimo de fuerza. Nosotros estamos desperdigados. La distancia entre los sistemas habitados dentro de la Fundación es casi tres veces la que hay en Kalgan. Por ejemplo, ir de Santanni a Locris es un viaje de dos mil quinientos parsecs para nosotros y sólo de ochocientos para ellos, si permanecemos en nuestros territorios respectivos...

—Comprendo todo esto, señor —dijo Darell.

—Pero no comprende que puede significar la derrota.

—En la guerra cuentan otras cosas además de la distancia. Yo afirmo que no podemos perder; es totalmente imposible.

—¿Y por qué lo afirma?

—A causa de mi propia interpretación del Plan Seldon.

—¡Oh! —exclamó el alcalde torciendo los labios y juntando las manos a su espalda—. De modo que usted también confía en la mística ayuda de la Segunda Fundación.

—No. Simplemente en la ayuda de la inevitabilidad, y del valor y la persistencia.

Y, no obstante, a pesar de su confianza, dudaba...

¿Y si...?

¿Y si Anthor tenía razón y Kalgan era un instrumento directo de aquellos monstruos mentales? Y si su propósito era derrotar y destruir a la Fundación? ¡No! ¡No tenía sentido!

Y sin embargo...

Sonrió con amargura. Siempre ocurría lo mismo. Siempre atisbaban una y otra vez aquel granito opaco que, para el enemigo, era de una total transparencia.

Stettin tampoco olvidaba las verdades galactográficas de la situación.

El Señor de Kalgan se hallaba ante un modelo galáctico exactamente igual que el que inspeccionaban el alcalde y Darell, sólo que, mientras el alcalde fruncía el ceño, Stettin sonreía.

Su uniforme de almirante resplandecía sobre su corpulenta figura. La banda carmesí de la Orden del Mulo, que le fuera impuesta por el anterior Primer Ciudadano —al que reemplazara seis meses después utilizando métodos algo violentos—, cruzaba su pecho en diagonal, desde el hombro derecho a la cintura. La Estrella de Plata con cometas y espadas dobles brillaba sobre su hombro izquierdo.

Se dirigió a los seis hombres de su Estado Mayor, cuyos uniformes eran menos fastuosos que el suyo, y a su primer ministro, delgado y canoso, parecido a una telaraña perdida entre el resplandor:

—Creo que las decisiones tomadas están bien claras. Podemos permitirnos el lujo de esperar. Para ellos, cada día de retraso será un golpe a su moral. Si intentan defender todas las regiones de su reino, quedarán demasiado dispersos, y nosotros podremos introducirnos con dos ataques simultáneos aquí y aquí. —Indicó las direcciones sobre el modelo galáctico, dos líneas blancas que atravesaban el casco amarillo desde la bola roja que contenía, cortando Términus por ambos lados con un apretado arco—. De este modo dividimos su Flota en tres partes que pueden ser derrotadas por separado. Si se concentran, abandonan voluntariamente dos tercios de sus dominios y tal vez se arriesgan a una rebelión.

La voz delgada del primer ministro se dejó oír en el silencio que siguió a estas palabras.

—Dentro de seis meses —dijo— la Fundación será seis veces más fuerte. Sus recursos son mayores, como todos sabemos: su Flota es numéricamente superior, sus recursos humanos son prácticamente inextinguibles. Quizá un ataque rápido sería más seguro.

Su voz era la que gozaba de menos influencia en la habitación. El Señor Stettin sonrió e hizo un gesto de menosprecio con la mano.

—Seis meses, o un año, si es necesario, no nos costarán nada. Los hombres de la Fundación no pueden prepararse; son ideológicamente incapaces de ello. Forma parte de su misma filosofía creer que la Segunda Fundación les salvará. Pero esta vez no será así.

Los hombres congregados en la habitación se removieron, intranquilos.

—Me parece que su confianza no es excesiva —observó Stettin en tono glacial—. ¿Es necesario que les repita una vez más los informes de nuestros agentes en territorio de la Fundación, o los descubrimientos del señor Homir Munn, el agente de la Fundación actualmente a nuestro... hum... servicio? Bien, la sesión queda aplazada, caballeros.

Stettin volvió a sus aposentos privados con una sonrisa estereotipada en el rostro. A veces dudaba del tal Homir Munn, un tipo extraño que no resultaba tan útil como pareció al principio. Y, no obstante, de vez en cuando facilitaba información interesante y convincente, en especial en presencia de Callia.

Su sonrisa se ensanchó. Aquella gorda estúpida servía para algo, después de todo. Por lo menos sabía sonsacar mejor a Munn con sus zalamerías que él mismo, y con menos esfuerzo. ¿Por qué no entregarla a Munn? Frunció el ceño. Callia y sus cargantes celos. ¡Por el Espacio! Si hubiera conservado a aquella chica, Darell... ¿Por qué no había aplastado el cráneo de Callia por lo que hizo?

Le era imposible comprender la razón.

Tal vez porque sabía tratar a Munn, y él necesitaba a aquel hombre. Por ejemplo, había sido Munn quien demostró que, al menos según el convencimiento del Mulo, la Segunda Fundación no existía. Sus almirantes necesitaban este convencimiento.

Le hubiera gustado hacer públicas las pruebas, pero era preferible dejar que la Fundación creyera en aquella ayuda inexistente. ¿No había sido Callia quien señalara aquel punto? Sí, en efecto. Había dicho...

¡Oh, tonterías! Ella no podía haber dicho nada.

Y sin embargo...

Agitó la cabeza para desechar aquella idea y pensó en otra cosa.

18. EL MUNDO FANTASMA

Trántor era un mundo de cenizas... y resurgimiento. Situado como una joya opaca entre la abrumadora cantidad de soles del centro de la Galaxia, entre montones de estrellas apiñadas con inútil prodigalidad, soñaba alternativamente con el pasado y con el futuro.

Hubo un tiempo en que los insustanciales lazos de su control partían de su corteza metálica y se extendían hasta las más lejanas estrellas. Había sido una única ciudad, que albergara a cuatrocientos mil millones de administradores; la capital más poderosa que existiera jamás.

Hasta que eventualmente llegó hasta ella la decadencia del Imperio, y en el Gran Saqueo del siglo anterior todos sus poderes y prerrogativas quedaron destruidos para siempre. Bajo la uña demoledora de la muerte, el casco de metal que circundaba el planeta se arrugó y resquebrajó en una dolorosa burla de su propia grandeza.

Los supervivientes arrancaron la capa de metal y la vendieron a otros planetas para conseguir semillas y ganado. El suelo estaba una vez más al descubierto, y el planeta retornó a sus comienzos. En las extensas áreas de primitiva agricultura olvidó su intrincado y colosal pasado.

O lo hubiera olvidado de no ser por los restos todavía poderosos que elevaban hacia el cielo sus enormes ruinas en un digno y trágico silencio.

Arcadia contemplaba el borde metálico del horizonte con el corazón oprimido. El pueblo en que vivían los Palver no era para ella más que un montón de casas, pequeño y primitivo. Los campos que lo rodeaban eran de un amarillo dorado, sembrados de trigo.

Pero allí, en aquel punto lejano del horizonte, estaba el recuerdo del pasado, que aún ardía con esplendor intacto y alumbraba como el fuego cuando el sol de Trántor le arrancaba mil reflejos deslumbrantes. Arcadia había estado allí una vez durante los meses transcurridos desde su llegada a Trántor. Había trepado a la suave y lisa avenida, aventurándose en el interior de las silenciosas estructuras, cubiertas de polvo, donde la luz se filtraba por los agujeros de las paredes.

Sintió un dolor agudo. Era como una blasfemia.

Se alejó, oyendo el eco estridente de sus propios pasos, y corrió hasta que sus pies pisaron de nuevo la tierra blanda.

Después se volvió a mirar con honda nostalgia, y no se atrevió en lo sucesivo a perturbar aquel imponente silencio.

Sabía que había nacido en alguna parte de aquel mundo, cerca de la antigua Biblioteca Imperial, que era el corazón de Trántor. ¡El lugar sagrado, el lugar sacrosanto! Era el único en todo el planeta que había sobrevivido al Gran Saqueo, y durante un siglo, permaneció completo e intacto, desafiando al universo.

Allí Hari Seldon y su grupo habían tejido su inimaginable obra. Allí Ebling Mis había penetrado el secreto y enmudecido en su inmenso asombro, hasta que le dieron muerte para que tal secreto no pudiera divulgarse.

Allí, en la Biblioteca Imperial, su propio padre había regresado con su esposa para encontrar de nuevo la Segunda Fundación, pero fracasaron. Allí había nacido ella y allí murió su madre.

Le hubiera gustado visitar la Biblioteca, pero Preem Palver movió su redonda cabeza.

—Son miles de kilómetros, Arkady, y aquí tenemos mucho trabajo. Además, no es bueno deambular por ahí. Ya sabes que es un santuario...

Pero Arcadia sabía que él no deseaba visitar la Biblioteca; que era el mismo caso que el palacio del Mulo. Los pigmeos del presente sentían un temor supersticioso de los gigantes del pasado.

Pero hubiera sido horrible guardar rencor por ello a aquel hombre menudo y extraño. Hacía ya casi tres meses que se encontraba en Trántor, y, durante todo aquel tiempo, tanto papá como mamá habían sido maravillosos con ella...

¿Y qué había significado su regreso? Pues implicarles a ellos en la ruina común. ¿No hubiera debido advertirles que estaba marcada para la destrucción? No lo hizo, les dejó asumir el mortal papel de protectores.

Le remordía insoportablemente la conciencia... pero ¿acaso había podido elegir?

Abatida, bajó de su cuarto para desayunar, y entonces oyó sus voces.

Preem Palver se había introducido la servilleta en el cuello de la camisa y se disponía con evidente satisfacción a saborear unos huevos pasados por agua.

—Ayer bajé a la ciudad, mamá —dijo, clavando el

tenedor y casi ahogando luego sus palabras con un considerable bocado.

—¿Y qué pasa en la ciudad, papá? —preguntó la mujer con indiferencia, sentándose, inspeccionando la mesa y volviéndose a levantar para buscar la sal.

—Nada bueno. Ha llegado una nave de Kalgan y ha traído periódicos de allí. Están en guerra.

—¿En guerra? ¡Vaya! Pues que se rompan la cabeza, ya que no tienen sentido común. ¿Aún no ha llegado el cheque de tu paga? Papá, te lo digo una vez más: has de advertir a ese viejo Cosker que la suya no es la única cooperativa del mundo. Ya es malo que te paguen tan poco que me avergüenza decirlo a mis amigas, pero ¡que encima no te paguen a su tiempo...!

—Bueno, bueno, ya está bien —replicó papá, irritado—. Mira, no quiero oír tonterías durante el desayuno; me va a sentar mal. —Y se le cayó la tostada untada de mantequilla. Luego agregó, algo más calmado—: La lucha es entre Kalgan y la Fundación, y ya hace dos meses que dura.

Hizo un ademán con las dos manos, pretendiendo imitar una guerra en el espacio.

—Humm. Y, ¿cómo se desarrolla?

—Mal para la Fundación. Ya lo viste en Kalgan: todo eran soldados. Estaban dispuestos, y la Fundación, no.

De improviso, mamá dejó el tenedor y silabeó:

—¡Idiota!

—¿Qué?

—Eres un idiota; harías bien en cerrar tu gran pico.

Hizo una rápida seña, y cuando papá miró por encima de su hombro vio que allí estaba Arcadia, como paralizada, en el umbral.

—¿La Fundación está en guerra? —preguntó.

Papá miró con desaliento a mamá, y luego asintió.

—¿Y pierde?

De nuevo una señal afirmativa.

Arcadia sintió un terrible nudo en la garganta, y se acercó a la mesa con lentitud.

—¿Así que todo ha terminado? —musitó.

—¿Terminado? —repitió papá con falsa animación—. ¿Quién ha dicho que todo ha terminado? En la guerra pueden ocurrir muchas cosas. Además..., además...

—Siéntate, querida —dijo mamá con voz suave—. Nadie debería hablar antes del desayuno. No se está en buenas condiciones con el estómago vacío.

Pero Arcadia no le hizo caso.

—¿Están en Términus los kalganianos?

—No —repuso gravemente papá—. Las noticias son de la semana pasada, y Términus continúa luchando. Es cierto, te estoy diciendo la verdad. Y la Fundación es todavía fuerte. ¿Quieres que te traiga los periódicos?

—¡Sí!

Los leyó mientras intentaba comer algo, y sus ojos se humedecieron mientras leía. Santanni y Korell se habían rendido... sin luchar. Una escuadra de la Flota de la Fundación había sido atrapada en el escasamente poblado Sector de Ifni, y casi todas sus naves fueron aniquiladas.

Y ahora la Fundación había retrocedido hasta el núcleo de los Cuatro Reinos, el reino original construido bajo el mandato de Salvor Hardin, el primer alcalde. Pero seguía luchando, y aún quedaba una posibilidad; y ocurriera lo que ocurriese, ella tenía que informar a su padre. Tenía que ponerse en contacto con él como fuera. ¡Era preciso!

Pero ¿cómo? Había una guerra entre ellos.

Después del desayuno preguntó a papá:

—¿Saldrá usted pronto en una nueva misión, señor Palver?

Papá estaba sentado en el gran sillón del prado, tomando el sol. Un grueso cigarro se consumía entre sus dedos rechonchos, y su aspecto era el de un beatífico cachorro.

—¿Una misión? —repitió perezosamente—. ¿Quién sabe? Estas vacaciones son muy agradables, y mi permiso aún no ha terminado. ¿Por qué hablar de nuevas misiones? ¿Estás inquieta, Arkady?

—¿Yo? No, me encuentro muy bien aquí. Son los dos muy buenos conmigo, usted y la señora Palver.

Él hizo un gesto despreciativo, como rechazando la frase cortés de Arcadia. Ésta dijo:

—Estaba pensando en la guerra.

—No pienses en ella. ¿Qué puedes hacer *tú*? Si es algo que no puedes evitar, ¿por qué romperte la cabeza?

—Pero estaba pensando que la Fundación ha perdido la mayoría de sus mundos agrícolas. Probablemente han tenido que racionar los alimentos.

Papá pareció confuso.

—No te preocupes; todo irá bien.

Ella apenas le escuchó.

—Me gustaría poder llevarles alimentos, eso es todo. Verá, cuando el Mulo murió y la Fundación se rebeló, Términus estuvo prácticamente aislado durante un tiempo, y el general Han Pritcher, que sucedió al Mulo, le puso sitio. La comida empezó a escasear, y mi padre dice que oyó contar al suyo que sólo tenían concentrados de aminoácidos de un sabor repugnante. Imagínese, un huevo costaba doscientos créditos. Entonces consiguieron romper el cerco justo a tiempo, y empezaron a llegar naves con alimentos desde Santanni. Debió de ser un tiempo terrible, y tal vez ahora esté ocurriendo lo mismo.

Hubo una pausa, tras la cual Arcadia continuó:

—Apostaría algo a que la Fundación pagaría ahora

precios muy altos por cualquier artículo alimenticio. El doble, el triple, o más sobre su precio normal. Si, por ejemplo, una cooperativa de Trántor decidiera venderles comida, tal vez perdiera algunas naves, pero se haría millonaria antes de que terminase la guerra. Los Comerciantes de la Fundación, en los tiempos antiguos, se dedicaban siempre a este trabajo. Cuando había una guerra, vendían los artículos más necesarios y hacían frente a las dificultades. ¡Imagínese!, en un solo viaje solían ganar hasta dos millones de créditos, *de beneficio*. Y sólo con lo que podían llevar en una sola nave.

Papá se estremeció ligeramente. Sin que él lo advirtiera, se le había apagado el cigarro.

—Un negocio con los alimentos, ¿eh? Hummm. Pero la Fundación está muy lejos.

—¡Oh, ya lo sé! Supongo que no se podría hacer desde aquí. Con una nave de línea regular no llegaría más allá de Massena o Smushyk, y allí tendría que alquilar una pequeña nave de reconocimiento o algo parecido para cruzar las líneas.

Papá se alisó los cabellos mientras calculaba.

Dos semanas después, los preparativos para la misión habían concluido. Mamá había estado despotricando casi todo el tiempo. Primero, por la incurable obstinación con que quería suicidarse, y segundo, por la increíble obstinación con que le prohibía acompañarle. Papá dijo al fin:

—Mamá, ¿por qué actúas como una vieja caprichosa? No puedo llevarte conmigo; es un trabajo de hombres. ¿Qué te imaginas que es la guerra? ¿Una diversión? ¿Un juego de niños?

—Entonces, ¿por qué vas *tú*? Eres un hombre, viejo idiota, con un pie y un brazo en la tumba. Deja que vayan los jóvenes, y no un viejo gordo y calvo como tú.

—No soy calvo —replicó papá con dignidad—. Aún tengo muchos cabellos. ¿Y por qué no he de ser yo quien se lleve la comisión? ¿Por qué ha de ser un joven? Escucha, ¡esto puede significar millones!

Ella lo sabía, y guardó silencio.

Arcadia le vio una vez antes de que se marchara

—¿Irá usted a Términus? —le preguntó.

—¿Por qué no? Tú misma has dicho que necesitan pan, arroz y patatas. Haré un trato con ellos y se lo venderé.

—Entonces... quiero pedirle una cosa. Si va a Términus, ¿podría..., podría ver a mi padre?

El rostro de papá se arrugó, lleno de comprensión.

—¡Oh! ¿Y crees que hacía falta que me lo dijeras? Claro que iré a verle. Le diré que estás muy bien y que todo va sobre ruedas, y que cuando la guerra termine te llevaré a casa.

—Gracias. Le diré cómo puede encontrarle. Su nombre es doctor Toran Darell, y vive en Stanmark, un suburbio de Términus; puede tomar un avión de enlace que va hasta allí. La dirección es 55 Channel Drive.

—Espera, que voy a anotarlo.

—No, no. —Arcadia le cogió del brazo—. No debe llevar nada anotado. Tendrá que recordarlo... y encontrarle sin pedir ayuda a nadie.

Papá parecía perplejo. Luego se encogió de hombros.

—Muy bien. Es el 55 de Channel Drive, en Stanmark, un suburbio de Términus, y se va en avión. ¿Correcto?

—Hay otra cosa.

—¿Cuál?

—¿Quiere decirle algo de mi parte?

—Pues claro.

—Quiero decírselo en voz muy baja.

Él inclinó la cabeza hacia ella, y Arcadia le susurró unas palabras.

Papá abrió mucho los ojos.

—¿Eso es lo que quieres que diga? ¡Pero si no tiene ningún sentido!

—Él sabrá de qué se trata. Diga solamente que es un mensaje de mi parte y que yo he dicho que él sabrá de qué se trata. Lo ha de decir exactamente como se lo he dicho yo. No cambie nada. ¿No lo olvidará?

—¿Cómo puedo olvidarlo? Son sólo cinco palabras. Escucha...

—No, no. —Arcadia dio varios saltitos, impulsada por la intensidad de sus sentimientos—. No lo repita. No lo repita a nadie. Olvídese de ello excepto cuando vea a mi padre. Prométamelo.

Papá volvió a encogerse de hombros.

—Está bien. ¡Lo prometo!

—De acuerdo —repuso ella con expresión triste.

Cuando le vio bajar por el camino hacia el lugar donde le esperaba el aerotaxi para llevarle al espacio puerto, Arcadia se preguntó si iría hacia la muerte por culpa de ella. Se preguntó si volvería a verle alguna vez.

Casi no se atrevía a entrar de nuevo en la casa y enfrentarse a la bondadosa mamá. Tal vez, cuando todo hubiera terminado, tendría que suicidarse por el mal que les había hecho.

19. FIN DE LA GUERRA

QUORISTON. Batalla de.—*Librada en 9-17-377 D.F. entre las fuerzas de la Fundación y las del señor Stettin de Kalgan, fue la última batalla de importancia durante el Interregno...*

Enciclopedia Galáctica

Jole Turbor, en su nuevo papel de corresponsal de guerra, llevaba su macizo cuerpo enfundado en un uniforme militar, y sentía una relativa satisfacción. Disfrutaba encontrándose de nuevo en el aire, y perdió algo de la fiera impotencia de verse envuelto en una lucha trivial contra la Segunda Fundación, en la excitación de otra clase de lucha con naves reales y hombres corrientes.

Era cierto que la Fundación no había cosechado victorias, pero aún era posible enfocar la cuestión con filosofía. Al cabo de seis meses, el núcleo de la Fundación continuaba intacto, y el grueso de la Flota seguía en pie de guerra. Contando los nuevos refuerzos desde el principio de la guerra, era casi tan fuerte numérica y técnicamente como antes de la derrota de Ifni.

Y, mientras tanto, se reforzaban las defensas planetarias, las fuerzas armadas recibían un mejor adiestramiento, la eficiencia administrativa se incrementaba y gran parte de la Flota kalganiana se dispersaba debido a la necesidad de ocupar el territorio «conquistado».

Por el momento, Turbor se encontraba con la Tercera Flota, en los bordes exteriores del sector de Anacreonte. De acuerdo con su política de hacer de aquello una «guerra del hombre de la calle», se hallaba entrevistando a Fennel Leemor, ingeniero de tercera clase, voluntario.

—Díganos algo acerca de usted mismo —propuso Turbor.

—No hay mucho que contar. —Leemor movió los pies, y una sonrisa tímida apareció en su rostro, como si estuviera viendo a todos los millones que indudablemente le estaban mirando en aquel momento—. Soy de Locris. Trabajo en una fábrica de coches aéreos, soy jefe de sección y tengo un buen salario. Estoy casado y tengo dos hijas. Oiga, ¿no podría saludarlas, por sí me están escuchando?

—Adelante, amigo. El vídeo está a su disposición.

—¡Oh, gracias! —murmuró—. Hola, Milla. Por si me estás escuchando, estoy bien. ¿Cómo se encuentra Sunni? ¿Y Tomma? No dejo de pensar en vosotras, y tal vez obtenga un permiso cuando volvamos a puerto. Recibí el paquete de comida, pero te lo he devuelto porque aquí tenemos nuestra ración y dicen que los civiles están un poco faltos de alimentos. Creo que esto es todo.

—La visitaré la próxima vez que vaya a Locris, amigo, y me aseguraré de que no le falte comida. ¿De acuerdo?

El joven sonrió, agradecido, asintiendo.

—Gracias, señor Turbar. Se lo agradezco mucho.

—De nada. Díganos ahora... Usted es un voluntario, ¿verdad?

—Claro que lo soy. Si alguien me provoca, no tengo que esperar a que me obliguen a luchar. Me alisté el día en que me enteré de lo de la *Hober Mallow*.

—Éste es el espíritu, sí, señor. ¿Ha visto mucha acción? Observo que lleva dos estrellas.

—¡Bah! —El hombre escupió—. Aquello no fueron batallas, fueron simples cacerías. Los kalganianos no luchan, a menos que sean cinco contra uno o más. Incluso entonces se escabullen y tratan de atacar a las naves una por una. Un primo mío estuvo en Ifni, en una de las naves que escaparon, la vieja *Ebling Mis*. Dice que allí ocurrió lo mismo. Ellos atacaban con toda su Flota y nosotros sólo teníamos una división, y hasta que sólo nos quedaron cinco naves se escabulleron en vez de luchar. En aquella batalla dejamos fuera de combate al doble de naves suyas de las que perdimos nosotros.

—Entonces, ¿usted cree que ganaremos la guerra?

—Con toda seguridad, ahora que no estamos retrocediendo. Incluso aunque las cosas fueran muy mal, estoy convencido de que la Segunda Fundación intervendría. Contamos con el Plan Seldon, y ellos también lo saben.

Los labios de Turbor se curvaron un poco.

—¿De modo que usted cuenta con la Segunda Fundación?

La respuesta tuvo un tono de auténtica sorpresa.

—¡Cómo! ¿Acaso no cuentan todos con ella?

El joven oficial Tippellum entró en la habitación de Turbor después de la emisión de vídeo. Alargó un cigarrillo al corresponsal y se empujó la gorra hasta la nuca.

—Hemos hecho un prisionero —anunció.

—¿Ah, sí?

—Es un tipo estrambótico. Pretende ser neutral; inmunidad diplomática, nada menos. Creo que no saben qué hacer con él. Su nombre es Palbro, o Palver, o algo por el estilo, y dice que es de Trántor. Ignoro qué demonios hace en una zona de guerra.

Pero Turbor se había incorporado en su litera, y olvidado por completo su interrumpida siesta. Recordaba muy bien su última entrevista con Darell, al día siguiente de la declaración de la guerra.

—Preem Palver —dijo. Era una afirmación.

Tippellum dejó que el humo saliera por las comisuras de sus labios.

—Sí —murmuró—. ¿Cómo diablos lo sabe?

—No importa. ¿Puedo verle?

—¡Por el Espacio! No lo sé. El viejo lo tiene en su despacho para interrogarle. Todo el mundo cree que es un espía.

—Diga al viejo que yo le conozco, si es quien pretende ser. Cargaré con la responsabilidad.

El capitán Dixyl contemplaba incesantemente el detector desde la nave insignia de la Tercera Flota. Ninguna nave podía evitar ser la fuente de una radiación subatómica —ni siquiera si permanecía como una masa inerte—, y cada punto focal de aquella radiación era un pequeño destello en el campo tridimensional.

Todas las naves de la Fundación habían sido registradas, y ya no quedaba ningún destello, ahora que habían hecho prisionero a aquel pequeño espía que pretendía ser neutral. La nave extranjera había causado un momentáneo revuelo en la cabina del capitán. Podía ser necesario un rápido cambio de táctica. Pero, por lo visto...

—¿Está seguro de que lo tiene? —preguntó.

El comandante Cenn asintió:

—Conduciré mi escuadrón a través del hiperespacio: radio, 10.00 parsecs; theta, 268,52 grados; phi, 84,15 grados. Retorno al punto de origen en 1330. Ausencia total, 11,83 horas.

—Está bien. Ahora comenzaremos a contar con exactitud el espacio y el tiempo. ¿Comprendido?

—Sí, capitán. —Miró su reloj de pulsera—. Mis naves estarán dispuestas a las 0140.

—Bien —dijo el capitán Dixyl.

El escuadrón kalganiano no se hallaba todavía dentro del alcance del detector, pero no tardaría en estarlo. Había información independiente a este respecto. Sin el escuadrón de Cenn, las fuerzas de la Fundación serían numéricamente muy inferiores, pero el capitán tenía confianza. *Plena* confianza.

Preem Palver miraba tristemente a su alrededor. Primero miró al alto y huesudo almirante, y luego a los otros, todos de uniforme; y ahora miraba a aquel hombre grueso y macizo que llevaba el cuello abierto e iba sin corbata —a diferencia del resto—, que había dicho que quería hablar con él.

Jole Turbor estaba diciendo:

—Soy perfectamente consciente, almirante, de las graves posibilidades que este asunto implica, pero le aseguro que, si me permite hablar con él unos minutos, tal vez pueda aclarar las dudas existentes al respecto.

—¿Hay alguna razón para que no le interrogue en mi presencia?

Turbor frunció los labios con expresión obstinada.

—Almirante —dijo—, mientras yo he estado en sus

naves, la Tercera Flota ha disfrutado de una prensa excelente. Ponga centinelas ante la puerta, si lo desea, y regrese dentro de cinco minutos. Pero ahora, déjeme hacer las cosas a mi modo y sus relaciones públicas seguirán siendo perfectas. ¿Me comprende?

El almirante le comprendió.

Cuando Turbor se encontró a solas con Palver, se dirigió a él rápidamente:

—Deprisa, dígame el nombre de la chica que raptó.

Palver le miró con los ojos muy abiertos y meneó la cabeza.

—Nada de tonterías —amenazó Turbor—. Si no me contesta, le acusarán de ser un espía, y los espías son liquidados sin juicio previo en tiempo de guerra.

—¡Arcadia Darell! —jadeó Palver.

—*¡Bien!* ¿Está sana y salva?

Palver asintió.

—Será mejor que me lo asegure, o lo pasará usted muy mal.

—Goza de buena salud, y está totalmente a salvo —afirmó Palver.

El almirante regresó.

—¿Y bien?

—Este hombre no es un espía, señor. Puede usted creer lo que le dice. Yo respondo de él.

—¿Ah, sí? —El almirante frunció el ceño—. En tal caso, representa a una cooperativa agrícola de Trántor que desea llegar a un acuerdo comercial con Términus para la venta de cereales y patatas. Está bien, le creo, pero no podrá irse enseguida.

—¿Por qué no? —preguntó Palver con rapidez.

—Porque estamos a mitad de una batalla. Cuando termine, y suponiendo que aún estemos vivos, le llevaremos a Términus.

La Flota kalganiana diseminada por el espacio localizó las naves de la Fundación desde una distancia increíble, y fue a su vez localizada. Como pequeñas luciérnagas en los grandes detectores del enemigo, se fueron aproximando a través del vacío.

El almirante de la Fundación frunció el ceño y dijo:

—Éste debe de ser su ataque principal: contemple la cantidad de naves. Pero no podrán con nosotros, sobre todo si contamos con el destacamento de Cenn.

El comandante Cenn se había despegado de ellos horas antes, a la primera detección del enemigo. Ahora era imposible alterar el plan. Tal vez funcionara, tal vez no, pero el almirante estaba muy confiado, al igual que sus oficiales, al igual que sus hombres.

De nuevo contempló las luciérnagas, que lanzaban destellos y volaban en formación impecable, como en un ballet de la muerte.

La Flota de la Fundación se retiraba lentamente. A medida que transcurrían las horas iba virando con lentitud, obligando al enemigo a cambiar ligeramente su rumbo.

En las mentes de los estrategas había un determinado volumen de espacio que debía ser ocupado por las naves kalganianas. Las de la Fundación iban abandonando aquel volumen, atrayendo hacia él al enemigo. Las que volvían a salir de él eran atacadas, repentina y furiosamente. Las que se quedaban dentro, no sufrían ningún ataque.

Todo dependía de la indecisión de las naves del Señor Stettin de tomar la iniciativa, o de su decisión de permanecer donde no eran atacadas.

El capitán Dixyl tenía su mirada glacial fija en su reloj de pulsera. Eran las 1310.

—Tenemos veinte minutos —dijo.

El teniente que se encontraba a su lado asintió.

—Hasta ahora todo parece ir bien. Tenemos atrapado a más del noventa por ciento de sus naves. Si podemos mantenerlas allí...

—¡Sí! Si podemos...

Las naves de la Fundación volvían a avanzar... muy lentamente, no lo bastante deprisa como para obligar a los kalganianos a cesar en su persecución, pero sí con la rapidez suficiente como para desalentar su avance. Preferían esperar.

Y los minutos fueron transcurriendo.

A las 1325, el aviso del almirante sonó simultáneamente en setenta y cinco naves de la Fundación, que se acercaron con la máxima aceleración al grueso de la Flota kalganiana, que constaba de trescientas naves. Los escudos kalganianos entraron en acción, y se dispararon los inmensos rayos de energía. Cada una de las trescientas naves se concentraron en la misma dirección, hacia sus insensatos atacantes, que avanzaban inexorable y osadamente...

A las 1330, cincuenta naves bajo el mando del comandante Cenn aparecieron de la nada, en un único salto a través del hiperespacio hasta un punto calculado en determinado momento... y atacaron con furia arrolladora por la retaguardia kalganiana.

La trampa funcionó a la perfección.

Los kalganianos poseían todavía gran número de naves, pero ya no estaban de humor para contarlas. Su primer esfuerzo fue para escapar, y la formación, una vez rota, se hizo aún más vulnerable frente al ataque de las naves enemigas.

Al cabo de poco tiempo, la lucha tomó las proporciones de una caza de ratas.

De las trescientas naves kalganianas, el grueso y el orgullo de su Flota, sólo unas sesenta, muchas de ellas en un estado casi irreparable, pudieron regresar a Kalgan. La Fundación había perdido ocho naves de un total de ciento veinticinco.

Preem Palver aterrizó en Términus en el momento álgido de las celebraciones. Le abrumó el jolgorio, pero antes de abandonar el planeta había cumplido dos objetivos y recibido un encargo.

Los dos objetivos eran: 1) la conclusión de un acuerdo por el que la cooperativa de Palver entregaría veinte cargamentos de diversos artículos alimenticios por mes, durante un año, a precios de guerra y, gracias a la reciente batalla, sin los correspondientes riesgos, y 2) la transmisión al doctor Darell de las cinco breves palabras de Arcadia.

Durante un momento de asombro, Darell le había mirado con los ojos muy abiertos, y entonces le había hecho un encargo. Éste consistía en dar una respuesta a Arcadia. A Palver le gustó; era una respuesta sencilla y tenía sentido. Rezaba: «Ahora puedes volver. Ya no hay ningún peligro.»

El Señor Stettin se hallaba invadido de una tremenda frustración. Contemplar cómo todas sus armas se rompían en sus manos, y sentir cómo el firme tejido de su poderío militar se deshacía en podridos jirones de la manera más imprevista, convirtió su actitud flemática en un torrente de cólera. Y, sin embargo, no podía hacer nada, y lo sabía.

En realidad, hacía semanas que no dormía bien, y no se había afeitado en tres días. Había cancelado todas las audiencias y abandonado a su suerte a sus generales. Nadie sabía mejor que el Señor de Kalgan que no eran necesarias más derrotas para que dentro de muy poco tiempo se enfrentase con una rebelión interna.

Lev Meirus, el primer ministro, no le servía de nada. Estaba ante él, tranquilo e indecentemente viejo, acariciándose como siempre con un dedo nervioso la nariz y la mejilla.

—¡Vamos —le gritó Stettin—, contribuya con algo! Estamos vencidos, ¿lo comprende? *¡Vencidos!* ¿Y por qué? Lo ignoro. Ya ve usted, lo ignoro. ¿Acaso lo sabe usted?

—Creo que sí —repuso Meirus, con calma.

—¡Traición! —fue la réplica, pronunciada en voz baja como las palabras que siguieron—. Usted estaba enterado de una traición y ha guardado silencio. Sirvió al imbécil a quien arrebaté la Primera Ciudadanía y está convencido de que podrá servir a la rata que venga a reemplazarme. Por su actuación le haré arrancar las entrañas y quemarlas ante sus propios ojos.

Meirus permaneció impasible.

—He intentado mostrarle mis propias dudas, no una vez, sino muchas. Se las he gritado al oído y usted ha preferido seguir el consejo de los demás porque halagaba más su vanidad. Las cosas han ido aún peor de lo que me temía. Si ahora tampoco quiere escucharme, dígamelo, señor, y me marcharé, y a su debido tiempo serviré a su sucesor, cuyo primer acto será sin duda alguna la firma de un tratado de paz.

Stettin le contempló con fijeza, mientras sus enormes manos se abrían y cerraban lentamente.

—Hable, estúpido anciano, *¡hable!*

—Le he dicho a menudo, señor, que usted no es el Mulo. Puede controlar naves y cañones, pero no puede controlar las mentes de sus súbditos. ¿Es usted consciente, señor, de la identidad de su enemigo? Se trata de la Fundación, que nunca sufre derrotas, la Fundación, que está protegida por el Plan Seldon, la Fundación, que está destinada a formar un nuevo Imperio.

—Ya no existe ningún Plan. Munn lo ha dicho.

—Entonces, Munn se equivoca. Y aunque tuviera razón, ¿qué importaría? Usted y yo, señor, no somos el pueblo. Los hombres y mujeres de Kalgan y de sus mundos satélites creen ciega y profundamente en el Plan Seldon, al igual que todos los habitantes de este extremo de la Galaxia. Casi cuatrocientos años de historia nos enseñan el hecho de que la Fundación no puede ser derrotada. No lo consiguieron los Reinos, ni los señores guerreros, en el antiguo imperio Galáctico.

—El Mulo lo consiguió.

—Exactamente, pero él estaba más allá de todo cálculo, y usted no. Y lo que es peor, la gente lo sabe. Por esta razón sus naves participan en la batalla temiendo la derrota. La conciencia del Plan se cierne sobre ellos, inspirándoles cautela, temor al ataque y demasiadas dudas. En cambio, esta misma conciencia infunde confianza al enemigo, suprime el temor y mantiene su moral pese a las antiguas derrotas. ¿Y por qué no? La Fundación siempre ha sido derrotada al principio, pero siempre ha vencido al final. ¿Y qué hay de su propia moral, señor? Por doquier se halla usted en territorio enemigo. Sus propios dominios no han sido invadidos, todavía no corren peligro de invasión, y, no obstante, ha sido vencido. Ni siquiera cree en la posibilidad de la victoria, porque sabe que no existe. Por consiguiente, ceda, ceda antes de la derrota definitiva. Ceda voluntariamente y podrá salvar lo que le queda. Siempre ha dependido del metal y el poder, y le han sostenido en la medida de lo posible. Usted ha ignorado la mente y la moral, y entonces le han fallado. Así pues, siga mi consejo. Tiene prisionero a un hombre de la Fundación: Homir Munn. Déjele en libertad. Envíele a Términus con su oferta de paz.

Stettin apretó los dientes tras sus labios delgados y pálidos. Pero ¿qué alternativa tenía?

El primer día del año nuevo, Homir Munn abandonó Kalgan. Más de seis meses habían transcurrido desde que saliera de Términus, y en el intervalo una guerra había sido librada y perdida.

Llegó acompañado, pero se marchó solo. Había venido como un simple ciudadano con motivos particulares, y se marchó como un efectivo embajador de paz.

Lo que más había cambiado en él era su antigua preocupación por la Segunda Fundación. Se rió al recordarla, y se imaginó con todo lujo de detalles su revelación final al doctor Darell, al enérgico y competente Anthor, a todos ellos...

Él lo sabía todo. Él, Homir Munn, conocía finalmente la verdad.

20. «YO SÉ...»

Los dos últimos meses de la guerra stettiniana no dejaron mucho tiempo libre a Homir. En su insólito papel de Mediador Extraordinario se encontró en el centro de los asuntos interestelares, lo cual no dejaba de satisfacerle.

No hubo más batallas importantes, sino sólo unas cuantas escaramuzas accidentales de escasa consideración, y la Fundación no tuvo necesidad de hacer concesiones al redactar el tratado. Stettin conservaría su puesto, pero muy pocas cosas más. Su Flota fue desmantelada, sus posesiones fuera del sistema central recibieron la autonomía y la autorización de votar por el retorno a su posición primitiva: independencia total o confederación dentro de la Fundación.

La guerra terminó oficialmente en un asteroide del sistema estelar de Términus, lugar de la base naval más antigua de la Fundación. Lev Meirus firmó por Kalgan, y Homir Munn fue un interesado espectador.

Durante todo aquel período no vio al doctor Darell ni a ninguno de los otros. Pero no importaba mucho.

Su noticia podía esperar, y, como siempre, pensar en ella distendía su rostro con una sonrisa.

El doctor Darell regresó a Términus unas semanas después del Día de la Victoria, y aquella misma noche su casa sirvió de lugar de reunión para los cinco hombres que, diez meses atrás, habían trazado sus primeros planes.

Prolongaron la cena y se demoraron con el café y los licores, como si estuviesen indecisos antes de abordar el viejo tema.

Fue Jole Turbor quien, contemplando el fondo oscuro de su copa de licor, murmuró, más que dijo:

—Bien, Homir, tengo entendido que ahora es un hombre de negocios. Ha llevado bien los asuntos.

—¿Yo? —Munn soltó una alegre carcajada. Por alguna razón, no había tartamudeado durante meses—. No he tenido nada que ver con todo ello. Fue Arcadia. A propósito, Darell, ¿cómo está? Me han dicho que vuelve de Trántor.

—Es cierto —repuso Darell con voz tranquila—. Su nave llegará esta misma semana.

Miró a los otros con ojos observadores, pero sólo hubo confusas exclamaciones de alegría. Nada más. Turbor dijo:

—Entonces, todo se ha acabado. ¿Quién hubiera adivinado todo esto hace diez meses? Munn fue a Kalgan y ha regresado. Arcadia ha estado en Kalgan y Trántor y no tardará en volver. Ha habido una guerra y la hemos ganado. Nos dicen que se pueden predecir los grandes giros de la historia, pero parece inconcebible que todo lo ocurrido recientemente, con su gran confusión para los que lo hemos vivido, haya sido predicho.

—Tonterías —intervino agriamente Anthor—. ¿Y por qué este acento triunfal, si se puede saber? Habla usted como si realmente hubiéramos ganado una guerra, cuando de hecho sólo hemos ganado una simple reyerta que ha distraído nuestras mentes del verdadero enemigo.

Hubo un incómodo silencio, en el que la sonrisa de Homir Munn fue la única nota discordante.

Anthor descargó un puñetazo sobre el brazo de su sillón.

—Sí, me refiero a la Segunda Fundación. Nadie la menciona, y si mi juicio es correcto, todos se esfuerzan para no pensar en ella. ¿Acaso esta falsa atmósfera de victoria que reina en este mundo de idiotas es tan atractiva que se sienten obligados a participar en ella? Entonces, den saltos mortales, hagan proezas atléticas, golpéense unos a otros en el hombro y arrojen confeti por la ventana. Hagan lo que quieran, hasta que lo hayan celebrado, y cuando ya no puedan más y vuelvan a ser ustedes mismos, vengan y discutiremos el problema, que sigue existiendo exactamente igual que hace diez meses, cuando vinieron aquí mirando por encima del hombro, temiendo no sabían qué. ¿Creen realmente que las supermentes de la Segunda Fundación son menos temibles porque han derrotado a un insensato dictador?

Hizo una pausa, con el rostro enrojecido, jadeando.

Munn preguntó con voz serena:

—¿Quiere escucharme ahora, Anthor, o prefiere seguir con su papel de airado conspirador?

—Di lo que quieras, Homir —intervino Darell—, pero procuremos todos abstenernos de utilizar un lenguaje excesivamente florido. Es muy bonito cuando viene a cuento, pero en estos momentos me fastidia.

Homir Mumm se apoyó en el respaldo de su asiento y llenó de nuevo su copa con movimientos lentos.

—Fui enviado a Kalgan —dijo— para descubrir lo

que pudiera en los archivos del palacio del Mulo. Pasé varios meses dedicado a esta tarea, y no pretendo ningún mérito por ello. Como ya he indicado, fue Arcadia, con su ingeniosa intervención, quien logró que me permitieran entrar en el palacio. Sin embargo, es un hecho que a mis conocimientos anteriores sobre la vida y la época del Mulo, los cuales, lo reconozco, no eran escasos, he añadido los frutos de un minucioso trabajo entre evidencias de primera mano que no han estado al alcance de ninguna otra persona. Me encuentro, por lo tanto, en una posición única para valorar el verdadero peligro de la Segunda Fundación; lo cual no se puede decir de nuestro joven y excitable amigo.

—¿Y cómo valora usted ese peligro? —rugió Anthor.

—Pues, naturalmente, en cero.

Una breve pausa, tras la cual Elvett Semic preguntó con aire de sorprendida incredulidad:

—¿Quiere decir que el peligro es nulo?

—Exactamente. Amigos míos, *¡la Segunda Fundación no existe!*

Anthor cerró los ojos lentamente, y permaneció silencioso, con el rostro lívido y sin expresión.

Munn continuó, sabiéndose el centro de la atención y satisfecho de serlo:

—Y lo que es más, no ha existido nunca.

—¿En qué basas esta sorprendente conclusión? —interrogó Darell.

—Niego que sea sorprendente —declaró Munn—. Todos ustedes conocen la historia de la búsqueda de la Segunda Fundación por parte del Mulo. Pero nada sabemos de la intensidad de dicha búsqueda, del propósito firme que la guiaba. El Mulo tenía a su disposición inmensos recursos, y los utilizó todos. Tenía un único objetivo... y, sin embargo, falló. No encontró la Segunda Fundación.

—Era difícil que la encontrase —señaló Turbar, inquieto—. Disponía de medios para protegerse contra las mentes inquisitivas.

—¿Incluso cuando la mente inquisitiva es la mentalidad mutante del Mulo? No lo creo. Pero no pretenderán ustedes que les facilite cincuenta volúmenes de informes en cinco minutos. Todo ello será eventualmente, según los términos del tratado de paz, parte del Museo Histórico de Seldon, y entonces tendrán oportunidad de analizarlo con la misma calma con que lo he hecho yo. Hallarán su conclusión claramente formulada, y es la misma que ya he expresado yo: no existe, ni ha existido jamás, una Segunda Fundación.

Semic interrumpió.

—Entonces, ¿qué fue lo que detuvo al Mulo?

—Por la Gran Galaxia, ¿qué se imagina usted que pudo detenerle? La muerte, como nos detendrá a todos nosotros. La mayor superstición de la época es que el Mulo fue detenido en su arrolladora carrera por unas entidades misteriosas que eran superiores a él. Es el resultado de enfocarlo todo desde un punto erróneo. Es evidente que nadie en la Galaxia puede ignorar que el Mulo era un monstruo, tanto física como mentalmente. Murió antes de los cuarenta años porque su cuerpo enfermizo no pudo luchar por más tiempo contra su constante desequilibrio. Fue un inválido durante los últimos años de su vida, y su salud nunca superó el estado débil de un hombre corriente. Eso es todo. Conquistó la Galaxia y, siguiendo el curso normal de la naturaleza, llegó un día en que le sobrevino la muerte. Es un milagro que viviera tanto y tan plenamente. Amigos míos, la cuestión se encuentra escrita en la más clara de las letras impresas. Lo único que han de tener es paciencia para volver a enfocar todos los hechos desde un nuevo punto de vista.

—Bien, lo intentaremos, Munn —dijo Darell en tono pensativo—. Será una tentativa interesante, aun en el caso de que sólo sirva para refrescar nuestras ideas. Pero ¿qué me dices de esos hombres manipulados de quienes hablan los archivos que Anthor nos enseñó hace casi un año? Ayúdanos a enfocarlos también a ellos.

—Es fácil. ¿Qué antigüedad tiene la ciencia del análisis encefalográfico? O, en otras palabras, ¿cuál es el desarrollo del estudio de los problemas neurónicos?

—Concedido; a este respecto estamos en los comienzos —admitió Darell.

—Muy bien. Entonces, ¿hasta qué punto podemos estar seguros de la interpretación de lo que Anthor y tú llamáis «la planicie manipulada»? Tenéis vuestras teorías, pero ¿acaso estáis seguros? ¿Se puede considerar una base firme para la existencia de una fuerza poderosa para la que todas las demás pruebas son negativas? Siempre resulta fácil explicar lo desconocido por medio de una voluntad sobrehumana y arbitraria. Se trata de un fenómeno muy humano. En toda la historia galáctica ha habido casos de sistemas planetarios aislados que han retornado a la barbarie, y, ¿qué hemos aprendido de ellos? En cada uno de esos casos, los salvajes atribuyen las fuerzas de la naturaleza, incomprensibles para ellos, como tormentas, pestes o sequías, a seres sensibles más poderosos y arbitrarios que los hombres. Creo que eso se llama antropomorfismo, y a este respecto nosotros somos salvajes y nos recrearnos en ello. Como sabemos poco de la ciencia mental, atribuimos todo lo que desconocemos a superhombres, en este caso a los de la Segunda Fundación, basándonos en la indicación de Seldon.

—¡Oh! —interrumpió Anthor—. Veo que se acuerda de Seldon. Creía que se había olvidado de él. Seldon dijo, efectivamente, que había una Segunda Fundación. Enfoque bien *esa* afirmación.

—¿Y usted cree conocer todos los propósitos de Seldon? ¿Conoce todas las necesidades encerradas en sus cálculos? Es posible que la Segunda Fundación fuera una falsedad muy necesaria, con un propósito muy específico. ¿Cómo derrotamos a Kalgan, por ejemplo? ¿Qué decía usted en su última serie de artículos, Turbor?

Turbor removió su corpachón.

—Sí, ya veo adónde quiere ir a parar. Yo estuve en Kalgan hacia el final, Darell, y era evidente que la moral estaba por los suelos en el planeta. Eché un vistazo a sus periódicos y... bueno, daban la derrota como cosa hecha. De hecho, estaban convencidos de que la Segunda Fundación acabaría interviniendo, a favor de la Primera, naturalmente.

—Eso es —convino Munn—. Yo estuve allí durante toda la guerra. Le dije a Stettin que la Segunda Fundación no existía, y él me creyó. Se sentía seguro. Pero no había modo de hacer que el pueblo dejase de creer en lo que había creído toda su vida, por lo que el mito acabó siendo muy útil para un propósito del juego de ajedrez cósmico de Seldon.

Anthor abrió los ojos repentinamente y los fijó con ironía en el rostro de Munn.

—*Yo digo que usted miente.*

Homir palideció.

—No creo que deba aceptar, y mucho menos responder, a una acusación de esta índole.

—Lo digo sin ninguna intención de ofensa personal. Usted no puede evitar mentir; ni siquiera sabe que está mintiendo. Pero lo cierto es que miente.

Semic posó su mano marchita sobre el brazo del joven.

—Cálmese, muchacho.

Anthor se desasió con brusquedad y dijo:

—Mi paciencia ha llegado ya al límite con todos

ustedes. No he visto a este hombre más de media docena de veces en mi vida, pero encuentro increíble el cambio operado en él. Todos ustedes le conocen desde hace años, y, sin embargo, no lo advierten. Es suficiente como para volverle a uno loco. ¿Llaman Homir Munn a este hombre que acaban de escuchar? Pues no es el Homir Munn que yo conocía.

Se produjo un clamor, y la voz de Munn tronó:

—¿Me está acusando de ser un impostor?

—Tal vez no en el sentido corriente —gritó Anthor para hacerse oír entre el ruido—, pero sí un impostor, al fin y al cabo. ¡Silencio todo el mundo! Exijo ser escuchado.

Frunció el ceño con expresión feroz, y todos le obedecieron.

—¿Recuerda alguno de ustedes al Homir Munn de antes, al bibliotecario introvertido que nunca hablaba sin una timidez evidente; al hombre de voz tensa y nerviosa, que tartamudeaba sus frases indecisas? ¿Se parece a él este hombre? Habla con fluidez, está lleno de confianza y de teorías, y, ¡por el Espacio!, no tartamudea. ¿Es la misma persona?

Incluso Munn pareció confuso, y Pelleas Anthor continuó:

—¿Y bien? ¿Le sometemos a una prueba?

—¿A cuál? —preguntó Darell.

—¿*Usted* pregunta a cuál? Existe una prueba evidente. Usted tiene su registro encefalográfico de hace diez meses, ¿verdad? Hágale otro y compárelos.

Señaló al bibliotecario, que tenía el ceño fruncido, y añadió con violencia:

—Le desafío a que se niegue a someterse al análisis.

—No me negaré —dijo Munn con voz firme—. Soy el mismo hombre de siempre.

—¿Cómo puedo saberlo? —preguntó Anthor con desdén—. Iré aún más lejos. No me fío de ninguno de los presentes; quiero que todos se sometan a un análisis. Ha habido una guerra, Munn ha estado en Kalgan, y Turbor a bordo de una nave que ha recorrido todas las áreas de guerra. Darell y Semic también han estado ausentes..., ignoro adónde fueron. Sólo yo he permanecido aquí, recluido y a salvo, y ya no puedo fiarme del resto de ustedes. Pero, para jugar limpio, yo también me someteré a la prueba. ¿Estamos de acuerdo, o quieren que me vaya y siga solo mi camino?

Turbor se encogió de hombros y declaró:

—Yo no me opongo.

—Yo ya he dicho que no me negaré —dijo Munn.

Semic movió una mano en señal de asentimiento, y Anthor esperó la respuesta de Darell. Finalmente, Darell aceptó con la cabeza.

—Empiece conmigo —dijo Anthor.

Las agujas trazaron su delicado dibujo en la banda registradora mientras el joven neurólogo yacía inmóvil sobre el sillón reclinado, con los párpados cerrados y temblorosos. Darell extrajo del archivador la carpeta que contenía el antiguo registro encefalográfico de Anthor, y se lo alargó a éste.

—Ésta es su firma, ¿verdad?

—Sí, sí. Es mi registro. Haga la comparación.

La pantalla mostró el antiguo y el nuevo. Aparecieron en ambos las seis curvas, y en la oscuridad sonó la voz de Munn con insólita claridad:

—Bien, miren allí. Hay un cambio.

—Se trata de las ondas primarias del lóbulo frontal. No significa nada, Homir. Las alteraciones que estás señalando sólo indican cólera. Son las otras las que cuentan.

Pulsó un botón de control y los seis pares de curvas se superpusieron; coincidían todas. Sólo se veía el cambio de una amplitud más profunda en las primarias.

—¿Satisfecho? —preguntó Anthor.

Darell asintió brevemente y ocupó a su vez el sillón. Le siguieron Semic y Turbor. Las curvas fueron comparadas en silencio.

Munn fue el último en sentarse. Por un momento vaciló, y luego dijo, con un matiz de desesperación en la voz:

—Escuchen, mi turno es el último y estoy bajo tensión. Espero que lo tendrán en cuenta.

—Lo tendremos en cuenta —le aseguró Darell—. Ninguna emoción consciente será más importante que la primaria.

El silencio completo que siguió podría haber durado horas...

Y entonces, en la oscuridad de la comparación, Anthor dijo roncamente:

—Claro, claro, es sólo el inicio de un complejo. ¿No es lo que él nos dijo? Nada de manipulación; simplemente una estúpida noción antromórfica... pero, ¡véanlo! Supongo que será una coincidencia.

—¿Qué sucede? —gritó Munn.

Darell apretó con firmeza el hombro del bibliotecario.

—Calma, Munn..., has sido manipulado, ajustado por ellos.

Entonces se encendió la luz, y Munn miró a su alrededor con los ojos velados y una mueca que pretendía ser una sonrisa.

—No es posible que hables en serio. Aquí hay un propósito oculto. Me estáis poniendo a prueba.

Pero Darell negó con la cabeza.

—No, no, Homir. Es verdad.

Los ojos del bibliotecario se llenaron de lágrimas.

—No me siento diferente en absoluto. No puedo

creerlo. —Y con repentina convicción—: Todos están de acuerdo en esto. Es una conspiración.

Darell intentó un gesto conciliador, pero Munn le apartó la mano y exclamó:

—Están planeando matarme. ¡Por el Espacio, están planeando matarme!

De un salto, Anthor se abalanzó sobre él. Se oyó el sonido agudo de hueso contra hueso, y Homir quedó inconsciente, con el temor reflejado en el rostro.

Anthor se irguió, tambaleándose, y dijo:

—Será mejor que le atemos y amordacemos. Más tarde decidiremos qué debemos hacer.

Tiró hacia atrás sus largos cabellos. Turbor preguntó:

—¿Cómo ha adivinado que le ocurría algo anormal?

Anthor se volvió hacia él con expresión sarcástica:

—No ha sido difícil. Verán, *da la casualidad de que yo sé dónde está la Segunda Fundación.*

Las sacudidas sucesivas tienen un efecto decreciente...

Semic preguntó con tono tranquilo:

—¿Está seguro? Quiero decir que ya hemos hablado de todo esto con Munn, y...

—No es exactamente lo mismo —replicó Anthor—. Darell, el día en que empezó la guerra le hablé a usted con mucha seriedad. Traté de hacerle abandonar Términus. Entonces le hubiera dicho lo que voy a decirle ahora, si hubiese podido confiar en usted.

—¿Quiere decir que ha conocido la respuesta durante estos seis meses? —sonrió Darell.

—La conozco desde que supe que Arcadia se había ido a Trántor.

Darell se puso en pie con repentina consternación.

—¿Qué tiene que ver Arcadia con esto? ¿De qué está hablando?

—De nada que no sea evidente por los sucesos que

conocemos tan bien. Arcadia se va de Kalgan y huye, aterrorizada, hacia el *mismo* centro de la Galaxia, en vez de regresar a casa. El teniente Dirige, nuestro mejor agente en Kalgan, es manipulado. Homir Munn va a Kalgan y es manipulado a su vez. El Mulo conquistó la Galaxia, pero, cosa extraña, instaló su cuartel general en Kalgan, y se me ocurre preguntarme si fue un conquistador, o, tal vez, un instrumento. A cada momento nos encontramos con Kalgan, siempre Kalgan, el mundo que por alguna razón permaneció intacto durante más de un siglo, a través de las luchas de los señores guerreros.

—Sus conclusiones, entonces...

—Es obvio. —La mirada de Anthor era intensa—. La Segunda Fundación está en Kalgan.

Turbor interrumpió.

—Yo he estado en Kalgan, Anthor; la semana pasada. Si allí está la Segunda Fundación, yo estoy loco. Personalmente, creo que quien está loco es usted.

El joven se volvió salvajemente hacia él.

—Entonces es usted doblemente loco. ¿Qué espera que sea la Segunda Fundación? ¿Una escuela elemental? ¿Se imagina qué Campos Radiantes escriben «Segunda Fundación» en verde y violeta a lo largo de las rutas espaciales? Escúcheme, Turbor. Dondequiera que estén forman una oligarquía cerrada. Deben de estar tan ocultos en el mundo donde existen como el propio mundo debe de estarlo en el conjunto de la Galaxia.

Turbor apretó las mandíbulas.

—No me gusta su actitud, Anthor.

—Esto sí que me preocupa —fue la sarcástica respuesta—. Eche un vistazo a su alrededor, aquí, en Términus. Estamos en el centro, en el núcleo, en el origen de la Primera Fundación, con todos sus conocimientos de las ciencias físicas. Pues bien, ¿cuántos científicos físicos hay entre la población? ¿Sabe *usted* hacer funcionar una Estación Transmisora de Energía? ¿Qué sabe *usted* sobre el funcionamiento de un motor hiperatómico? El número de verdaderos científicos en Términus, incluso en Términus, puede calcularse en menos del uno por ciento de la población. ¿Qué ocurrirá, pues, en la Segunda Fundación, cuyo secreto debe ser preservado? Habrá aún menos científicos, y seguramente se ocultan incluso de su propio mundo.

—Oiga —interrumpió Semic con cautela—, acabamos de vencer a Kalgan...

—Sí, sí, es cierto —dijo Anthor en tono irónico—. ¡Y cómo celebramos esa victoria! Las ciudades aún están iluminadas; siguen encendiendo fuegos de artificio; continúan gritando en los televisores. Pero ahora, *ahora* que se inicia de nuevo la búsqueda de la Segunda Fundación, ¿cuál es el último lugar donde buscaremos, cuál es el último lugar donde se le ocurrirá buscar a cualquiera? ¡Exacto! ¡Kalgan! No les hemos hecho mucho daño, en realidad. Hemos destruido algunas naves, matado a unos cuantos miles, disgregado su Imperio, tomando algo de su poderío económico y comercial..., pero todo eso no significa nada. Apostaría algo a que ni un solo miembro de la clase dirigente de Kalgan siente la menor preocupación. Por el contrario, ahora están a salvo de la curiosidad ajena. Pero no de mi curiosidad. ¿Qué dice usted, Darell?

Darell se encogió de hombros.

—Es interesante. Estoy tratando de aplicarlo a un mensaje que recibí de Arcadia hace unos meses.

—¡Oh, un mensaje! —exclamó Anthor—. ¿Y qué decía?

—Bueno, no estoy seguro; eran sólo cinco breves palabras. Pero es interesante.

—Escuche —interrumpió Semic con interés y preocupación—, hay algo que no comprendo.

—¿Qué es?

Semic eligió cuidadosamente sus palabras, levantando el labio superior al pronunciarlas, como si le costara un esfuerzo expresar lo que iba a decir:

—Pues verá: Homir Munn ha dicho hace un rato que Hari Seldon mentía cuando anunció que había establecido una Segunda Fundación. Ahora usted dice que no es cierto; que Seldon no mentía, ¿no es así?

—Así es, no mentía. Seldon dijo que había establecido una Segunda Fundación, y era cierto.

—Está bien, pero además dijo otra cosa. Dijo que estableció las dos Fundaciones en «extremos opuestos de la Galaxia». Esto, jovencito, sí que fue una mentira, porque Kalgan no está en el extremo opuesto de la Galaxia.

Anthor pareció irritado.

—Eso es un detalle sin importancia. Tal vez lo dijo para protegerles. Pero, después de todo, reflexione..., ¿de qué serviría tener a las supermentes en el extremo opuesto de la Galaxia? ¿Cuál es su función? Ayudar a preservar el Plan. ¿Quiénes son los principales ejecutores del Plan? Nosotros, la Primera Fundación. ¿Desde dónde pueden observarnos mejor y cumplir sus objetivos? ¿Desde el extremo opuesto de la Galaxia? ¡Ridículo! En realidad están a cincuenta parsecs de distancia, lo cual es mucho más lógico.

—Me gusta este argumento —observó Darell—; tiene sentido. Escuchen, hace rato que Munn ha recuperado el conocimiento, y propongo que le desatemos. No puede hacer ningún daño, creo yo.

Anthor parecía disconforme, pero Homir meneó vigorosamente la cabeza. Cinco segundos después se frotaba las muñecas con idéntico vigor.

—¿Cómo te sientes? —preguntó Darell.

—Horriblemente —gruñó Munn—, pero no importa. Hay algo que quiero preguntar a este niño prodigio. He oído lo que ha dicho y me gustaría tener permiso para preguntar qué hacemos ahora.

Se produjo un extraño e incongruente silencio. Munn sonrió con amargura.

—Bien, supongamos que Kalgan *es* la Segunda Fundación. ¿Quiénes son *ellos* entre los habitantes de Kalgan? ¿Cómo van a encontrarles? Cómo van a luchar contra ellos si les encuentran, ¿eh?

—¡Ah! —exclamó Darell—. Por extraño que parezca, yo puedo contestar a eso. ¿Quieren saber lo que Semic y yo hemos estado haciendo durante estos seis meses? Puede proporcionarle otro motivo, Anthor, de mi insistencia en permanecer todo el tiempo en Términus.

—En primer lugar —continuó—, he trabajado en el análisis encefalográfico con más intensidad de la que cualquiera de ustedes puede sospechar. Detectar las mentes de la Segunda Fundación es un poco más sutil que encontrar solamente una planicie manipulada..., y en realidad no lo he logrado. Pero me he acercado mucho. ¿Sabe alguno de ustedes cómo funciona el control emocional? Ha sido un tema popular entre los escritos de ficción desde la época del Mulo, y se han escrito, dicho y registrado muchas tonterías al respecto. En general ha sido tratado como algo misterioso y oculto, lo cual no es cierto, por supuesto. Todo el mundo sabe que el cerebro es la fuente de multitud de diminutos campos electromagnéticos. Cada emoción fugaz varía esos campos de manera más o menos intrincada, y todo el mundo debe saber también esto. Pues bien, es posible concebir una mente que pueda sentir estos campos cambiantes e incluso resonar con ellos. Es decir, puede existir un órgano especial del cerebro que capte cualquiera de esos campos. No tengo idea de cómo podría hacerlo, pero eso no importa. Por ejemplo, si yo fuera ciego me sería igualmente posible aprender la importancia de los fotones y «quanta» de energía, y podría ser razonable para mí que la absorción de un fotón de dicha energía pudiera crear cambios químicos en algún órgano del cuerpo, de forma que su presencia fuese detectable. Pero, naturalmente, no sería capaz de comprender el color. ¿Me siguen todos ustedes?

Anthor asintió con firmeza, los otros, con vacilación.

—Este hipotético «órgano resonador de la mente», ajustándose a los campos emitidos por otras mentes, podría realizar lo que se conoce popularmente como «leer las emociones» o incluso «leer las mentes», que, en realidad, es algo aún más sutil. Partiendo de ahí, es fácil imaginar un órgano similar que fuera capaz de forzar un reajuste en otra mente. Con su campo más potente podría orientar al más débil de otra mente, de modo parecido a como un potente imán orienta los polos de una barra de acero y la deja magnetizada. Resolví las matemáticas de la Segunda Fundación en el sentido de que desarrollé una función que predeciría la necesaria combinación de sendas neurónicas que formarían un órgano como el que acabo de describir, pero, desgraciadamente, la función es demasiado complicada para ser resuelta con cualquiera de los instrumentos matemáticos conocidos en la actualidad. Esto es una lástima, porque significa que nunca podré detectar a uno de esos operadores mentales disponiendo sólo de su pauta encefalográfica. Pero podría hacer otra cosa. Con ayuda de Semic podría construir lo que describiré como un dispositivo estático mental. La ciencia moderna es capaz de crear una fuente de energía que duplique una pauta encefalográfica de campo eletromagnético. Además, puede construirse de modo que se desvíe totalmente al azar, creando, en lo que respecta a este particular sentido mental, una especie de «ruido» o «estática» que tape a otras mentes con las que puede estar en contacto. ¿Me han seguido hasta aquí?

Semic rió entre dientes. Le había ayudado a crear aquello a ciegas, pero había acertado.

—Creo que sí —repuso Anthor.

—El dispositivo —prosiguió Darell— es bastante fácil de construir, y yo tenía bajo mi control todos los recursos de la Fundación, ya que formaba parte de la investigación de guerra. Y ahora, las oficinas del alcalde y las asambleas legislativas están rodeadas de estática mental, así como nuestras principales fábricas y esta misma casa. Eventualmente, cualquier lugar que nos interese se puede poner completamente a salvo de la Segunda Fundación o de un futuro Mulo. Eso es todo.

Concluyó con sencillez, haciendo un simple ademán con la mano. Turbor parecía abrumado.

—Entonces, todo ha terminado. ¡Por el Gran Seldon, todo ha terminado!

—Bueno —dijo Darell—, no exactamente.

—¿Cómo que no exactamente? ¿Hay algo más?

—Sí. ¡Aún no hemos localizado la Segunda Fundación!

—¡Cómo! —rugió Anthor—. ¿Está intentando decir...?

—En efecto. Kalgan no es la Segunda Fundación.

—¿Cómo lo sabe usted?

—Es fácil —gruñó Darell—. Verá, *da la casualidad que yo sé dónde está realmente la Segunda Fundación.*

21. LA RESPUESTA SATISFACTORIA

Turbor se echó a reír de repente, con sonoras carcajadas que resonaron ruidosamente contra las paredes y se apagaron en gemidos. Agitó la cabeza sin fuerza y exclamó:

—Por la Gran Galaxia, esto ya dura toda la noche. Uno tras otro vamos colocando nuestros hombres de paja para después derribarlos. Nos divertimos, pero no vamos a ninguna parte. ¡Por el Espacio! Quizá todos los planetas son la Segunda Fundación. Quizá no tienen ningún planeta, sólo hombres clave esparcidos por todos los planetas. ¿Qué importa, a fin de cuentas, si Darell dice que tenemos la defensa perfecta?

Darell sonrió sin humor.

—La defensa perfecta no es suficiente, Turbor, incluso mi dispositivo de estática mental no es más que algo que nos mantiene en el mismo lugar. No podemos permanecer para siempre con los puños cerrados, buscando frenéticamente en todas direcciones al enemigo desconocido. No sólo tenemos que saber *cómo* ganar, sino también a quién derrotar. Y hay un mundo específico en el cual el enemigo existe.

—Vayamos al grano —intervino Anthor con tono cansado—. ¿Cuál es su información?

—Arcadia me envió un mensaje —repuso Darell—. y hasta que lo recibí no comprendí lo evidente. Es probable que jamás lo hubiera comprendido. Y, no obstante, era un mensaje sencillo, que decía así: «Un círculo no tiene fin.» ¿Lo comprende ahora?

—No —dijo tercamente Anthor, y resultaba obvio que también hablaba por los demás.

—Un círculo no tiene fin —repitió Munn, pensativo, arrugando la frente.

—Pues a mí me resultó evidente... —dijo Darell con impaciencia—. ¿Cuál es el único hecho absoluto que conocemos sobre la Segunda Fundación? ¡Se lo diré! Sabemos que Hari Seldon la situó en el extremo opuesto de la Galaxia. Homir Munn teorizó que Seldon mintió sobre la existencia de la Fundación. Pelleas Anthor teorizó que Seldon dijo la verdad a este respecto, pero que mintió sobre la situación de la Fundación. Yo digo que Hari Seldon no mintió en ningún detalle; que dijo la verdad absoluta. Pero ¿cuál es el otro extremo? La Galaxia es un objeto achatado que tiene forma de lente. Su borde exterior es un círculo, y un círculo no tiene extremos, como comprendió Arcadia. Nosotros, *nosotros*, la Primera Fundación, estamos situados en Términus, en el borde de ese círculo. Estamos, por definición, en el extremo de la Galaxia. Ahora sigan el borde del círculo y busquen el otro extremo. Síganlo, síganlo, síganlo y no encontrarán el otro extremo, sino que volverán simplemente al punto de partida... Y allí encontrarán la Segunda Fundación.

—¿Allí? —repitió Anthor—. ¿Quiere decir *aquí*?

—¡Sí! ¡Quiero decir aquí! —gritó Darell con energía—. ¿En qué otro lugar podría estar? Usted mismo dijo que si los de la Segunda Fundación eran los guardianes del Plan Seldon, era improbable que estuviesen situados en el llamado extremo opuesto de la Galaxia, donde se encontrarían totalmente aislados. Observó que le parecía más lógica una distancia de cincuenta parsecs. Y yo le digo que esa distancia es también demasiado larga. Que una distancia cero es la más lógica. ¿Y dónde estarían más seguros? ¿Quién les buscaría aquí? Se trata del viejo principio de que el lugar más obvio es el menos sospechoso.

«¿Por qué el pobre Ebling Mis se sorprendió tanto cuando descubrió la localización de la Segunda Fundación? Estuvo buscándola desesperadamente para advertirla de la llegada del Mulo, y lo que descubrió fue que el Mulo ya había conquistado ambas Fundaciones de un solo golpe. ¿Y por qué el propio Mulo fracasó en su búsqueda? ¿Cómo no había de fracasar? Si uno busca una amenaza inconquistable, no se pone a buscar entre los enemigos ya conquistados. Y por eso las supermentes dispusieron de tiempo más que suficiente para trazar sus planes contra el Mulo y detenerle.

»Es fantásticamente simple. Aquí estamos nosotros, con nuestros complots y nuestros planes, pensando que lo hacemos todo en secreto, y resulta que nos hallamos en el mismo centro de la fortaleza enemiga. Es algo cómico.

El rostro de Anthor seguía expresando escepticismo.

—¿Cree usted honradamente en esta teoría, doctor Darell?

—Sí, la creo honradamente.

—Entonces, cualquiera de nuestros vecinos, cualquier hombre que vemos por la calle puede ser un individuo de la Segunda Fundación, que observa nuestras mentes y capta el pulso de nuestros pensamientos.

—Exactamente.

—¿Y se nos ha permitido actuar durante todo este tiempo sin ser molestados?

—¿Sin ser molestados? ¿Quién le ha dicho que no hemos sido molestados? Usted mismo demostró que Munn había sido manipulado. ¿Qué le hace pensar que le enviamos a Kalgan enteramente por nuestra propia voluntad, o que Arcadia nos escuchó y le siguió por la suya propia? Probablemente hemos sido molestados sin pausa. Y, después de todo, ¿por qué tenían que hacer más de lo que han hecho? Les conviene mucho más desorientarnos que simplemente detenernos.

Anthor se sumió en una larga meditación, y cuando volvió a hablar su expresión mostraba lo poco satisfecho que estaba:

—Pues no me gusta nada el asunto. Su estática mental es inútil. No podemos permanecer siempre dentro de casa, y en cuanto salgamos estaremos perdidos, sabiendo lo que ahora creemos saber. A menos que pueda usted construir un pequeño dispositivo para cada habitante de la Galaxia...

—Cierto, pero no somos del todo impotentes, Anthor. Estos hombres de la Segunda Fundación tienen un sentido del que nosotros carecemos. Es su fuerza, pero también su debilidad. Por ejemplo, ¿existe algún arma ofensiva que surta efecto contra un hombre normal, dotado del sentido de la vista, y que sea inútil contra un ciego?

—Claro —repuso Munn—: una luz en los ojos.

—Exacto —dijo Darell—. Una fuerte luz cegadora.

—Bueno, ¿y qué si la hay? —preguntó Turbor.

—La analogía es bien clara. Yo tengo un dispositivo de estática mental. Produce una pauta electromagnética artificial que para la mente de un hombre de la Segunda Fundación sería lo que un rayo de luz para nosotros. Pero el dispositivo de estática mental es caleidoscópico. Se mueve rápida y continuamente, más deprisa que la mente receptora. Así pues, consideremos una luz intermitente; la clase de luz que provocaría un dolor de cabeza si continuara durante el tiempo suficiente. Ahora intensifiquemos esa luz, o ese campo electromagnético, hasta que sea cegador..., y el dolor se convertirá en insoportable. Pero sólo para los que estén dotados de ese sentido, no para los demás.

—¿De verdad? —preguntó Anthor, empezando a entusiasmarse—. ¿Lo ha probado ya?

—¿En quién? Claro que no lo he probado. Pero funcionará.

—Oiga, ¿dónde tiene los controles del campo que rodea la casa? Me gustaría verlo.

—Aquí. —Darell metió la mano en el bolsillo de la chaqueta. Era un objeto pequeño que apenas abultaba; un cilindro negro, lleno de botones, que alargó a Anthor.

Anthor lo inspeccionó y se encogió de hombros.

—Mirarlo no me dice nada. Oiga, Darell, ¿qué es lo que no debo tocar? No quiero anular la defensa de la casa inadvertidamente.

—No puede hacerlo —dijo Darell con indiferencia—. Ese control está fijo.

Y tocó un interruptor que no se movió.

—Y ese botón, ¿qué es?

—Es el que varía la frecuencia de la pauta. Y este otro varía la intensidad; es al que me refería antes.

—¿Puedo...? —preguntó Anthor, con el dedo sobre el botón de intensidad. Los otros se apiñaron a su alrededor.

—¿Por qué no? —dijo Darell, encogiéndose de hombros—. A nosotros no nos afectará.

Lentamente, casi con vacilación, Anthor hizo girar el botón, primero en una dirección y después en la otra. Turbor hacía rechinar los dientes, mientras Munn parpadeaba con rapidez. Era como si agudizaran su deficiente equipo sensorial para localizar ese impulso que no podía afectarles.

Finalmente, Anthor se encogió de hombros y puso la caja de control sobre las piernas de Darell.

—Bueno, supongo que debemos creer en su palabra. Pero es difícil imaginar que haya ocurrido algo cuando hice girar el botón.

—Claro, Pelleas Anthor —dijo Darell con una tensa sonrisa—. El que le he dado era una imitación. Como ve, tengo otro. —Se apartó la chaqueta y enseñó una caja de control que llevaba colgada del cinturón y que era exactamente igual que la que Anthor había estado investigando—. Se lo demostraré.

Darell hizo girar el botón de intensidad hasta el punto máximo.

Y con un alarido inhumano, Pelleas Anthor se desplomó en el suelo. Lívido, retorcido por el dolor, se agarraba fútilmente los cabellos con dedos temblorosos.

Munn levantó rápidamente los pies para evitar el contacto con el cuerpo convulso; sus ojos eran dos pozos de terror. Semic y Turbor eran dos estatuas de yeso, rígidas y blancas.

Darell, con expresión sombría, giró de nuevo el botón, y Anthor se estremeció débilmente una o dos veces y se quedó quieto. Estaba vivo; su agitada respiración sacudía su cuerpo.

—Llevémosle al sofá —dijo Darell, cogiendo la cabeza del joven—. Ayúdenme.

Turbor lo cogió por los pies. Era como si llevasen un saco de harina. Después, a los pocos minutos, la respiración se fue normalizando, y Anthor movió los párpados. Una terrible palidez cubría su rostro, tenía los cabellos y el cuerpo bañados en sudor, y su voz, cuando habló, era quebrada e irreconocible.

—No lo haga —murmuró—, ¡no lo haga otra vez! Usted no sabe..., usted no sabe..., ¡Oh-h-h! —Fue un largo y trémulo gemido.

—No lo haré otra vez —dijo Darell— si nos dice la verdad. ¿Es usted miembro de la Segunda Fundación?

—Déme un poco de agua —suplicó Anthor.

—Tráigasela, Turbor —dijo Darell—, y también la botella de whisky.

Repitió la pregunta cuando Anthor hubo bebido un trago de whisky y dos vasos de agua. El joven pareció relajarse...

—Sí —contestó—, soy miembro de la Segunda Fundación.

—Que está situada aquí, en Términus, ¿verdad? —continuó Darell.

—Sí, sí. Tenía usted razón en todos los detalles, doctor Darell.

—¡Bien! Ahora explique qué ha sucedido durante los últimos seis meses. ¡Díganoslo!

—Querría dormir —murmuró Anthor.

—¡Después! ¡Ahora hable!

Un trémulo suspiro; entonces las palabras, tenues y rápidas. Todos se inclinaron sobre él para escucharlas.

—La situación se estaba haciendo peligrosa. Sabíamos que Términus y sus científicos físicos estaban interesados en las pautas de ondas cerebrales y que ya habían madurado para desarrollar algo como el dispositivo de estática mental. Y que era creciente el odio contra la Segunda Fundación. Teníamos que detenerlo sin perjudicar el Plan Seldon. Intentamos... controlar el movimiento. Intentamos unirnos a él. Eso apartaría de nosotros los esfuerzos y las sospechas. Hicimos que Kalgan declarase la guerra como una distracción adicional. Por eso envié a Munn a Kalgan. La supuesta amante de Stettin era una de los nuestros. Ella se encargó de que Munn actuase convenientemente...

—Callia es... —exclamó Munn, pero Darell le hizo una seña para que guardase silencio.

Anthor continuó, ignorante de la interrupción:

—Arcadia le siguió. No habíamos contado con eso —no podemos preverlo todo—, así que Callia procuró que se fuese a Trántor para evitar su intromisión. Eso es todo. Excepto que hemos perdido.

—Usted intentó que yo también fuera a Trántor, ¿verdad? —preguntó Darell.

Anthor asintió.

—Tenía que alejarle de aquí. El triunfo creciente de su mente estaba muy claro. Iba a solucionar los problemas del dispositivo de estática mental.

—¿Por qué no me puso bajo control?

—No podía..., no podía. Tenía órdenes. Trabajábamos de acuerdo con un plan. Si yo hubiera improvisado lo habría estropeado todo. El plan sólo predice las probabilidades..., usted ya lo sabe... como el Plan Seldon. —Hablaba jadeando, y casi incoherentemente. Movía la cabeza de un lado a otro, inquieto y febril—. Trabajábamos con individuos..., no grupos..., eso implicaba probabilidades muy bajas... Además..., si le controlaba... otro inventaría el dispositivo..., era inútil..., tenía que controlar los *tiempos*... más sutil... El plan del propio Primer Orador... no conozco todos los detalles..., excepto que... no funcionó...

Se quedó silencioso. Darell le sacudió con violencia.

—No puede dormir aún. ¿Cuántos de ustedes hay?

—¿Qué? ¿Qué dice...? ¡Oh...!, no muchos..., se sorprendería..., cincuenta..., no hacen falta más.

—¿Todos están aquí en Términus?

—Cinco..., seis en el espacio..., como Callia..., tengo que dormir.

Se movió de repente, con un esfuerzo gigantesco, y su expresión adquirió más claridad. Era el último intento de autojustificación, de moderar su derrota.

—Casi le atrapé al final. Hubiese anulado las defensas y controlado su mente. Entonces habríamos visto quién era el amo. Pero usted me dio controles falsos..., sospechó de mí todo el tiempo...

Y finalmente se quedó dormido.

—¿Desde cuándo sospechaba de él, Darell? —preguntó Turbor con voz velada.

—Desde el primer momento en que llegó aquí —fue la tranquila respuesta—. Dijo que venía de parte de Kleise, pero yo conocía a Kleise y sabía en qué términos nos habíamos separado. Él era un fanático del tema de la Segunda Fundación, y yo le había abandonado. Mis propios motivos eran razonables, ya que consideraba mejor y más seguro perseguir solo mis ideas. Pero no podía decirle eso a Kleise, y tampoco me hubiera escuchado de habérselo dicho. Para él, yo era un cobarde y un traidor; tal vez incluso un agente de la Segunda Fundación. Se trataba de un hombre inflexible, y desde entonces y hasta casi el día de su muerte, no tuvo más tratos conmigo. Entonces, de repente, en sus últimas semanas de vida, me escribió, como un viejo amigo, recomendándome que aceptase como colaborador a su mejor y más prometedor discípulo, y que reanudase la antigua investigación.

»Esto no encajaba en su carácter. No podía haber hecho algo así sin hallarse bajo una influencia extraña, y empecé a preguntarme si el único propósito no sería que yo entregase mi confianza a un verdadero agente de la Segunda Fundación. Y así fue en realidad...»

Suspiró y cerró un momento los ojos. Semic inquirió con vacilación:

—¿Qué haremos con todos ellos..., con esos tipos de la Segunda Fundación?

—Lo ignoro —contestó Darell tristemente—. Supongo que podríamos desterrarlos. A Zoranel, por ejemplo. Podemos enviarlos allí y saturar el planeta de estática mental. Habría que separar los sexos, o mejor aún, esterilizarlos... y dentro de cincuenta años la Segunda Fundación sería cosa del pasado. O tal vez sería más misericordiosa una muerte tranquila para todos ellos.

—¿Cree usted que podríamos aprender el uso de ese sentido que poseen? —preguntó Turbor—. ¿O nacen con él, como el Mulo?

—No lo sé. Creo que se desarrolla mediante un largo entrenamiento, ya que existen indicios en la encefalografía de que sus potencialidades están latentes en la mente humana. Pero ¿para qué necesitamos ese sentido? A *ellos* no les ha ayudado.

Frunció el ceño. Aunque no dijo nada, sus pensamientos eran como gritos en su interior.

Había sido fácil..., demasiado fácil. Aquellos seres invencibles habían caído como los malvados de los cuentos, y eso no le gustaba.

¡Por la Galaxia! ¿*Cuándo* puede saber un hombre que no es un títere? ¿*Cómo* puede saber un hombre que no es un títere?

Arcadia volvía al hogar, y sus pensamientos querían desechar lo que tendría que afrontar al final.

Pasó una semana, y luego dos, desde su regreso, y Darell no conseguía apartar de sí aquellos pensamientos. ¿Cómo podía hacerlo? Durante su ausencia, Arcadia se había transformado de niña en mujer por una extraña alquimia. Ella constituía su vínculo con la vida; su vínculo con un matrimonio agridulce que apenas había pasado de su luna de miel.

Y entonces, una noche, ya tarde, preguntó tan casualmente como pudo:

—Arcadia, ¿qué te hizo llegar a la conclusión de que Términus contenía a ambas Fundaciones?

Habían estado en el teatro, en las mejores butacas, con visores tridimensionales para cada uno; Arcadia llevaba un vestido nuevo y era feliz.

La muchacha le miró fijamente durante un momento, y después contestó sin darle importancia:

—¡Oh, no lo sé! Se me ocurrió, simplemente.

Una capa de hielo aplastaba el corazón del doctor Darell.

—Piensa —dijo intensamente—. Esto es importante. ¿Qué te hizo pensar que ambas Fundaciones estaban en Términus?

Ella frunció ligeramente el ceño.

—Bueno, estaba la señora Callia, de quien yo sabía que era de la Segunda Fundación. Anthor también lo dijo.

—Pero ella estaba en Kalgan —insistió Darell—. *¿Qué te hizo decidir por Términus?*

Y entonces Arcadia esperó varios minutos antes de contestar. ¿Qué le había hecho decidirlo? ¿Qué podía ser? Tuvo la horrible sensación de que algo se escapaba a su comprensión.

—La señora Callia sabía ciertas cosas, y su información tenía que proceder de Términus. ¿No crees que será eso, papá?

Pero él negó con la cabeza.

—Papá —gritó ella—, yo lo *sabía*. Cuanto más lo pensaba, más segura estaba. Simplemente, tenía *sentido*.

En los ojos de su padre había una expresión extraña.

—Es inútil, Arcadia, es inútil. La intuición es sospechosa en algo relativo a la Segunda Fundación. Lo comprendes, ¿verdad? Pudo ser intuición, ¡y pudo ser control!

—¡Control! ¿Te refieres a que me cambiaron? ¡Oh, no! No, imposible. —Empezó a alejarse de él—. ¿No dijo Anthor que yo tenía razón? Lo admitió, lo admitió todo. Y has encontrado a todo ese grupo aquí en Términus, ¿no es verdad? ¿No es verdad? —terminó, respirando con fuerza.

—Ya lo sé, pero..., Arcadia, ¿me dejarás hacer un análisis encefalográfico de tu cerebro?

Ella agitó violentamente la cabeza.

—¡No, no! Me da demasiado miedo.

—¿Tienes miedo de mí, Arcadia? No hay nada que temer. Tenemos que saberlo. Lo comprendes, ¿verdad?

Después le interrumpió sólo una vez. Se agarró a su brazo antes de colocarle el último electrodo.

—¿Y si resulta que soy diferente, papá? ¿Qué tendrás que hacer entonces?

—No tendré que hacer nada, Arcadia. Si eres diferente, nos marcharemos. Volveremos a Trántor, tú y yo, y... y nos tendrá sin cuidado el resto de la Galaxia.

Jamás en la vida de Darell había sido tan lento un análisis ni le había costado tanto. Cuando estuvo terminado, Arcadia se quedó acurrucada, sin atreverse a mirar. Entonces oyó reír a su padre, y aquello fue información suficiente. De un salto se echó a los brazos abiertos de su padre.

Darell hablaba con entusiasmo mientras se apretaban el uno al otro.

—La casa está bajo la máxima estática mental, y tus ondas cerebrales son normales. Los hemos atrapado realmente, Arcadia, y ahora podemos volver a vivir.

—Papá —jadeó ella—, ¿ahora les permitiremos que nos den medallas?

—¿Cómo sabías que las había rechazado? —La contempló con fijeza unos instantes, y después volvió a reír—. No importa; tú lo sabes todo. Está bien, recibirás tu medalla sobre un podio, con discursos.

—Y... papá...

—¿Qué?

—¿Me llamarás Arkady en lo sucesivo?

—Pero... Está bien, Arkady.

Lentamente, la magnitud de la victoria le fue invadiendo, saturándole. La Fundación, la Primera Fundación, ahora la *única* Fundación, era dueña absoluta de la Galaxia. Ya no existía ninguna barrera entre ellos y el Segundo Imperio, el cumplimiento del Plan Seldon.

Sólo tenían que alargar la mano para que fuese suyo...

Gracias a...

22. LA RESPUESTA VERDADERA

¡Una habitación no localizada en un mundo no localizado!

Y un hombre cuyo plan había tenido éxito.

El Primer Orador miró al estudiante.

—Cincuenta hombres y mujeres —dijo—. ¡Cincuenta mártires! Sabían que significaba la muerte o una prisión perpetua, y ni siquiera podían ser orientados para impedir el debilitamiento... ya que la orientación hubiera podido ser detectada. Y, pese a ello, no se debilitaron. Llevaron a término el plan, porque amaban el Plan más importante: el de Seldon.

—¿No podrían haber sido menos? —preguntó el estudiante, dudando.

El Primer Orador movió lentamente la cabeza.

—Era el límite más bajo. Menos no hubieran podido aportar la convicción necesaria. De hecho, el objetivismo puro hubiese exigido setenta y cinco, para dejar margen al error. No importa. ¿Ha estudiado el plan de acción elaborado por el Consejo de Oradores hace quince años?

—Sí, Orador.

—¿Y lo ha comparado con los acontecimientos actuales?

—Sí. Orador. —Entonces, tras una pausa—: Sentí un gran asombro, Orador.

—Lo sé; siempre inspira asombro. Si supiera cuántos hombres trabajaron en él durante meses, años, en realidad, para darle un acabado perfecto, estaría menos asombrado. Ahora, cuénteme lo ocurrido... con palabras. Quiero su traducción de las matemáticas.

—Sí, Orador. —El joven ordenó sus pensamientos—. Esencialmente, era necesario que los hombres de la Primera Fundación estuvieran plenamente convencidos de haber localizado *y destruido* a la Segunda Fundación. De este modo se volvería a la situación original programada. Para todos los efectos, Términus lo ignoraría todo otra vez acerca de nosotros y no nos incluiría en ninguno de sus cálculos. Una vez más estamos ocultos y a salvo..., a costa de cincuenta hombres.

—¿Y el propósito de la guerra kalganiana?

—Demostrar a la Fundación que puede vencer a un enemigo físico, y borrar el daño causado a su amor propio y su seguridad en sí misma por el Mulo.

—En esto su análisis es insuficiente. Recuerde que la población de Términus nos miraba con una clara ambivalencia. Odiaban y envidiaban nuestra supuesta superioridad, y, sin embargo, confiaban implícitamente en nosotros para su protección. Si hubiéramos sido destruidos, antes de la guerra kalganiana, el pánico se hubiera extendido por toda la Fundación. Nunca habría tenido el valor de enfrentarse a Stettin cuando éste hubiese atacado; y lo habría hecho. La «destrucción» sólo podía tener lugar con un mínimo de efectos perjudiciales durante la euforia del triunfo. Incluso esperar un año más hubiera significado un gran enfriamiento del espíritu necesario para lograr el éxito.

El estudiante asintió.

—Lo comprendo. Ahora el curso de la historia continuará sin desviarse de la dirección indicada por el Plan.

—A menos —señaló el Primer Orador— que ocurran ulteriores accidentes, imprevistos e individuales.

—Y en tal caso —dijo el estudiante—, nosotros existimos todavía. Sólo que..., sólo que... Me preocupa una faceta del actual estado de cosas, Orador. La Primera Fundación posee el dispositivo de la estática mental..., un arma poderosa contra nosotros. Al menos eso es diferente de antes.

—Un buen argumento. Pero no tienen a nadie contra quien usarlo. Se ha convertido en un dispositivo inútil, del mismo modo que sin el estímulo de nuestra amenaza, el análisis encefalográfico se convertirá en una ciencia estéril. Otras clases de conocimientos darán, una vez más, importantes e inmediatos resultados. Así pues, esta primera generación de científicos mentales en la Primera Fundación será también la última... y, dentro de un siglo, la estática mental será un artículo casi olvidado del pasado.

—Bien... —El estudiante estaba calculando mentalmente—. Supongo que tiene razón.

—Pero lo que más me interesa que comprenda, amigo mío, en bien de su futuro en el Consejo, es la consideración prestada a los pequeños sucesos introducidos por la fuerza en nuestro plan de los últimos quince años, simplemente porque tratábamos con individuos. Por ejemplo, el modo en que Anthor tuvo que inspirar sospechas contra sí mismo de forma que madurasen en el momento apropiado, aunque eso fue relativamente sencillo.

»Hubo también la forma en que manipulamos el ambiente para que a nadie de Términus se le ocurriera, prematuramente, que el propio Términus podía ser el centro de lo que estaban buscando. *Ese* conocimiento tuvo que ser inspirado a esa joven, Arcadia, a la que nadie prestaría atención excepto su padre. Tuvo que ser enviada a Trántor para asegurarnos de que no tendría un contacto prematuro con su padre. Ambos eran los dos polos de un motor hiperatómico; cada uno de ellos permanecía inactivo sin el otro. Y tuvo que apretarse el botón y establecerse el contacto en el momento preciso. ¡Yo me encargué de ello!

»Y la batalla final tenía que librarse de manera adecuada. La Flota de la Fundación tenía que rebosar confianza en sí misma, mientras la Flota de Kalgan se aprestaba a huir. ¡También de eso me encargué yo!»

El estudiante dijo:

—Me parece, Orador, que usted... quiero decir, todos nosotros... contábamos con que el doctor Darell no sospechara que Arcadia era nuestro instrumento. Según mi cálculo, había un treinta por ciento de probabilidades de que lo sospechara. ¿Qué hubiera ocurrido entonces?

—Ya lo habíamos previsto. ¿Qué le han enseñado sobre planicies manipuladas? ¿Qué son? Ciertamente no son evidencia de la introducción de una tendencia emocional. Eso se puede hacer sin posibilidad de que sea detectado por el más refinado análisis encefalográfico. Es una consecuencia del Teorema de Leffert, como ya sabrá. Solamente la extracción de la tendencia emocional previa se puede notar. *Tiene que* notarse. Y, naturalmente, Anthor se aseguró de que Darell lo supiera todo sobre las planicies manipuladas. Pero... ¿cómo puede ponerse a un individuo bajo control sin que se note? Cuando no hay una tendencia emocional previa que se pueda borrar. En otras palabras, cuando el individuo es un recién nacido con la mente como una *tabula rasa*. Arcadia Darell nació aquí, en Trántor, hace quince años, cuando se trazó la primera línea de la estructura del plan. Ella jamás sabrá que ha sido controlada, y el hecho supondrá una ventaja para ella, ya que su control implicó el desarrollo de una personalidad precoz e inteligente.

El Primer Orador rió brevemente.

—En cierto sentido, lo más asombroso es la ironía de la cuestión. Durante cuatrocientos años, los hombres estaban cegados por las palabras de Seldon «al otro extremo de la Galaxia». Han dedicado al problema su peculiar reflexión de científicos físicos, midiendo el otro extremo con escuadras y reglas, y acabando eventualmente o bien en un punto de la periferia, a ciento ochenta grados alrededor del borde de la Galaxia, o en el punto de partida.

»Sin embargo, nuestro mayor peligro residía en el hecho de que *había* una solución posible basada en los cauces físicos del pensamiento. La Galaxia, como usted ya sabe, no es simplemente un ovoide achatado, como tampoco la periferia es una curva cerrada. En realidad, es una espiral doble, con al menos el ochenta por ciento de los planetas habitados en el brazo principal. Términus es el extremo exterior del brazo de la espiral, y nosotros somos el otro, ya que, ¿cuál es el extremo opuesto al punto exterior de inicio de una espiral? Pues claro, el centro.

»Pero esto es trivial. Se trata de una solución accidental y que carece de relevancia. La solución se habría alcanzado inmediatamente si los investigadores hubiesen recordado que Hari Seldon era un científico *social*, y no un científico físico, y hubiesen ajustado sus procesos mentales a este hecho. ¿Qué podía significar «extremos opuestos» para un científico social? ¿Extremos opuestos en un mapa? Claro que no. Ésta es sólo la interpretación mecánica.

»La Primera Fundación estaba en la periferia, donde el Imperio original era más débil, donde su influencia civilizadora era mínima, donde su riqueza y cultura estaban casi ausentes. ¿Y cuál es el *extremo opuesto social de la Galaxia*? Pues el lugar donde el Imperio original era más fuerte, donde su influencia civilizadora alcanzaba su punto máximo, donde su riqueza y cultura estaban presentes con más fuerza. ¡Aquí! ¡En el centro! En Trántor, capital del Imperio en la época de Seldon.

»Además, ¡es tan inevitable! Hari Seldon dejó tras él a la Segunda Fundación para que mantuviera, mejorara y extendiera su obra. Esto se ha sabido, o adivinado, durante cincuenta años. Pero ¿dónde se podía hacer mejor? En Trántor, donde había trabajado el grupo de Seldon y donde estaban acumulados los datos de muchas décadas. El propósito de la Segunda Fundación era proteger el Plan contra los enemigos. ¡Eso también se sabía! ¿Y dónde estaba la fuente de mayor peligro para Términus y el Plan?

»¡Aquí! Aquí, en Trántor, donde el Imperio moribundo aún podía, durante tres siglos, destruir a la Fundación si se hubiera decidido a hacerlo.

»Entonces, cuando Trántor cayó y fue saqueado y totalmente destruido, hace sólo un siglo, nosotros pudimos, naturalmente, proteger nuestro cuartel general, y, de todo el planeta, sólo la Biblioteca Imperial y los terrenos circundantes permanecieron intactos. Esto era un hecho conocido en toda la Galaxia, pero incluso una indicación aparentemente tan clara les pasó por alto.

»Fue aquí, en Trántor, donde Ebling Mis nos descubrió; y también aquí donde nos encargamos de que no sobreviviera al descubrimiento. Para hacerlo fue necesario organizar las cosas de modo que una chica normal de la Fundación venciera los tremendos poderes mutantes del Mulo. Ciertamente, tal fenómeno debería haber atraído las sospechas hacia el planeta donde ocurrió... Fue aquí donde empezamos a estudiar al Mulo y planeamos su derrota final. Fue aquí donde nació Arcadia y se inició el curso de los acontecimientos que condujeron al gran retorno del Plan Seldon.

»Y todos estos fallos en nuestro secreto, estos grandes fallos, pasaron inadvertidos porque Seldon había hablado "del otro extremo" a su manera, y ellos lo habían interpretado a la suya.»

Hacía mucho rato que el Primer Orador había dejado de hablar al estudiante. En realidad, se trataba de una exposición de los hechos para sí mismo, mientras permanecía en pie ante la ventana, contemplando el increíble fulgor del firmamento y la enorme Galaxia, que ahora estaba salvada para siempre.

—Hari Seldon llamó a Trántor «Extremo Estelar» —murmuró—, ¿y por qué no esa pequeña imagen poética? Todo el universo fue en un tiempo guiado desde esta roca; todos los caminos de las estrellas conducían aquí. «Todos los caminos llevan a Trántor —reza el viejo proverbio—, y aquí es donde terminan todas las estrellas.»

Diez meses antes, el Primer Orador había contemplado aquellas mismas estrellas, que en ninguna otra parte eran tan numerosas como en el centro de ese enorme núcleo de materia que el hombre llama la Galaxia, con un sentimiento de duda; pero ahora se reflejaba una sombría satisfacción en el rostro redondo y rubicundo de Preem Palver, Primer Orador.

ÍNDICE

FUNDACIÓN E IMPERIO